Christoph Görg

RELIQUIAE

DIE KONSTANTINOPEL-MISSION

GOLDEGG VERLAG

Für meine Großeltern Gustav und Edith Forster.
Wish you were here.

PROLOG

Wann immer im katholischen oder orthodoxen Christentum ein Heiliger stirbt, hinterlässt er verehrungswürdige Überreste: »reliquiae«, *was im Lateinischen so viel heißt wie Zurückgelassenes oder Überbleibsel. Meistens handelt es sich dabei naturgemäß um Knochen oder Asche; auch Kleidung eignet sich als Objekt der Verehrung, oder andere Gegenstände, mit denen der Heilige in Berührung gekommen ist.*

Bereits in der Bibel finden sich erste Zeugnisse der Verehrung von Reliquien, als Gläubige Schweißtücher des (damals noch quicklebendigen) Apostels Paulus zur Heilung von Kranken verwendeten. Im zweiten Jahrhundert unserer Zeitrechnung nahm der Kult mit der Verehrung der Gebeine christlicher Märtyrer dann richtig Fahrt auf und entwickelte sich im Lauf des Mittelalters zu einem regelrechten Rausch.

Das einfache Volk versprach sich vom Anblick, der Berührung oder dem Kuss einer Reliquie die Hilfe des jeweiligen Heiligen in Krankheit und Not. In der Nähe einer Reliquie zu leben galt als Garantie für den Beistand des Heiligen im Diesseits, in ihrer Nähe begraben zu sein für seine Fürsprache im Jenseits.

Feldherren erhofften sich von Reliquien Unterstützung in der Schlacht. Weltliche Herrscher sammelten sie zur Bestätigung ihres Machtanspruches als offensichtlichen Beweis für Gottes Gunst und Wohlwollen. Und die Kirche freute sich über volle Opferstöcke und das einträgliche Geschäft mit dem entstehenden Wallfahrtstourismus.

Niki starrte in absolute Dunkelheit. Abgesehen von einem rhythmischen Piepsen, gleichmäßig wie ein Metronom, herrschte Stille.

»Sieht aus als ob er schläft«, sagte eine Stimme.

Nikis Herz machte einen Sprung und schien vor Schreck einen Schlag auszusetzen. Unwillkürlich versuchte er, die Augen zu öffnen. Es gelang ihm nicht.

Die Stimme war ihm vertraut: Sophie. Seine kleine Schwester.

»Seit wir mit der künstlichen Beatmung aufhören konnten, sieht er tatsächlich aus wie ein Schlafender«, sagte eine andere Stimme.

Auch diese Stimme war Niki vertraut. Sie gehörte Doktor Baumann, dem Arzt, der ihn seit seinem Sturz von der Burgmauer der Ruine Dürnstein im Universitätsklinikum Krems behandelte.

»Nur kann man im Gegensatz zu einem Schlafenden Ihren Bruder nicht einfach aufwecken«, fuhr der Arzt fort. »Er zeigt keine Reaktion auf Ansprache oder Berührung. Aber begehen Sie nicht den Fehler, zu glauben, er wäre »ohne Bewusstsein«: Menschen im Koma können sehr wohl denken und fühlen und ihre Umgebung wahrnehmen. Viele Patienten können nach dem Aufwachen sehr detailliert über Eindrücke aus dieser Zeit berichten.«

zDas charakteristische Kratzen von Metall auf Linoleum verriet ihm, dass seine beiden Besucher Stühle zu sich heranzogen und links und rechts von seinem Krankenbett Platz nahmen.

»Die große Gefahr beim Schädel-Hirn-Trauma ist die Drucksteigerung im Schädelinneren«, sagte Baumanns Stimme zu seiner Linken. »Daher wird der Patient mithilfe von Narkosemitteln in eine Art künstliches Koma versetzt. Wir fahren die Körpertemperatur für ein paar Tage auf 32 Grad Celsius herunter, um den Stoffwechsel zu verlangsamen, den Sauerstoffbedarf zu verringern und den Regenerationsprozess zu fördern. Währenddessen wird der Patient künstlich beatmet und natürlich rund um die Uhr überwacht: Herztätigkeit, Blutdruck, Atmung, Temperatur, Gehirndruck. Soweit alles *business as usual*.«

Der Arzt machte eine nachdenkliche Pause. Sogar Niki konnte über seinem Schweigen ein großes »Aber« in der Luft hängen hören.

»Sobald der gewünschte Genesungsprozess abgeschlossen ist, holen wir den Patienten langsam wieder aus dem künstlichen Tiefschlaf heraus. Dazu reduzieren wir die Narkosemittel allmählich, bis der Patient wieder aufwacht. Zumindest in der Theorie.«

»Aber warum ist er dann immer noch nicht wach?«, hörte Niki Sophies Stimme zu seiner Rechten einwerfen.

»Das ist genau der springende Punkt«, antwortete Baumann. »Wir haben die Narkosemittel schrittweise reduziert, wie wir es immer machen. Ihr Bruder ist trotzdem nicht aufgewacht. Medizinisch gesehen heißt das: Er ist von einem künstlichen in ein natürliches Koma übergegangen.«

»Aber ... aus welchem Grund? Er hat doch keine Verletzungen mehr?«, fragte Sophie.

»Das wüssten wir auch gerne. Es *gibt* keinen offensichtlichen Grund, warum er nicht aufwacht. Er wird natürlich noch künstlich ernährt. Außerdem bekommt er weiterhin Infusionen, um seinen Wasser- und Salzhaushalt zu stabilisieren, und Antibiotika, um ihn vor Infektionen zu schützen. Aber in Wahrheit ist Ihr Bruder kerngesund. Und trotzdem liegt er immer noch im Koma.«

Niki konnte die Ratlosigkeit des Arztes in seiner Stimme hören. Ein paar Atemzüge lang wurde das Schweigen im Krankenzimmer nur durch das verhasste Piepsen seiner Überwachungsgeräte unterbrochen.

»Sie sind sein behandelnder Arzt, und das von Anfang an«, sagte Sophie schließlich. »Niemand kennt seinen Fall so gut wie Sie. Sie müssen doch ... zumindest eine Vermutung haben, warum er nicht aufwacht?«

Baumann überlegte lange. Niki konnte fast vor seinem geistigen Auge sehen, wie der Mediziner nach geeigneten Worten suchte.

»Es scheint fast so, als ... *will* er einfach nicht aufwachen«, sagte er schließlich.

»Was soll das heißen, er will nicht aufwachen? Welchen Grund sollte mein Bruder haben, um in einem Koma bleiben zu wollen?«, fragte Sophie ungläubig.

»Komatöse Zustände sind nicht immer und ausschließlich körperlich bedingt«, antwortete der Arzt. »In manchen Fällen kann auch der seelische Zustand eines Patienten für ein Koma verantwortlich sein. Unsere Geräte messen regelmäßig hohe Gehirnaktivität bei Ihrem Bruder. Was immer er träumt: Es muss dabei ungewöhnlich lebhaft zugehen. Vielleicht empfindet er seine Träume ja als aufregender und angenehmer als sein altes Leben in unserer Welt?«

»Das heißt, gegen seinen Willen können Sie ihn nicht aufwecken?«

»Einen letzten Versuch unternehmen wir noch. Wir beginnen gerade heute mit einer neuen Therapie. Die Therapie der letzten Chance, wenn Sie so wollen. Bei den Medikamenten handelt es sich um Neurotransmitter auf der Basis von Dopamin, Noradrenalin und anderen stimulierenden Botenstoffen für sein Gehirn. Damit wurden in der Vergangenheit in ähnlich gelagerten Fällen gute Erfahrungen gemacht. Wenn das nicht funktioniert, dann sind wir mit unserem Latein am Ende und können nichts mehr für Niki tun. Dann müssen wir Ihren Bruder in häusliche Pflege übergeben, schon allein aus Kostengründen. Ah, da kommt ja gerade die Schwester mit der ersten Infusion!«

Niki hörte das Geräusch von sich nähernden Schritten und das vertraute Metall-auf-Linoleum-Geräusch, als Sophie ihren Sessel zurückschob und der Krankenschwester Platz machte. Er hörte, wie eine neue Infusionsflasche auf dem Ständer rechts von seinem Bett aufgehängt wurde. Er hörte das Fingerschnippen, mit dem die Schwester wie immer kontrollierte, ob die Flüssigkeit sich auch ordnungsgemäß durch den Schlauch bewegte.

»Kann er uns ... verstehen?«, fragte Sophie leise.

»Vielleicht«, antwortete Baumann. »Manche Patienten können nach dem Aufwachen detailliert Gespräche wiedergeben, die an ihrem Bett stattgefunden haben. Andere erinnern sich an nichts.«

Niki hörte das Rascheln vor Stoff. Dann spürte er Sophies Haar an seinem Gesicht. Er konnte sogar ihren Duft wahrnehmen, als seine Schwester sich zu seinem Ohr hinunterbeugte.

»Ich hätte nie gedacht, dass ich das einmal sage, deswegen tue ich es nur ganz leise, damit es keine Zeugen gibt: Ich vermisse dich, Bruderherz«, flüsterte Sophies Stimme ganz nah an Nikis Ohr. Als sie scharf die Luft einzog und für einen Moment verstummte, merkte Niki, dass seine Schwester mit den Tränen kämpfte.

»Wenn es wirklich von deinem Willen abhängt, ob du aus dem Koma aufwachst oder nicht: Komm zurück. Wenn du es nicht für dich selbst tust: Tu es für mich. Du fehlst mir. Genau wie unseren Eltern. Versprich mir ..., dass du wieder ... aufwachst, okay?«

Niki spürte Sophies Tränen auf seiner Wange, als das Mädchen ihm einen Kuss gab und ohne ein weiteres Wort mit schnellen Schritten aus dem Zimmer flüchtete.

Das nächste, was Niki spürte, war ein Brennen an der Stelle, wo der Infusionsschlauch in den Venenkatheter an seinem Handgelenk mündete.

Die Therapie der letzten Chance hatte begonnen.

Der Besuch des Heiligen Landes oder der Gräber der Apostelfürsten Petrus und Paulus in Rom gehörten zu den größten Sehnsüchten der mittelalterlichen Menschen. Da derartige Wallfahrten für den weitaus größten Teil der Gläubigen unerschwinglich waren, begann man, Reliquien von Heiligen zu zerteilen und stückchenweise über die ganze christliche Welt zu verteilen. Dies galt nicht nur für Kleider und Gebrauchsgegenstände, sondern auch für Körperteile.

Im frühen Christentum wurden – genau wie zuvor bei den Ägyptern, den Griechen und den Römern – Gräber noch als unantastbare Wohnstätten der Verstorbenen betrachtet und jede Störung der Totenruhe als grobe Pietätlosigkeit oder als religiöser Frevel. Bei der Errichtung der ersten Peterskirche wurden am vatikanischen Hügel noch umfangreiche Erdbewegungen vorgenommen, nur um die Kirche genau über der Grabstätte des heiligen Petrus errichten zu können.

Mit derartiger Rücksichtnahme war es im Mittelalter vorbei, als die Gräber von Heiligen geöffnet wurden, um ihre Gebeine zur Verehrung an andere Orte übertragen zu können. Oftmals einzeln: So verteilen sich die Überreste des Evangelisten Markus heute gleich auf eine ganze Reihe von Kirchen von Rom bis Paris und von Kairo bis Köln.

Manchmal artete die Reliquienbesessenheit der mittelalterlichen Menschen in regelrechte Leichenfledderei aus: Beim Begräbnis der Heiligen Elisabeth von Thüringen im Jahr 1231 scheute man sich nicht, von ihrem toten Körper Haare, Nägel, einen ganzen Finger und sogar ihre Brustwarzen abzuschneiden, »um sie als Reliquie aufzubewahren«, wie der zeitgenössische Chronist Caesarius von Heisterbach schreibt.

Als Niki Wolff am Dorfplatz ankam, dort, wo der Lärm und die Aufregung an diesem Sommermorgen des Jahres 1193 ihren Ausgangspunkt zu haben schienen, hatte sich bereits halb Dürnstein vor der schmucklosen romanischen Kirche mit den kleinen Fenstern und dem gedrungenen Wehrturm eingefunden, und immer noch eilten von allen Seiten neugierige Bewohner des kleinen Dorfes am nördlichen Donauufer herbei.

Den Dörflern war anzusehen, welche morgendlichen Tätigkeiten sie daheim liegen und stehen gelassen hatten: Vinzenz der Schmied trug noch seinen ledernen Arbeitskittel und seinen Schmiedehammer. Ursel, die dicke Wirtin der »Drei Kronen«, hatte eine schmutzige Schürze an und ein nicht minder schmutziges Geschirrtuch in der Hand. Hannes der Torwächter zeigte sich wie immer in einem auf Hochglanz polierten Kettenhemd mit seinem glänzenden Dienstschwert am Gürtel. Bauern, Handwerker, Fischer, Winzer und Holzknechte hatten sich eingefunden, begleitet von ihren Frauen und Kindern.

Auch ein paar Freunde erblickte Niki in der Menge: Gleich neben dem Dorfbrunnen standen Gottfried und Gerwald, die kräftigen Zwillingssöhne des Schmiedes, nicht weit entfernt der breitschultrige Bauernsohn Hänsel mit dem kahlgeschorenen Kopf, und der kleine, drahtige Fischersjunge Kaspar, den alle nur den »Karpfen« nannten.

Niki selbst erregte keinerlei Aufsehen mehr unter den Bewohnern der kleinen Ortschaft, die zu Füßen der gleichnamigen, von Ritter Hadmar von Kuenring und seiner Familie bewohnten Burg am Ufer der Donau lag: Seit er ein halbes Jahr zuvor durch einen Sturz von der schneeglatten Burgmauer der Ruine Dürnstein im wahrsten Sinn des Wortes ins Mittelalter hineingestolpert war, hatten sie sich an den blondgelockten Burschen gewöhnt, der sich während der Gefangenschaft von Richard Löwenherz oben auf der Burg die Gunst des englischen Königs erworben hatte. Im Dorf munkelte man, er wäre für seine Verdienste sogar zum Ritter geschlagen worden, man stelle sich nur vor!

Mochte sein, dass die Lieder, die er oft und gerne sang und auf seiner Laute begleitete, fremdländisch anmutende Texte hatten; mochte sein, dass er oft in Rätseln sprach und seltsame Angewohnheiten pflegte: Der junge Mann, der zusammen mit der Bademagd Engeltrud und ihrem riesenhaften Bruder Bertram eine Hütte bewohnte, war zu einem angesehenen und beliebten Mitglied der Dorfgemeinschaft geworden.

»Du hättest dir ruhig was anziehen können, Blondie«, sagte eine spöttische Stimme von hinten. »Nicht, dass mich der Anblick stören würde. Aber so viel Zeit wäre wahrlich allemal noch gewesen!«

Niki musste sich nicht umdrehen, um die helle Stimme und das ansteckende Lachen seiner Freundin Engeltrud zu erkennen. Er musste auch nicht an sich herunterblicken, um sich darüber bewusst zu werden, dass das zierliche Mädchen mit den roten Haaren recht hatte: Er war tatsächlich mit nacktem Oberkörper, gekleidet nur in Hose und Stiefel, aus der Hütte geeilt, als ihr Bruder Bertram den Kopf zur Tür hereingesteckt und bedächtig, wie es seine Art war, gesagt hatte: »Engel, Nikolaus. Kommt mit zum ... Dorfplatz. Das müsst ihr ... gesehen haben.«

Niki war dem Vorschlag des allseits nur als »Bulle« bekannten Burschen gefolgt und hatte dafür seine tägliche Morgentoilette unterbrochen. Anfangs war er noch belächelt oder gar verspottet worden für seine Angewohnheit, sich jeden Morgen im Gemüsegarten hinter der Hütte aus einer Schüssel mühsam erwärmten Wassers mit den hohlen Händen das Gesicht und mit einem nassen Lappen sorgfältig den restlichen Körper zu reinigen, bevor er sich zuletzt den Rest des Wassers über den Kopf goss und seine blonden Locken schüttelte, dass die Tropfen nur so in alle Richtungen davonspritzten.

Die Nachbarn und die anderen Bewohner des Dorfes, für die Körperpflege mehr oder weniger aus einem Bad zu Weihnachten und einem zweiten zu Pfingsten bestand, hielten ihn ob seines seltsamen Verhaltens wohl für einen eitlen Gockel. Mit der Zeit hatte man sich aber daran gewöhnt und Nikis ungewöhnliches Faible für Sauberkeit einfach als eine weitere Marotte des jungen Sängers abgetan. Abgesehen davon war Niki großgewachsen und trug außer Haus stets ein Schwert am Gürtel: Solch einen Mann lachte man nicht aus, selbst wenn sich keiner der Dörfler daran erinnern konnte, dass er die Waffe jemals gezogen hätte.

»Und? Hab ich euch ... zu viel versprochen?«, fragte Bertram und lenkte die Aufmerksamkeit des jungen Paares wieder zurück auf die Ursache des morgendlichen Menschenauflaufes.

Schaut nicht so aus, dachte Niki. *So was sieht man hier tatsächlich nicht alle Tage.*

Eine seltsame Gestalt hatte soeben den Rand des Dorfbrunnens erklommen und richtete sich dort jetzt zu voller Größe auf.

»Es ist ... ein Priester«, sagte Niki verblüfft.

Es war tatsächlich ein Priester, wenngleich auf den ersten Blick erkennbar war, dass er mit dem ältlichen Vater Burghard, der in Dürnstein die Messe las, oder mit dem jungen Benediktinermönch Severinus, der ihm dabei zur Hand ging, wenig gemein hatte.

Der Mann auf dem Brunnen war wohl in seinen Dreißigern, groß und breitschultrig. Er trug weiße Kleidung; ein großes silbernes Kruzifix lag auf seiner Brust und reflektierte die Strahlen der Morgensonne. Er stützte sich auf einen mannshohen Stab, den er neben dem Brunnen in die Erde gebohrt hatte und dessen Spitze ebenfalls mit einem silbernen Kreuz verziert war. Sein Gesicht war glattrasiert; unter schwarzen Augenbrauen und einem gleichermaßen schwarzen Haarschopf blickte er mit dunklen Augen hochmütig über die Menschenmenge, die sich rund um ihn versammelt hatte und auf sein Handzeichen ihr aufgeregtes Murmeln einstellte.

Sieht mehr wie ein hochrangiger Soldat aus als wie ein Mann Gottes, dachte Niki.

»Ich bin Ronaldo von Verona, päpstlicher Legat seiner Heiligkeit Coelestins des Dritten«, rief der Mann in Weiß. »Meine Begleiter und ich kommen im Namen Gottes und unter dem Schutz der Heiligen Mutter Kirche nach Österreich.« Mit einer ausholenden Handbewegung deutete er auf ein paar weitere Geistliche in unauffälligen schwarzen Gewändern, die rund um den Brunnen Aufstellung genommen hatten.

Wie gut geschulte Leibwächter, dachte Niki. *Fehlt nur noch der Knopf im Ohr, das Funkgerät und der Schulterhalfter.*

»Ich bringe eine Botschaft seiner Heiligkeit für Hadmar von Kuenring. Man informiere ihn von meiner Ankunft.«

Das aufgeregte Murmeln setzte wieder ein. Wer war dieser Mann, der sich erdreistete, Hadmar von Kuenring zu sich ins Dorf herunter zu zitieren, anstatt wie jeder andere Besucher oben auf der Burg vorzusprechen und eine Audienz beim Burgherrn zu erbitten?

»Das gibt Ärger«, sagte Engeltrud leise, und Niki gab ihr in Gedanken Recht.

Das Geräusch von Hufschlägen kündigte die Ankunft des Burgherrn an: Offensichtlich hatte einer der Torwächter schon bei der Ankunft der päpstlichen Delegation einen Boten zur Burg Dürnstein hinaufgeschickt.

Ritter Hadmar von Kuenring zügelte sein Pferd am Rand der Menschenmenge, die sich auf dem Dorfplatz versammelt hatte, und ließ es langsam auf den Brunnen zugehen, wobei ihm die Dörfler respektvoll Platz machten. Hadmar war kein junger Mann mehr, seine Schläfen unter dem Pagenschnitt waren bereits sichtlich grau meliert. Wie immer trug er nur einen schlichten schwarzen Leibrock: Er wusste, dass er auch ohne aufwendige Kleidung Autorität ausstrahlte.

Hinter dem Burgherrn brachte sein Sohn, der junge Hadmar, am Rand des Dorfplatzes sein Pferd zum Stehen und sprang gewandt aus dem Sattel. Niki beobachtete, wie sein gleichaltriger, wie immer unverschämt gutaussehender Erzfeind den Blick über den Dorfplatz schweifen ließ und sich dann zu Niki und seinen Freunden gesellte.

»Wer ist er?«, fragte Hadmar der Jüngere und deutete mit dem Kopf auf die weißgekleidete Gestalt am Brunnenrand.

»Ich bin Ronaldo von Verona«, rief der Gesandte, als hätte er die Frage des jungen Hadmar vernommen. »Ich bringe eine Nachricht. Eine Nachricht des allmächtigen Gottes und meines Herren, Papst Coelestins des Dritten.«

Vorbei war die Zeit des aufgeregten Murmelns. Schweigen fiel über den Dorfplatz.

»Haben beide nichts zu sagen hier«, knurrte Ritter Hadmar in die Stille hinein.

Niki glaubte, aus der Stimme des alten Burgherrn trotz seiner geringschätzigen Worte Nervosität herauszuhören.

Der päpstliche Legat erhob seine laute und klangvolle Stimme; jetzt sprach er nicht mehr zu Ritter Hadmar, sondern zu dessen versammelten Untertanen.

»Ritter Hadmar von Kuenring hat seine heilige Christenpflicht verletzt, indem er entgegen der ausdrücklichen Anordnung des Papstes einen unter dem Schutz der Kirche stehenden heimkehrenden Kreuzfahrer gefangen genommen hat!«, rief er. »Im Namen des allmächtigen Vaters, im Namen des Sohnes und im Namen des Heiligen Geistes erkläre ich ihn hiermit für exkommuniziert und aus der Gemeinschaft der Gläubigen ausgeschlossen!«

Der Gesandte hob seinen Stab ein Stück an und rammte ihn krachend zurück auf die Steine, die den Boden rund um den Brunnen bedeckten. Einer seiner schwarzgekleideten Begleiter schlug eine kleine Handglocke an. Eine Wolke verdunkelte die Sonne, während der scharfe, helle Klang der Glocke noch über der erschrocken schweigenden Menschenmenge verhallte. Niki spürte trotz der Wärme des Sommermorgens Gänsehaut über seinen Rücken laufen.

»Weiters verhänge ich hiermit über all seine Ländereien den Kirchenbann: Bis auf Weiteres dürfen in diesen Ländern keinerlei gottesdienstliche Handlungen mehr ausgeführt werden.« Erneut klirrte der Stab auf die Steine, erneut schnitt der Klang der kleinen Glocke schmerzhaft in die Ohren der Zuhörer.

»Abschließend entbinde ich hiermit alle, die ihm die Treue geschworen haben, von diesem Eid: Nach dem Gesetz von Papst Urban dem Zweiten ist niemand verpflichtet, einem Feind Gottes und der Heiligen Mutter Kirche einen Schwur zu erfüllen.«

Ein drittes Mal krachte der Stab auf den Boden, schrillte die kleine Glocke in der Stille über dem Dorfplatz.

»In nomine Patris et Filii et Spiritus Sancti«, sagte der päpstliche Gesandte und machte ein Kreuzzeichen. »Amen.«

Auch die häppchenweise Verteilung von Reliquien reichte nicht zur Befriedigung der immer größer werdenden Nachfrage aus: Wurden anfangs nur die Altäre von Kathedralen über den Gräbern von Märtyrern errichtet, wollte bald schon jede Dorfkirche, die etwas auf sich hielt, eine Reliquie im Altar verbaut haben. Geistliche, Edelleute, aber auch immer mehr Menschen aus dem gewöhnlichen Volk trugen Reliquien als Glücksbringer bei sich, an Ketten um den Hals, in Beuteln am Gürtel oder in Fläschchen in der Tasche.

Durch die Initiative findiger Handwerker und Geschäftemacher entstanden daher mancherorts bald wahre Fälscherwerkstätten, was eine wundersame

*Vermehrung von Reliquien zur Folge hatte. So werden
dem heiligen Stephan heute nicht weniger als dreizehn
Arme zugeschrieben. Von Karl dem Großen werden
alleine in Aachen vier Arme verehrt, ein fünfter befindet sich im Louvre in Paris. Auch der Kopf von
Johannes dem Täufer taucht in der Kirchengeschichte
in überraschend zahlreichen Versionen auf.*

*Mithilfe moderner wissenschaftlicher Methoden
wurden in letzter Zeit einige der bekanntesten Reliquien als Fälschungen entlarvt. In Frankreich stellte
sich die einzige Reliquie der Jeanne D'Arc als Rippen-
knochen einer ägyptischen Mumie heraus. Die Wolle
der in Italien verehrten Kutte des Franz von Assisi
stammt aus der Zeit lange nach seinem Tod.*

*Auch die »Heilige Lanze«, mit der der Legende
nach der römische Centurio Longinus bei der Kreuzigung Jesu dessen Seite öffnete und die seit 1800 in der
Wiener Hofburg aufbewahrt wird, hielt einer Über-
prüfung mit den Methoden der modernen Wissen-
schaft nicht stand: Sie stammt aus dem späten achten
Jahrhundert nach Christus.*

*Für gläubige Christen sind diese Erkenntnisse frei-
lich nebensächlich: Für sie zählt die Kraft einer Reliquie mehr als ihre Echtheit.*

Auf die theatralisch vorgetragenen Worte des päpstlichen
Gesandten folgte erschrockenes Schweigen. Niki konnte im
Hintergrund mit einem Mal ein Baby weinen hören, einen
Hund bellen, ein paar Hühner gackern. Die Menschen auf
dem Platz blickten mit großen Augen zwischen Ronaldo von
Verona und ihrem Landesherrn Hadmar von Kuenring hin
und her. Die meisten von ihnen hatten wohl keine Vorstellung von der Tragweite des Unheils, das so unerwartet über
den Burgherrn hereingebrochen war.

Vielleicht hatte sich der Legat aus dem fernen Rom eine stärkere Reaktion des gemeinen Volkes auf seine Worte erwartet; vielleicht fühlte er sich auch von dem kalten Blick provoziert, mit dem Hadmar ihn schweigend vom Rücken seines Pferdes aus abschätzig von Kopf bis Fuß musterte.

»Ritter Hadmar hat König Richard von England, den man ›Löwenherz‹ nennt, auf dem Rückweg vom Kreuzzug aus dem Heiligen Land hier gefangen gehalten und damit einen ausdrücklichen Befehl des Papstes missachtet: Kreuzfahrer stehen unter dem persönlichen Schutz seiner Heiligkeit!«, rief Ronaldo von Verona von seinem erhöhten Platz am Brunnenrand in die Menge hinab.

Die Menschen nickten zustimmend: Daran konnten sie sich noch gut erinnern in Dürnstein. Davon würden sie noch ihren Kindern und Kindeskindern erzählen.

»Daher wird Hadmar aus der Gemeinschaft der Gläubigen ausgeschlossen, und mit ihm jeder Mann, der ihm folgt, jede Frau und jedes Kind! Für sie alle wird es keine Gottesdienste mehr geben. Keine Taufen, keine Hochzeiten, keine letzten Ölungen. Keine Beichte, keine Absolution zur Vergebung der Sünden!«

Niki konnte spüren, wie Unruhe von den Menschen Besitz ergriff, sich in konzentrischen Kreisen in der Menge ausdehnte wie die Wellen eines ins Wasser geworfenen Steines. Ronaldo spürte es offensichtlich auch.

»Hadmar von Kuenring wird das Himmelreich nicht sehen; er ist verurteilt, auf immer und ewig Satans Höllenqualen zu ertragen!«, donnerte er. »Wenn ihr ihn nicht verlasst, dann teilt ihr sein gottgewolltes Schicksal! Ich frage euch: Wollt ihr, dass eure Kinder ungetauft bleiben? Wollt ihr ohne die Möglichkeit der Beichte unter euren Sünden leiden, bis ihr unter ihrer Last zusammenbrecht?«

Ritter Hadmar kniff die Augen zusammen und ließ sein Pferd einen Schritt auf den Brunnen zugehen, dann noch einen.

»Ich frage euch: Wollt ihr ohne das Sakrament der letzten Ölung sterben und direkt in die Gefilde Satans hinabfahren, während euer Körper in nicht geweihtem Boden verscharrt wird wie der eines dahergelaufenen Tagediebes?«

Erneut wurde die Stille von einem lauten Geräusch zerschnitten. Diesmal war es nicht der Stab oder die Glocke der Geistlichen: Diesmal war es das Schwert von Ritter Hadmar, das dieser mit einem metallischen Knirschen aus der Scheide an seinem Gürtel zog.

»Vielleicht spieße ich auch noch einen päpstlichen Legaten auf, bevor ich zu Satan in die Hölle fahre!«, knurrte der Burgherr und ließ sein Pferd unbeirrt Schritt für Schritt durch die Menge seiner Untertanen näher an den Brunnen herangehen. »Was glaubst du eigentlich, wer du bist? Stehst auf meinem Grund und Boden und denkst, du kannst meine Leute ungestraft gegen mich aufhetzen? Ich spieße dich auf und werfe dich meinen Hunden zum Fraß vor! Was danach noch von dir übrig ist, hänge ich in den Eisenkäfig über dem Stadttor, damit die Krähen auch noch was von dir haben!«

Ritter Hadmars Stimme war mit jedem Satz lauter geworden; den letzten rief er so laut, dass selbst Niki unwillkürlich den Kopf einzog.

Schritt für Schritt trieb der alte Ritter sein Pferd näher an den Brunnen heran. Er war außer sich vor Zorn und offenbar fest entschlossen, am päpstlichen Legaten ein Exempel zu statuieren. Dessen Begleiter hatten die drohende Gefahr bemerkt: Niki sah, wie sich zwei der schwarzgekleideten Geistlichen rechts und links von Hadmar durch die Menschenmenge drängten und nach den Zügeln seines Pferdes griffen.

Fehler, dachte Niki. *Großer Fehler.*

Der Burgherr riss energisch an den Zügeln und ließ damit das Tier auf der Hinterhand hochsteigen. Die Vorderhufe des Pferdes trafen einen der Männer auf die Brust, sodass dieser rückwärts in die Menschenmenge geschleudert wurde und gemeinsam mit einigen Umstehenden zu Boden ging. Den zweiten schlug Ritter Hadmar mit dem Knauf seines Schwertes ins Gesicht. Sogar Niki, der weit hinten stand, konnte die Nase und die Zähne des untersetzten Mannes brechen hören.

Der Geistliche schrie auf und taumelte zurück, die Hände vor sein verletztes Gesicht gepresst. Blut tropfte in den Staub des Dorfplatzes.

»Das nimmt kein gutes Ende«, flüsterte Engel Niki ins Ohr und zog eindringlich an seinem Arm. »Du musst ihn aufhalten. Tu was! Schnell!«

Leichter gesagt als getan, dachte Niki, ohne die Augen von der dramatischen Szene abzuwenden, die sich rund um den Dorfbrunnen abspielte.

Der junge Hadmar, der Sohn des Burgherren, hatte offensichtlich den gleichen Gedanken wie Engeltrud: Er hatte den Platz neben Niki verlassen und drängte sich hastig durch die Menge auf den Brunnen zu. Niki erkannte auf den ersten Blick, dass Hadmar seinen wütenden Vater unmöglich einholen konnte, bevor dieser Ronaldo von Verona in Reichweite seines Schwertes hatte.

Niki blickte hilfesuchend um sich. Als er bemerkte, dass seine Freunde, die Zwillinge Gottfried und Gerwald, immer noch am Brunnenrand standen, direkt zu Füßen des päpstlichen Legaten, hatte er eine Idee.

Er steckte die Finger in den Mund, stieß einen schrillen Pfiff aus und winkte wild mit beiden Armen über die Köpfe der umstehenden Personen hinweg, bis es ihm gelang, die Aufmerksamkeit der beiden stämmigen Söhne des Schmiedes auf sich zu ziehen. Mit weit ausholenden Gesten deutete er den beiden wieder und wieder an, was er von ihnen wollte, während sie ihn nur mit großen Augen verständnislos anstarrten.

Ritter Hadmar hatte den Brunnen inzwischen fast erreicht; der weißgekleidete Priester auf dem Brunnenrand würde sich nun jede Sekunde in Reichweite seines Schwertes befinden.

Ein letztes Mal gestikulierte Niki verzweifelt in Richtung der Zwillinge. »Der Gesandte hat völlig recht. Hier wurde Gottes Wille missachtet, das muss bestraft werden!«, rief einer der beiden plötzlich laut aus und stieß seinen Bruder mit beiden Armen an die Brust.

»Bist du noch bei Trost, Mann? Wir haben unserem Burgherren Treue geschworen! Hast du keine Ehre im Leib?«, antwortete sein Bruder hitzig und erwiderte den herzhaften Stoß mit doppelter Kraft.

Der Gestoßene taumelte zurück. Im Fallen stieß er hart gegen den Stab und die Beine des päpstlichen Legates, der der Rauferei zu seinen Füßen angesichts der sich nähernden Bedrohung durch den wutschnaubenden Hadmar keine Aufmerksamkeit geschenkt hatte.

Der Gesandte wankte. Einen Moment lang versuchte er noch, auf dem glitschigen Brunnenrand sein Gleichgewicht wiederzuerlangen, aber es war zu spät: Ronaldo von Verona klatschte der Länge nach rücklings in den Dorfbrunnen, der zu seinem Glück bis knapp unter den Rand mit Wasser gefüllt war.

Die Zwillinge sahen den prustenden Geistlichen mit der ehemals weißen Kleidung im Brunnen herumplanschen und brachen in ansteckendes Gelächter aus. Die Dörfler stimmten ein, und sogar Ritter Hadmar ließ das bereits drohend erhobene Schwert sinken und musste mitlachen, als der tropfende Gesandte, unterstützt von seinen verbliebenen Begleitern, aus dem Brunnen kletterte.

Ronaldo von Verona hob drohend einen Zeigefinger, als wollte er noch etwas sagen. Angesichts der allgemeinen Heiterkeit überlegte er es sich aber offensichtlich anders, nahm seinen Stab vom Boden auf und stapfte tropfend davon, wobei er eine feuchte Spur im Staub der unbefestigten

Straße hinterließ. Die schwarzgekleideten Geistlichen, die ihre beiden verletzten Kameraden stützten, folgten ihm, so schnell sie konnten. Dabei warfen sie finstere Blicke in die lachende Menschenmenge, die bereits anfing, sich zu zerstreuen, um nach dieser willkommenen Ablenkung wieder ihrem Tagwerk nachzugehen. Die Worte des seltsamen Besuchers hatten die meisten Zuhörer wohl schon wieder halb vergessen.

Niki, Engel und Bertram traten zum Brunnen, wo Ritter Hadmar von seinem Pferd gestiegen war und sich bei den grinsenden und einander immer noch spielerisch schubsenden Zwillingen für ihr beherztes Einschreiten bedankte.

»Herr, ich habe die Worte dieses Mannes heute nicht zum ersten Mal gehört«, sprach Engel den Burgherrn an. »Abt Rudmar hat schon im Januar davon gesprochen, dass Ihr gemeinsam mit Herzog Leopold ›exkommuniziert‹ werden würdet. Ich wusste damals nur nicht, was das bedeutet. Keine Gottesdienste, keine Sakramente – das hat er alles vorausgesagt!«

Ritter Hadmar sah Engel nachdenklich an. Sie mochte noch keine sechzehn Jahre alt sein und als Bademagd im Badehaus von Krems einem unehrenhaften Beruf nachgehen. Aber er kannte das Mädchen lange genug, um zu wissen, dass unter dem von ungleichmäßig geflochtenen Zöpfen nur mühsam gebändigten kupferroten Haar ein kluger Kopf steckte. Wenn Engeltrud sagte, dass Abt Rudmar die Worte des päpstlichen Gesandten schon vor sechs Monaten vorausgesagt hatte, dann konnte er sich darauf verlassen.

»Na, dann weiß ich, wer mir gleich erklären wird, was das alles zu bedeuten hat«, knurrte der Burgherr. »Wir reiten nach Göttweig hinüber. Jetzt sofort. Abt Rudmar wird uns ein paar Fragen beantworten müssen. Mit ›uns‹ meine ich dich, mein Sohn. Und Bruder Severinus, der kennt sich aus im Kloster. Und Nikolaus, dich auch. Aber zieh dir um Gottes Willen vorher etwas an.«

Die Quelle der bedeutsamsten christlichen Reliquien ist Jesus Christus selbst. *Nachdem Jesus der biblischen Überlieferung nach leibhaftig von den Toten auferstanden und in den Himmel aufgefahren ist, beschränken sich die ihm zugeschriebenen körperlichen Überreste naturgemäß auf Dinge wie seine Nabelschnur, seine Haare, seine Milchzähne, die bei der Beschneidung entfernte Vorhaut und das bei der Kreuzigung vergossene Blut.*

Viel wichtiger sind im Fall von Jesus Christus Gegenstände, die der als Sohn Gottes Verehrte zu Lebzeiten oder nach seinem Tod berührt haben soll, zum Beispiel das »Wahre Kreuz«, *das die christlichen Kreuzritter bei allen Feldzügen gegen die Sarazenen mitführten, ehe es 1187 bei der verlorenen Schlacht von Hattin in die Hände von Saladins Armee fiel und seither als verschollen gilt.*

Weitere Beispiele reichen vom »Titulus« *(der über dem Kreuz Jesu angebrachten Inschrift), dem* »Heiligen Nagel« *und der bereits erwähnten* »Heiligen Lanze« *bis zur berühmten Dornenkrone.*

Auch die Echtheit dieser Reliquien muss in manchen Fällen bezweifelt werden: So wurde die »Heilige Vorhaut« *(lateinisch:* »sanctum praeputium«*), die Jesus Christus nach jüdischem Brauch acht Tage nach seiner Geburt im Tempel von Jerusalem entfernt worden war, im Mittelalter gleich in dreizehn europäischen Kirchen verehrt.*

Von der Dornenkrone, die im April 2019 von Feuerwehrleuten aus der brennenden Kathedrale Notre-Dame de Paris gerettet werden konnte, werden noch heute in neunzig europäischen Kirchen nicht weniger als hundertdreiundneunzig Dornen verehrt.

Und über die Splitter vom Wahren Kreuz soll
schon der Gelehrte Erasmus von Rotterdam gesagt
haben, dass man aus ihnen nicht nur ein Kreuz, son-
dern eine ganze Arche Noah bauen könnte.

»Pax vobiscum. Willkommen im Benediktinerkloster Göttweig«, sagte der Mönch am Torbogen des Klosters. Niki warf einen erschrockenen Blick auf den älteren Mann mit dem etwas einfältigen Lächeln, dem aus der Nase und den Ohren mehr Haare wuchsen als auf dem Kopf. Seines Wissens war der Pförtner des Klosters Göttweig ein freundlicher Geselle; sein Anblick und die formelhafte Begrüßung weckten in Niki aber Erinnerungen an seinen ersten und bis dato letzten Aufenthalt im Kloster des Jahres 1193, und diese Erinnerungen waren auch Monate danach noch so erschreckend und verstörend wie am ersten Tag.

Der junge Mann an seiner Seite schien Nikis Unsicherheit zu spüren und legte ihm freundschaftlich eine Hand auf den Arm. Niki warf ihm einen dankbaren Blick zu. Bruder Severinus, für seine Freunde schlicht Severin, war ebenfalls Benediktiner und trug die gleiche schwarze Mönchskutte wie der Pförtner. Er war erst zwanzig Jahre alt, wirkte durch seine Größe und seine breiten Schultern aber älter als die meisten seiner Mitbrüder. Er verbrachte seine Tage als Gehilfe von Vater Burghard in Dürnstein, wo er schon mehr als einmal unter Beweis gestellt hatte, dass er im Notfall mit Waffen genauso geschickt umzugehen vermochte wie mit Worten.

»Wir müssen mit Abt Rudmar sprechen«, sagte Ritter Hadmar kurz angebunden zu dem alten Pförtner. »Weißt du, wo wir ihn finden können?«

»Er ist gerade im Infirmarium beschäftigt. Einer der Bauern aus Paudorf hat sich bei der Arbeit das Bein gebrochen und wurde von seiner Familie herauf ins Kloster gebracht«, antwortete der Pförtner. »Abt Rudmar war lange Jahre unser Bruder Medicus, bevor er zum Abt gewählt wurde. Sein Ruf als Heiler reicht noch heute weit über die Grenzen unserer Gemeinde hinaus.«

Dazu hab ich meine eigene Meinung, dachte Niki grimmig, als er an der Seite von Vater und Sohn Hadmar und von Bruder Severinus den Innenhof des Klosters Göttweig betrat. Kurz spürte er beim Anblick der Gebäude das mittlerweile vertraute körperliche Unbehagen: eine Art Schwindel, der ihn immer dann überkam, wenn er einen Ort betrachtete, den er aus seiner eigenen Zeit sehr gut kannte, der im Jahr 1193 aber naturgemäß wenig Ähnlichkeiten mit seinen Erinnerungen aufwies. Das galt für das Dorf und die Burg Dürnstein, das galt für die Stadt Krems, und das galt für das Kloster Göttweig.

Eine hohe Mauer, die bis auf die fehlenden Zinnen und Schießscharten genau wie die Burgmauer von Dürnstein aussah, umschloss einen geräumigen Innenhof. Im Zentrum lagen die Klosterkirche, der Friedhof und auf einer grasbewachsenen Erhebung eine kleine Kapelle, die der Heiligen Erentrudis gewidmet war. Gleich daneben lag ein quadratisches Gebäude mit einem massiven Rundturm an jeder Ecke: die »Burg«, in der sich, wie Niki von seinem letzten Aufenthalt wusste, der Kapitelsaal, das Skriptorium und die Bibliothek des Klosters befanden. Severin führte die Gäste aber nicht zur Burg, sondern direkt in eines der niedrigen Steingebäude, die rund um den Innenhof angeordnet waren.

Drinnen herrschte düsteres Zwielicht. Nur wenige Sonnenstrahlen fanden den Weg durch die offene Tür und die kleinen Fenster. Das Infirmarium des Klosters Göttweig erinnerte Niki eher an das Laboratorium eines Alchemisten als an ein Krankenzimmer: Jedes Fleckchen Platz auf den Kommoden und Regalen war entweder mit Büchern bedeckt oder mit unzähligen Gefäßen aus Glas oder Ton, mit Bechern, Schalen, Ampullen, gefüllt mit verschiedenfarbigen Flüssigkeiten und Pulvern. Von der Decke hingen Bündel mit allerlei getrockneten Kräutern und verbreiteten einen aromatischen Duft. An einer Wand standen drei mit sauberem weißen Leinen bezogene Pritschen für Patienten, die längerer Behandlung bedurften.

Das Zentrum des Raumes wurde gebildet von einem massiven Holztisch, auf dem ein Mann in mittleren Jahren lag. Eines seiner Beine steckte noch in einem Beinling, einem Strumpf, der ihm bis übers Knie reichte. Das andere Bein war nackt und wurde soeben von zwei Männern mit einem Verband versehen. Alle drei Männer blickten auf, als Ritter Hadmar und sein Gefolge das Krankenzimmer des Klosters betraten. Zwei von ihnen nickten ihm respektvoll zu, einer sprach ihn an.

»Ritter Hadmar! Welch glücklichem Umstand verdanke ich die Ehre Eures Besuches?«, fragte Abt Rudmar. Sein sarkastischer Tonfall strafte die Freundlichkeit seiner Worte Lügen.

Abt Rudmar sah noch genauso aus, wie Niki sich an ihn erinnerte: dunkelhaarig, glattrasiert, mit wachen, dunklen Augen. Als Zeichen seines Amtes trug er einen goldenen Abtring am Ringfinger und ein schlichtes goldenes Kreuz an einer langen Kette um den Hals.

»Wir haben mit Euch zu reden«, sagte Ritter Hadmar kurz. »Gibt es hier im Kloster einen Raum, in dem wir uns ungestört unterhalten können?«

Der Abt zog eine Augenbraue in die Höhe. »Lasst mich raten: Ihr seid endlich exkommuniziert worden?«, fragte er mit einem dünnen Lächeln.

Hadmar trat auf ihn zu, packte ihn am Kragen seiner Kutte und zog den überraschten Mönch zu sich heran, bis die Nasen der beiden Männer einander fast berührten. »Bei Gott dem Allmächtigen! Heute ist ein *ganz* schlechter Tag, um meine Geduld mit Geistlichen aller Art auf die Probe zu stellen, ehrwürdiger Abt!«, knurrte er.

Rudmar riss sich mit einem Ruck aus dem Griff des Burgherrn los und richtete sich die schwarze Kutte. »Seid Ihr sicher, dass Ihr für einen Tag noch nicht genug Ärger mit der Kirche habt?«, brummte er. »Lasst mich unseren Patienten hier fertig versorgen, und dann hab ich bis zur Sext, die wir unmittelbar vor dem Mittagmahl beten, für Euch Zeit.«

Ritter Hadmar trat wortlos einen Schritt zurück, und die vier Besucher sahen zu, wie der Abt gemeinsam mit Bruder Bernhardus, dem Medicus des Klosters, den Verband am Bein des verletzten Bauern fertigstellte.

Niki fiel auf, dass Bernhardus, ein spindeldürrer älterer Mönch in einer viel zu großen Kutte, nach einer Lage Verband ein kleines Stoffviereck, nicht größer als ein Daumennagel, auf das verletzte Bein legte, bevor er den Verband mit Weihwasser besprenkelte und mit der nächsten Lage fortfuhr. Als Niki den Medicus nach dem Grund dafür fragte, gab dieser bereitwillig Auskunft, offenbar froh über die Gelegenheit, die angespannte Stimmung in seinem Infirmarium aufzulockern.

»Das ist ein Fragment aus einer Decke, die uns ein Patient als Dank für seine Genesung geschenkt hat«, sagte er. »Er war als Pilger im Heiligen Land und hat in Jerusalem in der Grabeskirche gebetet. In der Grabkapelle hat er mit dieser Decke den Stein berührt, auf dem der Leichnam Jesu die drei Tage bis zu seiner Auferstehung lag. Wir haben die Decke in kleine Stückchen zerschnitten, die wir seither zur Unterstützung der Heilung benutzen.«

Der Medicus teilte das letzte Stück des Verbandes in zwei Teile, machte daraus einen sauberen Knoten und bat seinen Patienten, die Zehen zu bewegen.

Abt Rudmar war mit dem Resultat offensichtlich zufrieden und tätschelte dem Bauern die Schulter. »In ein paar Wochen wirst du wieder wie neu sein«, sagte er aufmunternd.

»Wenn du jeden Sonntag zur Messe gehst, sogar noch schneller.«

Die Augen des Bauern leuchteten, als er sich auf dem Tisch aufsetzte.

Während ihm der Medicus nacheinander ein paar hölzerne Krücken reichte, um die richtige Größe für ihn zu finden, fragte er schüchtern: »Darf ich das Stück vom Tuch vom Grab Christi behalten, wenn ich den Verband nicht mehr brauche?«

Als Abt Rudmar nickte, brach der Bauer in Tränen aus.

»Das ist der schönste Tag meines Lebens«, war das Letzte, was Niki ihn sagen hörte, als er gestützt von seiner neuen Krücke und Bruder Bernhardus aus dem Raum ins Freie humpelte.

Viele der Jesus Christus zugeschriebenen Reliquien wurden im Jahr 326 unserer Zeit von Helena, der Mutter des römischen Kaisers Konstantin, von einer Wallfahrt nach Jerusalem mit heim nach Byzanz gebracht: in die Stadt, die nach dem Tod ihres Sohnes in Konstantinopel umbenannt wurde und heute Istanbul heißt. Darunter das Wahre Kreuz, die Tafel mit der berühmten Aufschrift »Jesus von Nazareth, König der Juden«, die bei der Kreuzigung verwendeten Nägel, die Dornenkrone und die Gebeine der Heiligen Drei Könige.

Diese und viele andere Reliquien wurden bei der Eroberung und Plünderung der christlichen Stadt Konstantinopel durch christliche Kreuzfahrer am 13. April 1204 geraubt und über ganz Europa verstreut – eine der skurrilsten Episoden in der Geschichte des Christentums, für die erst im Jahr 2001 Papst Johannes Paul II. Worte der Entschuldigung fand.

Unter den geraubten Reliquien wird auch der wertvollste und bis heute meistgesuchte Schatz der

Christenheit vermutet, der seinen Ursprung ebenfalls in Jerusalem hat. Der Legende nach ist er unzerstörbar, verschafft seinem Besitzer Heilung und ewige Jugend und kann nur von einem »reinen Tor« gefunden werden.

Allein in Europa wird heute von mehr als zweihundert Objekten behauptet, dass sie dieser Schatz seien.

In der Kathedrale San Lorenzo in Genua wird er unter dem Namen »Sacro Catino« verehrt, in Valencia als »Sánto Caliz« und in Wales als »Nanteos Cup«. In England vermutet man, der Schatz wäre in der Stadt Glastonbury unter einer Quelle namens »Chalice Well« vergraben, deren (stark eisenhaltiges) Wasser rot wie Blut sprudelt.

Eine Theorie sieht den größten Schatz der Christenheit als »unveräußerliches Erbstück des Hauses Habsburg« sogar in der Schatzkammer des Kunsthistorischen Museums in der Wiener Hofburg.

»Also?«, fragte Abt Rudmar, als der Medicus und der glückselige Bauer das Infirmarium verlassen hatten und er mit seinen vier Besuchern alleine war.

»Woher habt Ihr gewusst, dass ich exkommuniziert werde?«, fragte Ritter Hadmar.

»Das war nicht schwer vorherzusehen. Das Gesetz von Urban dem Zweiten ist schon bald hundert Jahre alt, seine Anweisungen sind klar und deutlich: Jeder Kreuzfahrer steht unter dem Schutz der Heiligen Mutter Kirche, sowohl als Person als auch, was sein Eigentum betrifft. Einen Kreuzfahrer gefangen zu nehmen und ihn erst gegen Lösegeld wieder freizulassen, verletzt alle Bestimmungen dieses Gesetzes auf einmal. Die Frage war nicht, ob der Papst Euch exkommuniziert, sondern bloß, wann er es tut. Um ehrlich zu sein: Es wundert mich, dass es so lange gedauert hat«, sagte der Abt. »Hat Euch Herzog Leopold das nicht gesagt, als er Euch um Eure Hilfe bat?«

»Hat er nicht«, sagte Ritter Hadmar und ließ den Kopf hängen. »Es hätte aber auch nichts geändert, wenn er es getan hätte. Ich hätte den Auftrag, Richard Löwenherz bis zu seiner Überstellung nach Deutschland hier sicher zu verwahren, ohnehin nicht ablehnen können.«

Während Ritter Hadmar in Gedanken versunken mit hinter dem Rücken verschränkten Händen wie ein gefangener Tiger den Raum hinauf- und hinunterlief, ergriff Bruder Severinus das Wort und berichtete seinem Abt in kurzen, klaren Worten vom Besuch des päpstlichen Gesandten in Dürnstein.

»Tut mir einen Gefallen und setzt Euch, Hadmar. Ich kann nicht nachdenken, wenn Ihr die ganze Zeit hier auf- und ablauft«, sagte Abt Rudmar, als Severin geendet hatte.

Der Abt und Vater und Sohn Hadmar zogen sich Schemel an den Tisch; Niki setzte sich auf eine der Pritschen, während Bruder Severinus respektvoll stehen blieb.

»Ich habe eine gute und eine schlechte Nachricht für Euch«, sagte der Abt nach einer Weile. »Die gute lautet: Ein Kirchenbann wird erst wirksam, wenn er veröffentlicht ist, meistens durch einen Anschlag am Kirchentor. Das hat der päpstliche Gesandte offensichtlich versäumt bei seinem eiligen und unrühmlichen Abgang. Die schlechte Nachricht ist: Früher oder später wird er zurückkommen und das nachholen. Ihr habt ihn persönlich bedroht und zwei Männer der Kirche verletzt. Das wird man Euch nicht vergessen in Rom.«

»Ich weiß, ich weiß«, knurrte Ritter Hadmar. »Er hat mich aber auch bis aufs Blut gereizt. Ihr hättet ihn hören sollen. Lieber hätt ich ihn erschlagen, als unter den Augen aller meiner Leute vor ihm zu Kreuze zu kriechen!«

»Seid nicht so niedergeschlagen, Hadmar«, sagte Abt

Rudmar mit einem Zwinkern. »Viele Herrscher wurden exkommuniziert und hatten trotzdem ein gutes Leben. Kaiser Heinrich IV. zum Beispiel ...«

»Das war doch der, der im Winter über die Alpen nach Canossa gepilgert ist und dort barfuß und im Büßerhemd tagelang im Schnee darauf gewartet hat, dass der Papst ihn empfängt? Da hätt ich mich gleich vor dem arroganten Gesandten in den Staub werfen können, dann hätt ich mir wenigstens den Weg erspart ...« Der Burgherr verstummte und vergrub sein Gesicht in den Händen.

»Kann man den Papst vielleicht irgendwie umstimmen, bevor der Bann wirksam wird?«, fragte Hadmar der Jüngere seinen Vater. »Was ist, wenn wir unseren Anteil am Lösegeld mit ihm teilen?«

»Das haben wir nicht einmal noch!«, brummte der Burgherr. »Löwenherz sitzt inzwischen in Deutschland auf Burg Trifels, dem Vernehmen nach diesmal wirklich in einem Kerker, und Gott allein weiß, wie lange das Feilschen um sein Lösegeld noch dauern wird. Abgesehen davon: In den Schatzkammern des Papstes in Rom stapeln sich Reichtümer ohne Ende – mit Gold und Silber können wir den alten Coelestin sicher nicht bestechen.«

Niki folgte der Diskussion geistesabwesend; er war immer noch beeindruckt von der starken Reaktion des verletzten Bauern auf das winzige Stück Stoff, das angeblich das Grab Jesu in Jerusalem berührt hatte.

»Warum machen wir dem Papst nicht eine Reliquie zum Geschenk?«, schlug er vor. »Die sind doch voll angesagt, ähm, beliebt zurzeit. Die Leute reden über nichts anderes, sogar in der Taverne. Und der Bauer hat sogar geweint aus Freude über das Geschenk!«

»Die Katakomben von Rom sind bis unters Dach voll mit Knochen von Märtyrern!«, winkte Ritter Hadmar ab. »Die Peterskirche steht auf dem verdammten *Grab* des Heiligen Petrus!«

»Tu es Petrus et super hanc petram aedificabo ecclesiam meam«, murmelte Abt Rudmar.

»Du bist Petrus, und auf diesen Felsen werde ich meine Kirche bauen«, übersetzte Severin für die anderen Männer. »Wahrlich, wie stellst du dir das vor, Blondie«, feixte der junge Hadmar. »Der Papst lacht uns aus, wenn wir ihm mit dem Rest vom Tuch aus der Grabkapelle als Geschenk kommen.«

»Dann muss es halt eine besondere Reliquie sein«, sagte Niki, leicht gereizt durch den Spott seines Erzfeindes. »Etwas, was sogar der Papst noch nicht gesehen hat. Irgendwas von Jesus selbst vielleicht?«

»Es gibt in ganz Europa keine Reliquien von Jesus«, warf Abt Rudmar ein.

Niki geriet allmählich in Rage, weil seine gut gemeinte Idee so gar keinen Anklang fand.

»Klar gibt es die«, sagte er hitzig. »Jede Menge sogar. Sind nach der Plünderung von Konstantinopel durch die Kreuzritter im vierten Kreuzzug über ganz Europa verstreut worden. Das weiß doch jedes Schulkind!«

Das seinem Ausbruch folgende Schweigen dauerte lange; ebenso lange ruhten die Blicke der anderen vier Männer im Raum auf ihm.

»Bist du närrisch, Nikolaus? Wovon sprichst du?«, sagte Ritter Hadmar schließlich. »Es gab erst drei Kreuzzüge. Und ganz sicher wurde dabei niemals Konstantinopel durch die Kreuzritter erobert. Warum sollte es auch? Konstantinopel? Die letzte Bastion der Christenheit im Osten?«

Niki fühlte, wie das Blut in seinen Kopf stieg, und wusste, dass er gerade rote Ohren bekam.

Lieber Himmel, dachte er. *Nicht schon wieder.*

Einmal schon hatte er versehentlich Wissen preisgegeben, über das seine neuen Zeitgenossen im Jahr 1193 noch nicht verfügen konnten. Einmal schon hatte er danach alle Hände voll zu tun gehabt, um zu verhindern, dass die Geschichte durch seine Anwesenheit völlig aus dem Ruder lief. Er hatte sich geschworen, dass das nie wieder vorkommen würde, und jetzt war es ihm in der Hitze der Diskussion wieder passiert.

»Das heißt also, jetzt wäre es noch möglich, im *noch nicht geplünderten Konstantinopel* eine Reliquie zu erstehen, die sogar den Papst beeindrucken würde?«, fragte Abt Rudmar Niki langsam und deutlich, als würde er zu einem kleinen Kind oder einem geistig zurückgebliebenen Menschen sprechen.

Niki überlegte fieberhaft, um nicht noch einen Fehler zu machen. »Ich denke schon«, sagte er schließlich langsam. »Wenn sie noch nicht hier sind, müssen sie wohl noch dort sein.«

»Und an welche Reliquien denkst du da?«, fragte Ritter Hadmar neugierig.

»Was weiß ich? Einen blutigen Nagel von der Kreuzigung? Das Turiner ... ähm, das Grabtuch, in das der Körper Jesu nach der Kreuzigung eingewickelt wurde? Den goldenen Kelch, aus dem beim letzten Abendmahl der Wein getrunken wurde?«

»Dafür müssen wir aber nicht nach Konstantinopel reisen«, warf der junge Hadmar ein. »Ein rostiger Nagel, ein blutverschmiertes Tuch, ein goldener Becher wird sich wohl auch hier bei uns finden lassen!«

»Bei uns hier im kleinen Herzogtum Österreich? Ausgerechnet? Das nimmt uns der Papst nie ab, das käme ein wenig gar zu gelegen«, gab sein Vater zu bedenken.

»Stimmt«, sinnierte Niki. »So einfach ist es nicht. Eine Reliquie, die eines Papstes würdig ist, muss aus einem fernen Land kommen. Es müssten Gerüchte über sie im Umlauf sein, sodass die Menschen schon auf ihre Entdeckung warten und danach auf den Straßen auf die Knie vor ihr fallen. Und es muss eine gute Geschichte dazu geben: Was Jesus damit getan hat. Wie sie von den Ungläubigen gestohlen wurde. Wie sie von mutigen Tempelrittern gerettet und nach Byzanz in Sicherheit gebracht wurde ...«

Niki verstummte, als ihm das Schweigen im Raum auffiel. Er hob den Kopf, blickte in die Runde und sah rundum nachdenkliche Gesichtsausdrücke.

»An so einer Reliquie hätte ich großes Interesse«, sagte Ritter Hadmar schließlich.

»Herzog Leopold vermutlich auch«, grinste sein Sohn.

»Die Heilige Mutter Kirche auch«, sagte Abt Rudmar.

Vermutlich würde sich die Suche nach dem größten Schatz der Christenheit einfacher gestalten, wenn man wüsste, wie er genau aussieht. Die ältesten bekannten Erzählungen von Chrétien de Troyes, Robert de Boron und Wolfram von Eschenbach aus dem späten 12. Jahrhundert beschreiben ihn lediglich als wundertätiges Gefäß in Form eines Bechers, eines Kelchs oder einer Schale.

Der Legende nach hat Jesus Christus dieses Gefäß beim letzten Abendmahl vor seinem Tod am Kreuz benutzt, um seinen zwölf Aposteln Wein zu reichen. Jeder Christ kennt die Worte aus den Evangelien, die ein fixer Bestandteil der Heiligen Messe sind: »Ebenso nahm er nach dem Mahl den Kelch, dankte wiederum, reichte ihn seinen Jüngern und sprach: Nehmet und trinket alle daraus ...«

Leider beschreibt auch keiner der Evangelisten den erwähnten »Kelch« *näher, und auch die bekannteste bildliche Darstellung dieser Szene, das berühmte Wandgemälde Leonardo da Vincis im Dominikanerkloster Santa Maria delle Grazie in Mailand, bringt kein Licht in die Sache: Da Vincis Meisterwerk* »Das Abendmahl« *zeigt nicht nur ein Weinglas, sondern gleich derer dreizehn, wobei das von Jesus nicht anders aussieht als die der Apostel.*

Trotz dieser eher rudimentären Hinweise auf sein Aussehen haben sich im Laufe der Jahrhunderte Menschen aus aller Herren Ländern auf die Suche nach dem größten Schatz der Christenheit gemacht, vom König bis zum Kirchenmann, vom Archäologen bis zum Journalisten, darunter mittelalterliche und neuzeitliche Helden mit klingenden Namen wie Parzival, Galahad, Baudolino, Indiana Jones und Professor Robert Langdon.

Und ein paar andere, weniger berühmte, deren Geschichte es noch zu entdecken gilt.

»Also abgemacht«, sagte Ritter Hadmar. »Wir unterbreiten Herzog Leopold den Vorschlag, eine Pilgerfahrt nach Konstantinopel auszurüsten. Ich selber bin zu alt für solch ein Abenteuer, daher werde ich meinen Sohn mit ihrer Führung beauftragen. Ritter Joachim von Senftenberg muss ebenfalls daran teilnehmen – er kennt den Weg und er kennt die Stadt, weil er im Gefolge des alten Barbarossa am Kreuzzug lange Zeit dort verbracht hat. Dazu Bruder Severinus, der der lateinischen Sprache mächtig ist. Und natürlich unser Nikolaus hier, der die gute Idee hatte.«

Der Burgherr sah sich in der Runde der Männer um, die immer noch um den großen Tisch im Infirmarium des Klosters Göttweig saßen.

»Unsere ehrenwerten Wallfahrer haben den Auftrag, eine Reliquie zu finden und heil hierher nach Dürnstein zurückzubringen, die geeignet ist, Papst Coelestin gnädig zu stimmen, wenn wir sie ihm im Anschluss als Geschenk überreichen im Austausch dafür, dass er die Exkommunikation von Herzog Leopold und mir zurücknimmt. Noch Fragen?«

Na sehr super, dachte Niki. *Unter allen dummen Ideen, die ich jemals hatte, nimmt diese unzweifelhaft den Spitzenplatz ein. Was hab ich mir da nur wieder eingebrockt?*

»Aber was um alles in der Welt sollen wir dort auftreiben, das gut genug ist, um selbst den Papst zu überzeugen?«, fragte er missmutig.

»Lass dir halt was einfallen, Blondie«, lachte der junge Hadmar, der Feuer und Flamme für den Plan seines Vaters war. »Du hast es eben selbst gesagt: eine Reliquie mit einer guten Geschichte dazu. Eine, auf deren Entdeckung die Menschen schon warten und danach auf den Straßen auf die Knie vor ihr fallen.«

»Erinnert ihr euch noch an diesen fahrenden Sänger, der letzten Sommer hier vorbeigekommen ist?«, fragte sein Vater nachdenklich. »Wie hieß der nochmal? Wolfram von ... Eichenbach?«

»Eschenbach«, sagte Bruder Severinus. »Wolfram von Eschenbach war sein Name.«

»Wie auch immer. Er hat uns doch diese Geschichte vorgetragen, die er in Frankreich aufgeschnappt und ins Deutsche übersetzt hat. Die von dem Ritter, der nach diesem ... heiligen Kelch sucht.«

»Parzival«, warf Severin ein.

»Wenn man den Worten dieses Wolfram von Eschenbach Glauben schenkt, ist gerade die halbe Christenheit auf der Suche nach diesem Kelch. *Das* wäre zum Beispiel ein Geschenk, das den Papst mit Sicherheit zur Aufhebung des Kirchenbannes bewegen würde! Wie hat der Minnesänger den Kelch genannt?«

»Die Franzosen nennen ihn Sangreal«, sagte Severin. »Eschenbach hat das übersetzt mit *Heiliger Gral.*«

Niki sagte nichts mehr. Er seufzte nur und vergrub das Gesicht in den Händen.

Ein gefährlicher Auftrag

ikis Finger griffen spielerisch ein paar verträumte Akkorde auf der Laute, die ihm der Burgherr und seine Frau zum Geschenk gemacht hatten: F, Gm, C und wieder zurück auf F. Die Akkordfolge löste eine Erinnerung in ihm aus; wie von selbst begann er, eine vertraute Melodie dazu zu summen. Nach ein paar weiteren Momenten fiel ihm auch der zugehörige Text ein.

»Du bist wia a Büd, des i net laung gnua auschaun kaun, und du bist ois wia a Liad, des i hear und net vasteh …«, sang er leise vor sich hin und genoss mit geschlossenen Augen die warmen Sonnenstrahlen auf seinem nackten Körper.

Die Wellen der Donau schlugen sanft an die Uferböschung. An dem kleinen Lagerfeuer, an dem er zuvor die beiden Forellen gebraten hatte, knackten noch die letzten Zweige. Das rothaarige Mädchen neben ihm summte leise vor sich hin, und Niki wünschte sich, der Tag würde niemals enden.

Die beiden jungen Menschen lagen an Nikis Lieblingsplatz außerhalb von Dürnstein, am Uferweg nach Weißenkirchen, das von seinen Bewohnern in diesem Sommer des Jahres 1193 noch Lichtenkirchen genannt wurde. An dieser Stelle des Donauufers führte der Weg in einer Schleife rund um eine kleine Bucht herum, die von einer Baumgruppe und allerlei Buschwerk umgeben und dadurch vor Blicken vom Weg her ein wenig abgeschirmt war. Auf dem sandigen, zur Donau hin leicht abfallenden Strand waren eine Handvoll Findlingssteine verstreut, zwischen denen Niki gerne unbeobachtet und ungehört auf seiner Laute übte.

Und an dieser Stelle hatten Niki und Engel den Sommernachmittag verbracht. Sie hatten miteinander geredet, gelacht und gesungen. Sie hatten einander im warmen Sonnenschein geliebt, wieder und wieder; mal mit hungriger Leidenschaft, mal mit zärtlicher Sanftheit. Im kalten Wasser der Donau hatten sie herumgealbert und sich gegenseitig die klebrigen Spuren ihres Liebesspiels von der Haut gewaschen. Dann waren sie aus dem Wasser gestiegen und hatten den Kreislauf mit Reden, Lachen und Singen wieder von vorne begonnen, so wie es nur sehr junge und sehr verliebte Pärchen zustande bringen.

Dazwischen hatten sie von den Forellen genascht, die Niki von dem jungen Fischer Kaspar, den alle Welt seines Berufes wegen den Karpfen nannte, geschenkt bekommen hatte. Das Fladenbrot hatte die Wirtin der »Drei Kronen« gebacken und das Salz hatte Niki auf dem Markt in Krems erstanden. Für Letzteres hatte er sogar eine der Münzen aus seinem Schatz geopfert, ein kostbares Relikt aus seinem alten Leben: eine kupferfarbene Münze im Wert von einem Cent, markiert mit ihrem Prägedatum 2015, für den Händler genauso kostbar wie das Päckchen mit dem wertvollen Gewürz.

»Hübsche Melodie«, sagte eine helle, junge Stimme und riss Niki damit aus seinen Gedanken. »Vom Text verstehe ich wie üblich kein Wort. Was heißt das alles?«

Niki legte die Laute neben sich zu Boden, drehte sich zur Seite und betrachtete mit Wohlgefallen das nackte Mädchen, das neben ihm auf dem Rücken lag und zu den Wolken am Wachauer Sommerhimmel hinaufblickte. Sein bewundernder Blick glitt über Engels schlanken Körper und verweilte schließlich auf ihrem hübschen, sommersprossigen Gesicht mit den großen grünen Augen, wie immer umrahmt von ein paar widerspenstigen Strähnen, die sich aus ihrem kupferroten, zu Zöpfen geflochtenem Haar gelöst hatten.

Engeltrud, dachte er. *Der Grund, warum ich hier bin.* »Meine Freunde nennen mich Engel. Nie hat ein Name weniger getaugt, um eine Person zu beschreiben.« So hatte sie sich ihm vorgestellt, als sie einander acht Monate zuvor kennengelernt hatten. Niki hatte sich wohl schon am ersten Tag in sie verliebt. Lange bevor er mit eigenen Augen Zeuge wurde, wie selbstbewusst sie ihr anrüchiges Tagewerk als Bademagd im Kremser Badehaus verrichtete. Wie liebevoll sie seit dem Tod ihrer Eltern für ihren riesenhaften, aber langsamen Bruder Bertram sorgte. Und wie mutig sie Niki zur Seite stand, als sie am Ostersonntag gemeinsam mit Bertram in letzter Sekunde das Leben des englischen Königs Richard Löwenherz retteten.

Und sie ist immer noch keine sechzehn Jahre alt, dachte Niki.

»Das heißt, dass ich mir wünsche, dieser Tag würde niemals enden«, beantwortete er schließlich ihre Frage. »So sehr, dass ich dafür einen Pakt mit dem Teufel persönlich abschließen würde.«

Engel lachte und bekreuzigte sich theatralisch. »Wenn Vater Burghard das jemals zu Gehör bekommt, bist du in Schwierigkeiten!«

»Ich bin immer in Schwierigkeiten. Ich ziehe sie magisch an. Schwierigkeiten lieben mich. Sie folgen mir, wo immer ich hingehe. Vielleicht bin ich der Gott der Schwierigkeiten«, grinste Niki.

Engel erinnerte sich offensichtlich daran, dass sie genau das an dem Tag im Januar gesagt hatte, an dem Niki und sie einander kennengelernt hatten, im Schnee vor dem Stadttor von Dürnstein. Sie kicherte, beugte sich über Niki und küsste ihn spielerisch auf den Mund.

»Ich bin auch glücklich, dass du wieder hier bist. Hier bei mir«, sagte sie leise und küsste ihn noch einmal, diesmal länger und ernsthafter.

»Du hast mir nie erzählt, wohin du so plötzlich verschwunden bist, damals am Rosengärtlein von Burg Aggstein«, sagte sie nachdenklich, nachdem sie sich wieder von ihm gelöst hatte. »Und warum du ein paar Wochen danach wieder zurückgekommen bist.«

Engel stützte ihr Kinn auf eine Handfläche und sah Niki auffordernd an. Er kannte diesen Blick und wusste, dass es schwierig werden würde, sich wieder herauszureden wie so oft in den vergangenen Monaten.

Und jetzt?, dachte Niki. *Soll ich ihr erzählen, dass ich nur ein paar Kilometer von hier entfernt in Krems geboren wurde, ähm, genaugenommen erst werde? Und zwar in mehr als 800 Jahren? No way.*

»Da, wo ich herkomme«, begann er zögernd, »gibt es etwas, das wir die *Oberste Direktive* nennen.«

»Direktive?«

»Das heißt so viel wie ›Regel‹. Eigentlich ist es mehr eine Philosophie als eine Vorschrift. Sie besagt: Gib niemals deine wahre Identität preis. Misch dich niemals in die natürliche Entwicklung eines anderen Planeten, ähm, *Ortes* ein.«

Und erzähle niemals, dass es das Weltall und andere Zivilisationen gibt, vollendete er in Gedanken die erste Regel der Sternenflotte aus dem *Star Trek*-Universum.

Engel machte große Augen. »Und warum nicht?«

»Weil es sich oft und oft erwiesen hat, dass Einmischungen in das Leben von weniger weit entwickelten Zivilisationen am Ende *immer* schlechte Auswirkungen haben, ganz egal, wie gut sie gemeint sind«, antwortete Niki.

Zumindest im Kino, ergänzte er etwas schuldbewusst in Gedanken.

Engel setzte sich mit einem Ruck auf. »Weniger weit entwickelte Zivilisationen?«, wiederholte sie scharf. »Wo du auch immer herkommst: Es gibt keinen Grund, auf mich herabzublicken, nur weil ich ein Mädchen vom Land bin! Nur weil du lesen und schreiben kannst wie ein Gelehrter und ich noch nicht, macht mich das noch lange nicht ... unterentwickelt!«

Der Blick aus ihren zusammengekniffenen grünen Katzenaugen ließ Niki trotz des warmen Sonnenscheins frösteln.

»Du kannst manchmal verdammt hochnäsig sein, Blondie. Das mag ich überhaupt nicht an dir! Wenn du mich wirklich liebst, dann sagst du mir die Wahrheit, Regel hin oder her. Du hast selbst gesagt, es ist mehr eine Philosophie als eine Vorschrift.«

Mit dem Rücken zur Wand suchte Niki fieberhaft nach einer Möglichkeit, die Diskussion im letzten Moment noch in eine andere Richtung zu lenken.

»Wenn wir gerade von den Dingen sprechen, die wir *nicht* aneinander mögen«, entgegnete er daher hitzig. »Wir leben jetzt seit Monaten, wie Mann und Frau zusammen, und du arbeitest immer noch jeden Markttag im Badehaus in Krems. Obwohl du weißt, dass mich der Gedanke daran rasend macht vor Eifersucht. Wenn du mich wirklich liebst, dann suchst du dir einen Beruf, der weniger ... *beziehungsfeindlich* ist!«

Niki kannte Engel gut genug, um zu wissen, wie emotional das Mädchen auf einen derartigen Vorwurf reagieren würde. Auch, weil die beiden diese Diskussion nicht zum ersten Mal führten.

Engel sprang auf die Füße, baute sich drohend über Niki auf und sah mit blitzenden Augen auf ihn hinunter.

»Zufällig mag ich meine Arbeit im Badehaus«, sagte sie scharf. »Man behandelt mich gut und man bezahlt mich gut. Und ich habe dir ohnehin versprochen, nicht mehr mit deinem Freund Ritter Joachim Verkehr zu haben. Zu seinem großen Leidwesen übrigens – er war zwei Jahre lang mein bester Kunde. Was willst du noch von mir? Dass ich mein restliches Leben damit verbringe, deine Wäsche zu waschen, während du landauf, landab in Tavernen deine seltsamen Lieder zum Besten gibst und dich als Retter von Richard Löwenherz feiern lässt?«

Niki sah auf seine Freundin hinauf und genoss den Anblick des Mädchens aus der ungewohnten Perspektive.

»Weißt du eigentlich, wie süß du bist, wenn du wütend bist?«, fragte er mit einem Lächeln.

Engel blickte unbewegt auf Niki hinab. Dann musste sie ebenfalls lächeln.

»Wie ich sehe, gefällt dir, was du siehst«, kicherte sie.

»Schon wieder.«

»Noch immer«, gab Niki lächelnd zurück.

»Uns gefällt auch, was wir sehen«, sagte eine Stimme und ließ die beiden jungen Menschen zusammenfahren.

»Zumindest, solange wir nicht auf den hässlichen blonden Sänger auf dem Boden hinuntersehen!«, sagte eine andere, identisch klingende.

»Bei allen Teufeln – könnt ihr nicht einmal für ein paar Stunden die Hände voneinander lassen?«, lachte die erste Stimme.

Engel ließ sich geistesgegenwärtig auf die Knie nieder und bedeckte so Nikis erigierte Blöße, während sie die Arme über ihren Brüsten verschränkte und die beiden Störenfriede finster anblickte.

»Die Leute sagen, wenn man euch zwei wo trifft, dann seid ihr immer entweder beim Streiten oder beim Vögeln.

Langsam bin ich geneigt, den Gerüchten Glauben zu schenken!«, sagte die zweite Stimme.

Niki und Engel sahen einander überrascht an und brachen dann gleichzeitig in Gelächter aus.

»Jetzt mal ehrlich, Engel: Was findest du eigentlich an dem blonden Gerippe? Was, frage ich dich, hat er, was wir zum Beispiel nicht haben? Fleisch auf den Knochen kann es auf jeden Fall nicht sein!«, sagte die erste Stimme.

»Vielleicht liegt es daran, dass er singen kann. Mädchen mögen sowas.«

»Stimmt. Oder daran, dass er sich jeden Tag wäscht und nicht so stinkt wie wir ...«

»Kann auch sein. Oder daran, dass er von Richard Löwenherz persönlich zum Ritter geschlagen wurde?«

»Na gut: Abgesehen davon, dass er singen kann, dass er sich jeden Tag wäscht und dass er von Richard Löwenherz persönlich zum Ritter geschlagen wurde – was, frage ich dich, hat er, was wir nicht haben?«

»Nichts!«, skandierten beiden Stimmen im Chor.

Niki verdrehte die Augen zum Himmel.

»Die Zwillinge«, seufzte er theatralisch.

Als er den Kopf in den Nacken legte und zum Uferweg hinaufsah, kamen seine Freunde in sein Blickfeld, wenn auch verkehrt herum.

Unwillkürlich erinnerten ihn ihr auf blindem Verständnis beruhendes Geblödel und der Anblick des identischen breiten Grinsens auf ihren unrasierten Gesichtern an den Tag im Januar, als er die beiden kennengelernt hatte. Als sie ihn geweckt hatten im Morgengrauen im einzigen Gästezimmer der »Drei Kronen«, um ihn im Auftrag von Ritter Hadmar zum *Bauernsturm* zu verpflichten, einer Art Wehrdienst für junge Dorfbewohner.

Niki war inzwischen neunzehn Jahre alt und die Zwillinge sechzehn. Immer noch waren sie einen Kopf kleiner als Niki, und immer noch sahen sie mindestens so alt aus wie er mit ihren breiten Schultern und ihren ungekämmten Schöpfen und buschigen Augenbrauen von drahtigem schwarzem Haar, das, wie Niki spätestens seit einem gemeinsamen Bad in einem Wäschezuber wusste, auch ihren übrigen Körper großflächig bedeckte.

Super Mario lässt grüßen, dachte er, *und das gleich in zweifacher Ausführung.*

Immer noch glichen sie einander wie ein Ei dem anderen. Mit einer Ausnahme: Einer von ihnen hatte ein Auge verloren beim Kampf gegen die englischen Ritter, die ihren gefangenen König Richard Löwenherz befreien wollten, und trug seither stolz eine schwarze Augenklappe. Daher wusste Niki, dass es Gottfried mit der Augenklappe war und nicht sein Bruder Gerwald, der jetzt das Wort ergriff.

»Engeltrud, kannst du dem blassen goldhaarigen Burschen unter dir bitte ausrichten, er möge sich so rasch wie möglich auf der Dorfwiese einfinden und dort den jungen Hadmar von Kuenring treffen.«

»Schatz, sei so gut und frag den behaarten Gnom mit der Augenklappe, was unser aller Lieblingsritter denn so Dringendes von mir will«, sagte Niki.

»Teilst du dem einfallslosesten aller Verseschreiber bitte mit, dass ein Gast aus Wien in Dürnstein angekommen ist«, sagte Gerwald. »Ein Gesandter von Herzog Leopold. Ein Ungar namens Ottokar. Witziger Kerl: klein und dick, aber mit einem mächtigen Schnurrbart.«

»Gott im Himmel, muss das gerade jetzt sein?«, seufzte Niki. »Süße, könntest du den behaarten Gnom *ohne* Augenklappe bitte fragen, was der schnurrbärtige Ungar ausgerechnet von mir will?«

Engel blickte entgeistert von einem zum anderen und begann dann zu lachen.

»Würde es euch drei Schwachköpfen etwas ausmachen, direkt miteinander zu sprechen?«, fragte sie.

»Du bist fürwahr eine Spielverderberin, *Schatz*«, lachte

Gottfried mit der Augenklappe. »Wenn es denn unbedingt sein muss: Der Ungar hat anscheinend ausdrücklich nach dir gefragt.«

»Ich schätze mal, es hat etwas mit der Reise nach Konstantinopel zu tun, von der Niki und Severin erzählt haben«, ergänzte Gerwald in plötzlich ernstem Tonfall. »Es ist jetzt immerhin über eine Woche her, dass Ritter Hadmar einen Boten mit eurem Vorschlag nach Wien geschickt hat. Die Antwort war längst überfällig.«

Niki blickte den Zwillingen missmutig nach, als sie den Strand verließen und durch das Buschwerk auf den Uferweg hinauf und außer Sicht kletterten.

»Schlechte Nachrichten?«, fragte Engel leise.

Niki zuckte nur mit den Schultern. Es war nicht das erste Mal seit seiner Ankunft im Mittelalter gewesen, dass ihm eine unüberlegte Bemerkung herausgerutscht war, aber noch keine hatte ihm danach so große Sorge bereitet wie diese. Insgeheim hatte er bis zuletzt gehofft, dass die hirnrissige Idee von der Reise nach Konstantinopel nie den Weg ans Ohr von Herzog Leopold finden würde.

Sieht so aus, als hätte ich mich geirrt, dachte er.

Dann hellte sich seine Miene wieder auf und er zwinkerte seiner immer noch über ihm knienden Freundin zu.

»Danke, dass du die Situation so ... elegant gelöst hast, als die beiden vorhin aufgetaucht sind. Sie haben mich schon oft nackt gesehen beim Schwimmen in der Donau, aber noch nie, ähm, in diesem Zustand.«

»Gern geschehen. Du fühlst dich übrigens gerade ... wirklich gut an in mir«, sagte Engel mit belegter Stimme und bewegte vorsichtig ihre Hüften auf und ab.

»Schon wieder?«, fragte Niki.

»Noch immer«, gab das Mädchen lächelnd zurück.

»Meinst du, Hadmar kann noch einen Augenblick ohne deine Gesellschaft auskommen?«

First things first, dachte Niki, ließ den Kopf zurück in den warmen Sand fallen, verbannte alle dunklen Vorahnungen aus seinen Gedanken und schloss lächelnd die Augen.

Der tote Mann in dem Käfig starrte Niki aus leeren Augenhöhlen an. Niki starrte nicht mehr erschrocken zurück wie damals, als er das Dürnstein des Jahres 1193 zum ersten Mal durch das Tor in der Stadtmauer betreten hatte. Zu oft war er seither durch den mächtigen Bogen in der Mauer geschritten, die sich vom Ufer der Donau bis hinauf zur Burg erstreckte. Heute hatte er für den Käfig, der an einer Kette von den Zinnen des Stadttores herabhing, und für seinen grauenvollen Inhalt nicht einmal einen Blick übrig. Heute hatte Niki andere Sorgen.

Ohne stehen zu bleiben erwiderte er das Nicken des Torwächters Hannes und schritt über die Zugbrücke, die den Graben vor der Stadtmauer überbrückte. Sein Ziel waren die beiden jungen Männer, die auf der Wiese vor dem Tor in ein seltsames Spiel vertieft waren.

»Schneller hab ich gesagt! Beweg deinen Arsch, Ruprecht! Das soll ein bewegliches Ziel sein? Da schläft mir ja das Wurfmesser in der Hand ein!«

Hadmar von Kuenring kniff ein Auge zusammen und warf dann ansatzlos ein kurzes Messer nach seinem Knappen, der mit einem großen, altmodischen Rundschild in den Händen panisch kreuz und quer wie ein Hase über die Wiese lief, wobei er darauf achtete, dass der Schild immer seinem Herrn und Meister zugewandt war.

Das Messer schlug mit einem hohlen Klang in das Holz des Schildes und blieb dort zitternd stecken.

Niki musterte das Schauspiel vom Rand der Wiese aus eine Weile nachdenklich.

Der kleine Ruprecht war im Winter einer der Ausbildner des *Bauernsturms* gewesen, einer Gruppe von fünfzehnjährigen Burschen aus Dürnstein und den umliegenden Dörfern, an der auch Niki als Neuankömmling teilnehmen hatte müssen. Unter der Leitung von Ritter Scheck von Wald, des Burgherrn von Aggstein, hatte Ruprecht gemeinsam mit Hadmar und seinem Freund Arnold den jungen Rekruten eingebläut, was sie im Fall des Falles als Wehrbauern bei der Verteidigung von Dürnstein wissen und können mussten. Drei Monate hatten die Burschen Disziplin gelernt und ihre Muskeln trainiert. Sie hatten Grundkenntnisse im Kampf mit Schwert, Speer und Axt erworben, hatten Bogenschießen geübt, Schwimmen, Klettern und sogar Reiten gelernt.

Wenn Ritter Scheck bei der Ausbildung dieses bunt zusammengewürfelten Haufens der Söhne von Bauern, Handwerkern und Fischern die Rolle eines heutigen Offiziers eingenommen hatte, dann hatte Hadmar von Kuenring als Knecht von Ritter Scheck die Rolle eines Unteroffiziers gespielt. Und Ruprecht gemeinsam mit seinem Freund Arnold die von zwei jungen Chargen, den niedersten Dienstgraden einer Armee, die nach Nikis Erfahrung aus seinem eigenen Wehrdienst oft die größte Freude dabei empfanden, die ihnen anvertrauten Rekruten mit unnötigen Schikanen einzudecken, wenn ihre Vorgesetzten gerade nicht hinsahen.

Der schweigsame Arnold, den alle nur »die Glatze« nannten, war am Ostermontag beim Kampf mit den Engländern vor den Toren von Burg Aggstein gefallen.

Und der pickelige Ruprecht, der schlimmste Schleifer von allen, dessen meckerndes Lachen rasch zu seinem gefürchteten Markenzeichen geworden war, wurde von seinem Herrn Hadmar gerade als lebende Zielscheibe missbraucht.

Zu seiner eigenen Überraschung tat Niki der kleingewachsene Bursche leid: Auch Ruprecht hatte vor Aggstein tapfer gefochten, und seit dem Ende der Ausbildung des Bauernsturms hatte er sich als umgänglicher Geselle erwiesen.

»Das reicht«, sagte er entschlossen und trat zu den beiden Burschen, die überrascht von ihrer wilden Waffenübung aufsahen: der eine keuchend und unverkennbar dankbar für die Unterbrechung, der andere wie so oft mit finsterem Blick und sichtlich ungehalten.

»Möchtest du vielleicht an seiner Stelle weitermachen, Blondie?«, fragte Hadmar von Kuenring und ließ geschickt ein weiteres Wurfmesser zwischen den Fingern seiner rechten Hand tanzen.

»Ich bin nicht dein Knappe, Hadmar. Such dir eine andere Zielscheibe«, gab Niki kühl zurück.

»Wie sprichst du überhaupt mit mir?«, brauste Hadmar auf. »Weißt du eigentlich, wen du vor dir hast?«

Einen arroganten Kotzbrocken, dachte Niki. *Du hast dich kein bisschen geändert, trotz allem, was wir schon gemeinsam erlebt haben.*

»Ich bin dir keinen Gehorsam schuldig. Du bist nicht mein Lehensherr«, antwortete er ruhig. »Nicht einmal dein Vater ist das, weil ich Richard Löwenherz die Treue geschworen habe. Damals, als er mich zum Ritter geschlagen hat. Mit deinem Schwert, falls du das schon vergessen hast!«

»Da war er ja nicht ganz bei Sinnen«, brummte Hadmar. »An dem Abend war er vergiftet *und* betrunken. Du kannst von Glück sagen, dass du gerade zur richtigen Zeit am richtigen Ort warst. Er hätte genauso gut Engeltrud zum Ritter schlagen können. Oder ihren Hund Satan.«

Niki und Hadmar sahen einander in die Augen, Nikis blaue in Hadmars dunkelbraune. Dann begannen beide gleichzeitig zu grinsen.

»Du hast mich rufen lassen?«, fragte Niki.

»Ja. Mein Vater hält heute Gerichtstag oben in der Burg. Im Anschluss an die letzte Verhandlung will er mit uns sprechen.«

»Mit uns?«

»Mit dir und mit mir. Ich schätze, es hat was mit diesem närrischen Einfall von dir zu tun. Dem mit den Reliquien für den Papst. Und mit dem Gesandten aus Wien, den Herzog Leopold deswegen zu uns geschickt hat.«

Hadmar drehte sich blitzschnell um und warf sein letztes Wurfmesser. Es traf genau in die Mitte des Rundschildes in den Händen des erschrockenen Ruprecht und blieb dort zitternd stecken.

Hadmar nickte zufrieden und wandte sich wieder Niki zu.

»Wir haben nicht mehr viel Zeit«, sagte er. »Geh und mach dich fein. Wir treffen uns oben auf der Burg.«

Die toten Tiere schienen Niki anzusehen, ihre kalten Glasaugen ihn zu verfolgen auf seinem Weg durch die Halle von Burg Dürnstein.

Irgendwie fühl ich mich heute ständig beobachtet, dachte Niki. *Erst die Zwillinge am Strand, dann das Skelett am Stadttor, und jetzt auch noch die ausgestopften Viecher!*

Der Hirschkopf mit dem gewaltigen Geweih. Der Wolfsschädel, aus dem immer ein wenig Sägemehl auf den binsenbedeckten Steinboden hinabrieselte. Vor allem aber der Kopf des Keilers, dessen mächtige Hauer Niki jedes Mal aufs Neue an die Wildschweinjagd erinnerten, an der er zum Ausklang des Narrenfestes hatte teilnehmen müssen. Genau diese Hauer waren es gewesen, die ihn erst am Bein verletzt und dann vermutlich getötet hätten, wenn nicht ausgerechnet sein Erzfeind, der junge Hadmar, im letzten Augenblick dazwischengegangen wäre.

Niki schenkte dem ausgestopften Keiler inmitten der Jagdtrophäen ein etwas gezwungenes Lächeln und bahnte sich seinen Weg durch die Gruppe von Menschen, die aus der kalten und düsteren Halle von Burg Dürnstein dankbar wieder in den warmen Sonnenschein hinausströmten. Manche waren gekommen, um Ritter Hadmar über ihre Streitigkeiten Recht sprechen zu lassen; andere wollten dabei bloß zuhören, um danach mit Neuigkeiten und Gesprächsstoff ins Dorf zurückzukehren.

In diesem Eiskasten von Burg wird es nicht einmal im Sommer hell und warm, dachte Niki fröstelnd und rieb sich die nackten Unterarme.

Die Halle war das Zentrum von Burg Dürnstein und nahm das gesamte Erdgeschoß des Hauptgebäudes ein. Selbst an diesem strahlenden Sommertag im August 1193 herrschte im Inneren der Burg nicht mehr als ein fahles Zwielicht. Die riesigen Wandteppiche, die im Winter als Schutz gegen die allgegenwärtige Zugluft vor die unverglasten Fenster gehängt wurden, waren zwar abgenommen und verstaut worden. Dennoch reichte das Licht, das durch die kleinen Öffnungen in der dicken Mauer fiel, nicht aus, um den größten Raum der Burg ausreichend zu erhellen.

Oder ausreichend zu erwärmen, dachte Niki mürrisch.

Daher waren die Fackeln an den langen Wänden zur linken und zur rechten und die vielen Kerzen am riesigen Kronleuchter auch an diesem Tag angezündet, genauso wie der offene Kamin an der gegenüberliegenden Seite der Halle.

Die Einrichtung des Raumes bestand im Wesentlichen aus drei langen Tischen, die zusammen ein großes »U« bildeten. Die kürzere Tafel auf der Stirnseite, an der zu Essenszeiten der Burgherr und seine Familie auf hohen, geschnitzten Stühlen saßen, befand sich auf einem niedrigen Podest vor dem Kamin; die beiden längeren, an denen sonst auf einfachen Holzbänken die Soldaten und das Gesinde speisten und tranken, erstreckten sich links und rechts davon.

Der Herrentisch war von fünf Personen besetzt: Ritter Hadmar saß wie gewohnt in der Mitte, ins Gespräch vertieft mit seiner Frau Eufemia, einer vornehm wirkenden Dame mittleren Alters mit einer weißen Haube auf dem Kopf, die ihn bei seiner Rechtsprechung beriet. An seiner anderen Seite saß Vater Burghard, ein dünner alter Mann mit einem großen Adamsapfel und wirr vom Kopf abstehenden weißen Haaren. Der junge Hadmar war vor Niki eingetroffen und hatte außen am Herrentisch neben seiner Mutter Platz genommen.

Während der betagte Priester noch den letzten Richterspruch des Burgherrn sorgfältig auf einem Stück Pergament notierte, richtete Niki seine Aufmerksamkeit auf die einzige Person am Tisch, die er nicht kannte.

Klein und dick, aber mit einem mächtigen Schnurrbart, dachte er amüsiert. *Besser hätte man den Fremden echt nicht beschreiben können.*

Niki hatte sich unter dem Gesandten vom Hof der Babenberger einen gestandenen Ritter vorgestellt, in einer auf Hochglanz polierten Rüstung, braungebrannt vom Leben auf der Straße, wo er wichtige Aufträge für Herzog Leopold ausführte.

Der Mann, der außen am Herrentisch saß und der Rechtsprechung von Ritter Hadmar interessiert zugehört hatte, war nichts von alledem.

Statt eines gestandenen Ritters hatte Niki einen beleibten Mann mittleren Alters vor sich, der wohl nicht viel größer als Engel war. Auf einem kurzen Hals saß ein eiförmiger Kopf, dessen schwarzes Haar sorgfältig frisiert war. Der gleichfalls schwarze Schnurrbart war in der Tat mächtig und an beiden Enden kunstvoll hochgezwirbelt. Statt einer schimmernden Rüstung trug der Besucher von Kopf bis Fuß makellos saubere schwarze Kleidung ohne sichtbares Wappen. Seine blasse Gesichtsfarbe erweckte den Anschein, dass er seine Zeit mehr in fensterlosen Schreibstuben als unter der sommerlichen Sonne verbrachte. *Sieht eher aus wie ein Beamter als wie ein Krieger,* dachte Niki. *Auf jeden Fall wie jemand, der mehr mit seinen ... kleinen grauen Zellen arbeitet als mit dem Schwert. Fehlt nur noch, dass er sagt, er wäre Belgier.*

Vater Burghard hatte das Protokoll des Gerichtstages abgeschlossen. Er erhob sich, verbeugte sich respektvoll vor Ritter Hadmar und verließ die Halle. Eufemia legte ihrem Gatten kurz zärtlich die Hand auf den Arm, bevor sie in Richtung der Burgküche verschwand. Ritter Hadmar sah auf, erblickte Niki und winkte ihn mit einer ungeduldigen Handbewegung zu den drei Männern an den Herrentisch.

Der schwarzgekleidete Fremde erhob sich und deutete eine höfliche Verbeugung an. »Mein Name ist Ottokar von Pressburg«, sagte er. »Ich bin ein ungarischer Edelmann und arbeite am Hof von Herzog Leopold. Ich freue mich, Eure Bekanntschaft zu machen.«

Niki erwiderte die höfliche Verbeugung. »Ich bin Nikolaus von Dürnstein. Meine Freunde nennen mich Niki, und alle anderen sagen Blondie zu mir oder nennen mich nur ›den Sänger‹. Die Freude ist ganz meinerseits.«

Auf einen Wink von Ritter Hadmar zog Niki sich einen Schemel heran und setzte sich den drei Männern gegenüber auf die andere Seite des Tisches. Als sein Blick von einem zum anderen wanderte, konnte er sich des Gefühls nicht erwehren, vor einem Tribunal zu sitzen. Alle Blicke ruhten auf ihm, als der rundliche Ungar das Wort ergriff.

»Nikolaus von Dürnstein also. Ihr seid aber nicht aus Dürnstein gebürtig, wie ich höre?«

»Das ist richtig«, antwortete Niki vorsichtig. »Ich bin gestürzt und habe einen Schlag auf den Kopf bekommen. Seither habe ich keine Erinnerung mehr an meine Herkunft.«

Damit erzählte er nur eine halbe Lüge: Über drei Monate hinweg hatte das durchaus zugetroffen. Bis seine Erinnerungen nach einer Explosion unten in der alten Küche der Burg zurückgekehrt waren, was er aber aus Angst vor möglichen Komplikationen nie irgendjemandem gegenüber eingestanden hatte.

Ottokar nickte bedächtig, als hätte er all das schon gewusst. »Ihr seid in die Dienste von Richard Löwenherz getreten. Man sagt, Ihr habt König Richards Leben gerettet. Eure Kleidung verrät mir, dass die Gerüchte wohl der Wahrheit entsprechen.«

Niki blickte an sich hinunter. Er hatte sich der Anordnung Hadmars entsprechend so fein wie möglich gemacht und seinen kostbarsten Besitz angelegt: den weinroten Waffenrock König Richards mit den zwei in Goldfäden eingestickten Löwen. Denselben Rock, den er am Faschingsdienstag bei der Wildschweinjagd tragen hatte müssen, um allfällige Attentäter von Richard Löwenherz abzulenken, der es sich in den Kopf gesetzt hatte, in der Verkleidung als einfacher Jäger an der Jagd teilzunehmen. Denselben Rock, den der englische König bei seiner Überstellung nach Deutschland als Abschiedsgeschenk für Niki hinterlassen hatte.

»Ich höre, Ihr habt beim Kampf vor den Toren von Burg Aggstein eine ungewöhnliche, um nicht zu sagen: *zukunftsweisende* Kampftechnik zur Anwendung gebracht, die es einer Handvoll jugendlicher Wehrbauern ermöglicht hat, gegen schwer gepanzerte englische Reiter zu obsiegen?«

»Ohne Zweifel etwas, was ich in meinem früheren Leben einmal irgendwo aufgeschnappt habe und das mir durch

Gottes Gnade im richtigen Augenblick wieder in Erinnerung gerufen wurde«, sagte Niki so leichthin wie möglich.

»Ohne Zweifel«, wiederholte Ottokar. »Ohne Zweifel.« Nachdenklich musterte er Niki, der sich unter dem prüfenden Blick der klugen schwarzen Augen des seltsamen Ungarn zunehmend unwohl fühlte. »Ich muss Euch nicht sagen, dass Eure Idee, dem Papst eine Reliquie aus Konstantinopel zum Geschenk zu machen, bei Herzog Leopold auf großes Interesse gestoßen ist. Anderenfalls wäre ich jetzt nicht hier.«

Ottokar zwirbelte die Enden seines Schnurrbartes und blickte nachdenklich zur hohen Decke der Halle empor. »Wenn ich das richtig verstanden habe, dann habt Ihr von einer Eroberung Konstantinopels durch die Kreuzritter gesprochen, als das Thema erstmals zur Sprache kam. Was habt Ihr damit wohl gemeint?«

Auf diese Frage war Niki vorbereitet: Das hatte er kommen sehen. »Hier liegt wohl ein Missverständnis vor«, sagte er ruhig. »Ich habe in den letzten Monaten von Heimkehrern aus dem Kreuzzug viele Geschichten über ihre Erlebnisse und Abenteuer gehört. Mein Freund Joachim von Senftenberg, der mit Kaiser Friedrich nach Konstantinopel gezogen ist, hat mir von der Eroberung zahlreicher Städte auf ihrem Weg über den Balkan erzählt, darunter Orte mit Namen wie Philippopel und Hadrianopel. Habe ich wirklich Konstantinopel gesagt?«

Vater und Sohn Hadmar von Kuenring nickten entschlossen.

»Dann habe ich mich wohl im Eifer der Diskussion versprochen. Eine Verwechslung, nicht mehr.«

Ottokar hatte Nikis Ausführungen mit geschlossenen Augen zugehört, als wollte er sich jedes Wort, jede Betonung ganz genau einprägen.

»Möglich«, sagte er schließlich nachdenklich und wiegte dabei unschlüssig seinen Eierkopf hin und her. Niki entspannte sich unwillkürlich.

Der Ungar öffnete die Augen, richtete seinen stechenden Blick wieder auf Niki, und plötzlich hatte seine Stimme nichts Nachdenkliches mehr an sich.

»Möglich, aber nicht sehr wahrscheinlich. Ihr macht auf mich nicht den Eindruck von jemandem, der leichtfertig Ortsnamen verwechselt. Seid Ihr sicher, dass Ihr nicht am Ende ein Seher seid? Ein Orakel? Ein Augur, der die Zukunft aus dem Flug der Vögel und den Eingeweiden von Tieren lesen kann? Habt Ihr vielleicht gar das zweite Gesicht?«, fragte er Niki scharf. »Seid Ihr Euch dessen bewusst, dass die Heilige Mutter Kirche Wahrsagerei als Anmaßung betrachtet? Die Wege Gottes sind bekanntlich unergründlich, und das soll auch so bleiben! Ein Blick in die Zukunft zur unrechten Zeit kann Euch als Ketzer auf den Scheiterhaufen bringen!«

Niki spürte, dass seine Ohren heiß wurden, und wusste, dass sein Gesicht wohl gerade eine verräterische Röte annahm.

Mit einer Agilität, die Niki dem beleibten Ungarn nicht zugetraut hätte, sprang dieser aus seinem Stuhl und griff sich einen Becher und drei sechsseitige Würfel von einem umgedrehten Weinfass neben dem großen Kamin, auf dem der junge Hadmar mit den Soldaten abends gerne um ein paar Kupfermünzen spielte. Er warf die Würfel in den Becher, bedeckte die Öffnung mit der Hand und schüttelte die Würfel darin unter den verblüfften Blicken der anderen Männer ausgiebig.

Mit einem Krachen stülpte er den Becher schließlich vor Niki auf die Tischplatte. Ottokar sah Niki tief in die Augen; sein Gesicht zeigte kein Lächeln.

»Nennt mir eine Zahl zwischen drei und achtzehn!«

Niki merkte, dass er trotz der Kälte zu schwitzen begonnen hatte, und trocknete sich die Handflächen an seinem Waffenrock. Der Ungar war ein Gesandter des Herzogs und kein Mann der Kirche. Würde er ihn dennoch zur Anzeige bringen, wenn es Niki nicht gelang, seinen Verdacht zu zerstreuen?

»Achtzehn!«, sagte er nach einer langen Pause entschlossen. *Damit bin ich auf jeden Fall auf der sicheren Seite,* dachte Niki. *Beim »Mensch ärgere dich nicht« habe ich immer Ewigkeiten darauf gewartet, endlich einen Sechser zu würfeln. Drei Sechser auf einmal: never ever.*

Ottokar löste den Blick nicht von Nikis Augen, als er langsam den Becher hob. Niki hielt dem Blick des Ungarn stand. Er sah erst nach unten, als Vater und Sohn Hadmar hörbar nach Luft schnappten.

Die drei Würfel zeigten zusammen achtzehn Augen.

Niki spürte, dass jetzt die Blicke aller drei Männer auf ihm ruhten. Gehetzt sah er von einem zum anderen.

»He, Moment einmal. Das ist nicht so, wie es aussieht. Ich kann das erklären«, stotterte er, während sich in seinem Kopf die Gedanken überschlugen. »Wenn ich ein Wahrsager wäre, dann hätte ich vorhergesehen, dass Ihr achtzehn Augen würfeln werdet, und dann hätte ich logischerweise jede andere Zahl als achtzehn gesagt, um Euch davon zu überzeugen, dass ich eben kein Wahrsager bin. Ich habe aber achtzehn gesagt, weil ich keine Ahnung hatte, dass Ihr achtzehn Augen würfeln werdet. Deshalb ist die Tatsache, dass ich die achtzehn Augen richtig vorhergesagt habe, in Wahrheit ein Beweis dafür, dass ich *kein* Wahrsager bin, wenn Ihr versteht, was ich meine.«

Niki blickte in die Runde und sah große Augen überall. Eine Zeit lang sagte niemand irgendetwas. Alle Blicke ruhten auf Ottokar von Pressburg, der sich im Stuhl zurückgelehnt und wieder damit begonnen hatte, die Enden seines Schnurrbartes zu zwirbeln.

»Ein Blick in die Zukunft zur *rechten* Zeit hingegen … könnte in manchen Situationen von unschätzbarem Wert sein«, sagte der Gesandte schließlich nachdenklich, wohl mehr zu sich selbst als zu den anderen drei Männern in der Halle.

Endlich setzte er sich auf und lächelte. »Morgen fahren wir nach Wien«, verkündete er. »Hadmar und Nikolaus: Seid bitte so gut und trefft mich bei Sonnenaufgang an der Schiffsanlegestelle.«

Niki verabschiedete sich mit einem Kopfnicken von den drei Männern und schlich wie ein geprügelter Hund aus der Halle. Am großen Eingangstor holte der junge Hadmar ihn ein und legte ihm die Hand auf den Arm.

»Falls du jemals auf die Idee kommen solltest, am Abend beim Würfeln mitspielen zu wollen, Blondie«, sagte er leise. »Vergiss es!«

Das soll Wien sein? No way, dachte Niki, als das kleine Schiff langsam den südlichsten Seitenarm der Donau entlangglitt und sich der Anlegestelle auf einer der vom Wasser aufgeschwemmten Schotterinseln unter der verfallenen Stadtmauer näherte. *Dagegen ist ja Krems eine Weltstadt!*

Immer wieder kehrte sein suchender Blick zum einzigen Gebäude zurück, das er von seinem Platz an der Bordwand aus zweifelsfrei wiedererkannte: Der Turm mit seinen markanten Zwillingsfenstern sah ein wenig niedriger aus, als Niki ihn in Erinnerung hatte. Und doch handelte es sich bei dem gedrungenen Gebäude eindeutig um die Ruprechtskirche, eine der ältesten Kirchen Wiens, die über die nördliche Stadtmauer hinweg auf die mäandernde Donau und ihre zahlreichen Seitenarme hinabschaute.

Das ist nicht die Stadtmauer der Habsburger, die irgendwann einmal für die Ringstraße und ihre Prachtbauten Platz machen wird müssen, dachte er. *Das ist nicht einmal noch die Stadtmauer der Babenberger, weil die wird erst mit dem Lösegeld für Richard Löwenherz gebaut. Das ist die Stadtmauer der verdammten Römer!*

Es waren Augenblicke wie dieser, die Niki bewusst machten, wie weit weg von seiner Heimat es ihn tatsächlich verschlagen hatte. Ihm wurde kurz schwindlig, und er musste sich an der Bordwand des Schiffes festhalten, um nicht das Gleichgewicht zu verlieren.

»Wie ist Euch, Nikolaus?«, fragte Ottokar von Pressburg und sah Niki besorgt von der Seite an. »Ihr wendet Euch einmal hierhin, einmal dahin und werft unstetige Blicke um Euch?«

»Er will sagen: Du taumelst herum wie jemand, der zu tief in den Bierkrug geschaut hat, Blondie!«, lachte Hadmar und sprang mit einem kraftvollen Satz vom schwankenden Schiff auf den hölzernen Landungssteg, während die Matrosen noch damit beschäftigt waren, es mit an Land geworfenen Leinen zu vertäuen.

Niki schnitt Hadmar eine Grimasse und folgte ihm mit deutlich weniger Eleganz.

»Es ist nur … Ich war schon einmal hier zu einer … ganz anderen Zeit und suche gerade nach einem vertrauten Anblick«, sagte er zögerlich, während er Ottokar die Hand entgegenstreckte und ihm beim Aussteigen half.

»Vielleicht kann ich Euch behilflich sein«, sagte der rundliche ungarische Edelmann, als er neben Niki und Hadmar auf dem Landungssteg stand und gemeinsam mit den beiden jungen Männern auf die Hauptstadt des Herzogtums Österreich hinübersah. »Lasst mich Euer Stadtführer sein auf dem Weg zur Residenz von Herzog Leopold.«

Ottokar übernahm die Führung und ging seinen beiden Reisegefährten voraus auf eine hölzerne Brücke zu, die den Seitenarm der Donau, der direkt außerhalb der Stadtmauer Wiens entlang verlief, überquerte.

»Die Insel in der Donau, auf der sich die Schiffsanlegestelle befindet, wird ›Unterer Werd‹ genannt«, erklärte er. »Unsere zweite Donauinsel, der ›Obere Werd‹, liegt hinter uns in der Rossau, wo die Pferde getränkt werden, die die Schiffe stromaufwärts ziehen. Über die Schlachtbrücke hier gelangen wir hinüber zur Stadt.«

»Schlachtbrücke?«, fragte Niki.

Ottokar lächelte. »Nein, hier wurden meines Wissens noch keine Schlachten geschlagen. Hier werden die Rinder geschlachtet, die drüben in der Stadt am Fleischmarkt verkauft werden.«

Bist du g'scheit, dachte Niki. *Das hab ich von unserer Wienwoche mit der Schule her alles noch ganz anders in Erinnerung!*

Während die drei Männer sich auf der schmalen Holzbrücke ihren Weg zwischen Ochsenkarren, Lastenträgern und Kaufleuten bahnten, versuchte er sich zu orientieren. Gemeinsam mit zwei Klassenkameraden hatte er erst zu Beginn seines letzten Schuljahres eine Rätselrallye quer durch die Wiener Innenstadt gewonnen. War das wirklich erst zwei Jahre her?

Schlachtbrücke gibt's in meiner Zeit auf jeden Fall keine mehr, dachte er. *Das hier muss wohl ... die Schwedenbrücke sein.*

Mit gerunzelter Stirn betrachtete er die Stadtmauer, von der eine mit einem mächtigen Turm versehene Ecke am Ende der Brücke über ihm aufragte. Der Baustil und der antike Gesamteindruck des Gemäuers ließen keinen Zweifel offen: Das musste die Befestigung des ehemaligen Römerlagers Vindobona sein.

Oder besser: das, was von ihr übrig ist, dachte Niki.

Sein Blick folgte dem Verlauf der verfallenen und an vielen Stellen notdürftig ausgebesserten Mauer entlang nach rechts, bis zu der Stelle, wo die andere donauseitige Ecke der Mauer samt Turm offenbar in einem Erdrutsch den Abhang zur Donau hinuntergestürzt war.

Der Anblick der jahrhundertealten, baufälligen Römermauer zu seiner Rechten wurde konterkariert durch die geschäftige Betriebsamkeit einer Großbaustelle, die zu seiner Linken herrschte. Dieser Teil der Stadt wurde nicht von einer Mauer geschützt, sondern lediglich durch mannshohe hölzerne Palisaden. Der unscheinbare Zaun hatte sichtlich nicht die Aufgabe, den Stadtbewohnern Schutz vor äußeren Feinden zu gewähren; eher schon, zu verhindern, dass jemand einen falschen Schritt tat, über den Rand stürzte und den Abhang zum ... *Donaukanal* hinunterrollte, den die drei Männer gerade auf einem gewundenen Weg zwischen Verkaufsständen und Garküchen hinaufstiegen.

Niki lächelte bitter, als ihm bewusst wurde, was er gerade unwillkürlich gedacht hatte. Aber es bestand ja kein Zweifel: Viel später würde an dieser Stelle einmal der Schwedenplatz liegen, mit seinen Straßenbahnhaltestellen, Fast-Food-Ständen und Bierlokalen, getrennt vom Wasser durch die mehrspurige Ringstraße und die Donaukanalpromenade mit ihren graffitibeschmierten Jugendlokalen, zwischen denen sich Spaziergänger, Radfahrer und Jogger in unterschiedlichen Geschwindigkeiten fortbewegten.

Der gewundene Weg den Abhang hinauf zur Stadt endete an der Geländekante an einem Tor, das sich in einem schlanken Turm aus Holz mit einem roten Ziegeldach befand. Der Turm, der genau die Lücke zwischen der Nordseite der Römermauer rechts und den hölzernen Palisaden links auffüllte, war in einem schachbrettartigen Muster mit großen roten und weißen Quadraten bemalt.

»Das hier nennen wir den Roten Turm«, sagte Ottokar. »An den könnt Ihr Euch doch sicher erinnern?«

Nicht wirklich, dachte Niki. *Aber zumindest weiß ich jetzt, woher die Rotenturmstraße ihren Namen hat.*

Auf der anderen Seite des Rotenturmtores erstreckte sich eine breite, mit Kies und Sand befestigte Straße, die geradeaus in die Stadt hineinführte, direkt auf den wuchtigen Umriss einer riesenhaften Kirche zu. Rechts entlang der Straße, getrennt durch einen Graben voller stinkendem Unrat, erstreckte sich die östliche Seite der zinnenbewehrten römischen Mauer, baufällig, aber immer noch hoch wie ein Stockhaus, und verdeckte den Blick in die ältere Hälfte der Stadt. Links von der Straße sah Niki hingegen eine schier unüberschaubare Anzahl an Holzhäusern und Hütten, verbunden durch eine Vielzahl an verwinkelten Straßen und engen Gassen. Einige der Gebäude befanden sich noch in unterschiedlichen Stadien der Fertigstellung.

Etwa auf halbem Weg zwischen dem Rotenturmtor und der massigen Kirche am anderen Ende der Straße trafen die drei Männer auf eine Kreuzung. Nach rechts führte eine hölzerne Brücke über den Abwassergraben und durch ein gewaltiges Tor in das alte Legionslager hinein.

Niki machte große Augen: Das Tor war in der Tat eindrucksvoll, auch Hunderte von Jahren nach seiner Errichtung noch.

Genau genommen waren es zwei Tore, die nebeneinander in einer mächtigen Turmanlage eingebettet waren. Zwei massive Türme flankierten die beiden Torbögen; einer von ihnen war teilweise eingestürzt und mit Holz ausgebessert worden.

Die Türme waren so hoch wie ein zweistöckiges Haus, die flachen Dächer teilweise noch mit roten Dachziegeln gedeckt. Die Tore selbst, gefertigt aus massiven Holzbohlen und so hoch wie zwei Männer, standen offen.

»Das ist das Osttor, die *Porta Principalis Dextra* des alten Legionslagers«, erklärte Ottokar. »Diese Straße hier ist die Hauptstraße, die *Via Principalis*; sie führt quer durch die Altstadt bis zum gegenüberliegenden Tor am anderen Ende. Diesen Weg müssen wir nehmen zur Residenz von Herzog Leopold.«

»Darf ich vorher noch … einen Blick auf diese Kirche dort vorne werfen?«, fragte Niki schüchtern. »Ich interessiere mich, ähm, für sakrale Architektur«, fügte er rasch hinzu, als er bemerkte, wie überrascht ihn seine Begleiter ansahen.

Ottokar war der Stolz auf die Stadt anzumerken; gerne folgte er Nikis Vorschlag und führte seine beiden jungen Begleiter die Straße hinab und auf die Kirche zu.

»Das ist die Kirche von Sankt Stephan, die jüngste Kirche von Wien«, erzählte er begeistert. »Nicht einmal noch fünfzig Jahre alt. Eigentlich haben wir in der Altstadt schon drei Kirchen: Sankt Ruprecht, Sankt Peter und Maria am Gestade. Aber die Stadt wächst schnell, seit die Babenberger ihre Residenz von Klosterneuburg nach Wien verlegt haben. Die neue Kirche wurde in weiser Voraussicht bereits für eine viel größere Bevölkerung geplant und gebaut.«

Damit hat er zweifellos recht, dachte Niki beeindruckt, als die drei Männer auf dem Kirchenplatz (*dem Stephansplatz,* korrigierte sich Niki in Gedanken) ankamen.

Der Grundriss der Kirche entsprach nach seiner Einschätzung durchaus dem des späteren Wahrzeichens von Wien, wie es Niki von Besuchen der Bundeshauptstadt kannte. Abgesehen davon hatte das wuchtige romanische Gebäude, das zwischen den vielen niedrigen Holzhütten tatsächlich fast absurd überdimensioniert wirkte, keinerlei Ähnlichkeiten mit seinem gotischen Nachfolger.

Mit einer Ausnahme, dachte Niki überrascht: Das riesige Tor, durch das er Kerzenschein im düsteren Inneren der Kirche sehen konnte, wirkte auf den ersten Blick sehr vertraut.

Kein Wunder, dass man das einmal Riesentor nennen wird, dachte er.

Als die drei Männer sich abwandten, blieb sein Blick an dem verfallenen Eckturm der alten Römermauer hängen, der dem Eingang der Stephanskirche direkt gegenüber lag. Neugierig ging er ein paar Schritte auf die südöstliche Ecke des alten Lagers zu, sah sich um und entdeckte zu seiner Enttäuschung nichts als einen weiteren Graben, der zum Teil mit Bruchstücken und Schutt der bröckelnden Südseite der Mauer aufgefüllt war.

Ottokar folgte Nikis Blick. »Sieht nicht schön aus, ich weiß«, sagte er. »Herzog Leopold hat schon lange geplant, die römische Mauer auf dieser Seite abzutragen, mit den Steinen den Graben aufzufüllen und ihn damit zu einer Straße zu machen. Dadurch könnte man eine elegante Verbindung zu den Häusern und Hütten der neuen Stadtviertel auf der anderen Seite schaffen. Mir gefällt diese Idee: Ich könnte mir vorstellen, dass das einmal eine prachtvolle Straße wird!«

Wenn du wüsstest, dachte Niki, als die drei Männer sich umdrehten und den kurzen Weg zum Tor in die Altstadt zurückgingen. *In ein paar hundert Jahren wird hier, am Graben, die Pestsäule stehen. Und Touristen mit Selfie-Sticks werden eisschleckend Straßenmusikern zuhören. Gott, was würd ich jetzt für ein Eis geben!*

»Warum dauert das so lange?«, fragte Niki. »Was zum Teufel machen die da drinnen nur?«

»Vermutlich ein kompliziertes juristisches Problem«, antwortete Hadmar. »Wenn sie dich als Ketzer auf den Scheiterhaufen bringen wollen, musst du von einem kirchlichen Gericht verurteilt werden. Vollstreckt muss das Urteil allerdings von der weltlichen Gerichtsbarkeit werden – die Kirche will sich schließlich nicht die Hände schmutzig machen. Das erfordert sorgfältige Planung.«

Niki starrte Hadmar an und wurde durch ein Zwinkern seines Erzfeindes überrascht.

»Mir scheint, du kannst nicht mehr klar denken seit gestern«, feixte Hadmar. »Ottokar hat dich die ganze Zeit freundlich behandelt. Wenn man dir wirklich Böses wollte, hätte man dich in Ketten nach Wien gebracht. Und ich hätte dafür wohl nicht mitkommen müssen. Obwohl ich dieses Schauspiel natürlich für mein Leben gerne aus nächster Nähe betrachtet hätte.«

Niki schnitt Hadmar eine Grimasse und blickte wieder aus dem Fenster hinaus in den Innenhof der Babenbergerpfalz, wo in rot und weiß gekleidete Höflinge wie Bienen in einem Bienenstock geschäftig durcheinanderwuselten. In lange weiße Kleider gehüllte Frauen mit ebenso weißen Hauben eilten zielstrebig über den Hof; eine trug einen Korb voller Obst und Gemüse, eine andere einen Stapel sorgfältig zusammengefalteter Wäsche.

Die Pfalz von Herzog Leopold war keine Burg, wie Niki sie aus Dürnstein oder Aggstein kannte; sie war mehr Palast als Burg, ein Ring von Gebäuden aus Stein oder Holz in der südwestlichen Ecke des ehemaligen römischen Legionslagers. Die Gebäude der Pfalz umgaben einen freien Platz, der laut den Erläuterungen Ottokars für Feste, Turniere und Heerschauen verwendet wurde. Nach Westen führte die alte *Porta Principalis Sinistra* über einen auf dieser Seite der römischen Mauer vom Ottakringerbach gebildeten tiefen Graben in die neueren Siedlungsgebiete von Wien hinaus.

Niki erinnerte sich dunkel daran, bei der Rätselrallye mit seinen Klassenkameraden an der Adresse »Tiefer Graben« kichernd vor einem berühmten, übel beleumundeten Stundenhotel gestanden zu haben, das als Wegpunkt bei ihrer Erforschung des ersten Wiener Gemeindebezirkes gedient hatte. Aus der Lage folgerte er, dass der Platz inmitten der Pfalz, auf den er gerade hinausblickte, in seiner Zeit wohl naheliegenderweise »Am Hof« heißen würde. Abgesehen davon hatte er bei der Durchquerung des ältesten Teils von Wien wenig gesehen, was ihm auch nur entfernt bekannt vorgekommen wäre: Wie in Krems gab es auch hier in Wien einen »Hohen Markt« im Zentrum, wo die beiden schnurgeraden römischen Hauptstraßen aufeinandertrafen, die die vier Stadttore miteinander verbanden. Umgeben war der Hohe Markt von den Holzhütten und Zelten der Bäcker, der Fleischhauer, der Händler, der Handwerker und der jüdischen Geldwechsler, überragt nur von den drei ältesten Kirchen Wiens, die Ottokar vorhin aufgezählt hatte.

Das alles war miteinander verbunden durch ein wahres Spinnennetz aus verwinkelten engen Gassen, gesäumt von den Häusern der Bürger und von den Wirtshäusern, Tavernen und Bordellen, die für die Unterhaltung dieser Bürger sorgten.

Zu seiner Enttäuschung hatte Niki kein einziges Gebäude aus der Römerzeit entdeckt. Die gewaltige Lagermauer, die zahlreichen Eck- und Wachtürme, die imposanten Tore, auch die beiden gut erhaltenen Hauptstraßen hatten ihn hoffen lassen, noch auf römische Gebäude oder zumindest deren Überreste zu stoßen – eine Therme vielleicht?

»Da muss ich Euch leider enttäuschen«, hatte Ottokar auf Nikis Frage geantwortet. »Die wurden vor langer Zeit abgetragen. Dafür sind in den Kirchen Wiens jetzt jede Menge Ziegel verbaut, die den Stempel der zehnten römischen Legion tragen. Und natürlich in der Pfalz der Babenberger. Hier sind wir auch schon!«

Die beiden in Kettenhemden und rot-weiß-rote Waffenröcke gekleideten Wachen am Tor der Anlage hatten Ottokar offensichtlich erkannt und respektvoll den Zugang freigegeben. Während Ottokar bei Herzog Leopold vorstellig wurde, hatte man Niki und Hadmar ersucht, in einem Vorraum zu warten. Und das taten sie nun, nach Nikis Gefühl schon viel zu lange. Als er sich gerade auf die Zunge biss, um sich daran zu hindern, seinen Begleiter ein weiteres Mal zu fragen, warum das so lange dauere, öffnete sich eine Türe und riss Niki aus seinen Gedanken.

Ottokar trat in den Vorraum, in dem die beiden jungen

Männer auf ihn gewartet hatten. »Herzog Leopold wird Euch jetzt empfangen«, sagte er. »Seid so gut und folgt mir.«

Niki warf dem Ungarn einen prüfenden Blick zu, doch dessen ausdrucksloses Gesicht verriet nichts über seine Gedanken.

Hadmar sprang auf und marschierte ungezwungen durch die Türe in den dahinter liegenden Saal. Ihm war deutlich anzumerken, dass sein Vater der engste Vertraute des Herzogs und er selbst nicht zum ersten Mal hier an dessen Hof in Wien war.

Niki folgte mit gemischten Gefühlen.

Der Saal sah schon auf den ersten Blick viel freundlicher aus als die düstere Halle von Burg Dürnstein: Großzügige, hohe Fenster ließen Licht und die Wärme des Augusttages herein; als Dekoration hingen statt präparierter Jagdtrophäen aufwendig bestickte Wandteppiche und bunte Wappenschilde an den Wänden: das traditionelle Wappen der Babenberger, zwei schwarze Panther auf goldenem Grund, und das neue rot-weiß-rote, das Niki aus seiner eigenen Zeit so vertraut war.

Der Mann, der sich eben von einem prunkvollen hölzernen Stuhl am anderen Ende einer langen Tafel erhoben hatte und gerade Hadmar herzlich begrüßte, war in seinen Dreißigern, hatte aber bereits ungewöhnlich schütteres Haar. Wie zum Ausgleich dafür hatte er einen mächtigen Kinnbart, der ihm bis auf die Brust hinabfiel, und – so wie Ottokar – einen Schnurrbart mit gezwirbelten Enden unter seiner langen Nase. Auf beiden Seiten der Tafel, die anscheinend gleichzeitig als Esstisch, Schreibtisch und Besprechungstisch diente, standen einfache Stühle. Auf einem davon saß ein junger Geistlicher mit Papieren und Schreibutensilien vor sich.

Als sich Herzog Leopold Niki zuwandte, wurde dieser von Unsicherheit erfasst.

Wie zum Teufel begrüßt man im Mittelalter einen Herzog? Mit einem kräftigen Händedruck wie daheim? Oder doch lieber auf die Knie fallen und zu Boden blicken?

Nach einem kurzen Moment des Zögerns entschied er sich für ein respektvolles Kopfnicken, das von Leopold huldvoll erwidert wurde.

Der Herzog setzte sich wieder an die Spitze der Tafel und ließ Hadmar und Niki zu seiner Rechten und Linken am Tisch Platz nehmen. Ein Höfling brachte kalte Getränke. Niki beäugte den Krug mit Wasser misstrauisch: Er hatte den Geruch der Abwassergräben rund um die Stadtmauer noch lebhaft in Erinnerung. Da er kühlen Kopf bewahren wollte, griff er weder wie Hadmar zum Bier noch wie der Herzog zum Wein, sondern zu einem Krug mit Saft, der dem Geruch nach wohl von Äpfeln oder Birnen stammen musste. Das Getränk war süß, kalt und köstlich.

»Nikolaus von Dürnstein. Ich habe von Euch gehört«, ergriff der Herzog das Wort. »Hadmar hier hat mir bei unserer letzten Begegnung schon von der Rolle berichtet, die Ihr bei der versuchten Befreiung meines Gefangenen Richard Löwenherz gespielt habt. Es scheint, ich bin Euch zu Dank verpflichtet.«

Niki sah Hadmar überrascht an: Von dieser Besprechung hatte er ihm nichts erzählt.

»Vielen Dank, ähm, Hoheit«, sagte er ein wenig verlegen. »Ich habe auch schon viel von Euch gehört«, fügte er hinzu, im ungeschickten Versuch, die unerwartete Höflichkeit des Herzogs zu erwidern.

»So?«, fragte dieser. »Was zum Beispiel?«

»Man nennt Euch ›den Tugendhaften‹. Das sagt viel über Eure ritterlichen Eigenschaften aus. Und Ihr seid natürlich ein berühmter Heerführer, der Held von Akkon.«

Der Typ hat eine verdammte Statue in der Feldherren-halle des Heeresgeschichtlichen Museums, dachte Niki. *In Lebensgröße. Aber das sag ich ihm wohl besser nicht.*

Da der Herzog zustimmend nickte, aber nichts sagte, beschloss Niki, mit seiner Lobpreisung fortzufahren. Auf der Suche nach Inspiration blieb sein Blick an einem der rot-weiß-roten Wappenschilder an der Wand hängen.

»Man erzählt sich von Euch, dass Euer weißer Waffen-rock nach der Schlacht um Akkon vom Blut Eurer Feinde dermaßen durchtränkt war, dass lediglich der Streifen Stoff unter Eurem Gürtel weiß geblieben ist. Daher soll Euch der Kaiser das Recht gewährt haben, die Farben Rot-Weiß-Rot als neues Banner zu tragen.«

Zu Nikis Überraschung brachen der Herzog, Hadmar und Ottokar in lautes Gelächter aus. Sogar der schweigsame Schreiber erlaubte sich ein Lächeln.

»Was für eine Geschichte!«, lachte Hadmar. »Wer hat dir denn *den* Bären aufgebunden, Blondie?«

Herzog Leopold grinste. »Ich muss Euch enttäuschen, junger Nikolaus: Das rot-weiß-rote Wappen habe ich von Herzog Ottokar, dem letzten Traungauer, geerbt, als ich voriges Jahr nach seinem Tod Herzog der Steiermark wurde.« Dann wurde sein Gesicht ernst und nachdenklich. »Sagt man das wirklich von mir? Eigentlich ist das eine gute Geschichte. So etwas sollte man der Nachwelt nicht vorenthalten!«

Leopold schnippte mit den Fingern. »Aufschreiben!«, befahl er dem jungen Geistlichen, der sofort pflichtbewusst damit begann, mit einem Federkiel krakelige Zeichen auf ein Pergament zu kritzeln.

Niki sah dem jungen Mann entgeistert zu und fragte sich nicht zum ersten Mal seit Beginn seines Aufenthaltes im

Jahr 1193, wie viele der Mythen, Sagen und vermeintlichen Fakten, die er aus Geschichtsbüchern kannte, in Wahrheit durch unbedachte Äußerungen von ihm selbst in die Welt gesetzt und über achthundert Jahre hinweg in seine Zeit transportiert worden waren.

Aber wie zum Teufel kann das möglich sein?, dachte er. *Die Geschichte mit dem blutdurchtränkten Waffenrock steht in meinem verdammten Schulbuch! Das ist eine jahrhundertealte Sage, die wurde schon erzählt, lange bevor ich geboren wurde! Es KANN gar nicht sein, dass ich die hier und heute in die Welt setze! Oder etwa doch?*

Herzog Leopold wandte sich wieder Niki zu und unterbrach damit dessen zunehmend wirre, einmal mehr in der logischen Sackgasse eines Zeitparadoxons gefangenen Gedankengänge.

»Aber jetzt genug der Höflichkeiten«, sagte er. »Kommen wir zur Sache: Ihr werdet vielleicht wissen, dass meine Mutter Theodora, Gott sei ihrer Seele gnädig, eine byzantinische Prinzessin war. Ich erinnere mich noch gut an ihre Erzählungen über die Reichtümer von Konstantinopel; sie hat gerne von zu Hause erzählt, da sie oft unter Heimweh litt. Auch die Berichte über Besuche am byzantinischen Hof in unseren Archiven bestätigen Eure Geschichte. Ich denke daher, dass Ihr recht habt: Es ist tatsächlich möglich, in Konstantinopel eine Reliquie zu finden, die selten und wertvoll genug ist, um den Papst dazu zu bewegen, die vermaledeite Exkommunikation gegen mich und meinen treuen Freund Hadmar von Kuenring aufzuheben.«

Herzog Leopold unterbrach sich und strich sich nachdenklich durch den Bart. »Ich mag vielleicht tugendhaft sein, aber ich bin kein Mann der Kirche«, fuhr er nach einer Pause fort. »Es ist mir einerlei, woher Ihr Euer Wissen habt: ob Euch der liebe Gott Visionen schickt oder der leibhaftige Satan, oder ob Ihr einfach nur Glück habt. Als Feldherr habe ich gelernt, Soldaten zu schätzen, die Glück haben.

Besonders für Himmelfahrtskommandos sind diese besser geeignet als gute Soldaten. Und natürlich leichter zu ersetzen, wenn sie nicht zurückkommen.«

Niki sah dem Herzog prüfend in die Augen, konnte dort aber keine Anzeichen von Scherz erkennen.

»Heißt das, wir reisen nach Byzanz?«, fragte Hadmar begeistert.»Ihr könnt auf mich zählen, Hoheit! Was für eine Gelegenheit, Ruhm und Ehre für Euer und mein Haus zu erringen! Wie viele Soldaten stellt Ihr unter mein Kommando?«

Herzog Leopold lächelte dünn. »Seid nicht närrisch, Hadmar«, sagte er. »Das ist kein diplomatischer Auftrag. Das ist ein Geheimauftrag. Nicht Gewalt, nur List kann Euch an Euer Ziel bringen! Es interessiert mich nicht, wie Ihr an die Reliquie kommt. Aber wenn Ihr bei unrechtem Tun erwischt werdet, werde ich abstreiten, Euch auch nur zu kennen. Das Haus Babenberg darf bei der ganzen Unternehmung keinerlei Erwähnung finden! Ist das klar?«

Hadmar nickte ein wenig niedergeschlagen. Doch sofort breitete sich wieder das Leuchten auf seinem Gesicht aus, das zeigte, wie sehr er sich auf diesen Auftrag freute. »Wie Ihr meint, Hoheit. Ihr könnt Euch voll und ganz auf mich verlassen.«

Der Herzog nickte zufrieden. »Dann ist jetzt alles geklärt. Ich unterstütze den Vorschlag Eures Vaters, drei Ritter und ihr Gefolge nach Byzanz zu entsenden. Joachim von Senftenberg hat lange in Konstantinopel gelebt und ist daher ortskundig; er wird der Dritte sein in Eurem Bunde. Als mein Vertreter wird Ottokar von Pressburg mit Euch reisen. Er spricht zahlreiche slawische Sprachen und Dialekte und wird Euch auf der Reise von großem Nutzen sein.«

Er bedeutete seinem jungen Schreiber, den Federkiel wieder zur Hand zu nehmen. »Auftrag an den Stallmeister: drei kräftige Pferde als Geschenk für das Haus Kuenring, als Zeichen meiner Wertschätzung und Unterstützung. Keine schweren Streitrösser, sondern tüchtige Zelter. An die Kleiderkammer: drei Wintermäntel aus dickem Stoff mit Kapuzen aus Marderpelz. An den Schatzmeister: Münzen aus Silber und Kupfer, genug für ein halbes Jahr Unterhalt für drei Männer von Stand und ihre Knappen. Das ist alles.« Der Herzog erhob sich zum Zeichen, dass die Unterredung beendet war.

Als Niki sich vor ihm verbeugte, fragte er sich, ob er Herzog Leopold den Tugendhaften, den Helden von Akkon, warnen sollte, dass er bald bei einem Turnier vom Pferd fallen, sich einen offenen Bruch am Bein zuziehen und daran sterben würde. Draußen im Innenhof der Babenbergerpfalz, auf den Niki zuvor so lange hinausgeblickt hatte.

Die Antwort war natürlich klar.

»Geht mit Gott, Hoheit«, sagte er daher nur.

Auf dem Weg zurück zur Tür stockte sein Schritt.

Nein, dachte er. *Ich bring es nicht übers Herz. Scheiß auf das Zeitparadoxon.* Er drehte sich um und blickte noch einmal zurück.

»Und seid vorsichtig dabei«, ergänzte er. »Und noch viel mehr beim Reiten!«

Die Gefährten

er Gastraum der Taverne »Drei Kronen« war wie immer tagsüber so gut wie leer. Keine Spur von den allabendlichen Stammgästen aus dem Dorf oder von der Burg Dürnstein, keine Spur auch von den Gästen aus den umliegenden Dörfern und Weilern, die der Schenke freitags ihre Aufwartung machten, wenn Ferkel am Spieß gebraten wurden. Und wenn fahrende Frauen hier Station machten und oben in den Gästezimmern (für schmale Geldbörsen auch auf die Schnelle im großen Schlafsaal oder gar im Stehen hinter dem Haus) für ein paar Kupfermünzen ihre Dienste anboten. Lediglich eine Gruppe von Kaufleuten saß an einem der Tische bei einem kühlen Becher Bier und machte eine Pause auf dem vielbenutzten Weg die Donau entlang.

»Noch eine Runde. Und zwar vom Guten, nicht von der Pferdepisse, die du reisenden Kaufleuten vorsetzt«, rief Joachim von Senftenberg in Richtung Küche.

Die Kaufleute hoben alarmiert die Köpfe, während Joachims Begleiter in lautes Gelächter ausbrachen. Ursel, die füllige Wirtin der »Drei Kronen«, warf dem frechen Rufer einen grimmigen Blick zu. Ihre massive Oberweite hüpfte in gerechter Empörung mit ihrem Doppelkinn um die Wette, als sie in einem Hinterzimmer verschwand, wo sie in einem kleinen Fass das Bier für Stammgäste aufbewahrte.

»Drei Männer von Stand und ihre Knappen hat er gesagt«, nahm Niki Wolff die Erzählung wieder auf, die von seinem Freund Joachim unterbrochen worden war. »Hadmar wird wohl Ruprecht als Knappen mitnehmen. Joachim und ich haben keine Knappen, und deshalb haben wir euch um diese Zusammenkunft gebeten. Wir brauchen eure Hilfe. Freiwillige vor!«

Niki blickte erwartungsvoll in die Runde, die sich an diesem Tag im August 1193 im Schankraum der »Drei Kronen« versammelt hatte. Die sechs Männer um ihn herum waren die besten Freunde, die er während seines Aufenthaltes im Mittelalter gewonnen hatte.

Joachim von Senftenberg wirkte durch sein frühzeitig ergrautes Haar und den ebenfalls schon stark weiß gesprenkelten, kurz gestutzten Vollbart wie ein Mann, der die Blüte seiner Jahre bereits hinter sich hatte. Erst ein Blick in sein jungenhaftes Gesicht und auf seinen trainierten Körper verriet, dass er nicht viel älter als dreißig Jahre sein mochte.

Die anderen fünf Personen am Tisch waren eher Burschen als gestandene Männer: Gottfried und Gerwald, die Zwillingssöhne des Schmiedes, der Fischer Kaspar und der Bauernjunge Hänsel waren allesamt sechzehn Jahre alt, Engels riesenhafter Bruder Bertram achtzehn. Gemeinsam mit Niki und einer Handvoll weiterer Rekruten hatten sie alle vom Dreikönigsfest bis zu Ostern auf Burg Dürnstein die allwinterliche Ausbildung zum Wehrbauern durchlaufen, um ihrem Lehensherrn Hadmar von Kuenring im Ernstfall auch an der Waffe dienen zu können.

Der Ernstfall war dann rascher eingetreten als gedacht, als der kleine Trupp von Bauern, Weinhauern, Fischern und Handwerkern nach einem Überfall von englischen Rittern auf Burg Dürnstein plötzlich das Einzige war, was noch zwischen den Angreifern und der Befreiung von Richard Löwenherz stand. Der entscheidende Kampf mit den Engländern vor dem Tor von Burg Aggstein hatte Opfer gefordert, war aber letztlich erfolgreich gewesen und hatte alle Teilnehmer in ihren Dörfern zu Helden gemacht.

Ihr werdet Geschichten erleben, die ihr euren Frauen, euren Kindern und euren Enkeln erzählten werdet, hatte Ritter Scheck von Wald, der Leiter ihrer Ausbildung, ihnen am ersten Tag versprochen. *Damit hat er bei Gott recht behalten*, dachte Niki.

Kaspar der Karpfen schüttelte bedauernd den Kopf. »Gott weiß, wie gerne ich euch auf diesem Abenteuer begleiten würde«, sagte der kleine, drahtige Bursche mit dem leichten Silberblick. »Aber ich bin der einzige Sohn meines Vaters. Und er ist nicht mehr so jung, wie er einmal war. Er braucht meine Hilfe auf dem Fischerboot. Ich kann nicht mit euch kommen.«

Er zog sein Messer und legte es vorsichtig auf den Tisch. Niki kannte dieses Messer gut: Kaspar trug es immer bei sich, benutzte es zum Essen genauso wie zum Ausnehmen seines Fanges. Vom häufigen und jahrelangen Schleifen war die Klinge schmal und dünn geworden, aber auch so scharf wie ein chirurgisches Instrument.

»Eine ausgezeichnete Waffe im Kampf Mann gegen Mann, hat Ritter Scheck gesagt, damals an unserem ersten Tag, wisst ihr noch?«, sagte Kaspar nachdenklich. »Kann die Schwachstelle in der Rüstung eines Gegners finden und den Unterschied zwischen Leben und Tod ausmachen.«

Fast zärtlich legte er die Hand auf den Holzgriff des Messers, dessen lederne Umwicklung durch den jahrelangen Gebrauch tiefschwarz geworden war, und schob die abgenutzte Waffe langsam über den Tisch, bis sie vor Nikis Bierbecher zur Ruhe kam. »Ich möchte dir dies zum Geschenk machen, Nikolaus. Nimm es mit, und zögere nicht, es zu verwenden, wenn es nötig ist. Damit ist ein Teil von mir auf eurer großen Fahrt, auch wenn ich selbst nicht bei euch sein kann.«

Niki fühlte seine Augen feucht werden. Objektiv betrachtet war es nur ein zusammengeschliffenes altes Messer am

Ende seiner Lebensdauer; es war aber auch Kaspars größter Schatz und somit wahrlich wie ein Teil von ihm. Gerührt bedankte Niki sich bei seinem Freund.

Auch der breitschultrige Bauernjunge Hänsel erteilte der Knappensuche eine Absage. Sein wildes langes Haar, das ihm unter den Wehrbauern den Spitznamen »Gretel« eingebracht hatte, hatte er abrasieren müssen, nachdem er beim Kampf mit den Engländern einen großen Teil davon zusammen mit dem zugehörigen Stück Kopfhaut verloren hatte. Die halb verheilten Narben auf seinem kantigen Schädel verliehen ihm ein furchterregendes Aussehen; ein Blick in sein gutmütiges Gesicht und seine freundlichen Augen verriet aber, dass der junge Bauer ein schüchterner und friedliebender Zeitgenosse war.

»Mein Vater sagt immer: Bleib bei deiner Scholle, mein Junge. Wenn sich kleine Leute in die Angelegenheiten der großen einmischen, ziehen sie dabei immer den Kürzeren«, sagte Hänsel leise. »Mit Gottes Hilfe und euch an meiner Seite habe ich den Kampf vor Aggstein überlebt. Ein zweites Mal möchte ich das Schicksal nicht herausfordern. Aber ich habe auch ein Geschenk für euch. Nehmt dies, ihr werdet es nötiger haben als ich.«

Hänsel griff an seinen Hals und nestelte zur allgemeinen Überraschung ein winziges Glasfläschchen an einem Lederriemen aus seinem Leibrock hervor. Als er das Fläschchen über den Kopf streifte und vor seinen Freunden auf den Tisch legte, sahen sie, dass in seinem Herzen ein Tropfen dunkelroter Flüssigkeit eingeschlossen war. »Das hier habe ich einem fahrenden Händler abgekauft«, sagte er. »Es enthält einen Tropfen Blut von unserem Herrn Jesus Christus.«

Die anderen Burschen machten große Augen.

»Es stammt aus dem Dorf Heiligenblut in Kärnten. Man erzählt sich, dass vor langer Zeit ein dänischer Prinz dort unter einer Lawine sein Leben gelassen hat, als er auf dem Heimweg von Konstantinopel die Alpen überqueren wollte.

Bei seinem Leichnam wurde ein Fläschchen mit Blut gefunden. Der Legende nach hat er es aufgefangen, als ein Ungläubiger mit einer Lanze in ein Bild von Jesus Christus gestochen hat und das Bild daraufhin auf wundersame Weise zu bluten begann. Dies hier ist ein Tropfen davon.« Hänsel kämpfte sichtlich mit den Tränen, als er die winzige Reliquie in die Mitte des Wirtshaustisches schob.

Wie schon im Fall des verletzten Bauern drüben im Kloster Göttweig war Niki aufs Neue beeindruckt davon, welch starke Emotionen vermeintliche Überreste von Jesus oder von Heiligen unter den Menschen des Mittelalters hervorrufen konnten.

Selbst wenn die Geschichte mit dem blutenden Bild stimmt, dann stammt der Blutstropfen im Fläschchen des fahrenden Händlers immer noch eher von einem unglücklichen Huhn oder einer unvorsichtigen Ratte als aus dem Schatz des dänischen Prinzen, dachte Niki und schämte sich sofort für seine Gedanken, als er sah, wie schwer es seinem Freund fiel, sich von der winzigen Reliquie zu trennen.

Joachim von Senftenberg, selbst ein tiefgläubiger Mann, hatte offenbar ähnliche Gedanken. Er bedankte sich bei Hänsel für das großzügige Geschenk und band sich das kostbare Fläschchen mit allen Anzeichen der Ehrerbietung um den Hals.

»Das heißt, es liegt wieder mal an uns, die Kohlen aus dem Feuer zu holen«, sagte Gottfried nach einer Weile in die andächtige Stille hinein und schlug entschlossen mit der Hand auf den Tisch, dass die Bierbecher nur so wackelten. »Ihr könnt auf mich zählen, ich bin dabei!«

»Nur in deinen Träumen, Einauge!«, grinste sein Bruder Gerwald. »Mit deiner Augenklappe kannst du vielleicht daheim in der Schmiede stehen, aber sicher nicht ans andere Ende der Welt reisen! Nein, ich werde mitkommen! Diese Gemeinschaft hat eine Stimme der Vernunft und eine geschickte Hand in ihren Reihen dringend nötig!«

»Ich seh mit einem Auge doppelt so viel wie du mit zwei, du blindes Huhn! Stimme der Vernunft, geschickte Hand? Dass ich nicht lache! Wer von uns zwei hat sich letztens beim Rasieren fast die Nase abgeschnitten?«

Die beiden Zwillingsbrüder hieben einander gegenseitig lachend auf die Schultern. Dann sahen sie einander mit plötzlichem Ernst in die Augen.

»Für diese Streitfrage gibt es nur eine Lösung«, sagte Gottfried ernüchtert.

»Wir kommen beide mit«, sagte Gerwald. »Einer als Knappe von Joachim, und einer als Knappe von Blondie.«

»Bleibt eigentlich nur mehr eine Frage«, sagte sein Bruder.

»Wer von uns bekommt den edlen Ritter Joachim und wer den hässlichen Sänger?«

»Nein: Wie bringen wir das nur unserem Vater bei?«

»Für die einfache Anreise fehlt uns leider das nötige Kleingeld«, sagte Joachim von Senftenberg. »Dann würden wir nämlich von Pisa, Venedig oder Genua aus ein Schiff nehmen, das uns direkt in den berühmten Hafen von Konstantinopel bringt. Stattdessen werden wir auf den Spuren von Kaiser Friedrich Barbarossa wandeln und den gleichen Weg nehmen wie das deutsche Kreuzfahrerheer vor vier Jahren: die Via Diagonalis quer über den Balkan.«

Er griff nach einem der leeren Bierbecher, drehte ihn um und stellte ihn mit der Öffnung nach unten auf den Tisch. »Das ist Dürnstein«, erklärte er. »Von hier aus werden wir das erste Drittel unserer Reise recht komfortabel per Schiff in Angriff nehmen. Wir fahren einfach die Donau hinunter, und zwar bis ...«

Ein zweiter Becher wurde umgedreht.

»Weißenburg, dort wo die Save in die Donau mündet. Die Römer unterhielten hier ein Legionslager namens Singidunum. Die Einheimischen nennen ihre Stadt Bellegrava.«

Belgrad, dachte Niki. *Da war ich noch nie. Wird mir wenigstens beim Anblick nicht schwindlig werden wie in Dürnstein, Krems oder gestern in Wien.*

»Von hier aus wird es anstrengender, weil wir ab jetzt reiten oder zu Fuß gehen müssen«, fuhr Joachim fort. »Die Via Diagonalis ist eine alte Römerstraße und führt über 670 römische Meilen von Weißenburg geradewegs bis Konstantinopel. Das weiß ich deshalb so genau, weil der Straße entlang nach jeder Meile ein *miliarium* steht, eine römische Meilensäule. Wenn man sonst nichts zu tun hat beim Marschieren merkt man sich sowas.«

»Römische Meilen?«, fragte Niki.

»Wenn ein erwachsener Römer seinen linken Arm nach links und seinen rechten Arm nach rechts ausstreckt, beträgt der Abstand zwischen seinen Händen einen *passus,* einen Schritt«, erklärte Joachim. »Tausend solcher Schritte geben eine *mille,* eine römische Meile.«

Niki streckte probehalber seine Arme nach beiden Seiten von sich. *Eineinhalb Meter,* schätzte er. *Dann sind 670 römische Meilen ziemlich genau ... 1.000 Kilometer. Zu Fuß oder noch schlimmer: auf dem Rücken eines Pferdes. Das kann ja heiter werden.*

»Die Straße wird diesseits des Byzantinischen Reiches nicht instandgehalten und ist über weite Strecken in schlechtem Zustand«, fuhr Joachim fort. »Aber zumindest kann man sich nicht verlaufen auf dem Weg, wenn man sich an sie hält. Und die Herbergen und Tavernen, die die Römer nach jeder Tagesreise errichtet haben, sind vielfach noch vorhanden, genau wie die Wachtürme entlang der Straße. Kaum umzubringen, die alten Steinbauten.«

Ein dritter Becher wurde auf dem Tisch umgedreht.

»Das hier ist Nissa. Hier haben wir die Hälfte des Weges hinter uns. Das heißt, wenn wir die acht Tage davor überleben. Hier führt der Weg nämlich mitten durch einen riesigen Wald, ohne Herbergen, ohne fließendes Wasser, dem Gefühl nach sogar ohne Sonnenlicht. Die Einheimischen nennen ihn nur den ›Räuberwald‹. Warum, könnt ihr euch denken.«

Die Burschen rund um den Tisch machten große Augen.

»Als Teil des Kreuzfahrerheeres hab ich mir der Räuber wegen keine Sorgen gemacht. Ein kleiner Trupp wie unserer würde da aber nie unbehelligt durchkommen. Man würde uns erschlagen, berauben und uns nackt in den Wald werfen als Futter für die Raubtiere. Wir werden uns daher besser einer der schwer bewachten Handelskarawanen anschließen, um diesen Abschnitt unserer Reise unbeschadet zu überstehen.«

Die dicke Wirtin Ursel kam aus ihrem Hinterzimmer zurück und stellte einen Krug mit schäumendem, duftendem Bier auf den Tisch. Niemand beachtete sie: Alle hingen gebannt an den Lippen von Ritter Joachim.

»Nach Nissa müssen wir das zweite große Hindernis auf unserer Reise bewältigen: einen schwierigen Bergpass, den man das Balkantor nennt. Dort kann auch im Herbst schon mannshoch der Schnee liegen. Danach haben wir die Schluchten des Balkans hinter uns gelassen und wir haben das Schlimmste überstanden. Dies hier sind Serdica, Philippopel und Hadrianopel, wo wir endlich auf das Meer treffen.«

Joachim stellte drei weitere Bierbecher in kurzen Abständen hintereinander auf den Tisch.

»Die Byzantiner halten die Via Diagonalis penibel instand. Hier kommen wir gut und schnell voran, sodass wir bald unser Ziel erreichen: Konstantinopel, die letzte christliche Stadt vor den umkämpften Kreuzfahrerstaaten.«

Der siebente und letzte Becher wurde umgedreht und am Ende der improvisierten Landkarte auf den Tisch gestellt.

Da war ich schon, dachte Niki und erinnerte sich ein

wenig wehmütig an den Städteflug mit seiner Familie übers Wochenende: Während Mutter und Schwester im großen Basar verschwanden und erst abends beladen mit täuschend echt nachgemachter Markenkleidung, kunstvoll gearbeitetem Goldschmuck und allerlei Souvenirs ins Hotel zurückgekehrt waren, hatte Niki mit seinem Vater eine Rundfahrt mit dem Touristenbus gemacht. Die historische Stadtmauer hatte ihn tief beeindruckt, genau wie die mächtige Kathedrale Hagia Sophia, oder gleich gegenüber der aus Hunderten unterirdischen Säulen bestehende Wasserspeicher Cisterna Basilica.

Damals bin ich drei Stunden mit den Turkish Airways hingeflogen, dachte Niki missmutig. *Ohne mir über die alte Römerstraße, den Räuberwald und das Balkantor Gedanken zu machen. Und jetzt?*

»Eine Frage«, sagte er. »Wie lange dauert die Reise?«

Joachim legte die Stirn in Falten. »Wenn alles glattgeht: vierzig Tage«, sagte er. »Es wird aber nicht alles glattgehen. Bei einer solchen Unternehmung geht nie alles glatt. Dank der Unterstützung von Herzog Leopold werden wir aber gut ausgerüstet sein: Wir haben Waffen, wetterfeste Bekleidung, warme Decken und Pferde. Wasser und Nahrung für Mensch und Tier müssen wir unterwegs kaufen. Bis auf den vermaledeiten Wald ist das auf der ganzen Strecke nirgendwo ein Problem.«

»Können wir das Essen nicht einfach von daheim mitnehmen?«, fragte Gottfried, der offenbar schon begonnen hatte, sich in seine neue Rolle als Knappe hineinzudenken.

Joachim lachte. »Da hättest du fürwahr schwer zu tragen. Du oder dein Pferd«, sagte er.

Er griff nach einem Laib Brot, der vor den Burschen auf dem Tisch lag, und hielt ihn hoch. »Ein erwachsener Mann braucht am Tag als Nahrung eine Menge wie diesen Laib Brot hier. Kann auch doppelt gebacken sein, dann hält es länger. Tatsächlich essen wir natürlich nicht nur Brot: Ein

Teil dieser Menge kann auch geselchtes Fleisch sein, gesalzener Fisch, Hartkäse, Trockenobst und alles, was man unterwegs in Wald und Wiese findet.«

Joachim legte den von den Burschen ehrfurchtsvoll betrachteten Laib Brot wieder zurück auf den Tisch. »Ein Pferd frisst zur Hälfte Gras, das es unterwegs findet. Die andere Hälfte besteht aus Getreide, das man mitführen muss. Und zwar am Tag so viel wie fünf Laibe Brot!«

Sechs Kilo Nahrungsmittel, dachte Niki und pfiff leise durch die Zähne. *Das ist schon eine ordentliche Einkaufstasche voll. Und reicht nur für einen Tag!*

Joachim hatte Nikis Überraschung bemerkt und grinste ihn an. »Das ist aber noch gar nichts gegen das benötigte Trinkwasser«, sagte er, griff nach dem Bierkrug und hob ihn in die Höhe. »In diesem Krug ist so viel Bier, wie in einen gewöhnlichen Wasserbeutel aus Leder reinpasst. Ein erwachsener Mann benötigt den Inhalt fünf solcher Wasserbeutel am Tag. Ein Pferd braucht etwa dreißig!«

Niki pfiff ein weiteres Mal durch die Zähne, diesmal lauter. *Jetzt weiß ich, woher die Redewendung ›Saufen wie ein Pferd‹ kommt,* dachte er.

»Kann irgendwer ausrechnen, wie viel Nahrung und Wasser ein Mann und sein Pferd für vierzig Tage Reise brauchen? Ich kann es nicht!«, lachte Joachim und schenkte seinen Kameraden frisches Bier in die von der provisorischen Landkarte der Via Diagonalis an ihre Besitzer zurückgegebenen Trinkbecher.

»Ich schon«, merkte Niki mit einem Anflug von Stolz in der Stimme an. Abgesehen von seinen lagerfeuererprobten Sangeskünsten und seinem Gitarrenspiel war er mit seinen Fähigkeiten gegenüber den gestandenen Rittern Hadmar und Joachim fast immer im Hintertreffen. Umso begieriger war er, seine Freunde mit seinen mathematischen Fähigkeiten zu beeindrucken.

»Moment, ich hab's gleich«, murmelte er und legte die

Stirn in dekorative Falten. »Ein Kilo Nahrung für den Mann, fünf Kilo für das Pferd. Fünf Liter Wasser für den Mann, dreißig für das Pferd. Das ganze mal vierzig Tage gibt ...«

»Eins. Und fünf. Gibt sechs«, murmelte Bertram.

Alle Augen wandten sich überrascht Bertram zu, der seit der Begrüßung seiner Kameraden kein einziges Wort mehr gesprochen hatte und dessen Anwesenheit am Tisch wie so oft mehr oder weniger in Vergessenheit geraten war.

»Schon gut, Bertram«, sagte Niki geistesabwesend. »Ich hab's gleich. Das sind dann sechs mal vierzig und, Moment, fünfunddreißig mal vierzig ...«

»Vier Schock«, sagte Bertram leise, mehr zu sich selbst als zu seinen Freunden.

»Bertram, macht es dir etwas aus, mit der Murmelei aufzuhören«, sagte Niki gereizt. »Ich bin auch geschockt, wie viel das ist, aber ich muss mich jetzt bitte kurz konzentrieren!«

»Oder auch ein Gros, ein Schock ... und drei Dutzend Brotlaibe«, sagte Bertram, immer noch tief in Gedanken.

»Das sind dann zweihundertvierzig Kilo Nahrungsmittel ...«, rechnete Niki.

»Und neun Gros, ein Schock, drei Dutzend ... und acht Stück Wasserbeutel«, sagte Bertram und nickte anerkennend mit dem Kopf.

»Und tausendvierhundert Liter ...«, stotterte Niki, bevor auch er bemerkte, dass Bertram ihm einen Schritt voraus war. Er verstummte und starrte wie seine Kameraden mit offenem Mund den großen, dicken Burschen mit dem karottenroten Haarschopf an.

»Alles zusammen sind das fast ... ein Maß an Gepäckstücken«, sinnierte Bertram in das tiefe Schweigen hinein, das über die Runde gefallen war. »Ein Dutzend Gros sozusagen. Joachim hat recht: Das kann ... das stärkste Packpferd nicht tragen.«

Zweihundertvierzig Kilo Nahrungsmittel, tausendvierhundert Liter Wasser, zusammen tausendsechshundertvierzig Kilo Gepäck pro Mann und Pferdenase, dachte Niki. *Und Bertram hat das schneller ausgerechnet als ich.*

Kopfschüttelnd blickte er hinunter auf den Fetzen Pergament, den er sich gemeinsam mit einem billigen Federkiel und einem halb eingetrockneten Tintenfässchen von Ursel ausgeborgt hatte.

Ein Dutzend umfasst zwölf Stück, das war ihm auch vorher schon klar gewesen. Ein Schock bestand aus fünf Dutzend, also aus sechzig Stück. Ein Gros umfasste zwölf Dutzend, also hundertvierundvierzig Stück, und ein Maß zwölf Gros, also tausendsiebenhundertachtundzwanzig Stück: Bertrams Berechnungen waren auf den Punkt korrekt gewesen. Und von den anderen Burschen auch verstanden worden, ganz im Gegensatz zu Nikis Zahlen. Sein Versuch, die Kameraden mit seinen Rechenkünsten zu beeindrucken, war auf jeden Fall eindrucksvoll gescheitert.

Der Kerl ist ein verdammter Rain Man, dachte Niki bewundernd und kratzte sich nachdenklich am Kopf. *Und dabei sieht er aus, als könnte er nicht einmal bis drei zählen.*

»Du überraschst mich immer wieder, Bulle!«, sagte er. »Ich wusste gar nicht, dass du so gut rechnen kannst!«

Bertram sah ihn verständnislos an. »Ich kann überhaupt nicht ... rechnen, das überlasse ich den Kaufleuten«, sagte er. »Ich kann nur ... zählen, und auch das nur bis zwölf.« Engels riesenhafter Bruder hob die rechte Hand, klappte den Daumen ein und streckte die übrigen vier Finger aus. »Den Daumen nehm ich ... als Zeiger, und die Fingerglieder stehen ... für die Zahlen von eins bis zwölf«, erklärte er und berührte mit dem Daumen die Spitze des Zeigefingers. »Das hier ist eins. Das mittlere ... Fingerglied des Zeigefingers ist zwei, das ... untere ist drei. Und so weiter, bis zu einem Dutzend.«

»Das erklärt aber immer noch nicht, wie du auf Schock, Gros und Maß und wie sie alle heißen gekommen bist«, beharrte Niki.

»Wenn ich die Augen schließe, sehe ich ... diese Dutzende Brotlaibe und Wasserschläuche vor mir. Ihr nicht?«, sagte Bertram und blickte fragend in eine Runde großer Augen. »Ich muss sie ... nur zählen.«

Voll der Rain Man, dachte Niki und schüttelte ein weiteres Mal den Kopf.

Auch die anderen Burschen am Tisch warfen einander überraschte Blicke zu. Sie alle kannten und schätzten den Bruder der Bademagd, den Sohn des alten Scharfrichters. Er war groß und stark. Er sprach wenig und lachte nie. Umso überraschter waren sie, als Bertram nach dieser für seine Verhältnisse schon ungewöhnlich ausführlichen Erklärung nur kurz verstummte, um sich zu sammeln, und dann erneut das Wort ergriff.

»Schon als Kind war ich groß, stark und ... langsam. Seit ich denken kann, war ich ... immer nur der Ochse, der ohne zu murren die niedersten ... und schmutzigsten Arbeiten erledigt hat. Die, die sonst keiner machen wollte. Oder hat einer von euch schon einmal ... die Scheiße unter den Aborterkern der Burg in Fässer geschaufelt, mit dem Ochsenkarren ... hinunter ins Dorf gebracht und auf den Feldern vor Dürnstein verteilt?«

Jetzt waren die Blicke, die die anderen Burschen tauschten, unbehaglich. Sie alle hatten ihn seit ihrer Kindheit als Dorftrottel gesehen, der ohne Klagen sämtliche Aufgaben, die man ihm übertrug, langsam zwar, aber mit der Unerbittlichkeit einer Maschine ausführte. Sie nannten ihn daher »Ochse« oder »Golem« oder »Oger«, und es hatte das Erscheinen eines Außenseiters wie Niki gebraucht, um

Bertrams unschmeichelhaften Spitznamen in »Bulle« zu ändern.

Niki betrachtete seinen Freund nachdenklich. Bertram war nicht einfach nur groß und stark, er war in jeder Hinsicht riesig. Er hatte Beine wie Baumstämme und Hände wie Schaufeln. Sogar sein Kopf war groß, mit runden Augen, abstehenden Segelohren und einem unbändigen Schopf karottenroten Haars, der anscheinend noch nie einen Kamm gesehen hatte. Seine Augen waren grün wie die seiner Schwester, und in ihnen lag eine Sanftheit, die in krassem Gegensatz zu seinem sonstigen Äußeren stand. Und eine Entschlossenheit, die der seiner Schwester in nichts nachstand.

»Und dann kam alles anders«, fuhr Bertram fort. »Ich habe … gelernt, Soldat zu sein. Ich habe Freunde gefunden, und ein Mädchen. Ich habe an der … bedeutendsten Schlacht teilgenommen, an die sich selbst die ältesten Leute in Dürnstein erinnern. Wenn mir das alles gelungen ist, dann wird es mir … auch gelingen, zusammen mit meinen besten Freunden ans … andere Ende der Welt zu reisen. Ihr könnt auf mich zählen.«

Bertram verstummte, alles war gesagt. Das Schweigen rund um den Tisch war vollständig, während wohl jeder der Burschen daran zurückdachte, wie Bertram am Dreikönigstag durch seine felsenfeste Beharrlichkeit die Aufnahme in den Bauernsturm, in die Ausbildung zum Wehrbauern, durchgesetzt hatte.

Wenn der Bulle sich etwas in seinen großen runden Kopf gesetzt hat, dann kann man ihm das nicht mehr ausreden, nicht für Geld und gute Worte, dachte Niki. *Genauso gut könnte man versuchen, die Donau davon zu überzeugen, ihren Lauf zu ändern.*

»Gut, dann hätten wir das auch besprochen«, sagte Niki in die Stille hinein resignierend. »Bleibt eigentlich nur mehr eine Frage.«

»Welches arme Pferd Bertram bis nach Konstantinopel tragen muss?«, fragte einer der Zwillinge.

»Nein: Wie bringen wir das nur Engel bei?«

Niki beobachtete ausdruckslos, wie der Schmied Vinzenz mit aller Kraft den Blasebalg betätigte. Eine grelle orangefarbene Stichflamme fuhr aus dem Feuer der Esse, Funken stoben in alle Richtungen. Die beißenden Dämpfe raubten Niki den Atem, die Hitze schien die Haare auf seinen Armen, sogar in seiner Nase zu versengen.

Mit kritischem Blick prüfte der bullige Mann, der nur Stiefel und einen dicken ledernen Arbeitskittel trug, die Farbe des glühenden Eisenstücks. Er nickte zufrieden und griff nach seinem schweren Schmiedehammer. Mit einer Zange zog er das Stück Metall aus dem Feuer und legte es auf den Amboss. Der erste Schlag mit dem Hammer hallte durch die Werkstatt, dann der zweite, der dritte.

Ein Funken traf Niki am Unterarm und ließ ihn unwillkürlich einen Schritt zurücktreten. Im Winter war die außen an die Hütte von Vinzenz und seiner Familie angebaute Schmiedewerkstatt der wärmste und beliebteste Treffpunkt der Dorfbewohner, noch vor der Taverne und der Kirche; jetzt im Sommer aber war die Hitze fast unerträglich.

Gedankenverloren beobachtete Niki aus sicherer Entfernung, wie der Vater von Gottfried und Gerwald aus dem glühenden Stück Eisen Schlag um Schlag ein Hufeisen formte. Niki mochte den bärbeißigen Mann, der wie eine erwachsene Ausgabe seiner Zwillingssöhne wirkte: gefühlt ungefähr so breit wie groß, mit dichten schwarzen Haaren auf dem Kopf, im wilden Vollbart, auf der Brust, auf den Armen und sogar auf den Handrücken. Einzig ein paar weiße

Brandnarben auf seinen Unterarmen zeugten von unfreiwilligen Berührungen des zum Zerspringen heißen Ofens.

In Gedanken war Niki immer noch bei seinem letzten Satz in der Taverne. *Wie bringen wir das nur Engel bei?*, wiederholte er bei sich. Er schämte sich ein wenig, weil er diese unangenehme Aufgabe an Bertram abgetreten hatte und stattdessen zu zweit mit Joachim in der Schenke sitzen geblieben war, Bier getrunken und Details der geplanten Reise diskutiert hatte. Selbst danach war er noch nicht nach Hause gegangen, sondern hatte im Anschluss auch noch den Schmied besucht. Als Vorwand diente ihm dabei der Umstand, dass er zwei Gegenstände abzuholen hatte, die er für seine Reise brauchen würde.

Vinzenz schlug ein letztes Mal mit dem Hammer auf das neue Hufeisen, betrachtete es prüfend und ließ es dann zischend in einen mit Wasser gefüllten Holzeimer gleiten. Er wischte sich die Hände in einem schmutzigen Tuch ab und trat zu Niki, um ihn zu begrüßen.

Der Schmied wirkte dabei wie immer und ließ sich nicht anmerken, welche Wirkung die Nachricht von der Abreise seiner beiden Söhne auf ihn gemacht hatte. Niki hörte Stimmen aus der Hütte. Er nahm an, dass dort Vinzenz' Frau Herlinde und ihre Tochter Liesbeth mit den Zwillingen sprachen. Vinzenz überließ das Sprechen gerne seiner Frau; es war offensichtlich, dass Gottfried und Gerwald ihre scharfen Zungen nicht von ihrem Vater geerbt hatten. Er reichte Niki die Hand und führte ihn in einen an die Schmiede angrenzenden absperrbaren Holzverschlag, in dem er seine halbfertigen und fertigen Werkstücke aufbewahrte. Auf einem Tisch und auf grob gezimmerten Regalen an allen Wänden reihten sich allerlei Waffen und Gebrauchsgegenstände in unterschiedlichen Stadien der Fertigstellung. In einer Ecke lehnte das Rad eines Ochsenkarrens. Ein hölzerner Ständer, der wie eine stilisierte Kleiderpuppe aussah, trug ein knielanges Kettenhemd, geschmiedet aus unzähligen winzigen

Metallgliedern, an dem Vinzenz schon seit dem Winter für Ritter Hadmar arbeitete.

Der Schmied deutete auf den zweiten Holzständer, der ein ungleich leichteres Kleidungsstück trug. »Es ist rechtzeitig fertig geworden. Herlinde hat heute noch die halbe Nacht daran gearbeitet«, sagte er.

Niki trat näher, umrundete den Kleiderständer und betrachtete staunend das Lederwams, das dieser trug, von allen Seiten. Das naturfarbene, oberschenkellange Wams hatte, wie die meisten seiner Kleidungsstücke, zuvor Bertrams und Engels Vater, dem verstorbenen Henker von Krems, gehört. Es war allerdings kaum wiederzuerkennen: Auf Nikis Bitte hin hatte Vinzenz Metallringe geschmiedet, die seine Frau mit Lederriemen miteinander verflochten und auf der Vorder- und auf der Rückseite am Wams befestigt hatte. Niki ließ seine tastenden Finger bewundernd über das weiche Leder und die gleichmäßig darauf angebrachten Ringe streicheln.

»Es ist wunderschön«, sagte er. »Das müssen ja hundert ..., ähm, viele Dutzend Ringe sein!«

»So sicher wie das Kettenhemd hier ist es nicht, aber leichter und angenehmer zu tragen«, brummte Vinzenz. »Besser als nichts auf alle Fälle.«

Mit einer ausladenden Handbewegung deutete er auf ein Regal, auf dem Helme unterschiedlicher Bauarten säuberlich nebeneinander aufgereiht standen. »Und du bist sicher, dass du keinen Helm mitnehmen möchtest auf die Reise? Oder zumindest einen Eisenhut?«

Niki schüttelte nur den Kopf. Er erinnerte sich mit Grauen daran, wie er beim Narrenfest zum Lanzenstechen einen Topfhelm hatte tragen müssen: Der Helm war schwer gewesen, darunter war es heiß und stickig, er hatte aus den schmalen Augenschlitzen kaum etwas gesehen und die ganze Zeit Atemnot gehabt und Angst, sich übergeben zu müssen.

»Keine Sorge«, entgegnete er leichthin. »Ich habe ohnehin

nicht vor, mich unterwegs auf irgendwelche Raufhändel einzulassen. Wofür haben wir schließlich unseren Schwertmeister Hadmar mit? Und deine kampfeslustigen Söhne natürlich!«

Der Schmied antwortete nicht. Niki hob den Blick und sah ihm in die Augen. Das Lächeln erstarb auf seinen Lippen, als er merkte, dass er mit diesem unüberlegten Scherz wohl einen wunden Punkt berührt hatte. Der stämmige Mann, der mit seinem Rauschebart und den behaarten Armen sonst eher das unbeschwerte Charisma eines Räuberhauptmanns ausstrahlte, blickte zu Boden und rang mit sichtlicher Verlegenheit nach Worten.

»Gottfried und Gerwald werden morgen mit euch reisen«, sagte er schließlich. »Sie lassen sich nicht von ihrem Plan abbringen, nicht einmal von ihrer Mutter, und das will etwas heißen. Kannst du bitte ein Auge auf die beiden haben? Sie sind meine einzigen Söhne.«

Der Schmied rang sich ein Lächeln ab. Dann nahm er das Lederwams vom Ständer und half Niki dabei, es über den Kopf zu ziehen. Es war schwerer als gedacht, aber tatsächlich ungleich angenehmer zu tragen als das angerostete alte Kettenhemd, das Niki aus den Beständen von Burg Dürnstein erhalten hatte.

»Steht dir ausgezeichnet«, sagte Vinzenz anerkennend. »Ich habe ja noch etwas für dich, aber das möchte dir jemand anders überreichen.«

Der Schmied wandte sich ab und ging die paar Schritte aus dem kleinen Lagerraum zurück in die Werkstatt. An der Tür drehte er sich nochmals um.

»Bring sie mir gesund wieder, Nikolaus«, sagte er ernst und brachte dann mit einem Zwinkern doch wieder den Räuberhauptmann zum Vorschein. »Wenn sie nicht zurückkommen, müssen mir in Zukunft meine Frau und meine Tochter in der Schmiede zur Hand gehen. Das kannst du uns allen dreien nicht antun!«

Liesbeth musste schon vor der Türe zwischen der Schmiedewerkstatt und dem Lagerraum gewartet haben, denn sie betrat den Raum sofort, nachdem ihr Vater ihn verlassen hatte.

Die große Schwester von Nikis Freunden Gottfried und Gerwald war Dürnsteins Dorfschönheit: Von ihrer Mutter hatte sie die Größe und die schlanke Figur geerbt und von ihrem Vater die leuchtend blauen Augen und die schwarzen Haare, die bei ihr in dichten Locken bis auf die Hüften hinabfielen.

Niki war insgeheim froh darüber, dass es düster war im fensterlosen Lagerraum, der nur durch das Licht aus der Tür zur Werkstatt und durch einzelne Sonnenstrahlen erhellt wurde, die durch Ritzen im Dach und in den Wänden ihren Weg nach drinnen fanden. Wie immer reichte schon der bloße Anblick von Liesbeth aus, um seinen Mund trocken, seine Hände feucht und seine Ohren rot werden zu lassen. Das hatte wohl auch damit zu tun, dass er seine allererste Nacht im Dürnstein des Jahres 1193 mit der hübschen Schmiedstochter verbracht hatte. Und dass das gleichzeitig seine allererste Nacht mit einer Frau überhaupt gewesen war.

Da hab ich auch noch nicht gewusst, dass Hadmar sie als sein persönliches Eigentum betrachtet und mit Feuer und Schwert über jeden Mann kommt, der auch nur ein Auge auf sie wirft. Kein Wunder, dass er mich vom ersten Moment an nicht leiden konnte, dachte er. *War aber trotzdem jede Sekunde wert.*

Niki zwang seine Gedanken zurück in die Gegenwart und sah Liesbeth fragend an. »Ich freue mich, dich zu sehen«, sagte er. »Eigentlich bin ich aber nur hier, um mein Wams abzuholen. Und meinen Schild.«

Liesbeth lächelte. »Dein Schild ist hier«, sagte sie und trat zu einem mit einem Tuch verhüllten, kreisrunden Paket, das in einer Ecke auf dem Boden gegen die Wand gelehnt stand. »Mein Vater hat ihn für dich mit frischem Leinen bezogen, den schartigen Rand mit Leder verstärkt, den Handgriff repariert und einen Rieemen angebracht, damit du ihn auch auf dem Rücken tragen kannst.«

Mit beiden Händen hob sie das Paket vom Boden hoch, zog das Tuch herunter und legte den altmodischen, kreisrunden Schild vor Niki auf den Tisch.

»Und ich ... ich hab ihn dann noch bemalt.«

Niki war sprachlos, und das passierte ihm selten.

Sein Blick wanderte zwischen dem Mädchen und dem Schild hin und her, während er vergeblich nach Worten suchte. Liesbeth errötete ein wenig; es war ihr anzusehen, wie sehr es sie freute, dass ihr die Überraschung gelungen war.

»Du bist jetzt ein Ritter, du brauchst ein Wappen«, sagte sie. »Hadmar trägt die schwarzen und gelben Streifen der Kuenringer. Joachim führt das Zeichen seiner Familie, den goldenen Stern über Senftenberg. Nur du hast kein eigenes Wappen. Also hab ich mir etwas ausgedacht.«

Niki sah wieder hinunter auf den Schild, auf den Liesbeth ... den weißen Baum von Gondor gezeichnet hatte. Genau so, wie ihn Niki als Tattoo auf dem rechten Oberarm trug. Er spürte seine Augen feucht werden und blinzelte unauffällig die Tränen weg, während seine Finger die Umrisse des Bildes nachzeichneten: Wurzeln, Stamm und Zweige, die zarten Blätter, darüber die Krone und die sieben Sterne.

Jetzt ist es amtlich, dachte er. *Ich bin ein Hobbit.*

»Ich hab das Bild auf deinem Arm gesehen, damals, in der Nacht, als wir ...« Liesbeth wurde rot und beendete den Satz nicht. »Ich habe Engel danach gefragt, und sie hat eine genaue Zeichnung für mich angefertigt. Während du geschlafen hast.«

Niki fiel Liesbeth um den Hals und drückte das Mädchen an sich, zur Sicherheit nur kurz.

»Darf ich dich dafür um etwas bitten?«, fragte sie schüchtern, als die beiden jungen Menschen sich wieder voneinander gelöst hatten.

»Echt jetzt, Liesbeth«, sagte Niki. »Ich fühle mich wirklich geehrt, dass dein Vater und nun auch noch du so viel Vertrauen habt, ausgerechnet *mich* zu bitten, auf deine Brüder Acht zu geben. Ich bin wohl der *Allerletzte* in unserer Gruppe, der ...«

»Wer redet von meinen Brüdern?«, unterbrach ihn das Mädchen. »Meine Brüder könnten zum Leibhaftigen in die Hölle reisen und würden unbeschadet zurückkommen, weil er sie dort nicht haben will!«

»Ja, aber ...«

»Ich spreche natürlich von Hadmar. Du weißt ja, wie er ist: ritterliche Tugenden über alles, Mut und Ehre ohne Ende. Ohne einen vernünftigen Aufpasser überlebt er nicht einmal den Hinweg nach Konstantinopel. Ich kenne ihn, seit wir Kinder waren, ich weiß, wovon ich spreche. Kannst du bitte dafür sorgen, dass er in einem Stück zu mir zurückkommt?«

Niki schüttelte lachend den Kopf. Ja, das hörte sich tatsächlich sehr nach seinem alten Erzfeind an.

»Was bekomme ich dafür?«, fragte er mit einem Blinzeln.

»Was hättest du denn gerne?«, antwortete Liesbeth und hob fragend eine Augenbraue. Ihr anzügliches Lächeln hätte jedem Pfarrer die Schamesröte ins Gesicht getrieben und schaffte das mühelos auch bei Niki. Als sie sah, wie verlegen der junge Mann wurde, trat sie nah an ihn heran, hob den Kopf und küsste ihn überraschend zart auf die Lippen.

»Ja, das ... wird reichen«, sagte Niki mit belegter Stimme. »Aber mach das nicht nochmal, sonst holt Engel die Bratpfanne.«

»Versprich mir, dass du ihn heil zurückbringst«, flüsterte Liesbeth. »Versprich es mir einfach!«

Niki hatte keine Ahnung, wie ausgerechnet er es schaffen sollte, Schaden von der kleinen Gemeinschaft auf ihrem Weg ans andere Ende der Welt und zurück abzuwenden. Es war ihm aber klar, dass dies definitiv nicht der geeignete Moment war, um seine Zweifel mit der schwarzhaarigen Schönheit zu diskutieren, die immer noch verwirrend nahe vor ihm stand und mit rührendem Vertrauen in den großen blauen Augen zu ihm aufblickte.

»Ich verspreche es«, sagte er.

»Sei mir gegrüßt, Nikolaus. Ich habe dich erwartet«, sagte die alte Frau, nachdem sie Nikis Klopfen an die Türe ihrer Hütte mit einem energischen »Herein!« beantwortet hatte. Sie lächelte und schien ihn dabei direkt anzusehen mit ihren blinden Augen.

Wie zum Teufel macht die alte Hexe das?, dachte Niki, der noch kein Wort gesagt hatte, und erschauerte unwillkürlich beim Anblick der kleinen, spindeldürren Frau mit dem langen weißen Haar, die wie immer von Kopf bis Fuß in Schwarz gekleidet mit einer Decke auf den Beinen in ihrem Schaukelstuhl saß und die Katze auf ihrem Schoß streichelte.

»Dazu braucht es keine Hexenkunst«, beantwortete Großmutter, wie sie die Dürnsteiner respektvoll nannten, seine unausgesprochene Frage. »Niemand sonst klopft mit dem Knöchel eines einzelnen Fingers an meine Tür. Alle anderen benutzen dazu die Knöchel aller zur Faust geballten Finger gemeinsam oder sie schlagen überhaupt mit der Faust an die Tür.«

»Seid mir gegrüßt, Großmutter«, sagte Niki und lächelte,

als die Anspannung von ihm abfiel. »Das erklärt allerdings, wie Ihr mich erkannt habt.«

Eigentlich eh logisch, dachte er. *Wieso bin ich da nicht selbst draufgekommen?*

»Ich freue mich über deine Erleichterung«, sagte die alte Frau und erwiderte sein Lächeln. »Obgleich ich mich manchmal frage, ob es wirklich klug von mir ist, meine Gedankengänge zu offenbaren. Vor meiner Erklärung hattest du noch größeren Respekt vor mir als jetzt!«

»Glaubt mir: Mein Respekt vor Euch kennt keine Grenzen«, sagte Niki wahrheitsgemäß, ließ sich vor dem Schaukelstuhl auf ein Knie nieder und erlaubte es der alten Frau, dass sie sein Gesicht zur Begrüßung mit ihren langen, knochigen Fingern umschloss.

»Außerdem spricht ganz Dürnstein von der Mission, auf die dich Ritter Hadmar schickt«, sagte sie leise, während ihre kühlen Hände sanft die Form seines Gesichtes erforschten, sein Haar, seine Augenbrauen, seine Nase. Großmutter hielt inne, ihre Finger noch an Nikis Kinn. »Ich nehme an, der große Tag steht unmittelbar bevor? Du hast dich rasiert zur Feier des Tages.«

Niki betastete schuldbewusst seine leidlich glattrasierten Wangen, während er sich aufrichtete und sich auf einem Schemel am Tisch niederließ.

Nicht, dass das einen großen Unterschied zu vorher macht, dachte er verdrießlich eingedenk seines spärlichen Bartwuchses.

»Du glaubst, einmal die Zukunft gesehen zu haben mit meiner Hilfe«, fuhr die alte Frau fort. »Ich war mir sicher, du würdest vor dem Aufbruch zu mir kommen und einen zweiten Blick riskieren wollen.«

Von wollen *kann keine Rede sein,* dachte Niki und schenkte Großmutter und sich selbst klares Quellwasser aus einem irdenen Krug in Holzbecher ein. *Ich muss. Ich würde mich echt besser fühlen, wenn ich wüsste, dass alle heil zurückkommen von diesem hirnrissigen Abenteuer. Und ich täte mir echt leichter, mit Engel über Bertram zu sprechen.*

Es war Engel, die ihm Großmutter vorgestellt hatte. An Tagen, an denen sie nicht im Badehaus in Krems arbeitete, stapfte sie oft durch den Wald hinauf bis zu der Lichtung auf einer kleinen Anhöhe, auf der die »Tänzerinnen« standen: ein Kreis von Findlingssteinen, die der Volksmund für sieben liederliche Mädchen hielt – vom Zorn Gottes in Steine verwandelt, weil sie sich selbst am heiligen Sonntag lieber hier zum Tanz trafen, anstatt in der kleinen Kirche in Dürnstein die Messe zu besuchen. Am Rand dieser Lichtung stand Großmutters Hütte, wo Engel der blinden Frau bei allen anfallenden Arbeiten zur Hand ging und dafür von ihr im Lesen und in Kräuterkunde unterrichtet wurde.

Nikis Gedanken wanderten zurück zum Tag, als er Engel inmitten der Tänzerinnen zum ersten Mal geküsst hatte. Zum Tag, an dem er Großmutter kennengelernt hatte. Zum Tag, als er mithilfe der alten Frau in seine Vergangenheit geblickt hatte. Und in seine Gegenwart.

»Und in meine Zukunft«, sagte er laut. »Ich weiß es genau. Alles ist genau so gekommen, wie ich es im *Tintenspiegel* vorhergesehen habe!«

»Nikolaus, wie oft muss ich dir noch sagen, dass das unmöglich ist?«, fragte Großmutter geduldig und betont langsam wie zu einem geliebten, aber leider geistig etwas zurückgebliebenen Kind. »Das, was ich meinen *Tintenspiegel* nenne, ist nur schwarz gefärbtes Wasser. Der Rauch meiner Kräuter versetzt dich in eine Stimmung, die es dir ermöglicht, Gedanken aus den Tiefen deiner Seele wie in einem Spiegel zu erkennen. Aber es sind nur deine eigenen Wünsche, Ängste und Träume, die du siehst!«

Niki zögerte, auch weil ihm die Skurrilität seiner Bitte bewusst wurde.

Bei mir daheim hab ich ein Facebook-Profil, einen

Instagram-Account und sogar einen verdammten YouTube-Kanal, dachte er. *Und hier bitte ich die Dorfhexe um einen Blick in die Zukunft, und sie erklärt mir, dass das alles nur Esoterik ist? Kannst du nicht erfinden.*

»Wenn es Euch recht ist, möchte ich dennoch einen Blick wagen«, sagte er schließlich entschlossen. »Wenn es nichts hilft, schadet es zumindest nichts, oder?«

Die alte Frau seufzte.

»Das hab ich kommen sehen«, sagte sie. »Erinnerst du dich noch an die Zutaten?«

Niki betrachtete kritisch die randvoll mit Wasser gefüllte Schüssel, die Schale mit dem glühenden Stück Holzkohle aus dem Kamin, das Körbchen mit dem Räucherwerk. Und natürlich das Fässchen mit der schwarzen Tinte und dem zugehörigen Gänsekiel.

Scheint alles da zu sein, dachte er, als er Großmutters Schaukelstuhl näher an den Tisch rückte.

Die alte Frau tastete nach dem Körbchen und streute getrocknete Kräuter in die Schale mit der Holzkohle. Sofort erfüllte aromatischer Rauch die kleine Hütte und kratzte in Nikis Augen und Hals. Es zischte, als Großmutter noch ein paar rote Kristalle in die Schale warf; der Rauch im Raum wurde dichter, sein Duft dunkler und erdiger.

Myrrhe aus dem Heiligen Land, erinnerte sich Niki.

Zu guter Letzt griff die alte Frau nach dem Gänsekiel und tauchte die Spitze in das Tintenfass. Als sie sie wieder herauszog, glitzerte daran ein Tropfen der metallisch riechenden schwarzen Flüssigkeit. Vorsichtig bewegte sie den Gänsekiel weg vom Tintenfass, bis ihre Hand über dem Mittelpunkt der Wasserschüssel zur Ruhe kam.

Ein leichtes Tippen mit ihrem Zeigefinger reichte aus, um den Tintentropfen ins Wasser fallen zu lassen und den Inhalt der Schüssel innerhalb von Sekunden tiefschwarz einzufärben. Großmutter nickte zufrieden, als könnte sie das Resultat ihrer Bemühungen zumindest vor ihrem geistigen Auge sehen.

»Jetzt, Nikolaus, schau in den Tintenspiegel«, rezitierte sie die Niki bereits bekannte Beschwörung, wobei ihre Stimme kraft- und klangvoller zu werden schien. »Lass mich deine Gedanken leiten und lass den Spiegel deine Seele offenbaren!«

Niki spürte, dass er nervös war. Er atmete einmal tief ein und bereute es sofort, weil ihm von dem intensiven Duft der Räucherschale zusehends schwindlig wurde. Die Welt um ihn herum schien sich zu verlangsamen, bis er das Gefühl hatte, als würde sich alles nur noch in Zeitlupe bewegen.

»*Vergangenheit*«, flüsterte die Stimme von Großmutter in sein Ohr, um seine Aufmerksamkeit in die gewünschte Richtung zu lenken.

Niki beugte sich folgsam über die Schüssel und blickte auf die Wasseroberfläche hinunter. Zuerst sah er nur sein Spiegelbild umgeben von gekräuseltem Rauch, der träge über die Oberfläche des schwarzen Wassers waberte. Erst, als er konzentriert die Augen zusammenkniff, erkannte er allmählich ein anderes Bild.

Einen flüchtigen Augenblick lang empfand Niki Dankbarkeit dafür, dass der Tintenspiegel ihm diesmal Bilder aus seiner Kindheit und Jugend ersparte, Erinnerungen an seine Eltern, seine Schwester, seine Schulfreunde daheim im einundzwanzigsten Jahrhundert. Stattdessen sah er als Erstes Engel, wie sie am Tag ihres Kennenlernens die Wunden säuberte und verband, die er sich beim Sturz von der Burgmauer zugezogen hatte. Nach dem verhängnisvollen Fehltritt, den er unglücklich und betrunken in einer Zeit begangen hatte, die mehr als achthundert Jahre in der Zukunft lag.

Engels Antlitz verschwand von der Wasseroberfläche und machte Platz für die Erinnerung an Nikis ersten Auftritt mit der Laute vor Ritter Hadmar in der Halle von Burg Dürnstein. Er sah sich selbst beim Schachspielen mit dem gefangenen Richard Löwenherz und musste kurz schlucken beim Anblick von Liesbeth, wie sie mit zurückgeworfenem Kopf und geschlossenen Augen nackt über ihm kniete in der Nacht, als er seine Unschuld verlor.

Niki bemerkte, dass die Bilder schneller zu wechseln begannen: Jedes neue Bild war kürzer zu sehen als das vorausgegangene. Er sog erschrocken die Luft ein, als er sich selbst unter der Wasserfolter von Stift Göttweig erkannte. Er sah sich und seine Kameraden vom Bauernsturm beim Lanzenstechen, er durchlebte noch einmal den Angriff des verletzten Keilers bei der Wildschweinjagd und seinen ersten Besuch im Kremser Badehaus.

Immer schneller wechselten die Bilder, immer kürzer schienen sie auf der schwarzen Oberfläche des Tintenspiegels auf: Der verhängnisvolle Überfall der englischen Ritter auf Burg Dürnstein, die Verfolgung der Flüchtenden durch den Bauernsturm und der Showdown vor den Toren von Burg Aggstein waren das Letzte, was Niki noch erkannte, bevor die Bilder endgültig zu einem bunten Farbklecks verschwammen.

»*Gegenwart.*«

Das geflüsterte Wort erlöste Niki vom Anblick der wirbelnden Farben. Der rasende Tanz der Bilder kam zum Stillstand, der Tintenspiegel zeigte wieder ein einziges Bild: Niki erkannte Hadmar von Kuenring, der in der Waffenkammer von Burg Dürnstein gut gelaunt eine Axt in der Hand wog und kritisch betrachtete. Offenbar stand er vor der Entscheidung, zusätzlich zu seinem Schwert eine Streitaxt, einen Kriegshammer oder einen Morgenstern, Waffen, die ebenfalls vor ihm auf einem Tisch lagen, mit auf die große Fahrt zu nehmen.

Das Bild von Nikis Erzfeind verblasste und zeigte stattdessen seinen besten Freund: Joachim von Senftenberg stand auf der Wiese vor dem Stadttor von Dürnstein und schoss mit seinem Bogen Pfeil um Pfeil auf eine Scheibe aus Stroh, die mit der Rückseite zum Burgberg aufgestellt war. Die Anzahl der Pfeile, die noch vor Joachim in der Wiese steckten, ließ auf eine ausgedehnte Trainingseinheit schließen. Schweiß lief ihm über den nackten Oberkörper. Selbst in der Reflektion der schwarzen Wasseroberfläche erkannte Niki die silberfarbenen Striemen, die auf Joachims ganzen Rücken ein dichtes Netz aus sichelförmigen Narben bildeten. Niki fiel auf, dass sein Freund sich im Gegensatz zu seinem Erzfeind Hadmar nicht auf die Reise zu freuen schien: Sein Gesichtsausdruck war missmutig, tiefe Sorgenfalten im Gesicht ließen ihn noch älter wirken, als er aufgrund seiner vorzeitig ergrauten Haare schon aussah.

Wird wohl seine Gründe haben, dachte Niki. *Wer weiß, was er bei seinem ersten Aufenthalt dort erlebt hat.*

Das Bild im Tintenspiegel wechselte erneut. Niki beugte sich weiter vor und kniff die Augen zusammen; es dauerte eine Weile, bis er die korpulente Gestalt erkannte, den eiförmigen Kopf, den hochgezwirbelten schwarzen Schnurrbart. Ottokar von Pressburg saß an einem Tisch inmitten einer Art von ... Hochregallager, in dem anscheinend Decken und Bettwäsche aufbewahrt wurden. Der ungarische Edelmann sah sich verstohlen um. Da er sich unbeobachtet wähnte, erhob er sich von seinem mit dicken Folianten, einzelnen Pergamenten und allerlei Schreibutensilien übersäten Tisch und griff vorsichtig nach einem Schwert an seiner Seite. Er nahm eine theatralische Position ein und vollführte ein paar linkische Streiche mit dem Schwert, wobei er beim Ausholen fast eines seiner Regale zum Einsturz brachte.

»Ich arbeite am Hof von Herzog Leopold«, hat er gesagt, dachte Niki und schloss kurz resigniert die Augen.

Anscheinend als Deckenzähler oder als Buchhalter. Mir bleibt aber auch echt nichts erspart!

Als er die Augen wieder öffnete, hatte sich das Bild in der Wasserschüssel erneut verändert. Als Niki die Person erkannte, lächelte er zuerst, verzaubert von dem Anblick, der sich ihm bot. Dann wurde er plötzlich ernst, beugte sich vor und starrte mit zusammengekniffenen Augen konzentriert auf die schwarzgefärbte Wasseroberfläche.

»Was zum Teufel … macht sie da nur?«, murmelte er. Als er es erkannte, sprang er erschrocken von seinem Schemel auf und stieß dabei die Schüssel unsanft von sich, sodass das Wasser über die Ränder schwappte und Großmutters Tisch benetzte.

»Seid mir nicht böse, Großmutter, aber ich muss sofort zurück ins Dorf«, keuchte er. »Es ist Engel. Sie hat … sie hat ein Messer!«

Die alte Frau versuchte nicht, Niki aufzuhalten. Sie hatte gerade noch Zeit, ihm zum Abschied ein kleines Fläschchen mit schwarzem Pulver darin in die Hand zu drücken.

»Nimm dies mit auf deine Reise, Nikolaus. Es wird dir gute Dienste leisten. Man nennt es *Donnerkraut*, eine Mischung aus Salpeter, Schwefel und Holzkohle. Hat mir ein dankbarer Patient von einer Reise in den Orient mitgebracht. Lass es nicht in Kontakt mit Feuer kommen, bevor du es brauchst!«

Niki bedankte sich geistesabwesend, steckte das Fläschchen achtlos ein und stürzte aus der Tür hinaus ins Freie. Dass er eigentlich hergekommen war, um einen Blick in die Zukunft zu tun, hatte er längst vergessen, als er die Lichtung der Tänzerinnen überquerte und auf der anderen Seite im Wald verschwand.

Großmutter sah dem jungen Mann noch nach, als die Geräusche seiner Schritte längst verklungen waren. Nach einer Weile schloss sie die Tür, wandte sich um und ging mit der Selbstverständlichkeit von vielen Jahren Übung zielgenau die paar Schritte zurück zum Tisch. Sie tastete nach der nur noch halbvollen Wasserschüssel, zog sie zu sich heran und blickte nachdenklich auf sie hinunter. Endlich schien sie ihrem Herzen einen Stoß zu geben und flüsterte ein einziges Wort.

»*Zukunft.*«

Lange Zeit starrte die alte Frau mit blicklosen Augen auf die schwarze Wasseroberfläche hinunter. Irgendwann riss sie sich los und schüttelte den Kopf, so als würde sie aus einem Alptraum erwachen und wollte schlechte Gedanken aus ihrem Kopf vertreiben.

Während sie auf dem Weg zu ihrem Schaukelstuhl den Tisch umrundete, ging sie mit unsicheren, kleinen Schritten und tastete sich vorsichtig an der Tischkante entlang. Als sie sich mühevoll in ihrem Stuhl niederließ, sah man ihr mit einem Mal ihr Alter an.

»Gottes Segen auf all euren Wegen«, flüsterte Großmutter, als die Katze auf ihren Schoß sprang und sich dort zusammenrollte. »Ihr werdet ihn nötig haben.«

Engel stand in der Mitte ihrer kleinen Hütte, nackt wie Gott sie schuf, und blickte kritisch an ihrem Körper hinunter. Es war dunkel in der fensterlosen Hütte, in der auch zur besten Zeit nicht mehr als ein diffuses Zwielicht herrschte; ein einzelner Sonnenstrahl, der durch das Loch im Dach über der zentralen Feuerstelle in den Raum fiel, wurde von der Klinge des langen Messers reflektiert, das das Mädchen in der rechten Hand hielt.

Sie hatte nie mit ihrer kleinen und zierlichen Gestalt gehadert, weil sie ihr Wendigkeit und Schnelligkeit verlieh. Wenn man in einem Dorf wie Dürnstein als Kind eines Henkers aufwuchs, der auf der Wiese vor dem Steinertor in Krems die Todesurteile vollstreckte, dann waren Wendigkeit und Schnelligkeit wichtigere Tugenden als Schönheit und Anmut, um den Gehässigkeiten der anderen Kinder zu entkommen. Das war eine Lektion, die Außenseiter überall auf der Welt schnell lernten.

Auch ihrer Beliebtheit unter den männlichen Gästen im Kremser Badehaus hatte ihre mädchenhafte Figur nie geschadet. Engel wusste nur zu genau, dass sie keine Schönheit war wie ihre Freundin Liesbeth, die mit dem jungen Hadmar das Bett teilte. Mit pechschwarzen Locken bis zum Hintern und einer Figur, für die selbst der frömmste Mönch bereitwillig den heiligen Eid der Enthaltsamkeit brechen würde. Das alles und noch mehr aber hatte Engel mit ihrer Leidenschaft und ihrer Geschicklichkeit wettgemacht, die sie trotz ihrer Jugend rasch zur beliebtesten unter den Bademägden gemacht hatten.

Sie mochte ihre Arbeit im Badehaus wirklich. Dort war sie die Herrscherin über die Männerwelt. Es lag alleine an ihr, ihren Gästen Befriedigung zu verschaffen, mit ihren Händen, ihrem Mund, ihrem Körper. Vielleicht war es eine kleine Rache dafür, dass sie sonst auf sie herabsahen, all die Ritter, die Kaufleute, die Handwerksmeister. Weil sie die Tochter eines Henkers war. Und natürlich, weil sie nur eine Frau war.

Niki würde das wohl nie verstehen.

Beim Gedanken an den jungen Mann wurden ihre Züge weich. Seit sie ihn kennengelernt hatte, fühlte sie sich zum ersten Mal in ihrem Leben nicht nur körperlich begehrenswert. Nikolaus Wolff, der Troubadour, der in den ersten

Tagen des Jahres 1193 wie aus dem Nichts in ihr Leben getreten war und sich auf den ersten Blick in sie verliebt hatte. Zugegeben: Dass er da gerade sein Gedächtnis verloren hatte und sie der erste Mensch war, den er danach kennenlernte, hatte vielleicht dabei mitgeholfen. *Sir Nicholas,* von Richard Löwenherz persönlich zum Ritter geschlagen, der so vernarrt in sie war, dass er nicht einmal an ihr vorbeigehen konnte, ohne dabei zärtlich ihren Arm zu streifen, ihr Haar zu berühren, ihren Nacken zu küssen.

Engel merkte, dass sie allein beim Gedanken daran errötete. Und wie sich sogleich wieder das vertraute, warme Gefühl in ihrem Unterleib ausbreitete wie immer, wenn sie an Niki dachte. Unwillkürlich legte sie den Mittelfinger ihrer linken Hand auf die Stelle zwischen ihren Beinen, die dieses süße Verlangen verströmte und spürte bei der Berührung sofort die Hitze in ihr hochsteigen.

Missmutig zog sie die Hand zurück, schüttelte den Kopf und lenkte ihre abschweifenden Gedanken wieder zurück auf die anstehende Herausforderung.

Oberweite und Hüften würden ihr also keine Probleme bereiten. Das einzige echte, weithin sichtbare Zeichen ihrer Weiblichkeit war und blieb ... ihr Haar.

Ihr ganzer Stolz.

Liebevoll streichelte Engel durch die kupferroten Wellen, die ihr jetzt, nachdem sie die Zöpfe gelöst hatte, lose über die sommersprossigen Schultern fielen. Vorne bedeckte das Haar züchtig ihre Brüste, während es hinten weit über ihren Rücken hinabfiel.

Ihr Vater, der im vorletzten Winter krank geworden und verstorben war, hatte seine Tochter vergöttert. Mehr als alles andere aber hatte er ihr Haar geliebt, das die gleiche Farbe wie das ihrer Mutter hatte. Ihrer Mutter, die das Mädchen nie kennenlernen durfte, weil sie bei Engels Geburt im Kindbett verblutet war.

Nicht zum ersten Mal war Engel versucht, ihren Plan

fallen zu lassen. Vielleicht konnte sie das Haar ja auch hochstecken und unter einer Kappe, unter einer Kapuze, unter einem Helm verbergen? Nicht zum ersten Mal schüttelte sie verzagt den Kopf. Nein, das ließe sich höchstens für einen Tag bewerkstelligen, niemals aber für eine Woche, einen Monat, vielleicht für ein Jahr.

Es gab keine andere Möglichkeit.

An diesem Opfer führte kein Weg vorbei.

Eine einzelne Träne rollte über ihre Wange, als sie mit der Linken in ihren Nacken fasste und nach einer ersten Handvoll Haaren griff.

Ihre Hand zitterte nicht, als sie entschlossen das Messer hob und den ersten Schnitt machte.

»Bist du von allen guten Geistern verlassen? Was hast du getan?«, keuchte Niki, nachdem er beim Eintreten die Tür der Hütte fast aus den Angeln gerissen hatte und Engel endlich gegenüberstand. Engel, die gerade damit beschäftigt war, Kleidungsstücke zusammenzulegen und in eine Tasche zu packen, blickte von ihrer Tätigkeit auf.

»Gefällt dir mein neuer Haarschnitt nicht?«, fragte sie unschuldig.

Niki war noch völlig außer Atem vom Laufen. Angetrieben hatte ihn die Hoffnung, Großmutters Tintenspiegel hätte ihm wie schon einmal zuvor unaufgefordert einen Blick in die Zukunft gewährt und er könnte Engel noch von ihrem Vorhaben abbringen, wenn er nur rechtzeitig zurück in ihrer Hütte wäre. Diese Hoffnung war soeben enttäuscht worden.

»Ich weiß genau …, was du im Schilde führst!«, presste er zwischen schweren Atemzügen hervor, eine Hand an seine schmerzende Seite gedrückt. »Aber das kannst du vergessen. Hörst du: *vergessen*! Das *erlaube* ich nicht!«

Wie eine Katze sprang das Mädchen auf die Beine und auf Niki zu und stieß ihn mit beiden Händen an die Brust, sodass der überraschte junge Mann zurücktaumelte.

»Ich glaube eher, *du* hast den Verstand verloren, Blondie«, zischte Engel wütend und stieß Niki ein weiteres Mal an die Brust. »Was glaubst du eigentlich, wer du bist? Es ist wahrlich nicht an dir, mir Vorschriften zu machen!«

Niki kam einem weiteren Stoß zuvor, indem er Engels Hände packte und festhielt.

»Hast du eigentlich eine Vorstellung davon, was ich deinetwegen durchgemacht habe in den Wochen, die ich damit verbracht habe, draußen auf der Dorfwiese auf deine Rückkehr zu warten? Hast du eine Ahnung, was ich mir anhören musste von den Zwillingen und den anderen aus dem Dorf?«, fuhr ihn Engel an und versuchte, ihre Hände aus Nikis Griff loszureißen. »Jede Nacht für den Rest unseres Lebens würdest du mich lieben, hast du mir versprochen, erinnerst du dich? Und jetzt nützt du die erstbeste Gelegenheit, um eine Reise ans andere Ende der Welt zu unternehmen. Hältst du *so* deine Versprechen ein?«

»Das ist doch nicht meine Schuld!«, entgegnete er hitzig. »Ritter Hadmar hat befohlen, dass ich seinen Sohn begleiten soll!«

»Ist es wohl! Wenn du nicht die hirnverbrannte Idee mit den Reliquien gehabt hättest, müsste jetzt überhaupt niemand verreisen und wir könnten glücklich miteinander leben!«

Wo sie recht hat, hat sie recht, dachte Niki und beschloss, eine andere Front aufzumachen. Er ließ Engels Hände los und fuhr ihr mit der Rechten abschätzig durch das nunmehr kurzgeschnittene Haar.

»Und du glaubst ernsthaft, dass du damit durchkommst?«, lachte er sie aus. »Es braucht mehr als bloß kurzes Haar, um einen Mann darzustellen. Du wirst erkannt werden. Von jedem blinden Bettler am Straßenrand. Auf einen Kilometer, ähm, auf eine römische Meile Entfernung!«

Engel schüttelte den Kopf und stieß Nikis Hand wütend von sich. »Was soll so schwer daran sein, sich als junger Mann auszugeben? Abgesehen von lautem Lachen, Furzen und Rülpsen meine ich? Ich lebe schließlich mit zwei Vorbildern zusammen!«

Die beiden jungen Menschen standen einander gegenüber, Engel mit funkelnden Augen auf den Zehenspitzen, fast Nase an Nase mit Niki, alle Muskeln angespannt wie eine zum Sprung bereite Katze.

Niki wusste, dass er in seiner Sorge um Engel so falsch wie nur irgend möglich reagiert hatte: Sein Versuch, ihr das Mitkommen zu verbieten, hatte sie erst recht gegen ihn aufgebracht. Jedes Beharren würde ihren Widerstand jetzt höchstens noch verstärken. Hinter dem zornigen Funkeln in ihren grünen Augen vermeinte er Unsicherheit zu erkennen, Angst und die Verletzlichkeit, die sie nicht einmal vor sich selbst eingestehen würde. Für einen Moment war Engel anzusehen, dass sie erst fünfzehn Jahre alt war und abends immer noch mit der Puppe zu Bett ging, die ihr Vater aus Stoffresten für sie gebastelt hatte, als sie noch ein Kind war.

Nikis Herz schmolz dahin. Er atmete hörbar aus und ließ die Schultern hängen.

»Engel, diese Mission wird ein Misserfolg«, sagte er leise. »Frag mich nicht, woher ich das weiß. Der Gral wird nicht gefunden. Jetzt nicht und auch in Zukunft nicht. Und Ritter Hadmar bleibt bis zu seinem Lebensende exkommuniziert, genau wie Herzog Leopold. Das Einzige, was wir auf dieser idiotischen Reise finden können, ist unser Tod.«

»Weil es geschrieben steht?«

Niki erinnerte sich daran, dass er mit diesen Worten zu Ostern begründet hatte, warum er so sicher war, dass der Versuch der Engländer, ihren auf Dürnstein gefangenen

König Richard Löwenherz zu befreien, fehlschlagen würde. Er hatte seinen Freunden damit in einer aussichtslosen Situation Mut machen wollen, ohne dabei zu verraten, dass er sein Wissen aus den Geschichtsbüchern des einundzwanzigsten Jahrhunderts hatte.

»Ja, weil es geschrieben steht«, wiederholte er niedergeschlagen.

»Niki, ich will mit dir sein. Jeden Tag meines Lebens«, sagte Engel ernsthaft. »Und wenn uns ein schlechtes Schicksal bestimmt ist, dann möchte ich ihm an deiner Seite gegenübertreten. Bitte lass mich nicht hier allein zurück. Bitte!«

Engel sah zu Niki auf und lächelte plötzlich. »Fast hätte ich es vergessen«, sagte sie. »Ich hab ein Geschenk für dich als Zeichen meiner Gunst. Keine Angst, diesmal ist es nicht mein Unterkleid.«

Niki musste gegen seinen Willen ebenfalls lächeln bei der Erinnerung daran, wie Engel ihm bei einem Turnier im Lanzenstechen zur Feier des Narrenfestes als Gunstbeweis ihren Unterrock an die Spitze seiner Lanze gebunden hatte.

Engel ging zum Tisch, nahm ein Bündel auf und überreichte es ihrem Freund. Es war ein kleiner Stoffbeutel, gefüllt mit kupferroten Locken.

Niki umfasste gerührt das Gesicht seiner Freundin mit beiden Händen, sah ihr in die Augen und rang mit seinen Gefühlen. Und seinen Worten, und das passierte ihm selten. Gerade jetzt, wo er so danach brannte, ihr Geschenk mit romantischen Worten zu erwidern, war sein Kopf völlig leer. Das Einzige, was ihm unvermittelt einfiel, war ein Spruch aus einem Animationsfilm von Tim Burton, den er ein paar Jahre zuvor mit seiner Schwester gesehen hatte. Und das noch dazu auf Englisch.

With this hand I will lift your sorrows.

»Mit dieser Hand werde ich, ähm, deine Sorgen von dir wegnehmen«, übersetzte er unsicher, und berührte schüchtern mit der rechten Hand die Wange des Mädchens. Dann fielen ihm die weiteren Worte ein.

Your cup will never be empty, for I will be your wine.

»Dein Becher wird niemals leer sein, denn ich werde sein dein Wein.« Niki berührte einen der Holzbecher auf dem Tisch. Dann griff er nach der Kerze.

With this candle I will light your way in darkness.

»Mit dieser Kerze erleuchte ich deinen Weg in der Dunkelheit.«

Niki zögerte kurz, als er merkte, dass er sich im Überschwang der Gefühle in eine Sackgasse manövriert hatte.

With this ring I ask you to be mine.

»Mit diesem, ähm, Ring bitte ich dich zu werden mein!«, vervollständigte er dennoch seinen Antrag. Einer Eingebung folgend nahm Niki das kleine silberne Kreuz ab, das er an einem Lederband um den Hals trug, ein Mitbringsel seiner Eltern von einer Reise nach Schottland. Es war ein keltisches Kreuz mit einem Ring um den Schnittpunkt der Balken, und das letzte Erinnerungsstück an seine Familie, das er noch besaß.

»Das ist der schönste Ring, den ich jemals gesehen habe«, grinste Engel, als Niki ihr das Kreuz um den Hals band, aber ihre belegte Stimme und das Glänzen ihrer Augen verrieten, wie gerührt sie von der Geste war. »Ja, ich will.«

Der Kuss, zu dem sich die Lippen von zwei sehr, sehr glücklichen jungen Menschen fanden, war scheu und schüchtern, als wäre es ihr erster.

»Heißt das, ich darf mitkommen?«, fragte Engel, als sie sich etwas atemlos wieder voneinander gelöst hatten.

Niki trat wortlos zu der hölzernen Truhe, die seine wenigen Besitztümer enthielt und kramte in ihren Tiefen. Als er sich wieder aufrichtete, hielt er ein Paar Socken in der Hand, das er Engel statt einer Antwort reichte.

Engel machte große Augen.

»Du hast dich gut verkleidet. Du hast keine, ähm, Wölbungen, wo keine sein sollen«, sagte Niki ernst. »Du hast aber auch keine Wölbungen, wo man bei einem jungen Mann welche erwarten würde. Wenn du verstehst, was ich meine. Steck dir das vorne in die Hose morgen, dann bist du mehr Mann als die meisten. Solange du es mit dem Lachen, Rülpsen und Furzen nicht übertreibst!«

Der Wächter am Tor von Burg Dürnstein war der Erste, der Niki und seinen Begleiter überrascht musterte. Niki ignorierte den neugierigen Blick des jungen Mannes im schwarzgelb gestreiften Waffenrock und marschierte ohne anzuhalten über die kurze Zugbrücke und hinein in den Schatten des tagsüber wie immer offen stehenden zweiflügeligen Holztors. Über ihm erhob sich der massive Turm, der die Südspitze der Burgmauer bewachte; von seinen Zinnen hing das Banner der Kuenringer, das ein goldenes Schild mit fünf schwarzen Querstreifen zeigte.

Als Niki im äußeren Burghof wieder in den Sonnenschein hinaustrat, fühlte er sich einen Augenblick lang zurückversetzt an den Tag Anfang Januar, als er mit den Zwillingen die Burg betreten hatte, um sich zur allwinterlichen Ausbildung der Wehrbauern zu melden. Wie damals wurde sein erster Blick rechter Hand von dem mächtigen Felsen angezogen, auf und in den hinein die Burg Dürnstein gebaut war; eine steile Treppe führte auf dieser Seite hinauf zum zweiten

Tor in der inneren Burgmauer, über der das Hauptgebäude der Burg und der Bergfried aufragten.

Wie damals war der äußere Burghof von allerlei Getier bevölkert: Hühner stolzierten herum und suchten zwischen den sonnenverbrannten Grashalmen nach Körnern. Schweine grunzten in einem Koben, Pferde stampften und schnaubten im Stall, und die Hunde der Burg spielten Nachlaufen und jagten einander von einem Ende des Hofes zum anderen und wieder zurück.

Und wie damals standen jede Menge Leute unter der mächtigen alten Linde in der Mitte des Burghofes und blickten Niki und seinem Begleiter überrascht entgegen.

Hadmar fand als Erster seine Sprache wieder.

»Habt ihr noch nicht genug Zeit gehabt, euch voneinander zu verabschieden?«, knurrte er.

»Kaum vorstellbar, wenn man bedenkt, was sich die Leute über euch erzählen, hehehe ...«, meckerte der kleine Ruprecht an seiner Seite.

»Was ... hast du mit deinen ... Haaren gemacht?«, stammelte Bertram und sprach dabei vor lauter Schrecken doppelt so langsam wie sonst.

Niki sah ein wenig hilflos zwischen Engel und seinen Freunden hin und her.

»Darf ich vorstellen«, sagte er schließlich. »Das ist Engel ... ähm ...«

Unbehagliches Schweigen breitete sich aus. Niki wurde rot und sah hilfesuchend in die Runde. Hadmar und Ruprecht. Gottfried und Gerwald. Bertram und ... Sein Blick blieb an Bertram hängen.

»Engel*bert*«, sagte er schließlich. »Das ist Engelbert. *Er* möchte uns auf unserer Fahrt begleiten.«

»Nur über meine Leiche!«, sagte Hadmar fest.

»Engel...bert, bei allem Respekt ...«, begann Bruder Severinus.

Engel unterbrach ihn brüsk. »Was immer du sagen

möchtest: Ich habe es mit Sicherheit schon von Blondie gehört. Das harte Leben auf der Straße: körperliche Strapazen, glühende Hitze, unerträgliche Kälte. Wilde Tiere, giftige Spinnen, feindselige Wegelagerer. Von den Menschenfressern, den Sklavenhändlern und den exotischen Krankheiten red ich gar nicht.«

Niki hob hinter Engels Rücken die Hände mit den Handflächen nach außen, als wollte er sagen: Ihr seht, ich hab alles versucht.

»Können wir das nicht einfach überspringen?«, fuhr Engel fort. »Ich bleib nicht alleine zu Hause, während die zwei wichtigsten Menschen in meinem Leben fortgehen. Mein Bruder ist unter euch. Und mein ...« Sie zögerte kurz und deutete ein wenig ungeschickt auf Niki. »Mein ... zukünftiger Mann auch. In Dürnstein wartet dann nichts und niemand mehr auf mich.«

Engel verschränkte die Hände vor der Brust und blickte entschlossen in die Runde. »Wenn ihr mich nicht in euren Kreis aufnehmt, dann folge ich euch einfach. Durch Hitze und Kälte, auf der Flucht vor wilden Tieren und Sklavenhändlern. Wo immer ihr auch hingeht, wann immer ihr euch auch umdreht: Ich werde zwei Schritte hinter euch sein. Ihr könnt mich also genauso gut gleich mitgehen lassen! Und wenn wir exotische Krankheiten bekommen, dann kann ich mit meinem Wissen über Heilkräuter vielleicht sogar von Nutzen sein!«, schloss sie mit einem triumphierenden Lächeln.

Hadmar sah über Engels Kopf hinweg finster zu Niki hinüber und schnitt mit dem Mund eine Grimasse, als wollte er sagen: Das mit den exotischen Krankheiten hättest du dir sparen können! Niki sah den Blick und zuckte nur mit den Schultern.

»In Wahrheit«, sagte Joachim von Senftenberg langsam, »habt ihr alle keine Ahnung, worauf wir uns einlassen mit diesem Abenteuer. Ich bin der Einzige von uns, der diese

Reise schon einmal gemacht hat. Und einer der wenigen, die von ihr zurückgekommen sind.«

Gedankenverloren strich er sich eine Strähne grauer Haare aus der Stirn, die bei seinem Aufbruch zum Kreuzzug noch schwarz gewesen waren, und sah sich in der Runde um. »Hadmar, du bist stark, schnell und ein begnadeter Schwert-kämpfer. Das sind manche anderen Männer auch, und noch dazu erfahren, ohne Skrupel und mit allen Wassern gewa-schen. Die pfeifen beim Kampf auf ritterliche Tugenden, und deshalb behalten sie oft die Oberhand.«

Hadmar öffnete den Mund für eine Antwort, schloss ihn dann aber wieder, ohne etwas gesagt zu haben.

»Niki, du bist klug und einfallsreich, aber das Schwert an deinem Gürtel trägst du nur zur Zierde: Du hast es noch nie in deinem Leben benutzt«, fuhr Joachim fort. »Unterwegs werden sich nicht alle Probleme nur mit einem wachen Ver-stand lösen lassen!«

Niki senkte den Kopf. Er trug sein Schwert tatsächlich nur als Schutzmaßnahme: Andere Menschen sahen es, nah-men an, dass er damit umgehen konnte und ließen ihn in Frieden.

»Gottfried und Gerwald: Ihr seid jung, habt Kraft ohne Ende und Angst vor nichts und niemandem. Doch habt ihr euer Dorf selten verlassen, und schon die Stadtmenschen aus Krems kommen euch fremd und seltsam vor. Und trotzdem steht ihr hier vor mir, um ans andere Ende der bekannten Welt und wieder zurück zu reisen.«

Joachim blickte sich in der schweigenden und nunmehr reichlich köpfehängenden Runde um. »In Wahrheit«, sagte er nochmals, »hat Engel*bert* nicht mehr und nicht weniger Hoffnung, diese Reise zu überleben, als jeder andere von uns.«

»Wisst ihr alle, was Löwen sind?«, fragte Niki zur allge-meinen Überraschung in das folgende Schweigen hinein.

»Die Viecher auf deiner Brust, auf dem Waffenrock von

Richard Löwenherz«, sagte Hadmar verdrießlich. »Was zum Teufel hat das jetzt mit uns zu tun?«

»Nun, die Tiere auf diesem Wappen hier sind männliche Löwen. Groß, stark, mächtig. Mit einer eindrucksvollen Mähne und einem Brüllen, das man kilometerweit, ähm, sehr, sehr wei hören kann.«

»Sehr interessant«, sagte Hadmar ohne große Überzeugung.

»Männliche Löwen sind Angeber und Faulpelze. Am liebsten schlafen sie den ganzen Tag«, fuhr Niki geduldig fort. »Die Löwinnen sind es, die gefährlich sind. Sie sind es, die die Beute jagen, stellen und töten. Wenn du die Wahl hast, mit einem Löwen oder mit einer Löwin zu kämpfen, kann ich dir nur raten: Mach einen großen Bogen um die Löwin!«

»Was willst du damit sagen? Dass wir alle Angeber und Faulpelze sind und Engeltrud für uns jagen lassen sollten?«, sagte Hadmar. Die Männer grinsten.

»Habt ihr Engel schon mal mit einer … Bratpfanne kämpfen sehen?«, fragte Bertram. »Damit ist sie … unschlagbar!« Jetzt lachten wirklich alle.

»Nicht nur das«, sagte Niki. »Erinnert ihr euch noch daran, wie sie König Richard Löwenherz gerettet hat nach seiner Vergiftung? Sie ist wirklich eine talentierte Heilerin. Auch wenn sie immer von sich sagt, dass sie nur ein Mädchen ist, das ein paar Sachen über Kräuter weiß!«

Die Burschen nickten fast widerwillig mit den Köpfen: Fast jeder unter ihnen hatte schon einmal eine Wunde oder eine Krankheit von der jungen Henkerstochter behandeln lassen. Niki sah Licht am Ende des Tunnels und sprach schnell weiter.

»Außerdem sind wir dann zu neunt!«, fuhr er fort. »Dort, wo ich herkomme, ist das eine Glückszahl für Gefährten, die auf einer langen Reise ihr Leben aufs Spiel setzen, um eine gefährliche Mission zu erfüllen!«

Zumindest solange man nicht Boromir heißt, dachte er.
Ich hoffe, ich bin wirklich einer der Hobbits.

»Ich bin dafür, dass sie mitkommt!«, sagte er schließlich mit fester Stimme und sah Hadmar erwartungsvoll an.

»Nur über meine Leiche«, sagte Hadmar .

Was in Belgrad passiert, bleibt in Belgrad

as also ist Weißenburg?«, fragte Engel, während sie von der Bordwand des Schiffes aus über das Wasser der Donau auf die Stadt hinübersah.

Niki schenkte seiner Freundin einen zärtlichen Seitenblick. Selbst im Schatten ihres breitkrempigen Strohhutes war ihrem sommersprossigen Gesicht mit den großen grünen Augen unter den roten Stirnfransen die Freude darüber anzusehen, dass sich Hadmar am Ende doch noch dazu überreden hatte lassen, sie auf die Reise nach Konstantinopel mitzunehmen. Die Gefährten hatten sich längst an ihren burschikosen Anblick gewöhnt: In abgewetzten Hosen, einem alten Leibrock und mit einem fadenscheinigen Ledergürtel um ihre schmale Taille sah sie tatsächlich nicht anders aus als unzählige andere Pferdeburschen, Pagen oder Knappen im Gefolge von reisenden Rittern.

Zumindest solange sie noch keinen Stimmbruch hatten, dachte Niki mit einem Lächeln.

»Aber das ist ja … ein Trümmerhaufen!«, sagte Engel, als nach und nach erste Details der Stadtmauer und der Gebäude erkennbar wurden. »Hat hier ein Krieg stattgefunden?«

»Ja«, knurrte Hadmar. »Wir hätten dir den Anblick gerne erspart, aber du musstest ja unbedingt mitkommen!«

»In Bellegrava findet immer irgendein Krieg statt«, sagte Ottokar und ignorierte die schnippische Bemerkung des jungen Kuenringers – nicht die erste, seit die kleine Gruppe zwei Wochen zuvor mit dem Schiff vom Kremser Hafen aus ihre Reise angetreten hatte. »1127 erst hat unser König Stephan Bellegrava zerstört und mit den Steinen drüben in Zemun eine Festung errichtet«, erklärte Ottokar und deutete nach rechts auf eine Siedlung auf der anderen Seite des Flusses Save, der an dieser Stelle in die Donau mündete. »1154 hat der byzantinische Kaiser Manuel im Gegenzug Zemun zerstört und dafür in Bellegrava ein neues Kastell gebaut. 1182 haben wir Ungarn die Stadt zurückerobert, mussten sie aber schon 1185 wieder an die Byzantiner abtreten. Und 1189 kam dann Friedrich Barbarossa mit fünfzehntausend Kreuzfahrern. Das hat der Stadt auch nicht gerade gutgetan.«

Ottokar warf Joachim, der neben ihm an der Bordwand des Schiffes stand und gedankenverloren auf die Stadt, der vom Schicksal so übel mitgespielt worden war, hinüberschaute, einen vorwurfsvollen Seitenblick zu.

»Unsinn«, sagte Joachim ruhig. »Der Kaiser hatte mit eurem König Bela eine Abmachung geschlossen: Unser Heer wurde von den Ungarn mit Lebensmitteln versorgt, dafür waren Plünderungen strengstens verboten. Ich erinnere mich, dass gerade hier in Bellegrava zwei deutsche Kreuzritter enthauptet wurden, weil sie den vereinbarten Frieden gebrochen hatten!«

Während Ottokar und Joachim sich in eine hitzige Diskussion über das Verhalten des Kreuzfahrerheeres auf seinem Marsch durch Ungarn stürzten, sah auch Niki nachdenklich auf die offensichtlich erst zum Teil wiederaufgebaute Stadt hinüber. Abgesehen von den immer noch sichtbaren Wunden der Vergangenheit unterschied sich Belgrad nicht von den anderen Städten entlang der Donau, die Niki zu Gesicht bekommen hatte, seit Ottokar in Wien auf das Handelsschiff zugestiegen war, auf dem die neun Gefährten die Fahrt nach Belgrad unternommen hatten: eine Stadtmauer, darüber ein paar wuchtige romanische Kirchtürme. Eine Handvoll steinerner Häuser, umgeben von einer Vielzahl von Holzhütten. Eine Schiffsanlegestation inmitten von lebhaften Marktständen.

Die bedeutenderen Städte hatten darüber hinaus noch einen Burgberg mit einer massiven Festung, die über allem thronte. So hatte Pressburg ausgesehen, durch das Ottokar die ganze Truppe mit großem Stolz geführt hatte. So hatte Budapest ausgesehen, das von seinen Gefährten nur »Ofen« genannt wurde und das Niki erst erkannt hatte, als sie über eine Schiffsbrücke einen ausgedehnten Markt auf dem östlichen Donauufer besucht hatten, der den Namen »Pest« trug. Und nun also Belgrad.

Das wirklich Schlimme ist: Das alles geht genau in der Tonart weiter, dachte er bekümmert. *Die letzten Bomben sind erst 1999 ... werden erst 1999 auf diese Stadt gefallen sein.*

»Engel*bert* mitzunehmen war die dümmste Entscheidung meines Lebens«, grantelte Hadmar vor sich hin, gerade so laut, dass Niki, Engel, Bertram und die anderen Gefährten, die sich nun alle an der Bordwand des Schiffes versammelt hatten, ihn hören konnten. »Jede Landratte weiß, dass Frauen an Bord Unglück bringen!«

»Wieso Unglück?«, sagte Bruder Severinus, der in seiner schwarzen Benediktinerkutte aus der Menge an Seeleuten und Passagieren an Bord des Schiffes hervorstach. »Bisher ist doch alles glattgegangen. Wenn das so weitergeht, kommen wir ohne Probleme noch vor dem Winter nach Konstantinopel!«

»Und lustig haben wir es auch immer gehabt mit ... ihm«, grinste Gottfried. »Wisst ihr noch, wie Engelbert darauf bestanden hat, sich so wie wir anderen zu rasieren und es dabei geschafft hat, sich sogar mit dem ältesten und stumpfesten Rasiermesser an Bord ins Ohr zu schneiden?«

»Oder wie er vor dem Badehaus in Pressburg den Wirt in die Eier getreten hat, weil er auf offener Straße eine seiner Bademägde geohrfeigt hat?«, lachte sein Bruder Gerwald.

»Der singt seither im Kirchenchor nur mehr die oberste Stimme, hehehe!«, meckerte der kleine Ruprecht. »Oder wie er in Ofen von der zeternden Wirtin der Hafentaverne in Nikis Zimmer unter der Decke ertappt wurde? Was hat die für einen Radau gemacht! Inzwischen weiß wahrscheinlich schon halb Ungarn, dass der berühmte Sänger Blondie aus Dürnstein gerne mit jungen Männern das Lager teilt!«

Die Zwillinge wollten sich schier ausschütten vor Lachen; auch die anderen Gefährten grinsten bei der Erinnerung. Sogar Hadmar konnte sich ein widerwilliges Lächeln nicht verkneifen.

»Hab ich euch eigentlich schon mal gesagt, dass ihr echt leicht zu erheitern seid«, brummte Niki. Dann musste er selbst schmunzeln, als er an den Abend zurückdachte, als Engel, die eigentlich mit ihrem Bruder und den anderen Burschen bei den Pferden im Lagerraum des Schiffes schlafen sollte, sich an Land und in die Hafentaverne geschlichen hatte, wo Hadmar, Joachim und Niki ihrem Stand als Ritter entsprechend winzige Einzelzimmer über dem Gastraum bezogen hatten.

»Und hier an Bord hat er sich gleich Respekt verschafft, als er die Schulter des Matrosen wieder eingerenkt hat, der vom Mast gestürzt und mit dem Arm in der Takelage hängengeblieben ist«, sagte Severin und unterstrich seine Worte mit einem anerkennenden Nicken. »Obwohl der Mann doppelt so schwer war wie Engelbert.«

»Das hab ich von Meinhart gelernt, Gott sei seiner Seele gnädig«, sagte Engel in Erinnerung an den alten Medicus von Burg Dürnstein, der bei der Befreiung von Richard Löwenherz sein Leben gelassen hatte. »Es kommt nicht auf die

Kraft an, es kommt auf die richtige Stellung des Armes zur Schulter an. Dann reicht ein langsames und gleichmäßiges Ziehen, das Gelenk springt wieder an seinen angestammten Platz und die Schmerzen sind sofort so gut wie weg.«

»Und das Allerwichtigste«, sagte Niki leise. »Wir sind jetzt zwei Wochen unterwegs, und noch nie hat irgendjemand Verdacht geschöpft, dass Engelbert, ähm, verborgene Eigenschaften hat, die nicht gleich ins Auge springen.«

Darauf hatte Hadmar nichts zu erwidern. Gemeinsam mit den ihm anvertrauten Gefährten sah er schweigend dabei zu, wie das Schiff langsam in den kleinen Hafen von Belgrad einfuhr und die Matrosen sich auf ein Kommando des Kapitäns hin auf das Anlegen vorbereiteten.

»Ganz ehrlich: Ich hab mir das Leben als Mann viel schwieriger vorgestellt«, flüsterte Engel Niki zu, als schließlich zwei Seeleute mit Leinen in der Hand an Land sprangen, um das Schiff zu vertäuen, während zwei andere die Planke zum Aussteigen heranschleppten. »Ich hab mir seit unserer Abfahrt die Fingernägel nicht mehr gereinigt. Und ich kann inzwischen lauter rülpsen als die Zwillinge. Braucht es wirklich nicht mehr, um ein Mann zu sein? Abgesehen von den Hosen und den Socken natürlich«, sagte sie und streichelte liebevoll die Beule in ihrer Hose.

Gute Frage, dachte Niki und nützte die allgemeine Ablenkung, um Engels Hand zu ergreifen und ihre Finger kurz an seine Lippen zu führen. *Ich schätze mal, wir werden auf dieser Reise noch reichlich Gelegenheit haben, das rauszufinden.*

»Herzlich willkommen in der ›Goldenen Gans‹. Wie kann ich so hübschen jungen Edelleuten zu Diensten sein in meinem gastlichen Haus?«, fragte die Wirtin der Taverne im Hafen von Belgrad in passablem Deutsch und machte einen tiefen Knicks. Die spindeldürre Frau trug ein schwarzes Kleid, hatte ein schmales, krähenhaftes Gesicht und musterte die Neuankömmlinge von oben bis unten, als wollte sie den Inhalt ihrer Geldbörsen allein an ihrer Kleidung ablesen.

Niki folgte dem Blick der Wirtin und fand am Auftreten seiner Freunde nichts auszusetzen. Hadmar war wie immer makellos gekleidet in sein knielanges Kettenhemd, darüber trug er einen schwarz und golden gestreiften Waffenrock in den Farben der Kuenringer. Der Waffengurt mit dem Schwert an seiner Seite wies ihn als Mann von Stand aus. Nur Helm und Schild hatte er gemeinsam mit seinem restlichen Gepäck unter der Aufsicht von Ruprecht bei den Pferden vor der Türe gelassen.

Joachim hatte den Großteil seiner Rüstung vor der Taverne zurückgelassen. Er trug einen schlichten schwarzen Leibrock, auf dessen Vorderseite das Wappen seiner Familie eingestickt war: ein goldener Stern über dem Stadttor von Senftenberg. An seinem Gürtel hing neben seiner Börse lediglich ein Messer.

Niki selbst trug seine beiden wertvollsten Besitztümer am Leib: den weinroten Waffenrock mit den zwei eingestickten Löwen, den der englische König Richard Löwenherz ihm geschenkt hatte. Und seine Laute, die er an einem ledernen Gürtel über die Schulter geschlungen hatte, um zu verhindern, dass die Zwillinge draußen in der Zwischenzeit Unsinn damit anstellten.

»Betten für drei«, beantwortete Hadmar die Frage der Wirtin. »Einen Stall für zehn Pferde. Warme und trockene Schlafplätze für unsere Begleiter.«

»Ihr wollt über Nacht bleiben? Das ist eine ungewöhnliche Bitte«, sagte die Wirtin. Ihr Kopf drehte sich schnell von einem zum anderen, ihre schwarzen Knopfaugen musterten die Neuankömmlinge kritisch, und sie sah dabei mehr denn je wie eine neugierige Krähe aus.

»Heute ist es zu spät, um weiterzuziehen«, sagte Hadmar und warf einen sehnsüchtigen Blick über die Schulter der Wirtin in die jetzt am Nachmittag spärlich besuchte Gaststube. »Wir brauchen Ruhe und warmes Essen, bevor wir uns auf die Weiterreise machen«, sagte er und legte eine Handvoll Münzen auf den wackeligen Stehtisch neben der Eingangstür. »Außerdem suchen wir nach einer bewaffneten Karawane, der wir uns für die Reise durch den Räuberwald anschließen können.«

Der Klang und der Glanz der Münzen zauberten zum ersten Mal ein Lächeln auf das Gesicht der Wirtin. Sie klatschte laut in die Hände, worauf ein müde aussehendes Serviermädchen mit einem Tablett voller leerer Teller an ihrer Seite auftauchte.

»Sveta. Wo ist Dušan? Du weißt es nicht? Dann bring die Teller in die Küche und such ihn gefälligst!«, fuhr die Wirtin sie an. »Draußen stehen zehn Pferde, die im Stall eingestellt, gefüttert und getränkt werden müssen. Und anschließend gehst du rauf und machst drei Zimmer fertig für die edlen Herren hier!«

Das Mädchen nickte unterwürfig und lief aus dem Gastraum.

»Alles wird zu Eurer vollsten Zufriedenheit erledigt«, sagte die Wirtin und schenkte Hadmar, Joachim und Niki ein weiteres breites Lächeln. »Wir sind das erste Haus am Platz, die Gastfreundschaft meiner Mädchen ist legendär. Und unser Vuk hier sorgt dafür, dass es keinen Ärger gibt im Gastraum und in unseren anderen schönen Zimmern. Beachtet bitte in Hinkunft das Waffenverbot im Schankraum.«

Die drei Männer folgten dem Kopfnicken der Wirtin und sahen erst jetzt einen Mann im Schatten auf der anderen Seite der Eingangstüre sitzen. Mit seiner Größe, seiner Breite und seiner Glatze erinnerte er Niki sofort an seinen Freund

Hänsel, nur dass er nicht dessen sanfte Augen hatte. Vuk war von Kopf bis Fuß in dunkles Leder gekleidet, das leise knirschte, als er den Neuankömmlingen kaum merklich zunickte, während seine Hand fast zärtlich eine Keule von der Größe und dem Gewicht eines Baseballschlägers in seinem Schoß streichelte. Es war kein freundliches Nicken.

»Endlich mal wieder eine Nacht an Land!«, rief Gottfried und nahm einen großen Schluck von dem ausgezeichneten Bier. »Ich hatte das Übernachten in dem engen, heißen und stinkenden Laderaum schon so satt!«

»Ich bin mir sicher, das Übernachten im engen, heißen und stinkenden Pferdestall wird dir eine willkommene Abwechslung verschaffen«, entgegnete Gerwald. Sein Bruder schnitt ihm eine Grimasse, stimmte dann aber in das Gelächter der anderen ein, die rund um den längsten Tisch in der Gaststube der »Goldenen Gans« Platz genommen hatten.

Niki hatte sich persönlich davon überzeugt, dass sein Pferd im geräumigen Stall der Taverne gut untergebracht war, das Wasser in den Trögen sauber und der Hafer in den Nasenbeuteln reichlich. Es war nicht einer der drei stolzen Hengste, die Herzog Leopold den Rittern geschenkt hatte: Niki hatte das edle Tier bei Ritter Hadmar gegen die Stute eingetauscht, die ihm schon öfters gute Dienste geleistet hatte, das erste Mal zum Narrenfest bei einem Turnier im Lanzenstechen. Da sie jetzt ihm gehörte, hatte er ihr auch einen Namen gegeben: »Socke«, weil das rotbraune Tier mit Ausnahme eines weißen Flecks auf der Stirn nur vier weiße Markierungen an den Beinen hatte, die Niki an Tennissocken erinnerten.

Er hatte Pferde nie gemocht, auch nicht, als er seine Schwester Sophie einige Male widerwillig zum Reitunterricht begleitet und die Tiere aus nächster Nähe kennengelernt hatte: zu groß, zu eigensinnig, zu schreckhaft. Bei Socke hatte er dieses Gefühl nicht. Egal, ob Schritt, Tölt, Trab oder Galopp – die rotbraune Stute mit den klugen Augen schien seine Absichten immer schon beim ersten sanften Schenkeldruck vorauszuahnen und kaschierte so zuverlässig Nikis mangelhafte Reitkünste.

Und ja: Der schmutzige Stallbursche der Taverne hatte tatsächlich ein Schlaflager in einer vergleichsweise sauberen Ecke des Pferdestalls für die Gefährten eingerichtet, die nicht in den Genuss eines Einzelzimmers kamen.

Das für Engel hätte er sich sparen können, dachte Niki mit einem kleinen Lächeln.

»Ich verstehe überhaupt nicht, warum die hier keinen Schlafsaal haben«, murrte Gottfried weiter. »Ein halbes Dutzend Einzelzimmer oben unterm Dach, aber keinen Schlafsaal für die weniger vornehmen Reisenden? Was ist denn das für eine Taverne?«

Niki hob den Kopf und blickte hinauf zu der Galerie, die die inzwischen gut gefüllte große Gaststube an drei Seiten umgab und die über eine hölzerne Treppe erreichbar war. Gemeinsam mit Gerwald, der bei der Zuteilung der Zwillinge als Knappen zwischen Joachim und Niki den kürzeren Strohhalm gezogen hatte, hatte er seine Satteltaschen, sein Schwert und seinen Schild bereits hinauf in eines der kleinen, aber sauberen Zimmer getragen. Mit dem Raum war alles in Ordnung, aber Gottfried hatte natürlich recht: Die meisten Tavernen verfügten neben Einzelzimmern für wohlhabende Gäste auch über einen Schlafsaal, in dem weniger begüterte Reisende gegen eine Kupfermünze oder zwei die Nacht auf verlausten Strohsäcken und kratzigen Decken zwischen schnarchenden Wanderarbeitern und furzenden Pilgern verbringen konnten.

Niki schob sich die letzte Ecke seiner Brotscheibe in den Mund und den Holzteller von sich. Mägde hatten seiner Reisegruppe großzügige Scheiben von gebratenem Schwein aufgetragen, in dessen Fett eine begabte Köchin offenbar Scheiben von Karotten, Rüben, Pastinaken und Frühlingszwiebel gekocht und die entstehende Sauce mit allerlei Kräutern verfeinert hatte. Dazu gab es dunkles Brot aus gemischtem Getreide, das die Gefährten am Ende des Mahles benutzten, um ihre hölzernen Teller auch noch vom letzten Rest des wohlschmeckenden Saftes zu reinigen.

Eine der Serviermägde trat zu ihrem Tisch und stellte eine Platte mit großen, saftigen Weintrauben und einen frischen Krug mit Bier darauf. Als sie sich dabei vorbeugte, gewährte sie den anwesenden Männern tiefe Einblicke in ihr ansehnliches Dekolleté.

»Kann ich sonst noch etwas tun, um euch glücklich zu machen?«, fragte sie in gebrochenem Deutsch und schaffte es dabei, mit einem einzigen routinierten Blick in die Runde praktisch jedem Mann am Tisch persönlich zuzuzwinkern.

Joachim sah das Mädchen mit großen Augen an. Dann schlug er sich mit der flachen Hand auf die Stirn und begann zu lachen. »Hadmar«, rief er. »Du hast uns in einem verdammten *Bordell* eingemietet!«

Alle Augen wandten sich Joachim zu. »In einem Haus von zweifelhafter Reputation. In einem Freudenhaus. In einem Badehaus, nur ohne Badezuber!«, sagte er und stieß dabei die neben ihm sitzende Engel mit dem Ellenbogen an. »Deswegen sind die Mädchen alle so jung und, wie soll ich sagen, offenherzig. Und deswegen gibt es auch keinen Schlafsaal, sondern nur Einzelzimmer!«

Macht Sinn, dachte Niki. *Deswegen war die Puffmutter auch so verwundert, dass wir über Nacht bleiben wollten. Und deswegen sitzt wohl auch der glatzköpfige Gorilla mit dem Baseballschläger neben dem Eingang.*

Joachims Erkenntnis erntete allgemeine Zustimmung

und allgemeine Heiterkeit. Schnell wurde beschlossen, die Arrangements für die Nacht nicht mehr umzustoßen: Die Unterkunft war akzeptabel, das Bier wohlschmeckend, das Abendessen vorzüglich, und draußen wurde es bereits dunkel. Die Reisegesellschaft würde die Nacht in der »Goldenen Gans« verbringen.

»Das ist fürwahr ohne böse Absicht geschehen«, sagte Hadmar, sichtlich ein wenig beschämt über seinen Fehler. »Joachim, Ihr wart doch schon einmal hier! Ich dachte, es sei Eure Aufgabe, uns vor solchen ... Gefahren auf unserer Reise zu bewahren?«

»Das ist jetzt vier Jahre her«, schmunzelte Joachim. »Ich könnte schwören, damals war dieses gastliche Haus noch eine normale Taverne.«

Hadmar grinste und nahm sich von den Weintrauben. »Sei es, wie es sei«, sagte er. »Kein Nachteil ohne Vorteil. Ich muss gestehen, ich würde nur zu gerne wieder einmal eine Nacht in weiblicher Gesellschaft verbringen. Es ist für einen jungen Mann in der Blüte seiner Jahre nicht normal, enthaltsam zu leben. Und auch nicht einfach. Vor allem, wenn im Nebenzimmer Blondie und Engel*bert* übernachten. Könnt ihr verdammt noch mal nicht ein wenig leiser sein?«

Niki grinste schuldbewusst. »Tu dir keinen Zwang an: Was in Belgrad passiert, bleibt in Belgrad«, sagte er zu Hadmar. »Aber macht dir das kein schlechtes Gewissen, wenn du an Liesbeth denkst, die daheim auf dich wartet?«

»Gewissen? Was ist das nun schon wieder für eine neumodische Erfindung?«, fragte Hadmar. »Ich kann Liesbeth lieben und mir auf Reisen trotzdem hin und wieder gegen gutes Geld ein wenig Erleichterung verschaffen. Alles andere wäre wider die Natur!«

»Die Freude an der körperlichen Vereinigung hat wie alles andere auch unser Vater im Himmel geschaffen«, warf Severin ein. »Sie kann daher nicht *per se* lasterhaft sein. Wir Mönche verpflichten uns bei unserer Profess aber zur Enthaltsamkeit und versagen uns bewusst dieser Erfahrung. Aber auch Männer der Kirche können den Versuchungen des Fleisches nicht immer widerstehen, zum Beispiel bei Besuchen im Badehaus«, fügte er mit einem Seitenblick auf Engel hinzu.

»Kirchenmänner gehören zu unseren beliebtesten Kunden«, grinste Engel. »Gutes Geld für wenig Arbeit. Ihre Zurückhaltung im Badezuber reicht meistens nur für einen kurzen Segen: Im Namen des Vaters, des Sohnes und des hei…, hei…, heia, das ging aber wieder schnell heute!«

Severin schlug ein rasches Kreuzzeichen, musste dann aber fast gegen seinen Willen in das allgemeine Gelächter mit einstimmen.

»Ich vermisse Kathrin«, sagte Bertram nachdenklich, als die von seiner Schwester hervorgerufene Heiterkeit abebbte. »Das fühlt sich … schlecht an, aber zugleich auch … irgendwie gut, wenn ihr versteht, was ich meine. Ich freue mich auf unser … Wiedersehen und möchte dieses Gefühl nicht … besudeln.«

Joachim nickte beifällig. »Der Bulle hat recht: Wahre Minne braucht keine körperliche Erfüllung«, sagte er. »Sie besteht im ritterlichen Dienst für die auserwählte Dame, der andauernden Verehrung und der beständigen Werbung um ihre Gunst. Der Verehrer hat gepflegt und gut gekleidet aufzutreten, sich dem Willen der Angebeteten vollständig zu unterwerfen und sogar Demütigungen geduldig hinzunehmen«, dozierte er. »Es gibt keine bessere Schulung für ritterliche Selbstbeherrschung.«

»Große Worte«, feixte Hadmar. »Was man so hört, wart

Ihr aber auch schon mal nicht abgeneigt, Euch beim Schulen von ritterlicher Selbstbeherrschung, sagen wir mal: zur Hand gehen zu lassen«, sagte er und warf Engel dabei einen bedeutsamen Seitenblick zu.

Während seine Freunde lachten, brachte Niki nur mit Mühe ein schiefes Grinsen zustande. Er liebte und begehrte Engel mit jeder Faser seines Körpers und seiner Seele, und Joachim war seit ihrem ersten Aufeinandertreffen, das ausgerechnet in einem Badezuber stattgefunden hatte, rasch zu seinem besten Freund geworden. Er konnte aber trotzdem nicht vergessen, dass der junge Ritter zwei Jahre lang Engels treuester Kunde im Kremser Badehaus gewesen war. Wie jedes Mal, wenn er daran erinnert wurde, fühlte er einen Stich von Eifersucht. Das alles wurde nicht gerade besser durch den Umstand, dass Engel ihre Arbeit im Badehaus nicht aufgegeben hatte und mit Ausnahme von Joachim immer noch an jedem Markttag männlichen Gästen zur Verfügung stand.

Wenn wir zurückkommen, dachte Niki, *nein: Falls wir jemals zurückkommen, muss ich ihr unbedingt einen neuen Job suchen. Wo sie genau so viel Geld verdient. Und der ihr genau so viel Spaß macht. Wird nicht einfach werden.*

Sogar Niki, der sonst nur Augen für Engel hatte, konnte nicht den Blick abwenden, als das blonde Mädchen an ihren Tisch trat und die Holzteller einsammelte.

Bist du g'scheit, dachte er. *Die könnte bei mir daheim jederzeit als Model auf den Laufsteg!*

Seit seiner Ankunft neun Monate zuvor hatte er gelernt, dass im Mittelalter praktisch jede Frau als Schönheit galt, die bis zum Erreichen des heiratsfähigen Alters von zwölf Jahren nicht von Pockennarben verunziert war und noch alle Zähne im Mund hatte. Die Serviermagd hatte reine Haut und zeigte bei ihrem schüchternen Lächeln eine gleichmäßige Reihe kleiner weißer Zähne. Mit ihrer für eine Frau aus dem Volk ungewöhnlichen Größe und ihren vollen Brüsten, die sie in ihrem tiefen Ausschnitt gar nicht schüchtern zur Schau stellte, erinnerte sie Niki an Liesbeth daheim in Dürnstein. Aber wo die schwarzgelockte Liesbeth schön wie eine sternenklare Nacht im Winter war, ließen ihn das goldene Haar und das Lächeln der blonden Magd unwillkürlich an Sonnenschein über der glitzernden Wasseroberfläche der Donau denken.

Zu seiner Überraschung war es Gottfried, der das Mädchen als Erster ansprach und es unbefangen nach seinem Namen fragte.

»Man nennt mich Koschka«, antwortete das Mädchen mit slawischem Akzent. »Das Kätzchen.«

»Das kann nicht dein echter Name sein«, grinste Hadmar. »Wie nennt dich dein Vater?«

»Seinen Sargnagel«, sagte Koschka und tat ihrem Publikum den Gefallen, zu erröten.

Als das Mädchen Gerwald erblickte, der von einem Besuch des dunklen und aus gutem Grund übelriechenden Hofes an der Rückseite der Taverne an den Tisch zurückkehrte, machten beide große Augen.

»Sei gegrüßt«, sagte Nikis Knappe. »Ich bin der andere Zwilling. Meinen Bruder hast du ja schon kennengelernt.«

»Was, es gibt zwei von euch? Wunder über Wunder. Und ich dachte schon, der Abend könnte nicht mehr besser werden!«

Die Tischgesellschaft lachte und verfolgte amüsiert, wie die offenbar von Liebe auf den ersten Blick geschlagenen Zwillinge mit Koschka Scherze austauschten.

»Lebt deine Familie immer schon hier in Bellegrava?«,

fragte Gottfried. »Du bist sicher, dass du nichts Österreichisches in dir hast?«

Koschka nickte stolz.

»*Möchtest* du vielleicht etwas Österreichisches in dir haben?«, fragte Gerwald und übernahm damit in blindem Verständnis die Steilvorlage seines Bruders. »Falls ja: Wir hätten da einen Vorschlag!«

»Mit Worten geht ihr ja ganz schön forsch zur Sache«, lachte das Mädchen. »Habt ihr überhaupt schon einmal eine junge Dame ohne Kleider gesehen?«

»Na klar, praktisch jeden Tag!«, sagte Gottfried prahlerisch im Brustton der Überzeugung.

»Wir haben nämlich eine große Schwester«, fügte Gerwald unüberlegt hinzu, was ihm einen finsteren Seitenblick seines Bruders eintrug und für neue Heiterkeit rund um den Tisch sorgte.

»Und abgesehen von dem Auge seid ihr wirklich völlig identisch?«, wollte Koschka wissen.

»Dass ich untenrum besser gebaut bin als mein *kleiner,* weil jüngerer Bruder, sieht man im Gegensatz zu meinem Auge erst auf den zweiten Blick«, sagte Gottfried und zwinkerte dem Mädchen mit seinem verbliebenen Auge zu.

»Verzeih meinem Bruder. Seit er sein Auge verlor, hat er Schwierigkeiten beim Abschätzen von Größen«, konterte Gerwald.

»Es gibt wohl nur einen Weg, das rauszufinden«, sagte Koschka und zwinkerte zurück. Ihr Lächeln hatte mit einem Mal nichts Schüchternes mehr an sich, und Niki fühlte sich bei ihrem Anblick mehr denn je an Liesbeth erinnert.

Die Zwillinge sahen einander kurz an, nickten einander im perfekten Gleichklang zu und wandten sich gleichzeitig wieder der blonden Dirne zu.

»Bekommen wir einen Sonderpreis, wenn wir gleichzeitig mit dir raufgehen?«

Niki war der Mann am Nebentisch schon zuvor aufgefallen: ein stiernackiger Mann mittleren Alters, nicht groß, aber dafür mit mächtig breiten Schultern. Kleine, eng beieinanderliegende Augen unter einem Stoppelhaarschnitt verliehen ihm das Aussehen einer Bulldogge mit bösen Absichten. Wie Hadmar trug er selbst abends in der Taverne ein oberschenkellanges Kettenhemd. Sein fleckiger grauer Waffenrock mochte einmal weiß gewesen sein; das auf der Brust aufgestickte rote Kreuz wies ihn als Kreuzfahrer aus, als Reisender ins Heilige Land. Gemeinsam mit einem mürrischen Knappen saß er an einem benachbarten Tisch, würfelte und trank dabei schweigend becherweise den lokalen Met aus Pflaumen, dessen bloßer Geruch Niki schon die Augen tränen ließ.

Wie sagte der Helmut Qualtinger so schön beim Bestellen von einem Achterl auf die Frage »Weiß oder rot?«: Habens schon mal einen roten Slibowitz gesehen?, hatte Niki bei dem Anblick unwillkürlich gedacht.

Jetzt fiel ihm der vierschrötige Kreuzritter erneut auf, als er, genau wie Gerwald kurz zuvor, von einem Gang auf den Hof zurückkehrte und die Taverne durch den Hintereingang betrat. Sein Waffenrock war mit deutlichen Spuren von Erbrochenem befleckt: Offenbar war die Bulldogge nicht nur zum Pinkeln hinters Haus gegangen. Der Mann wischte sich über den Mund und ging mit unsicheren Schritten auf seinen Platz zu.

Als er auf dem Weg dorthin am Tisch der Gefährten vorbeikam, blieb er schwankend stehen. Auf der Suche nach dem Grund für die Heiterkeit an diesem Tisch sah er mit vor Konzentration zusammengekniffenen Augen von einem zu anderen, bis sein Blick Koschka fand, die ihm den Rücken zuwandte, während sie mit den Zwillingen scherzte.

»Alles, was recht ist«, grölte er. »Dieses Haus hat nicht nur den besten Met zu bieten, sondern auch die schönsten Huren!« Mit diesen Worten griff er Koschka von hinten ins lange Haar, riss sie zu sich herum und presste dem überraschten Mädchen seine wulstigen und feucht glänzenden Lippen auf den Mund.

Koschka drehte den Kopf zur Seite und versuchte, sich aus dem Griff in ihr Haar zu befreien. Der angeekelte Ausdruck auf ihrem Gesicht schien den ungebetenen Freier noch weiter zu provozieren. »Du kommst jetzt mit mir, mein Täubchen«, grölte er. »Ich stopfe alle deine Löcher, so dass du noch tagelang auf weichen Knien wie ein Matrose daherkommst!«

»Das ist ein ... verlockendes Angebot!«, sagte Koschka gepresst und rang sich ein Lächeln ab. »Ich habe aber schon einen Kunden. Genau genommen sogar zwei!«

»Diese dahergelaufenen Bauern nennst du Kunden?« Der betrunkene Kreuzritter riss das Mädchen erneut brutal an den Haaren. »Du kommst jetzt mit mir, hab ich gesagt! Ich gebe dir Gold und zeige dir, wie ein echter Normanne Kinder macht!«

Galanterie française ist auch nicht mehr das, was sie einmal war, dachte Niki. *Oder was sie einmal werden wird.*

Er erhob sich von seinem Platz auf der Bank und legte dem wütenden Ritter begütigend die Hand auf den Arm.

»Die beiden *Kunden* gehören zu unserem Gefolge«, sagte er. »Die junge Dame ist mindestens für die nächsten, ähm, zehn Minuten vergeben. Wollt Ihr nicht in der Zwischenzeit mit uns einen guten Tropfen trinken oder Euch eines der anderen bezaubernden Mädchen aussuchen?«

Der Kreuzritter schlug Niki mit dem Handrücken ins Gesicht, ohne den Blick auch nur von Koschka abzuwenden. Der Schlag war hart und ansatzlos, so dass Niki keine Möglichkeit zur Abwehr hatte. Er taumelte zurück, stolperte rücklings über die Bank und landete auf den Binsen unter dem Tisch, wo ein paar mit Knochen und Essensresten beschäftigte Hunde erschrocken auseinanderstoben.

Von dort aus beobachtete er, wie die Zwillinge über den Normannen herfielen und mit bloßen Fäusten auf den vierschrötigen Mann losgingen.

Sieht aus wie zwei Terrier, die sich in eine Bulldogge verbeißen, dachte Niki und musste unwillkürlich grinsen, während die Zwillinge, jeder an einem Arm des Kreuzritters hängend, mit dem tobenden Betrunkenen rangen.

Hadmars Hand tastete instinktiv nach seinem Gürtel. Da sein Schwert vorschriftsgemäß mit dem restlichen Gepäck ein Stockwerk höher in seinem Zimmer lag, griffen seine Finger ins Leere. Seufzend erhob er sich von seinem Platz auf der Bank.

»Mir scheint, Ihr habt nicht mehr die Manneskraft, um die Gastfreundlichkeit dieses Hauses in Anspruch zu nehmen«, sagte er langsam und laut. »Weder mit dieser jungen Dame noch mit einer anderen. Geht lieber raus und pisst es in einen Graben!«

Der Kreuzritter schüttelte die Zwillinge ab, sodass sie wie Niki zuvor in beide Richtungen zur Seite wegtaumelten, und wandte sich seinem neuen Gegner zu.

Hadmar bewegte sich nicht. Er wartete ruhig, bis der vor Zorn über die Beleidigung röhrende Normanne wie ein wilder Stier auf ihn losstürmte, und schlug ihm dann in einer blitzschnellen Bewegung den Ellenbogen ins Gesicht. Das Brechen seiner Nase konnte Niki bis unter den Tisch hören. Der Mann taumelte zurück und verbarg sein Gesicht in den Händen. Blut quoll zwischen seinen Fingern hervor und tropfte auf den Boden der Taverne.

»Jetzt. Bring. Ich. Dich. Um.«, knurrte der Kreuzritter kaum verständlich und zog sein Messer aus dem Gürtel.

Hadmar wartete erneut ruhig, bis der verletzte Betrunkene wieder auf ihn losstürmte. Dann griff er beiläufig neben sich auf den Tisch nach dem vollen Bierkrug und zog ihn dem Kreuzritter in einem perfekten Schwung über den stoppeligen Schädel. Bier und Tonscherben spritzen durch den Raum.

Der Normanne verdrehte die Augen und kippte um wie ein Baumstamm. Niki spürte, wie der Holzboden vibrierte, als der Koloss schwer auf die Bretter aufschlug. Sein Messer flog in hohem Bogen durch den Gastraum und blieb am Ende vibrierend vor Ottokar in der Tischplatte stecken.

Hadmar blickte mit Genugtuung auf den regungslosen Mann zu seinen Füßen hinunter. Deshalb sah er Vuk nicht kommen.

Auch der Türsteher schwang seine Keule in einem perfekten Schwung. Er traf den nichtsahnenden Hadmar von hinten auf den Kopf und schickte den jungen Kuenringer fürs Erste ins Land der Träume.

»Sein Name ist Bohemund von Buonalbergo. Er kommt aus der Normandie. Er hat mich zu einem ritterlichen Zweikampf herausgefordert«, sagte Hadmar.

Er saß in Unterkleidung in seinem Zimmer auf dem Bett. Engel entfernte Tonsplitter aus seiner rechten Handfläche, die er sich bei seinem Sturz an auf dem Boden liegenden Scherben des zerbrochenen Bierkruges zerschnitten hatte, während Ruprecht ihm mit einem nassen Tuch kalte Umschläge um den Kopf machte, das er immer wieder in einem Wassereimer befeuchtete und kühlte. Niki und Joachim standen mit betretenen Gesichtern um das Bett herum und sahen dabei zu.

Hadmars Zimmer war genauso eingerichtet wie die der beiden anderen Ritter: Das aus Holz gezimmerte Bett war praktisch der einzige Einrichtungsgegenstand. Es war größer als die meisten, die Niki in seiner Zeit im Mittelalter gesehen hatte; hier fanden auch zwei Menschen ausreichend Platz.

Kein Wunder, wenn man bedenkt, wofür es normalerweise verwendet wird, dachte Niki.

Auf einem zu einem Nachtkästchen umfunktionierten dreibeinigen Schemel brannten Kerzen; im Kamin flackerte ein kleines Feuer und ließ die Schatten der Anwesenden an der Wand tanzen.

»Ein Zweikampf?«, fragte Joachim verblüfft. »Weil du ihm auf unritterliche Weise einen Bierkrug übergezogen hast?«

»Nein. Weil zwei niedergeborene Idioten aus meinem Gefolge einen Mann von Stand angegriffen haben.«

Niki blickte besorgt in Hadmars Gesicht, konnte aber keine Spur von Zorn auf die Zwillinge darin erkennen.

»Morgen bei Sonnenaufgang. Meine Ehre als Ritter und als Mitglied meines Hauses fordert, dass ich mich dieser Herausforderung stelle.«

»Das ist jetzt aber nicht dein Ernst«, platzte es aus Niki heraus. »Du willst dich mit diesem fetten Psychopathen schlagen, nur wegen einer Wirtshausrauferei? Das war doch nur eine besoffene Geschichte! Und noch dazu hat er damit angefangen!«

»Ich werde mich sogar ganz sicher mit diesem fetten ... Wasauchimmer schlagen«, sagte Hadmar ruhig. »Die ritterlichen Tugenden verlangen, niemals eine Aufforderung zum Zweikampf durch einen anderen Ritter abzulehnen. Wenn ich mich verweigere, verliere ich für immer meine Ehre.«

»Aber du bist verletzt!«

»Das ist er auch.«

»Schon, aber seine gebrochene Nase wird ihn im Kampf weniger behindern als dich deine zerschnittene Hand!«

Ritterliche Tugenden über alles, Mut und Ehre ohne Ende. Ohne einen vernünftigen Aufpasser überlebt er nicht einmal den Hinweg nach Konstantinopel, dachte Niki.

Besser als Liesbeth kann man Hadmar wirklich nicht be-schreiben. Und ich dachte immer, nur Großmutter kann in die Zukunft schauen!

»Das ist nicht ritterlich«, rief Niki und stampfte zornig mit dem Fuß auf den Bretterboden, sodass im darunterliegenden Gastraum der Staub von der Decke rieselte. »Das ist einfach nur ... hirnrissig! Saublöd! Fetzendeppert!«

Hadmar, der die Beleidigungen wohl eher am Tonfall als am Wortlaut erkannt hatte, sprang von seinem Bett auf wie von der Tarantel gestochen. Mit seiner unverletzten linken Hand packte er den überraschten Niki am Hals, stieß ihn hart gegen die Wand des Zimmers und stellte sich so nah vor ihn, dass sich ihre Nasen fast berührten.

»Was willst ausgerechnet *du* mir über Ritterlichkeit erzählen, Blondie?«, zischte er. »Im Gegensatz zu dir wurde ich von klein auf zum Ritter erzogen. Ich wurde mit sieben als Page zu Ritter Scheck von Wald nach Aggstein geschickt. Weißt du, wie viele Jahre ich ihn beim verdammten Essen bedienen musste, bevor ich das erste Mal ein Schwert auch nur in die Hand bekam? Wie lange der alte Bruder Gregorius von Göttweig mich mit seinen beschissenen Buchstaben gequält hat, bis ich endlich Knappe werden durfte? Hast du auch nur den Schimmer einer Ahnung, wie oft ich Prügel einstecken musste von den größeren und stärkere Knappen auf dem Burghof beim Erlernen der Waffenkunst?«

Bei jeder Frage stieß Hadmar Niki wie zur Unterstreichung ein weiteres Mal hart gegen die Wand, während die übrigen Gefährten dem Wutausbruch des jungen Kuenringers mit großen Augen zusahen.

»Ich musste mir meinen Ritterschlag mit Blut, Schweiß und Tränen verdienen! Ich wurde nicht wie du von einem gefangenen König einer trunkenen Eingebung folgend zum Ritter geschlagen, weil ihm gerade langweilig war und er nichts Besseres zu tun hatte! Du bist gar kein echter Ritter. Du bist nur ein verdammter ... *Troubadour!*«

Niki fühlte, wie sein Gesicht heiß wurde und wusste, dass seine Ohren jetzt rot leuchteten. Mit einer raschen Bewegung befreite er sich aus Hadmars Griff und schubste den jungen Kuenringer einen Schritt zurück. Schwer atmend standen die beiden jungen Männer einander gegenüber.

»Das nächste Mal, wenn dich jemand unter einen Tisch prügelt, bleib ich einfach sitzen und bestell mir noch ein Bier, anstatt dich zu verteidigen!«, knurrte Hadmar. »Und jetzt geh mir aus den Augen.«

Beschämt blickte Niki zu Boden. Er traute sich nicht, Joachim, Ruprecht oder gar Engel anzusehen. Stattdessen machte er auf dem Absatz kehrt und verließ mit hängenden Schultern das Zimmer.

Der Pferdestall der »Goldenen Gans« war ein flaches, langgestrecktes Holzgebäude mit einem strohgedeckten Dach und kleinen Fenstern. Es war nach Mitternacht, die Taverne war geschlossen und im größten Raum des Stalls standen nur noch die zehn Pferde der Gefährten, einträchtig nebeneinander aufgereiht an einer der Längsseiten des Gebäudes. An dieser Seite war unter den Fenstern eine hölzerne Rinne angebracht, aus der die Tiere Wasser trinken konnten. Darüber befand sich eine gleichfalls hölzerne Raufe, die Dušan, der Stalljunge, mit duftendem Heu gefüllt hatte. Daher blickte Niki auf eine Reihe von breiten Hinterteilen, als er sich gemeinsam mit Joachim und Engel an der gegenüberliegenden Wand, an der sich Haken für das Geschirr und das Zaumzeug der Pferde befanden, auf ein paar Strohballen niederließ.

Niki vergewisserte sich, dass Ottokar, Severin, Bertram und Ruprecht, die in einem Nebenraum voller Futtersäcke,

Heuhaufen und Strohballen ihr Nachtlager aufgeschlagen hatten und immer noch aufgeregt die Ereignisse des Abends diskutierten, außer Hörweite waren.

»Wo stecken eigentlich die Zwillinge?«, fragte er mit gerunzelter Stirn. »Nicht, dass uns die unangemeldet in unsere kleine Besprechung platzen. Das hier ist nicht für ihre Ohren bestimmt!«

»Damit ist eher nicht zu rechnen«, grinste Engel. »Koschka hat sie über Nacht in ihr eigenes Zimmer im Nebenflügel der Taverne mitgenommen. Sie war offensichtlich sehr beeindruckt von ihrem Mut vorhin in der Gaststube und möchte sich dafür angemessen bedanken. Ich schätze mal, das wird einige Zeit in Anspruch nehmen.«

Schau an, das Kätzchen macht Männer aus den Zwillingen, dachte Niki lächelnd. *Höchste Zeit, sind immerhin schon fünfzehn.*

Einen Augenblick lang nur bereute er, dass er selbst seine Jungfräulichkeit erst mit achtzehn Jahren verloren hatte, in jener denkwürdigen ersten Nacht vor neun Monaten, die er im Dürnstein des Jahres 1193 mit Liesbeth verbracht hatte.

Dafür hab ich, Engel sei Dank, seither vieles nachgeholt, dachte er und schenkte seiner Freundin einen zärtlichen Blick, bevor er wieder ernst wurde.

»Engel«, sagte er eindringlich. »Kann Hadmar mit seiner verletzten Hand morgen ein Schwert führen?«

Das Mädchen mit den kurz gestutzten roten Haaren schüttelte zweifelnd den Kopf. »Zumindest nicht lange. Mit dem Verband, den ich ihm angelegt habe, kann er das Schwert nicht einmal greifen. Und ohne Verband werden beim ersten Schlag die Schnittwunden wieder aufgehen und zu bluten beginnen.«

»Hadmar ist ein harter Knochen. Es hat schon seinen Grund, warum man ihn und seinen kleinen Bruder Heinrich ›die Hunde von Kuenring‹ nennt«, sagte Joachim. »Die Schmerzen wird er sich nicht anmerken lassen. Aber mit einer blutenden Hand kann er das Schwert ganz sicher nicht so führen, wie er es gewohnt ist.«

»Das heißt, der sture Idiot kann morgen draufgehen, wenn er sich mit dem normannischen Mörderhenker duelliert, richtig?«, fragte Niki.

Weder Engel noch Joachim sahen ihm in die Augen; beide blickten nur betreten zu Boden.

»Das können wir nicht zulassen. Wir müssen etwas unternehmen«, sagte Niki eindringlich. »Lasst euch gefälligst was einfallen! Wenn unser Anführer stirbt, egal ob als edler Ritter mit intakter Ehre oder nicht, ist unsere Reise beendet, bevor sie noch richtig begonnen hat! Dann können wir gleich wieder umdrehen, nach Hause zurückkehren und Herzog Leopold unser Scheitern eingestehen! Und Ritter Hadmar vom Tod seines Sohnes unterrichten.«

Und Liesbeth vom Tod der Liebe ihres Lebens, dachte er.

Die drei Verschwörer verfielen in nachdenkliches Schweigen und sahen den Pferden zu, wie sie mit gesenkten Köpfen und hängenden Ohren vor sich hin dösten.

»Ich rede ihm nochmals ins Gewissen«, sagte Joachim nach einer Weile mit einem Seufzen. »Von Ritter zu Ritter. Vielleicht ist er ja doch noch vernünftigen Argumenten zugänglich. Jetzt, nachdem sein erster Zorn verraucht ist.«

»Ich habe auch eine Idee«, sagte Engel. Ich brauche dazu aber ein wenig Zeit zur Vorbereitung. Und ein paar Zutaten, die sich hoffentlich in der Küche der Taverne drüben finden. Falls Hadmar sich nicht von Joachim überreden lässt, werde ich mein Glück versuchen.«

»Und was ist mit Euch, mein junger Freund?«, fragte Joachim. »Habt Ihr Euch auch etwas ausgedacht?«

Niki schwieg ein paar Augenblicke lang.

»Ja«, sagte er dann zögernd. »Ich glaube, ich hab auch eine Idee. Ich bete aber zu Gott, dass einer von euch beiden Erfolg hat und wir sie nicht in die Tat umsetzen müssen. Sie würde Hadmar nämlich ganz und gar nicht gefallen …«

Als Joachim zum zweiten Mal in dieser Nacht Hadmars Zimmer betrat, stand der junge Kuenringer am Fenster und blickte nachdenklich in die Finsternis hinaus. Er drehte sich nicht um, als er Joachim eintreten hörte.

»Ihr müsst den Zweikampf morgen nicht austragen«, sprach Joachim ihn vorsichtig an.

Hadmar wandte sich um und sah Joachim müde an.

»Doch«, sagte er leise. »Im Gegensatz zu dem Schwachkopf von Sänger habt Ihr die gleiche Ausbildung wie ich durchlaufen. Ihr kennt die ritterlichen Tugenden genauso gut wie ich, Joachim.«

»Aber Ihr seid verletzt«, sagte Joachim und deutete auf den Verband aus weißen Leinenstreifen, mit dem Engel die rechte Hand des jungen Ritters verarztet hatte. Der Stoff zeigte wieder deutliche Blutflecken. »Ihr habt viel Blut verloren. Mit der Wunde könnt Ihr nicht einmal ein Schwert halten!«

»Das ist nur ein Kratzer«, sagte Hadmar leichthin.

»Ist es das?«, fragte Joachim mit hochgezogener Augenbraue.

Mit einem metallischen Knirschen zog er sein Schwert aus der Scheide, drehte es um und hielt Hadmar den Griff entgegen.

Hadmar sah regungslos auf die dargebotene Waffe hinunter, dann fanden sich die Blicke der beiden Männer. Nach einem langen Moment des Schweigens grinste Hadmar bitter und ergriff das Schwert – mit der linken Hand.

»Das ist nicht Euer Ernst!«, sagte Joachim.

»Warum nicht? Ich wurde im zweihändigen Kampf ausgebildet. Ich bin mit der Linken fast so gut wie mit der Rechten!«

»Aber Ihr könnt dann keinen Schild mehr tragen!«

»Das kann ich mit meiner Schnelligkeit mehr als aus-
gleichen.«

»Habt Ihr Euch den Kerl überhaupt angesehen?«, fragte Joachim aufgebracht. »Das ist ein Schrank von einem
Mann. Groß, breit und stark wie ein Ochse. In der Taverne war er betrunken, aber wenn er nüchtern ist, möchte ich
dem wahrlich nicht im Kampf begegnen. Schon gar nicht mit
nur einer Hand!«

»Er ist fürwahr groß und stark. Und schwer. Genau deshalb kann ich ihn mit einem guten Angriff und einem schnellen Streich leicht besiegen. Vertraut mir, Joachim: Das wird
kein langer Kampf!«

»Das wird wahrlich kein langer Kampf«, sagte Joachim
und verdrehte die Augen. »Habt Ihr sein Schwert gesehen?
Andere führen sowas als Zweihänder! Wo der damit hin-
schlägt, dort wächst für lange Zeit kein Gras mehr!«

»Ich weiß nicht, wer Eurer Ausbildung vorstand, *Ritter*
Joachim«, sagte Hadmar. »Mir hat man auf jeden Fall beigebracht, niemals vor einem Feind zurückzuweichen. Jedes
einmal begonnene Vorhaben bis zum Ende durchzuziehen.
Vertrauen in die eigene Stärke zu haben.«

»Euer Vertrauen in die ritterlichen Tugenden ehrt Euch,
Hadmar. Ich bezweifle aber, dass Euer Gegner ähnlich hohe
Maßstäbe an sein Handeln anlegt. Ihr habt gesehen, wie er
sich in der Taverne verhalten hat.«

»Wenn dem so ist, dann ist das seine Sache, nicht meine.«

»Ihr geht in den sicheren Tod. Und lasst uns hier zurück
im fremden Land. Ihr seid unser Anführer! Wir sind Eure
Schutzbefohlenen! Ist es nicht auch eine ritterliche Tugend,
Schutzlose zu verteidigen?«

Hadmar lachte laut auf. »Guter Versuch«, sagte er. »Das
gilt nur für Witwen und Waisen! Und sagt mir jetzt ja nicht,
dass Eure Eltern schon verstorben sind. Wir sprechen hier
von kindlichen Waisen!«

Der junge Kuenringer wurde wieder ernst. »Ich werde

diesen Zweikampf gewinnen. Oder beim Versuch untergehen. Nur eines werde ich ganz sicher nicht tun: mich feige aus der Verantwortung stehlen.«

»Warum bei der Liebe Gottes seid Ihr nur so starrköpfig? Ihr habt Euren Mut schon hundertfach unter Beweis gestellt!«, rief Joachim aufgebracht. »Könntet Ihr bitte jetzt zur Abwechslung einmal Eure Weisheit unter Beweis stellen?«

Hadmars Miene wurde hart, seine Stimme schneidend. »Joachim, Ihr vergesst Euren Platz«, sagte er scharf. »Dies hier ist nicht Eure Entscheidung. Es ist auch eine ritterliche Tugend, die Ehre seiner Kameraden zu verteidigen. Ihr möchtet mir meine Ehre nehmen und verliert dabei gleichzeitig die Eure. Zahlt Ihr mir so meine Freundschaft zurück?«

»Ich möchte verdammt noch einmal verhindern, dass du Idiot dich für nichts und wieder nichts umbringen lässt an einem gottverlassenen Ort am Ende der Welt, wo dich ohnehin kein Mensch kennt!«, rief Joachim hitzig.

Hadmar seufzte. »Ich verstehe Eure Beweggründe. Daher nehme ich Euch Eure mangelnde Ehrerbietung für dieses Mal nicht übel«, sagte er leise. »Aber ich kann vor mir selbst nicht weglaufen; auch wenn mich hier niemand kennt außer meinen Gefährten: Die Schande, die ich über mich und mein Haus bringe, würde mich mein ganzes restliches Leben lang verfolgen.«

Seine Stimme wurde wieder fest, sein Gesichtsausdruck entschlossen. »Das war mein letztes Wort. Ich möchte nichts mehr davon hören.«

Joachim sah Hadmar einen Moment lang an. Dann deutete er mit dem Kopf eine kurze Verbeugung an, nahm Hadmar das Schwert aus der Hand und stürmte ohne ein weiteres Wort aus dem Zimmer.

Das Geräusch der heftig zuschlagenden Türe war so laut, dass es Engel noch einen Stock tiefer in der Küche der Taverne hörte.

Schon lange, bevor Joachim mit finsterem Blick die Küche betrat, wusste sie: Der Plan des ersten Verschwörers war gescheitert.

⚜

»Gott, wie das brennt! Willst du das Werk des verdammten Normannen beenden und mich endgültig umbringen, Engeltrud?«, fluchte Hadmar und vergaß vor Ärger darauf, Engel bei ihrem Männernamen zu nennen. Er biss sich heftig auf die Lippen, als Engel den Schwamm erneut in die Schüssel auf ihrem Schoß tauchte und ihn gnadenlos ein weiteres Mal auf die klaffenden Schnitte in der Handfläche des jungen Kuenringers presste.

»Nein, Herr«, antwortete das Mädchen geduldig. »Ich möchte verhindern, dass Ihr Wundbrand bekommt. Dann wäre das Werk des verdammten Normannen nämlich in ein paar Tagen beendet, und das ganz ohne mein Zutun.«

Hadmar fluchte erneut. »Was hast du überhaupt in das Wasser reingetan, dass das dermaßen brennt?«

»Ich habe Sveta aus der Küche um Apfelwein gebeten, den ich dem abgekochten Wasser beigemengt habe. Er ist sauer, und das verursacht das Brennen. Er reinigt aber auch Eure Wunde.«

»Machst du das mit Absicht? Blondies Wunden hast du damals mit Kamillenblüten im Wasser gereinigt!«

»Nikolaus hatte nur ein paar harmlose Schnitt- und Schürfwunden«, sagte Engel. »Und er hat fast genauso laut gejammert wie Ihr, Herr – Kamillenblüten hin oder her. Wenn Gott bestimmt hätte, dass die Männer die Kinder zur Welt bringen, wäre die Menschheit schon lange ausgestorben!«

Das Mädchen ließ den Schwamm zurück in die Holzschüssel fallen und begann, Hadmars Hand mit frischem, sauberem Leinenverband zu umwickeln. »Im Gegensatz zu ihm habt Ihr tiefe Schnitte in der Handfläche abbekommen. Habt Ihr schon vergessen, wie viele Splitter des zerbrochenen Tonkruges ich vorhin da rausgeholt habe? Ihr hattet sogar großes Glück: Wenn ein Schnitt ein wichtiges Blutgefäß im Handgelenk durchtrennt hätte, wäret Ihr noch unten im Gastraum verblutet.«

Engel verknotete die Enden des Verbandes und betrachtete kritisch ihr Werk. Auch Hadmar blickte finster auf seine wieder dick bandagierte rechte Hand hinab.

»Tut verdammt weh«, sagte er leise, als würde er sich dieses Eingeständnisses schämen.

»Das wundert mich nicht«, sagte Engel. »Ich habe Euch eine Medizin gegen die Schmerzen zusammengebraut.«

Sie erhob sich vom Bett, stellte die Wasserschüssel auf den Boden und reichte Hadmar einen hölzernen Becher, den sie auf dem zum Nachtkästchen umfunktionierten Schemel abgestellt hatte. »Trinkt das. Das wird die Schmerzen lindern und Euch helfen, heilenden Schlaf zu finden.« Engel fixierte Hadmar mit großen Augen, als er den Becher zum Mund hob.

Vielleicht war es dieser Blick, der Hadmar misstrauisch machte. Vielleicht war es auch der Geruch der Medizin, den er einatmete, als er den Becher an die Lippen setzte. Hadmar zögerte. Dann setzte er den Becher wieder ab.

»Was ist das?«

»Gewürzter Wein.«

»Das rieche ich. Womit gewürzt?«

»Hauptsächlich Mohn«, sagte Engel und zählte an den Fingern ab: »Dazu Gefleckter Schierling. Schwarzes Bilsenkraut. Und Alraunwurzel. Einige Zutaten hab ich von zu Hause mitgebracht. Den Rest haben mir Sveta und die anderen Mägde beschafft. Sie bewundern Euch alle sehr für Eure edle Tat.«

»Und was bewirkt dieser Trank?«

»Wie ich schon sagte: Er lindert Eure Schmerzen. Und er lässt Euch tief und traumlos schlafen bis morgen Früh.«

Hadmar sah Engel mit gerunzelter Stirn an. »Mehr nicht?«, fragte er misstrauisch.

Engel sah ihm fest in die Augen. »Mehr nicht«, sagte sie und kreuzte hinter ihrem Rücken unbemerkt die Finger.

Hadmar betrachtete das Mädchen unbewegt, bis die Stille unangenehm wurde. »Dann trink du ihn«, sagte Hadmar schließlich.

»Ich?«, sagte Engel überrascht. »Das kann ich nicht. Er wurde speziell für Euch angefertigt!«

Hadmar sprang mit überraschender Agilität vom Bett, auf dem er gesessen hatte, hoch und auf Engel zu. Das erschrockene Mädchen machte einen raschen Schritt zurück, wobei es um ein Haar den Becher mit der Medizin verschüttete, bis es die Wand des Zimmers im Rücken spürte.

»Trink ihn«, verlangte Hadmar und baute sich drohend über Engel auf.

»Die Menge des Schlafmittels ist auf Eure Größe und Euer Gewicht abgestimmt«, erklärte Engel hastig. »Mir würde der Trank gar nicht gut bekommen!«

»Trink ihn, oder ich schwöre bei Gott: Du wirst es bereuen!«, fuhr Hadmar sie an.

»Nein ...«, flüsterte sie. »Das würde wirklich ... bitte nicht!«

»Trink ihn! *Jetzt!*«

Hadmar schrie so laut, dass Engel regelrecht zusammenzuschrumpfen schien. Mit zitternden Händen führte sie den Becher zu ihren Lippen. Nachdem Hadmar immer noch mit vor Zorn sprühenden Augen drohend über ihr stand, legte sie den Kopf in den Nacken und trank den Inhalt des Bechers mit einem langen Zug aus. Ein Beben lief durch ihren Körper.

»Seht Ihr?«, sagte sie und rang sich ein strahlendes Lächeln ab. »Alles in Ordnung!«

Mit diesen Worten verdrehte sie die Augen nach oben, bis nur noch das Weiße in ihnen sichtbar war und sackte ohne einen weiteren Laut in sich zusammen.

Hadmar reagierte gedankenschnell: Er fing das Mädchen auf, bevor es zu Boden fallen konnte und verzog nur kurz das Gesicht vor Schmerz, als er dabei seine verletzte Hand belastete. Überraschend zärtlich trug er Engel zum Bett und ließ ihren leblosen Körper auf die Matratze sinken.

Er beugte sich über das Mädchen und lauschte eine Zeit lang mit besorgtem Gesichtsausdruck Engels Atemzügen. Nachdem er sich davon überzeugt hatte, dass sie lediglich in einen tiefen Schlaf gefallen war, strich er ihr vorsichtig eine Strähne roten Haares aus der Stirn, deckte sie mit einem leinernen Betttuch zu und schüttelte mit einem bitteren Lächeln den Kopf.

Dann trat er zum Fenster, blickte wieder nachdenklich in die Nacht hinaus und wartete auf den Sonnenaufgang.

Die beiden Kontrahenten und ihre Knappen standen einander im Morgengrauen auf der Wiese vor der Stadtmauer gegenüber und warteten darauf, dass die Sonne aufging.

Hadmar trug sein Schwert tatsächlich in der linken Hand, während die rechte immer noch in Engels Verband gewickelt war.

Bohemund von Buonalbergo, dessen gebrochene Nase über Nacht angeschwollen war und einen hässlichen Blauton angenommen hatte, hatte Hadmar angeboten, das Duell abzusagen: Es läge keine Ehre darin, einen verletzten Gegner zu besiegen. Hadmar hatte erwartungsgemäß stolz abgelehnt, worauf der Normanne seinen Schild abgelegt hatte, um dem jungen Kuenringer zumindest mit gleichen Waffen gegenüberzutreten.

Alle Worte waren gewechselt. Jetzt fehlte nur noch die Sonne.

Während Bohemund mit Ausnahme seines Knappen keine Zuseher auf seiner Seite hatte, waren Hadmars Gefährten fast vollzählig zu seiner moralischen Unterstützung erschienen und saßen in einer Reihe auf dem vom morgendlichen Tau noch feuchten Boden der Stadtwiese.

Mit einer Ausnahme.

»Wo ist Engel?«, fragte Joachim den neben ihm sitzenden Niki leise.

»Schläft immer noch tief und fest in Hadmars Zimmer«, gab dieser ebenso leise zurück. »Sie ist nicht einmal halb so schwer wie er. Wenn sie den Schlaftrunk so dosiert hat, dass Hadmar sein Duell verschläft und erst irgendwann am helllichten Vormittag aufwacht, dann schläft sie wahrscheinlich noch bis zum Abend. Mindestens.«

Ihr Geflüster wurde unterbrochen von den ersten Strahlen der Morgensonne, die im Osten durch die Bäume am Donauufer blitzten und die Helme der Kontrahenten zum Leuchten brachten.

Hadmar und Bohemund nickten einander ein letztes Mal zu und hoben die Schwerter.

Die Totenstille, die auf der Wiese herrschte, wurde nicht vom ersten Aufeinanderklirren der Schwerter unterbrochen. Es war das in der klaren Morgenluft überlaut klingende Knarren des Stadttores, das die Köpfe der Duellanten und die Köpfe der Zuschauer gleichzeitig herumfahren ließ.

Aus dem nunmehr geöffneten Tor trat ein mit einem schwarzen Mantel und einer amtlich aussehenden Goldkette um den Hals bekleideter, hagerer Mann mittleren Alters in Begleitung von vier Soldaten in der Uniform der Stadtwache. Die Wächter trugen keine Schwerter, sondern kurze, schwere Holzkeulen und sahen auch sonst aus, als wären sie die Brüder von Vuk dem Türsteher.

Hadmar wandte sich dem Anführer der Gruppe zu, dem seine mächtige Hakennase eine verblüffende Ähnlichkeit mit einem hungrigen Raubvogel verlieh, und verneigte sich höflich.

»Der ehrenwerte Ritter Bohemund und ich haben hier eine private Angelegenheit zu regeln«, sagte er. »Wir benötigen die Dienste der Stadtwache dazu nicht. Lasst uns gewähren und seid willkommen als Zeugen eines kostenlosen Schauspiels am frühen Morgen.«

Der Mann mit der Goldkette lächelte. »Den Gefallen kann ich Euch leider nicht tun. Ich bin hier, um eine Verhaftung vorzunehmen im Zusammenhang mit der Schlägerei, die gestern Abend in der ›Goldenen Gans‹ stattgefunden hat«, sagte er und gab den vier Wächtern ein Zeichen mit dem Kopf.

»Ausgerechnet jetzt?«, rief Hadmar erbost. »Lasst uns doch erst unseren Waffengang beenden! Danach könnt Ihr Bohemund immer noch mitnehmen!«

Die vier Wächter traten auf die Duellanten zu und ergriffen zur allgemeinen Überraschung (nicht zuletzt der von Bohemund und seinem Knappen) Hadmar von Kuenring. Der junge Ritter war so überrascht, dass er sich widerstandslos sein Schwert aus der Hand nehmen ließ.

»Was ... was soll das?«, stammelte er.

»Die Stadtwache hat heute Nacht Anzeige erhalten von den Vorkommnissen des gestrigen Abends, die zu beträchtlichem Sachschaden geführt haben«, erläuterte der Anführer. »Aufgrund der Aussage eines vortrefflichen und besonders glaubwürdigen Zeugen steht für uns fest, dass Ihr der Auslöser dieses unerfreulichen Zwischenfalles wart.«

»Ich? Das kann doch nicht Euer Ernst sein!«, rief Hadmar außer sich vor Zorn und versuchte vergebens, sich aus dem Griff von zwei der vier Wächter zu befreien, die ihn an den Oberarmen gepackt hielten. »Was für eines vortrefflichen Zeugen? Alle Gäste haben gesehen, was passiert ist! Alle meine Reisegefährten können beschwören, dass es mein ehrenwerter Gegner hier war, der den Raufhandel begonnen hat!«

»Ihr irrt Euch«, sagte der Mann im schwarzen Mantel ruhig. »Der Zeuge gehört zu Eurem eigenen Gefolge!«

Hadmar fuhr herum und starrte seine fassungslosen Gefährten ungläubig der Reihe nach an. Sein wilder Blick irrlichterte zwischen den Gesichtern seiner Freunde herum, bis er an dem einen Gesicht hängenblieb, das zu Boden gewandt war.

»Hadmar von Kuenring, ich verhafte Euch im Namen des Bürgermeisters und des Rates der Stadt Bellegrava. In meiner Funktion als Stadtrichter werde ich ein Urteil sprechen und eine angemessene Strafe für Euer Vergehen festsetzen. Abführen!«

Die vier Soldaten nahmen Hadmar in ihre Mitte und führten den wutschnaubenden Kuenringer in Richtung Stadttor davon.

Während die kleine Gruppe die Reihe der betreten aussehenden Gefährten entlangschritt, wandte Hadmar den Blick keine Sekunde von dem jungen Mann ab, der immer noch mit roten Ohren zu Boden starrte und es nicht wagte.

Als Hadmar an Niki vorbeigezerrt wurde, zischte er nur ein einziges hasserfülltes Wort.

»Judas!«

»Das war also dein Plan?«, fragte Joachim und kratzte sich ratlos am Kopf. »Hadmar ins Gefängnis werfen zu lassen, damit er sich nicht schlagen kann? Etwas Besseres ist dir nicht eingefallen?«

»Nachdem du und Engel mit euren Ideen so grandios gescheitert seid, ist mir nichts anderes mehr übriggeblieben!«, verteidigte Niki sich hitzig. »Was hätte ich denn sonst noch tun sollen? Zusehen, wie der Idiot sich umbringen lässt?«

Die Sonne stand mittlerweile eine Handbreit über den Bäumen am Donauufer. Die ersten Ochsenkarren, mit denen Bauern ihre Ware auf die Märkte brachten, warteten vor dem Stadttor auf Einlass. Ein leichter Wind trug den Geruch von gebratenem Fleisch und tierischen Ausscheidungen auf die Stadtwiese hinaus. Die Luft war erfüllt von den Geräuschen der erwachten Stadt: bellende Hunde, zur Morgenmesse läutende Kirchenglocken, menschliche Stimmen.

Die lautesten der menschlichen Stimmen gehörten den acht Gefährten, die immer noch an ihrem Platz auf der Wiese standen und leidenschaftlich miteinander stritten. Sie hatten tatenlos zusehen müssen, wie ihr Anführer vom Stadtrichter und den Wächtern durch das Tor zurück nach Belgrad hinein weggebracht wurde. Dessen Kontrahent Bohemund, selbst offenbar am meisten überrascht von der Wendung, die der morgendliche Zweikampf genommen hatte, hatte sein Schwert wieder eingesteckt, mit den Schultern gezuckt und war der kleinen Gruppe um Hadmar mit seinem Knappen gefolgt.

»Vielleicht wäre ja gar nichts passiert«, sagte Joachim vorwurfsvoll. »Bohemund hat sich vor dem Duell anständig verhalten. Er hätte Hadmar nicht getötet. Er hat selbst gesagt, darin liegt keine Ehre!«

Niki zögerte kurz mit seiner Antwort, weil er genau über diese Frage lange nachgesonnen hatte in der Nacht, bevor er von Joachims und Engels Scheitern erfuhr und sich zum Sitz der Nachtwache aufmachte, um seinen Plan in die Tat umzusetzen. Aus den Geschichtsbüchern und den Sagen seiner Zeit wusste er, dass Hadmar und seinem kleinen Bruder Heinrich ein langes und abenteuerliches Leben bevorstand. Sie würden die engsten Vertrauten des Nachfolgers von Her zog Leopold werden, eines weiteren Leopolds. Gegen dessen Nachfolger Friedrich würden sie einen Aufstand anzetteln und in Folge als »Hunde von Kuenring« einen zweifelhaften Ruf als Raubritter erwerben. Ganz sicher würde keiner von ihnen im Herbst des Jahres 1193 bei einem kindischen Duell vor den Toren Belgrads sterben.

Niki hatte während seines Aufenthaltes im Mittelalter aber auch gelernt, dass seine Handlungen sehr wohl Auswirkungen auf die Zukunft hatten. Ohne Nikis tatkräftiges Eingreifen wäre Richard Löwenherz zu Ostern aus der Gefangenschaft in Dürnstein entflohen. Das kleine und unbedeutende Herzogtum Österreich hätte nie die Hälfte des fast unermesslichen Lösegeldes erhalten, das die Engländer für die Freilassung ihres Königs zusammenkratzten und wäre ohne diese großzügige »Starthilfe« im weiteren Verlauf des Mittelalters wohl nie zu einer europäischen Großmacht aufgestiegen.

Vielleicht war Hadmar also gerade deshalb ein langes Leben vergönnt, *weil* Niki ihn in dieser Nacht bei der Wache denunzierte, um sein Duell mit dem fetten Normannen zu verhindern? Niki war auf jeden Fall nicht bereit, seine Hand dafür ins Feuer zu legen, dass die Geschichte, wie er sie aus den Schulbüchern seiner Zeit kannte, unabhängig von seinem Verhalten wie in Stein gemeißelt in jedem Fall so und nicht anders ablaufen würde. Und ganz sicher wollte er nicht ausgerechnet Hadmars Duell benutzen, um für diese Theorie die Probe aufs Exempel zu machen.

»Unsinn«, knurrte er schließlich. »Du kennst doch Hadmar. Der hätte gekämpft, so lange er noch zumindest einen Arm am Körper hat. Oder wenigstens ein Bein!«

Das ist nur eine Fleischwunde, dachte er. *Ich spuck dir ins Auge und blende dich!*

»Hättest du nicht stattdessen Bohemund verhaften lassen können, Blondie?«, fragte der kleine Ruprecht aufgebracht. »Wenn du dich schon so gut mit dem Richter verstehst?«

»Der Stadtrichter hat meiner Aussage nur geglaubt, weil ich zu Hadmars Gefolge gehöre. Hätte ich den Normannen beschuldigt, hätte er mich einfach weggeschickt.«

»Aber alle anderen in der Taverne haben doch auch gesehen, was wirklich passiert ist!«, beharrte Ruprecht.

»Das Wort einer Hure zählt weniger als nichts«, warf Ottokar ein. »Und von den durchwegs männlichen Gästen hätte wohl keiner vor Gericht zugegeben, Zeuge der Szene geworden zu sein.«

»Und wie ... geht es jetzt weiter?«, fragte Bertram der Bulle nach einem langen Moment der Stille.

»Ich hab durch eine großzügige, ähm, Spende in die Stadtkasse sichergestellt, dass das Gerichtsverfahren in unserem Sinne ausgeht«, antwortete Niki.

»Du hast einen Richter bestochen?«, fragte Severin und zog missbilligend eine Augenbraue in die Höhe.

»Wenn es dich beruhigt: Ich hab auch während meiner Aussage die Finger hinter dem Rücken gekreuzt«, antwortete Niki dem jungen Mönch gereizt.

»Noch irgendjemand, der etwas an meinem in *sehr* kurzer Zeit erdachten und entschlossen umgesetzten Rettungsplan auszusetzen hat? Ihr beide zum Beispiel?«, fuhr Niki die überraschten Zwillinge Gottfried und Gerwald an, die der Debatte bis dahin hohläugig und sichtlich übernächtigt schweigend gefolgt waren.

»Aber ... wir haben doch gar nichts gesagt?«, stammelte Gottfried erschrocken.

»Das ist es ja, was ich so verdächtig finde!«, knurrte Niki. »Sonst habt ihr ja auch die ganze Zeit den Mund offen! Ihr kritisiert mich *schweigend*!«

Joachim legte dem sichtlich aufgebrachten jungen Sänger eine Hand auf den Arm. »Beruhigt Euch, mein junger Freund«, sagte er versöhnlich. »Das mit der Spende in die Stadtkasse war eine gute Idee. Dann wird Hadmar also freigesprochen?«

»Das kann der Stadtrichter nicht. Damit würde er einge-stehen, dass er Hadmar zu Unrecht verhaftet hat und sein Gesicht verlieren. Um eine Strafe wird Hadmar, fürchte ich, nicht herumkommen.«

»Bei der Liebe Gottes. Das wird er Euch nie verzeihen«, murmelte Joachim. »Was denn für eine Strafe?«

Niki seufzte. »Wie schon gesagt: Sie wird Hadmar ganz und gar nicht gefallen ...«

Hadmars Zunge war angeschwollen und schien seinen aus-getrockneten Mund völlig auszufüllen. Längst schon fühlte er keinen Drang mehr, Wasser zu lassen; die für einen Tag Mitte September ungewöhnlich heiße Sonne hatte jegliche Flüssigkeit gleichsam aus seinem Körper herausgesaugt. Der junge Ritter hatte noch nie in seinem Leben so starken Durst verspürt.

So ungefähr hatte Hadmar sich immer die legendä-re Schlacht bei den Hörnern von Hattin vorgestellt, in der Sultan Saladin im Jahr 1187 die Kreuzritter vernichtend geschlagen und das Wahre Kreuz erbeutet hatte: Tausende Ritter in schweren eisernen Rüstungen auf einem unendlich scheinenden Marsch unter glühender Sonne durch eine un-endlich scheinende Wüste, an deren Ende das ausgeruhte und wohlgeordnete Heer der Muslime am Ufer des Sees Ge-nezareth auf die entkräfteten und demoralisierten Christen wartete. Der schnelle Tod in der Schlacht musste vielen wie eine willkommene Erlösung von ihren Qualen erschienen sein.

Hadmar drehte den Kopf zur Seite, um nach dem Son-nenstand zu sehen. Er tat das nicht mehr so oft wie noch am Beginn des Tages, weil er gelernt hatte, dass das raue Holz, das seinen Hals und seine Handgelenke umschloss, dabei rasch die Haut blutig scheuerte.

Natürlich hatte er einen Pranger wie diesen schon gesehen, daheim in Krems und in anderen Städten mit eigener Gerichtsbarkeit, wo verurteilte Straftäter auf öffentlichen Plätzen dem Spott der Schaulustigen und nicht zuletzt dem Beschuss mit Fallobst und faulen Eiern ausgesetzt wurden. Es war ihm nur niemals in den Sinn gekommen, dass er selbst einmal einen Tag lang in so einer misslichen Lage verbringen würde müssen.

Wie zu Hause in Krems bestand auch der Belgrader Pranger aus einem massiven Holzblock, an dessen oberem Ende sich zwei parallel angeordnete, durch ein Scharnier miteinander verbundene Bretter mit Aussparungen für den Hals und für die Handgelenke befanden. Hadmars Widerstand gegen die Soldaten der Stadtwache war zwecklos gewesen: Zu viert hatten ihn die Wächter auf die Knie und seinen Hals und seine Unterarme in die Aussparungen des unteren der beiden Bretter gezwungen, bevor sie die obere Hälfte des Folterinstrumentes schlossen und damit seinen Kopf und seine Handgelenke fixierten.

Gott sei Dank hatten die johlenden und schadenfroh lachenden Kinder, die ihn zu Beginn mit allerlei verdorbenem Obst und Gemüse bewarfen, nach einiger Zeit den Spaß an ihrem wehrlosen Opfer verloren und sich anderen Spielen zugewandt, sodass der todmüde Kuenringer in einen gnädigen Halbschlaf versinken konnte. Er hatte immerhin die ganze Nacht vor dem Fenster stehend verbracht. Nicht nur, weil dieses unbändige, eigensinnige, aber zugegeben einfallsreiche rothaarige Weibsbild in seinem Bett geschlafen hatte: Hadmar hatte die Zeit genutzt, um sich mit der Möglichkeit vertraut zu machen, an einem Tag Ende September in Belgrad sein Leben zu verlieren.

Über dich steht noch einiges geschrieben. Dein Weg endet nicht hier und heute, hatte der verdammte Sänger ihm zu Ostern vor den Toren von Burg Aggstein versprochen, bevor Hadmar den Bauernsturm, eine zusammengewürfelte Truppe aus jungen Bauern, Handwerkern und Fischern, in den Kampf gegen die englischen Ritter geführt hatte, die Richard Löwenherz im Handstreich aus der Gefangenschaft in Dürnstein befreit hatten. Hadmar hatte Nikis Vertrauen in das, *was geschrieben steht,* schon damals nicht geteilt. Und doch hatte ihm sein Versprechen ein Körnchen Mut und Zuversicht, einen einzelnen Sonnenstrahl in seine düsteren Gedanken geschenkt, damals wie heute.

Und der verdammte Sänger hatte in beiden Fällen recht behalten.

Hadmar erkannte mit Befriedigung, wie tief die Sonne bereits über den Dächern Belgrads stand. Nicht mehr lange, dann würde sie untergehen, und die Männer der Stadtwache würden ihn aus seiner misslichen Lage befreien. Er würde wieder ein freier Mann sein, frei zu gehen, wohin es ihn gelüstete. Und das war in erster Linie weg aus diesem Drecksnest Bellegrava, wo so viele Menschen Zeugen seiner öffentlichen Schande geworden waren. Hadmar schloss die Augen und dankte seinem Schöpfer. Insgeheim spürte er große Erleichterung darüber, dass ihm das Duell mit Bohemund von Buonalbergo erspart geblieben war. Und vor allem, dass das gegen seinen Willen geschehen war: Er hatte bei Gott alles unternommen, um die vorhersehbaren Rettungsversuche seiner Freunde abzuwehren. Daher hatte er die ritterlichen Tugenden nicht verletzt und würde sich auch in Hinkunft nicht vor sich selbst schämen müssen.

Bohemund und sein pickeliger Knappe hatten dem unwürdigen Schauspiel eine Weile zugesehen, bis sie der Vorstellung irgendwann müde geworden waren und befriedigt ihre Reise ins Heilige Land fortgesetzt hatten. Aus Bellegrava, wo ihn niemand kannte, würde keine Nachricht von Hadmars Schande nach draußen dringen. Wie hatte Nikolaus so schön gesagt: *Was in Belgrad pas-*

siert, bleibt in Belgrad. Bohemund und sein Knappe waren daher die einzigen Zeugen, die Hadmars Ruf und Ehre beflecken könnten, aber mit dieser Sorge würde er wohl leben müssen.

Ja, insgeheim spürte er große Erleichterung darüber, dass ihm das Duell mit Bohemund von Buonalbergo erspart geblieben war.

Aber der Teufel sollte ihn holen, wenn er sich das vor seinen Gefährten anmerken ließe.

»Die Sonne geht unter«, sagte Joachim, während er nicht zum ersten Mal an diesem Abend aus dem Fenster schaute. »Jetzt wird er bald kommen.«

Erneut hatte sich die Gaststube in der »Goldenen Gans« gut gefüllt. Wie in der Nacht zuvor servierten hübsche Mädchen kalte Getränke und warme Speisen, tätschelte der schläfrige Türsteher Vuk zärtlich die Keule in seiner Hand, während die krähenhafte, in Schwarz gekleidete Wirtin ihre kontrollierenden Blicke überall zugleich hatte und ihre »Gänschen«, wie sie die Frauen unter ihren Fittichen im Spott nannte, mit kurzen Befehlen einmal hierhin, einmal dorthin schickte.

Nur die Stimmung in der Runde der Gefährten konnte nicht viel unterschiedlicher sein als am vorigen Abend: Wo zuvor noch Ausgelassenheit und Gelächter regiert hatten, herrschten jetzt Niedergeschlagenheit und Schweigen.

»Er hat ziemlich wütend ausgesehen, als sie ihn da auf dem Hauptplatz in den Pranger gesteckt haben«, erzählte Gottfried zu Engel gewandt, die erst vor Kurzem aus ihrem Tiefschlaf erwacht war und sich zu ihren Freunden in der Gaststube gesellt hatte.

»Und erst, als die Kinder begonnen haben, ihn mit faulem Obst und Gemüse zu bewerfen!«, sagte Gerwald und verdrehte die Augen zum Himmel.

»Zum Glück waren das … nur ein paar freche Kinder«, sagte Bertram. »Nachdem Koschka und ihre … Freundinnen allen von Hadmars Heldentat in der … ›Goldenen Gans‹ erzählt haben, haben sie ihn … in Frieden gelassen.«

»Gut gelaunt wird er wohl trotzdem nicht sein«, sagte Joachim düster.

Das ist die Untertreibung des Jahres, dachte Niki.

Koschka trat lächelnd an den Tisch, brachte ein rundes Holzbrett mit einem halben Laib harten Käse und eine Schüssel voller grüner Oliven, und zwinkerte Gottfried und Gerwald verschwörerisch zu, bevor sie wieder in Richtung Küche verschwand.

»Wie war eigentlich, ähm, eure letzte Nacht?«, fragte Niki die Zwillinge, froh über die Möglichkeit eines Themenwechsels.

»Gerwald hat sein Pulver schnell verschossen«, behauptete Gottfried und versetzte seinem Bruder einen halbherzigen Stoß mit dem Ellenbogen. »Es blieb wieder einmal an mir hängen, die Familienehre zu retten!«

»Was für ein Unsinn«, grinste Gerwald und rempelte herzhaft zurück. »Gottfried ist gleich nach der ersten Runde vor Erschöpfung eingeschlafen. Wenn hier jemand die Familienehre gerettet hat, dann ich!«

Die scherzenden Worte kamen den Zwillingen schnell wie eh und je über die Lippen, aber selbst ihre Heiterkeit wirkte in diesem Moment bemüht und ihr Lachen aufgesetzt.

Die Gefährten nahmen sich vom Käse, von den Oliven, vom Fladenbrot und vom Bier.

»Sag, Engel, woher hattest du eigentlich so schnell das Schlafpulver her?«, fragte Niki seine neben ihm sitzende Freundin leise.

»Das hat mir Großmutter mitgegeben, als ich mich von

ihr verabschiedet habe: ein kleines Fläschchen mit weißem Pulver«, antwortete Engel ebenso leise. »Sie meinte nur, ich würde es brauchen auf der Reise. Ich habe es seitdem in meiner Gürteltasche mit mir herumgetragen.«

»Moment mal – sie hat dir auch ein Pulver geschenkt?«, sagte Niki entgeistert.

»Ja, ich war unmittelbar vor dir oben in ihrer Hütte, um mich zu verabschieden. Hat sie dir das nicht gesagt?«

Das alte Rabenvieh hat schon gewusst, dass Engel mitkommt, als ich sie zum letzten Mal besucht hab, dachte Niki und tastete unbewusst nach dem kleinen Fläschchen mit dem schwarzen Pulver, das die blinde alte Frau ihm zum Abschied geschenkt hatte. *Ob ich mein Pulver wohl auch noch brauchen werde auf der Reise?*

Seine Gedanken wurden unterbrochen, als Hadmar mit einem Knall die Tür aufstieß, der Vuk in seinem Stuhl neben dem Eingang aus dem Halbschlaf hochfahren ließ und alle Gäste und Mädchen in der Gaststube dazu veranlasste, ihre Köpfe nach dem Neuankömmling umzudrehen.

Der junge Kuenringer sah schrecklich aus: Sein Gesicht war verzerrt vor Zorn, seine Augen rot vor Müdigkeit, seine Kleidung schmutzig. Das lange dunkle Haar hing ihm in nassen Strähnen in die Stirn, da er am öffentlichen Brunnen auf dem Marktplatz nicht nur seinen brennenden Durst gestillt, sondern seinen ganzen Kopf wieder und wieder untergetaucht hatte, um den Staub, den Schweiß und wenn möglich auch die Schande dieses Tages davon abzuwaschen.

Hadmar trat zum Tisch seiner Gefährten, baute sich breitbeinig vor Niki auf und starrte wortlos auf ihn hinunter.

»Ist es wegen der Rüben?«, fragte Niki nervös in das gespannte Schweigen hinein, das über den Gastraum gefallen war. »Das tut mir leid, echt. Der Stadtrichter hat mir fest versprochen, dass nur matschiges Obst und welkes Gemüse verwendet wird. Ab und zu ein faules Ei vielleicht. Von

Rüben war nie die Rede. Aber hey: Immerhin hat niemand mit Kürbissen geworfen!«

Hadmar stand immer noch schweigend mit zornfunkelnden Augen vor Niki, während seine Hände sich immer wieder zu Fäusten ballten und wieder lösten. Als er schließlich sprach, tat er es so leise, dass nur Niki und die Gefährten am Tisch ihn verstehen konnten.

»Du kannst dem Himmelvater danken, dass von meiner Ritterehre noch so viel übrig ist, dass ich mir nicht die Hände an dir schmutzig mache«, sagte er mit rauer, gepresster Stimme. »Verzeihen aber werde ich dir deinen Verrat niemals können.«

Dann hob er den Kopf, bis sein Blick seinen Knappen fand. »Ruprecht, pack unsere Sachen zusammen«, rief er, jetzt wieder in seinem üblichen, herrischen Tonfall. »Wir reiten morgen beim ersten Tageslicht! Keine Stunde länger als notwendig bleib ich mehr hier an der Stätte meiner Schande!«

»Vor uns liegen acht Tage im Räuberwald«, sagte Joachim mehr zu sich selbst als zu jemand Bestimmtem. »Wollten wir nicht hier warten und uns einer schwer bewaffneten Handelskarawane anschließen?«

»Hätte schlimmer kommen können«, sagte Niki. »Immerhin ist Hadmar nicht verrückt genug, dass er uns jetzt Hals über Kopf in die Nacht hinausreiten lässt.«

Der junge Kuenringer hatte sich ohne ein weiteres Wort auf dem Absatz umgedreht, war über die wackelige Holzstiege in den Oberstock hinaufgestürmt und in seinem Zimmer verschwunden. Ruprecht hatte in aller Eile seinen Bierbecher geleert und war seinem Herrn gefolgt.

»Sieht so aus, als wäre das für einige Zeit die letzte Nacht unter einem schützenden Dach an einem knisternden Kaminfeuer«, sagte Niki und berührte Engel schüchtern an der Schulter. »Vielleicht sollten wir Hadmars Beispiel folgen und auch früh zu Bett gehen.«

»Ich bin doch gerade erst aufgestanden«, protestierte Engel. »Ich bin ganz und gar nicht müde! Ich kann jetzt sicher noch nicht wieder schlafen!«

»Wer hat denn was von Schlafen gesagt?«, grinste Niki, nahm seine Freundin an der Hand und zog das kichernde Mädchen hinter sich her auf die Treppe zu. »Was in Belgrad passiert, bleibt schließlich in Belgrad.«

Die Zwillinge sahen dem jungen Pärchen nach und tauschten dann einen Blick. »Denkst du auch, was ich denke?«, fragte Gottfried seinen Bruder.

»Klar. Du hast schließlich einiges gutzumachen nach letzter Nacht«, gab dieser grinsend zurück.

Wie ein Mann erhoben sich die Zwillinge und machten sich auf die Suche nach einem ganz bestimmten goldhaarigen Mädchen, das man in der »Goldenen Gans« nur »das Kätzchen« nannte.

»Sodom und Gomorrha«, brummte Severin und erhob sich. »Ich gehe in die Abendmesse und bete für den Erfolg unserer Mission. Diese Truppe braucht göttlichen Beistand wie einen Bissen Brot!«

»Ich werde dann mal … nach den Pferden sehen«, sagte Bertram und folgte dem jungen Benediktinermönch nach draußen.

»Und ich werde die Zeit nützen, um mein Tagebuch auf den neuesten Stand zu bringen«, sagte Ottokar. »Ich habe Herzog Leopold versprochen, ihm einen genauen Bericht über unsere Reise mit nach Hause zu bringen. Über den heutigen Tag gibt es wahrlich viel zu erzählen.«

Joachim nahm den raschen Abschied aller seiner Gefährten mit einem geistesabwesenden Nicken zur Kenntnis und blieb schließlich alleine am Tisch zurück. Er hob die Hand, um die Aufmerksamkeit eines Serviermädchens auf sich zu lenken und bestellte eine Flasche vom lokalen Pflaumenmet.

»Vor uns liegen acht Tage im Räuberwald«, wiederholte er, bevor er den ersten Becher zum Mund führte. »Wollten wir nicht hier warten und uns einer schwer bewaffneten Handelskarawane anschließen?«

Joachim leerte den Becher in einem Zug.

Denn im Wald, da sind die Räuber

ssen fertig, hehehe.«

Der willkommene Ruf des kleinen Ruprecht bestätigte nur, was der Geruch des Schweinebratens, den er unermüdlich über dem Lagerfeuer gedreht hatte, schon länger angekündigt hatte.

Die Gefährten folgten dem Ruf, ihren Nasen und dem Knurren ihrer Mägen und versammelten sich rasch um das Feuer, das Ruprecht direkt am Donauufer entzündet hatte, den Waldrand bereits in Sichtweite. Die Zwillinge kamen mit Armen voller Brennholz, Engel und ihr Bruder mit einem Tuch voll großer und saftiger Brombeeren, und Hadmar und Joachim mit finsterem Gesichtsausdruck: Sie waren etwas abseits von ihren Freunden in der Nähe des Waldrandes zusammengestanden und hatten lebhaft miteinander diskutiert.

Die Gefährten hatten Belgrad natürlich nicht wie von Hadmar angekündigt »beim ersten Tageslicht« verlassen. Zuvor mussten noch Satteltaschen und Wasserschläuche aufgefüllt werden, die Pferde gesattelt, das Zaumzeug auf die richtige Länge eingestellt und die Nasenbeutel der Tiere mit sauberem Getreide gefüllt.

Ruprecht, dessen Mutter Margret unter der Anleitung von Ritter Hadmars Frau Eufemia daheim in Dürnstein in der Burgküche werkte, hatte beim Einkauf auf dem Markt wie selbstverständlich die Führung übernommen und die Reisegesellschaft mit frischen Lebensmitteln, aber vor allem auch mit lange haltbarem geselchtem Fleisch, getrocknetem Fisch, Zwieback und Dörrobst eingedeckt. Zuletzt hatte er ein kleines Spanferkel gekauft, das er nun am Lagerfeuer großzügig mit wildem Knoblauch eingerieben, mit Zwiebelscheiben gespickt und am Spieß gegrillt hatte, wobei er es geduldig mit einer Mischung aus Bier, Senf, Honig und wilden Kräutern bestrichen hatte.

»Ich wusste gar nicht, dass du so gut kochen kannst, Ruprecht«, sagte Engel mit großen Augen bewundernd, als der schmächtige junge Mann ihr ein Stück saftigen Schweinebratens auf eine dicke Scheibe des schmackhaften Mehrkornbrotes legte, von dem jeder einen Laib aus Belgrad mitgenommen hatte.

»Ich wollte immer schon ein so großer und starker Soldat werden wie mein Vater Ulrich«, sagte Ruprecht, ob des unerwarteten Komplimentes anscheinend ein wenig peinlich berührt. »Aber ich musste auch oft meine Mutter zum Einkaufen zu den Bauern in Dürnstein oder auf die Märkte in Krems begleiten und beim Kochen, Braten und Backen in der Burgküche mithelfen. Da bleiben mit der Zeit ein paar Rezepte hängen, ob man nun will oder nicht.«

Die Gefährten hatten Belgrad also erst gegen Mittag verlassen, begleitet von allerlei guten Wünschen Koschkas und ihren Freundinnen aus der »Goldenen Gans«, von denen Niki vor allem einer in Erinnerung geblieben war: *Was auch immer geschieht in diesem Wald: Verlasst NIEMALS die alte Römerstraße!*

Diesem Ratschlag waren die Gefährten bereits vom Stadttor Belgrads aus gefolgt und waren am südlichen Donauufer auf der Via Diagonalis in Richtung Osten geritten. Die erhöhten Begrenzungssteine zu beiden Seiten der Straße (*der Gehsteig*, dachte Niki) waren zwar nur mehr sporadisch zu erkennen, aber die Oberfläche selbst aus behauenen Stein-quadern war noch gut erhalten. Bei genauem Hinsehen konnte man sogar feststellen, dass die Steine von der Stra-ßenmitte nach außen zum Rand hin leicht abfielen, damit das Regenwasser ablaufen konnte.

Eigentlich ein Wahnsinn, wenn man bedenkt, dass die schon tausend Jahre alt ist, hatte Niki gedacht. *Genau wie die Brücken, die Viadukte, die Bäder. Und die Paläste mit Fußbodenheizung.*

Nachdem die Sonne den morgendlichen Nebel über dem Donautal aufgelöst hatte, lachte sie auf die kleine Reisege-sellschaft herunter, obwohl ein kalter Wind die Gefährten daran erinnerte, dass in ein paar Tagen schon der Okto-ber des Jahres 1193 beginnen würde. Die Stimmung in der Gruppe war besser als erwartet: Lieder wurden gesungen, Geschichten wurden erzählt, und sogar Hadmars Laune schien mit jeder römischen Meile, die ihn weiter vom Ort seiner Schande wegführte, besser zu werden.

Kurz nach der Ortschaft Smederevo, die vor allem aus einer starken Festung mit mächtigen achteckigen Wachtür-men zu bestehen schien, waren die Gefährten schließlich gegen Abend auf den ersten Ausläufer der ausgedehnten Au-enlandschaft gestoßen, die die Mündung des Flusses Mora-va in die Donau umgab. Da die Sonne bereits tief am Him-mel stand, hatten sie beschlossen, noch vor dem Eintritt in den berüchtigten Wald am Donauufer ihr Nachtlager aufzu-schlagen, wo sie jetzt im Kreis um das Feuer saßen und ihre Bratenbrote verzehrten.

»Hier beginnt das, was die Römer *Deserta Bulgarorum* nannten, die Bulgarische Ödnis«, erklärte Joachim und leckte sich einen letzten Rest Bratenfett von den Fingern. »Der Name ist hängengeblieben und passt auch heute, tausend Jahre spä-ter noch. In Wahrheit ist die Ödnis ein einziger uralter Wald, an dessen anderem Ende, acht Tage von hier entfernt, die Stadt Nissa liegt. Hier verlassen wir die Donau Richtung Süden auf dem rechten Ufer der Morava. Bis Nissa gibt es keine Städte mehr. Nur noch ein paar verstreute Dörfer, in denen Holzfäller, Fischer und Köhler wohnen, die kaum genug Essen für ihre eigenen Kinder auf den Tisch bringen. Abgesehen von dem, was wir noch auf den Märkten von Bellegrava gekauft haben, sind wir ab jetzt auf uns allein gestellt.«

»Wir könnten im Fluss angeln«, schlug Gerwald vor, während er ein paar der trockenen Äste aufs Feuer warf, um es vor dem Ausgehen zu bewahren. »Kaspar der Karpfen hat uns ein paar Angelhaken und sogar ein kleines Netz mitgegeben und uns vor der Abreise noch seine besten Tricks eingehämmert. Damit könnten sogar Schwachköpfe wie wir Fische fangen, hat er gesagt.«

»Wir könnten auch Schlingen legen, um Hasen und Kaninchen zu fangen«, sagte sein Bruder Gottfried. »Wie bei uns daheim im Dunkelsteiner Wald!«

»Bertram und ich können essbare Pilze, Nüsse und Beeren sammeln«, bot Engel an.

»Und ich kann Fasane und Rebhühner schießen«, sagte Joachim. »Aber nur im Notfall. Jeder Fehlschuss im Wald ist ein verlorener Pfeil, den du kaum jemals wiederfindest.«

Hadmar nickte zufrieden. »Hört sich nicht an, als würden wir verhungern in diesem verdammten Wald«, sagte er.

»Aber …«, sagte Bertram.

Alle Augen wandten sich Engels riesenhaftem Bruder zu, der nur dann das Wort ergriff, wenn ihm etwas *wirklich* wichtig war. Niki musste unwillkürlich lächeln: Die Keule, die er in Belgrad nach dem Zwischenfall in der »Goldenen Gans« gegen gutes Geld von Vuk dem Türsteher erworben hatte, sah in seinen schaufelartigen Händen nur mehr halb so groß aus.

Weniger wie ein Baseballschläger, mehr wie der Schlagstock eines Polizisten, dachte Niki. Am anderen Ende möchte ich trotzdem nicht stehen, vor allem wenn Bertram der Bulle damit zuschlägt.

»Ritter Joachim hat uns … daheim in Dürnstein doch erzählt, dass der Wald überall nur … der *Räuberwald* genannt wird«, fuhr Bertram fort, langsam, wie es seine Art war. »Wollten wir … diesen Teil unseres Weges nicht gemeinsam mit … anderen Reisenden unternehmen?«

Niki sah gerade noch rechtzeitig auf, um den Blick zu bemerken, den Hadmar und Joachim wechselten.

»Darüber habe ich gerade vor dem Essen erst mit Joachim gesprochen«, sagte Hadmar vorsichtig. »Es ist nicht so, dass ich nur wegen meines … unerfreulichen Zwischenfalles nicht länger als nötig in Bellegrava bleiben wollte.«

Hadmar machte eine Pause, in der er Niki einen giftigen Blick zuwarf. »In der nächsten Zeit wird in der Stadt keine Karawane mehr erwartet. Wir haben Ende September und die Reisezeit ist fast zu Ende. Jeder Reisende, der es sich leisten kann, ist schon auf der Suche nach einem Winterquartier. Und bevor ihr fragt: *Wir* können es uns nicht leisten. Herzog Leopold hat uns gerade genug Geld für die Hin- und Rückreise, für ein paar Wochen Aufenthalt in Konstantinopel und für den Erwerb einer Reliquie mitgegeben. Weniger als erwartet. Vielleicht rechnet er auch damit, dass unsere Gruppe im Laufe der Reise ohnehin durch natürlichen Abgang kleiner wird und nicht mehr so viel Geld für den Unterhalt benötigt.«

Natürlicher Abgang, dachte Niki mit einem Schaudern. *Damit meinen sie hier wohl nicht Tod durch Altersschwäche.*

»Würden wir in Bellegrava bleiben und zuwarten, riskierten wir, vor dem Winter nicht mehr über die Pässe des Balkantores zu kommen: Spätestens im Oktober wird der erste Schnee fallen, und dann gibt es kein Durchkommen mehr, nicht einmal auf der Römerstraße. Und wenn wir hier überwintern, haben wir im Frühjahr kein Geld mehr für die Weiterreise. Bei Licht betrachtet war es fürwahr eine närrische Idee, uns am Ende des Sommers noch auf diese Reise zu schicken …«

Hadmar warf einen grimmigen Blick in die Runde.

»Uns bleibt wohl keine andere Wahl, als es mit den Räubern aufzunehmen.«

Der Rest des Abendmahles verlief in gedämpfter Stimmung. Die Gefährten saßen rund um das Feuer, unterhielten sich leise oder starrten einfach nur in die Flammen. Immer wieder blickte der eine oder andere hinüber zum Waldrand, der sich in der Abenddämmerung wie eine schwarze Wand am Ufer der Donau aufbaute.

Niki spielte geistesabwesend mit dem Fläschchen, das Großmutter ihm als Abschiedsgeschenk auf die Reise mitgegeben hatte.

»Sie hat auch mir gesagt, dass mir das Pulver hier auf der Reise gute Dienste leisten würde«, sagte er nachdenklich zu Engel.

»Hoffentlich bessere als mir das meine«, lachte das Mädchen. »Ich hab mich damit nur selber in Tiefschlaf versetzt. Wobei: Ich habe für Hadmars Trank nur die Hälfte des Schlafmittels verbraucht, die andere Hälfte hab ich noch übrig. Es ist also noch nicht aller Tage Abend.«

Neugierig griff Engel nach Nikis Fläschchen und hielt es gegen die letzten Strahlen der untergehenden Sonne. »Schwarzes Pulver«, sagte sie. »Meines ist weiß. Hat Großmutter dir gesagt, wofür es gut ist?«

»Falls ja, kann ich mich nicht mehr daran erinnern. Ich hab mich sehr überhastet verabschiedet, weil ich dich im Tintenspiegel gesehen hab, nackt und mit einem Messer in der Hand. Ich dachte, wenn ich schnell genug bei dir unten im Dorf bin, kann ich dich vielleicht noch aufhalten!«

Niki nahm das Fläschchen zurück und betrachtete nun

seinerseits konzentriert den Inhalt, als könne er vom bloßen Ansehen Rückschlüsse auf seine Wirkung ziehen. »Ich hab allerdings einen Verdacht. Und ich weiß auch schon, wie ich rausfinden kann, ob ich damit recht habe. Das wird die Burschen ablenken und auf andere Gedanken bringen.«

Niki erhob sich, trat zu den glimmenden Resten des Lagerfeuers und hinderte Gottfried daran, frisches Brennholz auf die glühende Asche zu legen.

»Dies hier ist ein Geschenk von Großmutter«, erklärte er. »Das ist die weise alte Frau von Dürnstein«, fügte er zu Ottokar gewandt hinzu. »Das Fläschchen enthält ein Pulver, das sie *Donnerkraut* nannte, eine Mischung aus Salpeter, Schwefel und Holzkohle. Sie sagt, dass sie es von einem dankbaren Patienten erhalten hat, der es von einer Reise aus dem Orient mitgebracht hat.«

Unter den wachsamen Augen seiner Gefährten band Niki das Glasfläschchen mit einem Lederriemen an die Spitze eines der langen Stöcke, aus denen der kleine Ruprecht seinen Grillplatz gebaut hatte.

»Ich möchte durch ein kleines, ähm, alchemistisches Experiment demonstrieren, was das Pulver für eine Wirkung hat«, sagte er. »Zu diesem Zweck werde ich eine winzige Prise davon in die glühende Asche streuen. Tretet bitte vom Feuer zurück, das kann gefährlich werden.«

Alle Gefährten erhoben sich folgsam und bildeten einen großen Kreis mit dem sterbenden Feuer im Mittelpunkt.

»Erschreckt nicht, ganz gleich, was geschieht«, sagte Niki mit einer großspurigen Geste. »Ich habe alles unter Kontrolle!«

Er warf einen Blick in die Runde und sah, dass Hadmar ein verächtliches Lächeln auf den Lippen trug. Engel sah Niki mit offenkundiger Besorgnis an. Alle anderen beobachteten gespannt, wie er den winzigen Stöpsel aus dem dünnen Hals der kleinen Flasche zog.

Niki trat zu dem glühenden Aschehaufen und kniete sich

einen Schritt davon entfernt nieder, sodass er mit dem Stock, an dessen anderes Ende Großmutters Fläschchen gebunden war, gerade bis über die Feuerstelle reichte.

Gespanntes Schweigen löste das aufgeregte Gemurmel unter seinen Gefährten ab.

Niki drehte den Stock langsam, sodass sich der Hals der kleinen Flasche zunehmend nach unten in Richtung Feuerstelle neigte.

Nichts passierte.

Vorsichtig und sehr, sehr langsam drehte er den Stock weiter und weiter, bis das Fläschchen schließlich fast senkrecht über dem Haufen glühender Asche hing.

Immer noch passierte nichts.

Hadmar schnaubte verächtlich.

Niki merkte, wie seine Hände zu schwitzen begannen. »Vielleicht ist das Pulver feucht geworden und hat Klumpen gebildet«, brummte er ungehalten. »Keine Sorge, das krieg ich schon hin!«

Er begann, ein wenig an seinem Ende des Stockes zu rütteln, sodass das Fläschchen am anderen Ende in sanft schaukelnde Bewegung kam.

Das letzte Bild vor seinem geistigen Auge, an das sich Niki erinnern konnte, als das Pulver in der kleinen Flasche in Bewegung geriet und zu rutschen begann, war zu seiner Überraschung eine Flasche Tomatenketchup.

Das Letzte, was er dachte, war: *Fuck!*

Die Explosion war ebenso heftig wie unerwartet.

Im Wald stiegen erschrockene Vogelschwärme in den Abendhimmel.

In der Festung von Smederevo starrte der diensthabende Wächter auf dem höchsten Aussichtsturm überrascht auf den schwarzen Rauchpilz, der unmittelbar nach dem lauten Knall über dem Lagerfeuer der seltsamen Reisegruppe aufstieg.

Die Gefährten taumelten hustend und fluchend aus der dunklen und übelriechenden Wolke in alle Richtungen davon, während sie versuchten, glühende Asche, Holzsplitter und Erdbrocken aus ihrer Kleidung und ihrem Haar zu klopfen.

Nur Engel stürzte sich in die Wolke hinein, auf den Platz zu, wo der nach hinten übergekippte Niki mit geschwärztem Gesicht und rauchenden Haaren auf dem Rücken lag und mit weit geöffneten Augen in den Himmel hinaufstarrte.

Ich brauch einen Drink, dachte Niki. *Was würd ich jetzt für eine Dose vom Energydrink geben, der Flügel verleiht. Oder zwei. Und natürlich für eine heiße Dusche!*

Mürrisch strich er sich über die Stoppeln auf seinem fast kahlrasierten Kopf. Der Geruch von versengtem Haar schien ihn immer noch zu umgeben, obwohl seit seinem unglücklichen Experiment mit dem Schwarzpulver schon Stunden vergangen waren und der Mond inzwischen hoch am sternenübersäten Nachthimmel stand. Engel hatte ihr Möglichstes getan mit dem Messer, dem schon ihr eigenes langes Haar zum Opfer gefallen war, aber seine zuvor schulterlangen blonden Locken waren nicht zu retten gewesen.

Jetzt seh ich schlimmer aus als an meinem ersten Tag beim Bundesheer, dachte Niki mürrisch.

Als ob die verbrannten Haare und seine angesengte, heftig brennende Nase nicht schon Strafe genug gewesen wären, hatten ihn seine Gefährten abwechselnd verflucht, beschimpft und ausgelacht (mit Ausnahme von Bertram, der sich vermutlich immer noch bekreuzigte aus Angst vor Großmutters vermeintlicher Hexerei). Und der arrogante Schnösel Hadmar hatte ihn zu allem Überfluss ganz allein im flachen Krater der Explosion ein neues Lagerfeuer bauen lassen und ihn zur Übernahme der Nachtwache verdonnert. Und zwar zur gesamten.

Nur weil sein geliebtes langes Haar, seine Augenbrauen und sein sorgfältig gestutzter Bart ein wenig angekokelt sind, dachte Niki. *Sonst ist er ja auch nicht so wehleidig, der eitle Gockel. Was glaubt er, wer er ist? Ein verdammter Chippendale?*

Es war nur Bruder Severinus zu verdanken, der sich freiwillig dazu bereit erklärt hatte, Niki um Mitternacht abzulösen, dass sich seine Wache jetzt, nach unzähligen Runden um den Schlafplatz seiner Gefährten, endlich ihrem Ende zuneigte.

Wenigstens war wie durch ein Wunder Großmutters Fläschchen heil geblieben. Als Niki die verkohlte Spitze des Stockes nach der Explosion in ein paar Schritten Entfernung vom Lagerfeuer in einem Gebüsch wiedergefunden hatte, hatte er zu seiner Überraschung festgestellt, dass die kleine Flasche daran nahezu unversehrt war: Lediglich ihr schmaler Hals war durch die Hitze der Explosion geschmolzen und hatte das kleine Gefäß damit endgültig versiegelt. Der Großteil des heimtückischen schwarzen Pulvers schien sich aber immer noch in den dunkelgrünen Tiefen von Großmutters Fläschchen zu befinden.

Es ist also auch für mich noch nicht aller Tage Abend, hatte er gedacht und sich gleich etwas besser gefühlt.

Dieses Gefühl hatte sich inzwischen wieder verflüchtigt. Niki hatte Schmerzen; die versengte Haut in seinem Gesicht brannte stärker als der schlimmste Sonnenbrand, an den er sich erinnern konnte. Gleichzeitig war ihm kalt bis auf die Knochen: Seine Gugel aus dickem Lodenstoff, eine Art Kapuze, die auch seine Schultern bedeckte und die Niki zärtlich sein »Hoodie« nannte, mochte zwar wasserabweisend sein, gegen den kalten Wind schützte sie sein Gesicht aber nur unzureichend. Er verfluchte nicht zum ersten Mal in dieser Nacht, dass er es aus Angst vor weiterem Spott seiner Kameraden nicht gewagt hatte, für die Wache erstmals sein wärmstes Kleidungsstück anzuziehen: Herzog Leopolds Geschenk, den Wintermantel aus dickem Wollstoff, dessen Kapuze mit Marderpelz verbrämt war.

Zur Hölle mit meiner Eitelkeit, dachte er. *Das nächste Mal ziehe ich den Mantel an, ganz egal, was die anderen sagen!*

Wölfe heulten in einiger Entfernung im Wald den vollen Mond an. Niki spürte Gänsehaut auf seinen Armen. Er liebte Hunde, aber das Geheul eines Rudels Wölfe in freier Wildbahn jagte ihm immer wieder aufs Neue eine Heidenangst ein.

Andererseits war er dankbar für den Vollmond: Ohne sein Licht und das der funkelnden Sterne würde er in kompletter Finsternis stehen und die eigene Hand nicht vor Augen sehen. *Das würde meine Wache auch nicht grad einfacher machen.*

Wo Severin nur blieb? Nikis Zeitgefühl hatte ihn im Laufe der einsamen, ereignislosen Nachtstunden längst verlassen. Gefühlt musste es aber schon lange nach Mitternacht sein. Was, wenn Severin verschlief? Schließlich hatte er keinen Wecker? Woher zum Teufel wusste überhaupt irgendjemand, wann hier Mitternacht war?

Ich vermisse mein Handy, dachte Niki missmutig. *Nicht nur, um auf die Uhr zu sehen.*

Als typisches Kind des einundzwanzigsten Jahrhunderts war er nicht daran gewöhnt, stundenlang mit sich und seinen Gedanken alleine zu sein. In seinem früheren Leben hatte er sogar beim Autofahren an jeder roten Ampel nach dem Mobiltelefon am Beifahrersitz gegriffen und nachgesehen, ob er nicht seit dem letzten Kontrollblick eine Nachricht auf WhatsApp bekommen hatte, einen Like auf Instagram oder einen Kommentar auf Facebook.

Würde mir hier aber nicht viel nützen, dachte er. *WLAN wird erst in achthundert Jahren erfunden.*

Nicht zum ersten Mal ertappte er sich dabei, sein altes Leben viel mehr zu vermissen, als er sich das selbst eingestehen wollte – Engel gegenüber ganz zu schweigen. Während seines ersten, unfreiwilligen Aufenthaltes im Jahr 1193 hatte er keine Erinnerung an seine Vergangenheit gehabt; daher hatte er nichts vermisst, und vieles in seiner neuen Heimat war ihm höchstens unterbewusst fremd und unangenehm erschienen. Seit seiner freiwilligen Rückkehr ins Mittelalter war alles anders: Jetzt vermisste er die Fürsorge seiner Mutter. Die Fachsimpeleien über Fußball und Formel 1 mit seinem Vater. Sogar die Streiche seiner oft so nervigen kleinen Schwester.

Er vermisste sein Zimmer, seine Playstation, seine Gitarren. Die alten Plattencover und Poster mit seinen Idolen an der Wand, die er seine »Guitar Heroes« nannte: Jimi Hendrix. Eric Clapton. Jimmy Page. Keith Richards. David Gilmour. Brian May. Mark Knopfler. Carlos Santana. Und wie sie alle hießen, die größten Gitarristen aller Zeiten.

Er vermisste seine Nerd-Freunde, mit denen er schon in der Unterstufe seines Gymnasiums den »Ninja-Klub« gegründet hatte, um gemeinsam Mangas anzusehen, fernöstliche Kultur zu studieren – und einmal in der Woche im Kampfsportzentrum »Samurai« beim Kremser Bahnhof die japanische Kunst des Stockkampfes zu erlernen.

Er erinnerte sich plötzlich wieder an weiche Betten ohne Ungeziefer und an Kleidung, die nicht kratzte. An warmes Wasser und weiches Toilettenpapier. An gebratenes Fleisch, das nicht außen verbrannt und innen roh war. Und an Menschen, die nicht nach Schweiß und ungewaschener Kleidung rochen.

Mit Ausnahme von Engel natürlich, dachte er. *Wenigstens ein Vorteil, den ihr Scheißjob im Kremser Badehaus hat: Sie ist mit Sicherheit das sauberste Mädchen von ganz Dürnstein.*

Nicht zum ersten Mal fragte sich Niki Wolff, ob er mit seinem spontanen und unüberlegten Entschluss, freiwillig ins Mittelalter zurückzukehren, nicht einen ganz, ganz großen Fehler begangen hatte.

Niki beschloss, noch eine letzte Kontrollrunde um den Platz am Donauufer zu drehen, auf dem die Gefährten rund um ihre Feuerstelle ihre Decken ausgebreitet und sich zur Ruhe gelegt hatten. Die Zwillinge hatten sich erbötig gemacht, Feuerwache zu halten, Brennholz nachzulegen und dafür zur sorgen, dass die Flammen bis zum Morgen nicht erloschen.

Seine bisherigen Runden waren eher dazu angetan gewesen, durch geräuschvolles Herumstapfen im dunklen Gebüsch neugierige Wildtiere zu vertreiben als diebische Landbevölkerung oder andere nächtliche Störenfriede. Einige Male hatte er den einen oder anderen seiner Kameraden dabei angetroffen, wie er sich außerhalb des Feuerscheins einen Baum zum Anpinkeln gesucht hatte.

Das Highlight seiner Nacht war ein verschlafener Kuss von Engel gewesen – dafür, dass er sie den kurzen Weg vom Lager zum Flussufer und wieder zurück begleitet hatte. Aus Angst vor dem Spott ihrer Gefährten traute sich Engel nicht, die kleine Puppe, die ihr verstorbener Vater für sie angefertigt hatte, in der Nacht zum Einschlafen in den Arm zu nehmen wie zu Hause in ihrer Hütte in Dürnstein. Dennoch wusste Niki genau, dass sich seine Freundin trotz des resoluten und selbstbewussten Auftretens, das sie tagsüber auszeichnete, jede Nacht aufs Neue in ein fünfzehnjähriges Mädchen verwandelte, das Angst vor der Dunkelheit, vor wilden Tieren und bösen Waldgeistern hatte. Und dass ihre Puppe an ihrem Platz in einer von Engels Satteltaschen nie weit von ihr entfernt war.

Als Niki sich am Ende seines Rundgangs dem Lager näherte, vermied er es, den Blick auf das Feuer zu richten, damit seine an die Dunkelheit gewöhnten Augen ihre Nachtsicht nicht verloren. Aber auch so konnte er kaum die Hand vor Augen sehen, als er den Platz erreichte, wo die Pferde angebunden waren. Die Finsternis war nahezu absolut, da der Mond gerade von einer Wolke verdeckt wurde.

Als neuzeitliches Stadtkind verstand Niki unter einer sternenklaren Nacht einen wolkenlosen Himmel, an dem der Mond, ein paar Planeten und eine Handvoll der hellsten Sterne als Punkte erkennbar waren. Wenn er jetzt zum Nachthimmel hinaufschaute, sah er in jeder Richtung Hunderte, wenn nicht Tausende von Sternen: große, kleine, helle, dunkle, sogar unterschiedliche Farben konnte er mit freiem Auge unterscheiden.

Alter, ich kann die verdammte Milchstraße *sehen*, dachte er, während er seinem Pferd Socke den letzten der Äpfel anbot, die er in Belgrad gekauft hatte. Die Stute nahm das Geschenk huldvoll entgegen, schnaubte leise und legte Niki wie zum Dank die feuchte Nase an die Wange.

»*Nox nemini amica* – die Nacht ist niemandes Freundin«, sagte eine leise Stimme neben ihm. Es war Bruder Severinus, Nikis Ablöse, der zu ihm getreten war und jetzt gemeinsam mit ihm den Nachthimmel betrachtete. »Wenn ich mir das nächtliche Firmament in all seiner verschwenderischen Pracht ansehe, bedaure ich es sehr, dass sich die meisten Menschen diesen wunderbaren Anblick versagen.«

Niki wusste, wovon der junge Benediktinermönch sprach. Die Nacht wurde selbst von gläubigen Christen als Ort gesehen, an dem die Toten umgingen; nur der Tag gehörte den Lebenden. Wer die Grenzen des Tages überschritt und in die Nacht eindrang, riskierte, von den Toten zur Strafe zu sich geholt zu werden. Die abergläubischeren unter Nikis Freunden fürchteten zusätzlich noch alle Arten von nächtlichen Dämonen, Werwölfen, Hexen, Kobolden und Riesen. Nachts gingen nur Räuber und Diebe nach draußen – und Menschen, die wirklich keine andere Wahl hatten.

»Wusstest du, dass schon die alten Griechen achtundvierzig verschiedene Sternbilder definiert und beschrieben haben?«, fuhr Severin fort, ohne den Blick vom Himmel abzuwenden. »Unsere Heilige Mutter Kirche bemüht sich sehr, das heidnische Gesindel von Tieren, Göttern und Halbgöttern durch gute Christenbilder zu ersetzen. Aus den Bildern des Tierkreises etwa sollen die Zwölf Apostel werden. Ich frage mich, ob dieses Unterfangen jemals von Erfolg gekrönt sein wird.«

Niki vermied es wohlweislich, seinem Freund, der im schwarzen Habit und mit übergezogener Kapuze wie ein dunkler Schatten zwischen den Pferden stand, diese rhetorische Frage zu beantworten. *Nein, wird es nicht,* dachte er. *Und deshalb bin ich vom Sternzeichen auch noch Stier und nicht, was weiß ich, Matthäus oder so.*

»Hör mal, Severin, ich bin dir echt dankbar, dass du dich freiwillig gemeldet hast, um die zweite Hälfte der Nachtwache zu übernehmen«, sagte er stattdessen. »Hadmar war voll sauer auf mich, der hätte mich glatt die ganze Nacht hier meine Runden gehen lassen. Ich bin dir einen großen Gefallen schuldig.«

»Keine Ursache«, sagte der Mönch und lachte leise. »Ich könnte ohnehin nicht mehr schlafen. Wie sagt der Psalmist so schön: *Ich lobe dich des Tags siebenmal, und mitten in der Nacht stehe ich auf, dir zu danken.* Nach all den Jahren im Kloster bin ich nicht mehr auf das Glockenzeichen des

Priors angewiesen, um rechtzeitig zur Vigil aufzuwachen. Die Abfolge der Gebetsstunden ist mir längst in Fleisch und Blut übergegangen.«

Niki pfiff leise durch die Zähne. »Jeden Tag mitten in der Nacht aufstehen? Das wusste ich nicht«, sagte er.

Und ich war immer völlig fertig, wenn beim Heer um sechs Uhr morgens jemand die Zimmertür aufriss und »TAGWACHEEE!« brüllte, dachte er schuldbewusst. Für Severin wär unser Militärdienst vermutlich so was Ähnliches wie ein Wellnessurlaub.

»Man gewöhnt sich daran«, sagte der junge Benediktiner. »Dafür gehen wir gleich nach dem Komplet schlafen. Das ist das letzte Gebet des Tages, das bei Sonnenuntergang gebetet wird.«

»Und … was machst du jetzt bis zum Morgen?«

»Das Gleiche wie auch jeden Tag im Kloster, nur halt alleine und unter freiem Himmel. Das Vaterunser und das Glaubensbekenntnis beten. Psalmen und Lobgesänge rezitieren. Über die Auslegung von Bibelstellen nachsinnen. Und Wache halten natürlich.«

Niki sah seinen Freund mit großen Augen an.

»Geh ruhig schlafen, Nikolaus«, sagte Severin nur und lachte erneut leise. »Ich werde euch alle verlässlich zu Sonnenaufgang wecken.«

»Dieser Wald … gefällt mir nicht«, murmelte Bertram, als die Reisegesellschaft die Stelle erreichte, wo das kleine Flüsschen Morava in die Donau einmündete und die Via Diagonalis abbog, um ab nun dem Verlauf der Morava nach Süden zu folgen.

Hadmar verdrehte die Augen.

»Bulle, du hörst dich langsam an wie Blondie«, sagte er. »Das sind nur Bäume. Viele Bäume. Und zumindest werden sie uns Schutz vor dem verdammten Regen bieten. Los jetzt!«

Niki gefiel der Wald auch nicht. Wie eine braunschwarze Wand standen die Bäume dicht an dicht zu beiden Seiten der Straße. An der Stelle, wo die verfallene Straße zwischen ihnen im dunkelgrünen Zwielicht verschwand, bildeten die Äste der im Laufe der Jahrhunderte zusammengewachsenen Bäume eine Art Tunnel, sodass Niki den Eindruck hatte, eine enge, bedrohliche, nur spärlich beleuchtete Höhle vor sich zu haben. Schon beim bloßen Anblick fühlte er einen Anflug von Enge in der Brust.

Wie bei uns daheim beim Wachau-Marathon, wenn du in den Dürnsteiner Tunnel hineinläufst, dachte er.

Niki hob den Kopf und blickte zum dicht bewölkten Himmel hinauf. Es hatte bereits geregnet, als Severin ihn pünktlich zum Tagesanbruch als Letzten geweckt hatte. Niki hatte sich unausgeschlafen und etwas fiebrig gefühlt, er hatte gleichzeitig gefröstelt und geschwitzt unter seiner feuchten Decke.

Die übliche morgendliche Routine der Gefährten war in dem Wetterumschwung angepasster gedämpfter Stimmung bereits in vollem Gange gewesen: Engel wusch sich wie immer etwas abseits ihrer Kameraden unten am Fluss. Hadmar scheuchte die Knappen herum beim Abbau des Nachtlagers; trotz des Nieselregens ließ er Ruprecht sein Kettenhemd und seine Rüstung polieren, während die Zwillinge die Habseligkeiten der Reisegesellschaft zusammenpackten. Bertram, der mit Tieren generell besser auszukommen schien als mit Menschen, versorgte wie immer die Pferde, Severin füllte die Wasserflaschen und Ottokar kritzelte ein paar Worte in sein Tagebuch.

Joachim verstaute seine wertvollsten Besitztümer, seine Bogensehnen, zusammengerollt so tief wie möglich in seinem Gepäck. »Wenn die Sehnen feucht werden, kann ich den Bogen nur noch zum Stockkampf benutzen, aber darin bist du besser als ich«, hatte er Niki zugezwinkert.

Niki hatte es schon lange aufgegeben, sich das Wasser für seine Morgenwäsche über der Feuerstelle aufzuwärmen; dafür hatten es seine Freunde schon lange aufgegeben, ihn zu necken, wenn er mit einem nassen Lappen sein Gesicht, seinen Körper und zuletzt auch seine Haare wusch. Sein versengtes Gesicht brannte beim Kontakt mit dem eiskalten Wasser wie Feuer.

Zu Nikis Überraschung war Engel von ihrem Ausflug zum Donauufer mit einem Arm voller farbenprächtiger Blumen zurückgekommen, gelb, orange und rot: ein bunter Farbfleck an einem Regenmorgen, an dem die Welt nur aus unterschiedlichen Stufen von Grau zu bestehen schien. Während Niki sich noch fragte, was um alles in der Welt seine Freundin mit dem Blumenstrauß anfangen wollte, kramte das Mädchen Mörser und Stößel aus ihrem Gepäck und begann damit, einige der Blumen darin zu zerquetschen.

»Ringelblumen«, sagte sie, als sie Nikis neugierigen Blick bemerkte. »Großmutter sagt, am Tag des Vollmonds geerntet hätten sie besondere Kraft. Das glaube ich zwar nicht, aber sie werden dir in jedem Fall Linderung verschaffen.«

Engel nahm Niki seinen improvisierten Waschlappen aus der Hand, wand ihn aus und verteilte den Pflanzensaft aus den zerquetschten Ringelblumen auf dem feuchten Tuch.

Niki zuckte zurück, als sie sich damit seinem geröteten Gesicht näherte.

»Sei nicht so eine Memme«, grinste Engel, als sie sich auf die Zehenspitzen erhob und das Tuch sanft auf seine Nase, seine Wangen und seine Stirn legte, sodass Niki nur noch Dunkelheit wahrnahm. Im ersten Moment schmerzte ihn die Berührung so wie befürchtet; aber schon beim nächsten

Atemzug fühlte Niki die Feuchtigkeit, Kühle und eine angenehme Taubheit auf seiner geschundenen Gesichtshaut.

Dann fühlte er Engels Lippen auf den seinen.

Dann fühlte er die Berührung ihrer Zungenspitze, für einen Lidschlag nur, was wie immer einen fast elektrischen Schauer in ihm auslöste, der sich von seinen Haarspitzen bis zu seinen Zehenspitzen ausbreitete und unterwegs nicht nur sein Herz in helle Flammen versetzte.

»Nur um sicherzugehen, dass du die Tinktur auch einwirken lässt und dir das Tuch nicht gleich wieder vom Gesicht reißt«, flüsterte Engels Stimme an seinem Ohr, bevor sie begann, mit ihren Zähnen zärtlich an seinem Ohrläppchen zu knabbern.

Niki unterdrückte nur mit Mühe ein Stöhnen.

Nicht zum ersten Mal sagte sich Niki Wolff, dass er mit seinem spontanen und unüberlegten Entschluss, freiwillig ins Mittelalter zurückzukehren, die beste Entscheidung seines Lebens getroffen hatte.

Die Gefährten ritten schweigend einzeln hintereinander durch das grüne Zwielicht. Keine Spur mehr von Lachen, von Liedern und von Geschichten. Die Hufe der Pferde machten kaum ein Geräusch auf den Steinen der alten Römerstraße, die noch dick vom toten Laub des vorigen Winters bedeckt waren.

Hadmar hatte die Führung übernommen. Joachim trabte mit verschlossenem Gesichtsausdruck als Letzter hinterher; Niki konnte ihm dennoch ansehen, dass er sich über Hadmars Starrsinn ärgerte und darüber, dass der junge Kuenringer seine gutgemeinten Warnungen in den Wind geschlagen hatte.

Niemand hatte Lust, im schwarzen Wasser der Morava zu angeln, an derem rechten Ufer sich die verfallene Straße Richtung Süden schlängelte. Niemand hatte Lust, mit Schlingen auf Hasen- und Kaninchenjagd zu gehen, Pilze, Nüsse und Beeren zu sammeln oder mit Pfeilen auf Fasane und Rebhühner zu schießen.

In den Pausen, die die Gefährten sich und ihren Tieren gönnten, suchten sie sich nur ein halbwegs trockenes Plätzchen unter den ausladenden Zweigen eines alten Baumes oder im Schutz des Unterholzes, das am Flussufer wuchs, und knabberten an den Resten der Vorräte, die sie in Belgrad gekauft hatten. Niki bereute bereits, dass er seinem Pferd Socke in der Nacht zuvor so großzügig seinen letzten Apfel geschenkt hatte.

In der ersten Nacht war die Dunkelheit erdrückend. Die kleinen Ausschnitte des Nachthimmels, die man hin und wieder durch das dichte Blätterdach erahnen konnte, waren wolkenverhangen: Nicht ein Strahl von Mondlicht fand seinen Weg bis hinunter zu der feuchten und missmutigen Reisegesellschaft am Fuß der alten, hohen Bäume.

Die Gefährten schliefen enger aneinandergedrängt, als sie das außerhalb des Waldes jemals getan hätten, und nicht einmal die Zwillinge machten dumme Witze darüber. Dabei scharten sie sich um ein winziges Feuer, das sie in den Ruinen einer alten römischen Raststation entzündet hatten mit dem bisschen Brennholz, das sie sammeln konnten, ohne die Sicherheit der halb zugewachsenen Straße zu verlassen.

Niki war froh, in dieser Nacht nicht zum Wachdienst eingeteilt worden zu sein: Die gelben und grünen Augen, die im Schein des kleinen Feuers in den Bäumen über dem eingestürzten Dach des verfallenen Gebäudes auftauchten und wieder verschwanden, nur um gleich darauf an anderer Stelle wieder aufzuleuchten, jagten ihm jedes Mal aufs Neue einen ordentlichen Schrecken ein. Niki hätte schwören können, dass auch ein paar rote Augenpaare darunter waren, die ihn mit besonderer Bösartigkeit musterten.

Nicht um viel Geld hätte er das Lager verlassen, und sei es auch nur für ein paar Schritte die alte Römerstraße hinauf oder hinunter. Am Ende verbrachte er die Nacht im Sitzen an eine der bröckelnden Mauern gelehnt und sehnte mit schmerzhaft gefüllter Blase das Morgengrauen herbei.

Der Regen, der in der Nacht aufgehört hatte, kam am Morgen zurück; gegen Mittag wurde er so stark, dass auch das dichte Blätterdach des alten Waldes die Gefährten nicht mehr davor schützen konnte, bis auf die Haut nass zu werden. Niki musste sich vor seinen Freunden nicht mehr schämen: Jeder der Gefährten trug so viel und so warme Kleidung wie nur möglich. Sogar Hadmar und Joachim hatten angesichts des Regens und der herbstlichen Kühle ihre pelzverbrämten Wintermäntel angelegt. Alle hatten ihre Kapuzen tief ins Gesicht gezogen.

Bloody hell, fluchte Niki in Gedanken, als ihm unvermutet ein kleines Rinnsal aus Regenwasser von seiner herzoglichen Kapuze ins Gesicht tropfte. *In dem Halbdunkel und bei dem Scheißwetter sehen wir eher aus wie die Ringgeister als wie die Hobbits!*

»Ist es noch weit?«, fragte er Joachim, der hinter ihm die Nachhut der Reisegesellschaft bildete, und kam sich dabei vor wie ein quengeliges Kind beim Autofahren. »Ein Wirtshaus vielleicht? Ein paar Bauernhäuser? Ein Heuschober? Irgendwas, wo wir uns unterstellen können, bis der verdammte Regen nachlässt?«

Joachim sah auf, schenkte Niki einen müden Blick und schüttelte nur wortlos den Kopf.

Nikis Freund hatte recht: Der Nachmittag unterschied sich vom Vormittag nur dadurch, dass der Regen stärker war. Linker Hand floss die Morava, auf deren Oberfläche die Regentropfen bizarre Muster zeichneten; rechter Hand erstreckte sich der Wald, so weit das Auge reichte. Genauso wie drüben auf dem anderen Ufer des Flusses. Genauso wie hinter den Gefährten. Und am schlimmsten: Genauso wie vor ihnen.

Das zweite Nachtlager mussten sie mangels anderer Alternativen unter den Bäumen am Straßenrand aufschlagen. Gottfried und Gerwald, die Söhne des Schmiedes, die in ihrem Leben schon Tausende Feuer entzündet hatten und während der Reise noch kein einziges Mal an dieser Aufgabe gescheitert waren, mühten sich lange Zeit vergeblich mit Feuerstein, Schlageisen und Zunder, die sie in kleinen Beuteln am Gürtel befestigt bei sich trugen. Irgendwann begannen die Zwillinge in ihrer Frustration lautstark miteinander zu streiten, bis sie von ihren Freunden getrennt und beruhigt werden mussten.

Die zweite Nacht mussten die Gefährten letztlich in absoluter Dunkelheit verbringen: Niki konnte im wahrsten Sinn des Wortes die Hand nicht vor Augen sehen, selbst als er sie direkt vor seinem Gesicht auf und ab bewegte.

Wenigstens sehen wir jetzt die gelben und grünen und roten Augen nicht mehr auf uns herunterstarren, dachte er, während er sich unter einer feuchten Wolldecke und einem streng riechenden Schafsfell so eng wie möglich an Engel kuschelte.

»Was auch immer passiert: Du lässt mich nicht los heute Nacht«, flüsterte das Mädchen schläfrig. »Wann immer ich auch aufwache: Ich möchte irgendwo deine Hände auf mir spüren. Versprichst du mir das?«

Niki lächelte, als er seiner Freundin von hinten die Arme um den schlanken Körper legte und dabei die Puppe in ihren Händen spürte.

»Ich verspreche es«, flüsterte er und küsste sie zärtlich in den Nacken, bis ihre Atemzüge langsam und gleichmäßig wurden und er merkte, dass sein Engel eingeschlafen war.

Irgendwann in der Nacht fuhr Niki erschrocken aus unruhigem Schlaf hoch. Hatte er den Schrei in seinen Träumen gehört? Nein, da war es wieder: ein fast unmenschliches Kreischen aus dem nahen Wald, hoch und leer und langgezogen. Ein paar Herzschläge lang hing es in der Luft, bevor es zu zittern und abzuebben begann wie ein Schmerzensschrei in höchster Not, der in einem verzweifelten Schluchzen ausklingt. Niki setzte sich auf und rieb sich die Augen. Es half nichts: Die Dunkelheit, die ihn umgab, war und blieb undurchdringlich.

Als der markerschütternde Schrei ein zweites Mal erklang, hielt Niki sich vor Grauen die Ohren zu.

Der Angriff der Dementoren auf Hogwarts hat begonnen, dachte er in seinem Halbschlaf. *Und wir sind mittendrin!*

Neben ihm bewegte sich Engel. »Füchse«, flüsterte sie. »Es sind nur Füchse, die sich paaren. Waldgeister schreien nicht, bevor sie dir die Seele aussaugen! Schlaf ruhig weiter, mein mutiger Rittersmann.«

Sehr beruhigend, dachte Niki, als er etwas beschämt seinen Platz an Engels Seite wieder einnahm.

Als er viele Stunden später von seinem Knappen Gerwald angestoßen wurde, hatte Niki nicht das Gefühl, geschlafen zu haben. Einen Augenblick lang war er noch desorientiert, sein Geist gefangen in wirren Träumen von Harry Potter und seinen Freunden; dann stürzte die Erinnerung über ihn herein, erkannte er das graue Zwielicht, das der Morgen brachte, fühlte er die Feuchtigkeit, die Kälte und den Hunger.

Engel seufzte und räkelte sich im Halbschlaf in seinen Armen. Niki spürte unwillkürlich eine vertraute Hitze in sich aufsteigen und musste fast gegen seinen Willen grinsen.

Solange mein Körper noch genug Kraft aufbringt, so auf Engels Nähe zu reagieren, kann ich noch nicht kurz vor dem Hungertod stehen, dachte er. *Obwohl es sich jetzt bald einmal so anfühlt.*

Während die Gefährten missmutig und schweigsam ihrer üblichen morgendlichen Routine folgten, verließen Engel und Bertram das Lager, um im Wald nach Essbarem zu suchen. Als sie zurückkehrten und im Lager wieder zusammentrafen, trug Bertram in einem Tuch eine Menge an kleinen Pilzen mit dreieckigen, spitz zulaufenden Köpfen in weißer und bräunlicher Farbe bei sich.

Engel schnitt eine Grimasse und schüttelte den Kopf. »Diese Pilze machen nicht satt«, sagte sie. »Sie verschaffen uns nur seltsame Tagträume, so als ob wir zu viel vom Bilsenkrautbier getrunken haben.«

»Bei uns im Kloster kosten manche Mönche heimlich an solchen Pilzen, um, nun ja, heilige Visionen hervorzurufen«, sagte Severin. »Manchmal auch nicht ganz so heilige. Hat mir ... ein Mitbruder erzählt.«

»Gegen eine unheilige Vision der süßen Koschka aus Bellegrava hätte ich jetzt nichts einzuwenden«, brummte Gottfried und brachte damit alle seine Reisegefährten zum Lächeln, sogar den finsteren Hadmar.

Letzten Endes bestand das Frühstück für jeden aus Wasser, Zwieback und einer Handvoll Brombeeren, die Engel von ihrem Beutezug im Wald mitgebracht hatte.

Am dritten Tag im Räuberwald war Nikis Verlangen nach Sonne und Himmel und Wind fast unerträglich geworden. Die Morava plätscherte außer Sicht vor sich hin, den Blicken der Gefährten durch den undurchdringlichen Wald entzogen. Die Bäume schienen immer dichter zu stehen, immer näher an die mit welkem, totem Laub bedeckte Straße heranzurücken. Fast hatte er den Eindruck, die Wurzeln der Bäume würden sich den schläfrig vor sich hin trottenden Pferden entgegenringeln, über den Boden hungrig auf sie zukriechen in der Hoffnung, die unwillkommenen Eindringlinge in ihr Reich zu Fall zu bringen und auf Nimmerwiedersehen verschwinden zu lassen.

Lord have mercy, dachte Niki und schüttelte kräftig den Kopf. *Dabei hab ich die Magic Mushrooms von Bertram gar nicht angerührt!*

Mit jeder Stunde fühlte er sich mehr daran erinnert, wie er als Kind bei einer Magnetresonanzuntersuchung im Krankenhaus von Krems einmal eine Panikattacke erlitten hatte und erst nach der peinlichen Verabreichung einer Spritze mit Beruhigungsmittel wieder zurück in den sargartigen Kernspintomographen geschoben werden konnte.

Nur, dass es in dem beschissenen Wald keinen Notfallschalter gibt, mit dem man sich per Knopfdruck wieder zurück ins Tageslicht schieben lassen kann, dachte er. *Nichts als eine endlose Straße, die immer tiefer in den Wald hineinführt. Und das Wissen, dass das noch eine gefühlte Ewigkeit lang so weitergeht.*

»Wie lange, habt Ihr gesagt, dauert die Reise durch den Wald?«, fragte er Joachim aus purer Verzweiflung, obwohl er die Antwort wusste.

»In Summe acht Tage«, bestätigte sein Freund erwartungsgemäß. »Und heute ist unser dritter.«

Niki ließ den Kopf hängen.

»Aber lasst den Mut nicht sinken, Nikolaus: Wenn ich mich nicht irre, sind wir nicht mehr weit von einem Dorf entfernt«, fügte Joachim hinzu. »Die Einheimischen nennen es ... *Jagodina*, wenn ich mich recht erinnere.«

»Hadmar, Nikolaus. Ich muss mit Euch reden«, sagte Joachim, als er an den Tisch der Gefährten trat. »Lasst uns draußen ein paar Schritte tun.«

»Und da muss der Möchtegern-Troubadour auch mit dabei sein?«, grantelte Hadmar, als er seinen Becher mit Bier leerte und unwillig aufstand. Es war ihm deutlich anzusehen, dass er seinen Platz am knisternden Kaminfeuer nur ungern verließ.

»Genau meine Rede«, murrte Niki, der den beiden Rittern zum Ausgang der Taverne folgte. »Der Möchtegern-Troubadour wollte von Anfang an nicht auf diese beschissene Expedition mitkommen! Hättest du deine Bedenken nicht damals bei Herzog Leopold vorbringen können, Hadmar?«

Das Dorf hieß tatsächlich Jagodina. Wie die heruntergekommene Taverne hieß, hatte Niki nicht verstanden: Die Dörfler sprachen kaum Deutsch, sodass von den Gefährten nur noch Ottokar in der Lage war, sich mehr recht als schlecht mit ihnen zu verständigen. Das Wirthausschild über der Tür zeigte einen Schweinskopf mit einem Apfel im Mund und erinnerte Niki an das Festessen der unbeugsamen Gallier am Ende jeder Asterix-Geschichte.

Die Ortschaft lag auf einer Lichtung mitten im Wald am Ufer des Flüsschens Morava, bestand nur aus einer baufälligen Kirche und ein paar windschiefen Holzhütten und verdankte ihre Existenz offensichtlich der Tatsache, dass die Via Diagonalis an dieser Stelle über eine verfallene Steinbrücke die Morava überquerte und danach am linken Ufer des schmalen Flusses weiter Richtung Süden führte.

Das Dorf hatte sich im Regen fast menschenleer gezeigt, als die Gefährten ihre Pferde vor dem Gasthof mit dem Schweinskopf anhielten und sich mit steifen Beinen aus den Sätteln schwangen. Nur eine Gruppe von vor Schmutz starrenden Kindern unterbrach ihr Spiel im Schlamm neben der steinernen Straße und sah die Reisegesellschaft mit großen Augen an. Ein kleines Mädchen wandte sich erschrocken ab und verbarg seinen Kopf in den Armen eines größeren Kindes. Hühner ließen einen dampfenden Misthaufen im Stich und flohen vor den unruhig mit den Hufen scharrenden Pferden. Ein großer Hund bellte die Neuankömmlinge unfreundlich an.

Voll das einladende Plätzchen Erde, hatte Niki gedacht. *Hier möchte ich nicht einmal begraben sein!*

Der einsilbige Wirt der Taverne war klein und stämmig

und trug eine Lederkappe, die an den Rändern vor Schweiß schon schwarz war. Eine weißliche Narbe, die sich von seinem Mundwinkel bis zu seinem Ohr zog, verlieh seinem Gesicht ein schiefes Grinsen, das von seinen Augen nicht geteilt wurde.

Ungeachtet seines gruseligen Aussehens hatte sich der Mann aber als aufmerksam und gastfreundlich erwiesen; er führte seine Gäste an einen langen Tisch am Ende des Gastraumes gleich beim Kamin und brachte das kleine Feuer mit ein paar neuen Holzscheiten zum Aufflackern. Seine herbeigeeilten Töchter nahmen den Reisenden die feuchten Mäntel ab und hängten sie auf Kleiderhaken an der Wand zum Trocknen auf. Die Wirtin, eine dünne Frau mit kleinen Augen und roter Nase, stellte jedem Gast zur Begrüßung ungefragt einen Becher mit heißem gewürzten Wein vor die Nase.

Das Menü des Tages bestand offensichtlich aus dünner Kohlsuppe, fettem Eintopf und hartem Brot und wurde ebenfalls ungefragt aufgetragen. Die Gefährten hatten ihr Essen verschlungen, als hätte man ihnen die erlesensten Köstlichkeiten vorgesetzt: Alles war besser als Wasser und Brot im verregneten Räuberwald.

Bald schon waren alle angenehm gesättigt, streckten die Füße in Richtung Feuer und nippten an ihrem zweiten oder dritten Becher Glühwein, während draußen die Nacht hereinbrach. Hadmar scherzte mit seinem Knappen Ruprecht. Bertram unterhielt sich mit Severin. Gottfried und Gerwald diskutierten leise darüber, ob die angesichts ihrer Eltern unerwartet hübschen Töchter des Wirtspaares wohl auch für Dienstleistungen zur Verfügung standen, die nichts mit Gastronomie zu tun hatten, oder ob eine diesbezügliche Anfrage eher dazu führen würde, dass die Zwillinge die Nacht im Schweinestall verbringen mussten.

Niki saß schweigend neben Engel und genoss das Gefühl ihrer Nähe, das knisternde Feuer und die angenehme Wärme des Weins in seinem Magen. Unter dem Tisch berührte er die Hand seiner Freundin, ihre eng verschränkten Finger das einzige verborgene Zeichen ihrer Leidenschaft. Einen Augenblick lang wandte er den Kopf vom Feuer ab und betrachtete Engels Gesicht. Im weichen Schein der Flammen sah das Mädchen sehr jung aus. Ein Barbier in Pressburg hatte sein Möglichstes getan, um an Engels selbstgeschnittener Frisur zu retten, was zu retten war; dennoch reichte ihr ehemals hüftlanges, früher immer zu kunstvollen Zöpfen geflochtenes kupferrotes Haar in ihrem Nacken nicht einmal mehr bis zu den Schultern. Lediglich die Stirnfransen, die ihr sommersprossiges Gesicht mit der kecken Stupsnase umrahmten, waren ihr geblieben. Im Licht der Flammen leuchteten ihre grünen Augen fast golden, als sie seinen Blick bemerkte und ihm schelmisch zuzwinkerte.

Niki hätte ewig so sitzen können. Und dann war Joachim an den Tisch zurückgekehrt, den er mit Ottokar für ein Gespräch mit dem gruseligen Wirt verlassen hatte, und hatte Hadmar und Niki aus der Taverne hinaus ins Freie geführt.

»Können wir das nicht drinnen besprechen?«, fragte Niki missmutig und zog die Kapuze seiner Gugel über den Kopf, als er den beiden Rittern in die regnerische Nacht hinaus folgte.

»Wir können uns bei den Pferden unterstellen«, schlug Joachim vor. »Das hier ist nicht für die Ohren der anderen bestimmt.«

Der weißhaarige Ritter verließ den Schutz des Eingangstores und sprang mit einem großen Schritt auf die Straße, um ein Einsinken in den knöcheltiefen Schlamm abseits der steinernen Römerstraße zu vermeiden.

»Warum seid Ihr eigentlich so verstimmt, junger Freund? Eure Nase sieht schon wieder viel besser aus als noch vor ein paar Tagen!«, sagte Joachim lächelnd, als er das Kunststück auf der anderen Seite der Straße, wo die Pferde in einem wackeligen Schuppen untergebracht waren, wiederholte.

»Stimmt! Seit deinem kleinen alchemistischen Experiment hast du keinen einzigen Pickel mehr im Gesicht!«, grinste Hadmar.

»Schlecht gelaunt?«, rief Niki aufgebracht, als er Joachim und Hadmar ungeschickt folgte. »Wir waren jetzt drei Tage lang nass. Wir waren drei Tage lang hungrig. Die heutige Nacht verbringen wir in Frankensteins Taverne, in einem gottverlassenen Kaff irgendwo zwischen Serbien und Bulgarien, mitten im berüchtigten Räuberwald. Wenn das kein Grund für schlechte Laune ist, dann weiß ich nicht! Das Einzige, was jetzt noch fehlt, sind die sprichwörtlichen Räuber!«

»Genau darüber wollte ich mit Euch sprechen«, sagte Joachim leise, nachdem sich alle drei Männer unter dem Dach des Schuppens, in dem ihre Pferde untergestellt waren, vor dem Regen in Sicherheit gebracht hatten. »Ottokar hat sich mit dem Wirt und seiner Frau unterhalten. Sie sagen, auf der anderen Seite der Brücke leben … seltsame Menschen.«

Hadmar brach in spöttisches Gelächter aus. »Was? Die Hinterwäldler hier in dem Dorf mit dem Namen, den sich kein Mensch merken kann, sagen, drüben auf der anderen Seite leben seltsame Menschen?«, sagte er und verzog den Mund zu einer hochmütigen Grimasse.

»Genau«, erklärte Joachim mit der Engelsgeduld, die er Hadmar gegenüber regelmäßig an den Tag legte. »Sie nennen sie Räuber, Wegelagerer und Halsabschneider. Sie sagen, niemand durchquert diesen Teil des Waldes, ohne angehalten, durchsucht und ausgeraubt zu werden.«

Hadmar seufzte. »Joachim, diesen Disput hatten wir bereits. In Bellegrava wusste man nichts mehr von einer Handelskarawane mit Geleitschutz oder von bewaffneten Kreuzfahrern auf Pilgerfahrt ins Heilige Land. Vor dem Winter kommt niemand mehr zu unserer Hilfe. Wir sind auf uns allein gestellt!«

»Das könnt Ihr nicht wissen. Auch zusammen mit einem

kleinen Trupp von Kaufleuten oder bewaffneten Pilgern sind wir schlagkräftiger als alleine«, beharrte Joachim. »Schaut uns doch an: Ihr seid an der Hand verletzt, ich bin mehr Bogenschütze als Schwertkämpfer, und Nikolaus hier, bei allem Respekt vor seinem Scharfsinn und seinem Einfallsreichtum, ist eher ein Mann des Wortes als der Waffe.«

»Wir werden ganz sicher nicht in diesem Dreckskaff darauf warten, dass irgendwelche Pfeffersäcke uns durch den beschissenen Wald begleiten!«, fuhr Hadmar auf. »Was seid ihr eigentlich alle, Männer oder Memmen? Wir sind gut ausgerüstete Ritter, wir werden doch nicht ernsthaft Angst vor ein paar ungewaschenen Bauernburschen haben?«

Joachim, der Hadmars Ausbruch mit gesenktem Kopf resigniert zugehört hatte, sah auf und blickte Hadmar überrascht in die Augen.

»Seltsam, dass Ihr ausgerechnet diese Worte verwendet. Das letzte Mal, als das jemand zu mir gesagt hat, bin ich auf Seiten der Bauern gestanden«, sagte Joachim leise. »Ihr übrigens auch, Hadmar. Und wir alle wissen, wie der Kampf der gut ausgerüsteten Ritter gegen die ungewaschenen Bauernburschen endete, am Ostermontag vor den Toren von Aggstein!«

Hadmar machte eine wegwerfende Handbewegung. »Das kann man überhaupt nicht miteinander vergleichen«, brummte er. Dann wurde seine Stimme schneidend.

»Ich bin euer Anführer. Ihr schuldet mir Loyalität, Respekt und Gehorsam, und zwar ihr alle. Ich habe lange darüber nachgedacht und eine Entscheidung getroffen. Wir verbringen die Nacht hier, füllen unsere Vorräte auf und reiten morgen Früh weiter. Und jetzt Schluss damit. Ich will nichts mehr davon hören.«

»Was ist los?«, fragte Engel leise, als Niki sich mit hängendem Kopf wieder auf seinem Platz neben ihr auf der Bank niederließ.

»Morgen früh reiten wir weiter und sehen uns die berühmten Räuber aus der Nähe an, die am anderen Ufer des Flusses auf uns warten.«

Niki griff nach der Hand seiner Freundin, ohne sich länger darum zu scheren, ob das irgendjemanden stören könnte. »Glaubst du, haben die hier auch diesen Pflaumenmet, den sie in Bellegrava ausgeschenkt haben? Den, der die Augen zum Tränen bringt? Ich nehme bitte einen Doppelten!«

»Von einem Doppelten wirst du blind. Mindestens. Mach das lieber nicht!«, lachte Engel. »Kann *ich* vielleicht irgendetwas tun, damit du dich besser fühlst?«, fragte sie leise mit unschuldigem Augenaufschlag, wohl wissend, welche Wirkung dieser unfehlbar auf Niki hatte.

»Ja«, grinste Niki. »Du könntest mir zum Beispiel sagen, dass es hier Zimmer gibt. Mit Betten. Und Türen. Abschließbaren Türen. Das würde echt meinen Tag retten!«

»Es gibt hier einen Schlafsaal. Mit Holzpritschen, auf denen Strohmatratzen liegen. Hinter diesem Vorhang dort.«

Obwohl Niki nichts anderes erwartet hatte, seufzte er und ließ den Kopf wieder hängen.

»Aber drüben bei den Pferden finden wir beide sicher auch ein ruhiges und warmes Plätzchen«, flüsterte Engel in Nikis Ohr. »Ich werde mir auch alle Mühe geben, nicht so laut zu sein wie die Füchse letzte Nacht …«

Jemand hatte sich augenscheinlich große Mühe gegeben, den alten römischen Wachturm, der am Waldrand neben der Straße stand, zu reparieren und sogar zu erweitern: Direkt an die bröckelnden Steinquader, aus denen der Turm errichtet war, war ein niedriges Holzgebäude angebaut worden, aus dem jetzt eine Gruppe von Männern trat und den Gefährten den Weg versperrte. Die Männer trugen einfache braune Waffenröcke; auf ihren gleichfalls braunen dreieckigen Schilden war kein Wappen aufgemalt.

Insgesamt machte die Truppe allen Anstrengungen zum Trotz einen zerlumpten, schmutzigen und wenig ritterlichen Eindruck, was sogar Niki als mittelalterlichem Laien auffiel. Dieser Eindruck verstärkte sich noch, als die Reisegesellschaft die Männer erreichte.

Ihr Anführer war ein Hüne von einem Mann mit einem Schopf schwarzer Haare und einem mächtigen Vollbart. Ein zerfleddertes Ohr und fehlende Vorderzähne zeigten, dass es sich bei ihm offenbar um einen Veteranen vieler Kämpfe handelte. Nachdem der Mann mit Ottokars Hilfe herausgefunden hatte, dass sie aus Österreich stammten, sprach er sie in gebrochenem Deutsch an.

»Willkommen im Herrschaftsgebiet der Zaren von Bulgarien«, sagte er großspurig und deutete eine Verbeugung an. »Unser Gebieter Zar Iwan ist besorgt über die Gerüchte, die von Räubern und Wegelagerern auf seinem Land berichten. Daher hat er uns beauftragt, Reisende gegen ein kleines Entgelt sicher bis ans andere Ende des Waldes zu begleiten.«

Auf eine Frage Hadmars hin nannte er eine Summe, die so hoch war, dass der junge Kuenringer in lautes Gelächter ausbrach.

»Das ist wesentlich mehr, als uns Räuber und Wegelagerer jemals abnehmen könnten«, sagte er. »Ich fürchte, wir müssen Euer großzügiges Angebot ablehnen!«

Der Anführer der Soldaten schenkte Hadmar ein grimmiges Lächeln, das seine Zahnlücken besonders vorteilhaft zur Geltung brachte. »Bedenkt, dass es nicht nur um Euer Hab und Gut geht«, sagte er. »Böse Zungen behaupten, in unserem schönen Wald hätten unvorsichtige Reisende schon weit mehr als nur ihre irdischen Besitztümer verloren.«

Hadmars Lächeln wurde kalt. »Wollt Ihr mir drohen?«

»Nichts läge mir ferner. Ich möchte Euch nur anraten, Eure Entscheidung nochmals zu überdenken. Das Leben von so vortrefflichen jungen Männern sollte doch mehr wert sein als das geringe Entgelt für unsere Dienste!«

Hadmar deutete eine Verbeugung an. »Ich weiß Eure Sorge zu schätzen«, sagte er. »Wir sind zwei ...« Er warf Niki einen herablassenden Blick zu, »... drei Ritter mit Gefolge, aber ohne finanzielle Mittel. Gegen Angriffe werden wir uns daher auf Gottes Hilfe und die Schärfe unserer Schwerter verlassen müssen.«

»Genau das hat der fette Kreuzritter auch gesagt, der unlängst hier durchgekommen ist«, kicherte ein kleiner, glatzköpfiger Soldat, der neben dem Anführer stand.

»Dann lasst uns alle dafür beten, dass Ihr Eure Entscheidung nicht bereuen werdet«, sagte dieser und schenkte der Reisegesellschaft ein letztes zahnloses Lächeln.

»Ich war lange genug selbst Anführer einer Bande von Wegelag..., will sagen: von freien Männern, die in den Wäldern wohnen und gelegentlich reichen Kaufleuten eine kleine Steuer für die sichere Passage abknöpfen«, sagte Joachim, als die Gefährten an der kleinen Grenzstation vorbei und außer Hörweite der Soldaten waren. »Wenn diese traurigen Gestalten im Dienst des Zaren von Bulgarien stehen, dann hat sich einiges geändert, seit ich das letzte Mal hier war. Zar Iwan und sein Bruder Theodor aus dem Geschlecht der Asseniden haben unser Heer unter Friedrich Barbarossa damals vorbildlich unterstützt. Nicht ganz uneigennützig in ihrem beständigen Kampf gegen die Byzantiner; Iwan trägt seinen Beinamen »der Weise« wohl nicht zu Unrecht.«

Um zu erkennen, dass uns der Typ nur verarschen will, muss man nicht selber ein »heiterer Halsabschneider« gewesen sein, dachte Niki in Erinnerung an den Namen, den Joachim seinen Männern gegeben hatte, bevor sie sich beim Kampf mit den Engländern vor den Toren von Burg Aggstein im entscheidenden Augenblick wieder auf die Seite von Recht und Gesetz gestellt hatten.

»Der Bursche mit den Zahnlücken sagt mit Sicherheit nicht die Wahrheit«, sagte Ottokar von Pressburg. »Habt ihr sein Messer nicht gesehen?«

»Sein Messer?«, fragte Hadmar.

»Ja, das an seinem Gürtel. Es war am Knauf mit einem geschnitzten roten Kreuz auf weißem Grund verziert. Genau wie das von Bohemund!«

»Woher wisst Ihr, wie der Knauf des Messers von Bohemund aussieht?«, fragte Hadmar entgeistert.

»Angeborene Beobachtungsgabe«, grinste Ottokar. »Ihr habt es dem betrunkenen Normannen beim Kampf in der Taverne in Bellegrava aus der Hand geschlagen, Hadmar. Erinnert Ihr Euch? Es ist genau vor meinen Augen auf unserem Tisch gelandet und mit der Spitze im Holz steckengeblieben. Der wackelnde Griff hat dabei fast meine Nase berührt. Ich würde dieses Messer überall wiedererkennen!«

Hadmar nickte nachdenklich. »Ihr habt recht«, sagte er. »Dieser zerlumpten Truppe müssen wir fürwahr näher auf den Zahn fühlen.«

Er warf einen Blick die Straße entlang nach vorne, dann drehte er sich im Sattel um und schaute zurück auf die Besatzung des Wachturms, die noch immer vor ihrem Gebäude auf der Straße stand und den sich langsam entfernenden Gefährten nachsah. »Sobald wir um diese Wegbiegung hier herum sind, können sie uns nicht mehr sehen«, sagte er dann. »Ihr reitet im Schritt weiter, als ob nichts geschehen wäre.

Joachim und ich schlagen uns in die Büsche, schleichen uns zurück zum Wachturm und sehen nach, was die Burschen so sicher gemacht hat, dass wir unsere Entscheidung bereuen werden.«

»Soll ich auch mitkommen?«, fragte Niki.

»Nein. Du führst ab jetzt unser Gefolge an«, lächelte Hadmar grimmig. »Ihr zieht einfach weiter, unterhaltet euch laut und macht dabei so viel Lärm wie nur irgend möglich. Und du, Blondie, singst irgendwas.«

»Was soll ich denn jetzt bitte singen?«, fragte Niki, ein wenig verärgert darüber, dass Hadmar seine Musik mit Lärm gleichzusetzen schien.

»Das ist völlig einerlei, es versteht dich ohnehin niemand. Was dir gerade durch den Kopf geht! Viel Glück!«

Es kommt aber vor, dass da nichts durchgeht, dachte Niki mürrisch, während er zusah, wie Hadmar und Joachim aus der Gruppe ausscherten und von ihren Pferden stiegen, um zu Fuß zum Wachturm mit der seltsamen Besatzung zurückzuschleichen.

»I wüh wieder ham, I fühl mi do so allan«, sang Niki aus Leibeskräften. »Brauch ka große Wöt, I wüh ham nach Fürstenföd!«

»Fürstenföd?«, fragte Gottfried. »Wo zum Teufel ist Fürstenföd?«

»In der, ähm, Steiermark«, antwortete Niki nach einer kurzen Pause, in der ihm eingefallen war, wie Herzog Leopold erzählt hatte, dass er nicht nur über das Herzogtum Österreich, sondern auch über das Herzogtum Steiermark herrschte. Er war selbst nicht besonders stolz über die

Auswahl des Liedes, aber etwas anderes war ihm auf die Schnelle nicht eingefallen.

Was mir gerade durch den Kopf geht, hat Hadmar gesagt, dachte er. *Und das wird mit »I wüh wieder ham« grad perfekt zusammengefasst.*

Der ersten Kurve auf der alten Römerstraße hatte sich eine zweite und eine dritte angeschlossen; längst war sowohl vor als auch hinter den verbliebenen acht Gefährten nichts mehr zu sehen als das, was sie in den drei Tagen davor schon zur Genüge zu Gesicht bekommen hatten: die laubbedeckte, bröckelnde Via Diagonalis, gesäumt von allerlei Buschwerk und natürlich den allgegenwärtigen Bäumen. Der einzige sichtbare Unterschied bestand darin, dass die Morava jetzt zu ihrer Rechten und nicht mehr zu ihrer Linken dahinplätscherte.

Alle acht blickten nervös nach vorne, mehr noch aber nach hinten: Alleine, von Hadmar und Joachim war nichts zu sehen.

»Da oben«, sagte Engel, die als Einzige anscheinend auch den Wald neben der Straße im Auge behalten hatte.

Nikis Blick folgte ihrer ausgestreckten Hand, bis auch er es zu erkennen glaubte: Bewegung und das Glänzen von Metall ein gutes Stück über ihnen auf dem dicht bewaldeten Hügel, der sich links von der Straße erhob.

»Bewaffnete Männer zwischen den Bäumen«, sagte Gerwald, der als Jüngster der Gruppe die besten Augen hatte (und im Gegensatz zu seinem Bruder noch alle beide). »Was sollen wir tun?«

Niki fühlte, wie sein Puls schneller wurde und seine Handflächen feucht.

Wo ist der arrogante kuenringische Kotzbrocken, wenn man ihn einmal braucht?, dachte er. So sehr ihm Hadmar mit seiner Überheblichkeit und seinen ritterlichen Werten oft auf die Nerven ging, so sehr hätte er sich in diesem Moment über die Gegenwart des tatkräftigen jungen Ritters und die seines Freundes Joachim gefreut. Wo zum Teufel blieben die beiden nur?

»Zurückreiten ist keine Option und Stehenbleiben eigentlich auch nicht«, sagte er leise, mehr zu sich selbst als zu seinen Gefährten. »Wir folgen Hadmars Plan und reiten langsam weiter. Haltet die Augen offen und Eure Waffen griffbereit!«

Die kleine Reisegesellschaft ritt vorsichtig weiter. Mit jedem Schritt ihrer Pferde schien sich die Spannung in den jungen Menschen zu erhöhen, bis die Energie zwischen ihnen fast mit den Händen greifbar war.

Als Niki sich im Sattel umdrehte und zurückblickte, sah er, dass die Zwillinge ihre schweren Schmiedehämmer zur Hand genommen hatten, die Knöchel ihrer Fäuste weiß vor Anspannung. Auf Ottokars Stirn glänzten trotz der kühlen und regnerischen Witterung Schweißperlen. Der kleine Ruprecht sah wie ein entschlossenes Kind aus, das mit einem viel zu großen Schwert auf einem viel zu großen Pferd saß. Severin schien mit geschlossenen Augen ein Gebet zu sprechen; seine Saufeder, den Jagdspieß, den er auch als Wanderstab benützte, hielt er fest umklammert in seiner Rechten. Bertram der Bulle blickte ausdruckslos nach vorne, die neuerworbene Keule in der Hand; nur am Heben und Senken seines gewaltigen Brustkorbes war ihm seine Aufregung anzusehen. Engel schließlich saß angespannt wie eine Katze auf der Lauer im Sattel ihres Pferdes, ihre rechte Hand wie zufällig am Griff des Messers an ihrem Gürtel.

Wie zuvor war es Engel, die die Angreifer als Erste sah.

»Sie sind da«, sagte sie. »Es geht los!«

Es waren ungefähr zwei Dutzend Männer. Vielleicht einer mehr oder einer weniger; auf jeden Fall jedoch viel zu viele, um realistische Chancen auf den Sieg in einer gewaltsamen Auseinandersetzung zu haben, das sah Niki auf den ersten Blick.

Sie hatten sich im Scheitelpunkt einer Kurve aufgestellt, wo ein kleiner Weg von der alten Römerstraße abzweigte, der hinauf auf den bewaldeten Hügel führte und den die Männer offensichtlich benutzt hatten, um die Gefährten zu überholen. Von diesem Punkt aus hatten die Angreifer in beide Richtungen der Straße mindestens eine halbe Meile Aussicht, und in beiden Richtungen war keine Menschenseele zu erkennen, auch das war Niki sofort klar.

Einen Augenblick lang nur erwog er die Möglichkeit eines Sturmangriffes auf die Gruppe der Banditen; immerhin bestand der einzige Vorteil seines Trupps darin, auf Pferden zu sitzen, während die Angreifer den Weg durch den Wald zu Fuß unternommen hatten. Wenn es ihnen gelingen würde, die Reihen der Wegelagerer zu durchbrechen, konnte ihnen die Flucht gelingen: Obwohl sie schwer bepackt waren, würden die Pferde sie schneller tragen können als die Banditen laufen konnten.

Einen Augenblick lang nur hatte er noch einen Funken Hoffnung. Dann kam ihm zu Bewusstsein, dass dieser Plan wohl in einer Katastrophe für die kleine Reisegesellschaft enden würde. Ihre Pferde waren keine Schlachtrösser, die darauf trainiert waren, ohne Rücksicht auf eigene Verluste in bewaffnete Menschenmengen hineinzureiten; sie würden vor den Speeren und Schwertern der Banditen zurückscheuen. Niki sah ein paar Bogenschützen in den Reihen der Wegelagerer, ihre Pfeile schussbereit an die Sehnen ihrer kurzen Bögen gelegt. Auf jeden von seinen Gefährten kamen drei Banditen, und Letztere waren besser ausgerüstet und wohl auch die besseren Kämpfer – ungewaschene Bauernburschen oder nicht.

Nein, diese Schlacht war nicht zu gewinnen für Niki und seine Freunde. Er wusste, dass Hadmar ihn für seine Entscheidung hassen würde; der junge Kuenringer hätte mit Sicherheit den Angriff auf die Wegelagerer befohlen und wäre lieber mit fliegenden Fahnen untergegangen, als sich einer Horde von ungehobelten und schmutzigen Banditen zu ergeben.

Du führst ab jetzt unser Gefolge an, hat er gesagt, dachte Niki. *Also ist das jetzt auch meine Entscheidung: Live to fight another day. Wegnehmen können sie uns nicht wirklich was, weil Hadmar das Geld bei sich hat. Und umbringen nur aus Jux und Tollerei werden sie uns schon nicht.*

Niki erkannte den schwarzbärtigen Anführer und seinen kleinen, glatzköpfigen Kumpel, die schon am Wachturm in gebrochenem Deutsch zu ihnen gesprochen hatten. Er stieg von seinem Pferd und trat zu Fuß auf die beiden Männer zu.

»Ich habe euch doch ausdrücklich davor gewarnt, dass sich üble Gestalten in diesem Wald herumtreiben«, sagte der zahnlos grinsende Anführer mit vor Hohn triefender Stimme. »Warum hören die Menschen nur nie auf meine gutgemeinten Ratschläge? Wir alle könnten uns so viel Mühe und Ärger ersparen!«

Seine Männer brachen in grölendes Gelächter aus.

»Wir sind nur arme Pilger auf dem Weg ins Heilige Land«, sagte Niki, ohne auf die Provokation einzugehen. »Wir haben kein Geld. Durchsucht uns, nehmt, was Ihr brauchen könnt, und dann lasst uns unsere gottgewollte Reise fortsetzen.«

»Dass du keinen Goldschatz bei dir trägst, glaube ich dir aufs Wort«, lachte der Schwarzbart. »Dir würde ich nicht einmal den Inhalt eines Opferstocks zum Bewachen anvertrauen. Du bist ja nur ein Singvögelchen, wie wir gehört haben!«

Erneut wollten die Banditen sich schier ausschütten vor Lachen. Sie waren offenbar in bester Laune, nachdem sich ihre erhoffte fette Beute kampflos ergeben hatte. Für die Entwaffnung der übrigen Gefangenen war später noch Zeit; für den Moment ergötzten sie sich einfach daran, wie ihr Anführer mit dem seltsamen jungen Mann seinen Spaß hatte, der statt eines Schildes eine Laute auf dem Rücken trug.

»Was meint ihr, Männer? Soll das Singvögelchen uns etwas vorsingen? Zum Beispiel, wo die beiden anderen Ritter abgeblieben sind? Der hübsche Junge mit dem gelbschwarz gestreiften Rock und der alte Weißbart?« Die Männer grölten begeistert ihre Zustimmung.

Ob du es glaubst oder nicht, du Dreckskerl: Das würde ich selber gerne wissen, dachte Niki. *Aber wenn du es auch nicht weißt, dann sind sie offensichtlich noch am Leben. Und gnade dir Gott, wenn Joachim jemals das mit dem alten Weißbart zu Ohren kommt.*

»Das Vögelchen schweigt«, rief der Anführer mit gespielter Enttäuschung in der Stimme. »In den Wald können sie mit den Pferden nicht geritten sein. Sie können nur auf der Straße sein, entweder vor euch oder hinter euch. Wenn ich raten müsste, würde ich sagen: vor euch, als Kundschafter?«

Niki schwieg weiterhin unentschlossen.

»Das Vögelchen scheint keine besondere Lust zu haben, für uns zu singen«, knurrte der Schwarzbart. »Ob es uns wohl irgendwie gelingen kann, ihm die Zunge zu lösen?«

Mit einem Kopfnicken gab er seinen Männern ein Zeichen, worauf drei von ihnen auf ihn zutraten. Zwei packten ihn von links und rechts bei den Oberarmen, sodass er sich nicht mehr bewegen konnte. Der dritte Mann war der kleine Glatzkopf. Er baute sich so knapp vor Niki auf, dass dieser seinen Schweiß und seinen schlechten Atem riechen konnte und hielt ihm ein scharf aussehendes Messer unter die Nase. Niki hielt vor Schreck die Luft an.

»Wir versuchen das jetzt noch einmal, Singvögelchen«, sagte der Schwarzbart in gespielt freundlichem Tonfall. »Ich stelle dir eine Frage, und für jede nicht gegebene Antwort malen wir dir einen Strich auf die Wange. Mit dem Messer. Was sagst du dazu?«

Niki konnte sich nicht umdrehen, aber er ahnte mehr, als dass er hörte, wie seine Freunde hinter ihm nach Luft schnappten. Die Banditen hingegen lachten und klatschten und pfiffen ein weiteres Mal vor Begeisterung.

»Also: Wo sind deine beiden Begleiter abgeblieben? Vor euch oder hinter euch? Wo auch immer sie sind: Sie können dir nicht zu Hilfe kommen, wir haben in beide Richtungen eine wundervolle Aussicht die Straße entlang.«

Niki konnte sehen, dass der Mann recht hatte: Hilfe war nicht zu erwarten. Nachdem er auf keinen Fall preisgeben wollte, dass Hadmar und Joachim wohl irgendwo hinter ihnen auf der Straße waren, entschloss er sich, dem Schwarzbart zu sagen, die beiden wären tatsächlich als Kundschafter vorausgeritten.

Er kam nicht dazu, weil brennender Schmerz durch ihn fuhr wie ein Stromschlag.

Der kleine Glatzkopf, dem das Spiel offenbar zu lange dauerte und der nicht länger auf seinen Spaß verzichten wollte, hatte Niki mit einer blitzschnellen Bewegung das Messer über die linke Wange gezogen.

Niki spürte warmes Blut sein Gesicht und seinen Hals hinablaufen. Er wollte seine Hände zum Gesicht heben, aber die beiden Wegelagerer an seinen Seiten hielten seine Arme fest wie in einem Schraubstock gefangen.

Die Banditen brachen in ausgelassenes Gelächter aus, als wäre dieser Anblick das Witzigste, was sie seit langer Zeit zu Gesicht bekommen hatten.

»Dieses war der erste Streich, und der zweite folgt sogleich«, sagte der Schwarzbart mit gespielter Geduld. »Wir können das fortsetzen, bis die Sonne untergeht. Du siehst ja, welche Freude das meinen Männern bereitet. Vielleicht stelle ich dir auch gar keine Fragen mehr, und wir machen einfach so weiter?«

Der zweite Schnitt tat nicht mehr so weh wie der erste, da seine Wange ohnehin bereits ein brennendes und pulsierendes Zentrum des Schmerzes war. Er erkannte den Schnitt nur daran, dass ein neuer Schwall frischen, warmen Blutes sein Gesicht hinablief. In diesem Augenblick erkannte Niki, dass er einen Fehler gemacht hatte: Diese Männer *würden* sie aus Jux und Tollerei umbringen. Sie brauchten dazu keinen Grund: Sie würden es tun, einfach weil sie es konnten, und sei es nur zur Unterhaltung und zum Zeitvertreib. Wenn er Pech hatte: ihn als Allerletzten. Wenn er besonderes Pech hatte und sie vorher Engels kleines Geheimnis entdeckten: Erst nachdem sie ihn dabei zusehen ließen, wie sie seine Freundin vergewaltigten und vor seinen Augen umbrachten.

Niki war nie ein besonders gläubiger Mensch gewesen. Jetzt aber schloss er die Augen und betete darum, dass seiner Freundin wenigstens das erspart bleiben würde.

Er öffnete die Augen erst wieder, als er ein seltsam pfeifendes Röcheln hörte und spürte, wie ihm ein Schwall heißer Flüssigkeit auf die Brust und ins Gesicht spritzte.

Die klaffende Wunde schien sich wie aus dem Nichts im Hals des kleinen, glatzköpfigen Soldaten materialisiert zu haben. In einem Moment war er noch heil und offensichtlich bester Laune gewesen, im nächsten stand er mit fassungslosem Gesichtsausdruck vor Niki und starrte mit weit aufgerissenen Augen auf das Blut, das in heißen, mit jedem Herzschlag schwächer werdenden Kaskaden aus seinem Hals spritzte. Das Messer entglitt seiner mit einem Mal kraftlosen Hand und fiel zu Boden.

Niki stand unter Schock. Ohne spürbare Emotion lauschte er dem seltsamen Pfeifen und Gurgeln seines Folterers, betrachtete die blutigen Bläschen, die sich dabei in seinem aufgerissenen Hals bildeten, spürte die Wärme seines Blutes im Gesicht und auf der Kleidung und roch den überwältigenden Gestank nach Salz und Eisen, der die beiden Männer plötzlich umgab.

Die Spießgesellen des Glatzkopfes lachten und grölten noch ein paar Augenblicke lang weiter; erst als der Mann auf die Knie sank, den Blick überrascht und fast ein wenig vorwurfsvoll auf Niki gerichtet, als wäre dieser irgendwie für seinen Zustand verantwortlich, merkten die ersten Banditen, dass etwas nicht stimmte.

Zu diesem Zeitpunkt hatte aber schon der Nächste von ihnen, einer der Bogenschützen, einen Pfeil in der Schulter, taumelte durch die bloße Wucht des Aufpralls ein paar Schritte zurück und ließ schreiend seine Waffe fallen.

Der Glatzkopf kippte vornüber, fiel auf sein Gesicht und bewegte sich nicht mehr. Niki war froh, dass er seinen anklagenden Blick nicht länger ertragen musste.

Die anderen Wegelagerer wurden nicht Zeugen des Todeskampfes ihres Kameraden; sie hatten inzwischen andere Sorgen. Pfeil um Pfeil zischte von irgendwoher aus dem Wald in ihre Gruppe; einer blieb bei einem Banditen im Oberschenkel stecken, ein zweiter bei einem anderen im hastig hochgehobenen Schild.

Dann hörten sie die sich rasch nähernden Geräusche von Hufen.

Der schwarzbärtige Anführer sah gehetzt die Via Diagonalis hinauf und hinunter: In beiden Richtungen war nach wie vor keine Menschenseele zu erkennen.

In diesem Augenblick brach Hadmar mit gezücktem Schwert aus dem Unterholz; mit der rechten Hand lenkte er sein Pferd aus dem Waldweg, den die Wegelagerer benutzt hatten, auf die Straße hinab, mit der linken schlug er links und rechts fast beiläufig nach den panisch in alle Richtungen auseinanderlaufenden Gesetzlosen.

Von Nikis Gefolge war es ausgerechnet Bertram, der die Situation am schnellsten begriff. Er trieb sein Pferd an Niki und dem toten Glatzkopf vorbei und schlug mit der Keule des Türstehers einen der flüchtenden Banditen so stark gegen den Helm, dass dieser benommen in die Hecken am Straßenrand taumelte.

Das nahmen die übrigen Gefährten als Zeichen und begannen nun ihrerseits, vom Rücken ihrer Pferde herab die ohne jede Ordnung fliehenden Wegelagerer zu attackieren: Die Zwillinge mit ihren Hämmern, Ruprecht mit seinem Schwert, Severin mit seiner Saufeder. Sogar Ottokar hatte sein Schwert blankgezogen und teilte mit sichtlicher Begeisterung, wenn auch ohne großen Schaden anzurichten, Hiebe in alle Richtungen aus, wobei er sich selbst und seine Kameraden lautstark mit dem Schlachtruf »Hossa!« anfeuerte.

Nur Niki stand wie angewurzelt inmitten des so unerwartet hereingebrochenen Infernos auf den blutigen Steinen der Via Diagonalis, regungslos wie die römischen Statuen, deren Reste noch hie und da an Straßenkreuzungen an bessere Zeiten erinnerten. Seine Wange brannte wie Feuer. Er konnte geradezu fühlen, wie das Adrenalin, das ihn während der Konfrontation mit den Banditen aufrecht gehalten hatte, seinen Körper verließ. Er fühlte sich mit einem Mal physisch genauso elend wie psychisch und war sich nicht sicher, ob er sich lieber übergeben sollte oder in Tränen ausbrechen.

Eigentlich beides, dachte er, während er mit großen Augen den Leichnam des glatzköpfigen Banditen zu seinen Füßen anstarrte. *In der Reihenfolge. Wenn mir der Spott meiner Kameraden nichts ausmacht. Oder noch schlimmer: der von Hadmar.*

Der Glatzkopf war nicht der erste Mensch, den Niki hatte sterben sehen: Das war der tödlich verletzte Medicus Meinhart gewesen, den Hadmar nach dem Angriff der Engländer auf Burg Dürnstein von seinen Leiden erlöst hatte.

Peinlich berührt fiel ihm ein, dass ihm auch damals vom Anblick des Blutes und vom Gestank der Exkremente des sterbenden Arztes schlecht geworden war, was Hadmars Verachtung für seine Empfindsamkeit wenn möglich noch verstärkt hatte.

Aber im Gegensatz zu dem zuvor beim Kampf mit den englischen Rittern auf den Tod verwundeten Meinhart war dieser Soldat hier quasi vor Nikis Augen gestorben: In einem Moment war er noch quicklebendig gewesen, und im nächsten röchelte er mit durchbohrtem Hals seinen letzten Atemzug, mit dem er wohl mehr Blut als Luft in seine Lungen gesogen hatte.

Ob mein Tod auch so überraschend kommen wird? In einem Moment bin ich noch bester Laune und voller Pläne, und im nächsten ist alles vorbei? Der Mensch macht Pläne, und Gott lacht darüber? Game over, und keine Münze mehr, um ein neues Spiel zu beginnen?

Der Kampf rund um ihn war nach wenigen Augenblicken beendet: Die überlebenden Wegelagerer hatten sich in die Büsche geschlagen und verschwanden rasch im Unterholz. Ein paar von ihnen waren in ihrer Panik sogar in die Morava gesprungen und kletterten prustend auf der anderen Seite wieder ans Ufer.

Zurück blieben nur der tote Glatzkopf, der in einer größer werdenden Blutlache mit dem Gesicht nach unten auf der Straße lag, ein paar verlorene Rüstungsteile und die sich rasch entfernenden Rufe und Geräusche der flüchtenden Banditen.

Die Gefährten brachen wie auf Kommando gleichzeitig in befreiendes Gelächter aus und schüttelten ihre Waffen triumphierend gen Himmel. Auch Niki konnte beim Anblick seiner Freunde ein Grinsen nicht unterdrücken; am Ende stimmte er fast gegen seinen Willen als Letzter ein und fühlte sich sofort besser, obwohl sein Lachen selbst in seinen eigenen Ohren schrill und hysterisch klang.

»Ich hätte nie gedacht, dass ich das einmal sagen werde, aber: Ich freue mich, dich zu sehen, Hadmar«, sagte er mit belegter Stimme, als Hadmar sein Pferd neben ihm zum Stehen brachte und sein Schwert einsteckte. »Das war echt Rettung in letzter Sekunde. Danke dir, ich bin dir was schuldig!«

»Ich hätte nie gedacht, dass ich das einmal sagen werde, aber: Gut gemacht, Blondie«, entgegnete Hadmar lächelnd. »Du hast diese Mistkerle gerade lange genug abgelenkt, bis Joachim und ich sie eingeholt hatten. Unter großem persönlichen Einsatz, wie ich sehe!«

Hadmar grinste schadenfroh, als er sah, wie Niki zusammenzuckte, als Engel ihm ein feuchtes Tuch auf seine verletzte Wange drückte.

»Saurer Apfelwein?«, grinste Hadmar.

»Saurer Apfelwein!«, bestätigte Engel mit einem Lächeln.

»Es war nämlich gar nicht so einfach, den Burschen auf den Fersen zu bleiben«, sagte Joachim, der zu ihnen getreten war, nachdem er einen Köcher mit Pfeilen, den der verletzte Bogenschütze verloren hatte, an sich genommen und seinen Inhalt wohlwollend überprüft hatte. »Wir sind zurückgeschlichen und haben aus der Entfernung beobachtet, wie sich die Banditen bewaffnet haben und dann auf der Rückseite des Wachturms auf einem kleinen Weg im Wald verschwunden sind. Wir sind ihnen zu Fuß gefolgt mit den Pferden im Schlepptau. Nahe genug, um sie nicht zu verlieren, aber weit genug weg, um nicht entdeckt zu werden. Daher hat es am Ende des Weges auch eine Zeit lang gedauert, bis wir uns angeschlichen hatten und euch zu Hilfe kommen konnten. Mit Gottes Hilfe gerade noch zur rechten Zeit.«

Engel hatte Nikis Gesicht notdürftig von Blut – seinem eigenen und dem des unglücklichen Glatzkopfes – befreit; die beiden Schnittwunden zeichneten sich nun rot auf seiner blassen Haut ab.

»Ich bin mir sicher, Engel*bert* hat Nadel und Faden im Gepäck und kann die Schnitte später sauber vernähen, dann bleiben dir von diesem feigen Hinterhalt nur zwei dekorative Narben als Erinnerung an einen hart erkämpften Sieg«, sagte Hadmar. »Aber jetzt müssen wir zusehen, dass wir hier wegkommen. Bevor die Mistkerle sich neu gruppieren und auf die Idee kommen, den Spieß umzudrehen und *uns* aus dem Wald heraus mit Pfeilen zu beschießen. Bauernsturm auf mein Kommando: Alles aufsitzen – wir reiten weiter!«

Der alte Römerturm

ut, dass Bohemund an dem Abend in Bellegrava nicht mit Koschka gegangen ist«, sagte Gottfried. »Mit ihm hätte sie im wahrsten Sinn des Wortes keine *große* Freude gehabt.«

»Stimmt«, sagte Gerwald. »Sie hat sich wahrlich Größeres verdient. Und Besseres. Das hat sie dann ja auch bekommen. Noch dazu gleich in zweifacher Ausfertigung.« Die Zwillinge lachten lautstark über ihren eigenen Scherz, aber selbst in Nikis Ohren klang ihre Heiterkeit aufgesetzt und gekünstelt.

Zumindest Hadmars Ruf und Ehre sind jetzt wohl endgültig sicher, dachte Niki. *Die beiden hier können auf jeden Fall nichts mehr ausplaudern.*

Die nackten Leichen von Bohemund von Buonalbergo und seinem Knappen schaukelten knarrend an Hanfseilen vom mächtigen Zweig einer Eiche, der die halbe Straße überspannte, und drehten sich dabei langsam um die eigene Achse. Die Gefährten mussten vorsichtig am Straßenrand vorbeireiten und dabei die Köpfe einziehen, um nicht von den hin und her schwingenden Beinen der Toten berührt zu werden.

Die Leichname waren übel zugerichtet. Die an vielen Stellen von Stich- oder Schnittwunden verletzte Haut war blau angelaufen, die Beine geschwollen und violett verfärbt. Bohemunds Augen starrten weit aufgerissen ins Nichts, sein Mund war noch zum letzten Schrei geöffnet.

Bruder Severinus hatte Mühe, sein unwilliges Pferd zwei oder drei Schritte auf die beiden Toten zugehen zu lassen, damit er vorsichtig Bohemunds Oberschenkel berühren konnte.

»Hart wie ein Brett«, sagte er. »Die sind schon eine Weile tot. Mindestens seit gestern, wenn nicht länger.«

»Nicht viel länger«, sagte Hadmar trocken. »Die Haut wirft noch keine Blasen. Außerdem hat Bohemund tatsächlich einen ungewöhnlich kleinen Schwanz. Wenn der erst einmal drei Tage tot ist, wird er auf ein Vielfaches seiner Größe angeschwollen sein. Schade nur, dass er das nicht mehr miterleben kann.«

Niki, dessen Magen noch immer oder schon wieder gefährlich revoltierte, schluckte trocken, sah krampfhaft zu Boden und wünschte, er könnte sich gleichzeitig die Zeigefinger in die Ohren stecken und ein Kinderlied summen.

»Ich würde sagen: zwei Tage«, sagte Ottokar nachdenklich. »Die beiden sind einen Tag vor uns aus Bellegrava aufgebrochen, während Hadmar noch ... indisponiert war. Selbst wenn sie schneller als wir geritten sind, können sie nicht mehr als zwei Tage Vorsprung gehabt haben.«

»Woran sind sie ... gestorben?«, fragte Bertram.

Joachim ließ sein Pferd ebenfalls an die schaukelnden Leichname herantreten.

»Pfeilwunden. Viele Pfeilwunden«, sagte er, richtete sich im Sattel auf und zeigte mit dem Finger. »Hier. Hier. Und hier. Die eine hier wäre für sich alleine schon tödlich gewesen. Wenn es euch ein Trost ist: Sie waren schon tot, als man sie hier aufgeknüpft hat.«

»Und die ... Pfeile?«

»Hat man wieder mitgenommen. Nach dem Tod ohne Rücksicht aus den Leichnamen herausgerissen. Schaut, wie die Wunden hier und hier ausgefranst sind, ohne dass sie noch stark geblutet hätten. Pfeile sind kostbar, vor allem im Wald, wo man verschossene kaum mehr wiederfindet.«

»Und warum hat man sie dann ... noch hier aufgeknüpft, wenn sie doch ... ohnehin schon tot waren?«

»Als Zeichen der Stärke«, sagte Hadmar. »Als Drohung. Um ihr Revier abzugrenzen. Um Reisenden Angst einzujagen.«

»Das ist ihnen gelungen«, sagte Engel leise in die folgende Stille hinein.

Dieses Eingeständnis aus ihrem Mund kam so überraschend, dass sich alle Köpfe dem rothaarigen Mädchen zuwandten.

Genau in diesem Moment fielen die ersten Pfeile unter die Gefährten.

Der erste Pfeil traf den Leichnam von Bohemund in die Schulter und ließ ihn auf seinem Hanfseil rotieren wie einen Kreisel.

Der zweite streifte die Flanke von Joachims Pferd, das sich vor Schreck und Schmerz aufbäumte und dabei um ein Haar seinen überraschten Reiter abwarf.

Der dritte durchbohrte den Oberarm des kleinen Ruprecht, der laut aufschrie und mit der unverletzten Hand an die Wunde fasste.

Wie zuvor die Wegelagerer wandten sich die Gefährten in den Sätteln um auf der Suche nach den Verursachern des unerwarteten Angriffs. Im Gegensatz zu den Banditen mussten sie nicht lange suchen, da die Gruppe der berittenen Bogenschützen ein Stück hinter ihnen quer über die Straße Aufstellung genommen hatte und jetzt Pfeil um Pfeil in die Richtung der kleinen Reisegesellschaft abschoss. Hinter den Bogenschützen beobachteten andere bewaffnete Männer auf Pferden den Angriff; unter ihnen vermeinte Niki den schwarzbärtigen Anführer der Banditen zu erkennen.

»Sie sind zurückgekommen«, flüsterte er entsetzt. »Und diesmal haben sie Pferde dabei!«

»Schilde!«, rief Hadmar. »Joachim! Blondie! Die Schilde hoch! Ihr bleibt bei mir und haltet den anderen den Rücken frei!«

Hektisch beugte Niki sich zur Seite, um seinen runden, von Liesbeth so liebevoll mit dem weißen Baum von Gondor bemalten Schild aufzunehmen, der hinter ihm vom Sattel hing und Sockes rechte Hinterhand bedeckte.

»Alle anderen: losreiten, immer die Straße entlang! Und zwar einer nach dem anderen. Einzeln und in Bewegung seid ihr schwerer zu treffen. Los, los, los!«

Das musste man den Gefährten nicht zweimal sagen: Nacheinander trieben sie ihre Pferde an und stürmten ohne weitere Rücksichtnahme unter und zwischen den beiden wild schaukelnden Leichnamen hindurch.

»Das wird nicht reichen«, rief Joachim, um das Geräusch der Hufe und der vorbeizischenden Pfeile zu übertönen. Einer von ihnen schlug mit überraschender Wucht in Nikis runden Schild ein, den er überlappend mit den dreieckigen von Hadmar und Joachim hochgehoben hatte, um dahinter die Köpfe zusammenzustecken. »Ihre Pferde tragen kein Gepäck. Die sind schneller als unsere. Sie können uns mühelos folgen und den Abstand immer genau so groß halten, dass sie uns einen nach dem anderen mit ihren Pfeilen außer Gefecht setzen können.«

»Verdammter Mist! Und ich war mir so sicher, dass diese Hurensöhne genug von uns haben nach heute Vormittag«, knurrte Hadmar. »Der Schwarzbart mit den Zahnlücken ist nachtragender als ich dachte! Und was jetzt? In den Wald hineinreiten können wir nicht, dafür ist das Unterholz zu dicht. Zu Fuß würden wir uns in kürzester Zeit verlaufen, und im Kampf Mann gegen Mann ziehen wir den Kürzeren, jetzt, wo wir die Überraschung nicht mehr auf unserer Seite haben!«

»Ich habe eine Idee«, rief Joachim und verzog das Gesicht zu einer Grimasse, als auch in seinem erhobenen Schild mit lautem Krach ein Pfeil einschlug. »Nicht weit von hier steht der nächste alte, halb verfallene Wachturm der Römer. Mit dem Kreuzfahrerheer hat meine Gruppe ihn am Abend des ersten Tages nach Jagodina erreicht, aber mit den Ochsenkarren im Schlepptau waren wir damals ja nur halb so schnell unterwegs wie wir jetzt. Es kann wirklich nicht mehr weit sein. Dort sind wir vor ihren Pfeilen in Sicherheit und können uns sogar gegen eine große Überzahl lange verteidigen.«

»Dort sitzen wir dann aber auch endgültig in der Falle«, brummte Hadmar, sichtlich nicht begeistert von der Vorstellung, von den Banditen umstellt und belagert zu werden.

»Habt Ihr einen besseren Vorschlag?«, fragte Joachim. »Wenn wir auf der Straße bleiben, schießen sie uns einen nach dem anderen ab, bis niemand mehr übrig ist!«

Hadmar dachte kurz nach. Als auch noch sein Schild von einem Pfeil getroffen und ihm fast aus der Hand gerissen wurde, traf er seine Entscheidung.

»Mir nach!«, rief er, ließ sein Pferd theatralisch hochsteigen und auf der Hinterhand wenden. »Wir sehen uns Joachims Turm mal aus der Nähe an!«

»Könnt Ihr erkennen, was sie gerade machen?«, fragte Hadmar.

Joachim warf einen Blick aus der der Straße zugewandten Türe im obersten Stock des Wachturms. »Ein paar sind damit beschäftigt, unsere Pferde zusammenzutreiben und zu durchsuchen. Die anderen ... sammeln glaub ich Feuerholz«, antworte er zögernd.

»Die Hurensöhne wollen uns ausräuchern«, knurrte Hadmar. »Gar nicht so dumm, wie sie aussehen. Wenn ihnen das gelingt, ist unser ganzer Plan beim Teufel. Dann müssen wir raus und uns ihnen im Freien zum Kampf stellen, wenn wir hier herinnen nicht jämmerlich ersticken wollen. Dein Wachturm wird wie ein verdammter Schornstein wirken!«

»Seid unbesorgt, Hadmar«, sagte Joachim. »Es regnet jetzt schon seit Tagen; unmöglich, dass die da unten ein Feuer in Gang bringen. Ich bleibe dabei: Wenn sie uns wollen, müssen sie reinkommen und uns holen.«

Die Gefährten hatten den alten Römerturm wie von Joachim angekündigt schon nach einem kurzen, scharfen Ritt erreicht, der sie vorübergehend aus der Reichweite der Bogenschützen gebracht hatte. Angetrieben von Hadmar und Joachim waren sie von ihren Pferden gesprungen, hatten so viel Gepäck und Vorräte wie nur irgend möglich an sich gerissen und waren damit durch den torlosen Eingang in den Turm gestürmt; gerade noch rechtzeitig, bevor ihre Verfolger um die letzte Biegung der Via Diagonalis kamen und ihre Pferde vor dem verfallenen Gebäude zum Stillstand brachten.

Der Wachturm sah genau so aus wie all die anderen, die Niki seit dem Beginn der Reise in Belgrad in regelmäßigen Abständen am Straßenrand gesehen hatte: ein massives Bauwerk aus behauenen Bruchsteinen mit einer quadratischen Grundfläche. Auch im Inneren glich der Turm den anderen: ein Lagerraum im Erdgeschoß, ein gleich großer als Mannschaftsquartier im ersten Stock und ein dritter als überdachte Aussichtsplattform im Obergeschoß, jeweils durch eine schmale, sich im Uhrzeigersinn nach oben drehende steinerne Treppe miteinander verbunden. Wie bei den meisten Türmen war vom flachen Holzdach nicht mehr viel vorhanden, sodass der oberste Raum nun eher einer Dachterrasse mit vier Wänden ähnelte, in denen jeweils eine Türe hinaus ins Leere führte: Auch die hölzerne Aussichts- und Kampfplattform, die den Turm einmal auf Höhe des Dachgeschoßes umgeben hatte, war wohl schon vor Jahrhunderten dem Zahn der Zeit zum Opfer gefallen.

In diesem obersten Raum, der nur durch die Blätter eines überhängenden Baumes notdürftig vom herbstlichen Nieselregen geschützt war, hatten die Gefährten zu ihrer Überraschung zwei Wegelagerer entdeckt, die sich an einer offenen Feuerstelle die Hände wärmten. Die mindestens ebenso überraschten Gesetzlosen hatten nicht abgewartet, bis Hadmar und sein Gefolge sich vollzählig eingefunden hatten, sondern waren ohne weitere Umstände durch eine der Türen in den Wald und die Büsche hinuntergesprungen und ihren Kameraden entgegengelaufen.

»Tut sich bei euch da unten irgendwas?«, rief Hadmar nervös in den ersten Stock des Turms hinunter, wo die Zwillinge im ehemaligen Mannschaftsquartier am oberen Ende der Wendeltreppe Wache standen.

»Hier ist immer noch alles ruhig«, rief Gottfried zurück.

»Wir schlagen sofort Alarm, wenn unten jemand reinkommt«, fügte Gerwald hinzu.

Engel hatte die erzwungene Untätigkeit der Gefährten genutzt, um in einem großen Kochtopf, den die zwei Banditen bei ihrer überstürzten Flucht zurückgelassen hatten, Wasser aus ihrem Trinkschlauch zu erhitzen und damit die Wunde des kleinen Ruprecht zu reinigen.

»Mach dir keine Sorgen«, sagte sie zu Hadmars jungem Knappen, der blass und mit fest zusammengebissenen Zähnen auf einem dreibeinigen Schemel saß. »Das ist nur eine Fleischwunde. Kaum mehr als ein Streifschuss. Vor allem ist die Spitze nicht in der Wunde verblieben. Pass auf, das wird jetzt ein bisschen weh tun.«

Der Schrei des kleinen Ruprecht war so laut, dass die

Banditen bei ihren Angriffsvorbereitungen die Köpfe hoben und zum obersten Stockwerk des alten Wachturms hinaufblickten.

»Heilige. Maria. Mutter. Gottes«, presste Ruprecht zwischen hastigen Atemzügen hervor, während Engel mit dem in sauren Apfelwein aus Bellegrava getränkten Tuch sorgfältig seine Wunde reinigte, wie sie das von Niki gelernt hatte.

»Und *das* nennst du ein bisschen?«

»Sieht alles sehr sauber aus«, sagte Engel ungerührt. »Wenn du keinen Wundbrand bekommst, bist du bald wieder so gut wie neu.«

Ich wünschte, das könnte man von uns allen behaupten, dachte Niki betrübt. Seine aufgeschlitzte Wange brannte wie Feuer, aber er sah ein, dass Ruprecht die Aufmerksamkeit Engels zurzeit nötiger hatte als er.

Hadmar lief ein paar Mal unschlüssig im Raum auf und ab, wobei er vor sich hin murmelte und immer wieder den Kopf schüttelte, während sein Gefolge ihm dabei mit zunehmender Besorgnis zusah.

»In einer vollkommenen Welt«, sagte er schließlich halblaut, mehr zu sich selbst als zu den anderen, »würden wir jetzt die beiden erfahrensten Kämpfer mit der besten Rüstung, also Joachim und mich, ans obere Ende der Stufen unten im ersten Stock stellen, mit Schilden in der linken und Schwertern in der rechten Hand. Die beiden würden die Schilde so halten, dass sie überlappen und einen kleinen Schildwall bilden. Mit den Schwertern würden sie von rechts nach links, der Windung der Stufen folgend, auf die Angreifer hinunterschlagen. Die Banditen, selbst wenn sie hundert Mann stark wären, könnten nur einzeln oder zu zweit angreifen, aufwärts und gegen den Verlauf der Treppe.«

Stimmt, dachte Niki, der sich das von Hadmar gezeichnete Bild vor seinem geistigen Auge vorzustellen versuchte. *Ein Rechtshänder muss von unten nach oben quasi »backhand« zuschlagen, weil ihm rechts die zentrale Säule der*

Wendeltreppe im Weg ist. Macht die Sache tatsächlich nicht einfacher. Solange er nicht gerade Linkshänder ist.

»Wenn unsere beiden Kämpfer aufmerksam bleiben, von hinten mit Speeren und Pfeilen unterstützt werden und auf ihre verwundbaren Beine aufpassen, können sie die Angreifer zurückschlagen, bis ihre Verwundeten sich im Stiegenhaus so hoch stapeln, dass sie den Angriff abbrechen müssen. Ein Wachturm wie dieser ist durch einen Sturmangriff praktisch uneinnehmbar.«

Hadmar kratzte sich am Kopf und seufzte. »Im echten Leben kann ich meine rechte Hand nicht benutzen. Ich muss das Schwert mit der linken führen, womit ich den Vorteil des Verteidigers im Stiegenhaus verliere. Und Schild kann ich überhaupt keinen verwenden.«

»Und ich bin ein lausiger Schwertkämpfer«, warf Joachim ein. »Ich kann mit meinem Bogen aus der zweiten Reihe viel nützlicher sein als im Schildwall.«

»Aber ohne Schildwall können wir uns den ganzen schönen Verteidigungsplan aufzeichnen«, sprach Niki unwillkürlich laut aus, was ihm gerade mit einem Schlag klar geworden war. »Wenn diese Scheißkerle uns aus dem Treppenhaus heraus und in den Raum hinein zurückdrängen, sind sie in der Überzahl. Dann machen sie uns einen nach dem anderen fertig!«

Hadmar und Joachim tauschten einen Blick. Unbehagliches Schweigen breitete sich aus und bestätigte Niki, dass er mit seiner Schlussfolgerung wohl den Nagel auf den Kopf getroffen hatte. In der Stille konnte man die Stimmen der Wegelagerer unten auf der Straße hören; der schwarzbärtige Anführer rief Befehle, während seine Männer sich auf den bevorstehenden Angriff vorbereiteten.

Zur allgemeinen Überraschung war Ottokar von Pressburg der Erste, der das Wort ergriff.

»Es war immer mein Traum, an einem legendären letzten Gefecht teilzunehmen«, sagte er nachdenklich zu niemandem im Speziellen. »Wie die Leibgarde des gefallenen Königs Harold bei der Schlacht von Hastings, die seine Leiche bis zum Tod gegen die Normannen verteidigten, anstatt vom Schlachtfeld zu fliehen. Oder die Spartaner unter König Leonidas in der Schlacht bei den Thermopylen, die bis zum letzten Mann gegen Xerxes und die erdrückende Übermacht der persischen Armee gekämpft haben. Das ist der Stoff, aus dem Legenden geboren werden, Gedichte erschaffen und Lieder geschrieben. Wenn ich mein Leben in einem legendären letzten Gefecht verliere, könnte ich meinen Vorfahren erhobenen Hauptes gegenübertreten. Wer will seinen Altvorderen denn schon gestehen, dass seine größte Tat im Leben die Erfindung eines neuen Ablagesystems im Feldzeuglager des Herzogs von Österreich war? Ich hätte nur nicht gedacht, dass das so bald passieren würde ...«

»Ich möchte Euch wahrlich nur ungern um Euren Heldentod bringen, Ottokar«, sagte Hadmar mit einem bitteren Lächeln. »Aber noch ist es nicht so weit. Ich glaube, ich weiß jetzt nämlich, wer unseren Schildwall bilden wird.«

Hadmar von Kuenring trug die weitaus beste Rüstung aller seiner Kampfgefährten, obwohl er der Dunkelheit im Treppenhaus wegen auf seinen Topfhelm mit den Sehschlitzen verzichtete und auf dem Kopf nur eine gepolsterte Kappe und eine Haube aus Ringelpanzergeflecht trug. Ein Kettenhemd bedeckte seinen muskulösen Körper vom Hals bis zu den Handgelenken und bis hinunter zu den schweren Lederstiefeln, die seine Unterschenkel und Füße schützten. Über dem Kettenhemd trug er den Waffenrock seines Hauses, goldfarben mit schwarzen Querstreifen, der ihm ein wenig das Aussehen einer Wespe auf zwei Beinen verlieh.

Nachdem sein vorheriges Schwert beim Kampf mit den Engländern vor den Toren von Burg Aggstein zu Bruch gegangen war, hatte der junge Kuenringer sich in Wien ein neues anfertigen lassen: lang wie ein Männerarm, mit einer unüblich schmalen Klinge. Die meisten Schwerter waren schwer und breit, mehr zum wuchtigen Dreinschlagen auf Helme, Schilde und durch Kettenhemden geschützte Körper gebaut. Hadmars Klinge hingegen war eine Stichwaffe, wie geschaffen dafür, um einen Spalt in der Rüstung, eine Schwachstelle in der Verteidigung eines Gegners aufzuspüren und gnadenlos zuzustechen. Das Schwert trug keinen Namen, keine Dekorationen, keine mystische Inschrift; für Hadmar war es nur ein Werkzeug. Die Wespe hatte einen würdigen Stachel gefunden.

Hadmar von Kuenring trug die beste Rüstung von all seinen Kampfgefährten. Es war aber nicht Hadmar, der in der ersten Reihe der Verteidiger stand.

Gottfried und Gerwald waren es, die unzertrennlichen Zwillinge, die nervös Schulter an Schulter im fensterlosen Treppenhaus standen, ihre schweren Schmiedehämmer in den Händen, und den für sie unverständlichen Befehlen der Gesetzlosen zuhörten, außer Sicht, aber nur wenige Schritte unter ihnen am Fuß der Stiege.

Sie trugen die Kleidung der Haussoldaten von Burg Dürnstein: kurze Kettenhemden, wespenfarbige Waffenröcke und einfache Helme mit Nasenstücken auf ihren runden Köpfen. Zur Verstärkung hatten Joachim und Niki ihren Knappen die Schilde überlassen: Gottfried trug Joachims dreieckiges mit dem Wappen von Senftenberg, und Gerwald das runde von Niki.

Mit dem weißen Baum von Gondor drauf, dachte Niki. *Möge es gegen gewöhnliche Banditen genau so viel Schutz bieten wie gegen Orks und Goblins!*

»Sie werden versuchen, mit Schwung durchzubrechen«, sagte Hadmar leise, aber eindringlich. »Haltet die Schilde tief, passt auf eure Beine auf und schlagt mit den Hämmern auf alles, was sich bewegt! Joachim und ich stehen direkt hinter euch, wir werden über eure Köpfe hinweg angreifen. Wenn wir den Ansturm der Hurensöhne zum Stehen bringen und das erste Blut fließt, wird der Angriff rasch ein Ende finden. Ihr habt vor Aggstein englische Panzerreiter besiegt, und das hier sind nur Strauchdiebe. Vertraut mir: Unsere Reise endet nicht hier und heute!«

»Wenn einer von euch verletzt wird, dann zieht er sich sofort zurück und wird vom Nächsten in der Reihe ersetzt«, sagte Joachim und warf einen Blick über seine Schulter zurück in den Raum im ersten Stock des Wachturmes, wo Niki, Bertram, Severin und Ottokar angespannt auf den Beginn des Angriffs warteten. »Und wenn ich sage *sofort*, dann meine ich auch *sofort*! Wir wollen keine Heldentaten sehen! Das gilt auch für Euch, Ottokar!«

Die Burschen grinsten, die greifbare Spannung in der Gruppe ließ ein wenig nach.

Niki wünschte sich nichts sehnlicher als eine Toilette. Er presste eine Hand gegen seinen Bauch, als eine neue Welle an Krämpfen seine Eingeweide zu verflüssigen schien. Er hatte am von Hadmar angesprochenen Kampf gegen die Engländer vor den Toren von Burg Aggstein nicht teilgenommen und war auch in der Folge bewaffneten Konfrontationen aller Art erfolgreich aus dem Weg gegangen. In Wahrheit hatte er das Schwert an seinem Gürtel nur mit überschaubarem Talent während seiner Ausbildung zum Wehrbauern benutzt; seit Ostern hatte er es überhaupt nur noch zur regelmäßigen Reinigung aus seiner Scheide gezogen. Die einzige Waffe, mit der er regelmäßig trainierte und sich wohlfühlte, war – sein Stab.

Niki schloss die Augen, atmete tief durch und rief sich zur Ablenkung ins Gedächtnis, was er in seinem früheren Leben über die japanische Kunst des Stockkampfes gelernt hatte.

Zwölf Bewegungen, dachte er. *Sie vereinen die Schlagbewegungen eines Schwertes, die Stoßtechniken eines Speeres und die runden Schwünge einer Hellebarde. Schade nur, dass hier herinnen nicht für eine einzige davon genug Platz ist.*

»Hast du Angst?«, hatte Hadmar ihn leise gefragt, während die Burschen ihre Plätze im Stiegenhaus eingenommen hatten.

»Ritter haben keine Angst«, hatte Niki mit einem bemühten Grinsen geantwortet, das wohl mehr der Grimasse eines Totenschädels glich als dem geplanten coolen Lächeln.

»Sie lügen aber auch nicht, Blondie.«

»Ich habe eine Scheißangst, Hadmar.«

Zu seiner Überraschung hatte der junge Kuenringer gelächelt und ihm freundschaftlich die Hand auf den Arm gelegt.

»Ich auch. Glaubst du, ich mach sowas jeden Tag, daheim in Dürnstein? Angst wohnt in jedem von uns. Aber auch Mut. Das wirst du gleich selbst herausfinden«, hatte er gesagt. »Bleib direkt hinter Joachim und mir. Benutze deinen Stab wie einen Speer. Stoß damit zu, wann immer ein Angreifer in Reichweite kommt. Ich weiß, dass du das kannst. Aus eigener leidvoller Erfahrung.«

Niki wusste, worauf Hadmar anspielte. Er erinnerte sich gut an den Kampf, den die beiden beim Osterfest auf der Dorfwiese ausgefochten hatten. Und ja: Niki hatte seinen Erzfeind damals tatsächlich fast bewusstlos geschlagen mit seinem Stab.

Nur dass das damals Jux und Tollerei mit stumpfen Schwertern war, dachte Niki. *Und kein Kampf auf Leben und Tod wie jetzt und hier.*

Seine Gedanken wurden unterbrochen von einer Stimme, die er sofort wiedererkannte: Es war der schwarzbärtige Anführer der Banditen, der jetzt lautstarke Befehle brüllte.

Das nächste Geräusch, das Niki hörte, was das Trampeln von Füßen im Treppenhaus.

Der Angriff hatte begonnen.

Es war einer der Gesetzlosen, der den ersten Streich führte, ein bärtiger, breitschultriger Mann mit einem kurzen Speer in der Hand, mit dem er auf die Zwillinge einstach, kaum dass er sie zu Gesicht bekam. Gerwald sprang gerade noch rechtzeitig zur Seite, um seine Beine zu retten, während sein Bruder den schweren Hammer bereits auf den Angreifer niedersausen ließ. Sein Schlag erschütterte den hoch erhobenen Schild des heranstürmenden Mannes, ohne Schaden anzurichten; im nächsten Moment prallte der massige Bandit, vom eigenen Schwung getragen, schon gegen die Schilde der Zwillinge.

Der Aufprall ließ beide einen Schritt und eine Stufe zurückweichen. Hadmar und Joachim hielten ihre Position, der eine mit erhobenem Schwert, der andere mit einem Pfeil abschussbereit an der Bogensehne, sodass die Zwillinge wie zwischen Hammer und Amboss eingeklemmt wurden, während von unten schon die nächsten Angreifer nachdrängten.

Niki stand unmittelbar hinter Hadmar und Joachim, seinen mannshohen Stab mit feuchten Händen fest umklammernd, und reckte besorgt den Hals, um das Schicksal seiner Freunde zu verfolgen und nur ja keine Möglichkeit zu verpassen, ihnen von hinten zu Hilfe zu kommen. Von dort konnte er beobachten, wie Gerwald dem bärtigen Angreifer einen Tritt mit dem Knie in die Weichteile versetzte, der diesen zurücktaumeln ließ. Zwei weitere Banditen sprangen am nach Luft ringenden Speerkämpfer vorbei und stachen mit kurzen Schwertern nach den Zwillingen. Ein scharfer, melodischer Ton, der Niki an das harte Anschlagen einer Gitarrensaite erinnerte, begleitete Joachims ersten Pfeil, der einen der beiden in die Schulter traf und durch die Wucht des Aufpralls um die eigene Achse wirbeln ließ. Ein Schrei gellte durch das Treppenhaus, ein Schwert klirrte zu Boden, erstes Blut benetzte die steinernen Stufen.

Der massige Bandit mit dem Speer hatte sich wieder aufgerappelt, brüllte einen Fluch und stieß von unten wütend nach Gerwalds Bauch, traf dabei aber nur den Schild mit dem Baum von Gondor. Gerwald schlug im Gegenzug seinen Hammer auf den Schild des Angreifers, während sich daneben der zweite Schwertkämpfer auf Gottfried stürzte.

Immer mehr Männer drängten die Treppe hoch und pressten ihre an vorderster Front kämpfenden Kameraden gegen die Verteidiger. Der Speerkämpfer stolperte einen Schritt nach vorne und fand sich mit einem Mal fast Nase an Nase mit Gerwald wieder, beide mit gesenkten Waffen und ohne Platz zum Ausholen.

Hadmar, der den bisherigen Kampf konzentriert und regungslos verfolgt hatte, erwachte vor Nikis Augen zum Leben. Sein schlankes Schwert stieß zwischen den Zwillingen nach vorne und drang dem unglücklichen Speerkämpfer fast bis zum Heft in die Brust. Heißes Blut spritzte über Gerwalds Kleidung und färbte die goldenen Streifen seines Waffenrockes dunkelrot, während sein Gegner auf die Knie sank, sich übergab und sterbend zur Seite wegkippte. Hadmar schien Nikis entsetzten Blick im Rücken zu spüren; er drehte sich um und zwinkerte ihm zu.

»Ein Hurensohn weniger«, schrie er, um sich über den ohrenbetäubenden Lärm aus Schmerzensschreien, Befehlen und Flüchen Gehör zu verschaffen.

An Gerwalds Seite zertrümmerte sein Bruder Gottfried mit einem, zwei, drei mit aller Kraft geführten Hammerschlägen den Helm und zugleich den Schädel seines Gegners. Blut rann dem Mann unter dem zerborstenen Helm hervor übers Gesicht, aus der Nase, aus dem Mund und sogar aus den Ohren, als er sein Schwert fallen ließ und wie eine Puppe ein paar Stufen hinabrollte, seinen nachdrängenden Kameraden entgegen, ehe er mit weit aufgerissenen Augen auf dem Rücken liegen blieb.

Der Kampf dauerte noch keine Minute, und im düsteren Treppenhaus stank es schon nach Blut, Exkrementen und Erbrochenem. Der Schwarzbart brüllte unten immer noch Befehle und trieb seine Männer weiter erbarmungslos die Treppe hoch. Hände griffen nach den Toten, den Sterbenden und den Verletzten und zogen sie die vom Blut glitschigen Steinstufen hinunter, während frische Männer über sie hinwegsprangen und sich mit wütenden Kampfschreien gegen die Verteidiger warfen.

Die Zwillinge stemmten sich nach Leibeskräften gegen die Übermacht. Gerwalds Hammer verhakte sich in der Luft mit der Streitaxt eines Angreifers. Während beide Männer mit aller Kraft versuchten, die Waffe des Gegners zurückzudrücken, schlug der junge Schmied dem Banditen mit dem linken Arm den Rand seines Schildes ins Gesicht, brach ihm die Nase und ließ ihn einen Schritt zurücktaumeln.

Gerwalds triumphierender Kampfschrei ging in einen Schmerzensschrei über. Niki musste entsetzt zusehen, wie die Beine seines Knappen ihm den Dienst versagten und er fluchend zu Boden ging: Ein Angreifer aus der zweiten Reihe hatte Gerwalds Ablenkung ausgenutzt und ihm die Spitze seines Speers unterhalb des Kettenhemdes durch die nur von hohen Lederstiefeln geschützte Wade gebohrt.

Der junge Schmied hatte auch auf den Knien noch genug Geistesgegenwart, den ersten mächtigen Axthieb des Banditen mit der gebrochenen Nase mit dem Schild abzuwehren. Zu einem zweiten kam es nicht mehr, weil Joachim dem Angreifer aus kürzester Entfernung einen Pfeil in den zu einem siegessicheren Kampfschrei aufgerissenen Mund schoss.

Niki ließ seinen Stab fallen, drängte sich zwischen

Hadmar und Joachim hindurch und packte Gerwald von hinten unter den Armen. Mit aller Kraft versuchte er, seinen Knappen die Stiegen hinauf aus der Gefahrenzone zu ziehen, aber mit Kettenhemd, Helm und Schild war Gerwald zu schwer für ihn. Ottokar und Severin kamen von hinten zu Hilfe, und gemeinsam gelang es ihnen, den stöhnenden und vor Schmerzen weinenden jungen Mann in Sicherheit zu bringen, während Hadmar nach vorne sprang und den Platz neben Gottfried einnahm.

Niki hörte Joachim fluchen und warf ihm einen fragenden Blick zu. Der Ritter mit den weißen Haaren streckte ihm als Antwort seinen Bogen entgegen. Niki erkannte, dass bei Joachims letztem Schuss, der Gerwald das Leben gerettet hatte, die Sehne gerissen sein musste; durch den Wegfall der Spannung hatte der Bogen seine Krümmung verloren und lag nun wie ein normaler Wanderstock in Joachims Hand.

Jetzt sind wir endgültig im Arsch, dachte Niki, als er hektisch wieder nach seinem Stab griff. *Ohne Schild wird Hadmar dort nicht lange aushalten. Und mit Joachims Pfeilen haben wir unsere beste Waffe verloren. Sieht so aus, als würde Ottokars Wunsch nach einem legendären letzten Gefecht doch noch in Erfüllung gehen.*

Der erste Hieb, der Niki zur Seite taumeln ließ, traf ihn nicht von vorne, sondern von hinten. Und das aus heiterem Himmel.

»Bertram?«, rief Niki ungläubig, nachdem er sein Gleichgewicht wiedergefunden hatte. »Was zum Teufel ... tust du da?«

Engels riesenhafter Bruder, den seine Freunde nicht ohne Grund »den Bullen« nannten, war groß und stark, aber auch überaus sanftmütig und sehr, *sehr* langsam in seinen Gedanken, Worten und Werken. Mit umso größerer Überraschung sah Niki daher zu, wie der Bulle weder sanftmütig noch langsam auch Joachim beiseite rempelte, Hadmar und Gottfried mit seinen mächtigen Pranken auseinanderschob und zwischen seinen Freunden nach vorne trat.

»Bist du von allen guten Geistern verlassen?«, schrie Niki so laut er konnte über den Lärm des Kampfes hinweg, als er erkannte, was Bertram vorhatte. »Komm sofort zurück!«

Aber Engels Bruder hörte ihn nicht. Oder er hatte sich entschlossen, ihn nicht zu hören. Genau so wenig wie die Rufe Hadmars und seiner anderen Freunde.

Niki musste tatenlos dabei zusehen, wie Bertram ohne Helm und ohne Schild, bewaffnet einzig mit der baseballschlägerartigen Keule, die früher Vuk dem Türsteher gehört hatte, Stufe für Stufe unerbittlich den angesichts von Gerwalds Fall mit frischem Mut angreifenden Banditen entgegenschritt. Seine Rufe blieben Niki im Hals stecken, als er mitansehen musste, wie sein Freund zwischen die Angreifer trat und langsam, aber mit der Unerbittlichkeit einer Maschine begann, beidhändig Hiebe mit seiner Keule zu verteilen.

Ein altes Sprichwort sagt, dass Gott Narren, Liebenden und Trunkenbolden besonderen Schutz angedeihen lässt. In Bertram steckte wohl von allem ein wenig: Er dachte, sprach und handelte langsam; er war seiner Freundin Kathrin, die daheim in Dürnstein mit ihrem Hund Satansbraten auf ihn wartete, in zärtlicher und unerschütterlicher Liebe verbunden; und er konnte Unmengen von Bier vertilgen, mehr sogar noch als die trinkfesten Zwillinge.

Vielleicht war es also wirklich Gottes schützende Hand, die Bertram in diesem Augenblick davor bewahrte, von den Schwertern, Äxten und Speeren der Banditen in Stücke geschlagen zu werden. Ohne selbst auch nur einen Kratzer abzubekommen, schwang er mit schlafwandlerischer Sicherheit seine Keule in alle Richtungen, traf wahllos Helm, Schild und Schwert. Helme und Schilde wurden eingebeult, fallengelassene Schwerter klirrten auf die steinernen Stufen. Knochen brachen. Schmerzensschreie gellten durch das Treppenhaus.

Der Ansturm der Banditen geriet ins Stocken und kam zum Stillstand. Mehr noch: Zum ersten Mal an diesem Nachmittag wichen die Wegelagerer zurück, in ihrer Angst vor dem anscheinend unverwundbaren Riesen mit der Keule.

Der Schwarzbart merkte, dass der Angriff seiner Männer an Schwung verloren hatte, erkannte die Ursache und schrie neue Befehle. In die Soldaten am unteren Ende der Stufen kam Bewegung, als sie einen von ihnen vortreten ließen.

Auf ein scharfes Kommando ihres Anführers wichen die beiden mit Bertram kämpfenden Banditen gleichzeitig zur Seite und drückten sich links und rechts an die Wand des geschwungenen Treppenhauses. Mit einem Mal tat sich eine Gasse auf, in deren Mitte ein schmächtiger junger Mann mit einer Armbrust stand und auf Bertram zielte, der sich plötzlich einem neuen Gegner gegenübersah, nicht mehr als ein paar Stufen unter ihm.

Bertram wusste nur zu gut, dass der Bolzen einer Armbrust eine Schweinehälfte glatt durchschlagen konnte, ein Holzbrett, ein Kettenhemd und sogar die Metallplatten der neumodischen Rüstungen. Ihm war auch bewusst, dass er die Höhe und die Breite des engen Treppenhauses praktisch alleine ausfüllte; auf den jungen Schützen musste er wie ein Scheunentor wirken, das in ein paar Schritten Entfernung vor ihm aufragte.

Für einen Moment nur stand der Riese still und überlegte.

Dann hob er die Keule hoch über seinen Kopf und ging mit einem Kampfschrei, der gespenstisch von den Wänden zurückgeworfen und verstärkt wurde, auf den Armbrustschützen los.

Der junge Bandit riss erschrocken die Augen auf und betätigte dabei den Abzug.

Zu Bertrams Glück war der junge Mann kein geübter Schütze: Seine Waffe stammte aus dem Gepäck des unglücklichen Bohemund und war erst seit einem Tag im Besitz der Banditen. Weder hatte man ihm beigebracht, dass die Sehne der Armbrust unter allen Umständen trocken gehalten werden musste, weil sie sonst einen Großteil ihrer Spannkraft einbüßte, noch hatte er Gelegenheit für mehr als nur eine Handvoll Probeschüsse gehabt, um die wertvollen Bolzen nicht zu verschwenden.

Außerdem war der Bandit von Bertrams unerwartetem Angriff erschrocken und drückte in seiner Angst vor dem heranstürmenden Riesen überhastet ab, ohne ihn ernsthaft ins Visier zu nehmen: Zu verfehlen war er ohnehin nicht.

Der Bolzen schnellte von der regenfeuchten Sehne, gebremst, aber immer noch mit mehr als genug Durchschlagskraft. Er durchbohrte Kettenhemd, Stoff, Haut und Muskeln.

Und blieb in Bertrams Oberschenkel stecken.

Der Kampfschrei des Bullen verwandelte sich in einen Schmerzensschrei, der nicht nur seiner Schwester oben am Dach des Wachturmes fast das Blut in den Adern gefrieren ließ. Vor Schmerz halb wahnsinnig schwang er seine Keule noch wilder als zuvor in alle Richtungen, sodass Freund und Feind nun gleichermaßen erschrocken die Köpfe einzogen.

Es war Gottfried, der sich als Erster ein Herz fasste, ein paar Stufen hinuntersprang, den tobenden Bertram von hinten packte und ihn buchstäblich am Kragen Schritt für Schritt zurück nach oben zerrte.

»Zurück!«, schrie Hadmar aus Leibeskräften. »Bertram! Gottfried! ZURÜCK! Das ist ein verdammter BEFEHL!«

Er packte selbst zu, um Gottfried und den stolpernden Bertram an sich vorbei unsanft in Richtung ersten Stock zu stoßen, während er mit drohend erhobenem Schwert und blitzenden Augen ihren Rückzug deckte.

»Rauf aufs Dach, und zwar ALLE! Auch du, Blondie! Zurück, hab ich gesagt! JETZT!«

»Sie sind feucht geworden? Was soll das heißen, sie sind feucht geworden?« Hadmar stand Joachim fassungslos gegenüber und sah aus, als ob er jeden Moment die Nerven verlieren würde.

»Das soll heißen, dass offensichtlich Regenwasser in meine Satteltasche eingedrungen ist. Meine Ersatzsehnen sind feucht geworden«, antwortete Joachim geduldig, als würden zwei alte Freunde bei einem Wettbewerb im Bogenschießen über ihre Waffen fachsimpeln.

»Und wann könnt Ihr wieder damit schießen?«

»Erst wenn sie wieder trocken sind. Also nicht so bald.«

Hadmar wandte sich wütend ab und warf einen Blick in die Runde. Der Regen schien endlich aufgehört zu haben; nur von den Blättern des überhängenden Baumes fielen noch ein paar Tropfen auf die Aussichtsplattform, deren hölzernes Dach wohl schon vor Jahrhunderten verrottet war.

Engel hatte das gesamte verbliebene Brennholz der beiden geflohenen Wachposten auf das Feuer geworfen, um damit weiteres Wasser heiß zu machen. An eine der bröckelnden Außenwände gelehnt saßen nebeneinander die Verwundeten: Gerwald, weiß wie die Wand hinter ihm, mit einseitig hochgekrempelter Hose, den blutverschmierten Unterschen-

kel nur behelfsmäßig verbunden. Seinen an der Seite aufge-
schlitzten, blutdurchtränkten Stiefel drehte er gedankenverloren in den Händen, als würde er daran Halt finden. Sein
Zwillingsbruder Gottfried hockte hilflos und ein wenig verloren neben ihm und sah aus, als ob er jeden Augenblick anfangen würde zu weinen.

Bertram an Gerwalds anderer Seite sah man auf den ersten Blick seine Verletzung gar nicht an, obwohl sie schwerer
war als die des jungen Schmiedes. Erst bei genauerem Hinsehen war zu erkennen, dass der Bulle mit zusammengebissenen Zähnen gegen starke Schmerzen kämpfte. Und dass sein
Kettenhemd immer noch durch den Armbrustbolzen an seinem Oberschenkel quasi festgenagelt war. Engel hatte sich
noch nicht getraut, den Bolzen aus der Wunde zu ziehen –
aus Sorge, die Blutung dann nicht stoppen zu können.

»Jetzt wirkt der Bolzen noch wie der Stopfen in einer Flasche«, hatte sie Niki zugeflüstert. »Wenn er eine wichtige
Blutbahn durchbohrt hat, ist Bertram in ein paar Minuten
tot, sobald ich ihn rausziehe! Ich hab hier nichts, mit dem ich
eine starke Blutung stillen könnte!«

Niki hatte seine Freundin nur kurz tröstend an sich drücken können; ihre glänzenden Augen verrieten, dass auch sie
den Tränen nahe war ob der Gefahr, in der ihr großer Bruder schwebte.

»Die wichtigste Blutbahn im Oberschenkel verläuft an
der Innenseite«, hatte er zurückgeflüstert. »Nicht dort, wo
der Bolzen steckt. Darauf gebe ich dir mein Wort.«

»Woher weißt du das?«

»Weil es, ähm, geschrieben steht.«

In jedem Schulbuch über Biologie, hatte Niki gedacht.
Gebe Gott, dass ich das noch richtig im Kopf hab.

Der kleine Ruprecht vervollständigte das Lazarett der
Gefährten. Die Wunde in seinem Oberarm war bereits
gereinigt und mit einem Streifen Stoff sauber verbunden. Offensichtlich hatte Engel dafür die Leinenstreifen verwendet,

mit denen sie seit der Abreise in Dürnstein jeden Morgen ihre Oberweite abgebunden hatte. Niki warf einen Blick auf seine Freundin und sah, dass sich ihre kleinen Brüste nunmehr tatsächlich deutlich unter ihrem regenfeuchten und dadurch enganliegenden Leibrock abzeichneten.

Die Verkleidung ist beim Teufel, dachte er. *Aber das ist jetzt wohl unser kleinstes Problem.*

Bruder Severinus stand in seiner schwarzen Benediktinerkutte im Torbogen zum Treppenhaus Wache. Beim flüchtigen Hinsehen wirkte er wie ein harmloser Pilger, gestützt auf seinen Wanderstab. Erst auf den zweiten Blick konnte man erkennen, dass es sich dabei um eine Saufeder handelte, einen Speer, der speziell für die Jagd auf Wildschweine hergestellt wurde. Aus härtestem Eschenholz, mit einer Klinge, die breit und so scharf war, dass man sich damit rasieren hätte können. Dass er damit auch umzugehen wusste, hatte Severin zu Ostern beim Kampf mit den Engländern vor den Toren von Burg Aggstein bereits unter Beweis gestellt.

Neben ihm stand Ottokar von Pressburg, wie immer von Kopf bis Fuß in makellos sauberer schwarzer Kleidung ohne Wappen. Das schwarze Haar auf seinem eiförmigen Schädel war ein wenig zerrauft, aber seine blitzenden Augen und das blanke Schwert in seiner Rechten ließen an seiner Entschlossenheit keinen Zweifel aufkommen.

»Ottokar, Ihr wolltet doch so gerne bei einem legendären letzten Gefecht Euer Leben verlieren?«, fuhr Hadmar den kleinen, dicken Ungarn mit dem mächtigen Schnurrbart an. »Schaut nicht mich an, schaut ins Treppenhaus hinunter! Haltet gefälligst die Augen und Ohren offen, sonst kommt dieser Moment früher als gedacht!«

Ottokar salutierte erschrocken, trat einen Schritt in Richtung Wendeltreppe und richtete seine Aufmerksamkeit gehorsam wieder auf die Geräusche der Banditen, die sich ein Stockwerk darunter auf den entscheidenden Angriff vorbereiteten.

»Wie viel Mann haben sie verloren?«, fragte Hadmar Joachim.

»Drei Gefallene, denke ich. Einen habt Ihr mit dem Schwert erwischt, einen Gottfried mit seinem Hammer und einen ich mit einem Pfeil. Dazu ein paar Verletzte, fünf vielleicht, von denen die meisten auf Bertrams Rechnung gehen.«

»Vorhin waren es in etwa zwei Dutzend. Das heißt, unten warten immer noch mindestens fünfzehn von den Hurensöhnen darauf, uns den Garaus zu machen. Und was haben wir noch übrig an Kampfeskraft? Einen einarmigen Schwertmeister. Einen Bogenschützen ohne Bogen. Einen einäugigen Zwilling. Einen Troubadour. Einen Buchhalter. Einen Mönch. Und eine verdammte Bademagd in Männerkleidung!«

Wenn wir alle zusammen in eine Bar gehen würden, könnte man daraus einen klasse Witz machen, dachte Niki.

Hadmar ließ sich schwer auf den Boden fallen, lehnte sich gegen eine der Außenmauern und vergrub das Gesicht in den Händen.

»Ich habe einen Fehler gemacht«, sagte er schließlich leise, ohne den Blick zu heben. »Ich habe uns alle ins Verderben geführt. Ich dachte, wir könnten mit den hiesigen Wegelagerern kurzen Prozess machen. In Bellegrava, in Jagodina und sogar heute Vormittag noch, als wir ihren geplanten Hinterhalt vereitelt haben. Ich dachte, wir sind im Auftrag des Herrn unterwegs. Ich dachte, wir sind unverwundbar. Ich habe mich geirrt.«

Hadmar sah auf und warf den drei Verletzten einen traurigen Blick zu. »Ich habe die Gefahr unterschätzt. Ich habe mich überschätzt. Und jetzt sitzen wir hier in der Falle und können nur noch darauf hoffen, dass unser letztes Gefecht ein legendäres wird.«

»*Media in vita in morte sumus*«, murmelte Severin und schlug ein Kreuzzeichen. »Mitten im Leben sind wir im Tod.«

Das betretene Schweigen wurde von einer unerwarteten Stimme unterbrochen.

»Nicht unbedingt«, sagte Engel und blickte nachdenklich ins Feuer, das inzwischen fast zur Gänze heruntergebrannt war.

Alle Köpfe wandten sich überrascht der Sprecherin zu.

»Sagt man nicht auch: Der Tod ist sicher, die Stunde aber ungewiss? Die *verdammte Bademagd in Männerkleidung* hat möglicherweise eine Idee.«

Der schwarzbärtige Anführer der Banditen war bester Laune. Ja, er hatte seinen Stellvertreter verloren bei dem missglückten Hinterhalt. Er hatte den Mann gut leiden können: Der Glatzkopf war loyal wie ein Hund gewesen und hatte ohne Skrupel alle seine Befehle rasch und verlässlich ausgeführt. Außerdem hatte er auch den stärksten Met wie Wasser trinken können und dann immer noch mit ihm würfeln bis zum Sonnenaufgang. Jetzt würde sich der Schwarzbart einen neuen Trink- und Würfelgesellen suchen müssen.

Und ja, die Reisegesellschaft aus deutschen Landen hatte unerwartet hartnäckige Gegenwehr geleistet. Die beiden halbwüchsigen Burschen und ihr armseliger Schildwall hatten den Ansturm seiner Männer zum Stillstand gebracht; der arrogante Ritter in dem lächerlichen Streifenkostüm und der weißhaarige Bogenschütze hatten aus dem Hintergrund Blut vergossen und Leben genommen, und als der Schildwall dann endlich zerbrochen war, war dieser rothaarige Riese ohne Rücksicht auf Verluste mitten ins Getümmel gesprungen und hatte mit seinem Holzprügel Helme verbeult und Knochen gebrochen, bis einer seiner Männer ihn endlich mit der Armbrust zur Strecke gebracht hatte.

Jetzt stand aber zweifelsfrei das Ende dieses Kampfes bevor: Die wehrhaften Reisenden hatten sich mit ihrem letzten Aufgebot im obersten Stockwerk des Turmes verschanzt, von wo es kein Entkommen gab. Die Treppe und der Raum im ersten Stock des baufälligen Gebäudes waren in der Hand der Banditen. Und für den Fall, dass sie in ihrer Verzweiflung einen Sprung in den darunterliegenden Wald in Erwägung zogen, hatte Schwarzbart Wachposten rund um den Turm postiert, die jedem Fluchtversuch mit ihren scharfen Schwertern ein rasches Ende bereiten würden.

Der Räuberhauptmann war mit sich zufrieden: Er hatte an alles gedacht. Der Sieg war sein; nur noch ein paar Stufen und ein kurzes Handgemenge trennten ihn und seine Männer davon, die widerspenstigen Ritter und ihr jugendliches Gefolge endgültig zu überwältigen und sie um ihre Wertgegenstände zu erleichtern. Und danach würde immer noch genug Zeit sein, Rache zu nehmen für den Tod seines Stellvertreters. Den arroganten Anführer würde er sich persönlich vornehmen. Erst würde er ihm seine Finger abschneiden, einen nach dem anderen. Dann würde er ihm die Augen ausstechen. Und zuletzt würde er ihn vom Dach des Turmes hinunter in den Wald werfen, mitten unter die wartenden Schwerter seiner Männer. Ja, der Anführer würde einen langsamen Tod sterben.

Nicht so gnädig wie der fette Kreuzritter, der sich geweigert hatte, ihm als Zahlung für seine Dienste sein kunstvoll verziertes Messer zu überlassen, und der dann im Pfeilhagel ein viel zu schnelles Ende gefunden hatte. Der Schwarzbart lächelte bei der Erinnerung und streichelte den Griff des Messers an seinem Gürtel.

Der Anführer der Reisenden war bereits mit einer Verletzung an der Hand bei der Festung der Banditen am Rand des Waldes erschienen, und von seinem Gefolge hatten wohl fast alle schon die eine oder andere Wunde davongetragen. Einige von ihnen waren mit Sicherheit nicht mehr kampffähig.

Außerdem glaubte der Räuberhauptmann gesehen zu haben, wie dem Bogenschützen beim letzten Angriff die Sehne seines Bogens gerissen war. Ob er wohl hinlänglich trockenen Ersatz bei sich hatte?

Es gab nur eine Möglichkeit, das herauszufinden.

»Ihr da«, rief er und deutete auf zwei seiner Männer, die große runde Schilde bei sich trugen. »Ihr beide geht voran, und zwar langsam. Stufe für Stufe. Haltet die Schilde hoch und gebt uns Deckung. Wir folgen euch auf dem Fuß und schlagen den stinkenden Ausländern die Beine unter dem Körper weg. Sie sind schon so gut wie tot, sie wissen es nur noch nicht!«

Angespornt vom Gelächter seiner Männer beschloss Schwarzbart, dass er bei diesem letzten Angriff selbst an vorderster Front mitwirken würde. Gemeinsam mit dem stärksten seiner Kämpfer, einem Hünen mit zernarbtem Gesicht, der eine Streitaxt in der Faust trug, nahm er hinter den beiden Soldaten mit den Schilden Aufstellung. Dahinter gruppierten sich die übrigen Banditen und machten sich für den Ansturm bereit.

»Los jetzt!«, rief der Räuberhauptmann schließlich. »Die Treppe hinauf und auf sie! Diesmal machen wir sie fertig!«

Zur Sicherheit ließ er dann doch ein wenig Abstand und beobachtete aufmerksam, wie die beiden Männer mit den erhobenen Schilden ein wenig zögerlich die ersten Stufen der Treppe erklommen, Schritt für Schritt, immer in Erwartung eines tödlichen Pfeils. Als Schwarzbart merkte, dass keine Pfeile aus dem Obergeschoß kamen, schloss er zu den beiden Soldaten auf und blickte vorsichtig zwischen ihnen hindurch zum oberen Ende der Treppe hinauf. Was er sah, ließ ihn siegesgewiss auflachen.

Auf der obersten Stufe standen regungslos zwei Männer, direkt unter dem Torbogen, der das Ende des Treppenhauses markierte. Der Räuberhauptmann konnte erst nur ihre Silhouetten ausmachen, weil sie das blasse Licht des Herbst-

nachmittages in ihrem Rücken hatten, das durch das einge-
stürzte Dach fiel.

Als seine Augen sich an das Zwielicht gewöhnt hatten,
erkannte er den schwarzhaarigen Anführer, der seinen gestreiften Schild am rechten Arm und das Schwert in der linken Hand trug. Neben ihm stand der Weißbart, ebenfalls
bewaffnet mit Schwert und Schild, aber vor allem: ohne seinen verdammten Bogen.

Es mochte schon sein, dass im Dachzimmer des Turmes
noch der eine oder andere kampffähige Knappe oder Diener
hinter den beiden Rittern wartete. Viele konnten es auf jeden
Fall nicht mehr sein, und wenn ihre beiden Anführer erst
einmal gefallen waren, würden sie von seinen kampferprob-
ten Soldaten rasch niedergemetzelt werden. Ein paar Stufen
nur noch, und die reiche Beute war sein!

»Auf sie!«, rief er und hob sein Schwert zum Zeichen des
Angriffs. »Tötet sie! Tötet sie alle! Nur den Anführer nicht,
mit dem habe ich noch eine Rechnung offen!«

Das Kampfgeschrei der die Stufen emporstürmenden Banditen, das Trampeln ihrer Stiefel auf den steinernen Stufen
und das metallische Klirren ihrer Waffen waren ohrenbetäubend. Hadmar musste schreien, so laut er konnte, um sich
Gehör zu verschaffen.

»Warten!«, rief er, während er nach wie vor regungslos
neben Joachim unter dem Torbogen stand.

Kurz schoss ihm eine Erinnerung durch den Kopf: Auch
beim entscheidenden Kampf gegen die englischen Ritter
vor den Toren von Burg Aggstein hatte er seine zahlenmäßig unterlegene und schlecht ausgerüstete Truppe angesichts
der heranstürmenden Engländer auf ihren Schlachtrössern

bis zum letzten Moment warten lassen, ehe sie sich in den Kampf stürzten. War das ein gutes Omen? Oder war die Erinnerung bereits ein Teil seines Lebens, das in der Stunde des Todes an ihm vorüberzog?

»Warten!«, rief er noch einmal eindringlich.

Fünf Stufen noch, dann würden die beiden Banditen mit den runden Schilden in Schlagdistanz sein.

»*Warten!*«

Drei Stufen noch.

Ein Sonnenstrahl fiel über Hadmars Schulter, der erste, seit die Gefährten den Räuberwald drei Tage zuvor betreten hatten.

»*JETZT, Engel!*«, brüllte Hadmar aus Leibeskräften.

Das Letzte, was der schwarzbärtige Räuberhauptmann sah, war eine zierliche Gestalt mit rotem Haar, die zwischen den gleichzeitig zur Seite tretenden Rittern hindurchhuschte. Sie trug eine Art ... großen Suppentopf in der Hand.

»Was zum Teufel ...«, dachte Schwarzbart.

Und dann kamen Feuer und Asche über die Angreifer.

»Habt ihr schon einmal glühende Asche in die Augen bekommen?«, hatte Engel ihre Kameraden gefragt. »Bei uns im Badehaus passiert das gelegentlich. Im Heizhaus brennen den ganzen Tag die Feuer, um die Wasserkessel zu erhitzen, die wir dann nebenan im Badehaus in die Zuber schütten.«

Niki und Joachim hatten über die Köpfe der anderen hinweg einen wissenden Blick getauscht, während Engel unterstützt von Gottfried mithilfe eines von den flüchtenden Banditen zurückgelassenen Helmes und eines Suppenschöpfers glühende Kohlenstücke und heiße Asche, den ganzen Inhalt der Feuerstelle, in den Kochtopf schaufelte, in dem sie kurz zuvor noch Wasser erhitzt hatte.

»Die Wasserkessel zu schleppen ist eine verdammte Plackerei, aber nichts gegen Asche in den Augen. Da reicht schon eine kleine Menge, und du siehst lange, lange nichts mehr, sogar wenn du gleich Wasser zum Auswaschen zur Hand hast.«

Zufrieden mit ihrem Werk hatte Engel den rauchenden Kochtopf hochgehoben und ihn am Torbogen, direkt hinter Hadmar und Joachim, zu Boden gestellt. »Im Freien macht das kaum was aus, in geschlossenen Räumen wird es zum Ärgernis, aber hier im engen Stiegenhaus wird die Wirkung ein Inferno sein. Das Wichtigste ist, dass ihr beide euch im richtigen Augenblick abwendet!«

Hadmar hatte anerkennend genickt.

»Gute Idee. Wir nehmen jeden Vorteil, den wir kriegen können. Warte auf mein Kommando, Engel. Alle, die noch eine Waffe tragen können: bereitmachen! Wenn der Plan aufgeht, müssen wir dreinschlagen wie der Blitz!«

Die glühenden Stückchen Kohle und Holz sorgten im düsteren Stiegenhaus für dramatische Lichteffekte, richteten aber keinen großen Schaden an.

Die Asche hingegen leistete ganze Arbeit.

Die ersten Angriffsreihen der Banditen wurden vom Inhalt von Engels Kochtopf mitten im Ansturm erwischt, mit zum Schlag erhobenen Waffen, weit aufgerissenen Augen und weit zum Kampfschrei aufgerissenen Mündern. Der Angriff kam sofort zum Stillstand, als die vordersten Banditen hustend und nach Luft schnappend stehen blieben, während ihre nachdrängenden Kameraden, die noch nicht vom Ascheregen erreicht wurden, ihnen ungebremst und fluchend in den Rücken liefen.

Einer der beiden Soldaten in der ersten Reihe ließ seinen Schild fallen, um sich instinktiv mit der Hand ins Gesicht zu fassen: Seine Augen waren voller Tränen, und sein Bart voller glühender Asche. Joachim reagierte schnell und rammte ihm mit zusammengekniffenen Augen sein Schwert in den Leib. Der Mann fiel vornüber und rollte sich wimmernd auf dem Boden vor Joachims Füßen zusammen wie ein Embryo, wobei er das Schwert des Ritters unter sich begrub.

Der andere geblendete Bandit hob seinen Schild hoch über den Kopf im instinktiven Versuch, die schwebenden Ascheteilchen von seinem Gesicht fernzuhalten. Hadmar schlug ihm von oben mit dem Schwert so hart gegen den Schild, dass der Mann das Gleichgewicht verlor und rückwärts gegen einen hünenhaften Axtkämpfer mit vernarbtem Gesicht taumelte, der seinen Kameraden ungeduldig zur Seite rempelte.

Auch der Schwarzbart war halb geblendet durch den unerwarteten Regen aus Feuer und Asche. Aus tränenden Augen musste er mitansehen, wie der Soldat vor ihm von Joachim niedergestochen wurde. Trotz seiner Blendung erkannte er aber sofort, dass der verhasste weißhaarige Ritter abgelenkt war, während er versuchte, sein Schwert aus dem Kettenhemd und dem Brustkorb des sterbenden Mannes zu befreien. Mit einem Triumphschrei auf den Lippen sprang der Anführer der Banditen vor, holte weit aus und ließ sein schweres Schwert auf Joachims ungeschützten Kopf niedersausen.

Benutze deinen Stab wie einen Speer. Stoß zu, wann immer ein Angreifer in Reichweite kommt, dachte Niki, als er seinen Stab mit all der Kraft, die er aufbieten konnte, in die Lücke zwischen Hadmar und Joachim stieß und den Schwarzbart damit mitten im Schwung hart am Brustbein traf.

Hasta la vista, Baby, dachte Niki, als er befriedigt dabei zusah, wie der Anführer der Banditen rücklings schwer die Stufen hinunterstürzte, mitten in seine nachdrängenden Gefolgsleute hinein. *Das war für die Idee, mir Striche auf die Wange zu malen. Mit dem Messer.*

Joachim, dem es endlich gelungen war, sein Schwert freizubekommen, trat den sterbenden Banditen fluchend mit dem Fuß, sodass er seinem Anführer hinterher die Treppe hinunterrollte, eine Spur von Blut und den Gestank von Exkrementen hinter sich zurücklassend. Er nutzte die durch die Blockierung der Wendeltreppe entstandene Verschnaufpause, um sich halb zu Niki umzuwenden und ihm über die Schulter knapp zuzunicken. Seine erschrockenen Augen zeigten Niki, dass er sich darüber im Klaren war, wie knapp er soeben dem Tod von der Schippe gesprungen war.

Ein gutturaler Kampfschrei, gefolgt vom Krachen von Metall auf Holz, erinnerte die beiden Freunde daran, dass ein letzter Bandit noch ausharrte im Inferno aus Feuer und Asche, das Engel im Treppenhaus angerichtet hatte: Der riesenhafte Axtkämpfer mit dem Narbengesicht hatte Hadmar erreicht und hieb ihm trotz seiner tränenden Augen wieder und wieder seine schwere Streitaxt gegen den zur Abwehr erhobenen Schild. Nach dem dritten oder vierten Hieb begann der Schild zu splittern; es war absehbar, dass sich das dicke Holz beim nächsten, spätestens übernächsten Treffer endgültig in einen Regen von Splittern auflösen würde und Hadmars Unterarm wohl gleich mit ihm.

Warum zum Teufel steht er nur so da und wehrt sich nicht?, dachte Niki erschrocken.

Tatsächlich stand der junge Kuenringer unbewegt wie eine Statue, sein Schwert locker in der linken Hand, und verfolgte mit gegen die Asche zusammengekniffenen Augen konzentriert die immergleiche Bahn der zuschlagenden Streitaxt.

Gerade als Joachim und Niki zeitgleich ausholten, um sich auf das Narbengesicht zu stürzen, schleuderte Hadmar die zerbrochenen Reste seines Schildes zur Seite und ließ sein Schwert hochzucken, schnell und präzise wie der Kopf einer angreifenden Schlange.

Die messerscharfe Klinge begegnete der Streitaxt bei ihrem letzten Schlag auf halbem Weg.

Blut spritzte hoch. Ein langgezogener Schrei gellte durch das Gewölbe des Treppenhauses.

Eine Axt, deren Stiel noch von einer Hand umklammert wurde, klirrte gegen die Wand. Das Narbengesicht sank auf die Knie, die schockgeweiteten Augen voller Überraschung und Fassungslosigkeit, während sein Schrei in ein Wimmern überging.

»Jetzt oder nie!«, schrie Hadmar so laut er konnte und versetzte dem knienden, seinen blutigen Armstumpf umklammernden Banditen einen harten Tritt in die Seite, sodass er umkippte und gegen die Wand fiel. »Mir nach! Schmeißen wir die Hurensöhne raus aus dem Turm! Kuenring! Sieg für Kuenring!«

»*Deus lo vult!* Gott will es!«, rief Joachim und sprang Hadmar hinterher die glitschigen Stufen hinunter, den entsetzten Banditen entgegen.

»Hossa!«, schrie Ottokar voller Begeisterung und stürmte mit gezücktem Schwert an Niki vorbei, den beiden Rittern nach, gefolgt von Gerwald mit seinem Schmiedehammer und Severin mit seiner Saufeder.

Und ich?, dachte Niki. *Mit welchem Ruf ziehe ich in die Schlacht?*

Sein Blick fiel auf seinen Schild, den Liesbeth daheim in Dürnstein so liebevoll mit dem Weißen Baum von Gondor bemalt hatte, demselben Motiv, das Niki als Tattoo auf seinem rechten Oberarm trug.

Speer wird zerschellen, Schild zersplittern!, dachte er und begann unwillkürlich zu lächeln. *Ein Schwerttag, ein Bluttag, ehe die Sonne steigt!*

»Gondor!«, rief er, als er über die Toten, die Sterbenden und die Verletzten hinwegsprang und seinen Freunden folgte. »Sieg für Gondor!«

Hadmar führte nur noch fünf mehr oder weniger kampffähige Männer in den Gegenangriff, und abgesehen von Joachim von Senftenberg verfügte keiner von ihnen über nennenswerte Kampferfahrung. Eine entschlossene Gegenwehr der zahlenmäßig immer noch weit überlegenen Banditen hätte den Elan des Ausfalles rasch zum Erliegen gebracht, aber der unerwartete Regen aus Feuer und Asche, der Sturz ihres Anführers und der Fall ihres besten Kämpfers hatten die Wegelagerer so sehr entmutigt, dass sie jede Ordnung verloren und kopflos die Treppe hinunter flüchteten.

Wir müssen dreinschlagen wie der Blitz, hatte Hadmar von seinen Männern gefordert, und wie der Blitz fuhren sie tatsächlich mit lautem Geschrei für Kuenring, Gott und Gondor zwischen die halb blinden, stolpernden, fluchenden Banditen und verfolgten sie die Stiegen hinunter und durch die Tür hinaus bis ins Freie. Draußen stoben die flüchtenden Männer in ihrer Panik in alle Himmelsrichtungen auseinander, immer noch verfolgt von den vom Kampfesrausch trunkenen Gefährten.

Hadmar hatte keinen Blick für das Schicksal seiner Kameraden; seine Augen waren auf ein einziges Ziel gerichtet.

Schwarzbart.

Der Räuberhauptmann mit den Zahnlücken hatte sich nach seinem schweren Sturz die Wendeltreppe hinunter benommen wieder aufgerappelt, nur um Zeuge des Falles seines besten Kämpfers und der kopflosen Flucht seiner Männer zu werden. Als letzter Mann war er den anderen Banditen gefolgt, angesteckt von ihrer Panik, Hadmar und die Gefährten auf seinen Fersen.

Im Freien angekommen suchte er sein Heil in der Flucht der alten Römerstraße entlang, vorbei an dem Platz, an dem die Banditen die eigenen und die Pferde der Gefährten angebunden hatten, Hadmar immer noch dicht hinter ihm. Bei klarem Kopf hätte er wohl entweder eines der immer noch gesattelten Pferde bestiegen, wäre zu Fuß ins dichte Unterholz geflohen oder in die Morava gesprungen, wohin ihm Hadmar in seinem schweren Kettenhemd nicht hätte folgen können.

Aber Schwarzbarts Kopf war nicht mehr klar, und er flüchtete einfach zu Fuß weiter die Römerstraße entlang in der Hoffnung, seine schnellen Beine würden ausreichen, um ihn vor dem Zorn des Kuenringers zu retten.

Hadmars Kopf war so klar, wie er nur sein konnte. Er hielt bei den Pferden an, löste die Zügel seines Tieres, des Geschenks von Herzog Leopold, und schwang sich in den Sattel. Im nächsten Moment war er schon wieder auf der Straße und spornte seinen Hengst zu höchster Geschwindigkeit an.

Als Schwarzbart die Hufschläge hinter sich hörte und seinen Fehler erkannte, war es bereits zu spät. Hadmar lenkte sein Pferd geschickt nach rechts, beugte sich elegant auf der linken Seite aus dem Sattel und machte einen präzisen Schwung mit seinem Schwert.

Eine Fontäne von Blut spritzte hoch.

Ein kopfloser Körper lief, getragen vom eigenen Schwung, noch zwei oder drei Schritte weiter, bevor er zusammensackte.

Der abgeschlagene Kopf des Räuberhauptmanns sprang auf der Straße auf, überschlug sich ein paar Mal und landete schließlich im Straßengraben.

Hadmar stieg aus dem Sattel und trat zu der kopflosen Leiche. Er wischte sein blutiges Schwert sorgfältig am Waffenrock des Banditen ab und steckte es wieder in die Scheide an seinem Gürtel. Dann beugte er sich zu dem Leichnam hinunter und nahm etwas an sich. Als er sich gerade wieder in den Sattel seines Pferdes schwang, hörte er einen langgezogenen Schrei.

Diese Stimme kannte er.

Alleine von den unzähligen seltsamen Liedern, die er sich von ihr schon hatte anhören müssen, ob er wollte oder nicht.

»Gütiger Himmel«, murmelte er. »Blondie hat's erwischt!«

Als Hadmar zurück am alten Römerturm sein Pferd zum Stehen brachte und aus dem Sattel sprang, hatte Niki aufgehört zu schreien. Er kniete mit gesenktem Kopf im Straßengraben, von oben bis unten mit Blut und Schlamm verschmiert. Um ihn herum standen mit erschrockenen Gesichtern seine Freunde. Vom Dach des Wachturmes sahen mit großen Augen Engel und die drei verletzten Burschen herunter, die nicht am Ausfall hatten teilnehmen können. Joachim hatte Niki eine Hand auf die Schulter gelegt und redete eindringlich auf ihn ein, ohne eine Antwort zu bekommen.

Joachim, Ottokar, Gerwald, Severin und Niki hatten durch ihren energischen, von lautem Kampfgeschrei begleiteten Ausfall dafür gesorgt, dass keiner der erschrockenen Wegelagerer ernsthaft an Widerstand dachte. Alle fünf hatten mit ihren Waffen nach Kräften auf die Flüchtenden eingeschlagen, ohne damit jedoch nennenswerten Schaden anzurichten. Im Freien angelangt hatten sich die fliehenden Räuber instinktiv aufgeteilt und jeder hatte eine andere

Richtung eingeschlagen, um den rettenden Wald zu erreichen. Die Gefährten waren im Rausch des Kampfes ohne zu überlegen ihren jeweiligen Opfern gefolgt und hatten einander dadurch aus den Augen verloren; erst Nikis Schrei hatte die kleine Gruppe wieder zusammengeführt.

Als Hadmar näher an die kleine Gruppe herantrat, erkannte er, dass Niki weinte. Der junge Sänger sah aus wie eine Figur aus einem Horrorfilm. Spritzer von Schlamm und Blut sprenkelten sein Gesicht und ließen sein kurzes blondes Haar in rostfarbenen, verklebten Büscheln zu Berge stehen. Die beiden hässlichen Schnittwunden zeichneten sich deutlich rot und schwarz auf seiner verletzten Wange ab.

Erst im letzten Moment entdeckte Hadmar den regungslosen Körper inmitten der Gruppe seiner Kameraden: Niki kniete über einem gefallenen Gegner.

»Blondie!«, rief er ihn an. »Bist du verletzt?«

Niki schüttelte nur schweigend den Kopf.

»Warum schreist du dann so? Und warum flennst du hier herum wie ein Weib?«

»Siehst du das nicht? Ich hab ihn umgebracht. Ich hab ihn verdammt noch mal umgebracht!«

»Gratuliere«, sagte Joachim trocken. »Man sagt, der Erste ist immer der Schwierigste.«

»Aber das wollte ich doch nicht. Es ist einfach passiert. Ich hab ihn verfolgt. Er hat plötzlich angehalten, ich bin in ihn hineingerannt und wir sind beide in den Schlamm gefallen. Wir haben am Boden miteinander gerungen, er wollte mir die Augen auskratzen mit seinen Fingernägeln! Ich hab mit Kaspars Messer blind nach ihm gestochen und hab ihn an der Nase erwischt. Von dort ist das Messer in sein Auge gerutscht …

»*In sein Auge gerutscht* ist gut«, sagte Joachim, als er den mit dem Gesicht nach unten im Schlamm liegenden Leichnam umdrehte. Es war der glücklose junge Armbrustschütze, der Bertram im Turm angeschossen hatte; seine Waffe lag ein paar Schritte entfernt auf der Straße, wo er sie beim Kampf mit Niki verloren hatte. Eines der Augen in seinem pickeligen Gesicht starrte blicklos in den inzwischen sonnigen Herbsthimmel; wo das andere sein sollte, befand sich nur noch eine blutige Höhle. »Du hast in seinem verdammten Gehirn umgerührt!«

»Joachim, bitte! Ich hab ... noch nie zuvor ... einen Menschen ... getötet«, brach es aus Niki heraus. Er rang sichtlich um seine Fassung, fluchte und hob das Gesicht zum Himmel. Seine Tränen ließen die Blutspritzer in seinem Gesicht verrinnen und zogen saubere Bahnen über seine Wangen.

»Aber das ist noch nicht das Schlimmste«, sagte er nach ein paar tiefen Atemzügen mit ruhigerer Stimme. »Schaut ihn euch doch nur an! Das ist ja noch ein halbes Kind. Wie alt mag er sein? Zwölf? Dreizehn? Er sieht aus wie die Schulkollegen meiner kleinen Schwester. Ich hab ein verdammtes Kind umgebracht!« Niki bemerkte erst jetzt, dass seine Rechte Kaspars Messer immer noch mit vor Anstrengung weißen Knöcheln umklammert hielt; angewidert warf er die blutverschmierte Waffe von sich.

»Wenn du es nicht getan hättest, hätte er es getan«, sagte Hadmar und legte Niki die Hand auf die Schulter. »Nur zu diesem Zweck war er überhaupt hier mit seinen Spießgesellen. Um uns zu töten und unser Gold, unsere Waffen, unsere Pferde zu erbeuten. Er hätte wohl genauso gut zu Hause bei seiner Mutter bleiben und die Schweine hüten können. Er wusste genau, was er riskiert, wenn er hierherkommt. Töten oder getötet werden, Nikolaus. Darauf läuft es immer hinaus am Ende des Tages.«

»Es ist nicht so einfach, wie du das darstellst«, sagte Niki mürrisch.

»Doch, ist es. Und so wird es auch immer bleiben. Es wird immer jemanden geben, der mit Neid und Eifersucht auf unser Haus blickt, auf unsere Felder, auf unsere Frau und unsere Kinder. Oder jemanden, der glaubt, sein Gott ist der einzig wahre und alle Ungläubigen gehören vom Antlitz der Erde getilgt. Es wird immer jemanden geben, der mit Feuer und Schwert über uns kommt und uns all das wegnehmen will, was uns lieb und wert ist. Und dann kämpfen wir und leben, oder wir kämpfen und sterben. Ich ziehe es vor zu leben. Und ich ziehe es auch vor, dass du hier unverletzt vor mir kniest und nicht mit dem Gesicht nach unten im Schlamm liegst wie dieser junge Hurensohn, Gott sei seiner Seele gnädig.«

Hadmar streckte Niki seine heile linke Hand entgegen.

Nach einem Moment des Zögerns griff Niki zu und ließ sich von dem jungen Kuenringer auf die Beine ziehen.

»Oh, und da kommt noch jemand, der sich, glaube ich, auch darüber freut, dass du getötet hast, anstatt getötet zu werden«, grinste Hadmar.

Engel hatte es im Turm nicht mehr ausgehalten; sie hatte ihre Schutzbefohlenen auf dem Dach zurückgelassen, um selbst nach ihren Freunden zu sehen. Jetzt lief sie leichtfüßig heran, flog in Nikis Arme und drückte ihren Freund, als wollte sie ihn nie wieder loslassen, völlig unbeeindruckt von all dem Schlamm und Blut, mit dem seine Kleidung, seine Hände und sein Gesicht bedeckt waren.

Als sich die beiden jungen Liebenden wieder voneinander lösten, wandte sich Engel an Hadmar, um seine unausgesprochene Frage zu beantworten.

»Keiner von den dreien ist auf den Tod verletzt, Herr. Ich habe den Bolzen aus Bertrams Bein entfernt; genau wie bei Ruprecht und Gerwald ist es nur eine Fleischwunde, keine Blutbahn wurde verletzt.«

Engel warf ihrem Freund einen dankbaren Blick zu. »Ich habe alle Wunden gereinigt und sorgfältig verbunden. Gut, dass ich so viele saubere Leinenstreifen bei mir hatte.«

Das Mädchen fasste sich kurz an die für alle sichtbar nicht mehr abgebundenen Brüste und zwinkerte, die Männer lachten; der Scherz und die guten Nachrichten ließen die

Anspannung des Kampfes von ihnen abfallen, besonders, als auch noch Ruprecht, Gerwald und Bertram vom Obergeschoß des Wachturmes zu ihnen herunterwinkten, als sie hörten, dass von ihnen die Rede war. »Aber alle drei brauchen Ruhe, damit ihre Wunden verheilen, bevor wir unsere Reise fortsetzen. Sie hatten großes Glück: Bei keinem von ihnen wurde ein Knochen getroffen. Anscheinend sind wir ja trotz allem im Namen des Herrn unterwegs!«

Hadmar nickte anerkennend; seinem Lächeln war die Erleichterung über die guten Nachrichten deutlich anzusehen.

»Kann es sein, dass ich einmal gesagt habe, dass ich es bereue, Engelbert mit auf die Reise genommen zu haben?«, fragte er mit lauter Stimme in die Runde. »Habe ich wirklich einmal gesagt, er wäre eine Last? Dass er in der Wildnis nicht überlebt? Dass er niemals zu uns gehören wird?«

»Einmal? Soll ich Euch alle Male aufzählen, Herr?«, fragte Engel mit einem Lächeln zurück.

»Ich habe mich noch nie so getäuscht in meinem ganzen Leben«, sagte Hadmar und bot dem Mädchen seine Hand an, wie er es sonst nur mit Männern tat. Engel schlug ein; sie sagte nichts, aber ihrem strahlenden Gesicht war anzusehen, wie stolz sie dieses Lob machte.

»Nimm meinen Dank, Henkerstochter. Dein Einfall mit dem Feuersturm im Treppenhaus hat unser aller Leben gerettet, deine Heilkunst die Gesundheit unserer Freunde. Ich bin dir einen Gefallen schuldig.«

Engel überlegte kurz. Dann bückte sie sich und hob etwas vom Boden auf.

»Könnt Ihr mir beibringen, wie man *hiermit* umgeht?«

Es war Bohemunds Armbrust, die sie dem jungen Kuenringer entgegenstreckte. »Um mitzumachen bei unserem Spiel: töten oder getötet werden?«

»Nein, Herr. Um mich zu verteidigen. Und alle, die mir am Herzen liegen. Euch eingeschlossen.«

Joachim trat einen Schritt nach vorne, nahm Engel die

Armbrust vorsichtig aus der Hand und betrachtete die Waffe genauer.

»Das ist kein gewöhnlicher Eibenholzbogen«, sagte er. »Dieser Bogen besteht aus mehreren Schichten aus verleimtem Holz, verstärkt mit Horn und Tiersehnen. Ohne Bogensehne biegt er sich nach vorne durch, das erhöht seine Durchschlagskraft gewaltig. Seht her!« Joachim demonstrierte seine Erklärung, indem er mit einer geschickten Handbewegung die immer noch feuchte Sehne an einem Ende des Bogens löste. »Solche Armbrüste werden nur in Arabien hergestellt. Darauf weisen auch die fremdländischen Verzierungen und Schriftzeichen auf dem Schaft hin. Diese Waffe gehörte wohl einst einem muslimischen Würdenträger. Bohemund muss sie im Heiligen Land erbeutet oder gekauft haben.«

Hadmar nickte und griff seinerseits nach der Armbrust.

»Das ist eine wertvolle Waffe und fürwahr eines Mannes von Stand würdig«, sagte er nachdenklich und strich mit den Fingern liebevoll über die kunstvollen goldenen Verzierungen.

Dann traf er eine Entscheidung.

»Gute Wahl, Engel«, sagte er lächelnd und reichte sie dem Mädchen zurück. »Ich werde deinem Wunsch entsprechen. Wir fangen an, wenn wir diesen gottverdammten Wald hinter uns gelassen haben. Aber vorher haben wir noch eine Aufgabe zu erledigen!«

Der tagelange Regen hatte den Waldboden weich gemacht; die Gefährten hatten kein Problem damit, auch ohne passendes Werkzeug die beiden Gräber auszuheben.

Gottfried benutzte die Streitaxt des narbengesichtigen Banditen, um die Erde aufzulockern; ihr früherer Besitzer war im Treppenhaus verblutet und konnte keine Einwände mehr erheben, als der junge Schmied dessen abgetrennte Hand vorsichtig vom Griff der Waffe entfernte. Da die Totenstarre noch nicht eingetreten war, musste er dazu nicht einmal die Finger des Toten brechen.

Die anderen Gefährten hoben mithilfe von erbeuteten Helmen, des Suppenschöpfers und des Kochtopfes, der ihnen schon so viele gute Dienste geleistet hatte, die Erde aus den Gruben und schütteten sie zu großen Haufen am Kopfende der beiden Gräber auf.

Hadmar hatte dafür einen kleinen Hügel am Ufer der Morava ausgewählt, der durch ein Dickicht von Brombeerbüschen von der Straße abgeschirmt und nicht einsehbar war, nur einen Steinwurf weit weg von der Stelle, wo Bohemund von Buonalbergo und sein namenloser Knappe aufgeknüpft worden waren.

»Ich möchte nicht, dass ihre Ruhe gestört wird. Nicht von Mensch, und nicht von Tier. Macht die Gräber tief genug, damit die beiden nicht von Wölfen und wilden Hunden wieder ausgegraben werden!«, hatte er angeordnet.

Als der junge Kuenringer mit der Größe und der Tiefe der Gräber zufrieden war, schleppten die Gefährten die beiden Leichname von der Straße auf den Hügel hinauf. Engel, als Leichteste und Geschickteste der Reisegesellschaft, war auf die mächtige Eiche geklettert und hatte die Hanfseile durchgeschnitten, an denen die unglücklichen Normannen immer noch sanft hin und her schaukelten.

Bohemunds Knappe war ein kleiner und schlanker junger Mann gewesen; Bertram hätte ihn wohl alleine tragen können. Sein Herr und Meister war hingegen wohlbeleibt gewesen und musste gleich von vier Personen zu seiner letzten Ruhestätte gebracht werden.

Niki war dankbar dafür, dass die Leichname inzwischen verhüllt waren. Sein Bedarf am Anblick toter Menschen war für diesen Tag gedeckt. Nicht zuletzt, weil Hadmar darauf bestanden hatte, die sieben toten Banditen, die am Schauplatz des Kampfes im und vor dem alten Römerturm zurückgeblieben waren, zu durchsuchen und um ihre Mäntel und Waffengurte zu erleichtern. Die Mäntel waren benutzt worden, um Bohemund und seinem Knappen als Leichentuch zu dienen. Die Waffen waren von geringer Qualität und für die Gefährten unbrauchbar; lediglich die schwere Streitaxt des Narbengesichtes hatte Gottfrieds Gefallen gefunden und war von ihm adoptiert worden. Abgesehen davon wurde nur eine Handvoll Silber- und Kupfermünzen lokaler Prägung erbeutet, die Hadmar unter den drei Verletzten aufteilte.

Die Leichname der Banditen hatten sie beim alten Römerturm zurückgelassen: Früher oder später würden ihre geflohenen Kameraden zurückkehren, um ihre Gefallenen zu bestatten.

Als Bohemund und sein Knappe endlich in ihren Gräbern lagen, standen die Gefährten ein wenig unschlüssig um die beiden Gruben herum, bis Bruder Severinus vortrat und die Kapuze seiner schwarzen Mönchsrobe zurückschlug. Niki bemerkte, dass die kreisförmig rasierte Tonsur auf seinem Scheitel bereits von kurzen schwarzen Haaren bedeckt war. Noch ein paar Wochen Reise, und niemand würde dem großen, breitschultrigen und trotz seines von Pockennarben gezeichneten Gesichts gutaussehenden Burschen ansehen, dass er ein Mann der Kirche war.

»So spricht der Herr, der uns geschaffen hat: Von Erde bist du genommen, und zur Erde kehrst du zurück«, sagte er mit überraschend lauter, volltönender Stimme. »Wir aber hoffen auf unseren Herrn Jesus Christus, der da spricht: Ich bin die Auferstehung und das Leben. Wer an mich glaubt, der wird leben, auch wenn er stirbt; und wer da lebt und an mich glaubt, der wird nimmermehr sterben.«

Severin machte ein Kreuzzeichen und warf drei Suppenschöpfer voll Erde auf Bohemund, dann drei weitere auf seinen Knappen.

»Drei? Wieso denn gleich drei?«, fragte Niki leise.

»Eine für den Vater, eine für den Sohn, und eine für den Heiligen Geist«, antwortete Joachim.

»Um sicherzugehen, dass die Toten ... auch tot bleiben«, flüsterte Bertram.

»Einen für den Mund, einen für die Nase, und einen für die Ohren«, ergänzte Engel. »Damit der Geist der Toten nicht entkommen kann und die Lebenden heimsucht.«

»Netter Brauch«, sagte Niki. »Da, wo ich herkomme, wirft man den Toten *Blumen* ins Grab!«

Severin bedachte die Schwätzer mit einem finsteren Blick, bis wieder Ruhe in der kleinen Trauergemeinde einkehrte.

»*Pie Iesu Domine, dona eis requiem.* Gütiger Herr Jesus, schenk ihnen ewige Ruhe. Amen.«

Hadmar trat an Bohemunds Grab und legte das Messer des Kreuzritters, das er der kopflosen Leiche Schwarzbarts abgenommen hatte, auf seine Brust.

»Hier, das gehört Euch«, sagte er leise. »Nach allem, was ich von Euch weiß, wart Ihr ein ehrenhafter Ritter und ein guter Christenmensch, zumindest in nüchternem Zustand. Ich hätte gerne mit Euch gefochten, um unseren Disput auszuräumen. Ruhet in Frieden.«

Der Reihe nach traten die Gefährten vor, warfen ihrerseits jeweils drei Suppenschöpfer voll Erde auf die beiden Leichname und machten über ihnen ein Kreuzzeichen.

Niki sah nicht auf die beiden bereits zur Hälfte mit Erde bedeckten Körper hinunter, als er den Suppenschöpfer von Ottokar übernahm, in einen der aufgeschütteten Erdhaufen tauchte und seinen Inhalt über sie ausschüttete.

Als er sein Kreuzzeichen über den Gräbern machte, betete er nicht für die Auferstehung und das ewige Leben der Verstorbenen. Er betete dafür, dass er die Ereignisse dieses Tages so rasch wie möglich vergessen würde.

Das Balkantor

ls Niki die Augen aufschlug, starrte er in absolute Dunkelheit. Es dauerte ein paar Augenblicke, bis seine Gedanken klar wurden und er sich daran erinnerte, wo er war.

Nissa. Die erste Stadt nach dem Räuberwald. Im Schlafsaal der halbleeren Pilgerherberge, wo sich die Gefährten einquartiert hatten, um Ruprecht, Gerwald und Bertram Zeit zu geben, ihre Verletzungen auszukurieren. Inmitten von Strohmatratzen in einem Holzgebäude war das Anzünden von Kerzen strengstens untersagt, sodass die Männer sich ihren Weg hinaus zum Abort mehr oder weniger blind zwischen den anderen Schläfern ertasten mussten. Und Engel natürlich ebenso.

Engel!

Niki drehte sich zur Seite auf der Suche nach seiner Freundin. Nachdem seine Augen sich ein wenig an die Dunkelheit gewöhnt hatten, sah er, dass sie sich im Schlaf von ihm weggedreht hatte und auf der anderen Seite verdächtig nahe an Joachim herangerückt war. Niki wusste, dass das zierliche Mädchen nachts leicht fror und Angst vor der Dunkelheit hatte. Täuschten ihn seine Augen, oder schmiegte sie sich tatsächlich mit ihrem Rücken und ihrem süßen kleinen Po an den weißhaarigen Ritter statt an ihn?

Wundern würde es ihn nicht. Er hatte nicht vergessen, dass Joachim von Senftenberg einst Engels bester Kunde im

Kremser Badehaus gewesen war, der sie an jedem Markttag nach Abschluss seiner Geschäfte aufgesucht hatte. Und dass das Mädchen nur auf Nikis Drängen und, wie es ihm heute erschien, mit großem Widerwillen den »geschäftlichen Umgang« mit ihrem Stammkunden beendet hatte.

Andererseits: Wer weiß, ob sie ihn überhaupt beendet hatte? Wer weiß, ob die beiden Turteltäubchen ihn nicht die ganze Zeit angelogen und hintergangen und ihre langjährige Beziehung hinter seinem Rücken fortgeführt hatten?

»Ich würde auch dreimal am Tag mit ihm schlafen, wenn er meinen Preis zahlt«, hatte Engel einst im Streit zu Niki gesagt. »Er sieht gut aus, wurde vom lieben Gott großzügig bedacht und weiß, wie er mit diesem Geschenk umgeht. Außerdem ist er nie betrunken und behandelt mich freundlich und mit Respekt. Wie eine Dame«, hatte sie geschwärmt.

Jedes Wort hatte sich tief in Nikis Gedächtnis eingebrannt, und kam jetzt, im Dunkel der Nacht, lustvoll wieder zum Vorschein, um seine Gedanken und Gefühle zu vergiften.

Niki ließ sich zurückfallen und starrte zur Decke des Schlafsaals empor. Drei Wochen schon quälte er sich mit düsteren Gedanken, und es wurde jeden Tag schlimmer. Begonnen hatte alles mit den traumatischen Ereignissen im und rund um den alten Römerturm. Im Gegensatz zu seinen Freunden hatte Niki keinen Triumph verspürt über den Sieg gegen die Banditen. All die Toten, all das Blut. Joachims Pfeil im Hals des sterbenden Glatzkopfes. Die nackten Leichen von Bohemund und seinem Knappen. Die abgeschlagene Hand des Narbengesichtes, der kopflose Körper von Schwarzbart. Mehr als alles andere der Anblick von Kaspars Messer im Kopf des jungen Armbrustschützen, die lange, dünne Klinge verschmiert mit Blut, grauer Gehirnmasse und der gallertartigen Substanz, die einmal sein Auge gewesen war.

All diese schrecklichen Bilder hatten sich vor seinem geistigen Auge aneinandergereiht, wieder und wieder, in immer schnellerer Abfolge, bis sie in seinem Kopf zu einem einzigen langen Horrorfilm verschmolzen, der verlässlich jede Nacht vor ihm abzulaufen begann, sobald er die Augen schloss.

Der nie enden wollende Wald hatte schon vor den Geschehnissen am alten Römerturm beklemmende Gefühle in Niki ausgelöst. In der zweiten Hälfte der Reise wurden seine klaustrophobischen Tage voller mordlüsterner Bäume, an denen die Panik immer nur knapp unter der Oberfläche von Nikis Bewusstsein zu lauern schien, auch noch von Nächten voller grauenvoller Albträume unterbrochen.

Aus Angst vor den Träumen fand Niki nachts kaum mehr Schlaf. Tagsüber wurde er aus Müdigkeit schweigsam und in sich gekehrt: Er hatte genug damit zu tun, nicht vor lauter Erschöpfung vom Pferd zu fallen. Oft war es nur dem leichten und sicheren Schritt der braven Socke zu verdanken, dass ihr immer wieder kurz eindösender Reiter nicht zu Sturz kam.

Engel hatte keine Zeit für ihren Freund: Ihre ganze Aufmerksamkeit galt den drei Verletzten. Mit unermüdlichem Eifer behandelte sie die Wunden, wusch und wechselte sie die Verbände – stets getrieben von der Sorge, der gefürchtete Wundbrand könnte Bertram oder die anderen befallen bis sie selbst zu erschöpft und ausgelaugt war, um Niki Trost und Rat zu spenden. Auch die anderen Gefährten litten unter der Beklemmung des unendlich scheinenden Rittes durch das düstere Zwielicht des Waldes; niemand bemerkte, dass Niki mit jedem Tag tiefer in die schwärzeste Depression seines jungen Lebens schlitterte.

Er begann, selbst auf die aufmunternden Worte seiner Freunde einsilbig und ablehnend zu reagieren. Als sie es nach einiger Zeit ganz aufgaben, ihn anzusprechen, begann er, ihre Gesellschaft vollends zu meiden. Pausen verbrachte er abseits der Gruppe, oft bei seinem Pferd Socke, wo er geistesabwesend auf seiner Laute klimperte und finsteren Gedanken nachhing, allein mit seinen Schuldgefühlen.

Ausgerechnet an dem Tag, an dem die Gefährten den endlos scheinenden Wald hinter sich ließen und an seinem Rand anhielten, wie geblendet von dem strahlenden Herbsttag, der sie völlig unerwartet empfing, war zu seiner Depression noch die Eifersucht hinzugekommen.

Im Sonnenschein hatten die Gefährten unwillkürlich begonnen zu lächeln, zu lachen, einander zu umarmen und auf die Schulter zu klopfen: Allen Entbehrungen zum Trotz hatten sie den gefürchteten Räuberwald, den wohl gefährlichsten Abschnitt ihrer Reise, überlebt. Den drei Verwundeten ging es den Umständen entsprechend gut, der Himmel war blau, die Luft warm und die Sonne auf der Haut machte sie übermütig.

Auch Engel und Joachim waren einander in die Arme gefallen. Niki, als Einziger noch im Schatten der letzten Bäume, hatte von dort aus den Ausdruck von Erleichterung, Freude und Glück auf den Gesichtern der beiden jungen Menschen gesehen, der so im Gegensatz stand zu den widerstreitenden Gefühlen in seinem eigenen Herzen.

Diese kurze Szene, Engel mit glückstrahlendem Gesicht in Joachims Armen, hatte sich unbarmherzig in Nikis Gedächtnis eingebrannt. So wie die grauenvollen Albträume in der Nacht war dieses Bild in den Tagen und Wochen seither tagsüber zu seinem ständigen Begleiter geworden.

Und mehr als das: Mit jeder Wiederholung hatte sein kreativer Geist es mit mehr Details ausgeschmückt. Einmal war das lüsterne Begehren im Blick seines Freundes dazugekommen, ein anderes Mal liebevolle Bewunderung in dem seiner Freundin. Hatten die beiden Turteltäubchen nicht ein komplizenhaftes Lächeln getauscht, als ob sie ein süßes Geheimnis teilen würden? Hatten sie einander nicht konspirativ zugezwinkert, als würden sie sich insgeheim über ihn lustig machen? Nach ein paar Tagen war Niki von all dem und noch viel mehr bereits felsenfest überzeugt.

Während seine Gefährten sich in der Stadt Nissa von den

Strapazen der vergangenen acht Tage im Räuberwald erholten, hatte Niki sich mit immer größerer Mühe durch Tage voller brennender Eifersucht und Nächte voller grauenvoller Albträume gequält. Bis er durch Zufall Mittel und Wege entdeckte, wie er seinen Schmerz bekämpfen konnte.

Todsichere Mittel und Wege.

»Weu Schifoan is des Leiwandste, wos ma si nur vurstöll'n kann!«, sang Niki und schlug zum Schluss noch einmal die Akkorde G, E Moll, C und D an, in denen er das Lied zum Besten gegeben hatte.

Es war bereits das dritte Mal an diesem Abend, dass er den Austropop-Klassiker von Wolfgang Ambros hatte singen müssen; es überraschte ihn jedes Mal aufs Neue, wie schnell selbst Menschen, die kein Wort Deutsch und schon gar keines im Wienerischen Dialekt der 1970er-Jahre verstanden, den eingängigen Refrain mitsingen und davon gar nicht mehr genug bekommen konnten.

Niki hatte es sich zur Gewohnheit gemacht, seine Abende in den Tavernen der kleinen Stadt zu verbringen. Hier konnte er seiner selbstgewählten Einsamkeit nachhängen, ohne in die Verlegenheit zu geraten, mit seinen Freunden oder gar mit Engel sprechen zu müssen. Hier konnte er in Ruhe einsam sein, ohne dabei alleine sein zu müssen.

Er suchte bewusst Lieder in einfachen Akkordfolgen aus, die er selbst im Schlaf noch hätte spielen können. Oder im Suff, was das betrifft: Es gab keinen Abend, an dem der junge Sänger nicht volltrunken in den Schlafsaal der Pilgerherberge zu seinen Gefährten zurückkehrte.

Niki hatte sich daran gewöhnt, dass begeisterte Gäste seine Laute bestaunten, ihm mit schweren Händen auf die

Schultern klopften und gelegentlich eine kleine Kupfermünze lokaler Prägung in eine hölzerne Schale warfen, die er zu diesem Zweck neben sich aufgestellt hatte. Die meisten Gäste zahlten aber nicht mit Münzen: Lieber als ihr hart verdientes Geld gaben sie Niki etwas zu trinken aus.

Und Niki trank dankbar alles, was man ihm hinstellte: würziges Bier, sauren Wein, starken Met, der in seiner Kehle brannte und seinen Magen wärmte. Er trank nicht mit Genuss, sondern mit Methode. Noch einmal. Und noch einmal. Wieder und wieder. Alkohol benebelte auf angenehme Weise seine Sinne, stumpfte seine Gefühle ab und linderte seine seelischen Qualen. Zumindest vorübergehend.

Auch an diesem letzten Abend hier in Nissa hatte er schon wieder mehr als nur einen über den Durst getrunken. Es war ihm egal: Die Taverne lag unmittelbar neben der Pilgerherberge; zur Not würde er den Weg zu seiner Matratze im Schlafsaal auch auf allen vieren finden.

Ruprecht, Gerwald und Bertram hatten sich in den vergangenen beiden Wochen gut erholt; nicht einmal ihre gestrenge Pflegerin Engel konnte länger Einwände dagegen erheben, dass die Gefährten ihre Reise fortsetzten. Drei Wochen war der Oktober mittlerweile alt, und Hadmar mehr denn je von Sorge erfüllt, dass die Reisegesellschaft den Weg über die verschneiten Pässe des Balkantores nicht mehr vor dem Winter finden würde.

Unser letzter Abend also, dachte Niki, als er einen weiteren Becher Met leerte, der entfernt nach Beeren schmeckte, und dann ob des scharfen Nachgeschmacks das Gesicht verzog. *Wenn das kein Grund zum Feiern ist.*

An dem Tisch neben ihm brach ein Streit aus: Stimmen wurden lauter, Becher und Teller fielen zu Boden, Männer begannen einander zu beschimpfen und schließlich gegenseitig wegzustoßen.

Einer der Streithähne taumelte rücklings gegen Niki und stieß dabei gegen seine Laute. Anstatt sich zu entschuldigen, begann der sichtlich angetrunkene Mann, Niki in seinem rauen, slawischen Dialekt zu beschimpfen.

Mit einiger Mühe fokussierte Niki seinen Blick auf den Störenfried. Er trug einfache Kleidung und kurzgeschorenes Haar und war selbst für einen mittelalterlichen Bauern ungewöhnlich klein, wenn auch kräftig gebaut.

»Pudel di ned auf, Hustinettenbär«, knurrte Niki, überheblich gemacht durch seine Alkoholisierung und die geringe Größe seines Gegners. »Und red gefälligst Deutsch mit mir, kein Schwein versteht dein Gestammel!«

Der kleine Mann ging wie erwartet sofort mit erhobenen Fäusten auf ihn los. Niki lächelte bitter, legte seine kostbare Laute vorsichtig zur Seite und stürzte sich mit Todesverachtung in den Kampf mit dem betrunkenen Angreifer. Eine weitere überraschende Lektion, die er in den letzten beiden Wochen gelernt hatte, lautete: Auch körperlicher Schmerz war dazu geeignet, seelischen Schmerz zu vertreiben. Zumindest vorübergehend.

Der kleingewachsene Bauer war unerwartet schnell und geschickt mit seinen Fäusten. Niki wurde am Auge, an der Nase und auf den Mund getroffen, bevor sein Gegner sich genügend verausgabt hatte, sodass die anderen Gäste die beiden erschöpften Raufbolde trennen konnten.

Irgendjemand packte Niki unter den Armen und schleifte ihn in eine ruhige Ecke der Taverne. Niki spuckte Blut in die schmutzigen Binsen und blinzelte aus verschwollenen Augen zu seinem Retter hinauf.

»Joachim«, krächzte Niki. »Was ... macht Ihr hier?«

»Was zum Teufel ist eigentlich los mit Euch?«, fuhr ihn der weißhaarige Ritter an und schüttelte Niki wütend am Kragen. »Wollt Ihr Euch zu Tode saufen oder lieber vorher bei einer Prügelei umbringen lassen? Der nächste von diesen Bauern benutzt vielleicht ein Messer statt seiner Fäuste!«

Niki zuckte zusammen, als er mit einer Hand nach seiner aufgesprungenen Lippe tastete, und schwieg.

»Seid Ihr in Gedanken immer noch am Römerturm?«, fragte Joachim eindringlich, ohne Niki dabei loszulassen. »Oder ist es wegen Engel? Ha! Es ist wegen Engel! Stimmt's oder hab ich recht?«

»Lasst mich bitte einfach nur in Frieden, ja?«, knurrte Niki, riss sich aus Joachims Griff los und rappelte sich mühevoll hoch, bis er seinem Retter in die Augen schauen konnte. »Ich habe Euch nicht darum gebeten, mir zu Hilfe zu kommen. Ich kann allein auf mich aufpassen. Ich hab nicht die geringste Lust, mit Euch zu reden!«

Die beiden ehemals besten Freunde funkelten einander wütend an.

»Das kann ich Euch leider nicht ersparen«, sagte Joachim. »Um auf Eure Frage zurückzukommen, was ich hier mache: Wegen Eurer trunkenen Darbietung bin ich nicht gekommen. Hadmar schickt mich, Euch zu holen.«

»Ausgerechnet jetzt, wo ich gerade so viel Spaß habe hier?«, fragte Niki, schnitt eine Grimasse und zuckte dabei erneut vor Schmerz zusammen. »Ich dachte, wir reisen erst morgen ab?« Er kniff die Augen zusammen und warf einen prüfenden Blick auf den weißhaarigen Ritter.

Sogar in seinem beklagenswerten Zustand, angetrunken, mit blauem Auge und blutender Nase, konnte Niki erkennen, dass Joachims Gesicht weiß wie ein Bettlaken war. Ob vor Zorn oder vor Sorge, konnte er nicht sagen; klar war aber, dass Engels ehemaliger Lieblingskunde keine Scherze machte.

»Unsere Knappen stecken in der Scheiße. Und zwar bis zum Hals«, sagte Joachim. »Also reißt Euch in drei Teufels Namen zusammen, holt Eure verdammte Laute und kommt mit!«

»Ihr habt *was* getan?«, fragte Niki fassungslos.

Er blinzelte und wischte sich mit der Hand über das Gesicht, um das eisigkalte Wasser aus dem Brunnen vor dem Eingang der Pilgerherberge aus den Augen zu bekommen, in den Joachim der Einfachheit halber ein paar Mal seinen Kopf bis zu den Schultern getaucht hatte. Er hätte es niemals zugegeben, aber er fühlte sich jetzt wesentlich besser: Zwar hing ihm sein blondes Haar nun in nassen Strähnen in die Stirn und in den Nacken; Joachims Überraschungsangriff hatte aber auch dafür gesorgt, dass die ärgsten Spuren der Prügelei aus der Taverne abgewaschen wurden. Und natürlich dafür, dass er sich von einem Moment auf den anderen wieder relativ nüchtern fühlte.

Der Speisesaal der Pilgerherberge war der größte Raum in dem flachen Steingebäude. Niki hatte keinen Blick für die sandfarbenen Wände, für die fast schwarzen hölzernen Dachbalken und für das flackernde Feuer im offenen Kamin. Die spartanische Einrichtung bestand im Wesentlichen aus einer langen Tafel mit Bänken zu beiden Seiten, und an einem Ende dieses Tisches saßen die Gefährten. Und starrten den tropfenden Niki an, als würden sie ihn zum ersten Mal sehen.

»Was? Die After-Show-Party ist ein bisschen aus dem Ruder gelaufen! *That's Rock'n'Roll*«, sagte er. »Aber ich hab zumindest noch meine Kleidung an. Was man von Gottfried und Gerwald ja nicht gerade behaupten kann!«

Tatsächlich saßen die Zwillinge in nichts weiter als ihrer alles andere als sauberen Unterwäsche am Tisch und sahen nicht nur deswegen aus wie zwei Häufchen Elend.

»Joachim sagt, ihr habt im Bordell all euer Geld verspielt? Eure Waffen? Und sogar eure Kleidung? Ist das wirklich wahr?«

»Nicht ganz«, sagte Hadmar und versetzte Gottfried einen Stoß gegen die Schulter, der ihn fast rücklings von der Bank stürzen ließ. »Dann hat er nämlich vergessen, ihre verdammten *Pferde* zu erwähnen!«

Ermuntert durch weitere Stöße von Hadmar erzählten die Zwillinge rasch ihre Geschichte: wie sie, ermutigt von ihren Erlebnissen mit Koschka in Bellegrava, das lokale Freudenhaus aufgesucht hatten, um die Wiederherstellung von Gerwalds Gesundheit und ihren letzten Abend in Nissa gebührend zu feiern. Wie sie dort von drei teuer gekleideten deutschen Edelleuten zum Würfelspiel eingeladen worden waren. Wie sie anfangs gewonnen hatten, erst ein paar Kupfermünzen, dann sogar einige Silbertaler. Bevor das Blatt sich gewendet hatte und sie zu verlieren begannen. Und zwar alles, was sie zuvor gewonnen hatten. Dann alles, was sie bei sich trugen. Und am Ende, in einem verzweifelten Versuch, ihr Hab und Gut im Handstreich zurückzugewinnen, auch noch ihre Pferde. Wie sie dann in ihrer Unterkleidung auf die Straße geworfen worden waren mit dem Auftrag, ihre Pferde zu holen und beim Bordell abzuliefern.

Sweet Jesus, dachte Niki. *Sie haben sich von Falschspielern abzocken lassen!*

»Sie haben gesagt, wenn wir das nicht tun, melden sie uns wegen nicht bezahlter Spielschulden bei der Stadtwache«, sagte Gerwald. »Und die stellen uns dann an den Pranger.«

»Nur dass man hier nicht mit faulem Obst und Gemüse beworfen wird wie in Bellegrava«, ergänzte sein Bruder niedergeschlagen. »Hier wird man ausgepeitscht im Namen des Herrn. Auf dass man einsehe, dass Glücksspiel eine Sünde ist.«

»Endlich einmal eine gute Idee. Ich komm euch dabei zusehen«, knurrte Hadmar. »Und danach reisen wir anderen ab, so wie geplant. Ohne Ausrüstung und ohne Pferde könnt ihr nicht mitkommen. Nachdem man euch mit der Peitsche das Fleisch von den Knochen gerissen hat, werdet ihr dazu auch gar nicht imstande sein.«

Der junge Kuenringer war blass vor Zorn. Niki hatte ihn selten so wütend gesehen. Das war kein leeres Gerede:

Ihm war deutlich anzumerken, dass er seine Drohung ernst meinte.

»Das ... das könnt Ihr doch nicht machen, Herr!«, stammelte Gerwald.

»Ihr seid unser Landesherr, Hadmar«, sagte Gottfried flehentlich. »Lasst uns bitte nicht hier zurück. Bitte?«

Hadmar schwieg und blickte mit gefurchter Stirn ins Feuer, das Schatten über sein ebenmäßiges Gesicht tanzen ließ. In der Stille war das Knacken und Knistern der Holzscheite im Kamin hören.

»Und wenn wir einfach jetzt schon aufbrechen?«, schlug Ottokar vor. »Sollen sie doch mit euren paar Münzen, eurer abgetragenen Kleidung und euren rostigen Hämmern glücklich werden. Hauptsache, wir behalten die Pferde!«

»Wollt Ihr Euch vor drei schmierigen Würfelspielern bei Nacht und Nebel davonstehlen, Ottokar?«, fragte Hadmar. »Spielschulden sind schließlich Ehrenschulden!«

Gott, jetzt fängt die Leier mit der Ritterehre wieder an, dachte Niki und vergrub sein immer noch tropfendes Gesicht in den Händen.

»Vielleicht kann man ja ... vernünftig mit den Dreien reden?«, fragte Bertram.

»An ihren Anstand appellieren?«, schlug Severin vor. »*Fortes fortuna adiuvat*. Den Mutigen hilft das Glück. Ein Versuch kann sicher nicht schaden!«

»Sie darauf hinweisen, dass keine Ehre darin liegt, zwei einfältigen Burschen vom Land das letzte Hemd auszuziehen?«, fügte Joachim mit einem Seitenblick auf die Zwillinge hinzu, was den kleinen Ruprecht zu einem meckernden Lachen inspirierte. »Und das mit der gebotenen Eindringlichkeit?«

Hadmar warf Joachim einen prüfenden Blick zu.

»Mit der gebotenen Eindringlichkeit?«, fragte er. »Ihr meint, wir nehmen ihnen die Sachen der zwei Schwachköpfe von der Schmiede mit Gewalt wieder ab?«

»Wer hat denn von Gewalt gesprochen?«, lächelte Joachim. »Ich würde eher sagen: Wir machen ihnen ein Angebot, das sie nicht ablehnen können!«

Hadmar straffte die Schultern und schob energisch sein Kinn nach vorne. Niki wusste, dass er eine Entscheidung getroffen hatte.

»Davonlaufen kommt nicht in Frage«, sagte der junge Kuenringer entschlossen. »Gottfried und Gerwald werden uns jetzt zur Stätte ihrer Schande führen, damit wir uns die drei feinen Herren zur Brust nehmen können. Wir werden vor dem Eingang auf sie warten, um *vernünftig mit ihnen zu reden,* wie unser Bulle hier vorschlägt. Wir werden leise und in aller Freundschaft mit ihnen sprechen, und dabei große Schwerter in der Hand haben.«

Hadmar lächelte wölfisch; es war ihm deutlich anzusehen, dass dieser Plan ihm großes Vergnügen bereitete.

»Joachim und Blondie: Euch beiden wird die Ehre zuteil, die Burschen heraus ins Freie zu locken. Ihr seid nicht auf den Mund gefallen, lasst Euch etwas einfallen. Es sind schließlich Eure Knappen, denen wir diese Scheiße zu verdanken haben. Und vorher besorgt ihr ihnen in Gottes Namen was zum Anziehen!«

Die »Stätte der Schande« der Zwillinge lag am Ende eines finsteren Durchgangs zwischen zwei Häusern, nicht viel breiter als die Schultern eines Mannes und kaum wert, als Gasse bezeichnet zu werden. An seinem Ende versperrte eine massive Holztüre mit einem vergitterten Fenster den Weg, über der statt eines Tavernenschildes eine Öllampe mit rot gefärbten Gläsern leise quietschend hin und her schaukelte.

Niki drehte sich unschlüssig um und warf einen Blick zurück zu Hadmar und den anderen, die auf der Straße am Anfang des kleinen Gässchens Aufstellung genommen hatten. Hadmar sagte nichts, seine ungeduldigen Handbewegungen ließen aber keinen Zweifel darüber offen, was er von Niki erwartete.

Zögerlich wandte sich Niki zurück zur Tür und klopfte mit dem Knöchel des Zeigefingers an das dicke Holz.

Joachim, der hinter ihm stand, verdrehte die Augen, griff über Nikis Schulter und schlug mit geballter Faust mehrmals an die Tür. Das dumpfe Geräusch seiner Schläge war in der engen Gasse noch nicht verhallt, als das kleine Fenster hinter dem Gitter aufgeschoben wurde und im rot beleuchteten Halbdunkel ein mürrisches Gesicht erschien. Ein stechender Blick wanderte misstrauisch über Niki und Joachim. Der Mann bellte eine kurze Frage, die Niki nicht verstand, aber wohl korrekt interpretierte.

»Wir …«, begann er hilflos. »Wir würden gerne …«

Das Gesicht im Fenster starrte ihn nur ausdruckslos an.

Hilflos drehte Niki sich zu Joachim um. »Was zum Teufel erzähl ich dem? Der versteht kein Wort Deutsch!«

Joachim setzte sein charmantestes Schurkenlächeln auf, ließ mit einer lässigen Bewegung seiner Hand die Münzen im Geldbeutel an seinem Gürtel klingeln und formte dann mit den Händen eine wohl universelle Geste für Geschlechtsverkehr. Das Gesicht im Fenster nickte und verschwand. Ein metallisches Knirschen ließ darauf schließen, dass ein Riegel zurückgeschoben wurde. Das Tor schwang auf und gewährte den beiden Freiern wider Willen Einlass.

Auf den ersten Blick sah das Innere des Bordells aus wie jede andere Taverne, die die Gefährten auf ihrer Reise betreten hatten: Männer saßen an Tischen herum, tranken, lachten und würfelten. Frauen eilten geschäftig herum, servierten Getränke und scherzten mit den Gästen. Im Kamin brannte ein prasselndes Feuer.

Auf den zweiten Blick wäre einem aufmerksamen Beobachter aufgefallen, dass auf jeden männlichen Gast mindestens ein Serviermädchen kam.

Und natürlich, dass die Frauen, die den Neuankömmlingen einladend entgegenlächelten, ohne Ausnahme splitternackt waren.

Kein Wunder, dass es den Zwillingen hier gefallen hat, dachte Niki. *Und dass sie beim Würfeln so abgelenkt waren, dass sie nicht gemerkt haben, wie sie abgezockt wurden.*

»Jetzt glotzt nicht so, Nikolaus«, murmelte Joachim. »Ihr seht aus, als würden Euch gleich die Augen aus dem Kopf fallen! Habt Ihr noch nie nackte Frauen gesehen?«

»Noch nie so viele auf einem Haufen«, murmelte Niki zurück. *Zumindest noch nicht im echten Leben,* dachte er. *Im Internet zählt wohl nicht.*

Die drei Spieler, die so ungewöhnlich viel Glück beim Würfeln mit den Zwillingen gehabt hatten, waren aufgrund der Beschreibung leicht zu erkennen. Auch weil sie immer noch an dem gleichen runden Tisch in einer Ecke des Raumes saßen, mangels williger Mitspieler mit sich selbst würfelten und sich dabei leise auf Deutsch unterhielten.

Die Freude der drei Männer, die teuer, aber mehr wie eitle Edelleute denn wie Ritter gekleidet waren, über das Treffen mit Landsleuten währte nur so lange, bis Niki und Joachim ihnen eröffneten, dass es ihre Knappen gewesen waren, die beim Würfeln ihr gesamtes Vermögen verloren hatten. Die drei hielten überhaupt nichts von Joachims freundlich vorgebrachtem Vorschlag, draußen vor der Tür die Bedingungen für einen allfälligen Rückkauf von Kleidung, Waffen und Pferden auszuhandeln.

»Wir gehen da ganz sicher nicht hinaus vor der Sperrstunde«, sagte einer der Männer, dessen blonder Bart mindestens ebenso präzise gestutzt war wie der schwarze von Ottokar.

»Wenn diese ehrwürdige Gastwirtschaft um Mitternacht

schließt, wird uns wie jeden Tag die Stadtwache vor dem Tor erwarten, um uns gegen ein kleines Entgelt sicher nach Hause zu geleiten«, sagte ein anderer, der sein langes, geöltes Haar im Nacken zu einem Pferdeschwanz zusammengebunden hatte.

»Ihr würdet uns nie glauben, wie oft es vorkommt, dass ein schlechter Verlierer uns sein ehemaliges Eigentum mit Gewalt wieder abnehmen möchte«, sagte der dritte, der mit seinen rotbraunen Haaren, seiner langen Nase und seinen schwarzen Augen wie ein Fuchs aussah.

Joachim und Niki wechselten einen Blick. Wenn Hadmar von der bestochenen Stadtwache draußen vor dem Tor mit gezogenem Schwert wartend erwischt würde, war er wohl wieder auf dem besten Weg an den Pranger. Und ein zweites Mal würde das wohl nicht so glimpflich enden wie in Bellegrava.

»Ah, ich sehe, Ihr habt diese Möglichkeit auch schon in Betracht gezogen!«, lachte der fuchsgesichtige Mann, offensichtlich der Wortführer der Würfelspieler.

Alle drei Männer lehnten sich in ihren Stühlen zurück und lachten herzlich über die ertappten Gesichtsausdrücke der beiden Ritter.

»Na und?«, knurrte Niki, erbost über das Gelächter der Spieler. »Damit ist diese beschissene Mission hoffentlich endgültig gescheitert und wir können alle wieder nach Hause gehen!«

»Ihr seid fürwahr nicht hilfreich, Nikolaus«, sagte Joachim leise zu seinem Begleiter. »Warum hat Hadmar ausgerechnet Euch mit mir hierhergeschickt? Es wäre klüger gewesen, Engel mitzunehmen …«

»Das glaube ich, dass Euch das lieber gewesen wäre«, gab Niki giftig zurück. »Ihr seid ja schon seit Wochen ein Herz und eine Seele. Wann immer ich Euch auch sehe: Es ist immer paarweise, und immer mit zusammengesteckten Köpfen miteinander tuschelnd!«

Joachim fuhr auf Niki los, packte ihn zum zweiten Mal an diesem Abend am Kragen und zog ihn so nahe zu sich heran, dass ihre Nasen einander fast berührten. Die Würfelspieler sahen die beiden Streithähne mit großen Augen an, genauso wie die anderen Gäste und die Freudenmädchen. Ein Pärchen, das nach getaner Arbeit Arm in Arm von den Zimmern im Oberstock zurückkam, blieb auf halbem Weg überrascht auf der Treppe stehen. Stille fiel über die Gaststube.

»Und worüber glaubt Ihr, dass sie den ganzen Tag spricht mit mir beim Tuscheln mit zusammengesteckten Köpfen?«, rief Joachim und schüttelte Niki wütend am Kragen seines Leibrockes. »Über Euch! Und zwar ausschließlich. Warum Ihr tut, was Ihr tut. Was dabei wohl in Eurem Kopf vorgeht. Warum Ihr sie nicht mehr ansieht. Warum zur Hölle Ihr sie nicht mehr *berührt*!«

Joachim stieß den jungen Sänger wütend von sich. Niki taumelte einen Schritt zurück und warf unbehagliche Blicke nach links und rechts auf die neugierigen Zuseher, aber Joachim war zu sehr in Rage, um das zu bemerken.

»Ihr wisst so gut wie ich, wie sehr Engel das Gefühl braucht, bewundert, begehrt und berührt zu werden. Und jetzt habt Ihr sie nicht einmal mehr geküsst seit Eurer Umarmung vor dem Römerturm. Vor drei! Verdammten! Wochen! Das hat sie mir erzählt. Jeden Tag einmal. Mindestens. Meistens unter Tränen.«

Niki konnte Joachim nicht länger in die Augen schauen und blickte stattdessen mit rotem Kopf zu Boden. Das Blut rauschte so laut in seinen Ohren, dass er Mühe hatte, seinen Freund zu verstehen, als dessen Stimme leise und traurig wurde.

»Wisst Ihr noch, was die ersten Worte waren, die Ihr je zu Engel gesprochen habt?«

Nikis Kopf war gleichzeitig leer und so voll mit Gefühlen, dass er keinen klaren Gedanken fassen konnte. Er hob nur den Kopf und sah Joachim überrascht an.

»Auch das hat sie mir erzählt: ›*Ich bin runtergefallen.*‹ Das habt Ihr zu ihr gesagt, als Ihr Euch zum ersten Mal begegnet seid, am Fuß der Burgmauer von Dürnstein. Bevor Ihr sie gefragt habt, wo Euer ..., wie habt Ihr das nochmals genannt? Wo Euer *Auto* steht? Schon in diesem Moment hat sie ihr Herz an Euch verloren.«

Niki starrte Joachim fassungslos an. »Das hat sie mir nie ... Das wusste ich nicht«, stammelte er. »Ich dachte immer, Ihr und Engel ...«

»Ich und Engel?«, schnaubte Joachim und lächelte bitter. »Mein Herz gehörte schon jemand anderem, lange bevor ich Engel begegnet bin. Gott ist mein Zeuge: Ich habe noch nie eine Frau gekannt, die so Hals über Kopf und jenseits aller Vernunft in jemanden vernarrt war wie dieses Mädchen in Euch! Ihr glaubt, Ihr fühlt Euch schlecht seit drei Wochen? Soll ich Euch ein Geheimnis verraten? Engel fühlt sich noch viel schlechter!«

Niki hatte das Gefühl, als hätte sein Freund ihn wieder in das eiskalte Wasser des Brunnens vor der Pilgerherberge getaucht, nur dieses Mal von Kopf bis Fuß. Scham und Euphorie wechselten sich in rascher Folge in seinem Herzen ab, bis er nicht mehr wusste, ob er sich jetzt eigentlich gut oder schlecht fühlte. Scham, weil ihm mit einem Schlag bewusst wurde, wie sehr er sich zum Idioten gemacht hatte in den Wochen seit den unseligen Geschehnissen beim Römerturm. Wie sehr er durch sein Verhalten seine Freunde enttäuscht und verärgert hatte. Und vor allem: Wie sehr er seine Freundin gekränkt und verletzt hatte.

Euphorie, weil er mit einem Mal nicht mehr an Engels Liebe zu ihm zweifelte. Und fast noch wichtiger: nicht mehr an seiner eigenen zu ihr. Und weil er fühlte, wie die negativen Gefühle der letzten Wochen aus ihm herausströmten wie schmutziges Wasser aus einer Badewanne, der man den Stöpsel herausgezogen hatte. Mit jedem Herzschlag, mit jedem Atemzug fiel die unselige Depression von ihm ab und kam dahinter sein vertrautes, früheres Selbst wieder zum Vorschein.

Bloody hell, dachte er. *Um ein Haar hätte ich es geschafft, meine Freundin und meinen besten Freund auf einmal zu verlieren!*

Als er Joachim um den Hals fiel, hatte er Tränen in den Augen. Einen Augenblick lang stand der weißhaarige Ritter da wie zur Salzsäule erstarrt; dann lächelte er und erwiderte Nikis Umarmung.

Die überraschten Frauen hatten wohl nichts von Joachims Strafpredigt für Niki verstanden, erkannten aber eine ans Herz gehende Versöhnung, wenn sie eine sahen, und brachen in spontanen Jubel aus. Selbst die männlichen Gäste grinsten und prosteten den beiden Rittern mit ihren Bierkrügen zu, bevor sie sich wieder ihren eigenen Vergnügungen zuwandten.

Nur die drei deutschen Würfelspieler verfolgten das Schauspiel mit großen Augen.

»Und … was passiert jetzt mit uns? Meint Ihr nicht, Ihr solltet Euch zur Abwechslung mal wieder um *uns* kümmern?«, fragte der fuchsgesichtige Anführer irritiert. »Ich hoffe doch, Ihr habt den Plan, das im ehrlichen Spiel verlorene Eigentum Eurer Knappen mit Gewalt zurückzuholen, inzwischen aufgegeben?«

Niki hob sein noch ein wenig tränenfeuchtes Gesicht von Joachims Schulter und sah den rothaarigen Mann an. Die Euphorie, die ihn durchflutete, löste immer noch wahre Feuerwerke in seinem Gehirn aus. Und aus einem der Feuerwerkskörper war gerade unvermutet eine Idee geboren worden.

»Mit Gewalt abnehmen? Wer denkt denn an sowas!«, sagte er mit einem entwaffnenden Lächeln. »Ich habe eine viel bessere Idee: Ritter Joachim und ich werden mit Euch darum spielen!«

»Habt Ihr jetzt endgültig den Verstand verloren?«, flüsterte Joachim und warf Niki einen ungläubigen Seitenblick zu. »Wollt Ihr, dass die drei uns auch noch ausziehen bis aufs Hemd, so wie die Zwillinge?«

»Vertraut mir. Ich weiß, was ich tue«, flüsterte Niki mit einem Zwinkern zurück. »Zumindest meistens!«

»Wir spielen ein Spiel, das sehr populär ist, ähm, da wo ich herkomme«, sagte er laut, als er sich an den Tisch der drei Spieler setzte und Joachim energisch bedeutete, es ihm gleichzutun.

Und bei dem ich auf unserem letzten Schulskikurs schon am ersten Abend mein Taschengeld für die ganze Woche verloren habe, dachte Niki. *Bis mir jemand beigebracht hat, wie man es richtig spielt.*

»Es hat mit Glück nichts zu tun«, erklärte er. »Alles, was man dazu braucht, sind ein wacher Geist und ein schnelles Auge.«

Und in meinem Fall: geschickte Hände, fügte er in Gedanken hinzu.

»Ich brauche dazu drei Würfelbecher und einen Würfel«, sagte er, löste den mit dem Trinkgeld aus seinen Tavernenabenden gut gefüllten Geldbeutel vom Gürtel und ließ ihn mit vernehmbarem Klingeln vor den drei verdutzten Glücksspielern auf den Tisch fallen.

»Die Regeln sind ganz einfach«, sagte Niki lächelnd,

nachdem man ihm das Gewünschte gereicht hatte. »Es gibt drei Möglichkeiten: links, rechts oder in der Mitte.«

Er war selbst am meisten überrascht von seiner Ruhe und Selbstsicherheit. Eigentlich sollten ihm die Knie schlottern, die Hände zittern und der kalte Schweiß auf der Stirn stehen vor Nervosität; immerhin war er im Begriff, mit erfahrenen Falschspielern um nichts weniger als die erfolgreiche Fortsetzung der Mission zu spielen, für die seine Gefährten und nicht zuletzt er selbst schon so viel Mühe, Schmerzen und Entbehrungen auf sich genommen hatten. In diesem Moment war er aber viel zu glücklich nach drei Wochen mit bitteren Tagen voller Finsternis, um sich darüber groß Gedanken zu machen.

Außerdem war ich darin gut, damals auf dem Skikurs, dachte er. *Ich hab mein gesamtes Taschengeld zurückgewonnen, und mehr als das.*

»Damit Ihr die Regeln lernt und seht, dass alles mit rechten Dingen zugeht, wie zweifellos auch bei Eurem Spiel mit unseren unglücklichen Knappen, wird Ritter Joachim hier mein erster Mitspieler werden.«

Niki deutete Joachim mit einem Kopfnicken, ihm gegenüber Platz zu nehmen. »Seht her. Ich stülpe einen der Becher über den Würfel hier. Die anderen beiden Becher stülpe ich leer daneben.«

Niki schob die drei umgedrehten Becher nebeneinander, bis sie vor ihm auf dem Tisch eine saubere Reihe bildeten.

»Jetzt vertausche ich zwei der drei Becher, dann wieder zwei, und wieder und wieder«, erklärte er. »Der Becher mit dem Würfel kommt dadurch einmal hier zu stehen und einmal da. Sobald ich fertig bin und die Becher wieder in einer Reihe nebeneinander vor mir stehen, seid Ihr am Zug, Joachim: Wenn Ihr mir sagen könnt, unter welchem Becher der Würfel liegt, gehört mein Einsatz Euch. Wenn Euer Auge zu langsam war und Ihr Euch irrt, ist Euer Einsatz mein!«

Nicht nur Joachim und die drei deutschen Edelleute hatten seinen Ausführungen aufmerksam zugehört: Als Niki aufblickte, bemerkte er, dass auch viele der jungen Frauen auf das nie zuvor gesehene Spiel neugierig geworden waren und rund um seinen Tisch einen Kreis gebildet hatten. Niki sah sich mit einem Mal in Augenhöhe von Schamhaar in allen Farbschattierungen umgeben, dunklem und hellem, dichtem und spärlichem. An diesen Anblick war er als Kind des einundzwanzigsten Jahrhunderts nicht gewöhnt, nicht einmal aus dem Internet. Er schluckte trocken, schüttelte den Kopf und konzentrierte sich wieder auf seine Aufgabe.

Langsam und methodisch begann er, die Becher zu vertauschen. Joachim, die Glücksspieler und die neugierigen Mädchen sahen fasziniert zu, wie der junge Sänger die Becher mit einem schabenden Geräusch auf der hölzernen Tischplatte kreisen ließ. Als er sie schließlich wieder säuberlich nebeneinander aufreihte, wusste wohl jeder einzelne Zuseher, an welcher Position der Becher mit dem Würfel gelandet war.

»Hier!«, sagte Joachim sofort und zeigte auf den rechten Becher.

Niki hob den Becher vorsichtig hoch, sah darunter den Würfel liegen und fluchte. »Das fängt ja gut an«, brummte er, als er dabei zusehen musste, wie der grinsende Joachim Nikis Münze einkassierte. »Ihr gewährt mir doch sicher eine Revanche. Doppelter Einsatz?«

Erneut ließ Niki die Becher kreisen, ein wenig schneller als zuvor, aber immer noch recht gemächlich. Als sie zum Stillstand kamen, sah er Joachim in die Augen und schenkte ihm ein unmerkliches Kopfschütteln. Joachim verstand und zeigte zur Überraschung aller wieder auf den rechten Becher.

Ein kollektives Seufzen ging durch die Zuseherinnen; fast alle hatten erkannt, dass der Becher mit dem Würfel am Schluss in der Mitte zu stehen gekommen war. Die drei Glücksspieler sahen Joachim mitleidig an und feixten.

»Ha!«, sagte Niki triumphierend, als er Joachims zwei

Münzen in seinen Geldbeutel klingeln ließ. »Wusste ich es doch, dass meine Hände schneller sind als Euer Auge!«

Joachim schnitt eine Grimasse und rückte gehorsam zur Seite, als sich der fuchsgesichtige Spieler auf den Platz gegenüber von Niki drängte und sich erwartungsvoll die Hände rieb.

»Ihr habt fürwahr schnelle Hände, junger Mann«, sagte er. »Ich würde nur zu gerne Euer Geschick mit dem meinen messen!«

»Seid mein Gast«, sagte Niki lächelnd und legte eine Kupfermünze vor sich auf den Tisch.

Der rothaarige Edelmann legte die Stirn in Falten. »Eine Kupfermünze? Nur Anfänger spielen um Kupfermünzen«, sagte er mit einem feinen Lächeln.

»Warum spielen wir nicht gleich … um Silbertaler?«

»Wo bleiben die beiden nur so lange?«, brummte Hadmar zum wiederholten Mal. »Sie sind jetzt schon mehr als eine Stunde da drin!«

Längst hatte der junge Kuenringer sein Schwert wieder eingesteckt und lief jetzt nervös auf der Straße vor dem Durchgang zum Bordell auf und ab.

»Vielleicht haben sie sich ja hübsche Maiden gefunden und auf uns vergessen?«, grinste der kleine Ruprecht. »Joachim und Blondie haben einander ja sogar in einem Bordell kennengelernt, wie man hört, hehehe.«

Engel, die sich noch sehr gut an diesen Tag erinnern konnte, warf Ruprecht einen finsteren Blick zu. Die Schulterwunde von Hadmars Knappe war nicht zuletzt durch ihre hingebungsvolle Pflege gut verheilt, und Ruprecht sah tatsächlich aus wie neu, so wie Engel es ihm im Römerturm versprochen hatte.

»Hoffentlich ist ihnen ... nichts zugestoßen«, sagte Bertram der Bulle besorgt. Auch der langsame Riese konnte inzwischen wieder auf seinen eigenen Beinen gehen, wenn auch noch unter Schmerzen und mit sichtbarem Hinken.

Genau wie Gerwald, der mit seinem Bruder Gottfried niedergeschlagen im Hintergrund stand. Die Zwillinge trugen ein buntes Sammelsurium aus abgetragenen Kleidern, die frühere Gäste in der Pilgerherberge vergessen hatten. Oder auch freiwillig zurückgelassen, wenn man ihren Zustand betrachtete.

»Es gibt nur einen Weg, das herauszufinden«, sagte Hadmar mit entschlossenem Gesichtsausdruck. »Ich gehe jetzt selbst rein und sehe nach, was da drinnen vor sich geht!«

»*Multorum opera res turbantur*«, sagte Bruder Severinus leise. »Durch die Beteiligung vieler werden die Dinge verdorben.«

»Ich habe auch Vertrauen in Joachim und Nikolaus«, sagte Ottokar. »Es gibt sicher einen guten Grund für ihr längeres Verweilen. Geben wir ihnen noch ein wenig mehr Zeit!«

»Nicht nötig«, sagte Engel. »Da kommen sie!«

Tatsächlich erschienen in diesem Augenblick Niki und Joachim im Durchgang, scherzend, lachend und offensichtlich bester Laune.

Die Gefährten machten große Augen. Nicht nur aufgrund der demonstrativen Eintracht der beiden Männer, sondern auch aufgrund der Tatsache, dass sie die Kleidung der Zwillinge, ihre Messer und ihre Hämmer bei sich trugen.

»Nie werde ich den Gesichtsausdruck des Rothaarigen vergessen, als Ihr ihm am Ende großmütig seine eigene Kleidung zurückgeschenkt habt«, lachte Joachim.

»Für die hätten wir ohnehin keine Verwendung gehabt. Habt Ihr seine Gestalt gesehen? Die hätte keinem von uns gepasst«, antwortete Niki. »Außer Ottokar. Und der trägt nur schwarz!«

Die Zwillinge stürmten wie ein Mann auf ihre Ritter zu, klopften ihnen im Überschwang der Gefühle auf die Schultern und weinten fast vor Freude, dass sie ihre verloren geglaubten Habseligkeiten wiederhatten.

Auch die anderen Gefährten umringten Niki und Joachim und bestürmten sie mit Fragen.

»Nikolaus hat sie im Spiel zurückgewonnen«, erklärte Joachim. »Und nicht nur das!«

Mit einem breiten Grinsen warf er Hadmar einen schweren Geldbeutel zu, der vor Kurzem noch drei deutschen Falschspielern gehört hatte. Dann stürzte er sich in einen detaillierten Bericht darüber, wie Niki mit seinen drei Würfelbechern ebendiesen nach allen Regeln der Kunst ihr Geld und am Ende sogar ihre Kleidung abgeluchst hatte.

Niki hörte von alledem nicht viel. Er stand mit roten Ohren vor Engel und wagte es nicht, seiner Freundin in die Augen zu schauen.

»Ich … ich hab mich wie ein Idiot verhalten«, stammelte er schließlich. »Kannst du mir noch einmal verzeihen?«

»Du hast mich jetzt *drei verdammte Wochen* keines Blickes gewürdigt!«, sagte Engel mit belegter Stimme. »Was glaubst du eigentlich, wer du bist, Blondie? Ich habe Männern schon für *viel* weniger die Augen ausgekratzt!«

Niki hob den Kopf und sah Engel überrascht an, als er die Worte erkannte, die das Mädchen schon einmal zu ihm gesprochen hatte, auch damals in einem Schlüsselmoment für ihre junge Liebe.

Engel nutzte die Gelegenheit, um ihrem Freund in die Arme zu fallen und ihr Gesicht an seiner Brust zu vergraben. »Gott, bin ich froh, dass du wieder du selbst bist«, flüsterte sie kaum hörbar.

Während er seine Freundin an sich drückte, als wollte er sie nie wieder loslassen, hörte Niki mit halbem Ohr, wie

Hadmar zur Feier des Tages einen Teil des Spielgewinnes unter den Gefährten verteilte und diese beschlossen, auf unterschiedliche Weise ihren letzten Abend in Nissa zu feiern.

Ohne den beiden Liebenden, die immer noch selbstvergessen eng umschlungen in der Mitte der Straße standen, weitere Beachtung zu schenken, verzogen sich Hadmar und sein Gefolge diskret in alle Windrichtungen. Niki und Engel blieben alleine zurück.

»Jede Nacht für den Rest unseres Lebens, hast du mir versprochen«, sagte Engel mit einem Zwinkern. »Du hast also einiges aufzuholen!«

Niki lächelte und zwinkerte zurück.

»Meinst du, es gibt hier irgendwo ein Zimmer?« fragte er. »Mit Betten. Und Türen. Abschließbaren Türen. Das würde echt meinen Tag retten!«

»He, ich bin noch nicht fertig«, beschwerte sich Niki, als Engel sich mit einer katzenhaft eleganten Bewegung von ihm herunterrollte und schwer atmend neben ihm auf dem wackeligen Bett zu liegen kam.

»Ich schon«, seufzte sie wohlig. »Drei Mal sogar. Sagt nicht die Heilige Schrift: Alle guten Dinge sind drei?«

»Na hör mal! Du kannst mich doch nicht so einfach hier, ähm, im Raum stehen lassen?«, sagte Niki und zog eine Augenbraue hoch. »Sagt nicht die Heilige Schrift auch: Geben ist seliger denn nehmen?«

»Keine Sorge. Das würde ich nie tun«, lachte das Mädchen und griff unter der Decke spielerisch nach Nikis Erektion. »Ich habe nur schon viel zu lange … deinen Geschmack nicht mehr im Mund gespürt. Ich darf doch?«

»Bist du dir da sicher?«, grinste Niki. »Wir haben das

drei Wochen lang nicht mehr getan. Ob du den Mund damit nicht, ähm, etwas zu voll nimmst?«

»Sag *feig*!«

»Feig!«

Engels Zwinkern war das Letzte, was Niki sah, bevor ihr Kopf unter der Decke verschwand.

»Was war eigentlich los mit dir seit dem Kampf am Römerturm?«, fragte Engel leise.

»Sagen wir mal so: Ich hatte eine Begegnung mit mir selbst, auf die ich gerne verzichtet hätte!«, gab Niki ebenso leise zurück und zog die Wolldecke über ihre eng zusammengekuschelten nackten Körper.

Die schwarz verbrannten, nur noch an den Rändern glühenden Holzscheite im Kamin tauchten den kleinen Raum in sanftes orangefarbenes Halbdunkel, und auch die Kerzen am Nachttisch neben dem Bett waren zu kurzen Stummeln heruntergebrannt.

Die beiden jungen Liebenden mussten gleichzeitig lachen, als eindeutige Geräusche aus einem der Nebenräume davon kündeten, dass dort ein anderes Pärchen gerade lustvolle Momente erlebte.

Es war Engels Idee gewesen, in das Bordell zurückzukehren und als vermeintlich männliches Paar nach einem Zimmer zu fragen. Sie wusste natürlich, dass Männer, die dem eigenen Geschlecht zugetan waren, sich zum Austausch von Zärtlichkeiten üblicherweise in einem Badehaus verabredeten; gegen gutes Geld war der Besitzer des Bordells aber wie erwartet nicht abgeneigt gewesen, ihnen eines seiner Zimmer für eine Stunde oder zwei zur Verfügung zu stellen, auch wenn keines seiner Mädchen dabei Geld verdiente. Nachdem Niki ihn mehr als nur großzügig entlohnt hatte, hatte er ihnen nicht nur einen rostigen Schlüssel in die Hand gedrückt, sondern sogar einen Krug fruchtigen roten Weins auf das Zimmer bringen lassen und eigenhändig das Holz in der kleinen Feuerstelle nachgelegt.

Amüsiert hatte Engel zur Kenntnis genommen, mit welch bedauernden Blicken einige der Frauen Niki verfolgten, als sie gemeinsam die Treppe in den Oberstock hinaufstiegen, kopfschüttelnd über den vermeintlichen Verrat des hübschen jungen Sängers, der kurz zuvor den drei hochnäsigen Würfelspielern so gekonnt das letzte Hemd ausgezogen hatte.

»Was macht einen Mann aus, Engel?«, fragte Niki, nachdem beide eine Weile erschöpft im Halbschlaf vor sich hingedöst hatten.

Engel stützte den Kopf auf einen Arm und sah ihn nachdenklich an. »Körperliche Stärke? Mut? Risikobereitschaft? Lust am Wettbewerb?«

Niki schwieg eine Zeit lang. »Also ist Hadmar in deinen Augen der Inbegriff eines Mannes?«, sagte er nach einer Weile.

»In meinen Augen nicht. In den Augen aller anderen wohl schon.« Engel sah ihren Freund zärtlich an und lächelte. »Was macht einen Mann aus, da, wo du herkommst?«

»Das wüsste ich auch gerne«, sagte Niki und dachte eine Weile nach.

»Meine Eltern haben mir beigebracht, stets anderen Menschen mit Wertschätzung zu begegnen. Rauen respektvoll zu behandeln. Meinungsverschiedenheiten immer mit Worten auszutragen, und niemals mit Gewalt. Nachzugeben, wenn ich im Unrecht bin«, sagte er schließlich.

Und im Sitzen zu pinkeln, fügte er in Gedanken hinzu. *Irgendwie bin ich mir nicht sicher, dass mich das alles auf diese Zeit hier gut vorbereitet hat.*

»Das sind vermutlich genau die Gründe dafür, warum

ich dich liebe«, sagte Engel. »Wobei: Am Nachgeben, wenn du im Unrecht bist, müssen wir noch ein wenig arbeiten!«

»Dem möchte ich nicht nachts in einer finsteren Gasse begegnen, mit diesem Schwert und dieser Axt«, sagte Gottfried beim Anblick des Wikingers.

»So, wie der aussieht, braucht er weder Schwert noch Axt, um dir das Lebenslicht auszublasen«, feixte Gerwald. »Der reißt dir mit den Zähnen die Gurgel aus dem Hals!«

Die Zwillinge kicherten über ihren Scherz. Aber nicht für lange.

Langsam drehte sich der hünenhafte Nordmann um, bis er den Zwillingen in die Augen sehen konnte.

»An euch zwei Maden würde ich mir weder Schwert noch Axt schmutzig machen«, sagte er bedächtig, als würde er jedes Wort sorgfältig einzeln auswählen. »Und ganz sicher würde ich nicht riskieren, dass mir Teile eurer ungewaschenen Körper zwischen den Zähnen steckenbleiben.«

Sein Mund unter dem blonden Rauschebart lächelte nicht; die Zwillinge schienen förmlich zu erstarren unter dem Blick der eisblauen Augen in seinem von zu Zöpfen geflochtenem Haar eingerahmten Gesicht. »Ich denke, euch beiden würde ich im Fall des Falles einfach den Hals umdrehen und das Genick brechen. Leise und sauber, so wie es sein soll.«

Kann man die zwei nicht einmal einen Moment lang aus den Augen lassen, dachte Niki und verdrehte die Augen zum Himmel.

Gerade, als er eingreifen und sich bei dem riesenhaften Wikinger für die vorlauten Knappen entschuldigen wollte, legte dieser den Kopf in den Nacken und ließ ein dröhnendes Lachen hören, das wohl auch draußen auf der Straße noch zu vernehmen war. Die Zwillinge begannen gleichzeitig wieder zu atmen und stimmten erleichtert in das Gelächter ein.

Der Nordmann war in der Tat eine imposante Erscheinung. Er war mindestens so groß wie Bertram der Bulle, nur dass er im Gegensatz zu Engels Bruder breitschultrig und stiernackig war. Ein kurzärmeliges Kettenhemd spannte sich über einen mächtigen Brustkorb, seine muskulösen Arme waren mit Tätowierungen übersät, die Unterarme trugen goldene Armreifen.

Sein Schwert trug er am Gürtel, seinen Rundschild auf dem Rücken, seine Axt jedoch in der Hand. Niki fiel auf, dass die massive Klinge der Axt auf einem langen, fast mannshohen Stab befestigt war, auf den der immer noch lachende Wikinger sich stützte. Im Kampf, mit entsprechendem Schwung eingesetzt, musste dies eine fürchterliche Waffe sein.

»Rurik Snorrisson, zu Euren Diensten«, sagte er, nachdem er sich die Lachtränen aus den Augen gewischt hatte.

»Ähm, danke«, sagte Niki, mit mehr als nur einer Ahnung, dass das *nicht* die korrekte Antwort auf die altmodisch anmutende Vorstellung war.

»Hadmar von Kuenring, zu Euren Diensten und denen Eurer Familie«, sagte Hadmar.

Hadmar und Joachim, die aufmerksam geworden waren und sich der kleinen Gruppe hinzugesellt hatten, kannten offenbar die richtigen Antworten, und Niki war dankbar, es ihnen nachmachen zu können.

»Verzeiht meine Neugier, aber wie kommt es, dass Ihr unsere Sprache sprecht?«, fragte Hadmar, nachdem jeder sich ausreichend in die Dienste des anderen, seiner Kinder und seiner Kindeskinder gestellt hatte.

»Ich bin Primikerios, also Übersetzer in der Warägergarde von Miklagard, der ›großen Stadt‹, die Ihr Konstantinopel nennt«, sagte Rurik. »Wir Waräger sind Söldner aus aller Herren Länder und bilden die Leibgarde des Kaisers von Byzanz. Viele von uns sind Nordmänner, andere Russen aus Kiew. Nach der Schlacht von Hastings sind viele Angelsachsen zu uns gestoßen, und nach dem Kreuzzug viele deutsche Ritter. Ohne Übersetzer könnten wir nicht als Einheit zusammenarbeiten, weder im Frieden und schon gar nicht im Krieg.«

Wenn so die verdammten Übersetzer der Leibgarde aussehen, möchte ich die Krieger lieber nicht kennenlernen, dachte Niki.

Die Unterhaltung wurde unterbrochen von den Gehilfen der großen Schneiderei, in deren Räumlichkeiten sie stattfand, die mit Armen voller Wintermäntel aus dem Lager in den Verkaufsraum zurückkehrten.

»Auf den Pässen des Balkantors liegt bereits Schnee«, sagte der Schneider, ein älterer Mann mit weißem Bart und einer Ledermütze auf dem kahlen Kopf. »Diese dick gefütterten Mäntel aus dem Fell und dem Leder von Bergziegen werden Euch helfen, die bittere Kälte zu überleben.«

Niki bewunderte die schweren, in einem Karomuster abgesteppten Ledermäntel, die bis unter die Knie reichten. Dagegen war selbst der warme Kapuzenmantel, den er von Herzog Leopold als Geschenk erhalten hatte, nur ein leichter Umhang.

»Wir stellen diese Mäntel in den Größen groß, mittel und klein her. Tretet bitte vor und nennt Euren Bedarf«, sagte der Schneider.

»Ich nehme acht große«, sagte Rurik Snorrisson. »Ich schicke später meine Männer vorbei, um sie abzuholen.«

»Es kommt selten vor, dass gleich zwei Gruppen von Reisenden nach Konstantinopel gleichzeitig meine Ware einkaufen«, sagte der Schneider, während der riesenhafte Wikinger ihm den Kaufpreis auf den Ladentisch zählte. »Aber seid unbesorgt: Es sind genug Mäntel für alle da.«

Hadmar sah Rurik überrascht an. Während die Gefährten nacheinander an den Ladentisch traten, ihre Größe nannten und ihre Mäntel in Empfang nahmen, sah Niki die beiden Anführer ins Gespräch vertieft.

»Klein«, sagte der kleine Ruprecht.

»Mittel«, sagten die Zwillinge.

»Groß«, sagte Joachim.

»Klein«, sagte Engel.

»Mittel«, sagte Bertram.

»Groß. Moment, mal, mittel?«, lachte Niki, aus seinen Gedanken gerissen. »Bertram, du eitler Schwachkopf! In einem mittelgroßen Mantel siehst du aus wie eine Knackwurst mit Beinen. Hört nicht auf ihn und gebt ihm einen großen«, wies er die Gehilfen des Schneiders an.

Bertrams Beteuerungen, dass »mittel« genau seine Größe wäre, wurde von Hadmar unterbrochen, der auf sein Gefolge zutrat.

»Rurik und seine Männer brechen morgen beim ersten Licht nach Konstantinopel auf. Ich habe entschieden, für eine weitere Nacht hier in Nissa zu bleiben und morgen gemeinsam mit den Warägern zu reisen«, sagte er und seufzte. »Jetzt haben wir schon so viel Zeit verloren, da kommt es auf eine Nacht mehr oder weniger auch nicht mehr an. Für mich einen großen Mantel, bitte!«

»Ich rate Euch, die Waffengurte und die kalten Kettenhemden nunmehr abzulegen. Ab hier droht uns keine Gefahr mehr. Zumindest keine von menschlicher Hand!«, sagte Rurik Snorrisson und lachte.

Rurik lachte oft und laut. Niki konnte sich gut vorstellen, dass der hünenhafte Wikinger auch lachend in die Schlacht ziehen und allein dadurch die Herzen seiner Gegner mit Angst erfüllen würde.

Die Gefährten folgten dem Ratschlag. Kettenhemden wurden zusammengelegt und in den Taschen verstaut; die gesteppten Fell- und Ledermäntel aus Nissa (auch der große, zu dem Bertram sich nach einer Anprobe letzten Endes hatte überreden lassen) wurden über die Leibröcke angezogen, während Ruriks Männer bereits das Nachtlager am Fuß der Berge einrichteten.

Die acht Burschen sahen ziemlich genau so aus wie ihr Anführer, nur wesentlich jünger. Wie er trugen sie knielange Kettenhemden, bunte Waffenröcke und langstielige Streitäxte. Wie er hatten sie helle Haut, helle Haare und helle Augen, wilde Bärte und zu Zöpfen geflochtenes Haar.

»Das sind alles gute Jungs«, sagte Rurik, während er gemeinsam mit Hadmar und seinem Gefolge Ruprecht beim Vorbereiten des Abendmahls zusah, denn das war die Abmachung: Die Waräger würden für die Dauer der gemeinsamen Reise für Brennholz und die Nachtwache sorgen, die Österreicher für das Essen.

»Angeworben in meiner Heimat Norwegen, sogar in Stavanger, wo ich selbst herkomme. Und auf dem Weg dorthin und wieder zurück«, fuhr der Wikinger fort, während Ruprecht Speck in dicke Streifen schnitt. »Der Kaiser schickt mich und viele andere jedes Jahr einmal auf Anwerbefahrt in unsere jeweiligen Heimatländer. Wir haben immer Bedarf an Nachwuchs. Zum Waräger wird man nicht durch Geburt, sondern durch die Ablegung eines Eides auf den Kaiser von Byzanz. Die Dienstzeit ist befristet, und nach ihrem Ablauf kehren viele von uns wieder in ihre Heimat zurück.«

Ruprecht hatte seine große, geschwärzte Pfanne mit den Speckstreifen ausgelegt und auf das Feuer gesetzt. Den Gefährten lief bereits das Wasser im Mund zusammen, als Ruprecht noch beim Schneiden der Zwiebeln und der Pilze und Kräuter war, die Engel und Bertram für ihn gesammelt hatten.

»Gibt es in Konstantinopel nicht genug ... eigene Soldaten?«, fragte Bertram, der an ihrem ersten gemeinsamen Reisetag bereits ein begeisterter Fan der wilden Männer aus dem hohen Norden geworden war.

»Darin besteht wahrlich kein Mangel«, lachte Rurik. »Die Kaiser umgeben sich aber lieber mit einer Leibgarde aus auf sie persönlich eingeschworenen Söldnern. Bei uns müssen sie keine Angst davor haben, dass ihnen einer unvermutet die Augen aussticht. Das ist sehr beliebt in Byzanz: Kaiser werden zumeist nicht getötet, sondern nur geblendet, wenn sie ein hoffnungsvoller Nachfolger zur ... vorzeitigen Abdankung überreden will. Sind ja schließlich meistens Verwandte.«

Gebannt sahen die um das Lagerfeuer sitzenden Männer (einschließlich Engel*bert*) zu, wie Ruprecht den knusprig gebratenen Speck aus der Pfanne nahm und stattdessen die erste Ladung junger Forellen, die er in Mehl gewälzt hatte, in das brutzelnde Fett legte.

»Und in Eurer Heimat findet Ihr immer wieder ... junge Männer, die sich ... Euch anschließen?«, fragte Bertram.

»Mehr als genug. Waräger zahlen sogar Eintrittsgeld für die Aufnahme in die Garde. Als Belohnung winken großzügiger Sold, reiche Beute – und großer Ruhm, wenn sie am Ende ihrer Dienstzeit in die Heimat zurückkehren. Mein Landsmann Harald Sigurdsson, den man respektvoll *Hardrade*, die ›harte Hand‹ nannte, wurde nach seiner Zeit bei der Garde sogar König von Norwegen!«

Ruprecht warf Zwiebeln und Pilze in das zischende Fett und schnitt dicke Scheiben von einem Laib Gerstenbrot, in das der hiesige Bäcker zur Steigerung des Nährwertes großzügige Mengen von Erbsen und Bohnen mit eingebacken hatte. Dann nahm er die ersten der knusprig braun gebratenen Forellen aus der Pfanne, legte sie auf die Brotscheiben und bestreute sie mit den gehackten Kräutern.

Rurik stand auf und holte seine Männer zusammen. »Und jetzt lasst uns unter Beweis stellen, dass man uns zu

Recht die *Weinschläuche des Kaisers* nennt!«, rief er, als die jungen Wikinger zum Feuer traten, aus den mitgebrachten Schläuchen ihre Trinkhörner füllten und auch Hadmar und sein Gefolge großzügig bedachten.

Ruriks ansteckendes Gelächter schallte über den Lagerplatz am Fuß der Berge.

Das Festmahl konnte beginnen.

»Voda, Voda, loß mi ziagn, der Berg, I muass eam untakriagn«, sang Niki aus Leibeskräften, schlug seine Laute und freute sich darüber, dass seine Freunde und sogar die jungen Nordmänner den Refrain rasch erlernt hatten und begeistert mitsangen. Der Tag war so schön wie der vorige: Die Sonne lachte vom wolkenlosen Himmel, der würzige Duft von Nadelbäumen erfüllte die kalte, klare Luft. Sockes Hufe klapperten mit sicherem Schritt auf den zerbrochenen Steinen der Bergstraße, Engel ritt neben ihm und er fühlte sich so glücklich wie schon lange nicht mehr.

Die Wache der Waräger hatte ihn bei Tagesanbruch aus seinem tiefen, traumlosen Schlaf geweckt – auch das zum ersten Mal seit langer Zeit. Daran mochte Engels wiedergewonnene Nähe und Zuneigung schuld sein, der dick gefütterte Mantel, in dem er sich wie ein Michelin-Männchen vorkam, oder aber der starke Wein der Nordmänner, der am Abend zuvor so reichlich geflossen war.

Engel war wohl die Einzige unter den Gefährten, die nicht restlos begeistert war von der gemeinsamen Reise mit Rurik und seinen Männern, weil sie dadurch gezwungen war, wieder zu Engelbert werden und ihre Brüste abzubinden. Unter anderem.

»Wenn das noch eine Weile so weitergeht, werde ich aus

reiner Gewohnheit mein restliches Leben im Stehen pinkeln wie ihr Männer«, hatte sie leise gegrantelt, während sie das Schaffell, das ihr nachts als Unterlage diente, und ihre Wolldecke zusammenrollte und wegpackte.

»Was hast du denn, du machst das doch sehr gut«, hatte Niki ebenso leise geantwortet. »Du hast sogar vom Schiff aus im Stehen in die Donau gepinkelt wie wir alle, ohne dass jemand etwas gemerkt hat. Und, im Gegensatz zu manchen Männern: immer auf der dem Wind abgewandten Seite!«

Der Weg hinauf auf die drei berüchtigten Passhöhen des Balkantores erinnerte Niki mehr an die Wandertage seiner Schulzeit als an die Märsche während seines Wehrdienstes beim Österreichischen Bundesheer: Immerhin musste er jetzt keine zwanzig Kilo Marschgepäck auf dem Rücken mit sich herumschleppen – das erledigte die brave Socke für ihn.

Auch seine Bergkameraden waren bester Laune: Die Pässe waren das letzte echte Hindernis auf dem Weg nach Konstantinopel. Wenn alles gut ging, würden sie den schwierigsten Teil der Gebirgsstrecke bis zum Abend hinter sich gebracht haben. Auf der anderen Seite wurde die stark frequentierte Via Diagonalis von den Kaisern von Byzanz mit großer Sorgfalt instand gehalten; die Weiterreise nach Serdica, Philippopel und Hadrianopel würde vergleichsweise schnell und komfortabel vonstattengehen. In längstens vierzehn Tagen würden sie bei der Hafenstadt Selymbria an den Ufern des Marmarameeres stehen, und von dort waren es nur noch zwei Tagesreisen bis zu den mächtigen Stadtmauern von Konstantinopel. Mit etwas Glück würden sie ihre Schaffelle und Wolldecken für lange Zeit nicht mehr im Freien ausrollen müssen.

Während die Nordmänner, begleitet nur von einem Trommler und einer melancholisch klingenden Flöte, einen endlos scheinenden Singsang anstimmten, aus dem Niki nur das im Refrain zwischen den unzähligen Strophen immer wiederkehrende Wort »Yggdrasil« verstand, drehte er sich um und warf einen Blick zurück auf die saftigen, grünen Almen unten im Tal, das sie am Vortag hinter sich gelassen hatten. Vor ihnen stieg der gewundene Weg zunehmend steil an; Hügelland wurde zu Bergland, der Nadelwald wurde schütter, und weiter oben, über der Baumgrenze, warteten ausgedehnte Geröllfelder, felsige Abhänge und schließlich die schneebedeckten Passhöhen auf sie.

»Wir haben echt ein Glück mit dem Wetter«, sagte Niki zu niemandem im Speziellen.

»Da wäre ich mir nicht so sicher«, antwortet Rurik und warf einen sorgenvollen Blick auf die zunehmend dunstverhangene Sonne. »Das Wetter ändert sich. Es wird kälter. Und das keinen Tag zu spät. Als es bei uns unten im Tal geregnet hat, ist hier heroben schon jede Menge Schnee gefallen. Diesen Schnee hat die Sonne seither wohl mehr als nur zur Hälfte aufgetaut …«

Rurik verstummte und blickte nachdenklich hinauf auf die glitzernden Schneefelder. »Höchste Zeit, dass es wieder kalt wird«, hörte Niki ihn murmeln.

Niki wurde aus seinen Beobachtungen gerissen, als Bertram weiter vorne die Hand hob und um eine Pause ersuchte. Er klagte über Bauchschmerzen und bat darum, dringend in den Wald austreten zu dürfen.

»Muss wohl an all den … Bohnen im Brot liegen«, sagte der Bulle und presste eine Hand auf seinen Bauch.

»Kannst du das nicht zurückhalten, Bertram?«, fragte Hadmar ungeduldig. »Wir sind gerade so gut auf dem Weg!«

»Glaubt mir, Herr: Wenn es nicht … dringend wäre, würde ich es nicht wagen, Euch darum zu bitten.«

Hadmar nickte. Er wusste, dass Bertram nicht zu Übertreibungen neigte. Wenn er sagte, es war dringend, dann war es das auch.

»Wir halten kurz an«, entschied er. »Bertram, geh und erleichtere dich. Aber so rasch wie möglich, sei so gut.«

Die Zwillinge neckten Engels riesenhaften Bruder bereits, als er noch kaum von seinem Pferd gestiegen war.

»Geht das nicht schneller«, rief ihm Gerwald nach, als er sich abseits des Weges in die Büsche schlug.

»Du solltest längst schon wieder hier sein!«, legte Gottfried nach.

»Wenn ihr nicht damit aufhört, dauert es ... noch länger«, rief Bertram aus dem Unterholz zurück. »Ich kann das nicht, wenn ich ... mich beobachtet fühle!«

»Gottfried, Gerwald!«, rief Hadmar mit gespielter Strenge. »Ich befehle hiermit, dass man Bertram in Ruhe scheißen lässt!«

Alle lachten, sogar die Nordmänner, denen Rurik die Debatte simultan übersetzte. Als sich die Heiterkeit gelegt hatte, gab Rurik seinen Männern einen Befehl.

»Wir reiten langsam voran, Hadmar«, sagte er. »Weiter oben ist die Straße manchmal durch herabgefallene Felsbrocken blockiert. Die können meine Männer in der Zwischenzeit aus dem Weg räumen, falls es nötig ist.«

Die jungen Waräger passierten einer nach dem anderen die Gruppe der Gefährten und entfernten sich langsam bergwärts.

»Wir sehen uns dann oben!«, grinste Rurik und reckte zum Gruß die Standarte der Waräger in die Luft: Den *Draco*, eine bronzene Drachenfigur an der Spitze einer Lanze, aus deren Mund lange, reich verzierte Stoffstreifen in bunten Farben herausquollen und wie eine Fahne im Wind wehten.

Hadmar erwiderte den Gruß mit erhobener Hand, Joachim und Niki taten es ihm gleich.

Zu diesem Zeitpunkt verschwendete Niki keinen Gedanken daran, dass das vermeintlich fröhliche Lied, das alle gemeinsam gerade noch gesungen hatten, in seiner Originalfassung kein gutes Ende nahm.

Die ausgelassene Stimmung von Hadmar und seinem Gefolge nahm ab, je steiler der Weg wurde. Bald schon keuchten Mensch und Tier in der dünnen Luft, als die kleine Reisegesellschaft dem gewundenen Weg immer höher ins Gebirge hinauf folgte.

Der letzte Rest an guter Laune ging verloren, als die ersten Steinbrocken, aus dem Schnee gelöst von der Mittagssonne oder von den Pferden der vorausreitenden Waräger, den Pfad heruntergerollt kamen wie Bowlingkugeln aus der Hölle. Die meisten sprangen links und rechts an ihnen vorbei, ohne Schaden anzurichten. Ein besonders großer Felsbrocken jedoch rollte den Weg entlang direkt auf die vor Schreck erstarrten Gefährten zu; erst im letzten Moment wurde er von einer Geländekante in die Luft katapultiert und krachte unmittelbar hinter Joachim, der wie immer das Schlusslicht der Prozession bildete, auf den Boden, wo er in tausend Stücke zersprang.

»Absitzen!«, befahl Hadmar. »Ab jetzt gehen wir zu Fuß weiter. Haltet die Augen offen nach Steinschlag und bringt euch im Notfall mit einem beherzten Sprung in Sicherheit!«

Im Gänsemarsch, die Pferde an den Zügeln hinter sich führend, setzten die Gefährten vorsichtig den Anstieg fort, Hadmar an der Spitze, Joachim am Ende. Längst lag der Wald hinter ihnen; nur noch nackter Fels begleitete die verfallene und über weite Strecken kaum mehr sichtbare Römerstraße auf ihrem Weg zur ersten Passhöhe. Bald schon knirschten ihre Stiefel im firnigen Schnee, der die Steine der Straße rutschig und gefährlich machte.

»Es ist nicht mehr weit«, rief Joachim und wies mit der Hand nach vorne. »Wenn wir dieses Geröllfeld überquert haben, haben wir den höchsten Punkt unserer Reise erreicht. Seht, die Waräger haben schon die Hälfte hinter sich.«

Die Gefährten hielten im Schatten einer mannshohen Felswand an und folgten Joachims Blick. Vor ihnen ragten zwei schneebedeckte Berggipfel auf, die mit ein wenig Fantasie tatsächlich eine Art Tor bildeten. Die Straße, unter Felsgeröll kaum noch als solche auszumachen, verlief in einer geraden Linie auf eine Passhöhe zwischen den beiden Bergen zu. Rurik und seine Männer, ebenfalls bereits zu Fuß, befanden sich tatsächlich schon in der Mitte des Geröllfeldes, vielleicht einen halben Kilometer vor ihnen. Niki konnte den riesenhaften Wikinger mit seiner Drachenstandarte an der Spitze der kleinen Gruppe ausmachen.

In diesem Moment zerriss ein lauter, ohrenbetäubender Knall wie von einer Explosion die Stille, gefolgt von einem dumpfen Grollen, das den Felsboden unter den Füßen der Gefährten zum Vibrieren brachte.

Niki sah sich erschrocken um, konnte aber nichts Ungewöhnliches entdecken, weder vor oder hinter ihnen auf der Straße noch talwärts. Die Sicht bergwärts war ihm durch die Felswand verwehrt, unter der Hadmar und sein Gefolge angehalten hatten.

Als er seinen Blick wieder nach vorne richtete, sah Niki, dass die Waräger gebannt nach oben schauten. Wie auf Befehl ließen sie die Zügel ihrer Pferde fallen, wandten sich um, und begannen, so schnell sie konnten den Weg zurück auf die Gefährten zuzulaufen.

Das dumpfe Grollen wurde lauter, das Beben des Felsbodens stärker. Die Sonne verschwand hinter einer Staubwolke, mit einem Mal verdunkelte sich der Himmel.

»LAWINE!«, schrie Niki aus Leibeskräften, griff nach Engels Hand und riss das überraschte Mädchen mit sich zu Boden in den Windschatten der Felswand.

»Runter mit den Köpfen! RUNTER!«

Dann kam der weiße Tod über sie.

Und hielt reiche Ernte.

Im Nachhinein schien es Niki, als hätte der Abgang der Lawine eine Ewigkeit gedauert. In Wahrheit waren es wohl nur Sekunden, in denen die rutschenden Schneemassen links und rechts und über die Köpfe der hinter der Felswand zusammengekauerten kleinen Gruppe hinweg den Hang hinunter donnerten.

Es war auch weniger der Schnee, sondern eher der gewaltige Luftsog der Lawine, der Hadmar am vorderen und Joachim am hinteren Ende der Gruppe samt ihren Pferden von der Straße riss. Geblendet von der plötzlich über sie hereingebrochenen Helligkeit stolperten die Gefährten im Schneegestöber hilflos übereinander, als sie versuchten, den Hilferufen der beiden gefallenen Ritter zu folgen. Bis das furchterregende Grollen endlich vorbei war und der Boden unter ihren Füßen aufgehört hatte zu beben, hatten Hadmar und Joachim sich schon aus eigener Kraft aus dem an dieser Stelle im Windschatten der Felswand nicht mehr als hüfthohen Schnee befreit. Auch ihre Pferde konnten in gemeinsamer Anstrengung erschrocken, aber unverletzt aus dem Schnee heraus und zurück auf die Straße gezogen werden.

Als sich die weiße Wolke endlich lichtete und die Sicht wieder einigermaßen klar war, wurde erst das ganze Ausmaß der Katastrophe sichtbar: Wo vorher noch das Geröllfeld und die verfallene Römerstraße auf die Passhöhe hinauf gelegen hatten, türmten sich nun meterhohe Schneewände auf.

Der Weg zum Pass war ihnen versperrt.

Genauso wie der Rückweg ins Tal.

Und von den Warägern war nichts mehr zu sehen.

»Oh mein Gott, Rurik hat's erwischt«, murmelte Niki, als er mit großen Augen auf die endlos scheinende weiße Schneefläche starrte, die sich ausbreitete, wo gerade eben noch die Waräger und ihre Pferde gestanden waren.

Die Freude über die wundersame eigene Rettung wich schnell Betroffenheit über den Tod der fröhlichen Nordmänner. Betretenes Schweigen fiel über die Gefährten. Engel tastete wortlos nach Nikis Hand. Bertram liefen Tränen übers Gesicht.

»Können wir nicht auf der … Straße nach ihnen graben?«, fragte er. »Wir wissen doch, wo sie zuletzt … gestanden sind?«

»Die Lawine wird sie talwärts mitgerissen haben. Ohne Anhaltspunkt ist das wie die Suche nach einer Nadel im Heuhaufen«, murmelte Niki, ohne den Blick von dem so unschuldig wirkenden Schneefeld abwenden zu können. Er starrte auf die weiße Fläche, bis seine Augen tränten.

Und dann sah er es.

»Das ist doch …«, sagte er und kniff die Augen zusammen. »Das ist doch Ruriks Drachenstandarte? Dort unten, seht mal!«

Tatsächlich ragte in einer Entfernung von vielleicht fünfzig Schritten ein dunkler Schatten aus dem Schnee, halb verdeckt von einer Geländewelle, der sich bei näherem Hinsehen als der bronzene Drachenkopf entpuppte, den Rurik zuletzt getragen hatte.

Ohne nachzudenken machte Niki ein paar Schritte auf den schwarzen Fleck zu und sank sofort bis zur Taille in den feuchten Schnee ein.

»Wir müssen uns einen Weg zum Drachen bahnen«, rief er. »Es kann sein, dass dort Rurik begraben liegt!«

Begleitet von wütenden Flüchen schlug er frustriert mit

beiden Händen auf den Schnee rund um sich ein, bis sich von hinten eine große Pranke auf seine Schulter legte.

»Lass mich ... vorangehen«, sagte Bertram der Bulle ruhig und schob sich entschlossen an Niki vorbei.

Zu Hause in Dürnstein nannte man gerne den Golem, weil er groß und stark war und mit seinen schaufelartigen Händen langsam, aber mit der Unerbittlichkeit einer Maschine alle Aufgaben erfüllte, die ihm übertragen wurden. Jetzt und hier benützte er seine Größe, seine Stärke und seine großen Hände dazu, den Gefährten einen Weg durch den Schnee zu bahnen.

Trotz der Schmerzen, die er sicher noch in seinem Bein verspürte, bewegte sich Bertram mit rudernden Armen langsam, aber gleichmäßig auf Ruriks Standarte zu; für Niki sah er dabei von hinten aus wie ein Schwimmer, der sich mit kräftigen Tempi durch hohe Wellen kämpft. Je weiter er sich von dem schützenden Schatten der Felswand entfernte, desto tiefer wurde der Schnee; kurz vor Erreichen seines Ziels wurden die Wände um Bertram herum so hoch, dass er nicht mehr zu sehen war und selbst verschüttet worden wäre, wären ihm nicht Hadmar und Joachim zu Hilfe gekommen.

Hadmar war der größere der beiden Männer, aber Joachim war von kräftiger Statur. Gemeinsam lösten sie den vor Erschöpfung wankenden Bertram ab und bahnten die letzten paar Meter Weg bis zu der Stelle, an der Niki den bronzenen Drachenkopf im Schnee erspäht hatte.

Die Skulptur mit den bunten Stoffstreifen im Maul steckte tatsächlich noch an der Spitze der Lanze, die der Anführer der Waräger getragen hatte. Hadmar, Joachim und Niki waren jetzt vom Jagdfieber gepackt; ohne Rücksicht auf ihre eigene Erschöpfung gruben die drei unermüdlich größer werdende Kreise rund um die Fundstelle der Lanze, bis Niki beim Graben unabsichtlich auf etwas Weiches trat.

Rurik!

»Ich hab ihn!«, rief er. »Kommt her und helft mir! Rasch!«

Gemeinsam gelang es den drei Männern, den gefallenen Wikinger mit bloßen, vor Kälte geröteten Händen aus seinem weißen Grab freizuschaufeln, in wohl nicht weniger als zwei Metern Tiefe. Der Druck der Schneemassen hatte Rurik in eine kauernde Stellung gepresst, in der er zusammengerollt wie ein Embryo dalag, den gerundeten Rücken nach oben, das Gesicht zwischen seinen Armen eingebettet nach unten.

Als die drei den Wikinger zur Seite rollten, sodass sie sein Gesicht sehen konnten, schlug Rurik die Augen auf.

»Bei allen Göttern«, keuchte er. »Hier ist oben? Ich dachte, unten wäre oben. Und oben wäre unten. Ich habe in die falsche Richtung gegraben. Allein wäre ich niemals hier rausgekommen!«

Der schläfrig und ein wenig desorientiert wirkende Nordmann ließ sich von seinen Rettern auf die Beine helfen und umarmte dann jeden von ihnen einzeln, auch Bertram, der sich von seinem Schwächeanfall wieder ein wenig erholt hatte.

»Odin ist mein Zeuge: Ich hatte mit meinem Leben abgeschlossen«, sagte Rurik, während die Männer durch den von ihnen geschaffenen Hohlweg zurück zum schützenden Schatten der Felswand hinaufstiegen. »Ich habe nur noch gehofft, die Götter würden mir Zutritt zu Valhalla gewähren, auch wenn ich mein Leben nicht im Kampf mit feindlichen Kriegern, sondern im Kampf mit der Natur verliere!«

Erst als sie den Platz erreichten, wo die übrigen Gefährten und ihre Pferde auf sie warteten, erstarrte der Wikinger.

»Wo sind die anderen?«, fragte er. »Wo sind meine Männer?«

Niemand traute sich, ihm auf diese Frage eine ehrliche Antwort zu geben. Alle senkten den Kopf und schwiegen.

Es war Niki, der Ruriks fragenden Blick mit einem traurigen Kopfnicken in Richtung der verschütteten Passstraße lenkte. Gemeinsam sahen sie schweigend auf das endlos scheinende Schneefeld hinauf.

Als Rurik schließlich schrie, all seine Wut und all seinen Schmerz in die Welt hinausbrüllte, hatte Niki Angst, er könnte damit eine weitere Lawine auslösen.

»Bertram«, sagte Hadmar betont freundlich und nahm den Bullen zur Seite. »Deine kräftigen Arme haben einen Weg durch den Schnee gebahnt, sodass wir Rurik das Leben retten konnten. Hältst du es für möglich, dass wir uns auf diese Weise auch bis zum Pass hinauf durchschlagen?«

Bertram musste nicht lange nachdenken. »Nein, Herr«, antwortete er. »Rurik lag ... nicht weit entfernt. Am Schluss war ich ... mit meinen Kräften am Ende. Bis zum Pass ... ist es weit. Zurück ins Tal auch.«

Hadmar schwieg entmutigt.

Niki sagte nichts, gab Bertram in Gedanken aber völlig Recht: Sowohl vor ihnen als auch hinter ihnen war die alte Römerstraße über Hunderte von Metern von feuchtem, weichem Schnee bedeckt. Auch mit vereinten Kräften würden die Gefährten es nicht schaffen, ohne Grabwerkzeuge diese Entfernung in die eine oder andere Richtung zu überwinden.

»Selbst wenn es uns gelänge, für uns einen Weg zu bahnen«, sagte Joachim leise. »Die Pferde könnten wir auf keinen Fall über den weichen Schnee führen.«

Hadmar fluchte herzhaft.

Die Stille wurde zur allgemeinen Überraschung von Ottokar unterbrochen.

»Es wird kälter«, sagte der Ungar nachdenklich und blickte zum nachmittäglichen Himmel hinauf. Ein scharfer, eisiger Wind war aufgekommen und ließ Mensch und Tier im Schatten der Felswand frösteln.

»Ihr habt recht, Ottokar«, sagte Hadmar geistesabwesend. »Ich habe es bemerkt. Mir ist auch kalt. Das hat uns gerade noch gefehlt.«

»Das habe ich nicht gemeint«, sagte Ottokar. »Die Kälte ist unser Freund genauso wie unser Feind. Bis zum Morgen wird der Schnee so hart gefroren sein, dass er unser Gewicht trägt, und mit ein wenig Glück auch das unserer Pferde.«

Der Ungar machte eine nachdenkliche Pause. »Alles, was wir dazu tun müssen, ist, die Nacht zu überleben.«

In Ermangelung eines besseren Plans begannen die Gefährten, sich so gut wie möglich für die bevorstehende kalte Nacht einzurichten. Da niemand damit gerechnet hatte, eine Nacht oberhalb der Baumgrenze im Gebirge verbringen zu müssen, hatte die Reisegesellschaft kein Brennholz bei sich. Hadmar ließ die Pferde so aufstellen, dass sie ein wenig Schutz vor dem Wind gewährten.

Ruprecht verteilte Brot, harte Wurst und Käse, während die Dämmerung hereinbrach. Engel bot jedem der Gefährten einen Schluck starken Met an, von dem sie immer eine kleine Flasche voll zur Betäubung von Schmerzen im Gepäck hatte. Niki wollte ablehnen, weil er einmal irgendwo gelesen hatte, dass Alkohol Erfrierungen eher begünstigt als verhindert; am Ende nahm er doch einen Schluck und genoss das flüchtige Gefühl der sich ausbreitenden Wärme in seinem Magen.

Rurik schüttelte nur schweigend den Kopf. Er saß noch immer mit dem Rücken an die Felswand gelehnt und blickte in die beginnende Nacht hinaus, auf das Schneefeld, unter dem seine jungen Freunde den Tod gefunden hatten.

Nach dem freudlosen Abendessen setzte Niki sich eine Zeit lang schweigend neben ihn und schaute in den Nachthimmel hinauf, wo tausend Sterne funkelten wie Eiskristalle. Es war die beißende Kälte, verstärkt noch durch den eisigen Wind, die Niki schließlich zurück hinter den Schutzwall aus Pferdeleibern trieb, wo Engel auf ihn wartete. Das Mädchen hatte aus seinen Schaffellen und Wolldecken in einem geschützten Winkel zwischen den Pferden und der Felswand eine Lagerstatt gebaut, wo die beiden sich eng zusammenkuschelten, angetan mit sämtlichen Kleidungsstücken, die sie in ihrem Gepäck gefunden hatten. Seinen feinen herzoglichen Mantel benutzte Niki als zusätzliche Unterlage gegen die Kälte des Felsbodens, in die Kapuze aus Marderpelz bettete er zärtlich den Kopf seiner Freundin, bevor sie ihn an seiner Brust vergrub. Die Todesgefahr machte die beiden Liebenden emotional, und sie tauschten noch lange kleine Küsse und zärtliche Bemerkungen.

Die anderen Gefährten bereiteten sich ebenfalls auf die Nacht vor, jeder nach seiner eigenen Fasson: Die Zwillinge, die es von klein auf gewohnt waren, in einem Bett miteinander zu schlafen, kuschelten sich unter ihren Decken ebenfalls eng aneinander. Ottokar hatte sein Nachtlager der unwirtlichen Umgebung zum Trotz mit der ihm eigenen Pedanterie eingerichtet, genau wie an jedem anderen Tag auch. Severin saß unter seiner Decke aufrecht mit dem Rücken an die Felswand gelehnt, asketisch wie eh und je; seine Lippen bewegten sich in stillem Gebet. Bertram und Ruprecht hatten jeder für sich alleine ein ruhiges Plätzchen gesucht und es sich dort so bequem wie nur irgend möglich eingerichtet.

Hadmar und Joachim standen zwischen den Pferden, streichelten geistesabwesend die unruhigen Tiere und unterhielten sich leise miteinander; sie machten nicht den Eindruck, als hätten sie vor, sich in dieser Nacht zum Schlafen niederzulegen.

Das Letzte, was Niki sah, bevor er einschlief, war Rurik

Snorrisson. Der Waräger hatte seine einsame Totenwache beendet, wohl auch, um zu verhindern, dass der eisige Wind seine immer noch feuchten Kleider an seinem Körper festfror. Niki sah überrascht dabei zu, wie Rurik seine Kleidung Stück für Stück ablegte, bis er splitternackt dastand. Dann begann er zu tanzen. Wie ein Derwisch sprang der hünenhafte Wikinger lautlos auf und ab, von einem Bein aufs andere. Vielleicht tanzte er, um seine toten Freunde zu ehren, denen kein anständiges Begräbnis zuteil geworden war. Vielleicht tanzte er, um seine alten Götter darum zu bitten, sie in Valhalla willkommen zu heißen. Vielleicht tanzte er auch einfach nur, um sich aufzuwärmen.

Das Bild von Rurik bei seinem ekstatischen Tanz verfolgte Niki bis in seine Träume.

Niki erwachte im Morgengrauen mit schmerzender Blase. Vorsichtig schälte er sich aus den Decken, um Engel nicht zu wecken, die im Halbschlaf unwillig murmelte, als er sich von ihr löste. Die mühevolle Prozedur des Pinkelns bei eisiger Kälte unter möglichst geringer Entblößung erinnerte ihn an seine winterliche Feldwoche beim Bundesheer; unwillkürlich musste er lächeln bei der Erinnerung daran, wie er auch dort mit Unterwäsche, normaler Kleidung und dicker Winterkleidung auf der Latrine zu kämpfen hatte, bis er endlich seine Notdurft verrichten konnte. War das wirklich erst ein Jahr her?

Manche Dinge ändern sich anscheinend nie, dachte er. *Auch nicht in achthundert Jahren.*

Auf dem Rückweg zum Lager merkte Niki, dass Ottokar mit seiner Prognose recht gehabt hatte: Der Schnee der Lawine war über Nacht pickelhart gefroren. Probehalber machte er ein paar Schritte aus der unmittelbaren Umgebung der Felswand hinaus, wo der Schnee tiefer lag, aber auch dort sanken seine Stiefel nicht mehr ein.

Als Niki ins Lager zurückkehrte, waren alle seine Freunde bereits auf den Beinen, auch Rurik, der sich zu Nikis Überraschung für die Nacht als Schutz gegen den Wind eine kleine Schneehöhle gegraben hatte.

Mit einer Ausnahme.

Ruprecht saß immer noch inmitten seiner Decken, kopfschüttelnd und mit besorgtem Gesichtsausdruck. Severin und Engel, die sich unter den Gefährten am ehesten mit der Behandlung von Verletzungen auskannten, knieten links und rechts von ihm auf dem Boden; Hadmar stand über ihnen und blickte mit steinernem Gesicht auf seinen Knappen hinunter.

»Es tut nicht weh«, hörte Niki Ruprecht sagen, als er zu der kleinen Gruppe trat. »Ich habe nur einfach kaum mehr Gefühl in meinen Beinen. Ich kann meine Füße nicht mehr spüren.«

Der kleingewachsene Bursche, der so gerne ein großer und starker Krieger geworden wäre wie sein Vater, sah aus, als würde er jeden Augenblick in Tränen ausbrechen. »Ich ... ich glaube nicht, dass ich gehen kann.«

Tatsächlich schwankte Ruprecht wie ein Rohr im Wind, nachdem die anderen ihn mit vereinten Kräften auf die Beine gestellt hatten. Unter abwechselnder Mithilfe seiner Freunde schaffte er es am Ende doch noch, selbstständig einen Fuß vor den anderen zu setzen.

Nachdem sie ihr Nachtlager zusammengepackt und ein kaltes, karges Frühstück verzehrt hatten, betraten die Gefährten mit großer Vorsicht den pickelharten Schnee, zu dem die Lawine vom Vortag über Nacht gefroren war. Für die paar hundert Meter des Weges, die unter den Schneemassen begraben waren, benötigte die kleine Reisegesellschaft nach Nikis innerer Uhr wohl den größten Teil einer Stunde.

Dahinter kamen die verwitterten und geborstenen Steinplatten der Via Diagonalis aber wieder zum Vorschein, und kurz darauf war die erste der drei Passhöhen erreicht.

Die Zwillinge wechselten sich damit ab, den kleinen Ruprecht zu stützen. Kein Wort der Klage kam über seine Lippen, obwohl er sich steif und marionettenhaft bewegte und häufig stolperte.

Zu Mittag lagen alle drei Passhöhen bereits hinter den Gefährten. Die Sonne lachte vom wolkenlosen Himmel; mit jeder Stunde wurde es wärmer, sogar die Luft schien auf dieser Seite des Balkantores weicher und würziger zu sein. Niki kam es so vor, als würden sie mit jedem Schritt bergab die Zeit zurückdrehen und vom tiefsten Winter wieder in die wohltuende Milde des Spätherbstes zurückkehren.

Am Nachmittag war die Straße wieder flach genug, dass die Gefährten aufsitzen und das Gehen wieder ihren Pferden überlassen konnten. Ihre Geschwindigkeit erhöhte sich dadurch nicht, sodass Rurik keine Probleme damit hatte, weiterhin neben Bertram herzugehen und sich mit ihm zu unterhalten, selbst als dieser wieder auf seinem Pferd saß. Rurik hatte verstanden, dass es in erster Linie Nikis scharfen Augen und Bertrams starken Armen zu verdanken war, dass er den Sonnenaufgang an diesem Tag noch erlebt hatte. Bertram war schon von der ersten Begegnung in der Schneiderei an von den Warägern hingerissen gewesen, und so war es nur natürlich, dass die beiden Hünen, verbunden auch durch ihre bedächtige Ausdrucksweise, gut miteinander auskamen.

Niki hatte insgeheim gehofft, dass es Ruprecht besser gehen würde, sobald er wieder im Sattel seines Pferdes saß, doch leider schien das Gegenteil der Fall zu sein: Hadmars Knappe hatte offensichtlich große Schmerzen und schien sich nur mit Mühe im Sattel halten zu können.

Engel bemerkte es ebenfalls und schüttelte besorgt den Kopf. »Ich sehe so etwas nicht zum ersten Mal«, sagte sie leise zu dem neben ihr reitenden Niki. »Der vorletzte Winter, der, in dem mein Vater gestorben ist, war ungewöhnlich lang und streng. Die ganze Wachau war monatelang tief verschneit, die Donau mit einer dicken Eisschicht bedeckt. Damals kamen ein paar Holzfäller und Köhler zu mir mit denselben Beschwerden wie Ruprecht: Erfrierungen. Wenn Körperteile erfrieren, werden sie zuerst gefühllos. Wenn sie dann wieder auftauen, kommen die Schmerzen. Ich fürchte sehr um die Gesundheit unseres Freundes.«

Am späten Nachmittag befanden sich die Gefährten bereits wieder am Fuß der Berge, umgeben von duftenden Nadelwäldern und grünen Almen. Auf einer Wiese an einem kleinen Bach machten sie Rast, ließen die tüchtigen Pferde weiden und entzündeten ein großes Feuer, um ihre Decken und Kleidungsstücke zu trocknen.

Mit Mühe zogen Severin und Engel Ruprecht die feuchten Stiefel von den angeschwollenen Beinen, um seine Füße in warmem Wasser zu baden. Niki erhaschte einen Blick auf die schwarz verfärbten Zehen und musste sich abwenden.

Ruprecht biss die Zähne so fest zusammen, dass es fast knirschte; es war ihm anzusehen, dass er große Schmerzen litt. Engel gab ihm schluckweise den restlichen Met aus ihrer Flasche zu trinken, in dem sie eine Prise von Großmutters weißem Schlafpulver aufgelöst hatte. Mehr konnte sie nicht für ihn tun.

»Er braucht so rasch wie möglich einen Medicus, Herr«, sagte sie zu Hadmar, als ihr Patient neben dem Feuer in einen unruhigen, erschöpften Schlummer gefallen war. »Seine Füße sind erfroren. Gegen diese Verletzung ist leider kein Kraut gewachsen. Große ärztliche Kunst ist vonnöten, um sein Leben zu retten.«

Der junge Kuenringer sah besorgter aus, als Niki ihn jemals erlebt hatte. Ruprecht war nicht nur Hadmars Knappe, sondern auch einer seiner zwei engsten Freunde seit Kindheitstagen. Und der andere mit Namen Arnold war erst zu

Ostern beim Kampf gegen die Engländer vor den Toren von Burg Aggstein gefallen.

Rurik trat zu Hadmar und legte ihm tröstend die Hand auf die Schulter.

»Serdica ist nur noch eine Tagesreise von hier entfernt«, sagte er. »Dort ließ mein Kaiser erst unlängst ein modernes Hospital errichten, wo gelehrte Männer wirken, die an den besten Universitäten ausgebildet wurden. Wenn es einen Ort gibt, wo deinem Freund geholfen werden kann, dann dort.«

Das Hospital von Serdica war ein steinernes Gebäude außerhalb der Stadtmauern, inmitten von Feldern und Wiesen. Die Sonne schien und brachte die weiß getünchten Wände und Steinböden zum Leuchten. Der quadratische Innenhof war mit jungen Obstbäumen begrünt, deren Blätter im warmen Herbstwind raschelten; in seiner Mitte sprudelte ein Springbrunnen.

Die drei Männer, die auf Steinbänken saßen, hatten keinen Blick für die Schönheit ihrer Umgebung. Sie warteten schweigend auf Nachrichten über einen Freund, vereint in besorgten Gedanken.

Alle drei hatten die warm gefütterten Mäntel aus Bergziegenleder in ihrem Nachtquartier drinnen in der Stadt zurückgelassen. Niki hatte den vergangenen Abend dazu genutzt, sich in einem der Badehäuser der Stadt von Kopf bis Fuß abschrubben zu lassen und so lange im heißen Wasser zu bleiben, bis sein Körper rot wie ein Krebs und die Kälte der Nacht im Gebirge endgültig aus seinen Knochen verschwunden war. In der Taverne hatte er danach seine Wäsche gewaschen und über Nacht notdürftig getrocknet; am Morgen war er dankbar in die noch leicht feuchten, aber dafür vom Schmutz und Schweiß der Reise befreiten Sachen geschlüpft und hatte sich zum ersten Mal seit Nissa wieder wie ein Mensch gefühlt.

Er trug immer noch die verblichenen Jeans, die er bei seiner zweiten Ankunft im Dürnstein des Jahres 1193 getragen hatte, darüber einen erdfarbenen Leinenrock und schließlich das ärmellose Lederwams, das einmal Engels Vater gehört hatte und vom Schmied Vinzenz mit Metallringen verstärkt worden war. Joachim von Senftenberg wirkte ohne sein Kettenhemd in grünem Leinen und Leder mehr wie ein Jäger denn wie ein Ritter. Nur Rurik Snorrisson trug wieder Kettenhemd und Waffenrock und sah aus, als könnte er jederzeit in die nächstbeste Schlacht ziehen.

Genau so hatte er auch am Abend des Vortages ausgesehen, als die Reisegesellschaft in Serdica angekommen war und unter Ruriks Führung den kürzesten Weg zum Hospital genommen hatte. Der hünenhafte Wikinger hatte es sich nicht nehmen lassen, den vor Schmerzen fast weinenden Ruprecht vom Pferd zu heben und auf seinen Armen in das Gebäude hineinzutragen. Seine Sprachkenntnis und seine Autorität als Hauptmann der Waräger hatten dafür gesorgt, dass Hadmars Knappe ohne Verzögerung dem leitenden Arzt vorgeführt wurde.

Der Medicus war ein alter Mann mit weißem Haar, gebeugten Schultern und stechendem Blick. Als er Ruprecht untersuchte, der bereits sichtlich benommen von der Mischung aus Opium, geriebenen Nüssen und Wein war, die man ihm gleich bei seiner Ankunft verabreicht hatte, wurden die Furchen in seiner Stirn tiefer.

»Es ist noch nicht zu spät«, hatte er schließlich gesagt, von Rurik getreulich übersetzt. »Es besteht noch Hoffnung für sein Leben. Aber er muss ohne Verzug behandelt werden. Morgen werde ich Euch mehr sagen können.«

Und nun warteten die drei schon mehr als eine halbe Stunde darauf, dass Hadmar von seinem Besuch bei Ruprecht zurückkehrte; mehr als einen Besucher hatte der Medicus unter Verweis auf Ruprechts Zustand nicht erlaubt. Mehr Informationen über diesen Zustand hatte selbst Rurik dem Arzt nicht entlocken können. Die drei Freunde befürchteten inzwischen das Schlimmste.

Ihre Befürchtungen wurden nicht gerade zerstreut, als Hadmar aus einem der Gänge, die vom Innenhof aus in alle vier Richtungen in die einzelnen Trakte des Hospitals führten, mit hängendem Kopf zu ihnen trat und sich wortlos auf eine der Bänke niederließ. Der junge Kuenringer war weiß wie die Wände des Krankenhauses. Nicht einmal Rurik brachte den Mut auf, ihn anzusprechen; stattdessen spielte er mit gesenktem Blick mit seinem einklappbaren Taschenmesser, einer Erfindung, die die Zwillinge bereits zu einer Geschäftsidee inspiriert hatte.

Für den Fall, dass sie die Reise überleben, wie sie selbst gescherzt haben, dachte Niki.

Als Hadmar zu sprechen begann, schien es, als hätte er Nikis Gedanken gelesen.

»Niemand hat damit gerechnet, dass wir alle wieder nach Dürnstein zurückkehren«, sagte er leise, mehr zu sich selbst als zu seinen Gefährten. »Herzog Leopold hat zum Abschied zu mir gesagt: Solange er den Gral dabeihat, reicht es aus, wenn nur einer von uns zurückkehrt. Ich bin mir nicht mehr sicher, dass er das im Scherz gemeint hat.«

Hadmar sah die drei anderen Männer nicht an; sein Blick war nachdenklich, fast träumerisch auf den Springbrunnen in der Mitte des Innenhofes gerichtet. »Bei der Abreise habe ich das alles noch auf die leichte Schulter genommen. In den letzten beiden Monaten sind mir aber alle ans Herz gewachsen, sogar die zwei Schwachköpfe von der Schmiede. Wir haben zusammen geschwitzt und gefroren, gelacht und geflucht, gevögelt und geblutet. Wir sind kein bunt zusammengewürfelter Haufen mehr wie bei unserer Abreise. Wir sind zu einer verschworenen Gemeinschaft geworden.«

»Kameradschaft«, sagte Rurik. »Wenn einer für den anderen einsteht, unabhängig von seinem Rang, selbst unter Lebensgefahr. Nichts schafft ein stärkeres Band zwischen Männern.«

»Und jetzt ist mir der Gedanke unerträglich, dass auch nur einer von ihnen auf dieser Mission auf der Strecke bleiben könnte«, fuhr Hadmar leise fort, als hätte er Rurik nicht gehört. Dann straffte er die Schultern und sah seine Freunde zum ersten Mal direkt an.

»Wie lange brauchen wir von hier noch nach Konstantinopel?«, fragte er mit neuer Entschlossenheit in der Stimme.

»Auf dieser Seite der Berge wird die alte Römerstraße von den Byzantinern mit großem Eifer instandgehalten«, antwortete Rurik. »Auf der Straße ist viel los. Sie führt in rascher Abfolge durch zahlreiche Dörfer und Städte. Wir werden nicht mehr im Freien übernachten müssen.«

»Aber wie lange?«

Rurik überlegte kurz und nahm beim Zählen die Finger zu Hilfe.

»Vier mal drei Tage«, sagte er schließlich. »Drei Tage bis nach Philippopel. Drei Tage nach Hadrianopel.«

Joachim verdrehte die Augen.

»Dafür hat das Kreuzfahrerheer vor vier Jahren noch vier Monate gebraucht«, brummte er. »Lag vielleicht auch daran, dass wir Philippopel und Hadrianopel erst belagern und erobern mussten, bevor man uns hineinließ.«

»Drei Tage ans Meer nach Selymbria. Und noch einmal drei Tage nach Konstantinopel«, beendete Rurik seine Aufzählung. »In längstens zwei Wochen stehen wir vor dem Hippodrom, vor der Hagia Sophia, vor dem kaiserlichen Palast.«

Hadmar nickte zufrieden.

»Aber ... müssen wir nicht auf Ruprechts Genesung warten?«, fragte Niki ungläubig. »Er ... er wird doch leben, oder?«

»So Gott will und die Wunde nicht brandig wird, wird Ruprecht leben«, bestätigte Hadmar. »Obwohl ich wetten möchte, dass er lieber tot wäre, wenn er die Wahl hätte.«

»Die Wunde? Was für eine Wunde?«, fragte Niki. »Er hatte doch nur Erfrierungen?«

»Eines seiner Beine war zu stark erfroren«, sagte Hadmar leise. »Es musste unterhalb des Knies abgenommen werden.«

Während die Gefährten ihn noch fassungslos anstarrten, erhob sich der junge Kuenringer von seiner Bank.

»Er wird für lange Zeit nicht mehr reisefähig sein. Für Wochen, eher für Monate«, sagte er mit gepresster Stimme. »Ich habe genug Geld hinterlassen, um sicherzustellen, dass er die bestmögliche Behandlung erhält. Wir haben in der Zwischenzeit einen Auftrag zu erfüllen. Und wenn es Gott gefällt, werden wir ihn auf dem Rückweg geheilt genug antreffen, um ihn mit nach Hause zu nehmen.«

Hadmar sprach leichthin; Niki kannte seinen Erzfeind aber gut genug, um zu erkennen, wie schwer es ihm fiel, seinen besten Freund in diesem Zustand in einem fremden Land zurückzulassen.

»Wir können hier nichts mehr ausrichten«, sagte Hadmar leise. »Lasst uns gehen.«

Weströmisches Intermezzo

ominus vobiscum«, sagte Giacinto Bobone, besser bekannt als Papst Coelestin III., als er die päpstliche Privatkapelle *Sancta Sanctorum* verließ.

»Et cum spirito tuo«, murmelten seine beiden Begleiter mit ehrfürchtig gesenkten Köpfen.

Schweigend blickten sie dem greisen Mann im purpurroten, hermelinverbrämten Mantel nach, wie er das Allerheiligste des Lateranpalastes verließ und mit unsicheren Schritten langsam und vorsichtig die von den Knien unzähliger Gläubiger abgenutzten Marmorstufen der *Scala Santa*, der Heilige Treppe, hinabschritt, die angeblich aus dem Palast des Pontius Pilatus stammte und auf der zweiten, elften und achtundzwanzigsten Stufe die berühmten Blutspuren des Erlösers aufwies.

»Der Heilige Vater ist alt und gebrechlich«, sagte Ronaldo von Verona nachdenklich, als er sich sicher war, dass Papst Coelestin außer Hörweite war.

»Der Heilige Vater war schon alt und gebrechlich, als er vor bald drei Jahren gewählt wurde«, knurrte der Mann an seiner Seite. »Habemus Papam! Mit fünfundachtzig Jahren! Was will er damit erreichen? Dem biblischen Methusalem Konkurrenz machen?«

Kardinal Gregorio Conte di Montecello, der von seiner verschworenen Anhängerschaft respektvoll nur »Antipapa«, der Gegenpapst, genannt wurde, war nicht einmal halb so alt wie Papst Coelestin, dafür aber mindestens doppelt so schwer. Während der Papst von asketischer, immer etwas gebückter Gestalt war, war der Kardinal ein großer, kräftiger Mann, dessen beeindruckender Leibesumfang Zeugnis davon ablegte, dass er den schönen Dingen des Lebens nicht abgeneigt war. Sein rundes Gesicht mit dem offenen Lächeln ließ ihn jovial und gut gelaunt wirken; erst ein genauerer Blick in seine kalten dunklen Augen offenbarte, dass mit diesem Mann keineswegs immer gut Kirschen essen war.

Natürlich war dem »Antipapa« klar, dass er kein Gegenpapst im eigentlichen Sinn des Begriffes war: Schließlich war er von keiner kirchlichen Autorität zum Papst ernannt worden, während ein anderer Papst noch regierte. Es war auch nicht sein Ziel, ein »echter« Gegenpapst zu werden wie diese anderen jämmerlichen Gestalten, Anaklet, Viktor, Paschalis, Calixt, Innozenz und wie sie alle geheißen hatten: ausgesucht von politischen Gegenspielern des amtierenden Papstes, unterstützt von weltlichen Machthabern, gewählt von einem Konklave aus von der Straße zusammengeklaubten Theologiestudenten.

Nein: Kardinal Gregorio, jung, intelligent und ehrgeizig, wollte zum Papst anstelle des Papstes werden.

Und das so rasch wie möglich.

»*Non est in toto sanctior orbe locus*", las der Kardinal die großen, goldenen Lettern vor, die auf dem massiven, säulengestützten Querbalken über dem Altar der Kapelle angebracht waren. »Auf dem ganzen Erdkreis kein so heiliger Boden. Wisst Ihr, warum diese Aufschrift hier steht, Ronaldo?«

»Weil in dieser Kapelle die römischen Päpste seit jeher ihre Gebete an den Allmächtigen richten?«

»Nein«, antwortete der Kardinal gereizt. »Weil hinter den schweren Bronzetüren dieser Kapelle die wertvollsten Reliquien der römischen Kirche aufbewahrt werden. Papst Leo III. hat damit angefangen und seine Nachfolger haben die Sammlung nach Kräften erweitert. Alleine der von Leo gestiftete Kasten aus Zypressenholz hier enthält heute die Knochen von mindestens dreizehn Heiligen, darunter die Häupter der Apostel Petrus und Paulus, der Heiligen Praxedis und der Heiligen Barbara sowie Gebeine von Johannes dem Täufer und von Johannes dem Evangelisten. Dazu Dornen von der Dornenkrone, das berühmte Emailkreuz mit einem Splitter vom Wahren Kreuz, das Goldkreuz mit der Vorhaut unseres Herrn, die silberne Schatulle mit seinen Sandalen und zahllose andere *reliquiae*. Heilige Überbleibsel, so weit das Auge reicht.«

Kardinal Gregorio öffnete den angesprochenen Schrank aus Zypressenholz und wühlte mit beiden Händen pietätlos in seinem Inhalt.

»Papst Coelestin wird nicht mehr ewig leben«, murmelte er schließlich und warf Ronaldo, seinem engsten Vertrauten, einen nachdenklichen Blick zu. »Sagt mir, mein Freund: Was wird das Konklave denken, wenn ich mich der Wahl zu seinem Nachfolger stelle?«

»Dass Ihr als Erzpriester der Lateranbasilika für Euer junges Alter ohnehin schon ein hohes Amt ausübt? Dass Eure Zeit noch kommen wird?«

»Genau das!«, rief der Kardinal frustriert und warf mit einem Krachen den Deckel des berühmten Zypressenschrankes ins Schloss. »Das Einzige, was es mir ermöglichen kann, Nachfolger von Coelestin zu werden, ist eine bedeutsame Reliquie, die ich der *Sancta Sanctorum* schenken werde. Und wenn ich *bedeutsam* sage, dann meine ich auch *bedeutsam*. Soll heißen: keine Haare von diversen heiligen Bärten und um Gottes willen keine weiteren Nägel oder Splitter vom Wahren Kreuz mehr. Und genau hier kommt Ihr ins Spiel, Ronaldo!«

Ronaldo von Verona, der nur zu gerne die rechte Hand des nächsten Papstes geworden wäre anstatt einer von vielen Legaten vulgo Laufburschen des gegenwärtigen, zog überrascht eine Augenbraue in die Höhe.

»Glaubt Ihr wirklich, diese Reisegesellschaft, von der man uns erzählt hat, könnte in Konstantinopel eine Reliquie auftreiben, die Euren Zwecken dienlich wäre? Drei hinterwäldlerische Ritter aus dem verschlafenen Herzogtum Österreich mit ihrem bunt zusammengewürfelten Gefolge – was genau erwartet Ihr Euch von dieser armseligen Truppe?«

»Dieser Benediktinerabt aus Göttweig war Zeuge, als einer der *hinterwäldlerischen Ritter,* wie Ihr sie nennt, so etwas wie eine Vision hatte«, sagte der Kardinal nachdenklich. »Er sprach von einem vierten Kreuzzug, in dessen Verlauf Konstantinopel geplündert würde und ein ganzer Strom von dort gehorteten Reliquien sich über Europa ergießen würde. Er sprach ... von der Zukunft!«

»Der hat wahrscheinlich zu viel von dem pfeffrigen Weißwein konsumiert, für den die Gegend dort bekannt ist«, grinste Ronaldo.

»Vielleicht ist er aber auch ein *Augur,* der die Zukunft aus dem Flug und dem Geschrei der Vögel liest«, sagte Kardinal Gregorio mit ungewohntem Ernst in der Stimme. »Oder ein *Haruspex,* der sie in den Eingeweiden von Tieren erkennen kann. Oder er hat das zweite Gesicht wie die Zauberer, die im Alten Testament erwähnt werden.«

»Dann ist er aber ein Geschöpf Satans und muss wie die Zauberer aus dem Alten Testament verfolgt und zur Strecke gebracht werden!«, warf Ronaldo ein.

»Darüber würde ich hinwegsehen, wenn er mir dafür den Heiligen Gral bringt«, entgegnete der Kardinal.

»Den Heiligen Gral?«

»Ebendiesen. Der Abt sagt, sie ziehen nach Konstantinopel, um den Heiligen Gral zu suchen. Und wisst Ihr was, Ronaldo? Ich habe eine Vorahnung, dass sie damit Erfolg haben könnten. Sagt man nicht, nur ein reiner Tor könnte den Gral finden? Vielleicht lacht gerade diesen Einfaltspinseln mehr Glück als den heiligsten unter unseren Glaubensbrüdern!«

»So viel Glück können sie gar nicht haben, dass sie einfach so nach Konstantinopel reisen und dort über den echten Gral stolpern«, wandte Ronaldo ein. »Wenn Ihr mich fragt: Der liegt wahrscheinlich seit tausend Jahren unerkannt unter irgendeinem Schutthaufen in Jerusalem.«

»Wer sagt, dass wir den echten Gral brauchen?«, lächelte der Kardinal. »Er muss nicht echt sein, sondern nur glaubwürdig. Chrétien de Troyes, Robert de Boron, Wolfram von Eschenbach und wie sie alle heißen: In ganz Europa erzählt man sich schon ihre Geschichten über die Suche nach dem Gral. Alle Welt rechnet praktisch täglich damit, dass er irgendwo gefunden wird! Glaubt mir, Ronaldo: Wenn der Allmächtige mir genau jetzt einen auch nur halbwegs glaubwürdigen Gral in die Hände spielt, dann wird niemand an seiner Echtheit und Heiligkeit zweifeln!«

Der »Antipapa« zeigte mit dem Finger auf Ronaldos Brust und sah ihm tief in die Augen.

»Deshalb möchte ich, dass Ihr Euch persönlich an die Fersen dieser seltsamen Reisegesellschaft heftet. Nehmt Euch so viele Männer mit, wie Ihr für nötig haltet«, sagte er zu Ronaldo. »Geht dorthin, wo sie hingehen. Sprecht mit den Leuten, mit denen sie sprechen. Lasst sie nicht aus den Augen. Wenn dieser ... wie heißt er noch einmal?«

»Nikolaus von Dürnstein. Besser bekannt ist er als Sänger Blondie.«

»Wie auch immer. Wenn dieser blonde Sänger tatsächlich eine Gabe hat: Vielleicht findet er ja wirklich etwas? Und falls er etwas findet, möchte ich, dass Ihr dabei einen Schritt hinter ihm steht.«

Ronaldo nickte düster: ein weiterer Botengang. Einmal päpstlicher Legat, immer päpstlicher Legat. »Soll ich ihn und die anderen am Ende ihrer Mission nach Rom bringen zur ... weiteren Befragung?«, fragte er.

»Seid Ihr noch bei Sinnen, Ronaldo?«, fuhr der Kardinal ihn an. »Wir brauchen keine Zeugen. Bringt mir, was immer sie finden in Konstantinopel. Und danach tötet sie alle!«

Gregorio Conte di Montecellos Blick verlor sich in der Ferne. Der Gral war für ihn bestimmt. Er konnte es tief in seinem Herzen fühlen, wie der Gral nach ihm rief. Nicht mehr lange, und er würde ihn in seinen Händen halten.

Und ihn zum Papst machen.

Konstantinopel

st es noch weit?«, fragte Niki und kam sich dabei nicht zum ersten Mal vor wie ein quengelndes Kind auf der Rückbank eines Autos, das die Ankunft am Ziel der Reise nicht mehr erwarten kann.

»Nicht mehr weit«, antwortete Rurik zum wiederholten Mal geduldig. »Ihr könnt die Mauern, Kirchen und Dächer von Konstantinopel nur deshalb noch nicht sehen, weil noch eine kleine Anhöhe dazwischen liegt. Seht her, gleich sind wir oben und haben freie Sicht!«

Weil sie nicht spätabends in der Hauptstadt des Byzantinischen Reichs ankommen wollten, hatten die Gefährten in der kleinen Ortschaft Regio vor den Toren Konstantinopels übernachtet, müde von den vergangenen beiden Wochen ihrer Reise durch die herbstlichen Felder, Wiesen und Schafe Thrakiens, die sie durch die alten Römerstädte Philippopel, Hadrianopel und Selymbria geführt hatte. Ruriks Prognose, was die Dauer und den Komfort des letzten Teils ihrer Fahrt betraf, hatte sich in jeder Hinsicht als zutreffend erwiesen: Die Via Diagonalis präsentierte sich in ausgezeichnetem Zustand und sah wohl nicht viel anders aus als tausend Jahre zuvor, als noch die Armeen der römischen Cäsaren auf ihr marschiert waren; über ihren ganzen Verlauf hinweg war sie in enger Abfolge mit den bereits hinlänglich bekannten Wachtürmen, aber auch mit einladenden Gasthäusern und komfortablen Herbergen gesäumt, die Speis, Trank und ein überdachtes Nachtlager feilboten.

Rurik drehte sich im Sattel seines neuen Pferdes, das er in einem Stall in Sofia erworben hatte, zu Niki um. »Schmeckt Ihr nicht das Salz in der Luft? Hört Ihr nicht die Schreie der Seevögel?«

Niki nahm einen tiefen Atemzug und genoss den Geruch und Geschmack der frischen Brise, die vom Marmarameer zu ihrer Rechten zu den Gefährten hereinwehte. Er hörte die lautstarken Schreie der Möwen, die zu ihren ständigen Begleitern geworden waren, seit sie bei der Hafenstadt Selymbria erstmals auf ihrer Reise das Meer erreicht hatten, legte den Kopf in den Nacken, sah in den Himmel hinauf und wünschte sich, er könnte für einen Moment wenigstens durch die Augen der großen, grau-weiß gefiederten Vögel sehen, die gerade vom Meer her auf die Stadt zuflogen.

Wenn sein kindlicher Wunsch in Erfüllung gegangen wäre, hätte er auf eine Stadt in der Form eines groben Dreieckes hinuntergeblickt, dessen östliche Ecke etwas aufgebogen war wie das Horn eines aggressiven Rhinozeros, mit ein wenig gutem Willen betrachtet erbaut auf sieben Hügeln, genau wie das alte Rom. Im Norden war Konstantinopel begrenzt von der langgestreckten Bucht des »Goldenen Horns«, im Osten vom Bosporus und im Süden von der Propontis, dem Marmarameer; da wie dort war die Stadt geschützt von hohen Mauern, die der Küstenlinie präzise folgten und sie vom Meer her unangreifbar machten. Die mächtige Kette, die das Goldene Horn zur genuesischen Kolonie Galata auf der anderen Seite hin überspannte und so die Bucht in einen einzigen großen Hafen für die byzantinische Flotte verwandelte, war selbst aus der Vogelperspektive gut zu erkennen. Ebenso natürlich die Kuppeln der Kathedrale Hagia Sophia und einer unüberschaubaren Vielzahl anderer christlicher Kirchen, die Säulen und Gärten der kaiserlichen Paläste im römischen Stil, die Aquädukte, das riesige

Oval des »Hippodroms«, der Pferderennbahn, die das soziale Zentrum der Stadt bildete. Und natürlich die unzähligen Häuser aus Holz und Stein, in denen eine halbe Million Einwohner lebte, die Konstantinopel zur größten Stadt der westlichen Welt machte.

Niki und seine Freunde, die sich der Stadt im Gegensatz zu den Möwen auf dem Landweg näherten, erblickten als Erstes ein anderes Wahrzeichen der Stadt, als sie am höchsten Punkt der letzten Anhöhe ihre Pferde anhielten.

»Die Mauer des Theodosius«, sagte Ottokar ehrfürchtig zu niemandem im Bestimmten.

Selbst Niki war ein paar Atemzüge lang sprachlos, und das passierte ihm selten. Er wusste, dass die fast achthundert Jahre zuvor unter Kaiser Theodosius errichtete Mauer bis in die Neuzeit hinein als eine der erfolgreichsten Befestigungsanlagen in der Geschichte der Kriegstechnik galt; er wusste nicht, wie imposant die Mauer, oder vielmehr: die drei Mauern tatsächlich aussahen.

Die Theodosianische Mauer reichte über eine Strecke von zwanzig Kilometern von Meer zu Meer, von der Küste des Marmarameeres im Süden, wo die Gefährten standen, bis hinauf zum Goldenen Horn, und deckte somit die gesamte Landgrenze der Stadt ab. Im flachen Sonnenlicht des frühen Morgens glitzerten die Kalksteinmauern von Horizont zu Horizont in strahlendem Weiß, durchzogen von Bändern aus roten römischen Ziegelsteinen.

Der mit Ziegeln ausgekleidete und mit Meerwasser geflutete Burggraben war fünf Meter tief; an seinem hinteren Ende befand sich die erste Mauer, eine zwei Meter hohe Brustwehr. Dahinter erhob sich die acht Meter hohe Vormauer, und hinter ihr wuchs die zwölf Meter hohe Hauptmauer in den Himmel. Wachtposten patrouillierten auf den Mauern, von denen rote Fahnen mit dem goldenen doppelköpfigen Adler des byzantinischen Kaiserreiches munter im Wind flatterten.

Zwischen den Mauern lagen jeweils breite, grasbewachsene Terrassen, auf denen allfällige Angreifer dem Beschuss von den zahlreichen Wachtürmen aus schutzlos ausgeliefert waren. Die quadratischen, sechseckigen, achteckigen und runden Türme standen in so engem Abstand zueinander, dass sich die Wachmannschaften zwischen den mannshohen Zinnen auf ihren Dächern Orangen hätten zuwerfen können. Statt mit Orangen würden Angreifer jedoch mit einem Hagel aus Wurfgeschossen empfangen werden, darunter die gefürchteten Tonkrüge gefüllt mit »griechischem Feuer«.

»Uneinnehmbar«, sagte Ottokar bewundernd. »Hundertzweiundneunzig Türme von diesem Ende bis zum anderen. Seht nur, wie die Türme der Vormauer immer genau in den Zwischenräumen von denen der Hauptmauer dahinter erbaut wurden, damit alle freie Sicht und Schussbahn auf Angreifer haben. Seht nur die unzähligen Schießscharten!«

»Man sagt, die Mauern stehen unter göttlichem Schutz«, sagte Bruder Severinus. »Ganz besonders dem der Heiligen Jungfrau. Wenn die Stadt angegriffen wird, halten die Gläubigen rund um die Uhr Prozessionen auf den Mauern ab, bei denen sie ihr zugeschriebene Reliquien vor sich her tragen und um ihre Hilfe beten. Dem göttlichen Beistand wird hier mindestens ebenso viel Bedeutung zugemessen wie der Stärke der Mauern.«

»Wie dem auch sei: Konstantinopel wurde noch nie von einem außenstehenden Feind erobert«, sagte Rurik. Ihm war deutlich anzusehen, dass er dem Schutz der Stadt durch die mächtigste Verteidigungsanlage ihres Zeitalters mehr vertraute als dem durch göttlichen Beistand. »Ein paar Mal nur während des einen oder anderen der zahllosen Bürgerkriege, aber da war immer Verrat mit im Spiel, und ein von innen geöffnetes Tor.«

»Ich habe gelesen, dass die Awaren einst in Thrakien halbe Wälder abgeholzt haben, um damit unzählige Katapulte und Wurfmaschinen zu bauen. Die Bulgaren haben es dagegen mit Zauberei und Menschenopfern versucht. Alle zusammen sind sie im Winter vor der Stadt erfroren«, sagte Ottokar mit vor Begeisterung leuchtenden Augen. »Eine kleine Besatzung kann von diesen Mauern aus ein großes Heer so lange zurückhalten, bis der Winter kommt. Oder Seuchen ausbrechen. Oder die Soldaten nach Hause wollen, um ihre Felder abzuernten.«

»Gibt es eigentlich irgendein Buch über Kriegsgeschichte, das Ihr nicht gelesen habt, Ottokar?«, fragte Hadmar lächelnd, angesteckt durch den Enthusiasmus des rundlichen Ungarn.

»In Wien nicht«, lächelte Ottokar zurück. »Im Feldzeuglager von Herzog Leopold hat man in Friedenszeiten ziemlich viel freie Zeit ...«

Als die Gefährten an einem sonnigen Tag Ende November des Jahres 1193 Konstantinopel betraten, kam ihre kleine Gruppe vor dem Stadttor zum Stillstand.

Zum einen wegen der großen Anzahl von Menschen, die sich auf der Brücke zusammendrängte, die den wassergefluteten Burggraben überspannte: Niki sah Bauern aus dem Umland auf Ochsenkarren, staubige Pilger in ärmlichen Gewändern und Sandalen, eine Karawane mit Kamelen, die von den Gefährten ungläubig angestarrten Tiere schwer beladen, ihr Zaumzeug mit einer Vielzahl an kleinen Glöckchen geschmückt, die bei jeder Bewegung hell klingelten wie ein Wasserfall aus Goldmünzen.

Zum anderen aber auch, weil den Gefährten schlicht der Mund offen blieb vor Staunen beim Anblick des Stadttores.

»Willkommen in Konstantinopel«, lächelte Rurik, sichtlich erfreut über den Eindruck, den »seine« Stadt auf die

Besucher aus dem kleinen Herzogtum Österreich machte. »Dies hier ist das Goldene Tor, das größte und prächtigste der sieben Stadttore.«

Das Goldene Tor war in der Tat ein monumentales Bauwerk, zwanzig Meter hoch, über sechzig Meter breit und damit ziemlich genau so groß wie das Brandenburger Tor in Berlin, das Niki als einziger Referenzpunkt aus seiner eigenen Zeit in den Sinn kam.

Das Brandenburger Tor mit zwei massiven Türmen aus poliertem weißem Marmor links und rechts, dachte er. *Von oben bis unten mit Goldplatten verkleidet.*

Statuen aus Marmor und Bronze säumten den Weg der Gefährten, als sie sich im Gänsemarsch über die Brücke und durch den rechten der drei Torbögen schoben.

»Durch einen betreten die Menschen die Stadt, durch den anderen verlassen sie sie. Und der mittlere wird nur für den Kaiser geöffnet«, erklärte Rurik.

Ein weiteres Mal kam die kleine Karawane zum Stillstand; diesmal war Bertram der Auslöser, der angehalten hatte und mit großen Augen eine Gruppe von bronzenen Statuen anstarrte, die Tiere darstellte, die er noch nie gesehen hatte. Erst die Kamele mit ihren Glöckchen und langen Wimpern, jetzt diese seltsamen Wesen mit großen Flatterohren, einer langen, wurmartigen Nase und gefährlich aussehenden Stoßzähnen!

»Das sind E-le-fan-ten«, lachte Niki und streichelte einer der nur hundegroßen Statuen über den Kopf. »In Wirklichkeit sind sie viel größer. Größer als ein ausgewachsener Mann. So groß wie unsere Hütte zu Hause in Dürnstein.«

Während Bertram kopfschüttelnd seinen Weg der Hauptstraße entlang wieder aufnahm, merkte Niki, dass er selbst ein breites Lächeln im Gesicht trug angesichts der Wunder, die sich nach jeder neuen Straßenkreuzung vor den Gefährten auftaten. Natürlich hatten die bröckelnden Reste der alten Stadtmauer von Vindobona ihm schon in Wien eine

Ahnung von der Großartigkeit der römischen Baukunst vermittelt; natürlich hatte er auf ihrer langen Reise über den Balkan die schnurgeraden Straßen bewundert, die unerbittliche Regelmäßigkeit der Wachtürme, der Herbergen, der Tavernen, der Pferdewechselstationen, der Meilensäulen, wie verfallen all diese Bauwerke auch gewesen sein mochten. Aber das hier: Das war das echte Ding!

Alleine die sorgfältig gepflasterten Straßen und Gassen, gesäumt von Statuen aus Bronze und Marmor, immer wieder unterbrochen von großzügigen Plätzen! Niki legte den Kopf in den Nacken, um eine Säule hinaufzublicken, die er auf fünfzig Meter Höhe schätzte, mehr als doppelt so hoch wie das Goldene Tor: An ihrer Spitze thronte eine Statue des Sonnengottes Helios, sein Kopf umgeben von goldenen Sonnenstrahlen. Dazu die prunkvollen Steinhäuser, ihre Eingänge mit Säulen und Mosaiken verziert, ihre Dächer mit roten Ziegeln gedeckt: kein Vergleich mit den heimischen Holzhütten, die bei jedem Regenguss aufs Neue im Schlamm der unbefestigten Straßen versanken. All die Kathedralen und Kirchen mit ihren vergoldeten Kuppeln: Welch ein Gegensatz zu den dunklen, trutzigen Wehrkirchen seiner neuen Heimat, die selbst im Hochsommer kalt und feucht wirkten!

Niki fühlte sich, als würde er von einer Reise aus einem Land der Dritten Welt in die Zivilisation zurückkehren.

»Genau so hab ich mir Rom immer vorgestellt«, sagte er voller Begeisterung zu Rurik, der neben ihm ritt.

»Rom?«, gab der Waräger lächelnd zurück. »Rom ist nur mehr ein Haufen von grasüberwachsenen Ruinen, zwischen denen Schafe weiden«, sagte er und hob die Arme in den wolkenlosen Herbsthimmel.

»Seht Euch um: Ihr seid jetzt in Konstantinopel, der schönsten Stadt der Welt!«

»Könntest du bitte aufhören, diese Frau so anzustarren, Blondie!«, sagte Engel in unheilverkündendem Tonfall und versetzte ihrem Verlobten einen alles andere als spielerischen Stoß mit dem Ellenbogen.

»Ja, aber …« Niki konnte den Blick trotz der mahnenden Worte seiner Freundin nicht vom Objekt seiner Aufmerksamkeit abwenden. »Schau dir nur diese Figur an. Diese Beine! Diesen Po! Diese Brüste!«

Engel verdrehte die Augen und grinste. »Bis jetzt gab es nur eine Frau, über die du auf diese Weise sprichst, und das ist Liesbeth. Lass das bitte nicht zur Gewohnheit werden!«

Niki tat seinen lachenden und feixenden Kameraden den Gefallen zu erröten, umso mehr, nachdem Hadmar ihm einen finsteren Seitenblick zuwarf. Genau wie Engel wurde der junge Kuenringer nicht gerne daran erinnert, dass seine schöne Freundin Liesbeth Niki in dessen erster Nacht in Dürnstein verführt hatte und dass die beiden seither, ihren eifersüchtigen Partnern zum Trotz, ein enges Band der Freundschaft verband.

»Aber seht doch, wie perfekt ihr Gesicht ist, wie groß ihre Augen, wie rot ihre Lippen«, fuhr Niki rasch fort, um das Thema zu wechseln. »Wie ihre Haare im Wind wehen, und ihr Kleid. Aus der Entfernung könnte man glatt meinen, sie wäre aus Fleisch und Blut.«

Die Frau, die tausend Schiffe segeln ließ, dachte er, als er seinen Blick mit Mühe von der riesenhaften Bronzestatue der schönen Helena löste. *Und auf einmal kommt es einem nicht mehr so unwahrscheinlich vor, dass ihretwegen der Trojanische Krieg ausgebrochen sein soll.*

Die Gefährten waren der Mese, der Haupt- und Prunkstraße von Konstantinopel, vom Goldenen Tor nach Norden und dann nach Osten gefolgt, bis sie endlich im Herzen der

Stadt angelangt waren: am Hippodrom, der Pferderennbahn zwischen der Kathedrale der Hagia Sophia und dem alten kaiserlichen Palast von Bukoleon.

Das Hippodrom sah aus, wie Niki sich das Kolosseum in Rom immer vorgestellt hatte: eine weitläufige Rennbahn in Form eines langgestreckten »U«, in dessen Mitte sich zur Abgrenzung der beiden Bahnen voneinander eine lange Reihe von Säulen und Bronzestatuen befand, darunter eine Auswahl legendärer Pferde und Wagenlenker, aber auch eine Sphinx, ein Nilpferd, ein Krokodil, eine Wölfin, die gerade Romulus und Remus säugte, und, größer und mächtiger als alle anderen: eine Statue, die Herkules im Kampf mit einem Löwen zeigte. Aber sogar die überlebensgroße Statue des griechischen Halbgottes wurde bei Weitem überragt von den beiden ägyptisch anmutenden Obelisken: der eine aus rosafarbenem Granit, der andere mit Goldplatten verkleidet, beide hoch wie ein fünfstöckiges Haus.

Severin machte sich erbötig, bei den am Eingang beim offenen Ende des Hippodroms festgemachten Pferden zu verbleiben und das Gepäck zu bewachen, damit seine Freunde unter Ruriks fachkundiger Führung die Rennbahn betreten und aus der Nähe in Augenschein nehmen konnten.

Bertram konnte angesichts der Statuen vor Begeisterung kaum an sich halten, aber auch die anderen Gefährten konnten sich der Anmutung von Größe, Macht und Reichtum nicht entziehen und schritten beeindruckt von einer Statue zur anderen.

Niki blieb vor einer Säule stehen, die aus drei bronzenen Schlangen zu bestehen schien. Die Leiber der Schlangen wanden sich um die Basis der Säule nach oben bis zu ihrer Spitze, wo die drei Schlangenköpfe einen Dreifuß trugen, in dem eine goldene Schale ruhte.

»Verzeiht meine Frage, Rurik«, sprach er den Waräger an, der die beeindruckte Reisegesellschaft mit sichtbarem Stolz durch die Sehenswürdigkeiten der Stadt führte. »Aber viele dieser Statuen scheinen mir nicht sehr, ähm, christlichen Ursprungs zu sein?«

»Ihr denkt immer noch an das sehr lebensnahe Abbild der Helena von Troja, Blondie«, grinste Rurik. »Aber Ihr habt recht: Die Statuen hier im Freien sind heidnischen Ursprungs. Römisch, griechisch, ägyptisch oder noch älter. Wenn Ihr christliche Statuen, Mosaike oder Bildnisse sehen wollt, müsst Ihr unsere Kirchen besuchen!«

An drei Seiten war die Rennbahn umgeben von turmhohen Tribünen, die hunderttausend Zuschauer fassten und damit mehr, als Niki jemals in einem Fußballstadion seiner Zeit gesehen hatte. Auf dem Dach über dem Sitz des Kaisers thronte eine bronzene Quadriga, ein von vier Pferden gezogener Rennwagen mit einer Statue des Kaisers an den Zügeln.

Niki legte die Stirn in Falten: Diese Pferde hatte er schon einmal gesehen, zumindest auf einer Abbildung. Aber nicht in Istanbul.

Ein weiteres Stück Kriegsbeute, das die Venezianer geplündert und mit nach Hause genommen hatten, dachte er betrübt, als ihm einfiel, in welcher Stadt die Quadriga in seiner Zeit längst zum Wahrzeichen geworden war. *Beziehungsweise nehmen werden,* korrigierte er sich.

Das Wissen, dass fast alle diese Kunstwerke in gerade einmal zehn Jahren von Kreuzrittern als Beute abtransportiert, eingeschmolzen oder aus schlichter Zerstörungswut zerschlagen werden würden, ließ ihn einmal mehr ungläubig den Kopf schütteln.

»Welche Farbe unterstützt Ihr?«

Eine helle Stimme riss Niki aus seinen trüben Gedanken. Er wandte den Blick von den vier Pferden der Quadriga ab und sah nach unten. Das musste er, denn der Junge, der ihn angesprochen hatte, war zwei Köpfe kleiner als er. Niki sah auf einen schwarzen Wuschelkopf, schwarze Augen und ein breites Grinsen hinunter und konnte gar nicht anders, als das Lächeln zu erwidern.

»Wie, welche Farbe?«, fragte er perplex.

»Na, die *Venetoi*, die *Prasinoi*, die *Rousioi* oder die *Leukoi*!« Der junge Byzantiner verdrehte angesichts von Nikis immer noch verständnislosem Blick die Augen zum wolkenlos blauen Herbsthimmel.

»Die Blauen, die Grünen, die Roten oder die Weißen!«, lachte er. »Und ich dachte, selbst bei Euch in deutschen Landen kennt man die Farben der Rennställe bei unseren Pferderennen! Kommt am Abend wieder. Heute findet ein Rennen statt. Und vergesst nicht, vorher auf Euren Sieger zu wetten!«

Der Junge senkte die Stimme, zwinkerte Niki zu und klopfte sich wissend mit dem Zeigefinger auf die Nase. »Gegen einen bescheidenen Anteil am Gewinn verrate ich Euch auch, wer genau heute Abend am besten in Form ist. Ich kenne alle Wagenlenker persönlich. Ich kenne sogar alle Pferde persönlich!«

»Darauf kommen wir vielleicht zurück. Obwohl manche von uns versprochen haben, sich beim Glücksspiel in Zukunft etwas zurückzuhalten«, sagte Niki und warf einen finsteren Seitenblick auf die Zwillinge, die mit gespitzten Ohren und leuchtenden Augen links und rechts neben ihn getreten waren. »Mich würde viel mehr interessieren, woher du unsere Sprache sprichst, junger Mann!«

»Über Wagenrennen kann ich mich in allen Sprachen der Welt unterhalten«, grinste der Junge. »Zumindest in allen, die hier in der Stadt gesprochen werden: Griechisch, Lateinisch, Aramäisch, die heiligen Sprachen der gebildeten Menschen. Parsi, die Sprache der turbantragenden Kameltreiber aus dem Osten. Deutsch, Englisch, Französisch, die Sprachen der ungewaschenen Barbaren aus dem Westen. Sogar ein wenig Okzitanisch, das klingt wie Französisch mit Sonne und Honig und Rotwein.«

Wieder konnte Niki nicht anders, als über die Unbescheidenheit und die Frechheit des Burschen zu lachen.

»Hier hast du eine Kupfermünze. Sieh zu, dass du weiterkommst, bevor die ungewaschenen Barbaren dir deinen knochigen Hintern versohlen!«, sagte Joachim, der sich gemeinsam mit den anderen Gefährten ebenfalls der kleinen Gruppe hinzugesellt hatte.

Der Junge fing geschickt die kleine Münze auf, die Joachim mit Daumen und Zeigefinger in die Luft schnippte, und verbeugte sich tief.

»Wenn Ihr abends zum Rennen kommt, fragt nach Pavlos. Mich kennen hier alle«, sagte er zum Abschied. »Und besorgt Euch vorher farblich passende Bekleidung, damit Ihr auch im richtigen Sektor des Hippodroms sitzt!«

Die spinnen, die Byzantiner, dachte Niki, als er dabei zusah, wie der schwarze Wuschelkopf in der Menge untertauchte.

Niki stöhnte auf, als er sein Rückgrat knacken hörte. Unbarmherzige Finger krallten sich in seine vor Angst steinharten Nackenmuskeln. Der Schmerz war kaum zu ertragen.

Er versuchte, sich zu bewegen, sich dem unbarmherzigen Griff seines Peinigers zu entwinden, aber der riesenhafte, glatzköpfige, nur mit einem Lendenschurz bekleidete Mann, der auf seinem Rücken kniete, war wohl doppelt so schwer wie der junge Sänger und hatte dessen Körper durch sein Gewicht so fixiert, dass Niki zu keiner Regung imstande war.

Lieber Gott, bitte lass das aufhören, dachte er verzweifelt, als der nächste Schmerzimpuls durch seinen geschundenen Körper raste. *Lass mich nicht in einem verdammten Hamam sterben!*

Nikis einziger Trost war, dass es Hadmar auf dem unmittelbar benachbarten Massagetisch nicht besser erging: Sogar der hartgesottene Kuenringer konnte ein gelegentliches Stöhnen und Fluchen nicht verbergen, während er von einem ebenso riesenhaften und glatzköpfigen Koloss von Kopf bis Fuß bearbeitet wurde. Jeder einzelne Muskel wurde massiert, jedes einzelne Knöchelchen zum Knacken gebracht.

»Ihr müsst Euch unbedingt eine Massage von den Badewärtern angedeihen lassen«, hatte Rurik Snorrisson bei der Verabschiedung zwinkernd gesagt. »Es tut wirklich gut! Wenn der Schmerz erst einmal nachlässt …«

Vom Hippodrom hatte Rurik seine neuen Freunde zu einer Karawanserei im venezianischen Viertel von Konstantinopel geführt, ganz im Norden der Stadt, an der Küste zum Goldenen Horn, direkt gegenüber der auf der anderen Seite der Bucht gelegenen genuesischen Kolonie Galata.

Die Karawanserei war eine ummauerte Herberge, in der Kaufleute und ihre Tiere Unterschlupf finden konnten. Rund um einen geräumigen, quadratischen Innenhof war ein zweistöckiges Gebäude errichtet. Im Oberstock befanden sich Zimmer für die Gäste, im arkadengesäumten Erdgeschoß die Ställe, und darüber hinaus noch ein verwirrendes Sammelsurium von Läden, Werkstätten, Küchen, Tee- und Kaffeestuben. Und eben das vermaledeite Badehaus, dessen Besuch Rurik ihnen nach den Anstrengungen der Reise dringend ans Herz gelegt hatte mit den Worten: »Ihr stinkt alle miteinander wie, wie … wie europäische Barbaren eben!«

Engel hatte zu ihrem Missvergnügen feststellen müssen, dass in byzantinischen Badehäusern anders als zu Hause die Geschlechter hermetisch voneinander getrennt eingeseift, abgerieben und massiert wurden und hatte sich missmutig in den Frauen vorbehaltenen Teil des Hamams zurückgezogen.

Die Männer wiederum hatten zu ihrem Missvergnügen feststellen müssen, dass in byzantinischen Badehäusern anders als zu Hause die Massagen nicht von leichtbekleideten Mädchen verabreicht wurden, die mit Geld oder guten Worten oft dazu überredet werden konnten, ihren männlichen Gästen auf die eine oder andere Weise ein besonders entspannendes Ende ihrer Behandlung zu bereiten.

Alle zusammen hatten jedoch festgestellt, dass die gründliche Reinigung, die die Badewärter (in Engels Fall: die Badewärterinnen) mit einer Art Waschhandschuh aus Ziegenhaar und duftendem Seifenschaum durchführten, jeden Einzelnen von ihnen so sauber und wohlriechend zurückließ, wie er oder sie es noch nie erlebt hatte.

Nach der abschließenden Massage trafen die Gefährten im zentralen Raum des Gebäudes wieder zusammen, wo unter einem Kuppeldach und umgeben von Säulen und Wandbecken mit sprudelndem kaltem Wasser als einziger Einrichtungsgegenstand eine Art von Podest aus Marmor stand, achteckig wie der Grundriss der Halle. Auf diesem Podest streckten sich die Gäste des Badehauses nebeneinander aus, erholten sich von den Massagen und erfuhren am eigenen Körper, wie sich nach und nach großes Wohlbefinden in den gerade noch so rücksichtslos gekneteten Muskeln einstellte.

»Hört mich an, ich habe guten Rat für euch«, sagte Joachim gerade, als Niki und Hadmar sich als Letzte der Runde der Gefährten hinzugesellten. Niki streckte sich neben Engel aus und nutzte die Gelegenheit, um unauffällig nach ihrer Hand zu greifen. Das Mädchen dankte ihm mit einem verliebten Blick.

»Ganz besonders für euch zwei«, knurrte Joachim mit einem Seitenblick auf die Zwillinge. Alle lachten.

»Die Byzantiner lieben uns Deutsche nicht. Genauso wenig wie die Engländer, die Franzosen, eigentlich alle Europäer. In Wahrheit hat man hier wesentlich mehr Gemeinsamkeiten mit den Muslimen an den östlichen Grenzen des Reiches als mit uns im Westen. In ihren Augen sind wir nur ungeschlachte und ungebildete Barbaren. Und ungepflegte natürlich: Ich konnte meinen Badewärter nur mit Mühe davon abhalten, mir außer dem Bart auch gleich die gesamte restliche Körperbehaarung zu entfernen.«

Engel rang sich fast widerwillig ein Nicken ab; es war ihr anzusehen, wie sehr sie das griechisch-römisch-orientalische Badezeremoniell beeindruckt hatte.

»Ganz besonders verhasst aber sind die Italiener, die den Handel in der Stadt kontrollieren: die Venezianer hier im Norden von Konstantinopel und die Genueser drüben in Galata. In regelmäßigen Abständen richtet die Bevölkerung wahllose Massaker an den Italienern an; vor zwanzig Jahren waren die Genueser dran, vor zehn die Venezianer. Bald wäre es eigentlich wieder so weit.«

Und in weiteren zehn Jahren kommen die ungeschlachten, ungebildeten und ungepflegten Europäer auf Schiffen hierher und legen die Stadt in Schutt und Asche, dachte Niki. *Die Rache der Barbaren.*

»Wir sind hier nur wohlgelittene Gäste, weil wir Geld in die Stadt bringen. Die Stimmung kann aber jederzeit und aus nichtigem Anlass umschlagen. Verhaltet euch also in Gottes Namen unauffällig. Ganz besonders ihr zwei!«, sagte Joachim mit einem weiteren Seitenblick auf die Zwillinge.

Diesmal lachte niemand.

»Ein weiterer Ratschlag: Lasst euch unter keinen Umständen auf theologische Diskussionen ein!«, fuhr Joachim mit eindringlicher Stimme fort. »Diese Stadt ist nicht nur voller Priester, sondern auch voller Soldaten, Händler, Arbeiter und Sklaven, und auch von denen ist jeder Einzelne ein leidenschaftlicher Theologe. Frag eine Hure nach ihrem Preis, und sie wird dir zuerst den Unterschied zwischen Gottvater und Gottsohn erklären! Lacht nicht: Über diese Frage sind hier schon Straßenschlachten ausgefochten worden.«

»In Wahrheit sind die Unterschiede zwischen der Römischen und der Orthodoxen Kirche minimal«, warf Bruder Severinus ein. »Wie so oft sind es aber gerade die winzigen

Details, über die von den Gelehrten am hitzigsten gestritten wird. Abgesehen davon, dass bei uns die Messen in Latein und hier in Griechisch gelesen werden, entzünden sich die Konflikte im Wesentlichen nur an einem einzigen Thema. Genau genommen sogar nur an einem einzigen Wort: *Filioque*.«

Severin seufzte und schwieg einen Moment, um sich zu überlegen, wie er seinen Freunden den theologischen Konflikt, der im Jahr 1054 zum »Großen Schisma«, zur Spaltung zwischen der römisch-katholischen und der griechisch-orthodoxen Kirche geführt hatte, am besten begreiflich machen konnte.

»Das *Credo*, das Glaubensbekenntnis, so wie wir es beten, sagt über den Heiligen Geist: *Credo in Spiritum Sanctum, Dominum et vivificantem, qui ex Patre Filioque procedit* – ich glaube an den Heiligen Geist, der Herr ist und lebendig macht, der aus dem Vater und aus dem Sohn hervorgeht.«

»Ja und?«, sagte Niki verständnislos. »Da ist doch wohl schwerlich was daran auszusetzen?«

Severin rang sich ein schmerzliches Lächeln ab. »Das Wort *Filioque*, ›und aus dem Sohn‹, kommt im Glaubensbekenntnis der orthodoxen Kirche nicht vor. Die Westkirche bezichtigt ihre orthodoxen Brüder der irrtümlichen oder gar absichtlichen Auslassung. Die Ostkirche wiederum besteht darauf, dass der Heilige Geist ausschließlich aus dem Vater hervorgeht und dass die Hinzufügung des Sohnes Häresie ist.«

Severin schüttelte resignierend den Kopf. »Wie Joachim schon richtig gesagt hat: Über diese Frage sind hier schon Straßenschlachten ausgefochten worden. Also lasst besser die Finger von Diskussionen über Vater, Sohn und Heiligen Geist!«

»Und was sollen wir tun, wenn irgendjemand *uns* eine theologische Frage stellt?«, fragte einer der Zwillinge.

»Tut einfach so, als würdet ihr die Frage nicht verstehen«, antwortete Joachim. »Sollte euch nicht allzu schwerfallen!«

»Blondie, ich brauche deine Hilfe«, sagte Hadmar so leise, dass ihn die übrigen Gefährten nicht hören konnten.

Dazu musste er sich nicht besonders anstrengen, denn der Lärm, den die Tausenden und Abertausenden Zuseher des abendlichen Pferderennens beim Einzug ihrer Helden in die Arena machten, war ohrenbetäubend.

Niki warf seinem alten Erzfeind einen überraschten Blick zu, während zu ihren Füßen, unten auf der Rennbahn, die acht Pferdegespanne, jedes eine Quadriga aus vier Pferden, begleitet von Musikern und Tänzern ihre Begrüßungsrunde auf dem weißen Sand der Rennbahn absolvierten.

Rurik hatte seinen Freunden ihren Wunsch erfüllt, sie am Nachmittag in der Karawanserei abgeholt und zurück zum Hippodrom gebracht, um einem der berühmten Pferderennen beizuwohnen. Hadmar war guter Laune, sei es durch die entspannende Massage, sei es durch den Umstand, dass sein Gefolge sicher in Konstantinopel angekommen war und Unterkunft gefunden hatte: Der erste Teil ihrer Mission war somit erfolgreich abgeschlossen. Er hatte den Zwillingen sogar erlaubt, ein paar Kupfermünzen auf die beiden vom jungen Pavlos als »todsicherer Tipp« bezeichneten blauen Gespanne zu setzen, die gerade zusammen mit den beiden grünen, den beiden roten und den beiden weißen ihre Einführungsrunde beendeten und ihre mithilfe von Kugeln in einer drehbaren Urne ausgelosten Startpositionen einnahmen.

Die Gefährten gehörten zu den wenigen Zusehern im Hippodrom, deren Kleidung keine Zugehörigkeit zu einer der vier Farben kundtat: Die Männer trugen Hemden oder

Halstücher in ihren bevorzugten Farben, die Frauen und Kinder hatten farbige Bänder um ihre Stirn gebunden oder in ihr Haar geflochten. Niemanden hielt es auf seinen Sitzen, als die beeindruckenden Pferdewagen unten auf der Bahn die Ehrerbietung ihrer Anhängerschaft entgegennahmen: Die Zuschauer sprangen auf, jubelten ihren Gespannen lautstark zu und überschütteten die Fahrer und Pferde mit Blumen in der jeweiligen Farbe.

»Die Menschen kennen die Fahrer. Sie kennen die Pferde. Ihre Leidenschaft gilt aber ihrer Farbe«, hatte Pavlos erläutert. »Ein Anhänger würde seine Farbe niemals wechseln, selbst wenn sein Lieblingsfahrer und sein Lieblingspferd morgen für eine andere Farbe an den Start gehen würden.«

Grün-weiß ist meine Religion, hatte Niki gedacht, der in seinem alten Leben mehr als nur ein paar begeisterte Fußballfans unter seinen Freunden gehabt hatte.

Und jetzt saß er hier, siebenhundert Jahre vor der Gründung der ersten Fußballvereine der Welt, in einem Stadion größer als das *Camp Nou* in Barcelona, unter nicht minder fanatisierten Anhängern. Und wartete mit einem breiten Grinsen im Gesicht auf den Start des Rennens, statt mit Chips und Bier mit einer Tüte *Keftedes,* mit Zimt und Minze gewürzten Fleischbällchen, und einem Becher süßen Weins aus Samos in den Händen.

Wenn DAS meine Freunde sehen könnten, dachte er.

Hadmar sah nicht auf die acht Fahrer in ihren Lederrüstungen und Lederhelmen und auf die zweiunddreißig nervösen Pferde zu seinen Füßen hinunter; sein Blick ruhte auf Niki. Ein Lächeln spielte um seine Lippen.

So freundlich schaut er mich nur an, wenn er etwas von mir will, dachte der junge Troubadour und legte die Stirn in Falten.

Zugegeben, die vom Tag ihrer ersten Begegnung an offen zur Schau getragene und mit regelmäßigen Gehässigkeiten fast liebevoll gepflegte Feindschaft Hadmars ihm gegenüber war verschwunden, seit Niki zu Ostern mit einem Trick die reichlich komplizierte Beziehung des jungen Kuenringers mit seiner großen Liebe Liesbeth einrenken hatte können.

Dennoch war es augenscheinlich, dass Hadmar, ein Ritter wie aus dem Bilderbuch, groß, breitschultrig und muskelbepackt, stolz auf seine Kraft, seinen Mut und seine Ehre, auf den gleichaltrigen Sänger nach wie vor mit milder Verachtung herabblickte. Einfach weil Niki so ganz anders war als er selbst: Weil er lesen und schreiben konnte, die Laute spielen und mit Worten oft mehr erreichte als Hadmar mit seinem Schwert. Ihn um Hilfe zu bitten musste eine große Überwindung für den jungen Kuenringer darstellen.

»I live but to serve you, my liege«, murmelte Niki mit einem bitteren Lächeln.

Hadmar schien das als Zustimmung aufzufassen und nickte entschlossen. Bevor er fortfahren konnte, wurde jedes Gespräch unmöglich durch den Aufschrei des Publikums, als der Rennleiter zum Zeichen des Startes ein Tuch von seinem Platz auf der Tribüne auf die Rennbahn hinunterwarf.

Auch Niki hielt es jetzt nicht mehr auf seinem Sitz: Schon beim Einnehmen ihrer Startposition hatte er sich gefragt, wie um alles in der Welt die acht Gespanne unfallfrei die erste Hundertachtzig-Grad-Kurve nach rechts nehmen würden, um neben- oder hintereinander auf die Gegengerade hinüberzuschwenken. Wie alle anderen Zuschauer rund um ihn herum sprang er auf, um von seinem Platz in der Mitte der Startgeraden dabei zuzusehen, wie die acht Pferdewagen von rechts nach links an ihm vorbeirasten, unaufhaltsam auf die erste Kurve zu.

Pavlos hatte den Gefährten erklärt, dass das Rennen traditionell lediglich aus sieben Runden bestand; es war also klar, dass die Reihenfolge, in der die Quadrigae aus der ersten Kurve auf die Gegengerade kamen, sehr wohl schon eine Vorentscheidung über den Rennsieg bringen könnte.

Tatsächlich zogen alle acht Wagenlenker, nachdem sie

die Startgerade dazu benutzt hatten, um mit ihren frischen Pferden im Sprint den einen oder anderen Meter Vorsprung auf ihre Konkurrenten herauszufahren, wie auf Kommando gleichzeitig nach innen, den Scheitelpunkt der ersten Kurve fest im Blick.

Kann sich nicht ausgehen, dachte Niki. *No way.*

Er schloss die Augen bereits, bevor das Splittern von Holz und das Wiehern von erschrockenen Pferden an seine Ohren drang.

Als er seine Augen wieder öffnete, sah er gerade noch, wie der Lenker eines der roten Gespanne verzweifelt versuchte, die um seine Taille geschlungenen Zügel seines Gespannes mit einem kurzen Dolch durchzuschneiden, während seine Pferde ihn die Gegengerade entlang durch den weißen Sand schleiften.

In der ersten Kurve herrschte Chaos: Offensichtlich war das zerstörte rote Gespann mit einem der blauen zusammengestoßen. Die blaue Quadriga rumpelte auf einem Rad und einer Achse in langsamer Fahrt die Gegengerade entlang, wobei ihr Lenker verzweifelt versuchte, auf dem beschädigten Wagen das Gleichgewicht zu bewahren; sein Rennen war beendet. Das war es natürlich auch für das rote Gespann, dessen zerborstener Wagen kopfüber in der ersten Kurve lag. Während Niki noch den Atem anhielt, schnitt sich der unglückliche rote Wagenlenker endlich von den Zügeln los und blieb benommen auf der Gegengerade im Sand liegen.

Sofort sprangen drei Gruppen von Männern (*Streckenposten*, dachte Niki) von der ersten Reihe der Tribüne auf die Bahn hinunter. Eine Gruppe entfernte in Windeseile die

Trümmer des zerstörten roten Wagens aus der ersten Kurve. Die zweite fing die nunmehr freilaufenden vier Pferde des Gespannes ein, während die dritte den gefallenen Wagenlenker auf eine Bahre hievte und durch eines der Tore in der äußeren Begrenzungsmauer nach draußen trug. Der Mann hob zum Abschied unter dem erleichterten Beifall seiner Anhänger eine Hand zum Zeichen dafür, dass er nicht schwer verletzt war, was Niki angesichts des Blutes auf seinem Gesicht und seinem Körper bezweifelte.

Bis die verbliebenen sechs Gespanne zu Beginn ihrer zweiten Runde die erste Kurve wieder erreichten, war keine Spur des Unfalls mehr zu erkennen. Der Rennleiter auf seinem Platz auf der Begrenzungsmauer zwischen den Statuen, die die Gefährten am Vormittag mit so großer Ehrfurcht bewundert hatten, nahm eine von sieben großen Holzkugeln von einem Regal als für alle in der Arena sichtbares Zeichen, dass die erste Runde beendet war. Sechs Kugeln verblieben auf ihrem Platz.

Hadmar nutzte den nach dem Unfall in der ersten Kurve ein wenig zurückgegangenen Lärmpegel und wandte sich erneut Niki zu.

»Seit unserem Aufbruch in Wien war all mein Tun und Trachten darauf ausgerichtet, dass wir Konstantinopel erreichen«, sagte er. »Jetzt sind wir hier. Zumindest alle außer Ruprecht.«

Niki warf Hadmar einen Seitenblick zu und merkte an seiner mit einem Mal verfinsterten Miene, wie sehr ihn das Schicksal seines besten Freundes immer noch belastete.

»Wir haben mit Ruriks Hilfe in der Karawanserei eine bescheidene Unterkunft gefunden, wo wir bleiben können, so lange unsere Mittel reichen«, fuhr Hadmar fort. »Dank deines Erfolges beim Glücksspiel in Nissa haben wir zusätzliches Geld und damit Zeit gewonnen. Die Reisekasse von Herzog Leopold war nicht üppig, und der ungeplante Aufenthalt in Nissa, die Anschaffung unserer Winterkleidung und die Kosten für Ruprechts Behandlung haben schon tiefe Löcher in unseren Geldbeutel gerissen.«

Niki lächelte. Er ahnte langsam, worauf Hadmar hinauswollte. Ein bisschen tat ihm der sonst so tatkräftige junge Mann leid; aber nicht so sehr, dass er ihm entgegengekommen wäre. Also schwieg er und nickte nur aufmunternd, während die Gespanne zu ihren Füßen in atemberaubendem Tempo, aber ohne weitere Zwischenfälle ihre Runden drehten und der Rennleiter eine Holzkugel nach der anderen von ihrem Platz herunternahm.

»Ich habe offen gestanden … keine Ahnung, was wir mit dieser Zeit jetzt anfangen sollen«, fuhr Hadmar ein wenig verlegen fort. »Über diesen Punkt hinaus habe ich mir einfach nie Gedanken gemacht.«

Der junge Kuenringer seufzte und gab seinem Herzen sichtlich einen Stoß.

»Du hast doch damals im Sommer die Idee für diese Reise gehabt«, sagte er schließlich mit leisem Vorwurf in der Stimme. »Hast du nicht eine Idee, was wir jetzt als Nächstes tun sollten? Die anderen erwarten sich einen Plan von mir als ihrem Anführer, und ich habe keinen blassen Schimmer, was ich ihnen erzählen soll!«

Niki sah Hadmar nicht an, während er über seine Bitte nachdachte. Stattdessen beobachtete er, wie die beiden führenden grünen Quadrigae unten auf der Rennbahn ganz offensichtlich zusammenarbeiteten: Das zweitplatzierte grüne Gespann drängte das verbliebene rote auf die Außenbahn einer Kurve ab und reduziert dann absichtlich das Tempo, um den Kontrahenten in seinem Windschatten ebenfalls zum Abbremsen zu zwingen, während das führende Gespann inzwischen seinen Vorsprung ausbaute.

Stallorder. Im wahrsten Sinn des Wortes, dachte Niki und traf eine Entscheidung.

Wie die Gespanne der gleichen Farbe im Rennen mussten auch die Gefährten zusammenarbeiten, um jemals wieder nach Hause zurückzukehren – mit oder ohne Reliquie. Es machte keinen Sinn für ihn, dem oft so überheblichen und arroganten Ritter dabei zuzusehen, wie er sich vor seinem Gefolge blamierte und seine Autorität als Anführer einbüßte. Damit war niemandem gedient. Außerdem war es ja wirklich Nikis unbedachte Bemerkung über die Reliquien Konstantinopels gewesen, die den Gefährten ihre Mission überhaupt erst eingebrockt hatte.

Hilft alles nichts: Ich muss ihn nach Kräften unterstützen, dachte er. *Sonst kommen wir am Ende vielleicht überhaupt nicht mehr nach Hause zurück.*

Unten auf der Bahn näherte sich das Rennen seinem Höhepunkt: Nur noch eine einzige der großen Holzkugeln lag auf ihrem Platz im Regal zwischen den Statuen in der Mitte der Rennbahn. Der Lärm im Hippodrom war wieder so groß, dass Niki Hadmar vorerst keine Antwort geben konnte.

In der letzten Kurve verteidigte die führende grüne Quadriga ihren Vorsprung mit allen Mitteln gegen ihren einzigen in Schlagdistanz verbliebenen Kontrahenten, dem letzten im Rennen verbliebenen blauen Gespann. Der Lenker des führenden Wagens entschied sich für die Innenbahn, um sich die kürzeste Linie hinaus auf die Zielgerade zu sichern. Seine Pferde hatten Schaum vor den Mäulern; Niki konnte ihre geblähten Nüstern sehen, das Weiße in ihren Augen. Hatte der Fahrer die Kräfte seiner Tiere zu früh vor dem Ende verausgabt?

Das blaue Gespann wählte eine andere Linie: Sein Lenker steuerte die Kurve von weit außen an und lenkte früh ein. Während die grüne Quadriga im Kurvenausgang vom eigenen Schwung nach außen getragen wurde, kreuzte die blaue ihren Weg und setzte sich innen neben sie.

Kopf an Kopf galoppierten die acht Pferde auf die Ziellinie zu. Das ganze Stadion war nun auf den Beinen; nachdem die ersten Zuseher auf ihre Sitzbänke gestiegen waren, um den Zieleinlauf besser zu sehen, taten es ihnen alle anderen gleich, bis am Ende jeder Einzelne von ihnen auf seinem Sitzplatz stand und seine Favoriten lautstark anfeuerte. In das Schreien der Männer mischten sich die hohen Stimmen der Frauen und der Kinder, die den Männern in ihrer Begeisterung um nichts nachstanden.

Der blaue Wagenlenker ließ die Zügel schießen und feuerte seine Pferde lautstark zu höchster Geschwindigkeit an. Die edlen schwarzen Tiere schienen fast zu fliegen, ihre wirbelnden Beine eine Wolke von weißem Sand hinter sich herziehend, als sie auf den letzten Metern die erschöpft wirkenden Pferde des grünen Gespannes noch abfingen und das Rennen mit einer Pferdelänge Vorsprung für sich entschieden.

Frenetischer Jubel begleitete den Sieger und die anderen Quadrigen auf ihrer Auslaufrunde; besonders ausgelassen freuten sich Pavlos und die Zwillinge in Vorfreude auf ihren Wettgewinn.

Während sich Sieger und Verlierer des Rennens auf der Start-Ziel-Geraden zur Siegerehrung aufstellten, ließ der Lärm im Hippodrom so weit nach, dass Niki Hadmar eine Antwort geben konnte.

»Ich würde vorschlagen: Wir beginnen mit einer Analyse der Ist-Situation und machen erst einmal eine Bestandsaufnahme, bevor wir über weitere Maßnahmen entscheiden«, sagte Niki mit einem gewinnenden Lächeln und gönnte sich einen Moment der Schadenfreude angesichts Hadmars verständnislosen Gesichtsausdrucks.

Vielleicht verdiene ich es ja doch, dass er mich nicht leiden kann, dachte er.

»Wir besuchen alle Kirchen und verschaffen uns einen Überblick über die hier in der Stadt verehrten Reliquien«, fuhr er fort, nachdem die Pause lange genug gedauert hatte. »Und wir sehen uns auf dem großen Basar und den anderen Marktplätzen der Stadt nach Reliquien um. Ich habe gehört, dort kann man für Geld praktisch alles kaufen.«

Abgesehen von gefälschter Markenkleidung, Handtaschen und Uhren, dachte Niki. *Bis dahin dauert es noch achthundert Jahre.*

»Das habe ich jetzt verstanden«, strahlte Hadmar. »Das kann ja nicht so lange dauern, oder? Wie viele Kirchen kann es in dieser Stadt schon geben?«

Niki applaudierte, als dem siegreichen Lenker beim Klang von Fanfaren unter dem Jubel seiner Anhänger ein Lorbeerkranz aufs Haupt gesetzt wurde: Seine gekonnte Wahl der Ideallinie in der letzten Kurve hatte Niki als begeisterten Rennsportfan schwer beeindruckt.

Dann wandte er sich wieder Hadmar zu.

»Wie viele Kirchen?«, sagte er. »Oh, mehr als das Jahr Tage hat, habe ich gehört.«

»Hört mir zu, Freunde, und nehmt meinen guten Rat an, bevor ihr euch den Verlockungen des Basars hingebt!«, rief Joachim und hob eine Hand hoch, um seine Begleiter zurückzuhalten.

Die Gefährten hielten folgsam an und nutzten die Gelegenheit, um sich unauffällig auf dem größten Marktplatz von Konstantinopel umzublicken; dabei versuchten sie nach Kräften, aber natürlich völlig vergebens, so zu tun, als wären sie keine fremdländischen Landeier, für die die fahrenden Händler, ihre Wagen und ihre wackeligen Verkaufsstände auf den Plätzen von Krems bisher den Inbegriff von internationaler Handelstätigkeit dargestellt hatten.

In Wahrheit handelte es sich bei dem großen Basar nicht um *einen* Marktplatz, sondern um eine Vielzahl von kleinen Plätzen, die miteinander durch unzählige schmale Gassen verbunden waren, gesäumt von eingeschoßigen, strohgedeckten Holzhäusern. In ihnen, vor ihnen und rund um sie herum wurden alle Arten von Waren feilgeboten; manches davon war Nikis Freunden bekannt, manches kannten sie zumindest vom Hörensagen, und manches war völlig neu für sie.

Fische waren ihnen natürlich vertraut, wenn auch nicht in der angebotenen Vielfalt.

»Und das kann man alles essen?«, fragte Gottfried und zeigte auf einen Stand, wo fangfrische Wolfsbarsche, Makrelen, Sardinen, Flundern und Kaviar aus dem Schwarzen Meer zum Verkauf angeboten wurden.

»Lob und Dank sei dem Herrn dafür, dass wir in der Karawanserei einfaches Brot, Käse und Obst zum Frühstück bekommen haben!«, sagte sein Bruder Gerwald und verdrehte theatralisch die Augen. »Ich mag es nicht, wenn mein Essen sich noch bewegt auf dem Teller!«

»Wenn das … Kaspar sehen könnte«, murmelte Bertram bewundernd.

Olivenöl, Getreide und Wein von den fruchtbaren Feldern Thrakiens waren ebenfalls ein vertrauter Anblick für die Gefährten. Gold, Pelze und Sklaven aus Russland schon weniger. Gewürze, Elfenbein, Bernstein und Perlen aus dem Orient versetzten sie vollends in Staunen.

Rund um die kleine Gruppe herum pulsierte das Leben an einem ganz normalen Tag im Basar. Schmiede, Tischler und Schuster priesen lautstark ihre Waren an. Ein Messerschleifer ließ seinen funkensprühenden Schleifstein rotieren. Ein Bäcker holte duftende Laibe Brot aus einem Ofen. Wandernde Verkäufer boten aus einer Art Bauchladen Trinkwasser, Fruchtsäfte, Honig und allerlei süße Bäckerei an. Leicht bekleidete Frauen bedachten die Gefährten mit einladendem Lächeln und unmissverständlichen Gesten, die Severin die Schamesröte ins Gesicht trieben.

Engel blieb an einem Schmuckstand stehend und ließ bewundernd ein hübsches Armband aus geknüpften Lederschnüren, in die bunte Perlen geflochten waren, durch ihre Finger gleiten.

»Die Leute hier mögen sich Römer nennen, aber in Wahrheit sind sie natürlich mehr als nur halbe Orientale«, sagte Joachim und deutete mit dem Kopf auf den Schmuckverkäufer, der mit einem breiten Lächeln auf Engel zutrat und begann, auf Griechisch auf sie einzureden.

»Mehr als nur halbe Orientale?«, fragte Niki. »Was soll das heißen?«

»Das heißt: Wir sind hier nicht am Kremser Wochenmarkt, mein junger Freund. Wenn Ihr hier einen Gegenstand Eurer Wahl für fünf Kupfermünzen angeboten bekommt – was tut Ihr?«

»Ich, ähm, überlege mir, ob er mir fünf Münzen wert ist, und dann kauf ich ihn, oder ich lass es bleiben?«, sagte Niki unsicher.

»Falsch«, lachte Joachim. »Orientale lieben es zu feilschen. Ihr könnt ihnen keine größere Beleidigung antun, als ihnen ihr liebstes Vergnügen zu rauben. Seht her!«

Mit diesen Worten trat Joachim vor und fragte den Schmuckhändler nach dem Preis für das Lederarmband, das Engels Gefallen gefunden hatte.

Niki erkannte das griechische Wort für »zehn«, als der Händler mit sichtlicher Begeisterung begann, auf seinen neuen Verhandlungspartner einzureden. Unterstützend zeigte er mit den ausgestreckten Fingern beider Hände, wie viele Münzen er sich als Kaufpreis für das Schmuckstück vorstellte: zehn.

Joachim schnitt ihm mit einem einzigen Wort den Redeschwall ab, ebenfalls unterstützt von ausgestreckten Fingern, für die allerdings eine Hand ausreichte: zwei.

Niki stockte der Atem über so viel Frechheit.

Der Schmuckhändler erblasste sichtlich trotz seiner dunklen Hautfarbe. Einen Moment lang rang er um Fassung, dann überschüttete er Joachim aufs Neue mit einem

Schwall griechischer Wörter. Am Ende zeigte er sein neues Angebot: acht Finger.

Joachim lächelte freundlich und streckte dem Verkäufer drei Finger entgegen.

Der Schmuckhändler geriet in Rage. Seine Worte wurden leidenschaftlich; verzweifelt rang er die Hände, während er Joachim abwechselnd beschimpfte und anflehte. Am Ende stieß er dem grauhaarigen Ritter seine rechte Hand entgegen, als wollte er ihn vor die Brust stoßen. Kurz davor stoppte er und spreizte alle Finger ab: fünf.

»Er sagt, er wird hungern im Winter«, übersetzte Joachim. »Seine Frau auch. Seine Kinder auch. Und ich werde daran schuld sein!« Mit einem sanften Lächeln zeigte Joachim dem Händler vier Finger.

Der Verkäufer raufte sich die Haare und riss sich verzweifelt am Bart. Tränen rollten ihm über die Wangen, als er die vier Kupferpfennige entgegennahm, die Joachim sich von Niki aushändigen ließ und dem Händler weiterreichte.

»Er sagt, dieses Armband hat seine Lieblingstochter für sich selbst gemacht«, sagte er. »Aus reiner Not heraus ist er dazu gezwungen, dieses einzigartige Schmuckstück zu einem so lächerlichen Preis zu verkaufen.«

»Stimmt das?«, fragte Niki.

»Natürlich nicht. Das sagen sie alle.«

»Und wie viel ist das Armband wirklich wert?«

»Eine Münze? Zwei?«, schätzte Joachim.

»Eine Münze oder zwei?«, fragte Niki erbost. »Und warum habe ich dann vier dafür bezahlt?«

»Weil es Euer Geld ist und nicht meines. Ich hätte nur zwei dafür bezahlt«, grinste Joachim. »Aber im Ernst: Der Händler muss auch von etwas leben. Außerdem hat er uns eine gute Vorstellung geboten, oder nicht?«

Die Gefährten lachten, während Niki Engel das Schmuckstück um ihr Handgelenk band und sich als Dank dafür einen züchtigen Kuss abholte. Niki errötete und warf seiner jungen Verlobten einen bewundernden Blick zu.

Zwar hatte Engel am Tag nach dem Lawinenabgang am Balkantor damit aufgehört, sich als Mann auszugeben, ihre Brüste abzubinden und ihr Haar unter einem Tuch zu verbergen; der Praktikabilität wegen trug sie aber wie ihre männlichen Reisegefährten weiterhin Hose, Leibrock und Stiefel, die sie in der Zwischenzeit zu schätzen gelernt hatte.

Das kupferrote Haar fiel aber inzwischen wieder offen auf ihre Schultern herab und umrahmte ihr kindliches Gesicht mit der von Sommersprossen gesprenkelten Stupsnase und den großen grünen Katzenaugen auf äußerst reizvolle Weise, sodass sie trotz ihrer Kleidung wieder unschwer als Frau zu erkennen war.

Als die beiden Liebenden einander anlächelten, war ihnen anzusehen, wie sehr sie es genossen, auch in der Öffentlichkeit wieder zumindest kleine Zärtlichkeiten austauschen zu können, obwohl ihnen Joachim natürlich sehr deutlich klargemacht hatte, dass auf Konstantinopels Straßen zwischen den Geschlechtern keine Umgangsformen herrschten wie zu Hause bei den Barbaren im Kremser Badehaus.

»Habt Dank für Euren guten Rat und für diese nützliche Demonstration, Joachim«, sagte Hadmar, nachdem die allgemeine Heiterkeit abgeflaut war. »Aus zuverlässiger Quelle habe ich erfahren, dass man auf den Basaren der Stadt für Geld praktisch alles kaufen kann. Vielleicht sogar Reliquien. Also haltet die Augen offen.«

»Und was sollen wir tun, wenn wir zum Kauf angebotene Reliquien entdecken?«, fragte Ottokar. »Gleich zuschlagen, bevor jemand anderer schneller ist?«

Hadmar schüttelte den Kopf und lächelte.

»Ich würde vorschlagen: Wir beginnen mit einer Analyse der Ist-Situation und machen erst einmal eine Bestandsaufnahme, bevor wir über weitere Maßnahmen entscheiden«, sagte er.

Niki hätte schwören können, dass Hadmar ihm dabei zuzwinkerte.

»Deine Stadt, oh Gottesmutter, durch dich herrschend und durch dich aus grimmen Nöten befreit, singt dir den Hymnus des Wohlergehens«, übersetzte Pavlos für Niki, Engel und Bertram mehr schlecht als recht den Gesang der Glaubensgemeinde, die in der Hagia Sophia, der Kirche der Heiligen Weisheit, ihren Gottesdienst feierte.

Niki hörte ihm nur mit halbem Ohr zu. Zu sehr verzauberte ihn die größte Kirche der Christenheit, die gemeinsam mit dem Hippodrom das Zentrum der byzantinischen Hauptstadt bildete: Der Grundriss wie ein Fußballfeld. Die riesige vergoldete Kuppel, die fast schwerelos auf nur vier mächtigen Pfeilern über den Hauptraum zu schweben schien, durchbrochen von vierzig Fenstern, durch die goldene Sonnenstrahlen in das von Weihrauchschwaden durchzogene Halbdunkel fielen. Der prachtvolle Fußboden aus spiegelndem Marmor, aus dem die gleichfalls marmornen Säulen in den Himmel wuchsen wie Bäume in einem Wald. Die goldgrundierten Mosaike auf allen Wänden, in denen sich Kaiser Konstantin der Stadtgründer, Kaiser Justinian der Kirchenstifter, und zahlreiche andere Kaiser samt ihren Gemahlinnen verewigt hatten. Die kostbaren Ikonen, von denen Jesus Christus und immer wieder die in Konstantinopel so sehr verehrte Maria auf die Gläubigen hinabblickten.

»Die meisten Reliquien befinden sich heute in der Schatzkammer des neuen kaiserlichen Palastes von Blachernae, in den unser Basileus Isaak Angelos umgezogen ist, nachdem der alte Kaiserpalast gleich hier nebenan zu verfallen war, um noch darin zu wohnen«, erläuterte Pavlos leise, während

Niki träumerisch dem *Kyrie eleison* der Glaubensgemeinde und den goldenen Glocken lauschte, die dem orthodoxen Messritus folgend während des gesamten Gottesdienstes läuteten.

»Die Hagia Sophia ist in erster Linie berühmt für ihre alttestamentlichen Reliquien«, fuhr Pavlos im Tonfall eines erfahrenen Reiseführers fort. »So wird hier zum Beispiel der Stab des Moses aufbewahrt, seine Gesetzestafeln, die Trompete, mit der Josua die Mauern von Jericho zum Einsturz brachte, die Bundeslade und der Vorhang aus dem Tempel Salomons.«

Vielleicht lag es an Pavlos' gleichmäßigem Flüstern, vielleicht am Gesang der Gläubigen, vielleicht am Weihrauch; was auch immer der Grund dafür war: Niki merkte, wie seine Aufmerksamkeit zusehends zerfaserte. Er schloss *(nur für einen Moment!)* die Augen.

Drei Monate waren vergangen seit der Ankunft der Gefährten in Konstantinopel und ihrem ersten Tag an der Rennbahn, im römischen Bad und im Basar: Der Kalender zeigte mittlerweile Ende Februar 1194. Der milde mediterrane Winter war fast vorüber, der Frühling hatte seine ersten Vorboten ins Land geschickt, und in der Zeit dazwischen hatten alle Mitglieder der kleinen Reisegesellschaft nach und nach ihren eigenen Tagesablauf geschaffen, eine neue Routine entwickelt an ihrem neuen Aufenthaltsort, so fern ihrer Heimat.

Gott sei Dank, dachte Niki und erinnerte sich mit Schaudern an den Winter zuvor, an dem ihn das Schicksal und ein falscher Schritt am falschen Ort nach Dürnstein verschlagen hatten. *Schnee und Eis, wohin man blickte. Die allgegenwärtige Kälte. Die fensterlose Hütte, immer voll mit Rauch von der kleinen Feuerstelle. Die zugefrorene Donau. Der Eissturz, als es endlich taute ...*

Niki liebte die römische Kultur mit jedem Tag mehr. Er hatte es sich zur Angewohnheit gemacht, jeden Tag im Bad seines Vertrauens zu beginnen und fühlte sich danach immer wie neugeboren. Bei seinen Ausritten mit Engel hatte er im Wald vor der Stadt eine verborgene Lichtung entdeckt; dort, inmitten von hohem, selbst im Winter duftendem Gras hatte er jede freie Stunde verbracht, in der er nicht mit Engel, Bertram und Pavlos als Übersetzer die Kirchen und Marktplätze der Stadt unsicher machte.

Er zupfte Melodien und schlug Akkorde auf seiner Laute, bis seine Finger die richtigen Saiten wie von selbst fanden, und sang dazu alle Lieder, an die er sich nur erinnern konnte, bis seine Stimme alle Töne traf und ihm auch die letzten Textzeilen wieder einfielen. Er übte den Kampf mit dem Stock, bis seine Bewegungen geschmeidig und seine Handflächen voller Schwielen waren. Er lehrte Engel geduldig das Lesen und Schreiben von Buchstaben und freute sich wie ein Kind mit ihr über ihre ersten Erfolge.

Und er schlief mit ihr, bewacht von den am Rande der Lichtung grasenden Pferden, bis sie eng aneinandergeschmiegt in erschöpften Schlummer sanken.

Mehr als einmal hatte er sich bei dem Gedanken überrascht, mit Engel einfach für immer hierzubleiben. Die paar Kupfermünzen, die für ihren Lebensunterhalt notwendig waren, verdiente er, ohne sich anzustrengen, wenn er abends in der einen oder anderen Taverne am Hafen aufspielte, die von deutschsprachigen Pilgern und Kaufleuten frequentiert wurde.

Irgendwann bleib I dann durt, lass alles lieg'n und steh'n, geh von daham für immer furt ...

Hadmar, der seine Kirchenbesuche gewissenhaft mit Ottokar und Severin absolvierte, hatte wie immer großen Wert auf körperliche Ertüchtigung gelegt. Er machte sein Versprechen wahr und brachte Engel, die sich zu Hause in Dürnstein schon als talentierte Bogenschützin ausgezeichnet hatte, den Umgang mit der Armbrust bei, die dem unglücklichen Bohemund gehört hatte. Er achtete auch penibel darauf, dass alle

Gefährten täglich im Umgang mit dem Schwert trainierten, wobei sich Ottokar wie erwartet als der Eifrigste, aber leider auch als der Untalentierteste erwiesen hatte.

Der rundliche Ungar war auch der Einzige, der nach Ende der Übungseinheiten mit Hadmar noch alleine im Hof der Karawanserei verblieb, um seinen Schwertdrill zu perfektionieren. Abgesehen davon verbrachte Ottokar viel Zeit über seinem Reisebericht, in dem er im Auftrag von Herzog Leopold mit kleinen, runden, sorgfältigen Buchstaben täglich ihre Beobachtungen und Erlebnisse zu Pergament brachte.

Bertram verbrachte seine freie Zeit im Stall mit der Pflege ihrer Pferde. Stundenlang konnte er die Tiere mit Geduld und großer Hingabe putzen und bürsten und ihre Mähnen kämmen. Er war sich auch nicht zu schade, um den Stallburschen beim Ausmisten der Ställe zur Hand zu gehen und erfreute sich daher beim Personal der Karawanserei bald großer Beliebtheit.

Ganz im Gegensatz zu den Zwillingen, die vom ersten Tag an die gesamte Karawanserei mit ihren Scherzen und Streichen in Atem hielten. Nachdem sie leichtgläubigen Händlern aus dem Orient einmal Umschläge aus warmen Pferdeäpfeln als Wundermittel gegen Haarausfall und Glasfläschchen mit Pferdeurin als Elixier zur Steigerung der Manneskraft verkauft hatten, hatte Hadmar den nur mit Mühe vor dem Zorn ihrer Kundschaft geretteten Knappen angedroht, sie auf dem Basar als Sklaven nach Ägypten zu verkaufen. »Falls wir auf dem Sklavenmarkt überhaupt jemanden finden, der euch haben will«, hatte er geschimpft. »Wobei, wenn ich es mir recht überlege: Zur Not zahl ich noch was drauf, wenn ich euch Einfaltspinsel und eure vermaledeiten Narreteien dafür für immer vom Hals habe!«

Was die Streiche betrifft, hatten Gottfried und Gerwald in Rurik Snorrisson einen ebenbürtigen Spießgesellen getroffen, der die Gefährten bei seinen häufigen Besuchen in der Karawanserei ebenfalls immer wieder einmal gerne in den

April schickte. Einmal hatte der Warägerhauptmann die gesamte Reisegesellschaft sogar von seiner Garde wegen verbotenen Reliquienhandels verhaften lassen, bevor sein dröhnendes Gelächter den bösen Scherz auflöste und er seinen Freunden zur Versöhnung eine Runde süßen Wein ausgab.

Bruder Severinus freute sich, nach Monaten voller ärmlicher Dorfkirchen endlich wieder in Gotteshäusern beten zu können, die ihren Namen auch verdienten. Als Einziger der Gefährten besuchte er die Kirchen Konstantinopels nicht nur, um Informationen über ihre Reliquien einzuholen, sondern auch in seiner freien Zeit, um mit lokalen Ordensbrüdern Kontakt aufzunehmen und Freundschaften zu schließen.

Einzig Joachims Laune hatte sich seit ihrer Ankunft in Konstantinopel verschlechtert. Es war fast, als hätte er mit Niki die Plätze getauscht: Mit jedem Tag, an dem der junge Troubadour fröhlicher und ausgelassener wurde, wurde sein bester Freund in sich gekehrter und trübsinniger. Die Gefährten führten das auf seine traurigen Erinnerungen an den Tod des Spielmanns Oswald zurück, den Joachim gepflegt hatte. Alle wussten, dass er damals ein ganzes Jahr in Konstantinopel verbracht hatte, über das er bis heute jede Auskunft verweigerte. Eigentlich hätte Joachim die ihm zugeteilten Kirchenbesuche gemeinsam mit den Zwillingen absolvieren sollen; stattdessen verschwand er oft den ganzen Tag und kehrte erst am Abend zurück, ohne jemandem über seinen Verbleib Auskunft zu geben.

Niki machte sich Sorgen um seinen Freund. Als Engel ihm ihren Ellbogen in die Rippen stieß, wurde er unsanft aus seinen Gedanken gerissen.

»Nicht schlafen, Blondie«, grinste sie.

»Ich hab nicht geschlafen«, murmelte Niki etwas desorientiert. »Ich hab nur die Augen kurz zugemacht. Ist der Gottesdienst schon zu Ende?«

»Ich sagte soeben«, wiederholte Pavlos leicht pikiert, »dass dies hier die berühmteste Reliquie aus dem neuen Testament ist, die in der Hagia Sophia aufbewahrt wird. Sie ist nur an wenigen Tagen im Jahr für die Gläubigen zugänglich. Deshalb habe ich euch heute hierhergebracht. Kommt und seht!«

Gemeinsam mit Engel und Bertram folgte Niki ihrem jungen griechischen Führer und stellte sich in die Reihe der Gläubigen, die vor einem marmornen Sarkophag eine ordentliche Schlange bildeten, um einen Blick in sein Inneres zu werfen, sich zu bekreuzigen und ein kurzes Gebet zu sprechen.

Als die Reihe an Niki und seine Freunde kam, bot sich seinen Augen ein überraschendes Bild.

An den Anblick von Körperteilen von Heiligen und Märtyrern hatte Niki sich in den Monaten seiner Kirchbesuche zu Forschungszwecken gewöhnt. Auch der eine oder andere vollständige Körper wurde in manchen Kirchen verehrt.

In diesem Sarkophag lag jedoch nicht nur ein Körper.

Es waren drei Skelette, die in trauter Eintracht nebeneinander auf dem Rücken lagen, die grinsenden Totenschädel den neugierigen Besuchern aus dem Abendland zugewandt.

Abgesehen von den Schädeln waren nur die Knochen ihrer Hände zu sehen. Der Rest ihrer Körper war von staubigen Mänteln bedeckt, die einmal von leuchtenden Farben gewesen sein mussten. Ihre Beine steckten in seidig glänzenden, ehemals wohl mit wilden bunten Mustern verzierten Pluderhosen, die noch dazu mit Perlen bestickt waren, ihre Füße in orientalisch anmutenden, vorne spitz zulaufenden Stiefeln.

»Helena, die Mutter Kaiser Konstantins, hat sie von ihrer Pilgerfahrt ins Heilige Land mitgebracht«, erläuterte Pavlos stolz. »Sie hat ihre Gräber ausfindig gemacht und ihre sterblichen Überreste hierher überführt.«

»*Wessen* sterbliche Überreste?«, fragte Niki stirnrunzelnd. Er beugte sich vor und schenkte den drei Totenschädeln einen zweiten, eingehenderen Blick.

Auf den verblichenen Knochen klebten noch ein paar Hautfetzen. Bei zwei der Gerippe waren die Hautfetzen von einem gelblichen Weiß.

Beim dritten waren sie schwarz.

»Ihr kennt doch sicherlich ihre Beschreibung in den Evangelien«, sagte Pavlos mit leicht vorwurfsvollem Tonfall. »Dies sind die drei *Magoi*, die einem Stern folgten, der sie am Ende ihrer langen Reise aus dem fernen Orient zu dem Ort führte, an dem Jesus Christus geboren wurde.«

Niki, Engel und Bertram starrten wortlos die drei grinsenden Skelette in dem Sarkophag an.

»Man sagt, ihre Namen waren Gaspar, Melkon und Balthasar«, fügte Pavlos hinzu, als hätten seine Freunde immer noch nicht verstanden, wen sie da vor sich hatten.

Sweet Jesus, dachte Niki. *Die verdammten Heiligen drei Könige.*

Niki sah zu, wie das Wasser sich als milchige Wolke in dem an sich klaren Anisschnaps auflöste, den die Byzantiner deshalb »Löwenmilch« nannten.

Eigentlich mochte er den lakritzartigen Geschmack des scharfen Getränkes nicht.

Aber wie sagen die trinkfesten Zwillinge ganz richtig, dachte er: *Der zweite schmeckt schon viel besser als der erste, und ab dem dritten geht es dann richtig dahin!* Nachdem dies schon sein dritter war, sollte dieser Zeitpunkt eigentlich bald gekommen sein.

Bis auf die beiden Söhne des Schmiedes und Engel waren

bereits alle Gefährten in der Taverne der Karawanserei versammelt, wohin Hadmar sie gebeten hatte, um bei *Mezes*, großen Platten von allerlei kalten und warmen Speisen, einen abschließenden Bericht über die Ergebnisse ihrer Forschungstätigkeit in den Kirchen und Basaren Konstantinopels zu erstatten.

»Die Reliquien in den Kirchen sind wohl zum Großteil echt, oder geben sich zumindest alle Mühe, diesen Anschein zu erwecken«, sagte Niki. »Alle haben eine glorreiche biblische Vergangenheit und zumindest irgendeine mehr oder weniger glaubwürdige Legende, die belegen soll, wann, durch wen und auf welche Weise sie letztlich hier in Konstantinopel gelandet sind.«

»Die Kirchen wissen besser als jeder andere um die Bedeutung und den Wert ihrer Reliquien«, sagte Ottokar. »Deshalb hüten sie sie auch wie ihren Augapfel. Ausnahmslos alle werden in steinernen Sarkophagen aufbewahrt, in mit Eisenbändern versehenen Kisten im tiefsten Keller oder sind überhaupt gleich in den Altären eingemauert.«

»Die wirklich wertvollen unter ihnen sind den Gläubigen nur an besonderen Feiertagen zugänglich«, ergänzte Bruder Severinus. »Denkt nur an das *Maphorion*, den Schleier der Maria, das Prunkstück der Kirche Sankt Maria von Blachernae. Der wird überhaupt nur herausgeholt und in einer Prozession durch die Stadt und über die Mauern getragen, wenn ein feindliches Heer vor den Toren der Stadt steht.«

»Es ist schon vorgekommen, dass eine verarmte Pfarrgemeinde eine Reliquie für gutes Geld verkauft hat, um mit dem Erlös einen neuen Brunnen zu graben oder das Kirchendach zu erneuern«, sagte Joachim. »Aber sicher nicht für das bisschen Geld, das wir noch haben.«

Hadmar murmelte einen unchristlichen Fluch, leerte einen Becher Anisschnaps in einem Zug und stellte ihn krachend wieder auf den Tisch, dass das hübsche Essgeschirr aus gebranntem Ton nur so schepperte. »Ihr wollt mir also sagen, dass wir die Kirchen vergessen können als Quelle für unsere Reliquie, richtig? Wir haben zu wenig Geld, um uns eine wirklich bedeutsame zu kaufen, und stehlen können wir auch keine, weil sie zu gut versteckt, gesichert und bewacht sind?«

Severin schlug unwillkürlich ein Kreuzzeichen.

Niki warf Hadmar einen scharfen Blick zu, um zu erkennen, ob der junge Kuenringer einen Scherz machte. Die Möglichkeit, eine Reliquie auf unredlichem Weg zu erwerben, war zuvor nie auch nur im Spaß erwähnt worden.

»Du hast doch damals in Göttweig erzählt, dass die Kreuzritter aus dem vierten von bisher drei Kreuzzügen jede Menge Reliquien nach Europa mitbringen«, sagte Hadmar mit nur mühsam unterdrückter Frustration, ohne den Blick von seinem Trinkbecher zu lösen.

Niki spürte, wie er rot wurde. Nein, er hatte die unbedachte, im Zorn geäußerte Bemerkung nicht vergessen, die ihnen allen diesen Auftrag überhaupt erst eingebrockt hatte.

»Hat deine Glaskugel, dein zweites Gesicht oder dein drittes Auge auch gesehen, wie sie das angestellt haben?«, fragte Hadmar, hob den Kopf und sah Niki direkt in die Augen.

»Wenn du es genau wissen möchtest: Sie haben die Stadt bis auf die Grundmauern niedergebrannt«, gab Niki gereizt zurück. »Ich gehe davon aus, dass das für unsere Zwecke jetzt und hier ein wenig übertrieben wäre.«

Hadmar und Niki starrten einander über den Tisch hinweg wütend an. Die übrigen Gefährten tauschten besorgte Blicke.

»Wie dem auch sei«, sagte Joachim vorsichtig, um das unangenehme Schweigen zu unterbrechen. »Hadmar hat recht: Aus den Kirchen der Stadt werden wir keine Reliquie bekommen, die wir nach Hause mitnehmen können. Wir müssen unsere Hoffnung wohl auf die Händler im Basar setzen.«

Als ob sie draußen vor der Tür der Taverne auf dieses Stichwort gewartet hätten, betraten die Zwillinge genau in diesem Moment gemeinsam mit Engel den Gastraum, gesellten sich an den langen Tisch zu ihren Freunden und zeigten ihnen stolz, was sie soeben im Großen Basar erstanden hatten.

»Gekauft haben wir das hier«, sagte Gottfried und reichte ein kleines, aber sorgfältig in Leder gebundenes Büchlein herum.

»Zeichnungen von vierundsechzig verschiedenen Arten der Vereinigung von Mann und Frau«, ergänzte Gerwald stolz.

Niki warf einen Blick in das kleine Buch, als es auf seiner Runde um den Tisch in seine Hände geriet. Dann noch einen. Dann noch einen dritten.

Schau an, dachte er. *Offensichtlich eine frühe Abschrift aus dem Kamasutra.*

Der unbekannte Zeichenkünstler mit der spitzen Feder hatte sich große Mühe gegeben, jede einzelne der bei entsprechender Gelenkigkeit einnehmbaren Sexstellungen mit viel Liebe zum Detail abzubilden.

Grundkenntnisse in Yoga sind keine Voraussetzung, wären aber bei der einen oder anderen Stellung schon sehr hilfreich, dachte Niki, als er das Buch an Engel weiterreichte, die neben ihm auf der Bank Platz genommen hatte.

»Wenn ich die alle beherrsche, kann ich im Badehaus von Krems den doppelten Preis verlangen«, grinste seine Freundin. »Und danach brauchen meine Kunden eine echte Massage, so wie in den Badehäusern hier, um ihre Knochen wieder zurechtzurücken!«

Niki spürte einen Stich seiner überwunden geglaubten Eifersucht in sich aufwallen. Er wandte sich rasch ab und trank statt einer Antwort hastig seinen dritten Becher Löwenmilch aus.

»Interessanter ist aber, wen wir im Basar kennengelernt haben«, sagte Gottfried.

»Einen Reliquienhändler«, sagte Gerwald. »Aber nicht einen von den gewöhnlichen Marktschreiern, die Ampullen mit dem Blut Jesu oder der Milch von Maria verkaufen. Er sagt, er hat einen eigenen *Schauraum*, wo er besonders zahlungskräftigen Kunden seine wertvollsten Stücke zeigt.«

»Besonders zahlungskräftigen Kunden?«, knurrte Hadmar. »Und was genau hat das mit uns zu tun? Ihr wisst aber schon, dass unser Sparstrumpf so gut wie leer ist?«

»Wollen wir diesen Schauraum nun sehen oder nicht?«, fragte Gottfried und breitete mit unschuldigem Lächeln die Arme aus.

Niki schnaubte verächtlich, die Zunge gelockert vom Alkohol, der Auseinandersetzung mit Hadmar und der Eifersucht auf Engels zukünftige Kunden im Badehaus.

»Die in den Basaren zum Kauf angebotenen Reliquien sind alle *fake*, ähm, falsch, auch wenn die Verkäufer anderes behaupten«, sagte er. »Billige Fälschungen, um dummen Touristen …«

Niki kicherte, riss sich zusammen und wünschte sich, er hätte es bei nur einem Becher Anisschnaps bewenden lassen. »… ähm, Besuchern aus fernen Ländern das Geld aus der Tasche zu ziehen!«

Engel schien erst jetzt zu bemerken, dass ihr Verlobter offensichtlich einen über den Durst getrunken hatte; sie sah Niki überrascht an und zog fragend eine Augenbraue hoch.

»Wo wir gerade von dummen Touristen sprechen: Was hast du für diese Muschel bezahlt, Engel?«, fragte er schärfer als geplant, wohl ein wenig provoziert von dem missbilligenden Blick des Mädchens.

»Fünf Kupferpfennige.«

»Fünf Kupferpfennige? Für eine ganz normale Muschel?«

»Das ist keine ganz normale Muschel«, erläuterte Engel geduldig. »Das ist eine besondere Muschel. Zum einen ist sie besonders schön. Schau nur, wie ihre Oberfläche schillert!«

»Und zum anderen?«

»Zum anderen kann man das Meer in ihr rauschen hören, wenn man sie sich ans Ohr hält«, sagte Engel. »Hat mir der freundliche Verkäufer erklärt. Die reinste Zauberei. Hier, versuch es selbst einmal!«

Niki verdrehte die Augen und brach in bitteres Gelächter aus.

»Kann man dich nicht ein einziges Mal alleine und unbeaufsichtigt zum Einkaufen gehen lassen?«, fuhr er Engel an. »Du hast dich übers Ohr hauen lassen wie ein Bauerntölpel! Es ist nicht das Meer, das du in der Muschel hörst, sondern das Rauschen deines eigenen Blutes im Kopf. Das weiß doch jedes Kind! Dieses ›Meer‹ kannst du in jedem hohlen Körper hören, sogar in den Trinkbechern hier!«

Niki hielt dem Mädchen zum Beweis seinen leeren Trinkbecher aus gebranntem Ton entgegen. »Die reinste Zauberei«, höhnte er. »Hier, versuch es selbst einmal!«

Einen Augenblick lang starrte Engel auf den dargebotenen Becher. Dann schlug sie mit der Geschwindigkeit einer Katze danach. Der tönerne Becher flog in hohen Bogen aus Nikis Hand und zerschellte an der Wand hinter ihm in tausend Scherben.

»Weißt du was, Blondie?«, zischte sie. »Ich hab dich gründlich satt. Dich und deine ewige Hochnäsigkeit!«

Sie versetzte Niki einen Stoß gegen die Schulter, der ihn aus dem Gleichgewicht brachte und rücklings von der Bank auf den Boden fallen ließ.

»Nur weil du von Gott weiß woher kommst, schreiben kannst und schon das eine oder andere Buch gelesen hast, gibt dir das kein Recht, mich auszulachen und auf andere Menschen herabzuschauen von deinem hohen Ross«, fuhr Engel Niki an. »Glaubst du im Ernst, nur weil du die Laute spielen kannst, bist du der feuchte Traum aller Mädchen und Frauen in der ganzen Wachau? Meiner bist du auf jeden Fall nicht mehr!«

Wütend sprang Engel von ihrem Platz auf der Bank auf und sah Niki von oben herab dabei zu, wie er sich mühsam wieder auf die Beine rappelte.

»Das kannst du mit mir nicht machen«, keuchte er, sichtlich betroffen von ihren Worten und ihrem Wutanfall. »Hast du überhaupt eine Vorstellung, was ich alles zurückgelassen habe in meiner ... ähm, da, wo ich herkomme? Meine Familie. Meine Freunde. Meine Gitarren. Mein Auto und mein Handy. Das verdammte *Internet*, voll mit allen Liedern, Büchern und Filmen, die man sich nur wünschen kann. Und das alles für ...«

Hilflos machte er mit der Hand eine Geste in Engels Richtung.

»Eine dumme Dorfhexe?«

Niki zuckte zurück, als hätte Engel ihm eine Ohrfeige verabreicht. »He, das hab ich ... nicht gesagt!«, stammelte er.

»Das kann ich mit dir nicht machen?«, flüsterte Engel, und irgendwie erschreckte ihre leise Stimme Niki mehr als ihre lauten Worten zuvor. »Ich zeige dir, was ich mit dir machen kann!«

Engel griff sich an den Hals, zerriss mit einem Ruck das Lederband und warf Niki sein Verlobungsgeschenk, das kleine keltische Kreuz aus Silber, vor die Füße.

Dann stürmte sie hoch erhobenen Hauptes aus der Taverne.

Niki holte tief Luft, um etwas zu sagen.

Er wollte gerne das letzte Wort haben, ihr einen Satz nachrufen; irgendetwas Geistreiches, das ihr deutlich machen würde, was sie an ihm hatte und was sie gerade im Begriff war wegzuwerfen.

Zum ersten Mal in seinem Leben fand er keine Worte.

Einen Moment zu lang war er sprachlos, und dann war die Gelegenheit vertan, die Tür der Taverne ins Schloss geworfen, die Liebe seines Lebens auf und davon.

Als er sich hinkniete und mit zitternden Händen das kleine Silberkreuz vom Boden aufhob, spürte Niki die betretenen Blicke seiner Gefährten auf sich ruhen, die mit großen Augen Zeugen der Szene geworden waren.

Zu Nikis Überraschung war es ausgerechnet Hadmar, der ihm mitfühlend eine Hand entgegenstreckte. Niki schlug ein, und der Kuenringer zog ihn mit einem Ruck wieder auf die Beine.

»Ich würde sagen, wir statten diesem Schauraum einmal einen Besuch ab«, sagte Hadmar und beendete damit zur allgemeinen Erleichterung die bedrückende Stille.

»Joachim und Blondie, ihr begleitet mich. Gottfried und Gerwald, ihr zeigt uns den Weg«, befahl er. »Euer Plan sollte besser gut sein. Es ist nämlich der letzte, den wir haben.«

»Dies hier nennen wir die *Cisterna Basilica*«, sagte Demetrios der Reliquienverkäufer, während Hadmar, Joachim, Niki und die Zwillinge in das kleine, stark schwankende Ruderboot einstiegen. »Eine von vielen unterirdischen Zisternen, die sich über ganz Konstantinopel verteilen. Kaiser Justinian hat sie vor Jahrhunderten als Wasserspeicher für den Großen Palast anlegen lassen.«

Der untersetzte Grieche mit dem Bauchansatz und dem schütteren Haar hob die Hand mit der Fackel und leuchtete in die Dunkelheit hinein. Niki hielt unwillkürlich den Atem an, sein Streit mit Engel für den Moment vergessen.

Unter der Hagia Sophia mit ihrem Wald von Säulen befand sich noch eine zweite Kathedrale, mit einem zweiten

Wald von Säulen. Nur dass diese hier aus dem Wasser zur in der Finsternis unsichtbaren hohen Decke emporwuchsen.

»Zwölf Reihen zu jeweils achtundzwanzig Säulen umfasst diese Halle. Deshalb nennt man sie im Volksmund auch den *Versunkenen Palast*«, erklärte Demetrios. »Bevor unser aktueller Basileus aus dem alten Kaiserpalast über uns in den neuen Palast von Blachernae umgezogen ist, wurde von hier aus der gesamte kaiserliche Haushalt mit Wasser versorgt. Das Wasser selbst kommt von weither: Es wird über die Aquädukte von Hadrian und Valens aus den Wäldern im Hochland hierhergebracht.«

In ehrfürchtigem Schweigen musterten die Gefährten die steinernen Säulen der Zisterne, doppelt beleuchtet von ihren Fackeln und der Reflexion ihres Scheines auf dem Wasser, während das kleine Boot angetrieben von zwei Ruderern fast lautlos über die stille Oberfläche dahinglitt.

»Was ist das? Was zum Teufel ist DAS?«, schrie Gerwald plötzlich, sprang in seinem Schreck auf die Beine und brachte damit das kleine Ruderboot so sehr zum Schwanken, dass es fast gekentert wäre.

Nikis Blick folgte der zitternden ausgestreckten Hand seines Knappen. Dann sah auch er den riesenhaften Kopf unter der Wasseroberfläche, gespenstisch beleuchtet vom Licht der Fackeln.

Der Durchmesser des Kopfes war größer als der der Säule, die er trug; wie sie war auch der Kopf aus Stein. Die Säule sah genauso aus wie die dreihundertfünfunddreißig anderen in der Zisterne. Nur hatte sie als Basis nicht einfach einen dicken Sockel wie die meisten der anderen, sondern ...

Das Haupt einer Medusa, dachte Niki.

Er erkannte die griechische Sagengestalt an den kunstvoll aus dem Stein geschlagenen Schlangen, die ihr Gesicht umgaben. Der Kopf selbst lag auf der Seite, sodass der halb geöffnete Mund der Medusa vertikal verlief, ihre Nase horizontal, und die Augen, die die Gefährten anstarrten und Gerwald so erschreckt hatten, übereinander lagen.

»Das ist die liegende Medusa«, lachte Demetrios. »Nicht weit von hier gibt es noch eine zweite, die überhaupt auf dem Kopf steht. Anscheinend waren die Bildhauer nicht zufrieden mit diesen Werken und haben sie statt für Statuen als Sockel für Säulen verwendet. Kein Grund zur Panik für euch tapfere Ritter aus deutschen Landen!«

»Deutsche Ritter fürchten weder Tod noch Teufel«, versicherte Joachim lächelnd. »Verzeiht unseren unerfahrenen Knappen, sie sind noch recht jung und erst am Anfang ihrer Ausbildung. Aber sagt uns eines: Warum habt ihr euren … Schauraum an so einem entlegenen Ort eingerichtet und nicht direkt am Basar?«

Demetrios legte den Kopf schief und klopfte sich mit dem Zeigefinger an die Nase. »Seid ihr närrisch? Direkt am Basar? Unter den Augen der Stadtwache?«, antwortete er. »Sicher nicht. Auf den Kauf und Verkauf von *echten* Reliquien steht die Todesstrafe!«

Der Händler deutete nach vorne, wo sich bereits die Wand am anderen Ende der unterirdischen Zisterne abzeichnete.

»Alle Zisternen sind von Lagerräumen umgeben und miteinander durch ein Netz von Gängen und Tunneln verbunden, sodass man bei Bedarf ungesehen die halbe Stadt unterirdisch durchqueren kann«, sagte Demetrios und sprang als Erster auf die schmale Mauer am anderen Ende der Zisterne, um das Boot mit einem Seil an einem Poller festzumachen. »Jetzt, wo die Cisterna Basilica nicht mehr benutzt wird, sind ihre ehemaligen Lagerräume verwaist. Der perfekte Platz, um ungesehen unseren Geschäften nachgehen zu können!«

»Ich bin ein Finder von Reliquien«, sagte der Mann, den Demetrios nur ehrfurchtsvoll als »den Magister« vorgestellt hatte. »Kein anderes Gut ist heute so begehrt. Seit in Europa jede noch so unbedeutende Dorfkirche eine eigene Reliquie im Altar haben will, findet die Nachfrage kein Ende mehr.«

Der Magister war groß, hager und nach Nikis Schätzung wohl an die sechzig Jahre alt; den Zwillingen musste er wie ein Mann an der Schwelle des Todes erscheinen. Dieser Eindruck wurde verstärkt durch seinen haarlosen Schädel, der seine Nase und seine Ohren größer wirken ließ, als sie eigentlich waren. Ein Blick in seine klugen Augen verriet Niki jedoch, dass die Gefährten hier alles andere als einen gebrechlichen Greis vor sich hatten.

»Für die großen Kathedralen, die jetzt überall gebaut werden, ist natürlich überhaupt nur das Beste gut genug«, erzählte der alte Reliquienhändler. »Die geben sich nicht mit Dornen aus der Dornenkrone oder Splittern vom Wahren Kreuz zufrieden. Für die muss es zumindest der Schädel eines Heiligen sein, noch besser sein ganzer Körper. Dafür zahlen sie jeden Preis, weil sie wissen, dass es sich auf lange Sicht auszahlt: Eine eindrucksvolle Reliquie garantiert Pilgerströme, die in den Kassen der Kirche mehr Geld zurücklassen, als alle ihre Marktplätze, Steinbrüche und Wälder zusammen abwerfen. Und hier in Konstantinopel landen alle Suchenden früher oder später bei mir. Weil nur ich ihnen geben kann, was sie brauchen.«

»Was meint Ihr mit: Ihr seid ein *Finder* von Reliquien?«, fragte Joachim. »Wo findet man Reliquien?«

Das würde uns sehr interessieren, dachte Niki. *Wir suchen nämlich auch schon seit einer ganzen Weile.*

Das Lächeln des Magisters erinnerte ihn ein wenig an die grinsenden Totenschädel der Heiligen drei Könige.

»Kunden kommen zu mir und sagen mir, wonach sie suchen. Und ich finde die gewünschte Reliquie für sie. Was ich nicht kostenlos erwerben kann, kaufe ich. Was ich nicht kaufen kann, lasse ich hier in dieser Werkstatt anfertigen.«

Der Magister drehte sich um und bedeutete den Gefährten, ihm zu folgen. An der Spitze der kleinen Gruppe schritt er durch eine Flucht von Lagerräumen, in denen beim Licht Dutzender Fackeln und Öllampen Männer und Frauen an unterschiedlichen Werkbänken und Arbeitstischen damit beschäftigt waren …

… *Reliquien zu fälschen,* dachte Niki beeindruckt.

»Eure Knappen haben meinem guten Demetrios hier anvertraut, dass ihr wohlhabende deutsche Ritter seid«, sagte der Magister.

Nur Niki bemerkte den ausdruckslosen Blick, den Hadmar mit Gottfried und Gerwald tauschte.

»Wenn Ihr an guter Ware interessiert seid, dann seid Ihr bei mir an den richtigen Mann geraten! Alle anderen sogenannten Reliquienhändler verkaufen nur billigen Kram, den sie aus Dingen zusammenschustern, die sie in ihren Kellern finden. Wahre Nägel von der Kreuzigung Jesu, die noch nach dem Fischerboot stinken, von dem sie stammen. Das Schwert des Simon Petrus aus dem Garten von Gethsemane, schartig und verrostet als Zeichen seines hohen Alters? Wohl eher aus dem Fundus der Warägergarde. Verrottete Körperteile von allen möglichen Heiligen, die man bei Nacht und Nebel auf irgendeinem Friedhof ausgegraben hat. Stellt euch vor: Letztens hat jemand sogar die zwölf Körbe zum Kauf angeboten, die Jesus am See Genezareth bei seiner wundersamen Brotvermehrung verwendet hat!«

Hoffentlich waren zum Beweis ihrer Echtheit keine antiken Brot- und Fischreste mehr drinnen, dachte Niki.

»In diesem Raum werden unsere Reliquiare angefertigt: Behältnisse, die der Aufbewahrung einer heiligen Reliquie würdig sind«, sagte der Magister und machte eine umfassende Bewegung mit dem Arm.

Die Gefährten erwiderten das Nicken der über ihre

Werkstücke gebeugten Handwerker und bestaunten die in Regalen aufbewahrten fertigen und halbfertigen Monstranzen, Kreuze, Tafeln, Fläschchen und Kapseln, die wohl zur Aufbewahrung kleinerer Reliquien gedacht waren.

»Jeder vertrocknete Holzsplitter kann von der Krippe in Bethlehem stammen. Aber erst, wenn das winzige Holzstück in einem prunkvollen Behältnis aus Gold, Silber und Edelsteinen steckt, wird man an seine Echtheit glauben. Nicht die Reliquie bringt den Glauben in den Menschen zum Vorschein, sondern der Glaube der Menschen die Reliquie!«

Im nächsten Raum arbeiteten Handwerker an größeren Reliquiaren, die offensichtlich für Körperteile oder gar für ganze Körper von Heiligen bestimmt waren.

Sieht aus, als ob C-3PO aus »Krieg der Sterne« hier auseinandergefallen wäre, dachte Niki, während seine Finger die kühle, matt schimmernde goldene Oberfläche eines Behältnisses in Form einer menschlichen Hand samt Unterarm streichelten, die eben noch von einer junge Frau mit einem Hammer bearbeitet worden war.

Die Augen der Zwillinge glänzten angesichts der feinen Schmiedearbeit der Handwerkerin fast so hell wie die Schreine und der goldene Sarkophag mit dem gläsernen Deckel in der Ecke der Kammer.

»Hier werden die Urkunden angefertigt, die die Echtheit der betreffenden Reliquie bestätigen«, erklärte der Magister im nächsten Raum, in dem Schreiber über Pulte gebeugt an antik aussehenden Pergamenten arbeiteten. »Sie enthalten zum einen eine genaue Beschreibung des Aussehens der Reliquie und ihrer Geschichte, die auch den Weg von ihrem ursprünglichen Fundort hierher nach Konstantinopel festhält. Und zum anderen eine Echtheitsbestätigung, unterzeichnet vom jeweiligen Basileus, samt Unterschrift und kaiserlichem Siegel. Wie schon gesagt: Der Glaube der Menschen macht die Reliquie.«

Der alte Reliquienhändler lächelte; es war ihm anzusehen, wie sehr er das Erstaunen und die Bewunderung seiner Besucher aus dem fernen Westen Europas genoss.

»Und nun, meine Freunde: Lasst mich euch ins Allerheiligste meiner Werkstatt führen. Der nächste Raum ist der Grund, warum ihr hier seid.«

Schon beim Betreten der Kammer spürte Niki den würzigen, süßlichen Geruch, der ihn unwillkürlich an Kirchen erinnerte: altes Holz, Weihrauch, Myrrhe, Kräuter. Der Magister bemerkte die hochgezogenen Augenbrauen und das prüfende Schnuppern des jungen Troubadours.

»Wir nennen es den ›Geruch der Heiligkeit‹«, sagte er lächelnd. »Er geht von ihm hier aus. Darf ich vorstellen: Lazarus von Bethanien, der Freund Christi. Ich könnte auch gefahrlos sagen: Lazarus, komm heraus! Auf mich würde der alte Knabe wohl nicht hören.«

Als der Magister zur Seite trat, hatte Niki freien Blick auf den einzigen Arbeitstisch, der in der Mitte des Raumes stand.

Auf ihm lag eine mumifizierte Leiche.

Niki merkte schon beim ersten Anblick, wie sein Magen einen Satz zu machen schien.

In der Ausstellung der plastinierten Körper damals beim Schulausflug habe ich eine Viertelstunde lang durchgehalten, bevor ich mich übergeben musste, dachte er. *Hoffentlich sind wir bis dahin wieder hier draußen!*

Er atmete ein paar Mal bewusst tief ein und aus, bis er merkte, dass der aufkommende Schwindel nachließ. Dann zwang er sich, die Mumie auf dem Tisch näher zu betrachten.

Der Mann, den der Magister »Lazarus« genannt hatte,

war im Gegensatz zu den Leichen der Heiligen drei Könige nicht skelettiert. Sein Schädel und sein Körper waren noch straff mit pergamentartiger Haut von dunkelbrauner Farbe umspannt. Die Augen des mittelgroßen Mannes waren geschlossen, sein Kopf, abgesehen von seiner hohen Stirn, mit bronzefarbenem Haar bedeckt. Der Mund unter seiner schmalen Nase war halb geöffnet und zeigte eine bemerkenswert vollständige Reihe von Zähnen in seinem Oberkiefer. An den Armen, Beinen und an den Rippen seines Brustkorbs war erkennbar, dass seine Knochen nur noch von der zum Zerreißen dünnen Haut bedeckt waren: Alles Fleisch an seinem Körper musste schon vor Jahrhunderten vertrocknet sein. Die verdorrten Hände der Mumie waren in ihrem Schoß gefaltet und verliehen ihr tatsächlich ein friedvolles, frommes Aussehen.

»Das ist aber nicht ...«, stammelte Niki. »Das ist aber nicht wirklich *der* Lazarus? Der aus der Bibel?«

»Natürlich nicht«, lachte der Magister. »Wir kaufen unsere *Heiligen* üblicherweise in Ägypten. Dieses schöne Exemplar stammt aus dem Tal der Könige. Wohl einer der unzähligen Diener, die getötet und gemeinsam mit ihren Pharaonen bestattet wurden, damit sie ihnen im nächsten Leben weiter zu Diensten sein konnten.«

Vorsichtig, fast zärtlich tätschelte der alte Reliquienhändler die schmale Schulter des Leichnams.

»In Ägypten hat der alte Knabe natürlich noch anders ausgesehen«, sagte er. »Hier in meiner Werkstatt werden die Mumien ausgewickelt, sorgfältig gewaschen und zum Abschluss über duftendem Sandelholz gemeinsam mit Weihrauch, Myrrhe und Kräutern geräuchert. So ähnlich wie dieser wunderbare italienische Schinken, den unsere venezianischen und genuesischen Freunde so lieben. ›Prosciutto‹ nennen sie ihn, glaube ich, nicht wahr?«

Niki bemerkte, wie sein Magen wieder einen Purzelbaum zu schlagen schien und schluckte trocken.

Der Magister wandte sich um und drückte ausgerechnet dem jungen Sänger einen Gegenstand in die Hand.

»Was ist das?«, flüsterte Niki und betrachtete kritisch das unregelmäßig geformte, schwarze Objekt in seiner Hand, das aussah wie eine uralte, vertrocknete Pflaume.

»Sehet: Das wahre Herz des Lazarus!«, sagte der Magister und lachte. »Die alten Ägypter haben das Herz als einziges Organ an seinem Platz belassen. Wir haben es herausgenommen, gemeinsam mit der Wolle und den Kräutern, mit denen er ursprünglich ausgestopft war. Das Herz wäre zu schade, um es wegzuwerfen, das verkaufen wir getrennt!«

»Kann ich bitte draußen auf euch warten«, keuchte Niki und presste eine Hand auf seinen Mund.

»Ich muss ... etwas Schlechtes gegessen haben vorhin in der Taverne.«

»Der will uns doch nur einen Bären aufbinden«, sagte Gottfried und tippte sich mit dem Zeigefinger auf die Nase.

»Glaubt uns, Herr: Wir erkennen eine erfundene Geschichte, wenn wir eine hören!«, fügte Gerwald eindringlich hinzu.

»Vielleicht hättet Ihr dem Magister nicht sagen sollen, dass wir uns um so viel Geld unsere Reliquien lieber selber machen so wie er, Hadmar«, sagte Joachim nachdenklich. »Ich glaube nicht, dass ihm diese Idee sehr gefallen hat ...«

»Ihr habt doch gehört, welchen Preis er verlangt hat für den Heiligen Lazarus. Oder zumindest für sein Herz«, brummte Hadmar ungehalten. »Mehr als alle Ländereien meines Vaters in einem Jahr abwerfen! So viel Geld hatten wir nicht einmal dabei, als wir im Herbst von daheim aufgebrochen sind!«

Die fünf Gefährten waren nach dem Ende ihres Besuches in der Fälscherwerkstatt von den beiden schweigsamen Ruderern über das spiegelglatte Wasser der Cisterna Basilica wieder an den Ausgangspunkt ihrer Reise in die Unterwelt Konstantinopels gebracht worden. Erst nachdem sie wieder den sternenübersäten Nachthimmel der Stadt über sich hatten und die mittlerweile vertrauten Umrisse der Hagia Sophia, des alten Kaiserpalastes und des Hippodroms vor sich sahen, hatten sie begonnen, über ihre Erlebnisse unter Tag zu sprechen.

»Außerdem hat der Magister nur einen kurzen Augenblick lang verstimmt ausgesehen«, sagte Hadmar. »Dann hat er gleich wieder gelächelt und uns zum Abschied sogar noch die Geschichte von der verschollenen Reliquie erzählt und uns dazu ermutigt, nach ihr zu suchen.«

»Was für eine Geschichte?«, fragte Niki, der sich von den fünf Männern am meisten darüber freute, den gruseligen Schauraum des Reliquienhändlers hinter sich gelassen zu haben.

»Die Geschichte der berühmtesten Reliquie von Konstantinopel«, sagte Joachim. »Stellt Euch nur vor: Das Haupt von Johannes dem Täufer! Eine Reliquie, deren Echtheit nie in Zweifel gezogen wurde: Jeder einzelne Schritt ihrer Geschichte ist dokumentiert. Die Enthauptung des Heiligen wird sogar in der Bibel beschrieben. Helena, die Mutter Kaiser Konstantins, hat dreihundert Jahre danach sein Grab genau dort gefunden, wo es den alten Schriften nach sein sollte, und den Schädel hierher nach Konstantinopel gebracht, wo er im *Kloster der Lebensspendenden Quelle* aufbewahrt wurde.«

Joachim legte die Stirn in Falten. »Leider liegen das Kloster und die zugehörige Kirche außerhalb der Stadtmauern, und die Hoffnung, die Fürsprache der Muttergottes würde für ihren Schutz ausreichen, hat sich leider nicht erfüllt. Seien es die Petschenegen, oder vor ihnen die Magyaren, die Bulgaren, die Perser oder die Araber: Alle Invasoren, die sich bei der Belagerung der Stadt an der unüberwindbaren Mauer des Theodosius die Zähne ausgebissen haben, haben ihre Wut an dem unglücklichen Kloster ausgelassen und seine Schätze geplündert. Die Kirche wurde nach jeder Zerstörung neu aufgebaut, beim Kloster hat man es irgendwann aufgegeben. Heute erinnern nur noch Ruinen daran. Und das Haupt des Täufers ist verschwunden und nie wieder aufgetaucht.«

»Demetrios hat uns aber auch erzählt, dass eine beliebte Legende besagt, der Schädel wäre immer noch irgendwo unter den Ruinen versteckt«, sagte Gottfried.

»Dass es aber keines Mannes Hand bestimmt ist, ihn wiederzufinden«, ergänzte Gerwald. »Scheint zu stimmen, denn nicht einmal der Magister selbst ist fündig geworden bei seiner Suche im alten Beinhaus des Klosters.«

»Dass irgendwelche heidnischen Eroberer einen vertrockneten Totenschädel als Kriegsbeute mit nach Hause nehmen, kann ich mir ehrlich gesagt auch nicht vorstellen«, sagte Joachim nachdenklich. »Die hatten es wohl eher auf die goldenen liturgischen Gerätschaften und den Klosterschatz abgesehen. Es ist wahrlich viel wahrscheinlicher, dass die Mönche ihr wertvollstes Besitztum vor der Zerstörung an einem geheimen Ort verborgen und das Geheimnis des Versteckes mit ins Grab genommen haben. Vielleicht hat die Legende ja recht.«

Hadmar hatte genug gehört.

»Was haben wir heute gelernt?«, fragte er sein Gefolge und zählte an den Fingern ab: »Erstens: Von den Kirchen bekommen wir keine Reliquien. Zweitens: Die Erzeugnisse des Magisters können wir uns nicht leisten. Und drittens: Im Basar können wir nur billige Fälschungen erstehen, mit denen wir daheim keine Maus hinter dem Ofen hervorlocken, geschweige denn den Papst dazu bringen, die Exkommunizierung meines Vaters und Herzog Leopolds zurückzunehmen«.

Niki nickte fast widerwillig bewundernd mit dem Kopf: Besser hätte er die Situation auch nicht zusammenfassen können.

»Wenn das die letzte Hoffnung ist, unsere Mission zu einem erfolgreichen Abschluss zu bringen, dann schauen wir uns dieses Kloster einmal näher an«, sagte Hadmar. »Und zwar gleich morgen.«

Das Haupt des Täufers

er Weg zur »Lebensspendenden Quelle«, auf Griechisch *Zoodochos Pege*, war leicht zu finden, da die namensgebende Quelle ein eigenes Stadttor hatte: Das Quellentor war das zweite Tor in der berühmten Stadtmauer Konstantinopels, direkt benachbart zum Goldenen Tor, über das die Gefährten drei Monate zuvor zum ersten Mal die Stadt betreten hatten.

Die Gefährten hatten beschlossen, die Stadt bei Sonnenuntergang zu verlassen, um die Ruinen des alten Klosters noch bei Tageslicht zu erreichen. Hadmar hatte verboten, die mitgebrachten Fackeln anzuzünden, bevor der Abgang ins Ossarium, das Beinhaus des alten Klosters, gefunden war; er wollte vermeiden, durch das Licht in den Ruinen des Klosters die Aufmerksamkeit der Stadtwache zu erregen.

Aus dem gleichen Grund hatte Hadmar angeordnet, ihre Rüstungen und Waffen in der Karawanserei zurückzulassen und nur Werkzeuge mitzunehmen, von denen sie annahmen, dass sie bei der Suche nach der verschollenen Reliquie nützlich werden konnten wie Fackeln, Schaufeln, Stemmeisen und Seile.

Das ist, glaub ich, das erste Mal, dass ich Hadmar ohne Kettenhemd sehe, dachte Niki, als er hinter dem jungen Kuenringer die Ruinen des alten Klosters betrat.

Trotz der präzisen Beschreibung, die der Magister ihnen mit auf den Weg gegeben hatte, dauerte es eine Zeit lang, bis die kleine Gruppe in den verfallenen Mauern die ehemalige Klosterkapelle entdeckt hatte. Die Decke der Kapelle war eingestürzt, die ursprünglich wohl kunstvoll verglasten schmalen Fenster in den verbliebenen Grundmauern hohl und leer wie Schießscharten in einem Wachturm. Die Mosaike an den Wänden und auf dem Fußboden waren fast bis zur Unkenntlichkeit verblasst, die Einrichtung lag in Trümmern. Eine schwarze Schlange, aufgestöbert von den unerwünschten Besuchern, flüchtete raschelnd durch altes Laub.

»Der Abgang zum Ossarium ist unmittelbar neben dem Altar, hat der Magister gesagt«, erinnerte Hadmar seine Truppe und klatschte in die Hände. »Auf geht's, wer suchet, der findet!«

Die Gefährten umrundeten den Altar, der frei in der Mitte des Raums stand, ein wenig abgesetzt vom Schiff der Kapelle, wo die Mönche ihre Sitzplätze gehabt hatten.

Der Altar bestand aus einem einzigen massiven, glatt behauenen Block aus Marmor, der von Schmutz und Alter stark in Mitleidenschaft gezogene Steinboden um ihn herum aus einem Kreis von runden, zum Teil stark abgeblätterten und verwitterten byzantinischen Mosaiken.

Von einem Abgang war keine Spur zu entdecken.

»Das fängt ja gut an«, knurrte Hadmar und richtete den Blick durch das zerstörte Dach zum Himmel: Das Tageslicht verblasste rasch; bald würde es zu dunkel sein, um ihre Suche ohne Fackeln fortzusetzen. »Severin! Kann es sein, dass es noch andere Altäre gibt in dieser Kapelle?«

»Kann ich mir nicht vorstellen«, antwortete Severin. »Dies hier ist nur eine Klosterkapelle, keine vollwertige Kirche. Seht euch die verbliebenen Mauern an: Sie verfügt nicht einmal über Seitenschiffe, in denen man Nebenaltare aufbauen könnte. Nein, wenn er gesagt hat ›beim Altar‹, dann muss er von diesem hier gesprochen haben.«

»Kommt mal her. Ich glaube, ich habe etwas gefunden!«

Die Stimme gehörte Ottokar, der als Einziger immer noch unermüdlich den Altar umrundet hatte, das letzte Mal anscheinend auf Händen und Knien.

Niki drehte sich um und sah, dass der rundliche Ungar ohne Rücksicht auf seine wie immer makellos saubere schwarze Bekleidung an einer bestimmten Stelle hinter dem Altar den Boden von Spinnweben, welken Blättern und allerlei Schmutz befreite, der sich in den letzten Jahrzehnten hier angesammelt hatte.

»Es ist ... ein Skelett«, sagte er stolz und deutete auf seinen Fund.

Er hat recht, dachte Niki. *Es ist wirklich ein Skelett. Und es grinst uns an.*

Die Gefährten hatten den verblassten und verdreckten Mosaiken auf dem Boden rund um den Altar wenig Aufmerksamkeit geschenkt; Niki hatte nur gleichsam mit einem Auge registriert, dass es sich dabei um eine Anzahl runder Steinplatten handelte, die offensichtlich allerlei alttestamentarische Szenen zeigten: Daniel in der Löwengrube. Moses inmitten des geteilten roten Meeres. Die Arche Noah mit allerlei Getier.

»Sagt mir, Bruder Severinus: Kommen in der Heiligen Schrift Skelette vor?«, fragte Ottokar den jungen Benediktinermönch.

»Dazu fällt mir nur eine Stelle ein«, antwortete Severin nachdenklich. »In der Offenbarung des Johannes, bei der Beschreibung der apokalyptischen Reiter, heißt es: *Und ich sah, und siehe, ein fahles Pferd. Und der darauf saß, sein Name war Tod, und die Hölle folgte ihm nach.* Die Heilige Schrift gibt keine Auskunft über das Aussehen dieses vierten und letzten Boten der nahenden Apokalypse, des Jüngsten Gerichts. Aber auf allen bildlichen Darstellungen, die ich jemals gesehen habe, sieht er aus ...«

»Wie ein ... Skelett«, flüsterte Bertram.

Mit gemeinsamer Anstrengung dauerte es nicht lange, das Mosaik mit dem grinsenden Skelett, das Ottokar entdeckt hatte, vollends freizulegen. Spätestens, als Bertram mit kräftigem Pusten aus seinem mächtigen Brustkorb die Ränder der Steinplatte vom Sand befreite, der sich in den Ritzen abgelagert hatte, wurde sichtbar, dass diese eine Platte im Gegensatz zu den übrigen nicht eingemauert war: Sie war beweglich und konnte offensichtlich aus dem Boden herausgehoben werden.

Wie ein überdimensionaler Kanaldeckel, dachte Niki, während er dabei zusah, wie die Zwillinge mit den mitgebrachten Stemmeisen vorsichtig eine Seite der Platte anhoben. *Erinnert mich an unseren Schulausflug nach Wien, als wir auf den Spuren des Filmes »Der dritte Mann« mit Mitarbeitern der MA 48 in die Kanalisation hinuntergestiegen sind.*

Ähnlich wie bei den Zugängen zur berühmten »Dritter Mann«-Tour in Wien kam auch unter der Steinplatte mit dem Skelett ein schmales, gewundenes Stiegenhaus zum Vorschein, das in undurchdringliche Dunkelheit hinabführte. Und ähnlich wie in Wien drang auch aus diesem Zugang zur Unterwelt sofort ein Schwall fauligen Geruchs zu den Gefährten empor.

Engel rümpfte die Nase und sah dabei so süß aus, dass Niki sie am liebsten umarmt und geküsst hätte. Erst im letzten Moment fiel ihm ein, dass die beiden zurzeit ja nichts miteinander sprachen, von Umarmen und Küssen wohl ganz zu schweigen.

»Effluvium«, sagte Severin. »Dämpfe aus vermodernden Knochen. Im Beinhaus von Göttweig riecht es genauso.«

»Lieber Himmel«, sagte Niki zu niemandem im Bestimmten. »Sind diese Dämpfe feuergefährlich?«

Hadmars Augen leuchteten hell vor Freude über ihre Entdeckung, als er die erste ihrer Fackeln anzündete. »Das werden wir gleich herausfinden«, sagte er.

Im Schein der Fackeln konnte Niki erkennen, dass die Krypta, der Raum unter der Kapelle, in dessen Mitte die steinernen Stiegen einige Meter tiefer ihr Ende fanden, achteckig war. An ihren Seiten führten unter Torbögen hinweg acht Gänge sternförmig in alle Richtungen.

Der Boden der Krypta bestand aus roh behauenen Steinen; der Boden in den Gängen war nirgends zu erkennen, da jeder Fleck bedeckt war mit …

»Knochen«, flüsterte Engel und drückte sich instinktiv hilfesuchend an ihren Freund. Niki legte den Arm um ihre schmalen Schultern und wunderte sich darüber, dass die verblichenen Gebeine längst verstorbener Mönche diesem Mädchen, das daheim in Dürnstein keinerlei Angst vor Toten zeigte, einen solchen Schrecken einjagten, dass es darüber für den Moment sogar ihren Streit vergaß.

Als er im flackernden Licht der Fackeln in die Gesichter seiner anderen Freunde blickte, bemerkte er, dass außer Ottokar und Severin alle Männer zumindest unbehaglich aussahen, die Zwillinge sogar ausgesprochen ängstlich und Bertram der Bulle fast panisch. Niki vermutete, dass der Verwesungsgestank, der hier unten noch intensiver wahrnehmbar war als oben in der Kapelle, seinen Teil dazu beitrug.

Und natürlich das Bild der Zerstörung, das sich ihren Augen bot.

Die Petschenegen und die Magyaren, die Bulgaren, die Perser und die Araber, der Magister und andere Grabräuber vor und nach ihm: Wer auch immer in den Jahrhunderten seit der Zerstörung des Klosters hier unten gewesen war auf der Suche nach versteckten Reichtümern, hatte ganze Arbeit geleistet. Die Gebeine der zuvor wohl in Nischen links und rechts in den Wänden der acht Gänge zur Ruhe gebetteten Mönche waren aus ihrer letzten Ruhestätte gerissen und wahllos in Hauptraum der Krypta oder auf dem Fußboden der Gänge verstreut worden. Es war buchstäblich kein Knochen auf dem anderen geblieben.

Kein Wunder, dass uns der Magister den Tipp mit dem Kloster so freimütig gegeben hat, dachte Niki. *Wenn der Schädel von Johannes dem Täufer wirklich irgendwo hier unter diesen Knochenbergen liegt, dann wird er wohl erst am Tag der Auferstehung wieder auftauchen.*

Die anderen Gefährten dachten offenbar ähnlich; alle blickten mit einer Mischung aus Grauen, Ekel und Resignation auf das Meer an Knochen, das sich rund um sie in alle Richtungen ausdehnte.

Hadmar riss sich sichtlich zusammen und steckte seine Fackel in eine der Halterungen, von denen an jedem der acht Torbögen eine angebracht war.

»Aufteilen. Jeder nimmt sich eine Fackel und untersucht einen der Gänge«, sagte er. »Augenscheinlich sind wir nicht die Ersten hier. Aber da wir nun schon mal da sind, können wir uns genauso gut noch ein wenig umsehen!«

»Und wonach genau sollen wir suchen in diesem ... Totenhaus?«, fragte Joachim mit einer ausholenden Handbewegung, die die Krypta, ihre acht Gänge und die verstreuten Überreste ihrer unglücklichen Bewohner umfasste.

»Nach einem Hinweis. Nach irgendetwas Ungewöhnlichem«, antwortete Hadmar grimmig. »Nach irgendetwas, das Grabräuber aus aller Herren Länder jahrhundertelang übersehen haben und das ausgerechnet uns hier und heute auffällt.«

Der Plan des jungen Kuenringers kam nicht zur Ausführung, da Bertram und die Zwillinge sich standhaft weigerten, sich alleine mit einer Fackel über die unter ihren Stiefeln knackenden und brechenden Knochen hinweg bis zum Ende des ihnen zugewiesenen Ganges vorzutasten. Am Ende zog Niki mit Engel los, Joachim mit Severin und Hadmar mit Ottokar, während Bertram und die Zwillinge die Krypta verließen, um in der Kapelle oben Wache zu halten.

»Und was sollen wir tun, wenn uns irgendjemand anspricht?«, hatte Gerwald Niki gefragt.

»Stur lächeln und winken, Männer«, hatte Niki gegrinst. »Lächeln und winken!«

Niki bewunderte, wie Engel trotz ihrer Angst und ihres Ekels tapfer an seiner Seite in einen der dunklen Gänge hineinschritt, auf Zehenspitzen, um möglichst wenige der herumliegenden Knochen zu zertreten. Niki selbst gab diesen Versuch nach den ersten paar unsicheren Schritten auf und watete durch die Knochen wie durch einen Sumpf. Die vergilbten Gebeine machten ein hölzernes Geräusch, wenn sie durch seine Schritte gegen- und aufeinander geschoben wurden. Die leeren Augenhöhlen von Schädelknochen, aus dem Schatten gerissen und kurz unheimlich beleuchtet vom Licht ihrer Fackel, schienen ihnen auf ihrem Weg zu folgen, bevor sie hinter ihnen wieder in der Dunkelheit verschwanden.

Engel stieß einen spitzen Schrei aus, als sie unabsichtlich einen auf dem Boden liegenden Totenkopf anstieß und ihn hüpfend und klappernd den Gang entlang kickte. Niki nahm seine zitternde Freundin in die Arme, bis das Klappern aufgehört hatte. Dann schien ihr wieder einzufallen, dass sie noch böse auf ihn war, und sie stieß ihn ungehalten von sich.

Letzten Endes war der Gang nicht lange, zumindest nicht so lange, wie er seinen beiden Erforschern erschienen war:

Niki schätzte, dass nach etwa fünfzehn Metern sein Ende in Form einer massiven Steinwand erreicht war. In der Mitte der mit Spinnweben überzogenen Wand war das Abbild eines Totenkopfes in den Stein gehauen worden. Als Niki die Fackel hob und den Schädel beleuchtete, kroch eine riesige Spinne zwischen seinen steinernen Zähnen hervor, haarig und groß wie ein Handteller.

Engel schrie erschrocken auf und ließ ihre Fackel fallen, die auf dem Fußboden sofort ausging. Sie fluchte ganz und gar unmädchenhaft und warf Niki einen wütenden Blick zu, so als ob dieser verunglückte Ausflug ins Kloster allein seine Schuld wäre, die Ruinen, der Gestank, die Knochen. Und natürlich die Spinnen.

Dann machte sie auf dem Absatz kehrt und stapfte, ohne auf Niki zu warten, zurück zum Hauptraum der Krypta. Erneut kickte sie dabei einen auf dem Boden liegenden Schädel weg; Niki hätte schwören mögen, dass sie es diesmal mit Absicht tat.

Wie sich herausstellte, hatten Hadmar und Joachim mit ihren Begleitern auch nichts anderes vorgefunden als Niki und Engel: einen Gang voller alter Knochen, und am Ende eine Steinwand mit einem Totenkopf darauf. Immerhin war den anderen die Begegnung mit der Spinne erspart geblieben.

Mehr aus Trotz als aus echter Hoffnung bestand Hadmar darauf, dass die verbleibenden fünf Gänge ebenfalls untersucht wurden. Auch diese Begehungen brachten keinerlei neuen Erkenntnisse: Die acht Gänge glichen einander wie ein Ei dem anderen.

»Es reicht«, sagte der junge Kuenringer schließlich niedergeschlagen. »Falls hier unten jemals Reliquien oder andere Reichtümer aufbewahrt wurden, was ich sehr bezweifle, dann hat sie wohl schon vor Hunderten Jahren jemand gefunden und mitgenommen. Lasst uns gehen.«

Während Hadmar und Joachim bereits im engen Stiegenhaus auf dem Weg zurück in die Kapelle waren, hob Niki seine Fackel und blickte noch einmal zurück auf die dunklen Torbögen am Eingang der Gänge. Erst jetzt fiel ihm auf, dass über jedem Torbogen eine lateinische Inschrift eingraviert war.

»Was bedeuten diese Inschriften?«, fragte er.

»Auf diesem hier steht: *Gloria ... in excelsis ... deo*«, buchstabierte Ottokar.

»Ehre sei Gott in der Höhe«, übersetzte Severin. »So jubelten die Engel bei der Geburt des Herrn. Auf jedem der acht Torbögen steht ein anderes Zitat. Hier zum Beispiel: *In principo erat verbum*. Am Anfang war das Wort. Damit beginnt das Evangelium nach Johannes.«

»*Mulier ... taceat ... in ecclesia*«, entzifferte Niki über einem weiteren Bogen. »Was heißt das?«

»Die Frau hat ... in der Kirche zu schweigen«, übersetzte Severin und grinste. »Aus dem ersten Korintherbrief des Apostels Paulus.« Er sah aus, als wollte er noch etwas hinzufügen, überlegte es sich aber anders, als Engel sich auf den untersten Stufen des Stiegenhauses umdrehte und ihm einen giftigen Blick zusandte.

»Acht Sprüche über acht Torbögen«, murmelte Ottokar gedankenverloren. »Warum haben die Mönche wohl auf diese Weise ihre Gänge markiert?«

»Um sie auseinanderhalten zu können?«, riet Severin. »Schließlich sehen sie alle gleich aus.«

»Du meinst, damit sie ihn wiederfinden, falls sie mal einen bestimmten Gang suchen?«, sagte Niki und wandte sich ab, um als Nächster das Stiegenhaus zu betreten. »Damit kannst du recht haben. Da, wo ich herkomme, werden Gräber mit Nummern versehen. Da finde ich die Idee mit den acht Bibelsprüchen wesentlich romantischer.«

»Sieben Bibelsprüche genau genommen«, sagte Severin. »Einer ist nicht aus der Bibel.«

Niki hielt mitten im Schritt inne und legte die Stirn in Falten. Langsam drehte er sich um und blickte auf Severin hinunter.

»Was hast du gerade gesagt?«

»Ich sagte: Einer ist nicht aus der Bibel. Dieser dort drüben: *Quidquid agis, prudenter agas et respice finem.* Heißt so viel wie: ›Was immer du tust, das tue klug und schau auf das Ende‹.«

»Und der ist nicht aus der Bibel?«, fragte Niki.

»Nein«, bestätigte Severin. »Das stammt aus einer Fabel des griechischen Dichters Aesop, der lange vor Christi Geburt gelebt hat. Aus der Geschichte mit den zwei ertrinkenden Fröschen im Milchkrug, wenn ich mich recht erinnere. Ich habe eine lateinische Übersetzung davon in der Klosterbibliothek von Göttweig gelesen, als ich noch ein junger Novize war.«

Niki stieg die paar Stufen der Treppe wieder hinunter und ließ sich von Severin den betreffenden Gang zeigen. Als er mit der Fackel hineinleuchtete, erkannte er an den dicken Spinnweben am Ende den Gang, den er als Erstes mit Engel erforscht hatte.

Schau auf das Ende?, dachte Niki. *Was ist am Ende? Eine Wand, wie in den anderen sieben Gängen auch. Mit einem steinernen Totenkopf drauf, wie in den anderen sieben Gängen auch. Und natürlich jede Menge Spinnweben.*

Niki hatte noch lebhaft das Bild der zwischen den Zähnen des Totenkopfes hervorkrabbelnden haarigen Riesenspinne vor Augen, die Engel einen solchen Schrecken eingejagt hatte.

»Was ist los bei euch da unten?«, rief Hadmar gereizt von

der Kapelle herunter und riss Niki damit aus seinen Gedanken. »Kommt endlich hoch! Wir haben hier wahrlich genug Zeit verschwendet!«

»Du hast uns doch aufgetragen, nach einem Hinweis zu suchen. Nach etwas Ungewöhnlichem«, rief Niki zurück. »Sei so gut und komm noch einmal herunter. Ich glaube, wir haben gerade etwas Ungewöhnliches entdeckt.«

Follow the spiders, dachte Niki unwillkürlich, als er mit Hadmar an seiner Seite ein zweites Mal den Gang mit den Spinnweben am Ende entlangschritt. *Why can't it be follow the butterflies?*

Er lächelte und schüttelte kurz den Kopf, um die Erinnerung aus einer anderen Welt loszuwerden.

»Und deswegen holst du uns alle noch einmal runter in diese stinkende Gruft, Blondie?«, knurrte Hadmar. »Nur weil einer von acht salbungsvollen Sprüchen über den Torbögen nicht aus der Bibel ist?«

»Nicht nur deshalb«, erklärte Niki geduldig. »Auch wegen des Inhaltes: *Was immer du tust, das tue klug und schau auf das Ende.* Was siehst du, wenn du auf das Ende des Ganges schaust, Hadmar?«

»Die gleiche Steinmauer wie in allen anderen auch. Mit dem gleichen hässlichen Totenkopf drauf. Und zu allem Überfluss auch noch jede Menge Spinnennetze!«

»Genau. Jede Menge Spinnennetze«, wiederholte Niki nachdenklich. »Die es in keinem der anderen Gänge gibt. Nur in diesem.«

Die beiden jungen Männer blieben vor der Mauer stehen. Im Licht von Hadmars Fackel betrachtete Niki den in den

Stein gemeißelten Totenkopf genauer, wozu er vorhin durch Engels überstürzte Flucht keine Zeit gefunden hatte.

»Ich frage mich, wo die Spinnen herkommen«, murmelte er, während er mit den Fingern vorsichtig die Augenhöhlen des steinernen Schädels untersuchte. »Nach allem, was wir sehen, ist die Krypta einfach nur ein Loch im Boden; ohne Fenster, ohne Luftschächte, der einzige Ausgang hermetisch verschlossen durch den runden Deckel mit dem Mosaik oben in der Kapelle.«

Die Nase des Totenkopfes sah aus wie ein auf den Kopf gestelltes Herz. Auch diese Öffnung wurde von Nikis tastenden Fingern ausgiebig erkundet.

»Und doch haben wir, von dem Verwesungsgestank einmal abgesehen, kein Problem mit dem Atmen«, sagte er leise, mehr zu sich selbst als zu seinen Gefährten, die ihm neugierig über die Schulter sahen.

»Die Atemluft können wir von draußen mitgebracht haben, als wir den Deckel zum Treppenhaus öffneten«, wandte Ottokar ein.

»Stimmt«, murmelte Niki. »Aber die Spinnen. Die Spinnen waren schon vorher hier. Und die brauchen auch Luft zum Atmen.«

Unzufrieden mit seiner Untersuchung des steinernen Totenschädels griff er in die Spinnennetze, die die Mauer überzogen, und löste vorsichtig eine Handvoll der silbrigen Fäden heraus. Langsam, damit sie sich nicht verklumpten, bewegte er seine Hand, bis das Netz vor dem Gesicht des Totenkopfes zu schweben schien.

»Dafür gibt es eigentlich nur eine Erklärung«, flüsterte Niki, als hätte er Sorge, sein Atem könnte den Schwebezustand der Spinnenfäden beeinträchtigen.

Gebannt sahen die Gefährten zu, wie sich das zarte Gebilde einem Schleier gleich über die Gesichtszüge des steinernen Schädels legten.

Über die Augen.

Über die Nase.

Nicht über die Zähne.

Ein Raunen ging durch die Gefährten, als die Spinnenfäden sich über dem Gebiss des Totenkopfes sanft nach außen wölbten, bewegt von einem Luftzug, so zart, dass er weder auf ihren Gesichtern spürbar noch an ihren Fackeln ablesbar war.

»Nämlich, dass es hinter dieser Wand«, sagte Niki triumphierend, »einen geheimen Raum gibt, den man *hier* öffnet!«

Lieber Gott, mach bitte, dass ich mich nicht irre, dachte Niki. *Und vor allem, dass die haarige Riesenspinne von vorhin gerade woanders ihr Unwesen treibt.*

Mit einer vorsichtigen Bewegung schob er die flach zusammengelegten Finger seiner rechten Hand zwischen die beiden Zahnreihen des steinernen Schädels.

»Und?«, sagte Hadmar.

Niki starrte fassungslos auf seine Hand, die im Gebiss des Totenkopfes feststeckte. Seine Fingerspitzen konnten keinen Widerstand ertasten, aber die Knöchel passten nicht durch den engen Raum zwischen den Zahnreihen.

Wütend ruckte er ein paar Mal mit der Hand zurück und wieder nach vorne, dann nach links und nach rechts, ohne damit mehr zu erreichen, als seine Knöchel an den scharfkantigen Zähnen aufzuschürfen.

Bei Indiana Jones funktioniert das immer, dachte Niki frustriert.

»Hinter den Zähnen ist ein Hohlraum«, sagte er. »Ich komm aber nicht ganz rein mit meiner Hand!«

»Aber wie sind dann die Mönche reingekommen?«, fragte Joachim.

»Die hatten vermutlich ein Werkzeug für diesen Zweck«, sagte Ottokar. »Einen Haken an einem Stock vielleicht, den sie jedes Mal mit herunterbrachten, wenn sie den geheimen Raum öffnen wollten?«

»Sollen wir oben in der Kapelle danach suchen?«, schlug Severin vor.

»Hoffnungslos«, sagte Hadmar niedergeschlagen. »Wie immer dieses Werkzeug auch ausgesehen haben mag: Das hat mit Sicherheit schon vor Jahrhunderten jemand gefunden und mitgenommen.«

Auch Niki schüttelte frustriert den Kopf. Er war so stolz auf seine Entdeckung gewesen! Das Bewusstsein, vielleicht nur einen oder zwei Zentimeter davon entfernt zu sein, eine seit Jahrhunderten unentdeckte Geheimtür zu öffnen, ließen seine Gedanken rasen.

Natürlich konnten die Gefährten in die Stadt zurückkehren und am nächsten Tag wiederkommen, um der Wand und dem Totenkopf mit schwerem Gerät zu Leibe zu rücken: Ein paar Spitzhacken würden wohl ausreichen, um ihr ihre Geheimnisse zu entreißen. Die Chance, dass sie dabei unentdeckt blieben, war aber vernachlässigbar: Bei Tag würden sie unweigerlich von den zahlreichen Besuchern der *Zoodochos Pege,* der Lebensspendenden Quelle, entdeckt werden, bei Nacht würde sie wohl der Lärm verraten.

Nikis Blick irrte hilfesuchend von einem seiner ratlosen Freunde zum anderen und blieb schließlich an ihren Händen hängen. Hadmars Finger waren lang und schlank wie die von Niki, seine Hände aber deutlich kräftiger. Joachims Hände mit den schwarz behaarten Handrücken waren sogar noch muskulöser als die von Hadmar.

Sogar der Mönch und der Buchhalter haben stärkere Hände als ich, dachte Niki resigniert, als er Severin und Ottokar einen kritischen Blick zuwarf. *Die Zwillinge oben haben Fäuste wie Schmiedehämmer, und Bertram hat überhaupt Pranken wie Schaufeln.*

Das Knacken von zerbrechenden Knochen vom Eingang her riss Niki aus seinen Gedanken.

»Verzeiht, aber Bertram und die Zwillinge wollen wissen, ob sie weiterhin oben Wache stehen sollen oder ob ihre Anwesenheit jetzt hier in der Krypta vonnöten ist«, sagte eine helle Stimme.

»Engel!«, sagte Niki und schlug sich mit der flachen Hand auf die Stirn, dass es nur so klatschte. »Dass ich nicht gleich als Erstes an dich gedacht habe!«

Das Mädchen, das nach der Entdeckung der Inschriften nicht mit Hadmar und Joachim in die Krypta zurückgekehrt war, sah Niki mit großen Augen an, genau wie die vier jungen Männer.

»Ihre Hände!«, rief Niki ungeduldig. »Seht euch ihre Hände an! Sie sind klein und schmal und zart im Gegensatz zu unseren. Engel wird die Türe für uns öffnen können!«

Für Engel machten Nikis Worte keinen Sinn, wohl aber für die anderen Gefährten, die wild durcheinander zu reden begannen. Es dauerte ein paar Minuten, bis auch das Mädchen verstand, was man von ihm erwartete.

Engel war alles andere als begeistert.

»Meine Hand? Zwischen die Zähne von dem hässlichen Totenkopf? Wo vorhin die Spinne rausgekommen ist?«, fragte sie fassungslos. »Nie im Leben mache ich das. Die lebt vielleicht da drinnen. Mit allen ihren Verwandten!«

Niki war hin und hergerissen zwischen seinem Forschergeist und dem Mitleid für seine Freundin. Er konnte in ihren Augen erkennen, dass sie wirklich Angst hatte. Andererseits fiel vielleicht genau jetzt, in diesem Moment, die Entscheidung darüber, ob ihre Mission, die ganze verdammte Reise nach Konstantinopel, erfolgreich sein würde oder ein Reinfall. Und schließlich hatte er selbst auch seine Hand zwischen die Zähne des Totenkopfes gesteckt, und er war bei

Gott kein Held. Konnte man dasselbe nicht auch von Engel verlangen? Sonst war sie ja auch nicht so zimperlich!

»Bitte, Engel! Wir würden dich nicht darum bitten, wenn es nicht wirklich, *wirklich* wichtig wäre!« sagte er zögerlich. »Außerdem sind diese Spinnen nicht giftig«, fügte er nach einem Moment des Nachdenkens hinzu.

Hoffe ich zumindest, dachte er.

»Das kannst du *vergessen*, Blondie«, zischte Engel. »Nicht, solange ich nicht weiß, wo dieses haarige Monster hingekommen ist. Du kannst mich nicht zwingen, das zu tun.«

»Er kann es nicht, aber ich kann es«, sagte eine kalte Stimme. »Engeltrud von Dürnstein! Als dein Landesherr befehle ich dir, diese Tür zu öffnen! Wir sind auf unserer heiligen Mission nicht um die halbe bekannte Welt gereist, nur um hier an deiner Angst vor Spinnen zu scheitern!«

Hadamars donnernde Stimme hallte durch die Krypta und ihre Gänge und ließ sogar die Männer unwillkürlich den Kopf einziehen, an die seine Worte gar nicht gerichtet waren.

Niki warf Hadmar einen finsteren Blick zu, öffnete schon den Mund zu einer Entgegnung, überlegte es sich dann aber anders und schloss ihn unverrichteter Dinge wieder. Er kannte den jungen Kuenringer gut genug, um zu wissen, dass er in dieser Stimmung vernünftigen Argumenten nicht zugänglich war: Alles, was Niki sagte, würde Hadmar nur noch wütender machen.

Engel dachte offenbar genauso. Zu gut erinnerte sie sich noch an den Abend in Belgrad, als Hadmar sie dazu gezwungen hatte, den für ihn bestimmten Schlaftrunk zu sich zu nehmen. Niki merkte, wie sie sich auf die zitternde Unterlippe biss, um sich die geharnischte Antwort zu verkneifen, die ihr wohl schon auf der Zunge lag. In ihren großen grünen Augen schimmerten Tränen des Zorns.

Alle fünf Männer wichen respektvoll zur Seite, als sie

langsam zwischen ihnen hindurch auf den steinernen Totenkopf zutrat.

»Welcher Teufel hat mich eigentlich geritten, dass ich mit euch ... *Männern* überhaupt auf diese Reise mitkommen wollte?«, murmelte das Mädchen gerade so laut, dass es noch als Selbstgespräch durchgehen und Hadmar nicht zu einem neuen Wutanfall provozieren konnte.

»Wonach genau suchen wir noch einmal hinter den Zähnen?«, fragte sie Niki tonlos, als sie vor der Wand stehen blieb und ihre rechte Hand vorsichtig auf die Stirn des Totenkopfs legte. »Abgesehen von Spinnen natürlich?«

»Nach einer, ähm, Türschnalle. Einer Art Hebel, zum Ziehen oder zum Drücken. Oder einem Knauf zum Drehen.«

Nachdenklich, fast zärtlich, streichelten Engels Finger über den Rand der leeren Augenhöhlen und über die herzförmige Nasenöffnung des steinernen Schädels, bevor sie weiter nach unten glitten. Einen Augenblick lang nur verharrten sie vor seinem mächtigen Kieferknochen.

Dann holte sie tief Luft, verzog das Gesicht zu einer wütenden Grimasse und steckte mit einem unmädchenhaften Fluch ihre schmale Hand bis zum Handgelenk zwischen die Zähne des Totenkopfes.

Engels Schrei hallte noch lauter durch die Krypta als der von Hadmar zuvor.

Mit schmerzverzerrtem Gesicht riss sie wieder und wieder an ihrer Hand, schaffte es aber offensichtlich nicht, sie aus dem Mund des steinernen Schädels zurückzuziehen.

Die Männer zuckten zusammen, als hätte sie ein Peitschenhieb getroffen. Als alle gleichzeitig nach vorne sprangen, um Engel zur Hilfe zu kommen, stießen sie zusammen und fielen buchstäblich übereinander. Niki prallte gegen die Schulter von Joachim, taumelte zur Seite weg und stolperte in einen Haufen alter Knochen.

Bis er sich mit einiger Mühe wieder aufgerappelt hatte, hatte Engel aufgehört zu schreien.

Stattdessen lachte sie.

Mit der offensichtlich unversehrten Hand winkte sie kichernd den fassungslosen Männern zu, bevor sie wieder laut losprustete.

»Verzeiht bitte, aber dieser Versuchung konnte ich jetzt nicht widerstehen«, sagte sie und wischte sich die Lachtränen aus den Augen. »Ihr hättet eure Gesichter sehen sollen!«

Bevor noch irgendjemand ein Wort hervorbrachte, wandte sie sich an Niki. »Du hattest recht. Es ist tatsächlich ein Hebel.«

Engel drehte sich wieder um und schob ihre Hand ein zweites Mal bis zum Handgelenk in den Mund des Totenkopfes. Eine Weile tastete sie herum, hantierte mit etwas, zog und drückte, bis ein scharfes, metallisches Geräusch ertönte, das die ganze Wand zum Vibrieren brachte. Sand und Staub rieselten aus Ritzen, die zum ersten Mal seit Jahrhunderten wieder sichtbar wurden.

Keines Mannes Hand kann die Reliquie finden, dachte Niki anerkennend. *Die Legende hatte recht. Und wir wollten Engel zuerst gar nicht mitnehmen auf die Reise!*

Hadmar und Joachim verstanden einander wortlos, traten vor und stemmten ihre Schultern gegen die Wand, genau dort, wo die Ritzen entstanden waren. Als sie auf ein Kommando Hadmars gleichzeitig mit aller Kraft drückten, verwandelte sich die Wand vor ihrer aller Augen in eine massive Türe, die mit einem mahlenden Geräusch von Stein auf Stein nach hinten in die Dunkelheit aufschwang.

Mit triumphierendem Grinsen drehten sich Hadmar und Joachim um, um ihre Fackeln wieder aufzunehmen. Als Hadmars Blick dabei auf Engel fiel, lächelte der junge Kuenringer und zwinkerte ihr zu ihrer Überraschung freundlich zu.

»Gut gemacht«, sagte er nur. »Und das gilt auch für dich, Blondie.«

Beim Betreten der Krypta vorhin hatten einige der Gefährten sich schon unwohl oder gar ängstlich gefühlt durch den kaum erträglichen Verwesungsgeruch und den Anblick der achtlos durcheinandergeworfenen Knochen der Mönche, während andere davon unbeeindruckt geblieben waren.

Beim Betreten der geheimen Kammer hingegen konnte sich kein Einziger von ihnen mehr dem Grauen entziehen, das sich ihren Sinnen mit einem Mal darbot. Nicht der Kirchenmann Severin, nicht der sachliche Ottokar, nicht einmal Niki, der von sich geglaubt hatte, durch die Filme, Fernsehserien und Videospiele seiner Zeit gegen jede Art von Horror immun zu sein. Jeder von ihnen hätte instinktiv am liebsten auf dem Absatz kehrt gemacht und die Kammer hinter der steinernen Tür mit dem Totenkopf so schnell wie möglich wieder verlassen, ob sie jetzt eine unbezahlbare Reliquie enthielt oder nicht.

Ein Grund dafür war auch hier der Geruch, obwohl dieser zunächst angenehmer erschien als das Echo von verfaulendem Fleisch drüben in der Krypta. In der geheimen Kammer roch es süßer, staubiger; mehr nach … *getrocknetem* Fleisch. Gewürzt mit Weihrauch und Sandelholz.

Ein zweiter Grund waren die Spinnen, von deren Wirken in diesem Raum unzählige Netze Zeugnis ablegten. Niki sah unwillkürlich nach oben und entdeckte im steinernen Gewölbe der Decke eine Reihe schmaler Schächte, die ins Freie führten und für eine gute Belüftung der trockenen Kammer

sorgten. Während die Krypta drüben direkt unter dem Fußboden der Kapelle lag, lag die geheime Kammer wohl seitlich
davon, dort, wo der Boden an der Oberfläche mit steinernen
Trümmern übersät und von Büschen überwachsen war.

Der Hauptgrund für das Grauen waren aber natürlich die
lebenden Toten, die dort auf die Gefährten warteten.

Der Raum, den die Fackeln von Hadmar, Joachim, Ottokar, Severin, Engel und Niki in gespenstisches Flackerlicht
tauchten, war so groß wie der Hauptraum der Krypta und
ebenfalls achteckig. Statt der Gänge enthielten die steinernen
Wände hier in regelmäßigen Abständen halbrunde Nischen,
und in diesen Nischen standen … die lebenden Toten.

So kamen sie zumindest Niki vor, als er seinen ersten
Schrecken überwunden hatte und einen vorsichtigen Schritt
mit erhobener Fackel in den Raum hinein machte. In dieser
besonderen Kammer waren offenbar die Äbte des Klosters
bestattet worden, oder wie auch immer die ranghöchsten
Mönche in orthodoxen Klöstern genannt wurden.

*Sofern man für ihren Zustand das Wort »bestattet«
überhaupt verwenden kann*, dachte Niki.

»Es sind Mumien«, murmelte er in die Stille hinein, wie
um die vor Jahrhunderten verstorbenen Äbte des Klosters
der Lebensspendenden Quelle nicht aus ihrem Schlaf zu wecken. »Sie sind nicht bis auf die Knochen verwest wie die
Mönche nebenan in der Krypta, sondern einfach nur ausge-
trocknet. Muss an der Belüftung liegen und am porösen Gestein, das ihren Körpern die Flüssigkeit entzogen hat.«

Wie Schaufensterpuppen standen die mumifizierten Mönche in ihren Nischen, aufrecht gehalten von eisernen Pfählen
in ihrem Rücken, und sahen tatsächlich so aus, als könnten
sie jeden Moment zum Leben erwachen, um die ungebetenen
Besucher des Ortes ihrer letzten Ruhe wieder zu vertreiben.
Niki hätte auf jeden Fall schwören mögen, dass ihre vom
flackernden Fackelschein abwechselnd in Licht und Schatten
getauchten Gesichter ihn hasserfüllt anblickten.

Eine gefühlte Ewigkeit lang sagte niemand etwas.

Dann gab Hadmar sich mit sichtlichem Widerwillen einen Ruck, hob seine Fackel über den Kopf und schritt, sein eingeschüchtertes Gefolge im Schlepptau, die komplette Runde der stehenden Mumien ab, wobei er jeder einzelnen prüfend ins Gesicht leuchtete. Ob er dies nur tat, um seine Rolle als furchtloser Anführer zu unterstreichen, oder um sich und die anderen Gefährten davon zu überzeugen, dass die unheimlichen Gestalten wirklich tot waren und hoffentlich auch bleiben würden, blieb sein Geheimnis.

Beim näheren Hinsehen erinnerten Niki die vertrockneten Körper weniger an ägyptische Mumien als an »Ötzi«, die Gletschermumie, die man 1991 in den Ötztaler Alpen gefunden hatte: Sie hatten dieselbe pergamentartige Haut, die sich über ihre kahlen Schädel spannte, dieselben leeren Augenhöhlen, dasselbe eingefrorene Grinsen aus einem aufgerissenen Mund voller Zahnlücken. Vor allem aber waren ihre Körper nicht in die berühmten weißen Leinenstreifen gewickelt; stattdessen trugen sie sichtlich kostbare liturgische Gewänder, die den Eindruck ihrer Lebendigkeit noch verstärkten.

Niki hielt Engels Hand fest umklammert, während er am Ende der schweigsamen Prozession den Kreis der Mumien abschritt, wobei nicht wirklich ersichtlich war, wer von den beiden sich hier an wem festhielt. Auf jeden Fall schienen beide ihre heftige Auseinandersetzung vom Vortag für den Moment vergessen zu haben.

Die ersten toten Äbte waren anscheinend jüngeren Datums: Ihre prächtige Kleidung war staubig, aber intakt und bedeckte ihre ganzen Körper mit Ausnahme der grinsenden Schädel und der mit lederartiger Haut überzogenen Hände. Einige von ihnen hatten sogar noch vereinzelte Haarbüschel auf dem Kopf. Manche schienen zu schlafen mit geschlossenen Augen und einem stillen Lächeln auf den verschrumpelten Lippen. Andere wiederum schienen Niki und Engel mit einem höhnischen Grinsen nachzublicken aus ihren leeren Augenhöhlen.

Je weiter die seltsame Prozession der Gefährten in ihrer Runde kam, desto älter wurden die Mumien. Eine hatte einen glatten Schädel, auf dessen Wangenknochen nur noch ein paar letzte Fetzen lederartiger Haut klebten. Ein paar hatten im Lauf der Jahrhunderte ihre verrottete Kleidung verloren, die nunmehr in einem Häufchen zu ihren Füßen auf dem Boden der Kammer lag, und präsentierten den ehrfürchtigen Betrachtern auch ihre vertrockneten braunen Körper, die Rippen nur noch teilweise bedeckt von straff gespannter, pergamentfarbener Haut.

Die letzten der stehenden Leichname, die die Gefährten passierten, bevor sie ihre Runde beendeten und wieder am Eingang anlangten, waren vom Alter stark gezeichnet. Ihre zusammengekrümmten Körper erinnerten Niki eher an überlebensgroße Embryos als an die Überreste erwachsener Männer, ihre schwärzlichen Köpfe an Bilder von Schrumpfköpfen, wie sie in früheren Zeiten manche Eingeborene Afrikas oder Südamerikas hergestellt hatten.

In Zukunft herstellen werden. Oder vielleicht sogar grad jetzt herstellen, irgendwo auf der Welt?, dachte Niki, wie so oft verfangen in den Fallstricken seines persönlichen Zeitparadoxons.

In seine Gedanken vertieft bemerkte er nicht, dass er mit seiner Fackel zu nahe an das Gesicht der letzten Mumie herangekommen war. Erst als Engel aufschrie und erschrocken seine Hand drückte, fiel ihm auf, dass ein Haarbüschel der Mumie auf dem ansonsten kahlen Schädel bereits Feuer gefangen hatte.

Niki fluchte herzhaft, drückte seiner Freundin kurz entschlossen die Fackel in die Hand und schlug mit der flachen Handfläche mehrmals auf das brennende Haar der Mumie. Drei Schläge reichten, um die Flammen auszudämpfen; der scharfe Geruch von verbranntem Haar erfüllte den Raum.

Leider reichten diese drei Schläge auch, um den Kopf des glücklosen Abtes von seinem Rumpf zu lösen.

Der immer noch rauchende Kopf kippte nach hinten weg, fiel mit hölzernem Klappern zwischen Nikis vergeblich zugreifenden Fingern hindurch zu Boden und blieb genau so zwischen seinen Füßen liegen, dass die leeren Augenhöhlen über dem zahnlosen Grinsen ihn vorwurfsvoll anzustarren schienen.

Niki fluchte ein zweites Mal, ein wenig ernsthafter im Tonfall als zuvor.

Als er bemerkte, dass alle seine Freunde verstummt waren und ihn aus großen Augen ansahen, beugte er sich zu Boden, hob den Schrumpfkopf des Abtes auf und platzierte ihn vorsichtig wieder auf dessen Schultern.

»Bitte um Entschuldigung«, flüsterte er, als er mit den Händen zum Abschluss gedankenlos ein paar Spinnweben von den Schultern der Mumie wischte. »Fürs Runterwerfen. Und, ähm, fürs Anzünden natürlich auch!«

»Bist du dann fertig, Blondie?«, fragte Hadmar mit leicht gereiztem Tonfall in der Stimme. »Wenn es dir nichts ausmacht, würden wir jetzt gerne die verdammte Reliquie finden und zusehen, dass wir hier rauskommen!«

Tatsächlich war allen Gefährten die Erleichterung darüber anzusehen, ihre grausige Parade beendet zu haben und sich endlich dem einzigen anderen Gegenstand in der Kammer zuwenden zu können.

Dem Gegenstand, von dem sie sich die Erfüllung ihres Auftrages erwarteten.

Wie auf Kommando wandten sich alle um und traten an den mächtigen steinernen Altar heran, der für sich alleine im

Zentrum des Raumes stand, seit Jahrhunderten unberührt und bewacht von den Mumien der Mönche.

»Und ihr meint, der Kopf ist da drin?«, fragte Hadmar leise und berührte ehrfürchtig die schwere Altarplatte.

Sieht eher aus wie ein Sarkophag als wie ein Altar, dachte Niki. *Da könnte locker auch der ganze Johannes der Täufer drin sein.*

Im Gegensatz zu dem auf Hochglanz polierten Marmoraltar oben in der Kapelle war der Altar in der geheimen Kammer aus roh behauenem Stein erbaut und hatte tatsächlich ungefähr die Ausmaße eines Sarges.

»Wenn das Haupt des Täufers in diesem Raum ist, dann ist das unser Platz«, antwortete Severin im Flüsterton. »Die ersten Christen haben ihre Kirchen direkt über die Gräber von Personen gebaut, die sie als heilig ansahen. Später wurden solche Personen dann unter den Altären der Kirchen beigesetzt. Die Bitte um Fürsprache durch einen Heiligen gilt in unmittelbarer Nähe zu seinen sterblichen Überresten nämlich als besonders wirkungsvoll. Noch später hat man begonnen, Knochen, Kleidung oder andere Gegenstände aus dem Besitz von Heiligen in einem Hohlraum unter der Altarplatte aufzubewahren. Heute werden Reliquien meistens gleich bei der Gründung einer Kirche in die Altarplatte eingemauert.«

»Dieser hier dürfte einer vom alten Schlag sein«, sagte Ottokar und klopfte sich den Staub von den Knien seiner schwarzen Hose, als er sich nach der Untersuchung des Altars wieder aufrichtete. »Die Altarplatte ist nämlich in Wahrheit ein Deckel.«

Ohne ein weiteres Wort krempelte Hadmar sich die Ärmel seines Leibrockes hoch und suchte sich einen guten Griff an einer Ecke des Altardeckels. Joachim und Ottokar folgten sofort seinem Beispiel.

Eines muss man ihm lassen, dachte Niki mit fast widerwilliger Bewunderung, während seine Finger nach ge-

eigneten Ritzen an der verbliebenen Ecke des Altars taste-
ten. *Hadmar ist ein Anführer, der niemals »Zum Angriff!«
schreit, sondern immer nur »Mir nach!« Das macht es fast
unmöglich, ihm nicht zu folgen, ob man nun will oder nicht.*

»Auf drei!«, rief der junge Kuenringer.

»Eins«, sagte Joachim.

»Zwei«, sagte Ottokar.

»Drei!«, rief Niki.

Die vier jungen Männer stemmten sich aus Leibeskräften
gegen die rechteckige Altarplatte im Versuch, sie im Uhrzeigersinn zu drehen, und sei es auch nur ein kleines Stück weit
für den Anfang. Einen Moment lang schien es so, als würde
der uralte, raue Stein sich erfolgreich dagegen zur Wehr setzen, seinen angestammten Platz zu verlassen. Gerade als
Niki aufgeben und seine schmerzenden Muskeln entspannen
wollte, ging ein Ruck durch die Platte. Sand rieselte.

»Hat sie sich bewegt?«, fragte Joachim keuchend.

»Sie hat sich bewegt!«, lächelte Hadmar.

Die vier Männer grinsten und rangen nach Atem.

»Warum nochmal liegt hier – so Gott will – nur der
Kopf?«, fragte Hadmar, um seinem Gefolge kurz Zeit zum
Verschnaufen zu geben. »Wo ist der restliche Täufer?«

»Johannes der Täufer war ein asketischer Bußprediger,
ein Zeitgenosse von Jesus Christus«, antwortete Severin,
der als Einziger der Männer in der Kammer nicht außer
Atem war. »Die Bibel sagt über ihn, dass er ein Gewand
aus Kamelhaaren trug und sich von Heuschrecken und wildem Honig ernährte. Es war Johannes, der Jesus am Jordan,
nicht weit von Jerusalem entfernt, getauft hat.«

Severin hob die Stimme und zitierte aus der Bibel: »Und
eine Stimme aus dem Himmel sprach: Du bist mein geliebter
Sohn, an dir habe ich Wohlgefallen gefunden.«

»Auf drei!«, rief Hadmar ein zweites Mal.

Erneut schoben die vier Männer mit aller Kraft, die ihre
Muskeln aufbringen konnte; erneut bewegte sich die schwe-

re Steinplatte ein wenig. An den Ecken konnte man nun bereits durch schmale Spalten den dunklen Hohlraum unter der Altarplatte erkennen.

»Severin, sei so gut und löse Ottokar ab für die nächste Runde!«, sagte Hadmar.

Dankbar übernahm der beleibte Ungar den Gesprächsfaden von Severin, der dafür seinen Platz am Altar einnahm.

»Im Gegensatz zu Jesus, der bekanntlich gesagt hat: ›Gebt dem Kaiser, was des Kaisers ist, und Gott, was Gottes ist‹, legte sich Johannes aber gerne und mit Leidenschaft mit seinen Obrigkeiten an. Als Herodes, der damalige Herrscher über Galiläa, seine Ehefrau verstieß, um Herodias, die Frau seines Bruders, zu heiraten, erregte dieser doppelte Ehebruch bei den Juden großen Anstoß. Johannes kritisierte das sündige Paar in seinen Predigten scharf, bis Herodes ihn auf Betreiben seiner Frau verhaften und einkerkern ließ.«

»Auf drei!«

Ein weiterer gemeinsamer Kraftakt, ein weiteres Verschieben der Altarplatte.

»Ottokar, könnt Ihr bitte Blondie ablösen?«, fragte Hadmar höflich. »Einmal noch, dann können wir hineinsehen!«

Niki trat dankbar vom Altar zurück und rieb sich die schmerzenden Armmuskeln. Gerade wollte er die aus der Bibel bekannte Geschichte von Johannes dem Täufer zu Ende erzählen, da kam ihm zu seiner Überraschung Engel zuvor.

»Herodes traute sich aber nicht, den bei den einfachen Leuten beliebten Johannes töten zu lassen«, sagte das Mädchen. »Seine rachsüchtige Frau Herodias hingegen suchte weiter nach einer guten Gelegenheit und fand auch bald eine. Als ihrer hübsche Tochter Salome bei einem Fest von ihrem lüsternen Stiefvater als Belohnung für einen heißen Schleiertanz ein freier Wunsch gewährt wurde, überredete Herodias sie, sich den Kopf von Johannes dem Täufer auf einem goldenen Teller zu wünschen. Herodes blieb nichts anderes übrig, als den Henker loszuschicken, um das Haupt des Täufers herbeizuschaffen.«

Stepdaddy and stepdaughter, dachte Niki. *War zweitausend Jahre vor YouPorn anscheinend auch schon eine heiße Nummer …*

»Und so geschah es auch«, ergänzte er laut. »Herodias hat ihren Willen durchgesetzt. Sie hat Johannes so sehr gehasst, dass sie angeblich in einem Wutanfall sogar seinen abgeschlagenen Kopf noch mit einem Säbel traktiert hat. Aber woher weißt du das alles, Schatz, ähm, *Engeltrud*?«

»Das war immer schon eine der Lieblingsgeschichten von Vater Burghard und von mir, *Nikolaus*«, antwortete das Mädchen und grinste. »Unserem guten Dorfpfarrer hat es dabei wohl vor allem die Vorstellung des Tanzes der schönen Salome in nichts als ihrem Schleier angetan. Ich hingegen war von der Hinrichtung des Täufers fasziniert. Immerhin war mein Vater der Stadthenker von Krems. Lag also in der Familie.«

»Auf drei!«, knurrte Hadmar und lenkte die Aufmerksamkeit seines Gefolges damit wieder auf die anstehende Aufgabe.

Ein letztes Mal legten sich die vier Männer an den Ecken der Altarplatte mächtig ins Zeug. Mit einem ohrenbetäubenden Kratzen von Stein auf Stein drehte sich die schwere Platte ein letztes Stück weiter, bis sie schließlich schräg auf dem nunmehr offenen Unterteil des Altars zum Stillstand kam.

Engel trat ungefragt nach vorne und leuchtete mit ihrer Fackel in den Hohlraum hinunter.

Lange Zeit sagte sie nichts. Das einzige Geräusch in der geheimen Kammer war das schwere Atmen der erschöpften Männer.

»Kannst du etwas sehen?«, fragte Hadmar schließlich ungeduldig, als er die Spannung nicht mehr aushielt, trat zu Engel und blickte dem Mädchen über die Schulter.

»Ja«, flüsterte Engel. »Wundervolle Dinge.«

Das Haupt des Täufers lag auf einem Reliquiar in Form eines goldenen Tellers, dessen Rand reich mit glitzernden Diamanten, Rubinen, Smaragden, Saphiren und anderen Edelsteinen in allen erdenklichen Formen und Farben geschmückt war.

Kein einziger der Gefährten würdigte den unschätzbar wertvollen Teller auch nur eines Blickes.

Aller Augen ruhten auf dem Gesicht.

Niemand sprach ein Wort.

In der Mitte des Tellers lag ein menschlicher Schädel, gut erhalten und vollständig bis auf den fehlenden Unterkiefer. Der Kopf war in einer Art goldenen Helm eingebettet, sodass nur die Stirn, die Augenpartie, die Nase und der Oberkiefer des Mannes sichtbar waren.

Sieht aus wie ein Motorradfahrer, der eingeschlafen ist und dabei vergessen hat, seinen Helm abzunehmen, dachte Niki beim Anblick des friedvollen Gesichtes.

Der Eindruck von ruhigem Entschlafen wurde widerlegt durch die Verletzungen, die der Schädel trug: Die Stirn war gezeichnet von tiefen Kratzern; über der linken Augenbraue war sogar ein Stück vom Schädelknochen eingebrochen.

»Kann das bei der Enthauptung passiert sein?«, fragte Niki leise, wie um den schlafenden Mann nicht zu wecken, und deutete auf die Verletzungen des Kopfes.

»Nein«, gab Engel ebenso leise zurück und schnitt eine Grimasse. »Sieht eher so aus, als hätte jemand in einem Wutanfall den abgeschlagenen Kopf noch mit einem Säbel traktiert.«

»Oh. Mein. Gott«, flüsterte Niki in die ehrfürchtige Stille hinein. »Er ist es wirklich.«

Severin fiel auf die Knie und bekreuzigte sich.

»Sehet!«, rief er mit tränenerstickter Stimme. »Das wahre Haupt des Täufers!«

»Stur lächeln und winken hat nicht ausgereicht«, sagte Gerwald zu Niki, als die Waräger ihm gerade die Hände auf dem Rücken zusammenbanden.

»Also ich finde, jetzt übertreibt er es wirklich!«, sagte Niki erbost und rüttelte wütend an seinen Handfesseln.

»Rurik, Ihr Bastard!«, rief er laut aus. »Kommt heraus aus Eurem Versteck. Wenn das wieder einer Eurer Scherze ist, dann lasst Euch gesagt sein: Sehr witzig, wir haben alle sehr gelacht!«

»Rurik? Sprichst du von Rurik Snorrisson?«, fragte einer der Waräger in gebrochenem Deutsch. »Der hat heute dienstfrei. Unseren Hauptmann zu beleidigen wird dir auch nicht mehr helfen, du Abschaum. Außerdem steht schon allein auf den Diebstahl von Reliquien ...«

»... die Todesstrafe«, vollendete Niki, dem gerade dämmerte, dass es sich bei dieser Verhaftung wohl doch nicht um einen erneuten Scherz ihres Freundes handelte.

Hadmar und sein Gefolge waren durch die Krypta und über die enge Wendeltreppe zurück hinauf in die Kapelle geklettert, ausschließlich mit dem Teller und dem Haupt des Täufers als Beute: Hadmar hatte sich strikt dagegen verwehrt, andere Kostbarkeiten des Klosterschatzes aus dem Sarkophag mitzunehmen.

»Wir sind nicht hier, um zu plündern«, hatte er gesagt, als Joachim nach ein paar goldenen Kerzenständern gegriffen hatte, die sie neben allerlei liturgischen Gefäßen und goldbestickten Gewändern im Altar vorgefunden hatten. »Wir sind hier, um eine Reliquie zu finden, und das ist uns auch gelungen. Lasst uns unser Glück nicht über die Maßen in Anspruch nehmen.«

Tatsächlich war das Glück der Gefährten bereits viel früher zur Neige gegangen, als alle in diesem Moment noch gedacht hatten. Denn draußen vor dem Eingang warteten bereits die Waräger auf sie.

Und Bertram und die Zwillinge in Fesseln.

Auf den ersten Blick sah der Trupp junger Männer genauso aus wie alle anderen, die Hadmar und sein Gefolge kennengelernt hatten: breitschultrig und stiernackig, die Arme mit Tätowierungen verziert, die Unterarme mit goldenen Armreifen; die Rundschilde auf dem Rücken, die langstieligen Äxte mit der massiven Klinge in der Hand.

Es gab keinen Grund, nicht anzunehmen, dass es sich bei ihnen um Männer unter Ruriks Kommando handelte, der sich wie so oft in den drei Monaten ihres Aufenthaltes einen handfesten Streich auf Kosten seiner Freunde ausgedacht hatte. Es gab jeden Grund anzunehmen, dass es nur eine Frage der Zeit war, bis das berüchtigte donnernde Gelächter ihres Freundes die Mauern der verfallenen Kapelle zum Erzittern bringen würde.

Ich hätte nie gedacht, dass ich mir einmal so sehr wünschen würde, Rurik lachen zu hören, dachte Niki niedergeschlagen, während er inmitten der traurigen Prozession der gefesselten Gefährten von den Warägern auf der an der Außenseite der Stadtmauer entlangführenden Straße nach Norden geführt wurde.

Ein anderer Gedanke ließ ihn ebenfalls nicht los.

»Woher wusstet Ihr, dass Ihr uns heute Abend hier finden würdet?«, fragte er seinen Bewacher, der vorhin schon in gebrochenem Deutsch zu ihm gesprochen hatte. »Wir haben uns solche Mühe gegeben, unauffällig zu handeln und keine Spuren zu hinterlassen! Ihr seid doch wohl kaum bei einem Rundgang durch Zufall in den Ruinen der Kapelle gelandet und habt dabei den offenen Eingang zur Krypta entdeckt! Was hat uns verraten?«

Der Waräger sah nicht so aus, als hätte er Nikis Frage verstanden. Er sah lange Zeit nicht einmal so aus, als hätte er Nikis Frage auch nur gehört.

»Nicht was. Wer!«, sagte er langsam, als Niki schon nicht mehr mit einer Antwort rechnete.

»Entschuldigung?«

»Nicht *was* euch verraten hat. *Wer* euch verraten hat!«

»Wer uns verraten hat?«

»Wir haben einen Hinweis bekommen«, sagte der Waräger. »Einem besorgten Bürger sind anscheinend die Vorbereitungen für euren Raubzug aufgefallen. Er hat euch bei der Stadtwache angezeigt, und die haben uns losgeschickt, weil sie selbst außerhalb der Stadtmauern nichts zu sagen haben. Wir wussten, wann und wo wir euch finden würden.«

Niki fluchte herzhaft: Die Gefährten waren verraten worden!

»Wisst Ihr zufällig, wie der besorgte Bürger heißt?«, fragte er seinen Bewacher.

»Sein Name ist mir nicht bekannt. Er gehört aber zu den wohlhabendsten und angesehensten Bürgern von Konstantinopel«, antwortete der Waräger. »In der Stadt nennt man ihn nur ›den Magister‹.«

Der Blitz möge ihn beim Scheißen treffen, dachte Niki. *Erst gibt er uns den Tipp, und dann hetzt er uns die Wache auf den Hals!*

Es dauerte einige Zeit, bis Niki die bittere Ironie der Geschichte bewusst wurde: Der Magister konnte nicht damit gerechnet haben, dass die belächelten Amateure aus Österreich tatsächlich das verschollen geglaubte Haupt von Johannes dem Täufer entdecken würden. Wenn sie nicht so findig gewesen wären, wären sie als Strafe für das unerlaubte Betreten des verfallenen Klosters und die Störung der Totenruhe in der Krypta wohl höchstens für ein paar Tage im Gefängnis gelandet. Das wäre ihnen eine Lehre gewesen, und sie hätten sich gehütet, dem Magister und seiner Fälscherwerkstatt bei der Herstellung von Reliquien Konkurrenz zu machen, wie Hadmar in seinem Zorn unglückseligerweise angekündigt hatte.

Erst die Entzifferung der lateinischen Sprüche über den Gängen, Nikis Entdeckung der geheimen Tür, Engels schlanke Finger und die vereinten körperlichen Kräfte von Hadmar, Joachim und den anderen Männern hatten ihnen die unschätzbar wertvolle Reliquie und damit wohl die Verurteilung zum Tode eingebracht.

Joachim, der bisher direkt vor Niki schweigend und verdrossen mit seinem Bewacher der Straße gefolgt war, hob plötzlich den Kopf und sah sich alarmiert um.

»Das ist doch ... der Blachernen-Palast? Wo Euer Basileus residiert?«, fragte er. »Wohin bringt Ihr uns?«

»In das nächstgelegene Gefängnis«, antwortete der junge Waräger an Nikis Seite. »Es befindet sich in der Tat im Palastviertel. Man nennt es den ›Turm des Anemas‹.«

Im schlechten Licht der Fackeln glaubte Niki zu erkennen, dass Joachim stolperte, einen Moment lang taumelte, kurz das Gleichgewicht verlor. Sein Freund wäre wohl hingefallen, wenn sein Bewacher ihn nicht mit einem raschen Griff an den Arm gestützt hätte.

»In den Turm des Anemas?«, stöhnte Joachim. »Alles, nur das nicht!«

»Wieso alles, nur das nicht?«, knurrte Hadmar, der direkt vor Joachim ging. »Ist es nicht gleichgültig, in welchem Gefängnis wir auf unsere Hinrichtung warten?«

»Für mich nicht«, sagte Joachim leise. »Ich habe mehr als ein Jahr meines Lebens in diesem Turm verbracht. Bei meiner Gefangennahme war mein Haar noch schwarz. Ein Jahr später nicht mehr.«

Der Turm des Anemas entpuppte sich als der nördliche der zwei Türme des Blachernen-Palastes, in den Isaak Angelos, der aktuelle Kaiser von Konstantinopel, seine Residenz verlegt hatte, nachdem der alte, neben dem Hippodrom und der Hagia Sophia gelegene Bukoleon-Palast verfallen und zunehmend unbewohnbar geworden war.

Während der Südturm des direkt an die Innenseite der berühmten Stadtmauer angebauten Palastes mit seinen großen Fenstern und seinem westwärts ausgerichteten Balkon der Wohnsitz des Basileus war, diente der lediglich von Schießscharten erhellte Nordturm als Unterkunft der Waräger-Garde, als Lagerraum und, ganz unten im fensterlosen Keller, als Gefängnis.

»Michael Anemas war ein byzantinischer Feldherr, der sich gegen den damaligen Basileus erhoben hatte«, sagte Joachim in seiner Zelle wie ein Fremdenführer bei einem geführten Rundgang. Im Plauderton, aber laut genug, dass es seine Gefährten in den benachbarten Abteilen hören konnten. »Er war vor hundert Jahren oder so der erste Gefangene in diesem Turm, und seither trägt das Gefängnis seinen Namen.«

Niki fühlte sich seltsam unwirklich, selbst gemessen an seinen eigenen Maßstäben: Unwirklicher noch als ohnehin schon an den meisten Tagen, seitdem er mehr als ein Jahr zuvor im Mittelalter gestrandet war. Er trat zur Gittertüre seiner Zelle, so weit es die Handeisen zuließen, mit denen er an den massiven Ring an der Rückwand gekettet war, und sah auf den düsteren, von spärlichem Fackelschein beleuchteten Gang hinaus. Wenn er draußen Pennywise den Clown erblickt hätte, komplett mit orangefarbenen Haaren und Knöpfen am silbernen Kostüm, Luftballons in der Hand und einem irren Lächeln auf den blutrot geschminkten Lippen, hätte es ihn auch nicht mehr überrascht.

Stattdessen sah er aber nur den missmutigen Wachmann an seinem Tisch sitzen, der ganz offensichtlich lieber oben beim Trinken und Kartenspielen mit seinen Kameraden geblieben wäre, als hier im ansonsten leeren Gefängnis die neuen Gefangenen zu bewachen.

Das unterste Stockwerk des Turms wurde gebildet aus

seinen vier massiven Außenwänden sowie aus einer Reihe paralleler Ziegelwände, die zwischen ihnen zwölf gleich große Abteilungen definierten. In der Mitte jeder dieser Trennwände war ein hoher Bogen eingelassen, sodass der Wachtposten von seinem Tisch am einen Ende des Raumes mit einem Blick den dadurch entstehenden Gang entlang durch immer kleiner werdende Bögen bis zur gegenüberliegenden Wand sehen konnte, wo eine Treppe zu den darüberliegenden Stockwerken hinaufführte. Auf beiden Seiten des Ganges waren mächtige Gitterstäbe in Boden und Decke des Gefängnisses eingemauert und bildeten somit vierundzwanzig Gefängniszellen. In acht von ihnen standen oder saßen jetzt junge Männer, mit schweren Handeisen an die Rückwände ihrer Zellen gekettet so wie Niki, und keinen Deut weniger missmutig als ihr Bewacher.

Dazu trug auch der Anblick des mit eingetrocknetem, schwarzem Blut verklebten Richtblockes bei, der zusammen mit einer zugehörigen Axt auf dem Gang zwischen den Zellen stand. Und der einer Streckbank, neben der in einem Becken voller glühender Kohlen bereits eiserne Zangen für die bevorstehende Befragung der Gefährten erhitzt wurden. Und der von einer Reihe anderer unbekannter Folterinstrumente, von deren Wirkungsweise Niki annahm, dass er sie noch früh genug gezeigt bekommen würde. Wenn er Pech hatte, sogar am eigenen Körper.

»Folter?«, hatte Nikis Bewacher, der junge Waräger, mit verständnislosem Gesichtsausdruck geantwortet, während er Niki in seiner Zelle ankettete. »Wir foltern nicht! Wir sind ja keine Barbaren. Bei der Befragung von Gefangenen geht es ausschließlich um die Wahrheitsfindung. Und diese nützlichen Gerätschaften helfen uns dabei!«

»Der bis heute berühmteste Gefangene war Andronikos Komnenos, der letzte Kaiser vor dem jetzigen«, fuhr Joachim munter fort und unterbrach damit Nikis düstere Gedanken.

Beim flüchtigen Hinhören klang seine Stimme nicht anders, als würde er die Geschichte gerade bei einem Krug Bier in einer Taverne zum Besten geben. Niki konnte seinen Freund in der Zelle nebenan nicht sehen; er kannte seine Stimme aber gut genug, um zu erkennen, wie erschüttert er hinter seinem betont fröhlichen Geplauder in Wahrheit über das Wiedersehen mit dem Gefängnis und seinen Folterinstrumenten war.

»Als Andronikos hier ankam, hatte man ihm bereits die Zähne ausgeschlagen, den Bart ausgerissen, seinen Kopf rasiert und ihm die rechte Hand abgeschlagen«, erzählte Joachim scheinbar ungerührt weiter. »Später wurde er geblendet, entmannt und an den Beinen kopfüber zwischen zwei Säulen im Hippodrom aufgehängt. Zu seinem Glück hat ihn ein mitleidiger italienischer Soldat mit seinem Schwert von seinen Leiden erlöst, bevor man ihm Schlimmeres antun konnte.«

Niki, der zu seinem Leidwesen seit jeher mit einer lebhaften Fantasie gesegnet war, merkte, wie ihm schon vom Zuhören langsam schlecht wurde.

Hadmar erging es offensichtlich ähnlich.

»Vielen Dank für diese ... anschauliche Schilderung«, unterbrach er Joachim mit belegter Stimme. »Wir haben jetzt glaub ich alle eine gute Vorstellung davon, wie Gefangene in diesem Land behandelt werden. Erzählt uns lieber, was Ihr verbrochen habt, um für ein ganzes Jahr in dieses finstere Loch hier eingesperrt zu werden!«

Eine Zeit lang herrschte Stille; als Joachim antwortete, klang seine Stimme nicht mehr fröhlich.

»Nach der Eroberung von Adrianopel im November 1189 hat Kaiser Friedrich Barbarossa beschlossen, dort zu überwintern, während er mit dem Basileus die Bedingungen für unsere Durchquerung seines Reichs aushandelte«, begann er. »In diesem Winter ist Oswald, mein bester Freund aus Kindheitstagen, schwer erkrankt. Oswald der Hofnarr, dessen Laute heute unser Blondie hier spielt. Es scheint, als hätte ich schon immer eine Schwäche für Spaßmacher und Sänger gehabt.«

Joachim fiel wieder in Schweigen. Es war ihm anzumerken, wie schwer es ihm fiel, sich die Ereignisse dieses vier Jahre zurückliegenden Winters wieder ins Gedächtnis zurückzurufen.

»Oswald bekam hohes Fieber, das einfach nicht mehr wegging, egal was unsere Feldärzte auch unternahmen. Als das Heer im März weiterzog und bei Gallipolli den Hellespont überquerte, blieb ich mit Oswald in Konstantinopel zurück«, fuhr er leise fort. »Ich habe lange mit mir um diese Entscheidung gerungen, schließlich hatte ich zu Hause feierlich das Kreuz genommen und gelobt, im Heiligen Land gegen Saladin und seine Sarazenen zu kämpfen. Am Ende brachte ich es aber nicht übers Herz, meinen besten Freund sterbend in einer fremden Stadt zurückzulassen, ohne Geld und ohne Kenntnisse der Landessprache. Ich habe ihn bis zu seinem Ende gepflegt.«

Diesmal waren es die Gefährten, die vor Betroffenheit lange schwiegen.

»Und dafür hat man ... dich eingesperrt?«, fragte Bertram, der vor lauter Ergriffenheit vergaß, Joachim mit der ihm zustehenden Höflichkeitsform anzureden.

»Nein, das hatte einen anderen Grund«, sagte Joachim mit gepresster Stimme. »Sagen wir mal, ich hab den Basileus verärgert. Sehr, sehr, sehr verärgert.«

»Den aktuellen?«, fragte einer der Zwillinge.

»Diesen Isaak Angelos?«, fragte der andere.

»Der drüben im Nachbarturm wohnt?«

»Der seinen Vorgänger Andronikos auf so nette Weise beseitigen hat lassen?«

»Genau diesen«, brummte Joachim.

Na, der wird sich vielleicht freuen, wenn wir ihm morgen in der Früh vorgeführt werden, dachte Niki. *Geht doch nichts über ein überraschendes Wiedersehen mit alten Bekannten!*

»Und was um alles in der Welt habt Ihr getan, um den Kaiser von Byzanz dermaßen zu verärgern?«, fragte Hadmar.

»Mit seiner …« Joachim brach ab und räusperte sich. »Ich habe mit …« Erneut fand Joachims Satz kein Ende.

»Raus damit, Joachim«, knurrte Hadmar. »So schlimm kann's ja wohl nicht gewesen sein!«

»Ich habe mit seiner Tochter geschlafen.«

»Ihr habt eine verdammte *Prinzessin* gevögelt?«, prustete Hadmar, sein eigenes Elend für den Moment vergessen. »Von all den Mädchen und Frauen in der größten Stadt der Welt ausgerechnet diese eine?«

»Als ich sie zum ersten Mal getroffen habe, wusste ich das noch nicht«, antwortete Joachim etwas zerknirscht. »Damals war sie für mich einfach nur die schönste Maid, die ich je gesehen habe mit ihrem schwarzen Haar und ihren schwarzen Augen. Klug und witzig, voller Zärtlichkeit und Leidenschaft. Ein Weib wie kein anderes auf der Welt.«

Das Gelächter der Gefährten erstarb, als sie bemerkten, wie weich die Stimme ihres Freundes geworden war.

»Und ja: Später dann war mir sehr wohl bewusst, dass das eine wirklich ganz schlechte Idee war und zu jeder Menge Ärger der schlimmsten Sorte führen konnte«, sagte Joachim träumerisch. »Ich hab's aber trotzdem weiterhin getan. Und ich würde es heute wieder tun, selbst im Wissen, was für einen Preis ich später dafür bezahlen musste. Weil jeder einzelne Augenblick in ihrer Gegenwart es wert war, dafür den Rest meines Lebens hier im Turm zu verbringen.«

»Eine echte … Prinzessin?«, hauchte Bertram.

»Verzeiht meine Neugier, Joachim«, sagte Ottokar vorsichtig. »Aber wie kommt ein Kreuzfahrer aus Österreich dazu, eine Tochter des Kaisers von Byzanz zu … kennenzulernen?«

»Ihr werdet lachen, aber ich habe sie im Basar kennengelernt«, sagte Joachim. »Als ich draußen war, um Vorbereitungen für meine Heimreise zu erledigen, kurz nach Oswalds Tod. Sie hat nicht wie eine Prinzessin ausgesehen, ganz im Gegenteil: Von der Kleidung her hätte man sie eher für eine Bettlerin gehalten. Später hat sie mir erzählt, dass sie schon seit Kindheitstagen immer viel Zeit mit ihren Hofdamen im Palastgarten verbringt. Und dass sie diese Gelegenheit neuerdings hin und wieder dazu benützt, um sich insgeheim und in ärmlicher Kleidung in der Stadt unter das Volk zu mischen. An dem betreffenden Tag ist sie dabei im Basar zum ersten Mal in Schwierigkeiten geraten: Beinahe hätte man ihr an Ort und Stelle die Hand abgeschlagen für einen Diebstahl, den sie nicht begangen hatte. Einem Mädchen, kaum den Kinderschuhen entwachsen. Und diese Leute nennen uns Barbaren!«

Joachim schnaubte verächtlich. »Sie hätte ihre Hand natürlich nicht wirklich verloren. Sie hätte bloß die Kapuze ihres Mantels zurückschlagen müssen, und die Stadtwache wäre in den Staub gesunken und hätte ihre nackten Füße geküsst. Dennoch habe ich ihr einen großen Gefallen getan, als ich sie dort herausgeholt habe: Ihr Vater ist berüchtigt für seinen Jähzorn; Gott weiß, was er ihr angetan hätte, wenn er auf diese Weise von ihren heimlichen Ausflügen in die Stadt erfahren hätte.«

»Wie habt Ihr … das angestellt?«, fragte Bertram.

Im Gegensatz zu Joachim nebenan konnte Niki den Bruder von Engel in der Zelle auf der anderen Seite des dunklen Ganges sehen, wie er sich an die Gitterstäbe klammerte mit seinen gefesselten Händen und mit großen Augen Joachims Geschichte lauschte.

Joachim lachte leise.

»Ich habe sie mit allen Anzeichen des Wiedererkennens begrüßt, am Arm gepackt und dem erbosten Händler und den Wachen erzählt, sie wäre meine geistig zurückgebliebene Hausbedienstete. Dann hab ich den Schaden bezahlt, den Wachen ein paar Kupfermünzen für ihre Mühe geschenkt und bin Hand in Hand lachend mit ihr aus dem Basar geflohen, bevor irgendjemand weitere Fragen stellen konnte. Das war das erste Mal, dass ich nach dem Tod meines besten Freundes wieder gelacht habe. Wir haben erst viel später draußen auf der Straße bemerkt, dass wir einander immer noch an den Händen hielten, so selbstverständlich und richtig hat sich das vom ersten Moment weg angefühlt. Wir haben einander angesehen und wussten sofort, dass uns beide etwas Besonderes verband, mehr als bloß unsere Hände. Von diesem ersten Tag im Basar an hat sie sich fast täglich aus dem Palast geschlichen. Aber nicht mehr, um sich unters Volk zu mischen. Sondern um mich zu treffen.«

Joachim verstummte und blieb für eine Zeit lang still, wie um seine Gedanken zu sammeln. Oder um mit den Erinnerungen fertig zu werden, die offensichtlich gerade auf ihn einstürzten.

»Wir haben uns nicht in der Stadt getroffen«, sagte er schließlich leise. »Draußen im Wald vor der Stadt gibt es auf einer Lichtung einen kleinen See, seine Oberfläche glatt und schimmernd wie ein Spiegel. An seinem Ufer stehen Weiden; ihre tiefhängenden Zweige spenden Schatten und Schutz vor neugierigen Blicken. Dort, inmitten von duftendem Gras und bunten Blumen, trafen wir uns fürderhin. Es war Sommer im Jahr 1190, wir waren jung und verliebt und dachten nicht ans Morgen.«

Wieder machte Joachim eine lange Pause. Als er weitersprach, war seine Stimme leise und zärtlich; Niki musste die Ohren spitzen, um seinen Freund zu verstehen.

»Wir haben über alles gesprochen, ohne Vorbehalte, ohne

Geheimnisse. So vertraut, als würden wir uns schon viele Jahre lang kennen. Über unser Leben. Über unsere Ängste. Über unsere Träume. Sie hat oft über mein Griechisch gelacht. Und ich konnte es nie erwarten, sie wieder lachen zu hören, denn ihr glockenhelles Gelächter war das süßeste Geräusch, das ich jemals gehört habe. Ich musste sie jeden Tag sehen, ich konnte an nichts anderes mehr denken. Und es machte mich stolz und glücklich, dass sie genauso empfand. Ich weiß bis heute nicht, was sie in mir gesehen hat ...«

Joachims Stimme verklang. Keiner der Gefährten wagte es, das Schweigen zu brechen. Nicht einmal Bertram, obwohl Niki ihm ansah, wie gespannt er auf die Fortsetzung von Joachims Geschichte war.

»Und eines Tages haben wir miteinander geschlafen«, sagte Joachim schließlich. »Es war ein langer Weg bis dahin: Bei ihrer ersten zärtlichen Berührung bin ich erschrocken und zurückgewichen, immerhin war sie eine echte Prinzessin von kaiserlichem Blut. Nach meinem ersten Kuss ist sie sogar weggelaufen, und ich dachte, wir würden uns nie wiedersehen. Aber am nächsten Tag war sie wieder da und wollte mehr. Irgendwann war es dann so weit, und von diesem Tag an konnten wir nicht mehr genug voneinander bekommen. Bald schon waren unsere Körper miteinander so vertraut wie unsere Herzen und unsere Seelen.«

Diesmal konnte Bertram das folgende Schweigen nicht mehr ertragen.

»Und was ist ... dann passiert?«, fragte er.

»Nicht mehr viel«, antwortete Joachim mit Bitterkeit in seiner Stimme. »Eines Tages hat nicht sie mich erwartet an unserem Platz unter den Weiden, sondern die Soldaten der Palastwache, die mich verhaftet und hierhergebracht haben. Ich habe die Prinzessin nie wiedergesehen. Sie hatte mir erzählt, dass sie bereits als Kind Wladimir, einem Sohn von Großfürst Swjatoslaw von Kiew, zur Frau versprochen worden war. Und wie große Angst sie davor hatte, diesen Ehepakt einlösen zu müssen. Ich habe später erfahren, dass ihr Vater sie in Begleitung bewaffneter Waräger umgehend nach Kiew geschickt hat. Das ist jetzt bald vier Jahre her. Inzwischen ist sie wohl verheiratet und hat wahrscheinlich schon drei Kinder mit ihm.«

Joachim verstummte, in Gedanken offensichtlich am selben Ort, aber in einer anderen Zeit.

»Ich habe versucht, sie zu vergessen«, sagte er dann leise. »Ich habe sieben Tage lang gefastet und nur Wasser getrunken, weil mir Großmutter erzählt hat, dass das den Geist reinigt.«

»Und, hat es ... funktioniert?«, fragte Bertram.

»Offensichtlich nicht, ich kann mich ja immer noch erinnern!«, knurrte Joachim. »Ich habe die Erinnerung an Theodora all die Jahre in mir getragen, manchmal als Segen, meistens als Fluch. Und jetzt bin ich wieder hier. In Konstantinopel. Und jeder Ort, jeder Platz, jede Ecke erinnert mich an die Liebe meines Lebens.«

Diesmal wurde Joachims langes Schweigen von Hadmar unterbrochen.

»Ich beneide Euch um Eure großen Gefühle, Joachim«, sagte er. »Eure Geschichte ist würdig, von Troubadouren auf Königshöfen und in Dorfschenken besungen zu werden. Vielleicht kann unser Blondie hier ja etwas daraus machen. Falls er diese Nacht überlebt. Was mich im Augenblick aber viel mehr interessiert: Wie konntet Ihr aus diesem Gefängnis entkommen? Und kann uns dieses Wissen vielleicht von Nutzen sein?«

»Es tut mir leid, Euch enttäuschen zu müssen, Hadmar«, antwortete Joachim. »Glaubt mir: Ich hätte mich liebend gerne mit blankem Schwert aus diesem vermaledeiten Turm freigekämpft oder mir zur Not auch mit einem Löffel einen Tunnel ins Freie gegraben. Tatsächlich verdanke ich meine Freilassung Herzog Leopold und Freunden unter den überlebenden deutschen Kreuzfahrern, die auf ihrer Heimreise nach der Eroberung von Akkon im September 1191 hier Station machten. Sie erfuhren von meiner Gefangenschaft und setzten sich beim Basileus für meine Freilassung ein. Und er hat mich tatsächlich rausgelassen. Vermutlich hatte er mich in der Zwischenzeit schon vergessen und war froh, mich loszuwerden. Aber nicht so froh wie ich: Meine Freunde haben mich im ersten Moment nicht einmal erkannt, als ich zum ersten Mal nach über einem Jahr wieder Tageslicht sah. Ich war abgemagert bis auf die Knochen, hatte einen Bart wie Methusalem, strähniges Haar bis auf den Rücken, und das alles in Weiß. Ich muss ausgesehen haben wie ein steinalter Mann an der Schwelle des Todes. Wie fünfzig, mindestens.«

Hadmar seufzte.

»Ihr habt recht, das hilft uns tatsächlich nicht viel weiter«, knurrte er. »Fassen wir zusammen: Wir haben heute Abend eine unschätzbar wertvolle Reliquie gefunden. Leider sind wir dabei verraten und verkauft worden. Wenn wir morgen Früh dem hiesigen Kaiser vorgeführt werden, der noch dazu ein alter Freund von Joachim ist, werden wir wohl dafür zum Tode verurteilt. Und natürlich vorher gefoltert und geblendet, wie es hier offenbar zum guten Ton gehört. Hat zufällig irgendjemand von euch eine Idee, was uns jetzt noch retten könnte?«

Das anschließende Schweigen war so tief, dass Niki die Fackeln im Gang knistern hören konnte. Irgendwo tropfte Wasser von der Decke. Ratten huschten leise fiepend über den feuchten Steinboden. Draußen bellte ein Hund.

»Es wundert mich, dass es keinem von euch aufgefallen ist«, sagte er schließlich zögerlich. »Engel ist nicht mehr bei uns. Auf den Stufen von der Krypta herauf war sie noch neben mir, bei meiner Festnahme in der Kapelle dann plötzlich wie vom Erdboden verschluckt. Irgendwie hat sie es anscheinend geschafft, der Verhaftung zu entgehen und in den Schatten der Kapelle unterzutauchen. Kann sich ja wie eine

Katze bewegen, das Mädchen. Ich fürchte, sie ist jetzt unsere letzte Hoffnung.«

»Engel? Ausgerechnet?«, lachte Hadmar bitter. »Und wie genau stellst du dir das vor, Blondie? Wird sie den Turm voller Waräger im Handstreich erobern, um uns zu befreien?«

Gib dem Mädchen eine Bratpfanne und alles kann passieren, dachte Niki und musste fast gegen seinen Willen lächeln. Er kannte den Einfallsreichtum und den Mut seiner Freundin, nein: seiner *Frau* besser als jeder andere.

»Ich weiß es nicht«, gab er nur zur Antwort. »Ich weiß es wirklich nicht.«

In diesem Augenblick erklangen Schritte von der Treppe her: Jemand kam aus den oberen Stockwerken in den Kerker herunter.

Der Wachtposten an seinem Tisch blickte auf.

Die Gefährten drückten neugierig ihre Gesichter an die Gitterstäbe.

Und Engel betrat den Raum.

Alle Gefährten starrten das Mädchen überrascht an, aber Niki blieb bei ihrem Anblick fast der Mund offen vor Staunen.

Engel trug ein einfaches weißes Kleid mit eingesticktem Blumenmuster, wie Niki es an einheimischen Frauen oft gesehen hatte. Der enge Schnitt des Kleides betonte ihre schlanke Figur, der tiefe Ausschnitt ihre festen Brüste. Ihre kleinen Füße steckten in zierlichen Sandalen.

Niki hatte seine Freundin seit dem Tag ihrer Abreise aus Dürnstein nicht mehr in einem Kleid gesehen.

Und nicht mehr so strahlend schön.

Erst auf den zweiten Blick bemerkte er, dass sie ein Tablett in der Hand trug, auf dem ein Krug Wein, ein Becher und ein Teller mit Fleisch, Käse und Brot standen.

Erst auf den dritten Blick, dass ihr der kleine Pavlos folgte.

Der junge Grieche trug einen gelangweilten Gesichtsausdruck zur Schau, so als wollte er einen ungeliebten Auftrag so rasch wie möglich ausführen; er würdigte die Gefangenen keines Blickes.

Engel sah ebenfalls weder nach links noch nach rechts, als sie zwischen den Gefängniszellen hindurch den Gang entlang auf den Tisch des Wächters zuschritt, auf ihren Lippen das erprobte Lächeln, mit dem sie drei Jahre lang ihre Kunden im Kremser Badehaus empfangen hatte, gleichermaßen schüchtern und verführerisch.

Bertram machte den Mund auf, um etwas zu sagen. Niki hätte ihm gerne über den Gang hinweg ans Schienbein getreten, aber der Bulle überlegte es sich rechtzeitig von selbst anders und folgt seiner Schwester stattdessen nur mit seinen Blicken.

»Wer bist denn du, mein Täubchen?«, fragte der Waräger. Seine Laune hatte sich beim Anblick des hübschen jungen Mädchens mit dem Wein und dem Essen schlagartig gebessert. Als er sich voller Vorfreude die wulstigen Lippen leckte, sah Niki ihn zum ersten Mal in dieser Nacht lächeln.

Dieser Mann war mit Ausnahme von Rurik der älteste unter den Warägern, die die Gefährten bisher kennengelernt hatten. Er war aber nicht nur älter, sondern auch dicker und stärker tätowiert. Nur die Ringe an seinen Unterarmen waren nicht so zahlreich wie bei seinen Kameraden. Niki hatte nicht den Eindruck, dass der Wächter in der Hierarchie der Warägergarde einen hohen Dienstgrad einnahm.

»Sie ist neu in der Palastküche«, sagte Pavlos mit einem anzüglichen Zwinkern. »Sie stammt aus deutschen Landen und spricht unsere Sprache nicht. Dafür ist sie sonst sehr … aufgeschlossen.«

»Genau, was ich jetzt brauche«, lachte der Wächter. »Und dabei hab ich so geflucht, als man ausgerechnet mich zur Bewachung dieser verdammten Grabräuber eingeteilt hat, während die anderen oben die Entdeckung der verschollenen Reliquie feiern!«

»Das ist genau der Grund, warum man uns zu Euch geschickt hat«, fuhr Pavlos munter fort, den Gedanken dankbar aufgreifend. »Eure Kameraden bewundern Euch dafür, dass Ihr dieses undankbare Los fast ohne zu klagen auf Euch genommen habt. Zum Dank dafür lassen sie Euch Speis und Trank zukommen. Der Wein stammt aus einem der Fässer, die der Basileus für besondere Anlässe zur Seite gelegt hat. Nehmt doch einen kräftigen Schluck, während Ihr Euch am Anblick unseres neuen Küchenmädchens ergötzt!«

Engel stellte ihr Tablett auf den Tisch und lächelte den Wächter schüchtern an, während sie den Becher mit rotem Wein aus dem Krug füllte.

Ihr Lächeln vertiefte sich, als der Soldat nach dem Becher griff, ihr galant zuprostete und ihn an seine Lippen führte.

Ihr Lächeln erlosch, als er ihn unverrichteter Dinge wieder absetzte und zurück auf den Tisch stellte.

»Wenn ich mir die Kleine so ansehe, dann merke ich, dass der Hunger meines Magens nichts ist gegen den Hunger, den ich beim Anblick dieses hübschen Kindes anderswo verspüre, wenn du verstehst, was ich damit meine«, sagte der Wächter mit einem schmutzigen Grinsen zu Pavlos. Zur Verdeutlichung legte er eine Hand zwischen seine Beine und streichelte über die Beule, die sich unter seiner Hose abzuzeichnen begann, während er sich von seinem Stuhl erhob.

»Ich habe gute Lust, diesen anderen Hunger zuerst zu stillen, danach werden mir Fleisch und Wein doppelt so gut schmecken. Du bist wohl noch zu jung, um dabei mitzumachen, Knabe. Aber du kannst gerne dabei zusehen, wenn du etwas lernen möchtest.«

»Diese Einladung nehme ich gerne an«, sagte der halbwüchsige Grieche mit einem etwas gezwungenen Lächeln. »Von einem Veteranen vieler Schlachten wie Euch kann jeder Mann gewiss vieles lernen. Aber lassen wir die holde Maid doch zuvor noch für uns tanzen. Sie ist nämlich eine *ausgezeichnete Tänzerin!*«

Den letzten Satz sagte er zu Engel gewandt auf Deutsch; dadurch konnte ihn auch Niki verstehen, der sich den Rest der Konversation nur grob zusammenreimen konnte.

Zur allgemeinen Überraschung holte Pavlos eine kurze Flöte aus dem Beutel an seinem Gürtel, setzte sie an die Lippen und begann, darauf eine orientalisch klingende Melodie zu spielen.

Engel sah ihn einen Moment lang überrascht an. Dann lächelte sie, streifte die Sandalen von ihren Füßen und begann zu tanzen.

Niki legte die Hände um zwei Gitterstäbe seiner Zelle und sah seiner Freundin fasziniert dabei zu, wie sie ihren Körper sanft zu den fremdländischen Klängen wiegte, genau so, wie sie es oft und oft an einheimischen Tänzerinnen in den Straßen und Bazars von Konstantinopel beobachtet hatte.

Wenn Salome so vor König Herodes getanzt hat, dann wundert es mich nicht, dass er ihr danach jeden Wunsch erfüllt hätte, dachte Niki träumerisch.

Dem Wächter schien es ähnlich zu ergehen; er ließ sich zurück auf seinen Stuhl fallen und griff nach dem Becher mit dem Wein, ohne seinen Blick auch nur für einen Moment von dem tanzenden Mädchen abzuwenden.

Die Melodie aus Pavlos Flöte, zunächst lieblich und süß, veränderte ihren Charakter, wurde schneller und schneller. Engels Bewegungen passten sich dem treibenden Rhythmus an, bis ihre nackten Füße ein Stakkato auf den kalten Steinboden trommelten und der Saum ihres Kleides bei ihren wilden Drehungen so hoch wirbelte, dass dabei ihre weißen Schenkel aufblitzten. Das offene rote Haar fiel ihr bald ins

Gesicht, bald wurde es wieder zurückgeschleudert; im durch den Fackelschein befeuerten Spiel von Licht und Schatten sah es für Niki aus, als würde es selbst in hellen Flammen stehen.

Der Wächter starrte das wie ein Derwisch springende, tanzende und wirbelnde Mädchen wie hypnotisiert an.

Und leerte dabei geistesabwesend seinen Becher.

Als Engel sah, wie die letzten Tropfen des roten Weins über die wulstigen Lippen des Soldaten liefen, beendete sie schwer atmend ihren ekstatischen Tanz und lächelte erleichtert. Der bullige Waräger missverstand ihr Lächeln als Aufforderung, erhob sich, bereits leicht schwankend, von seinem Stuhl und griff sich an den Schritt.

»Dein Anblick hat mich über alle Maßen heiß gemacht«, sagte er mit belegter Stimme. »Nie hab ich jemanden tanzen sehen wie dich. Aber jetzt komm her und lutsch meinen Schwanz, Kleines. Wenn du das auch so gut kannst, darfst du morgen wiederkommen. Es würde dir gut anstehen, den alten Harald zum Freund zu haben: Ich kenne Gott und die Welt, draußen in der Stadt und hier im Palast. Ich könnte dich beschützen und für dich sorgen ...«

Engel verstand kein Wort, wohl aber die begleitenden Gesten des Mannes und kniete sich folgsam vor ihm auf den Boden. Verführerisch lächelnd sah sie zu ihm auf, während er mit vor Konzentration zusammengekniffenen Augen und zunehmend ungeschickten Händen am Bund seiner Hose nestelte.

Das Mädchen lächelte immer noch, als der bullige Wachmann zu schwanken begann, vergebens nach Halt an seinem Tisch suchte, die Augen verdrehte und wie ein gefällter Baumstamm rücklings umkippte.

»Das hat er gesagt? Das hat der fette Bastard wirklich gesagt?«, rief Engel und trat den bewusstlosen Wächter wütend zwischen die Beine. »Beschützen wollte er mich? Für mich sorgen wollte er? Dafür – dass ich ihm – täglich – seinen ungewaschenen – haarigen – Schwanz lutsche?«

Jedes Wort war von einem weiteren Tritt in die Weichteile des unglücklichen Warägers begleitet. Zwar mochte das zierliche Mädchen dem Inhalt des ledernen Beinkleides des Soldaten mit ihren bloßen Füßen keinen großen Schaden zufügen; dennoch brachte jeder einzelne Tritt Nikis Augen allein vom Zusehen schon zum Tränen.

»Männer und ihr Schwanz!«, schimpfte Engel, ohne damit aufzuhören, ihr Opfer mit weiteren Tritten zu traktieren, wenn auch mit abnehmender Intensität. »Alles dreht sich nur darum! Manchmal scheint es mir, sie *denken* sogar mit ihrem Schwanz! Vermutlich denken sie deshalb so unendlich *langsam* mit ihrem Kopf! Und glauben dann auch noch, dass sie uns Frauen damit einen verdammten *Gefallen* erweisen!«

Der junge Pavlos warf Niki und Bertram in den beiden nächstgelegenen Gefängniszellen fragende Blicke zu, erntete jedoch nur hilfloses Achselzucken als Antwort: Sowohl Engels Freund als auch ihr Bruder hatten gelernt, sich bei ihren Wutausbrüchen im Hintergrund zu halten und abzuwarten, bis sich ihre Energie von allein erschöpfte.

»*Ira Dei furor brevis est*«, murmelte Niki eines von Severins Lieblingssprichwörtern. Der Zorn Gottes ist nur eine kurze Raserei.

»Man könnte viel leichter mit ihnen auskommen, wenn sie einmal, ein einziges Mal nur ihren verdammten Kopf benützen und nachdenken, *bevor* sie etwas sagen!«, wütete Engel weiter und versetzte ihrem bewusstlosen Opfer einen letzten Tritt, bevor sie sich schwer auf seinen Stuhl fallen ließ und das Gesicht in den Händen vergrub.

»Sag, Blondie«, flüsterte einer der Zwillinge. »Spricht sie jetzt eigentlich noch über den Wachmann?«

»Oder über Männer im Allgemeinen?«, ergänzte sein Bruder.

»Oder über dich im Besonderen?«

»Ich störe dich wirklich nur ungern, Engeltrud. Aber meinst du nicht, du solltest jetzt nach den Schlüsseln zu den Zellentüren und zu unseren Handeisen suchen?«, fragte Hadmar ungewohnt zurückhaltend, rasselte mit seinen Ketten und ersparte Niki dadurch eine Antwort.

Engel sprang schuldbewusst von ihrem Stuhl auf und suchte auf dem Tisch und rund um den Sitzplatz des Wächters nach einem Schlüsselbund, während Pavlos sich über den gefallenen Waräger beugte und dessen Gürtel und Taschen abtastete.

»Ich fürchte, ihr werdet bei eurer Suche kein Glück haben«, sagte Joachim niedergeschlagen. »Ist euch vorhin nicht aufgefallen, dass die anderen Waräger die Schlüssel mitgenommen haben, nachdem sie uns angekettet und eingesperrt haben? Alle Schlüssel werden in der Kaserne in den oberen Stockwerken aufbewahrt!«

Das war's dann, dachte Niki. *Engel war unsere letzte Hoffnung. Und dabei hat sie ihre Sache so gut gemacht!*

Zu allem Überfluss erklangen genau in diesem Moment die schweren Schritte von Soldaten von der Treppe her, vom einzigen Ausgang des Gefängnisses: Jemand kam aus den oberen Stockwerken in den Kerker herunter.

Engel und Pavlos tauschten Blicke über den gefallenen Wächter hinweg, als ihnen bewusst wurde, dass auch sie nicht mehr aus dem Gefängnis entkommen konnten. Schicksalsergeben senkte Niki den Kopf und sah erst wieder auf, als die Schritte vor seiner Zellentür verstummten.

Er sah zwei hünenhafte Waräger in voller Rüstung, die sprachlos auf ihren bewusstlosen Kameraden starrten.

Erst auf den zweiten Blick bemerkte er die großgewachsene junge Frau in ihrer Mitte.

Sie hielt einen riesigen Schlüsselbund in ihren Händen,

hob ihn hoch und schüttelte ihn, dass die Schlüssel nur so klingelten.

Und dann sagte sie in fast akzentfreiem Deutsch:

»Meint Ihr diese Schlüssel hier, Joachim?«

»Joachim von Senftenberg. Ich hätte es mir denken können. Könnt Ihr nicht ein einziges Mal unsere schöne Stadt besuchen, ohne im Gefängnis zu landen?«

Die Worte der jungen Frau waren sarkastisch, aber ihre Stimme weich und ihr Lächeln strahlend.

Niki trat an die Gitterstäbe seiner Zelle heran und reckte den Kopf, um einen Blick auf seinen Freund in der Nachbarszelle zu erhaschen.

Joachim stand ebenfalls an seiner Zellentür, mit weit aufgerissenen Augen, weiß wie ein Leintuch, und sah aus, als würde er einen Geist sehen.

Die junge Frau sah Joachim mit hochgezogener Augenbraue prüfend an. Dann trat sie an die Gitterstäbe heran, beugte sich vor und küsste ihn ohne ein weiteres Wort sanft auf den Mund.

»Hallo Dora«, flüsterte Joachim schwach, nachdem sie ihn ausreichend davon überzeugt hatte, dass sie kein Geist aus seiner Vergangenheit, sondern eine Frau aus Fleisch und Blut war.

»Darf ich vorstellen: die Prinzessin Theodora Angeloi, die jüngste Tochter des Kaisers Isaak Angelos«, sagte er dann mit belegter Stimme. »Die einzige Frau, die ich je geliebt habe.«

Wer die Wahl hat, hat den Gral

er alte Harald«, sagte Theodora mit einem Kopfschütteln, während sie auf den bewusstlosen Waräger hinunterschaute. »Zehn Jahre bei der Garde und immer noch ein kleiner Wachmann. Ein Trinker und ein Schürzenjäger vor dem Herrn. Allerdings hat er nie eine Frau zu etwas gezwungen. Das hätte ich ihm auch nicht geraten: Eine von einem Waräger geschändete Frau darf den Täter mit seiner eigenen Axt richten und erbt sein gesamtes Hab und Gut. Was in Haralds Fall nicht viel gewesen wäre ...«

»Dora!«, rief Joachim ungeduldig aus seiner Zelle, während einer der Begleiter der Prinzessin sich mit seinen Handeisen abmühte, um ihn von dem eisernen Ring an der Wand loszuketten. »Könntet Ihr jetzt bitte damit aufhören, über die ungeschriebenen Gesetze der Waräger zu schwatzen und uns endlich erzählen, wie es kommt, dass Ihr wieder hier in Konstantinopel seid? Ich dachte die ganze Zeit, Ihr wäret längst in Kiew verheiratet ...«

Niki, der gemeinsam mit Bertram als Erstes befreit worden war, rieb sich die schmerzenden Handgelenke, zerzauste dem grinsenden Pavlos den schwarzen Schopf und umarmte Engel etwas linkisch. Gemeinsam musterten sie fasziniert die junge Frau, die Joachim als die Tochter des Kaisers Isaak Angelos vorgestellt hatte.

Theodora mochte Anfang zwanzig sein. Sie war großgewachsen und schlank, und obwohl sie nur einen seidenen Morgenmantel über ihrem Nachtgewand trug, zweifelte Niki allein aufgrund ihrer Haltung nicht eine Sekunde daran, dass sie tatsächlich die Tochter des Basileus war. Dieser Eindruck wurde unterstrichen durch die Willfährigkeit und Unterwürfigkeit der beiden riesenhaften Warägergardisten, die jeden ihrer Befehle rasch und wortlos ausführten.

Die Prinzessin hatte ein attraktives Gesicht im sonnengebräunten Teint der Byzantiner; ihr blauschwarzes Haar fiel ihr in Locken über den Rücken. Ihre lange, schmale Nase verriet Willenskraft und Durchsetzungsvermögen, etwas aufgeweicht durch den Schalk, der immer wieder in ihren großen schwarzen Augen unter den dichten Brauen aufblitzte, wenn sie sprach.

Sogar, wenn die Geschichte, die sie erzählte, alles andere als amüsant war.

»Ich war tatsächlich in Kiew verheiratet«, beantwortete sie Joachims Frage. »Mein Mann Wladimir, der Sohn des Großfürsten, hat sich als religiöser Eiferer entpuppt. Er hat nie mein Bett geteilt, sondern stattdessen auf einem Teppich auf dem steinernen Fußboden geschlafen. Ohne Euch, Joachim, wäre ich heute noch unberührt!«

Das Lächeln, das die Prinzessin Joachim schickte, war liebevoll und bitter zugleich. Ihr Gesicht war dem weißhaarigen Ritter zugewandt, ihr Blick hingegen auf einen Punkt in der Ferne gerichtet, weit hinter den Mauern des Blachernen-Palastes.

»Als ich in der Hochzeitsnacht Anstalten machte, ihn zu verführen, hat er mich geschlagen, bis meine Nase geblutet hat. Die Hofdamen in Kiew haben am Morgen das blutige Laken gefunden und dem Großfürsten die Vollziehung der

Ehe bestätigt. Und dass ich noch Jungfrau gewesen wäre. Was für eine Ironie: Keines von beiden hat gestimmt.«

Wieder lächelte Theodora bitter, während Niki und seine Freunde sie mit großen Augen ansahen.

»Als ich jedoch nicht schwanger wurde, woher auch, haben sie mich zurückgeschickt. Wie ein zerbrochenes Spielzeug, das seinen Zweck nicht erfüllt hat. Das hat die Laune meines Vaters auch nicht gerade verbessert. Seither warte ich hier darauf, dass er einen anderen Ehemann für mich findet, der ihm beim Schmieden von Bündnissen zur Vergrößerung seines Reiches geeignet erscheint. Das ist die einzige Rolle, die Prinzessinnen zu spielen haben. Und bis dahin bin ich nur noch irgendjemand für die Welt.«

Joachim, der endlich seine Zelle verlassen hatte, trat mit entschlossenem Schritt auf Theodora zu. Ohne seine Gefährten auch nur eines Blickes zu würdigen, zog er die Prinzessin in seine Arme und verschloss ihren Mund mit einem langen Kuss.

»Für die Welt mögt Ihr vielleicht nur irgendjemand sein«, hörte Niki ihn noch flüstern. »Für irgendjemanden hier aber seid Ihr die Welt.«

Eine Zeit lang lagen sich die beiden unverhofft wiedervereinten Liebenden in den Armen und tauschten im Flüsterton Zärtlichkeiten aus; Niki meinte zu erkennen, dass dabei beide feuchte Augen hatten. Taktvoll wandte er sich ab und begrüßte Hadmar, die Zwillinge, Ottokar und Severin, die von den Begleitern der Prinzessin nach und nach aus ihren Zellen befreit wurden, bis die Gefährten schließlich vollständig um den gefallenen Wächter versammelt waren.

»Wie lange wird er schlafen?«, fragte Theodora mit einem Blick auf den stämmigen Waräger, den sie zuvor Harald genannt hatte, und löste sich vorsichtig aus Joachims Umarmung.

»Er hat den Becher mit dem Schlafmittel bis zum letzten Tropfen geleert«, antwortete Engel. »Vor dem Tagesanbruch wird er sicher nicht aufwachen. Das kann ich aus eigener Erfahrung bestätigen.«

»Dann wird euer Fehlen erst von der Ablöse im Morgengrauen bemerkt werden. Bis dahin müsst ihr aus der Stadt verschwunden sein!«, sagte Theodora entschlossen. »Wenn ihr bei Sonnenaufgang noch hier seid, wird es für euch kein gutes Ende nehmen!«

Niki beobachtete staunend, wie die Prinzessin, gerade noch in den Armen seines besten Freundes Zärtlichkeiten flüsternd wie ein verliebter Teenager, wie selbstverständlich mit kühler Stimme wieder das Kommando übernahm.

»Ich habe Freunde unter den genuesischen und venezianischen Kaufleuten; es vergeht kein Morgen, an dem nicht eines ihrer Schiffe nach Italien ausläuft. Ich werde veranlassen, dass das nächste, das unseren Hafen verlässt, euch an Bord hat.«

Ohne auf eine Antwort zu warten, wandte Theodora sich an einen ihrer schweigsamen Leibwächter und erteilte ihm in knappen Worten eine Reihe von Befehlen. Der Waräger verbeugte sich respektvoll, drehte sich um und verließ das Gefängnis.

»Aber ... das können wir nicht bezahlen«, sagte Niki. »Wenn wir so viel Gold hätten, wären wir nicht zu Fuß über die Berge hergekommen!«

»Und Ihr bleibt hier zurück?«, fragte Joachim. »Dann wird Euer Vater seinen ganzen Zorn alleine an Euch auslassen. Da bleibe ich lieber hier im Gefängnis!«

»Ohne Reliquie verlasse ich die Stadt sicher nicht«, stellte Hadmar fest. »Ich habe dem Herzog und meinem Vater geschworen, dass wir nicht mit leeren Händen nach Hause zurückkommen!«

Theodora hob eine Hand und brachte die aufgeregt durcheinanderredenden Gefährten zum Schweigen.

»Was die Kosten der Überfahrt betrifft: Die italienischen Kaufleute ziehen großen Nutzen aus ihren Handelsbeziehungen mit Konstantinopel«, sagte sie zu Niki. »Einen guten Teil ihres Wohlstandes verdanken sie dem Kaiserhaus, und das wissen sie auch. Seid unbesorgt: Ich werde ihnen ein Angebot machen, das sie nicht ablehnen können.«

Die Prinzessin drehte sich zu Joachim um und küsste ihn sanft auf den Mund. »Ich danke Euch für Euer großmütiges Angebot, Joachim. Ich habe nichts anderes von Euch erwartet«, sagte sie. »Aber Eure Sorge ist unbegründet: Niemand weiß von meiner Anwesenheit hier außer Folkbjörn und Olaf, und die beiden sind mir seit meiner Kindheit durch einen Treuschwur verbunden. Der Einzige, der den Zorn meines Vaters zu spüren bekommen wird, ist Harald hier.«

Theodora deutete mit dem Kopf auf den bewusstlosen Wächter. »Ja, mein Vater wird ohne Zweifel einen seiner berüchtigten Wutanfälle bekommen, wenn eure Flucht bemerkt wird. Aber sein Zorn wird rasch verrauchen, wenn er sich darauf besinnt, dass ihr eine Reliquie von unschätzbarem Wert gefunden habt, die so viele Jahrhunderte lang als verschollen galt, dass bis heute Nacht kaum mehr jemand an ihre Existenz glaubte. Tausende Gläubige werden dem Haupt des Täufers bei seiner Prozession durch die Stadt folgen, und jede Kirche Konstantinopels wird sich darum reißen, auf ihrem Weg besucht zu werden.«

»Das ist alles gut und schön«, knurrte Hadmar. »Ich freue mich wirklich, der Reliquiensammlung der kaiserlichen Schatzkammer, von der ich schon *so viel gehört habe*, eine derart willkommene Ergänzung hinzuzufügen.« Hadmar warf Niki einen finsteren Seitenblick zu. »Das ändert aber nichts an unserem heiligen Auftrag, eine bedeutsame

Reliquie nach Österreich mit heimzunehmen. Das Schicksal des Herzogs und meiner Familie hängt davon ab. Sonst wäre unsere ganze Konstantinopel-Mission für nichts und wieder nichts gewesen!«

»Verehrte, ähm, Prinzessin Theodora«, unterbrach Niki, hörbar ungeübt im Ansprechen Kaiserlicher Hoheiten, und legte Hadmar beschwichtigend eine Hand auf den Arm. »Wir haben der Kirche, den Gläubigen, und nicht zuletzt Eurer Familie ein wertvolles Geschenk gemacht, wenn auch nicht ganz freiwillig. Könnt Ihr uns nicht, sozusagen im Tausch dafür, ein Gegengeschenk machen? Alle Welt spricht von den Reliquien in Eurer Schatzkammer. Wenn wir mit leeren Händen das Schiff nach Italien besteigen, dann waren alle Entbehrungen auf unserer langen Reise vergebens.«

Theodora sah Niki nachdenklich an.

»Der Inhalt der kaiserlichen Schatzkammer ist in einem umfangreichen Katalog erfasst«, sagte sie schließlich vorsichtig. »Jedes Fehlen würde auffallen. Und die Verantwortung *dafür* kann ich dann nicht mehr Harald in die Schuhe schieben! An was hattet Ihr denn gedacht?«

»Im Sommer vor zwei Jahren war ein fahrender Sänger zu Gast bei uns auf Burg Dürnstein«, sagte Hadmar. »Wie hieß der nochmal? Wolfram von ... Eichenbach?«

»Eschenbach«, warf Severin gereizt ein. »Wolfram von Eschenbach war sein Name. Könnte sich das bitte jetzt endlich jemand merken?«

Mit kurzen Worten erläuterte Joachim der Prinzessin, wie die Gefährten vom exkommunizierten Babenbergerherzog nach Konstantinopel entsandt worden waren in der Hoffnung, auf den Spuren von Eschenbachs Parzival den Kelch zu finden, in dem Jesus Christus seinen zwölf Aposteln beim letzten Abendmahl den Wein gereicht hatte.

»Der Heilige Gral«, sagte Theodora lächelnd, als Joachim geendet hatte. »Ein lohnendes Ziel fürwahr. Dafür würde der Papst wohl nicht nur den Kirchenbann zurücknehmen, sondern Herzog Leopold zu einem Erzbischof machen.«

Die Prinzessin zwinkerte den Gefährten schalkhaft zu.

»Vielleicht kann ich euch helfen«, sagte sie. »Vielleicht habe ich in der Tat einen Gral für euch.«

Die kaiserliche Schatzkammer lag im Kellergeschoß des südlichen der zwei Türme des Blachernen-Palastes, in den Isaak Angelos, der Vater von Prinzessin Theodora, seine Residenz verlegt hatte. Die oberen Geschoße beherbergten den Basileus, seine Familie und seinen Hofstaat; der Keller die wertvollsten Schätze des byzantinischen Kaiserreichs.

So in etwa hab ich mir immer das Innere einer ägyptischen Pyramide vorgestellt, dachte Niki. Ein Labyrinth aus Kammern, Korridoren und Treppen. Und alles bis unters Dach voller Gold.

Mit großen Augen folgten die Gefährten Prinzessin Theodora und ihrem verbliebenen Begleiter durch die Räume der Schatzkammer und bestaunten die Schätze, die sich rund um sie auftürmten.

An den Wänden aller Korridore hingen die für die orthodoxe Kirche so typischen vergoldeten Ikonen, von kleinen Heiligenbildern bis hin zu lebensgroßen Darstellungen der Heiligen Familie aus Gold, Silber, Edelsteinen, Elfenbein und Email. Von einer Seite des Ganges blickte eine Muttergottes mit dem Jesuskind im Arm traurig auf Niki herab, von der anderen Seite ein Christus Pantokrator, die rechte Hand zum Segen erhoben, in der linken ein geschlossenes Evangelienbuch. Sein Heiligenschein aus getriebenem Gold glänzte im flackernden Schein der Fackeln.

In manchen Kammern standen lange Reihen von Schränken aus Holz und Glas Wand an Wand nebeneinander, in denen Kunstwerke aus Gold und Edelsteinen zur Schau gestellt wurden. Die meisten von ihnen waren sakralen Ursprungs: Niki bewunderte ein goldenes, mit Smaragden verziertes Kruzifix, gleich daneben ein Kreuz aus Kristall, der gekreuzigte Jesus kunstvoll aus purem Gold geformt, daneben goldene Altarleuchter und andere liturgische Gerätschaften. Andere Kammern beherbergten ausschließlich Truhen und Töpfe randvoll mit Goldmünzen aus aller Herren Länder. Niki behielt die vor ihm gehenden Zwillinge scharf im Auge, aber keiner der beiden machte Anstalten, im Vorbeigehen scheinbar unabsichtlich die eine oder andere Münze einzustreifen: Die Söhne des Schmiedes tapsten wie Schlafwandler durch all die glitzernde Pracht, durch all den zur Schau gestellten Reichtum des byzantinischen Kaiserreichs.

Der größte Raum der Schatzkammer war ausschließlich Reliquien gewidmet.

»Die meisten Stücke in diesem Raum hat Helena, die Mutter von Kaiser Konstantin, vor nunmehr bald neunhundert Jahren von ihrer Pilgerfahrt nach Palästina mitgebracht«, erzählte Theodora. »Sie war schon sechsundsiebzig Jahre alt, als sie ins Heilige Land reiste, um das Kreuz Jesu zu finden. Auf Golgotha, dem Kreuzigungshügel außerhalb der Stadtmauern von Jerusalem, ließ sie Ausgrabungen durchführen und über dem Grab Jesu eine Basilika errichten. Dabei wurden Dutzende Reliquien entdeckt.«

Die Prinzessin deutete auf ihrem Weg durch die Kammer links und rechts auf ein paar ausgewählte Stücke wie eine gut geschulte Reiseführerin. »Diese goldene Monstranz hier, die von zwei Engeln gehalten wird, enthält den Nagel, mit dem die rechte Hand Christi ans Kreuz genagelt wurde. Kaiser Konstantin, der Namensgeber unserer Stadt, hat ihn bei allen seinen Feldzügen bei sich getragen.«

»Woher weiß man, dass es ausgerechnet die rechte ...«,

begann Ottokar und verstummte wieder, als Niki, der den gleichen Gedanken gehabt hatte, ihm beschwichtigend die Hand auf den Arm legte und unmerklich den Kopf schüttelte.

Theodora wies auf in Gold gefasste Stücke vom wahren Kreuz hin, auf die blutbefleckte Heilige Lanze, mit der ein römischer Hauptmann nach der Kreuzigung den Tod Jesu überprüft hatte, auf die Dornenkrone und auf das Schweißtuch Christi, das in einem Rahmen aus Ebenholz an einer Wand hing.

»In diesem Heiligen Tuch hat sich der Abdruck des Gesichtes Jesu eingeprägt«, sagte die Prinzessin ehrfürchtig. »Und gleich hier daneben hängt sein Lendentuch.«

»Und der Abdruck wovon hat sich in diesem Tuch eingeprägt?«, flüsterte einer der Zwillinge seinem Bruder zu. Niki verdrehte die Augen.

Ein Schrank in der Reliquienkammer war ausschließlich der in Konstantinopel besonders verehrten Muttergottes gewidmet; in ihm wurden Teile von ihrem Gürtel, ihrem Kleid, ihrem Schleier und sogar ihrer Haare aufbewahrt.

Auf langen Regalen reihten sich kristallene Monstranzen und goldene Kästchen aneinander, die allerlei kleinere Reliquien enthielten. Theodora nahm eines davon zur Hand und zeigte den Gefährten stolz den Knochen des Zeigefingers des ungläubigen Thomas, den dieser in die Seite Jesu gelegt hatte.

Niki berührte schüchtern eine der zahlreichen, aus Gold und Silber geformten Nachbildungen von Händen, Armen und Beinen, die die entsprechenden Körperteile von Heiligen Märtyrern enthielten.

»Die Hand der Heiligen Euphemia von Chalkedon«, sagte Theodora, die Nikis Interesse bemerkt hatte.

Aber Niki hörte ihr nicht mehr zu.

Wie gebannt starrte er auf ein Stück Holz, das, einem Gemälde gleich, in einem edelsteinbesetzten Bilderrahmen auf dem nächsten Regal stand.

Die unzweifelhaft alte, von Würmern halb zerfressene Tafel war auf den ersten Blick nur ein blankes Stück dunkelbraunes, stellenweise schwärzlich verfärbtes Holz. Erst als Theodoras Begleiter auf ihren Wink hin seine Fackel näher an den Bilderrahmen hielt, konnte Niki drei Zeilen schattenhafter, halb verwischter Buchstaben erkennen.

In der Mitte der untersten Zeile stand jedoch klar und deutlich und für jeden lesbar ein Wort.

»NAZARENUS«, entzifferte Niki.

»Iesus Nazarenus Rex Iudaeorum«, flüsterte Severin und fiel zum zweiten Mal in dieser Nacht auf die Knie.

»Jesus von Nazareth, König der Juden«, murmelte Joachim und bekreuzigte sich. »Die Aufschrift, die Pontius Pilatus auf Hebräisch, Griechisch und Latein am Kreuz Jesu anbringen ließ!«

»Auch ein Mitbringsel von Helena«, lächelte Theodora, sichtlich geschmeichelt vom Eindruck, den die eingerahmte Reliquie auf die Besucher der kaiserlichen Schatzkammer machte.

Niki fühlte einen Schauer über seinen Rücken laufen, als er unendlich vorsichtig mit der Fingerspitze das brüchige Holzschild berührte. Es schien, als ob die Entdeckungen dieser Nacht ihm mehr als sonst bewusst machten, wie weit er sich von seiner Heimat entfernt hatte, zeitlich noch mehr als körperlich. Für einen Moment fühlte er sich so einsam wie nie zuvor in seinem Leben.

Niki ließ die Hand sinken und den Kopf hängen.

Überrascht blickte er auf, als er eine Hand in der seinen spürte. Engel war neben ihn getreten und schenkte ihm ein schüchternes Lächeln. Niki lächelte dankbar zurück.

Theodora war inzwischen in die nächste Kammer weitergegangen. »Was ich euch eigentlich zeigen wollte, ist dies hier«, hörte Niki die Prinzessin sagen.

Der neue Raum war offensichtlich der hinterste und letzte in der Reihe, denn er hatte außer dem Eingang keine weiteren Türen. Im Vergleich zu den anderen Zimmern der kaiserlichen Schatzkammer war er für Niki eine Enttäuschung, als er ihn Hand in Hand mit Engel betrat.

Sieht mehr aus wie eine Abstellkammer als wie eine Schatzkammer, dachte er. *Oder wie ein Stand am Flohmarkt von Krems.*

Mit Kästen, Regalen und Truhen war er zwar genauso eingerichtet wie die Räume zuvor. Statt unschätzbarer Reliquien, Kunstwerken, Gold, Silber und Edelsteinen, säuberlich nebeneinander aufgereiht, befand sich in dieser Kammer ein wildes Sammelsurium von Gegenständen in nicht mehr als einer rudimentären Ordnung.

In einer Ecke sah Niki Geschirr, zum Teil zerkratzt, angeschlagen oder gar zerbrochen. Ein Kasten enthielt Kruzifixe aus Holz, Bronze oder Eisen, in einem anderen wurden Kleider aufbewahrt. Auf langen Regalbrettern waren einfache Reliquiare aus Metall aufgereiht, daneben Knochen und Knochenfragmente ganz ohne schützende Behältnisse.

»Als die Truppen von Saladin im Jahr 1187 Jerusalem eroberten, durfte die christliche Bevölkerung die Stadt unbeschadet verlassen und dabei sogar ihr Hab und Gut mitnehmen«, erklärte Theodora. »Mein Vater erkannte rasch, dass die Flüchtlinge aus dem Heiligen Land wertvolle Reliquien mit sich nach Konstantinopel brachten. Er ordnete an, dass als Gegenleistung für die großzügige Aufnahme unserer Glaubensbrüder und -schwestern alle Reliquien an die kaiserliche Schatzkammer abgetreten werden mussten. Einige der schönsten Stücke unserer Sammlung kamen auf diese Weise in unseren Besitz.«

Die Prinzessin machte eine ausholende Handbewegung,

die den ganzen Raum umfasste. »In dieser Kammer befindet sich alles, was vor sieben Jahren auf diese Weise eingesammelt wurde und keine verbürgte Vorgeschichte hat: Keiner dieser Gegenstände verfügt über eine Urkunde, die ihn als echte Reliquie ausweist. Alle haben ihre Wurzeln in Jerusalem. Wenn ihr den Kelch sucht, aus dem Jesus Christus beim letzten Abendmahl getrunken hat, der bei der Kreuzigung sein Blut aufgefangen hat: Es spricht nichts dagegen, dass er sich in diesem Raum befindet.«

Theodora trat einen Schritt zur Seite und gab den Blick auf den Schrank mit dem Geschirr frei. Auf einem Regal in Brusthöhe erkannte Niki eine Reihe von Pokalen, Kelchen und Trinkbechern.

»Und das Beste ist: Keiner dieser Gegenstände ist im Katalog der Schatzkammer eingetragen«, fuhr die Prinzessin fort, als sie die verständnislosen Gesichter ihrer Zuhörer bemerkte.

»Ihr meint ...«, sagte Niki. »Ihr meint, wir können uns einen beliebigen Kelch aussuchen und mitnehmen, ohne dass es jemandem auffällt?«

»Ja«, sagte Theodora schlicht. »Die Legende sagt, nur ein würdiger Mann frei von Sünde kann den Heiligen Gral erkennen. Wenn unter euch dieser Mann ist, dann ist es Gottes Wille.«

»Würdige Männer ohne Sünde vortreten«, knurrte Hadmar, nachdem er sich bei Theodora tausendmal für ihr großherziges Geschenk bedankt hatte, das es ihm vielleicht ermöglichen würde, trotz aller Widerstände doch noch erhobenen Hauptes ins heimatliche Dürnstein zurückzukehren. »Wir haben eine Aufgabe für euch!«

Alle Gefährten schwiegen und blickten nachdenklich zu Boden.

Ohne Sünde?, dachte Niki. *Wer kann das schon von sich behaupten?*

Nein, ohne Sünde war er definitiv nicht. Niki betrachtete sich im Großen und Ganzen als guten Menschen: Er folgte stets der Stimme seines Gewissens, war Engel im Allgemeinen ein liebevoller Partner und seinen Freunden ein verlässlicher Fels in der Brandung. Niemals würde er jemandem mit Absicht Leid oder Schaden zufügen. Auf Lügen griff er nur zurück, wenn es unbedingt sein musste; schon allein deswegen, weil er praktisch jedes Mal dabei ertappt wurde.

Andererseits hatte er gerade während seines Aufenthaltes im Mittelalter schlechte Eigenschaften an sich entdeckt, von denen er in seiner eigenen Zeit noch keine Ahnung gehabt hatte: Seine bejubelten Auftritte als Spielmann hatten ihn eitel und ein wenig selbstverliebt gemacht. Wenn er etwas getrunken hatte, neigte er dazu, sich seinen Freunden überlegen zu fühlen und auf ihre Kosten Witze zu machen.

Und nicht zuletzt war Niki seit seiner ersten Nacht mit Engel den Verlockungen der körperlichen Liebe anheimgefallen: Am liebsten würde er den ganzen Tag nichts anderes machen. Zwar sagte er sich immer wieder, dass das für einen neunzehnjährigen jungen Mann mit jeder Menge Nachholbedarf ganz normal war; dennoch hatte er in diesem introspektiven Moment die Befürchtung, dass ihn auch diese neue Erfahrung nicht gerade zum Entdecker des Heiligen Grals prädestinierte.

»Ich habe eine Idee«, sagte er, als sich nach einer Weile immer noch niemand zu Wort meldete. Alle Gesichter wandten sich ihm zu.

»Ich schlage vor, dass *wir alle* der Reihe nach die Pokale, Kelche und Becher betrachten und berühren. Vielleicht spürt einer von uns dabei ja irgendetwas Besonderes. Eine Kraft. Eine Ausstrahlung. Was auch immer. Wenn es den

Gral wirklich gibt und er sich hier in diesem Raum befindet: Vielleicht macht er ja irgendwie auf sich aufmerksam.«

Nachdem trotzdem einer den Anfang machen musste, fasste Niki sich ein Herz, trat an den Schrank heran, streckte die Hand aus und berührte nach der Reihe alle Trinkgefäße, die sich auf dem Regal befanden. Die Auswahl reichte von kunstvoll verzierten bronzenen und eisernen Pokalen über Kelche aus Kristall und Glas bis hin zu einfachen Trinkbechern aus Holz oder Leder.

Keines der Gefäße löste in Niki einen Schauer aus von der Art, wie er ihn beim Berühren der verblichenen Holztafel vom Kreuz Christi empfunden hatte. Er nahm das als Zeichen, dass sich der Heilige Gral nicht unter den angebotenen Gefäßen befand. Oder eben, dass er nicht würdig genug war, um ihn zu entdecken.

Einer nach dem anderen traten auch die anderen Gefährten vor, betrachteten die Gefäße und streckten die Hände nach ihnen aus. Niemand fühlte dabei irgendetwas, was darauf schließen hätte lassen, den Gral entdeckt zu haben, nicht einmal Severin, der sich wohl die größten Hoffnungen darauf gemacht und mit der meisten Inbrunst dafür gebetet hatte.

Nachdem Bertram als Letzter vom Schrank zurücktrat und wortlos den Kopf schüttelte, legte Niki Engel die Hand auf die Schulter und bedeutete ihr, ebenfalls vorzutreten.

»Die Legende sagt: Ein würdiger *Mann* frei von Sünde!«, sagte Gottfried feixend.

»Das haben wir schon probiert. Der ist anscheinend nicht unter uns«, antwortete Niki. »Lasst Engel ihr Glück versuchen! Schließlich ist sie als Mann verkleidet mit uns gereist!«

»Und du glaubst, ihre kurzen Haare können die Legende täuschen?«, stichelte Gerwald.

Offensichtlich konnte sie das nicht, denn auch Engel empfand bei der Betrachtung und Berührung der Trinkgefäße nichts Bemerkenswertes.

»Mit leeren Händen gehen wir hier nicht raus«, sagte

Hadmar entschlossen. »Wenn der echte Gral schon nicht hier ist, dann lasst uns wenigstens einen mitnehmen, der so aussieht, wie alle Welt ihn sich vorstellt! Wie wäre es zum Beispiel mit diesem hier?«

Er deutete auf einen prunkvollen Pokal aus polierter Bronze, der mit liturgisch anmutenden Symbolen verziert war und den Niki sich eher auf dem Altar einer byzantinischen Basilika vorstellen konnte als auf dem Tisch des letzten Abendmahls.

»Zu protzig«, sagte Joachim, der offensichtlich denselben Gedanken gehabt hatte, und hob ein anderes Gefäß hoch. »Wie wäre es damit: ein einfacher Holzbecher. Der Becher eines Zimmermannes!«

»Wenn wir damit heimkommen, schicken sie uns gleich wieder zurück«, sagte Hadmar und verdrehte die Augen. »Für sowas hätten wir nicht ans andere Ende der Welt reisen müssen. Das hätten wir uns auch vom alten Achtfinger, dem Dürnsteiner Tischler, schnitzen lassen können ...«

Während die beiden Ritter anfingen, darüber zu diskutieren, wie alle Welt sich wohl den Heiligen Gral vorstellte, ließ Engel Nikis Hand los, wandte sich ab und ging zu einem der anderen Schränke in der Kammer, vor dem sie eine Zeit lang nachdenklich verweilte. Schließlich stellte sie sich auf die Zehenspitzen und griff nach einem Gegenstand.

Als sie ihn auf das Regal vor den Trinkgefäßen abstellte, verstummten Hadmar und Joachim und betrachteten gemeinsam die goldene Skulptur, die das Mädchen von der anderen Seite des Raumes herübergeholt hatte.

»Es ist ... ein Baum«, sagte Niki überrascht.

»Aber nicht dein Baum von Gondor«, lächelte Engel.

»Ich denke, das ist eine Darstellung vom Baum des Lebens«, sagte Severin. »Der, der in der Mitte des Gartens Eden wächst, direkt neben dem Baum der Erkenntnis von Gut und Böse, von dem Adam und Eva dann die verbotenen Früchte gegessen haben.«

Kein Wunder, dass Engel die Skulptur aufgefallen ist,
dachte Niki. *Sie ist wunderschön.*

Starke Wurzeln bildeten den Fuß der Statue und ver-
schafften ihr einen stabilen Stand. Weiter oben vereinigten
sich die Wurzeln zum Stamm des Baumes, um sich ganz
oben wieder auszubreiten zu einer dichten Krone. Gerade bei
der Gestaltung der Baumkrone hatte der unbekannte Gold-
schmied wahre Wunder vollbracht und sie mit unzähligen
winzigen Blättern verziert. An den Zweigen hingen sogar
kleine Äpfel. Das alles war aus purem Gold geformt, so zart
und filigran, dass Niki sich nicht getraut hätte, die Skulptur
an anderer Stelle als ihrem Stamm auch nur zu berühren.

Am höchsten Punkt der Baumkrone befand sich eine Vertiefung in Form einer Halbkugel, ungefähr so groß wie ein
halber Apfel. Niki vermutete, dass es sich bei der Skulptur
um einen Kerzenständer handelte und an dieser Stelle ursprünglich ein dicker Kerzenstumpen seinen Platz gehabt
hatte.

Engel ignorierte die fragenden Blicke von Theodora und
ihren Gefährten und griff nach einem der Becher.

Nicht nach einem der prunkvollen.

Nicht nach einem der einfachen.

Sie griff nach einem Becher, der in zwei Teile zerbrochen
auf dem Regal lag.

Wie alle anderen Trinkgefäße hatte Niki zuvor auch diesen berührt, allerdings nicht mit besonders viel Enthusiasmus. Der von Engel ausgewählte Becher war wohl aus einem
Halbedelstein geschliffen worden; aufgrund der violetten
Farbe tippte Niki auf Amethyst. Er wusste, dass Quarz in
allen seinen Erscheinungsformen sehr, sehr hart und gleichzeitig sehr, sehr brüchig war: Der unbekannte Steinschnei-
der hatte ein technisches Meisterwerk vollbracht, als er das
Gefäß aus einem Block Stein geschnitten und so lange geschliffen hatte, bis seine Oberfläche glatt wie Glas war und
wie Perlmutt glitzerte. Erst jetzt bemerkte Niki die unzäh-

ligen Farbabstufungen von zartem Hellrosa bis hin zu fast schwarzem Violett.

Engel hat ein viel besseres Auge für Details als ich, dachte Niki. *Ich hatte das Ding praktisch in der Hand, ohne dass mir aufgefallen wäre, wie schön es eigentlich ist.*

Dazu hatte wohl auch der Umstand beigetragen, dass der Kelch irgendwann in zwei Teile zerbrochen war: eine halbkugelförmige Schale, etwas so groß wie zwei zusammengelegte Hände, und einen dicken Stiel.

Engel hatte lediglich nach der Schale gegriffen.

Was zum Teufel ... dachte Niki und hielt dann unwillkürlich den Atem an, als er sah, wie das Mädchen die Amethystschale über den goldenen Baum des Lebens hielt, einen Augenblick lang kritisch musterte, und sie dann mit einer präzisen Bewegung in die halbkugelförmige Vertiefung setzte, in der ursprünglich wohl eine Kerze gestanden hatte.

Wider Erwarten brach kein Ast, kein Blatt, kein goldener Apfel ab.

Die Schale passte perfekt.

Der Effekt war atemberaubend.

Ein einfaches Gefäß aus geschliffenem Stein. In einem prunkvollen Reliquiar aus purem Gold, dachte Niki. *Ich glaube, wir haben gerade den Heiligen Gral gefunden!*

»Das ist es?«, fragte Joachim bitter und warf frustriert die Hände in die Luft. »Wir treffen einander nach vier Jahren auf wundersame Weise wieder, nur um uns nach einer Stunde wieder zu trennen, und diesmal wahrscheinlich für immer? Gewährt uns Gott eigentlich mit Absicht immer nur einen kurzen Blick auf das Paradies, nur um es uns jedes Mal gleich wieder wegzunehmen? Was sind wir für ihn eigentlich? Schachfiguren auf einem Spielbrett, die er nach Lust und Laune herumschiebt? War unsere Sünde so verwerflich, dass wir jetzt dermaßen dafür bestraft werden?«

Die Gefährten vermieden Joachims wilden Blick und sahen zu Boden, um dem Zorn des weißhaarigen Ritters zu entgehen. Niki machte sich Sorgen, dass Joachim gleich anfangen würde, mit den verbliebenen Kelchen und anderen Gegenständen aus der »Abstellkammer«, wie Niki sie in Gedanken nannte, um sich zu werfen; so wütend und verzweifelt sah sein bester Freund aus, als er mit langen Schritten wie ein gefangener Tiger zwischen den Schränken und Regalen auf und ab lief.

Theodora hatte sich als großzügig erwiesen und ihren Gästen nicht nur wie versprochen den »Gral« ihrer Wahl in Form der Amethystschale, sondern auch die von Engel als Reliquiar zweckentfremdete Skulptur mit dem Lebensbaum geschenkt. Aber nicht nur das: Zusätzlich hatte sie jedem der Gefährten erlaubt, sich aus der Abstellkammer einen Gegenstand als Andenken auszusuchen.

Die Zwillinge wählten zwei winzige Ampullen, von denen jede angeblich einen Tropfen vom Blut Christi enthielt. Bertram suchte sich eine Schale aus gebranntem Ton aus und Engel einen Schal, der dem Vernehmen nach Maria Magdalena gehört hatte.

»Eine ehrbare Hure, die es bis zur Vertrauten unseres Erlösers gebracht hat«, zwinkerte Engel. »Das erklärte Vorbild aller Bademägde im Kremser Badehaus. Und *ich* werde es sein, die ihren Schal in Ehren hält!«

Niki wählte ein hübsches kleines Kreuz aus Silber, das er sich um den Hals band als Ersatz für das Schmuckstück, das er seiner Freundin zur Verlobung geschenkt hatte und das er seit ihrer Auseinandersetzung am Vortag in seinem Geldbeutel am Gürtel mit sich herumtrug.

Am Ende hatten alle Gefährten ein kleines Erinnerungsstück erhalten; nur Joachim hatte trotzig Theodoras Abschiedsgeschenk verweigert.

»Kommt mit mir, Dora!«, sagte er schließlich und sah der Prinzessin fest in die Augen. »Hört auf Euer Herz: Ihr wisst, dass Euer Platz an meiner Seite ist!«

»In einem fremden Land, wo man meine Sprache nicht spricht?«, antwortete Theodora ernst. »Unter Menschen, die mich nicht kennen und nicht mögen? Und dafür soll ich meine Familie und Freunde zurücklassen? Ihr verlangt viel von mir, Joachim!«

Die Prinzessin erwiderte Joachims Blick. »Bleibt bei mir, Joachim!«, sagte sie schließlich mit einem traurigen kleinen Lächeln. »Hört auf Euer Herz: Ihr wisst, dass Euer Platz an meiner Seite ist!«

»In einem fremden Land, wo man meine Sprache nicht spricht?«, gab Joachim mit demselben traurigen Lächeln zurück. »Unter Menschen, die mich nicht kennen und nicht mögen? Eurem Vater, um nur ein Beispiel zu nennen? Und dafür soll ich meine Familie und Freunde zurücklassen? Ihr verlangt viel von mir, Theodora!«

Die beiden Liebenden sahen einander schweigend an, die unüberbrückbare Kluft zwischen ihnen für alle Anwesenden fast körperlich spürbar.

Niki lächelte wehmütig, hob einen Zeigefinger und öffnete schon den Mund, um eine bittere Bemerkung zu machen, aber Engel war schneller. Sie trat auf Niki zu, stellte sich auf die Zehenspitzen und verschloss ihm den Mund mit einem langen, leidenschaftlichen Kuss.

»Sag es nicht«, flüsterte Engel, nachdem sich ihre Lippen wieder von denen Nikis gelöst hatten. Tränen schimmerten in ihren grünen Augen. »Danke, dass du für mich zurückgekommen bist. Und dafür deine Familie und deine Freunde zurückgelassen hast!«

Niki umarmte das Mädchen, und für ein paar Herzschläge lang vergaßen die beiden die Welt rund um sie.

»Bei den Möpsen von Maria Magdalena«, sagte Gottfried und verdrehte sein verbliebenes Auge zum Himmel.

»Jetzt fängt das wieder an. Ich mag sie ja lieber, wenn sie streiten. Das ist unterhaltsamer anzusehen.«
»Ich seh den beiden gerne zu, egal was sie tun«, grinste Gerwald und zwinkerte. »Das ist eigentlich immer unterhaltsam.«

Niki und Engel fuhren schuldbewusst auseinander, die Zwillinge begannen zu lachen und die anderen Gefährten stimmten ein. Sogar Joachim und Theodora entkam ein Lächeln.

Die allgemeine Heiterkeit wurde unterbrochen von der Rückkehr Folkbjörns, des zweiten Waräger-Leibwächters der Prinzessin, der ihr leise Bericht über seinen Auftrag erstattete.

»Ihr müsst jetzt aufbrechen«, sagte Theodora, nachdem der hünenhafte Gardist geendet hatte. »Sobald beim ersten Tageslicht die Flut kommt, läuft ein Handelsschiff nach Genua aus. Der Kapitän heißt Giustiniani. Er erwartet euch im Hafen. Folkbjörn wird euch durch einen geheimen Gang aus dem Palast hinausgeleiten. Packt nur das Nötigste zusammen, der Stauraum auf dem Schiff ist beschränkt. Und bei der Liebe Gottes: Beeilt euch! Sobald eure Flucht bemerkt wird, wird mein Vater Himmel und Hölle in Bewegung setzen, um euch zu finden und zurückzubringen!«

»Das ist es also wirklich«, sagte Joachim bitter.

Er trat auf Theodora zu, umfasste zärtlich ihr Gesicht mit den Händen und küsste sie mit all der aufgestauten Leidenschaft von vier Jahren unerfüllter Liebe.

Mit der linken Hand umfasste er ihren Hinterkopf und streichelte sanft ihr Haar.

Mit der rechten griff er zu seinem Gürtel, löste vorsichtig

den Dolch aus seiner Hülle und führte ihn langsam zum Hals der Prinzessin, bevor noch einer der beiden Leibwächter die Situation erfasste.

»Lebt wohl, Dora«, flüsterte Joachim lächelnd und machte einen raschen Schnitt.

»Wie konntest du dem armen Mädchen das nur antun, Joachim«, stammelte Engel entsetzt, während sie den unterirdischen Gang entlanglief, der die Gefährten aus dem Palast hinaus und zurück in die Stadt bringen würde.

»Genau. Nach allem, was sie ... für uns getan hat!«, ergänzte Bertram.

»Erst hat sie uns befreit!«, sagte Gottfried.

»Und dann hat sie uns einen Gral geschenkt!«, sagte Gerwald.

»Jetzt macht aber mal halblang«, knurrte Joachim. »Jeder von euch hat zum Abschied ein Andenken aus der Schatzkammer bekommen. Habe ich etwa kein Anrecht an ein Erinnerungsstück?«

Zärtlich streichelte er die lange Flechte aus schwarzblauem Haar, die er Theodora aus ihrer Mähne geschnitten hatte.

»Ich brauche etwas, das mich an sie erinnert. Und das nach ihr riecht ...«

Eine Stunde später verließ eine Reihe von schattenhaften Gestalten die Karawanserei im venezianischen Viertel von

Konstantinopel durch das Haupttor. Der Mond warf gerade noch genug Licht zwischen die engen Häuserreihen, damit die schwarzen Silhouetten den Weg Richtung Hafen finden konnten, ohne dafür Fackeln anzünden zu müssen. Die Dämmerung war nicht mehr fern.

Die halbwüchsige Gestalt an der Spitze schien den Weg zu kennen wie ihre Westentasche; sie führte ihr Gefolge umsichtig von Schatten zu Schatten und achtete darauf, dass Quergassen rasch und lautlos passiert wurden. Als an einer Stelle aus der Richtung einer nahegelegenen Hafentaverne Geräusche eines lautstark ausgetragenen Streites, untermalt von betrunkenem Singen und Grölen, zu hören waren, hob der Anführer die Hand und brachte damit die Kolonne zum Stehen.

»Das ist gut für uns«, flüsterte er der großgewachsenen Gestalt direkt hinter ihm zu, die erfolglos versuchte, das metallische Klimpern zu vermeiden, das ihr Kettenhemd bei jeder Bewegung verursachte. »Das wird die Aufmerksamkeit der Nachtwächter ablenken. Dies hier ist die letzte Quergasse vor dem Hafen, wo euer Schiff auf euch wartet. Wir haben es fast geschafft!«

Mit Ausnahme des Anführers trug jede der schattenhaften Silhouetten eine prall gepackte Satteltasche über einer Schulter und in der anderen Hand eine Waffe oder einen anderen Gegenstand ihrer Wahl, darunter ein Langbogen, eine schwere Streitaxt und eine Keule, die Ähnlichkeit mit einem Baseballschläger hatte.

Von den drei letzten Gestalten in der Reihe trug die erste eine Armbrust und die zweite eine Laute. Die dritte, etwas korpulent wirkende Gestalt trug nichts in ihrer zweiten Hand; sie hatte offensichtlich bereits mit der schweren Satteltasche mehr als genug zu tragen und lehnte sich schnaufend an eine Hauswand, dankbar für die kurze Unterbrechung.

Der geheime Gang, durch den Folkbjörn die Gefährten aus dem kaiserlichen Palast zurück in die Stadt gebracht hatte, hatte im Wohnturm seinen Anfang genommen, einen Stock über der Schatzkammer, verborgen hinter einem schweren Wandteppich und einer dicken Eisentüre, die der Waräger mit dem größten Schlüssel aufsperrte, den Niki jemals gesehen hatte. Der Gang selbst war nicht mehr als ein Fluchttunnel der kaiserlichen Familie für den Notfall, gegen das Erdreich nur notdürftig abgestützt mit hölzernen Pfählen und Brettern, voller Spinnweben und so niedrig, dass Folkbjörn, Hadmar, Bertram und Niki beim Gehen die Köpfe einziehen mussten.

Der Weg vom Blachernen-Palast in der nordwestlichsten Ecke von Konstantinopel zur Karawanserei im venezianischen Viertel war unter der Führung von Pavlos ohne Zwischenfälle und vor allem ohne Begegnung mit den Patrouillen der Nachtwache vonstattengegangen. Wie es ihnen von Theodora eingeschärft worden war, hatten die Gefährten in aller Eile nur das Nötigste zusammengepackt; Hadmar hatte darauf bestanden, dass jeder von ihnen nur eine seiner beiden Satteltaschen mitnahm und damit schon per Definition die Hälfte seiner Sachen zurücklassen musste.

Bertram war untröstlich gewesen, als er begriffen hatte, dass ihr überhasteter Abschied und ihre Heimreise auf dem Seeweg bedeutete, ihre Pferde in der Karawanserei zurückzulassen. Er hatte es sich nicht nehmen lassen, trotz aller gebotenen Hast noch einmal in den Stall zu laufen und bittere Tränen bei der Verabschiedung von den treuen Tieren zu vergießen, mit denen er in den Monaten ihres Aufenthaltes in Konstantinopel so viel Zeit verbracht hatte. Niki hatte seinen riesenhaften Freund begleitet, seiner braven Socke einen letzten Apfel geschenkt und die Mähne der braunen Stute dabei mit ein paar eigenen Tränen benetzt.

Wenn Georgios, der Besitzer der Karawanserei, darüber verwundert gewesen war, von einem seiner Wachmänner aus dem Schlaf gerissen zu werden, weil die drei seltsamen deutschen Ritter ihn unbedingt noch vor dem Morgengrauen sprechen mussten, dann hatte er es zumindest nicht gezeigt. Er hatte nicht einmal Fragen gestellt, als seine Gäste ihm ihre Pferde und ein halbes Zimmer voll mit zurückgelassenen Gebrauchsgegenständen zum Kauf anboten. Stattdessen hatte er ihnen einen angemessenen Preis dafür bezahlt und versprochen, ihre Pferde nicht der erstbesten Karawane von brutalen Kameltreibern zu überlassen, die ihm ein gutes Angebot für sie machten.

Wenige Minuten darauf waren die Gefährten bereits zu schattenhaften Gestalten in den immer noch dunklen Straßen der Stadt geworden.

Pavlos, die halbwüchsige Gestalt an der Spitze der Gruppe, senkte seinen Arm wieder und gab damit das Zeichen, dass die Luft rein war. Einer nach dem anderen huschten die Gefährten über die Quergasse, an der sie kurz Halt gemacht hatten, und verschwanden fast lautlos am anderen Ende in den Schatten zwischen den Häusern, nur noch wenige Schritte vom rettenden Hafen entfernt.

Auch die letzten drei Gestalten in der Reihe, Engel, Niki und Ottokar, nahmen seufzend ihre Taschen wieder auf und schickten sich an, ihren Freunden zu folgen.

Niki hörte den Pfeil, bevor er ihn sah.

Das Geräusch einer zurückschnellenden Bogensehne, das ihn immer ein wenig an die Saiten seiner Laute erinnerte, hatte er in seiner Zeit im Mittelalter so oft gehört, dass er es immer und überall erkennen würde. Das leise Sirren wie von einem kleinen Insekt ebenso.

In einer instinktiven und völlig nutzlosen Abwehrgeste hob Niki die Arme vors Gesicht; es war aber Ottokar von Pressburg, den der Pfeil traf.

Ottokar schrie auf, taumelte unter der Wucht des Aufschlages einen Schritt nach vorne, stolperte und fiel auf die Knie.

Voller Entsetzen starrte Niki auf die blutverschmierte Spitze des Pfeils, die aus der Brust seines ungarischen Freundes ragte.

Hinter ihnen klangen die Schritte eines einzelnen Verfolgers auf; flackernder Fackelschein erhellte das schmale Gässchen, das Pavlos für die Gefährten als ihren Weg zum Hafen ausgesucht hatte.

»*Vieni qui! L'ho trovata!*«, schrie der auf sie zulaufende Mann aus Leibeskräften. »Hierher! Ich habe sie gefunden!«

Während Niki einen unendlich scheinenden Moment lang panisch überlegte, ob er dem Angreifer selbst entgegentreten oder lieber Hadmar und die anderen zurückrufen sollte, ließ Engel bereits ihre Satteltasche von der Schulter fallen, sank auf ein Knie nieder und legte ruhig ihre Armbrust an, ganz als ob sie beim Üben mit Hadmar im Wald auf einen Baum zielen würde und nicht in den nächtlichen Straßen von Konstantinopel auf einen mit erhobener Fackel und gezogenem Schwert auf sie zustürmenden Soldaten.

Im Licht der Fackel erkannte Niki, dass der Angreifer ein Kettenhemd und die ledernen Unterarmschoner eines Bogenschützen trug, beides zum Teil verdeckt von einem dunklen Kapuzenumhang, der ihm das Aussehen eines mordlustigen Mönches verlieh. Der Mann grinste höhnisch, als er nur einen unschlüssigen Burschen mit einer Laute in der Hand und ein Mädchen auf ihren Knien auf ihn warten sah.

Engel entsicherte den Abzug, atmete langsam aus und fixierte ihr Ziel aus weit geöffneten Augen, wie sie es von Hadmar gelernt hatte.

Als der Soldat die Armbrust in Engels Hand erkannte, war er nur noch wenige Schritte entfernt und überdies in vollem Lauf; in der engen Gasse hatte er nicht den Funken einer Chance.

Engel betätigte den Abzug.

Aus dieser kurzen Distanz durchschlug der Bolzen den Umhang, das Kettenhemd und den Körper des Bogenschützens nahezu ungebremst wie eine großkalibrige Pistolenkugel; Niki konnte hören, wie das metallene Geschoss hinter dem glücklosen Soldaten an eine Häuserwand prallte und zu Boden fiel.

Der Mann wurde durch die Wucht des Einschlages abrupt zum Stillstand gebracht, als wäre er mit voller Geschwindigkeit gegen eine unsichtbare Mauer gelaufen. Irritiert sah er an sich hinunter, das höhnische Lächeln immer noch wie eingefroren auf seinem Gesicht. Das Schwert entfiel seiner mit einem Mal kraftlosen rechten Hand und prallte mit lautem Klirren auf das Kopfsteinpflaster. Seine Hand tastete nach seiner Brust und fand das Einschussloch, das sich so plötzlich in seinem Kettenhemd aufgetan hatte. Überrascht starrte er auf das dunkle Blut, das im Rhythmus seines Herzschlages in heißen Kaskaden daraus hervortrat und von seiner Hand zu Boden tropfte.

Der letzte ungläubige Blick des Bogenschützens galt Engel, als seine Beine unter ihm wegknickten und er seitwärts gegen eine Hauswand taumelte. Seine Hand hinterließ eine blutige Spur, als er zusammensackte, auf den Rücken fiel und sich endlich nicht mehr bewegte, die offenen Augen blicklos auf den Mond gerichtet.

»Otto«, flüsterte Niki, immer noch zu kaum einem klaren Gedanken fähig. »Mein Gott, Otto …«

Immerhin hatte er die Geistesgegenwart besessen, die Fackel des Bogenschützens vom Boden aufzuheben, bevor sie verloschen war.

Auf das kommt es jetzt auch nicht mehr an nach dem Lärm, den der mörderische Mönch geschlagen hat, dachte

Niki, als er Engel half, den stöhnenden Ungarn auf den Rücken zu drehen und Ottokars Kopf auf seinen Schoß bettete. *Wer immer da auch nach uns gesucht hat: Er weiß jetzt, dass wir hier sind.*

Während Engel den Verschluss von Ottokars nachtschwarzem Umhang löste und mit ihrem Messer seinen Leibrock von der verletzten Schulter schnitt, warf Niki einen nervösen Blick in die Richtung, aus der der Angreifer gekommen war: Die schmale Gasse lag dunkel und still vor ihm. Der Pfeil hatte den unglücklichen Ungarn in den Rücken getroffen und war beim Austritt aus seiner Brust unterhalb seines linken Schlüsselbeins in seinem Körper steckengeblieben. Engel versuchte erfolglos, den blutverschmierten Pfeil nach vor oder zurück zu bewegen; als Ottokar sich zusammenkrümmte und vor Schmerzen aufschrie, gab sie ihre Bemühungen auf.

»Der Pfeil ist mit Widerhaken versehen, und zwar in beide Richtungen«, flüsterte sie Niki zu. »Das Instrument eines feigen Meuchelmörders. Ich kann ihn weder herausziehen noch durchdrücken.«

Gemeinsam rollten sie den ungarischen Edelmann auf seine unverletzte rechte Seite, damit er sich den Pfeil nicht durch sein eigenes Gewicht noch tiefer durch den Körper bohrte. Tatsächlich entspannte sich Ottokar etwas; er schrie und stöhnte nicht mehr, sondern lag nur noch schwer atmend mit geschlossenen Augen auf der Seite.

»Er wird sterben«, flüsterte Engel leise und so nah an Nikis Ohr, dass er ihren warmen Atem spürte. »Und das sehr bald. Die Wunde blutet stark, nach außen und wohl auch nach innen. Egal was wir machen: Otto hat keine Stunde mehr zu leben. Es … es tut mir leid.«

»Nikolaus«, sagte Ottokar leise, als hätte er Engel gehört. »Ich habe einen letzten Wunsch an Euch!«

»Spart Euch den Atem, alter Freund«, antwortete Niki. »Ihr kommt wieder in Ordnung. Jeden Moment werden

Hadmar und die anderen zurückkommen, um nachzusehen, wo wir abgeblieben sind. Sobald wir erst auf dem Schiff in Sicherheit sind, kümmern wir uns um Eure Wunde!« Ottokar rang sich ein schmerzliches Lächeln ab. »Eure Absicht ist genauso ehrenhaft wie Eure Worte unwahr«, sagte er. »Ich kann bereits spüren, wie mit meinem Blut auch das Leben langsam meinen Körper verlässt.« Niki brachte es nicht übers Herz, Ottokar ein zweites Mal anzulügen. Er saß nur da, den Kopf des Ungarn in seinen Schoß gebettet, und sah schweigend und mit Tränen in den Augen auf ihn hinunter.

»Ihr müsst etwas für mich tun«, sagte Ottokar. »Seid so gut und entnehmt meiner Satteltasche das Tagebuch, das ich seit Anbeginn unserer Reise treulich geführt habe. Das war die Aufgabe, mit der Herzog Leopold mich betraut hat.«

Engel öffnete die Riemen von Ottokars Tasche und fand tatsächlich ganz oben das dicke, in schwarzes Leder gebundene Buch, in das die Gefährten den Ungarn an so vielen Abenden bei Kerzenschein noch emsig hatten kritzeln sehen.

»Nehmt es an Euch, Nikolaus. Ihr seid des Schreibens mächtig. Führt es fort, und übergebt es am Ende Eurer Fahrt dem Herzog mit den besten Grüßen von seinem treuen Diener Ottokar. Meine Familie soll erfahren, dass ich meinen Auftrag getreu erfüllt und ihr keine Schande bereitet habe.«

Niki öffnete den Mund, um etwas zu sagen, und schloss ihn wieder, weil sich in diesem Moment das Geräusch von Schritten und der Schein von Fackeln näherten.

Leider nicht vom Hafen her, sondern aus der Richtung, aus der der Bogenschütze gekommen war.

Niki, Engel und selbst Ottokar hoben den Kopf und sahen eine Gruppe von Männern näherkommen, die alle in schwarze Mönchskutten gekleidet waren wie der erste Angreifer. Nur eine der Gestalten hob sich deutlich von seinen Begleitern ab: Ein Mann trug einen leuchtend weißen Kapuzenumhang. Ein großes silbernes Kruzifix lag auf seiner Brust und glänzte rot im Schein der Fackeln.

Oh. My. Fucking. God, dachte Niki. *Es ist Ronaldo von Verona. Der Legat des Papstes.*

Als die heraneilenden Mönche ihren gefallenen Bruder auf dem Boden der schmalen Gasse erkannten, hielten sie einen Augenblick lang unschlüssig inne.

Diesen Moment nutzte Ottokar, um sich zu Nikis Überraschung auf die Knie zu rollen und langsam und mit verzerrtem Gesicht aufzustehen. Es war ihm anzusehen, wie sehr ihn jede Bewegung schmerzte; kalter Schweiß klebte seine schwarzen Haare an seinen Kopf wie einen Helm. Bevor Niki ihn daran hindern konnte, richtete er sich stolz auf und zog mit seiner unverletzten rechten Hand sein Schwert aus der Scheide an seinem Gürtel.

Niki musste nicht danach fragen, was sein alter Freund vorhatte.

Ein legendäres letztes Gefecht, dachte er. *Otto will sich seinen Lebenstraum erfüllen.*

»Ich lass ihn ganz sicher nicht alleine hier sterben«, flüsterte Niki trotzig. »Er ist mein verdammter Freund, verstehst du das nicht, Engel?«

»Und ich bin deine verdammte *Frau!*«, flüsterte Engel aufgebracht zurück. »Hat Hadmar dich jetzt auch schon angesteckt mit seiner verbohrten Vorstellung vom heldenhaften Rittertum? Meine Armbrust ist leergeschossen, und was genau willst *du* tun? Den Angreifern deine Laute über den Schädel ziehen?«

Lauft zum Hafen, hatte Ottokar leise gesagt. *Findet unser Schiff. Die Gasse ist schmal. Wenn sie euch folgen wollen, müssen sie an mir vorbei. Ich kann sie nicht aufhalten, aber ich kann euch einen Vorsprung verschaffen.*

Niki hatte sich rundheraus geweigert.

Erbost versetzte Engel ihrem Freund einen Schubs, der ihn einen Schritt zurücktaumeln ließ.

»Wollen wir Otto wirklich unsere Freundschaft dadurch beweisen, dass wir gemeinsam mit ihm in einer stinkenden Gasse in Konstantinopel sterben?«, zischte sie. »Damit ist niemandem gedient: ihm nicht, und uns schon gar nicht. Beflecken wir sein Andenken nicht dadurch, dass wir seinem edlen Opfer den Sinn nehmen!«

Engel packte Niki unsanft am Kragen seines Mantels und trat mit ihm gemeinsam auf Ottokar zu, der immer noch aufrecht über der Leiche des gefallenen Bogenschützens stand und Ronaldo und seinen Spießgesellen ruhig entgegenblickte. Sein schweißüberströmtes Gesicht, die weit aufgerissenen Augen und der mit tödlichen Widerhaken versehene Pfeil, dessen weißes Gefieder und dessen blutige Spitze aus seinem Rücken und seiner Brust ragten, gaben ihm für Niki das Aussehen eines lebenden Toten aus einem Zombiefilm.

Engel trat auf den reglosen Ungarn zu, umarmte ihn vorsichtig und küsste ihn sanft auf den Mund.

»Danke für alles, was du für uns tust«, sagte sie leise, zum ersten Mal die persönliche statt der höflichen Anrede verwendend. »Ich werde dein Andenken für immer in meinem Herzen bewahren.«

Schweren Herzens trat auch Niki zu seinem Freund.

»Sei unbesorgt: Deine Chronik ist bei mir in besten Händen«, brachte er heiser hervor. »Halt mir … Halt mir einen Platz in der Hölle frei, Alter!«

Ottokar stellte sein Schwert mit der Spitze auf die Pflastersteine, um Niki die Hand reichen zu können.

»Wir kommen nicht in die Hölle, Niki«, sagte er mit einem schiefen Grinsen. »Wie sagt Severin immer: Die Hölle

ist voll mit Kirchenmännern. Nach heute Nacht hoffentlich mit ein paar mehr!«
Dann griff er wieder zu seinem Schwert und wandte sich ab.

Niki sah wenig durch den Schleier seiner Tränen. Er folgte einfach Engels leichten Schritten, als sie die letzte Quergasse vor dem Hafen überquerten.

Als Engel und Niki auf der anderen Seite in die Schatten eintauchten, die ersten Schiffe am Kai bereits in Sichtweite, hörten sie hinter sich plötzlich Kampfeslärm aufbranden.

Das Geräusch von laufenden Schritten.
Den scharfen Klang von Stahl auf Stahl.
Die Schreie von verwundeten Männern.
Und ein letztes Mal Ottokar von Pressburgs Stimme.
»Hossa!«, rief er.
Und lachte dabei.

Als Engel und Niki zwischen den letzten Häusern hindurcheilten, keuchend unter der Last ihrer Satteltaschen, und endlich, endlich im ersten Licht des Morgengrauens den Kai, die Schiffe und das rettende Meer vor sich sahen, sprangen zwei schattenhafte Gestalten mit gezückten Schwertern in ihren Weg.

Nach einem Moment, in dem er glaubte, sein Herz würde jetzt endgültig stehen bleiben, erkannte Niki Hadmar und Joachim.

Eine Seite von Joachims Gesicht war blutüberströmt, ein Ohr zerschnitten und in Fetzen.

»Wir waren gerade auf dem Weg, um nachzusehen, was aus euch geworden ist«, sagte Hadmar grimmig. »Wir konnten leider nicht früher kommen: Wir hatten Ärger.«

Die beiden Ritter traten zur Seite und gaben den Blick frei auf zwei Gestalten in schwarzen Mönchskutten, die ein paar Schritte entfernt regungslos auf der Hafenmauer lagen. »Sie haben in den Schatten zwischen den Lagerhäusern gelauert und uns aus dem Hinterhalt angegriffen. Joachim hat leider den ersten Schlag abbekommen.«

»Nicht so schlimm«, lächelte Joachim bitter. »Ich hab dabei nicht einmal Theodoras Locke verloren. Und die Fähigkeit zu hören wird ohnehin überschätzt.«

»Wir hatten auch Ärger«, brachte Niki hervor, als er endlich seine Sprache wiederfand.

Joachims Lächeln erlosch, als er Ottokars Abwesenheit bemerkte.

»Otto hat einen Pfeil in den Rücken abbekommen. Die schwarzen Mönche gehören zu Ronaldo von Verona, dem päpstlichen Gesandten, der in Dürnstein die Exkommunikation Eures Vaters ausgesprochen hat«, sagte Engel hastig. »Sie müssen jeden Augenblick hier sein!«

»Und Ottokar?«, fragte Hadmar.

»Hat sich geopfert, um die Angreifer aufzuhalten«, brach es aus Niki heraus. »In einem legendären ... letzten ... Gefecht ...«

Niki versagte die Stimme.

»Ottokar hat sich verletzt den Angreifern entgegengestellt, und du bist wie ein Feigling davongelaufen?«, brauste Hadmar auf.

»Er hat darauf bestanden und keinen Widerspruch geduldet«, erwiderte Niki hitzig. »Außerdem war er durch den Pfeil bereits auf den Tod verwundet. Die verdammte Spitze ist aus seiner Brust geragt!«

Niki und Hadmar standen einander Nase an Nase gegenüber und starrten einander feindselig an, als ob kalte Blicke alleine ausreichen würden, ihren jeweiligen Widerpart einzuschüchtern und den Disput zu gewinnen.

»Können wir das bitte später ausdiskutieren«, sagte Joachim. »Keine Zeit dafür jetzt. Wir gehen sofort an Bord des Schiffes, die anderen warten schon auf uns. Von dort oben können wir uns besser verteidigen als hier auf der Hafenmauer. Das große da vorne, auf dem die Laternen an Deck schon brennen. Ihr lauft voraus, wir halten euch den Rücken frei! Los jetzt!«

Niki und Engel liefen Seite an Seite den Kai entlang, zu ihrer linken Hand die dunklen Silhouetten der Lagerhäuser, zu ihrer rechten die einer langen Reihe von Schiffen unterschiedlicher Form und Größe, hinter ihnen das Geräusch von Hadmars und Joachims Stiefeln auf den Pflastersteinen.

Mit jedem Schritt spürte Niki, wie sich die bleierne Müdigkeit einer durchwachten Nacht bemerkbar machte. Mit einem Mal drohten ihn die Trauer um Ottokar, der Ärger über Hadmar, das Gewicht seiner Satteltasche zu übermannen; Niki fragte sich, ob er die Planke zu dem durch Laternen beleuchteten Schiff, an dessen unterem Ende eine kleine Gruppe von Männern zusammenstand und ihnen entgegensah, jemals erreichen würde.

Als er es nach einer gefühlten Ewigkeit endlich tat, erkannte er Bertram, Severin, die Zwillinge – und Pavlos, der sich gerade von ihnen verabschiedete.

Während Hadmar und Joachim ihr Gefolge einen nach dem anderen die Planke hoch und an Bord des großen Handelsschiffes scheuchten, das wie eine schwarze Wand neben ihnen aufragte, wandte sich Niki an den jungen Byzantiner, der ihnen in den Monaten ihres Aufenthaltes zu einem guten Freund geworden war.

»Komm mit uns, Pavlos«, keuchte er, noch außer Atem vom langen Lauf über die Kaimauer. »Wir schulden dir allen Dank der Welt. Du hast uns heute echt den Arsch gerettet!«

»In ein fremdes Land, wo man meine Sprache nicht spricht?«, antwortete der Bursch mit seinem typischen breiten Grinsen, das die weißen Zähne in seinem gebräunten Gesicht nur so leuchten ließ. »Unter Menschen, die mich nicht kennen und nicht mögen? Und dafür soll ich meine Familie und Freunde zurücklassen?«

Pavlos streckte Niki seine Rechte entgegen.

»Danke für das Angebot, aber mein Platz ist hier«, sagte er. »Und Hadmar hat mich großzügig entlohnt für meine Dienste. Ich wünsche Euch ein langes Leben, Nikolaus!«

Als Niki zögernd die dargebotene Hand ergriff, fragte er sich, ob er Pavlos zum Dank für seine Hilfe wenigstens vor der Katastrophe warnen sollte, die Konstantinopel im Jahre 1204 heimsuchen würde: die Eroberung, Plünderung und Zerstörung der Stadt durch das Kreuzfahrerheer des vierten Kreuzzuges.

Die Antwort war natürlich klar: No way.

»Ich wünsche dir ein langes Leben, Pavlos.« sagte er daher nur. »Danke für alles!«

Auf dem Weg die Planke hinauf zum Deck des Schiffes stockte sein Schritt.

Nein, dachte er. *Ich bring es wieder nicht übers Herz. Scheiß auf die oberste Direktive.*

Er drehte sich um und blickte noch einmal zurück.

»Pavlos, tu mir bitte einen Gefallen«, sagte er hastig. »Ziemlich genau heute in zehn Jahren wird etwas Schreckliches geschehen hier in der Stadt. Ihre Häuser werden niedergebrannt, ihre Kirchen entweiht, ihre Schätze geplündert. Ihre Männer werden getötet, ihre Frauen geschändet, ihre

Kinder als Sklaven verkauft. Frag mich nicht, woher ich das weiß, vertrau mir einfach!« Pavlos sah Niki mit großen Augen an, als hätte er den Verstand verloren.

»Sei. Bitte. Nicht. Da.«, fuhr Niki eindringlich fort. »Nimm alle Menschen, die dir lieb und wert sind, und verlasse mit ihnen Konstantinopel. Muss nicht weit sein, nur raus aus der Stadt. Zu Verwandten auf dem Land vielleicht? Du wirst es merken, wenn alles vorbei ist. Dann kannst du wieder zurückkehren.« *Wenn du dann noch willst,* dachte er. *Wenn dann noch etwas hier ist, dass es wert ist, dafür zurückzukommen.*

Das Gesicht des jungen Griechen verriet nicht, ob er Nikis hastig herausgesprudelte Worte verstanden oder ihnen gar Glauben geschenkt hatte. Mit einem Lächeln hob er die Hand zu einem letzten Gruß, dann wandte Pavlos sich ab und verschwand in den Schatten zwischen den Lagerhäusern.

Während Niki seinem jungen Freund noch nachsah, erschienen im ersten Grau des neuen Morgens am anderen Ende der Hafenmauer Männer in schwarzen Mönchskutten. Erst einer, dann ein zweiter, dann immer mehr.

Unter ihnen ein Einziger, der ganz in Weiß gekleidet war.

»Kommst du jetzt endlich an Bord«, zischte Hadmar wütend, während er Niki mit kräftiger Hand am Kragen packte und ihn die letzten Schritte die Planke hinauf auf das Schiff zerrte.

Hinter ihnen erwachte das Schiff zum Leben: Eine mächtige Stimme rief Befehle, Seeleute bewegten sich rasch und zielstrebig bei ihrer Ausführung, ohne von ihren Passagieren Notiz zu nehmen, die in der Mitte des Decks als verschreckte Gruppe rund um den Hauptmast zusammenstanden und sich bemühten, niemandem im Weg zu stehen. Die Leinen, mit denen die »Nautilos« am Ufer vertäut war, wurden gelöst, die Planke, über die Hadmar und sein Gefolge das Schiff betreten hatten, eingeholt, das Schiff vom Ufer abgestoßen.

Als Ronaldo von Verona und seine Männer die Stelle an der Hafenmauer erreichten, wo das Handelsschiff kurz zuvor noch gelegen war, befand sich dieses bereits außerhalb der Reichweite ihrer Bögen. Niki beobachtete, wie der weißgekleidete Mönch wild mit den Armen gestikulierend Befehle rief. Sein Gefolge teilte sich daraufhin in zwei Gruppen auf, die vom Kai in zwei sich auf ihre morgendliche Ausfahrt vorbereitendende Fischerboote sprangen und der überraschten Besatzung ihre Messer an die Kehlen hielten.

Kurz darauf legten die beiden Fischerboote ab und nahmen die Verfolgung der »Nautilos« auf. Niki sah, wie sich die Mönche an den Rudern ins Zeug legten.

»Können sie uns einholen?«, fragte Joachim nachdenklich.

»Sobald wir erst einmal unsere Segel gesetzt haben, nicht mehr«, antwortete Kapitän Giustiniani, ein großgewachsener Genueser mit dunklen Locken, buschigen Augenbrauen, einer mächtigen Hakennase und einem nicht minder mächtigen Kinn. »Das können wir aber erst, wenn der Hafenmeister die Sperrkette zwischen Konstantinopel und Galata, drüben auf der anderen Seite des Goldenen Horns, ins Wasser hinabsenken lässt und damit den Hafen öffnet. Muss eigentlich jeden Moment so weit sein ...«

Hadmar, Joachim und Niki folgten dem Blick des Kapitäns und sahen einen Matrosen, der am hinteren Ende des Schiffes auf einem eine Ebene höher gelegenen kleineren Deck neben dem Steuerrad stand und mit einer Laterne hektisch Lichtsignale in Richtung Kai abgab.

Bis jetzt anscheinend vergebens.

Giustiniani trat an die Bordwand zu den drei Rittern und blickte den sich nähernden Fischerbooten mit finsterem Gesicht entgegen.

»Sie haben Bögen und Schwerter«, sagte Niki. »Und Kettenhemden unter ihren Umhängen«, fügte er hinzu, als er sich an den Angreifer erinnerte, den Engel erschossen hatte.

»Die Bögen werden ihnen nicht viel nützen«, sagte der Kapitän nachdenklich. »Die kleinen Fischerboote liegen unruhig im Wasser, selbst hier im geschützten Hafenbereich, wo der Wellengang nicht so hoch ist wie draußen im offenen Meer. Es ist schwer, von einem stark schwankenden Untergrund aus Pfeile an ihr Ziel zu bringen. Und Kettenhemden sind auf See eher Fluch als Segen: Wer damit ins Wasser fällt, kommt nie wieder an die Oberfläche zurück.«

Wie zur Bestätigung seiner Worte zischten im nächsten Moment die ersten Pfeile über die Köpfe der Männer hinweg, um hinter dem Schiff harmlos ins Wasser zu fallen. Ein Pfeil traf mit einem dumpfen, hölzernen Einschlag die hüfthohe Bordwand der »Nautilos« genau an der Stelle, wo Nikis Hände sie umklammert hielten, jeweils nur wenige Zentimeter von seinen Daumen entfernt. Der junge Troubadour starrte erschrocken auf den zwischen seinen Händen zitternden Schaft hinunter: Eine Handbreit höher und der Pfeil hätte seinen Bauch durchbohrt.

»Ausnahmen bestätigen die Regel«, knurrte Giustiniani und drückte die Köpfe der drei Ritter hinter der Bordwand in Deckung und auch den von Bertram dem Bullen, der sich von seinem Platz unter dem Hauptmast zu ihnen geflüchtet hatte, als die ersten Pfeile über die Köpfe der Gefährten flogen.

Niki sah sich besorgt nach Engel um; ihre Blicke trafen sich für einen Moment, als sie gerade gemeinsam mit Severin und den Zwillingen von einem Matrosen durch eine Luke unter Deck im Bauch des Schiffes in Sicherheit gebracht wurde.

»Können diese Hurensöhne das Schiff entern, wenn sie uns erreichen?«, fragte Hadmar, wie die anderen zusammengekauert hinter der Bordwand.

»Klar«, antwortete der Kapitän. »Leicht ist es nicht, weil sie niedriger im Wasser liegen als wir und von unten nach oben kämpfen müssen. Wenn uns aber eines ihrer Boote mit einem Hagel von Pfeilen in Deckung hält so wie jetzt gerade, dann kann das andere ungehindert Seile über die Bordwand werfen und Männer an Deck bringen.«

»Wie viele waffenfähige Männer habt Ihr hier an Bord, Kapitän?«

»Unter meinem Kommando dienen achtzehn Matrosen, wenn Ihr das meint, Hadmar«, knurrte Giustiniani. »Sie fürchten weder Tod noch Teufel und sind noch nie einer Messerstecherei in einer Hafentaverne aus dem Weg gegangen. Aber sie sind trotzdem nur einfache Seeleute; gegen Krieger in Kettenhemden werden sie nicht viel ausrichten können.«

Hadmar fluchte lautstark.

»Hat jemand gesehen, mit wie vielen von den Bastarden wir es zu tun haben?« fragte er.

Joachim, der die Zeit genutzt hatte, um eine Bogensehne aus seiner Gürteltasche zu holen und an seinem zuvor entspannten Langbogen zu befestigen, zog die Sehne des nunmehr stark gekrümmten Bogens probeweise zurück, um seine Spannkraft zu überprüfen, bevor er sie vorsichtig wieder in die Ausgangsposition zurückführte. Dann richtete er sich ohne ein weiteres Wort zu voller Größe auf, blickte auf die sich nähernden Fischerboote hinunter und legte einen Pfeil an die Bogensehne.

Einen Moment lang stand er breitbeinig da, mit bis zur Grenze seiner Spannkraft aufgezogenem Bogen, unbeweglich wie eine Statue, eine Gesichtshälfte immer noch mit Blut verklebt, während die Pfeile der Angreifer ihn auf allen Seiten umschwirrten wie zornige Hornissen.

Dann schoss er seinen ersten Pfeil ab. Und einen zweiten. Und einen dritten.

Niki, der sich auf seinen Knien gerade so weit aufgerichtet hatte, dass seine Nasenspitze über die Bordwand ragte, sah, dass Joachims erster Pfeil über das nächstgelegene Fischerboot hinwegflog und dahinter ins Wasser fiel, weil das kleine Boot genau in diesem Augenblick in ein Wellental hinabglitt. Der zweite schlug in seine Bordwand ein, wo er zitternd steckenblieb.

Der dritte schließlich traf einen der an der Bordwand stehenden Bogenschützen in die Schulter; der Mann wurde durch die Wucht des Aufpralls halb um die eigene Achse herumgerissen, kippte rücklings über die niedrige Bordwand des Fischerbootes und verschwand mit einem lauten Schrei im dunklen Wasser des Hafens, bevor ihm einer seiner überraschten Kameraden zu Hilfe kommen konnte.

Er kam nicht wieder an die Oberfläche.

»Es sind zu viele«, keuchte Joachim, als er wieder hinter der Bordwand Deckung suchte. »Mindestens zehn in jedem Boot, die Hälfte davon Bogenschützen. Mit zwei Dutzend Kriegern werden wir nicht fertig, mit oder ohne den Matrosen!«

»Sieht aus, als hättet ihr euch einen mächtigen Feind gemacht«, fluchte Giustiniani. »Wenn ich nur wüsste, warum der Hafenmeister nicht endlich die verdammte Kette runterlässt!«

»Ich glaube, ich weiß, warum«, sagte Niki.

Als er merkte, dass ihn seine Freunde und der Kapitän verständnislos anstarrten, deutete er mit dem Kopf in Richtung des Kais.

Dort, wo die »Nautilos« kurz zuvor noch an der Hafenmauer vertäut gewesen war, stand nicht mehr nur Ronaldo von Verona zusammen mit einer Handvoll seiner Kriegermönche. Neben ihnen war eine gefühlte halbe Kompanie der Warägergarde aufmarschiert. Ausnahmslos alle Männer auf dem Kai blickten zu ihnen herüber.

»Unsere Flucht wurde bemerkt«, sagte Hadmar tonlos. »Wir sind verloren.«

Niki kniff die Augen zusammen, um besser sehen zu können; der Kommandant der Waräger, offensichtlich in ein lebhaftes Gespräch mit Ronaldo vertieft, kam ihm bekannt vor. Groß und breitschultrig waren die Angehörigen der kaiserlichen Elitetruppe ja alle, Schwerter am Gürtel, Rundschilde auf dem Rücken und langstielige Äxte in den Händen trugen sie auch alle. Das Gesicht des Kommandanten konnte Niki auf die Entfernung nicht erkennen.

Vielleicht lag es an seiner Haltung, an seiner Gestik, an seinen in den ersten Strahlen der Morgensonne glänzenden goldenen Armreifen, dass Niki keinen Zweifel hatte, wer die Warägergarde anführte. Vor seinem geistigen Auge konnte er die eisblauen Augen, den blonden Rauschebart und das von Zöpfen eingerahmte Gesicht fast leibhaft vor sich sehen.

Es gehörte Rurik Snorrisson.

»Das ist doch … mein Freund Rurik«, sagte Bertram, der offensichtlich zur gleichen Schlussfolgerung wie Niki gelangt war.

Zur allgemeinen Überraschung rappelte er sich von seinen Knien hoch und richtete sich auf, bis er, wie vorhin Joachim, in voller Größe mitten im Pfeilhagel stand.

»Bert, komm sofort wieder runter, du Wahnsinniger«, zischte Niki und zerrte ohne nennenswerten Erfolg an Bertrams Beinkleidern. Als er wieder zu seinem Freund hochschaute, sah er, dass dieser die ausgestreckte rechte Hand zum Gruß erhoben hatte. So stand er in aller Seelenruhe da, unbeweglich wie eine Statue aus Marmor, die links und rechts an ihm vorbeifliegenden Pfeile völlig ignorierend.

Nein, aus Bronze, dachte Niki. *Wie der Koloss von Rhodos, nur ohne Fackel in der Hand.*

Als Nikis Blick zur Hafenmauer wanderte, bemerkte er, dass Rurik sein Gespräch mit Ronaldo unterbrochen hatte und dem immer noch wild gestikulierenden Römer keine Aufmerksamkeit mehr schenkte: Stattdessen sah er unschlüssig zu ihnen herüber.

Kann es sein, dass er Bertram erkannt hat?, fragte sich Niki. *Seine Größe, seine Breite, seinen feuerroten Haarschopf?*

Einer spontanen Eingebung folgend sprang er selbst auf die Beine und zog dabei Hadmar und Joachim mit sich hoch.

»Bist du närrisch, Blondie?«, zischte Hadmar. »Hast du nicht die Bogenschützen gesehen? Willst du uns alle umbringen?«

Niki ignorierte Hadmars Einwand und zerrte seine beiden Gefährten so lange am Arm hoch, bis sie schließlich zu dritt neben Bertram standen und sich unsicher umsahen.

»Und jetzt macht, was er macht!«, herrschte er sie an. »Schaut zu Rurik hinüber und entbietet ihm unseren ritterlichen Gruß. JETZT!«

Niki konnte sich nicht erinnern, jemals so mit Hadmar und Joachim gesprochen zu haben. Vermutlich war es ihrer Überraschung darüber zuzuschreiben, dass die beiden Ritter ohne Widerrede ihre Hände zum Gruß hoben, erst etwas zögerlich, dann aber mit neugewonnener Entschlossenheit.

Und so standen sie dann alle vier nebeneinander, hoch aufgerichtet, ungeachtet der Pfeile, die die Bogenschützen auf den Fischerbooten mit neu angefachtem Eifer auf sie abschossen.

Jeder Einzelne von ihnen auf seine eigene Weise leuchtend in den ersten Strahlen der Morgensonne.

Bertram, groß und breit wie ein Schrank, mit seinem knallroten Buschen an Haar, das noch nie einen Kamm gesehen hatte.

Hadmar, wie immer von Kopf bis Fuß in seinem schimmernden Kettenhemd, darüber der schwarz und golden gestreifte Waffenrock der Kuenringer, sein langes dunkles Haar wehend in der auffrischenden Morgenbrise. Joachim, ganz in Grün, auf seiner Brust der goldene Stern am Himmel über Senftenberg, sein weißes Haar fast silbern im flachen Sonnenlicht.

Und Niki selbst, groß und schlank und blondgelockt in seinem braunen Lederwams, der rote Waffenrock mit den goldenen Löwen, den Richard Löwenherz ihm zum Abschied geschenkt hatte, wohl ebenfalls weithin sichtbar über die Wasserfläche des Hafenbeckens.

Hoffte Niki zumindest.

Er MUSS uns einfach erkennen und bemerken, dass die entflohenen Gefangenen, die er einfangen und zurück ins Gefängnis bringen soll, dieselben Menschen sind, die ihm am Balkantor das Leben gerettet haben, dachte er.

Später erinnerte sich Niki noch häufig an diese Szene auf dem Deck der »Nautilos« zurück, sah vor seinem geistigen Auge die bereits viel zu nah herangekommenen Fischerboote, die zu wütenden Grimassen verzerrten Gesichter der Bogenschützen; für sie mussten die vier auf dem Hauptdeck des Handelsschiffes nebeneinander stehenden Männer mit den erhobenen Armen wie eine Fleisch gewordene Provokation wirken. Doch obwohl sie ihre Anstrengungen daraufhin verdoppelten: Keiner der von ihren in den kleinen Wellen des auffrischenden Morgenwindes stampfenden Fischerbooten abgeschossenen Pfeile krümmte den Gefährten auch nur ein Haar.

Jetzt mach schon, Alter, dachte Niki mit zunehmender Verzweiflung. *Wir sind es! Ich hab die Stelle im Schnee entdeckt, wo die Lawine dich begraben hat. Bertram hat als menschlicher Bulldozer einen Weg zu dir durch den mannshohen Schnee gegraben. Hadmar und Joachim haben dich ausgebuddelt und aus deinem weißen, kalten Grab gezogen. Du schuldest uns dein verdammtes Leben!*

Einen Atemzug lang sah Rurik noch ausdruckslos zu den vier Männern herüber. Dann gab er einem neben ihm stehenden Waräger eine Anweisung. Ronaldo von Verona an Ruriks Seite begann wieder, heftig zu gestikulieren. Rurik schenkte ihm keinerlei Aufmerksamkeit. Ohne den Blick von der »Nautilos« abzuwenden, hob er die Hand zum Gruß.

Er stand noch so da, als die mächtige Stimme von Kapitän Giustiniani über das Schiff hallte: »Die Sperrkette senkt sich! Segel setzen! SUBITO!« Die Matrosen stürzten aus ihren Verstecken hervor und nahmen ihre Plätze ein. Segel fielen herab und füllten sich mit dem Wind, der schon Hadmars dunkle Mähne so vorteilhaft in Szene gesetzt hatte. Der Steuermann drehte das Schiff in den Wind, bis es fast einen Satz zu machen schien und mit hoher Geschwindigkeit auf die Ausfahrt des Hafens zuschoss.

Die beiden Fischerboote blieben rasch im weiß schäumenden Kielwasser zurück; als das Handelsschiff die herabgelassene Kette passierte, die den Hafen nachts oder in Kriegszeiten versperrte, befanden sich die Gefährten bereits außerhalb der Reichweite ihrer Bogenschützen.

Nikis letzter Blick zurück galt seinem Freund Rurik Snorrisson.

Ich wünsche dir ein langes Leben, Alter, dachte er. *Und dass dir der cholerische Alexius nicht den Kopf abreißt dafür, dass du uns hast entkommen lassen.*

Bevor er den Blick endgültig abwandte, sah er neben Rurik noch Ronaldo von Verona, inzwischen nicht mehr gestikulierend, ein weißer Fleck auf der grauen Hafenmauer. Der päpstliche Gesandte stand stocksteif da und blickte der »Nautilos« ausdruckslos nach.

Niki spürte einen kalten Schauer über seinen Rücken laufen, der nicht nur dem frischen Wind geschuldet war.

Sieht aus, als hätten wir uns tatsächlich einen mächtigen

Feind gemacht, warum auch immer, dachte er. *Ich glaube nicht, dass wir den zum letzten Mal gesehen haben. Sagt man nicht, aller guten Dinge sind drei?*

Oströmisches
Intermezzo

nd jetzt, Bruder Anselmo, erklärt Ihr mir bitte, wie es sein kann, dass die drei Ritter, die wir jetzt seit Monaten Tag und Nacht beschatten, die wir gestern Abend praktisch schon in unserer Hand hatten, samt der unschätzbar wertvollen Reliquie, über die sie bei ihrer dilettantischen Mission gestolpert sind, jetzt DORT DRAUSSEN AUF HOHER SEE SIND, UND WIR HIER AUF DER HAFENMAUER?!?«

Der Hauptmann der Kriegermönche, ein hünenhafter Mann, dem seine wulstigen Augenbrauen, sein Überbiss und seine langen Arme ein seltsam steinzeitliches Aussehen verliehen, zuckte unter Ronaldo von Veronas Worten zusammen wie unter Peitschenhieben.

»Ich weiß es nicht, Meister«, sagte er kleinlaut. »Bis gestern Nacht lief alles genau nach Plan. Wir haben wie befohlen in angemessener Entfernung vor dem Eingang dieses Klosters Stellung bezogen und darauf gewartet, dass Hadmar von Kuenring und sein Gefolge wieder aus dem Ossarium unter der verfallenen Kapelle zum Vorschein kommen.«

»Ihr hattet *eine* Aufgabe, Anselmo! Nur. Eine. Einzige. Verdammte. AUFGABE!«, tobte Ronaldo, ohne sich um die zahlreichen Schaulustigen zu kümmern, die sich in der Zwischenzeit trotz der frühmorgendlichen Stunde auf der Hafenmauer eingefunden hatten, um den Kampf zwischen der auslaufenden »Nautilos« und den beiden von den schwarzgekleideten Kriegermönchen requirierten Fischerbooten zu verfolgen.

»Die deutschen Schwachköpfe anhalten. Ihnen abnehmen, was immer sie in der Kapelle gefunden haben. Im Anschluss alle töten und ihre Leichen ins Ossarium zu den Knochen der Mönche hinunterwerfen. Was genau habt Ihr an diesem Befehl nicht verstanden? Muss ich wirklich alles selber machen?«

»Euer Zorn macht Euch ungerecht, Meister«, sagte Anselmo. »Wir hätten alle Befehle zu Eurer Zufriedenheit ausgeführt, wenn nicht im letzten Moment die verdammten Waräger aufgetaucht wären und die ganze Truppe verhaftet hätten. Was hätten wir tun sollen? Einen Kampf mit der bis an die Zähne bewaffneten Leibgarde des Kaisers anfangen?«

»Ihr wisst, was Hadmar und sein Gefolge bei sich hatten?«, knurrte Ronaldo.

»Natürlich. Inzwischen spricht schon halb Konstantinopel über die wundersame Entdeckung des verschollenen Hauptes von Johannes dem Täufer. Die Glocken der Hagia Sophia werden bald Sturm läuten zur Feier des Tages.«

»Ich würde ja wirklich gerne wissen, wie sie es geschafft haben, aus dem Turm des Anemas so rasch wieder herauszukommen, und noch dazu ungesehen!«, sinnierte Ronaldo. »Aus diesem Gefängnis ist noch nie jemand ausgebrochen!«

»Ich habe Wachen vor jedem Tor des Blachernen-Palastes postiert, Meister«, versicherte Bruder Anselmo. »Durch keines sind sie ins Freie gelangt. Sie müssen einen geheimen Ausgang benutzt haben. Entdeckt wurden sie erst von Bruder Giacomo, Gott sei seiner Seele gnädig, in der Nähe des Hafens, aber da hatten wir Euch ja schon geweckt. Den Rest habt Ihr mit eigenen Augen mitverfolgt.«

»Und dann tauchen sie hier am Hafen wieder auf und besteigen ein zufällig abfahrbereites Handelsschiff, reisefertig mit Waffen und Gepäck und allem, was dazugehört«, sagte Ronaldo nachdenklich, mehr zu sich selbst als zu dem zerknirschten Kriegermönch an seiner Seite.

»Und dem Heiligen, hicks, Gral natürlich«, sagte eine Stimme.

Ronaldo von Verona zuckte zusammen, als hätte man ihm einen Eimer kalten Wassers über den Kopf geschüttet.

»Mit dem ... WAS?«, zischte er und fuhr herum auf der Suche nach dem Sprecher.

Der Kampf zwischen dem genuesischen Schiff und den beiden Fischerbooten hatte eine Menge Schaulustiger angezogen: Kaufleute, Lastenträger, Fischer, Lagerarbeiter – und ein paar Trunkenbolde, die, geblendet von den ersten Strahlen der Morgensonne, mit zusammengekniffenen Augen aus der letzten noch geöffneten Hafentaverne getaumelt waren, um nachzusehen, was die ganze Aufregung zu bedeuten hatte.

»Und mit dem Heiligen Gral«, wiederholte der Mann an der Seite Ronaldos, der eindeutig der letzteren Kategorie anzugehören schien. »Ihr könnt es mir glauben, ich habe es mit eigenen, hicks, Augen gesehen!«

»Ihr habt *was* mit eigenen Augen gesehen?«, fuhr der Mann in Weiß den übernächtigten Zecher an, einen jungen Mann mit blutunterlaufenen Augen und zerknitterter, nach verschüttetem Wein stinkender Kleidung.

Als ihn der Trunkenbold erschrocken anstarrte, entspannte sich Ronaldo. Es gelang ihm sogar, sich ein Lächeln abzuringen, als er ihm freundschaftlich den Arm um die Schultern legte.

»Wie Ihr seht, mein Sohn, bin ich ein Mann der Kirche«, sagte er langsam, wie zu einem kleinen Kind. »Ich biete Euch meinen Segen an und eine Silbermünze, und Ihr erzählt mir dafür, was Ihr gesehen habt. Ist das nicht ein guter Tausch?«

»Ich war mit ein paar Freunden gerade auf dem Weg vom großen Basar hierher zum Hafen, zur letzten Taverne, die noch geöffnet hatte. Auf einen letzten Becher Wein, einen allerletzten noch, einen für den Heimweg! Wo sind sie eigentlich alle abgeblieben, gerade waren sie doch noch hier?«, lallte der Betrunkene mit schwerer Zunge und sah sich mit kleinen Augen in der Menge um.

»Und da hab ich *sie* getroffen! Eine Gruppe von Männern und ein rothaariges Mädchen. Sind gelaufen, als ob der Teufel hinter ihnen her wäre. Ich hab sie sofort wiedererkannt, als sie später hier auf das Schiff geklettert sind: den Anführer mit dem langen, schwarzen Haar, den weißhaarigen Alten, den Jungen mit den blonden Locken und natürlich das Mädchen! Sie war es, die vorhin den Gral getragen hat! Gott, was für eine Schönheit! Genau so hab ich mir immer die junge Maria Muttergottes vorgestellt. Vom Aussehen her. Und von der jungfräulichen Ausstrahlung!«

Ronaldo, der über Engels wenig jungfräuliches Vorleben genauso gut Bescheid wusste wie über das von allen anderen Gefährten, verdrehte die Augen zum Himmel.

»Wie hat er ausgesehen, dieser ... Gral?«, fragte er mit sanfter Stimme. »Erzählt es mir, und ich gebe Euch noch einen letzten Becher Wein aus für Eure Mühe. Einen für den Heimweg!«

»Er war ... wunderschön«, sagte der junge Mann.

Der Gedanke an den Anblick des Kunstwerks in Engels Händen schien ihn zu ernüchtern, denn seine Worte wurden mit einem Mal klar und verständlich.

»Ich habe noch nie zuvor etwas so ... Erhabenes gesehen«, sagte er, sein Blick an Ronaldo vorbei in die Ferne gerichtet. »Im Licht der Fackeln hat es so ausgesehen, als wäre er selbst eine Lichtquelle, zusammengesetzt aus tausend goldenen Lichtpunkten. Überirdischer Glanz hat ihn umgeben wie die Heiligenscheine die Ikonen in der Hagia Sophia. Der Kelch selbst war eine einfache Schale von schlichter Schönheit in leuchtendem Violett, der Farbe von Übergang und Verwandlung, wie unsere Priester sie in der Passionszeit vor Ostern tragen.«

Nur mit Mühe fokussierte sich der junge Mann kopfschüttelnd wieder auf Ronaldo und sah ihm in die Augen.

»Er war ... wunderschön«, wiederholte er. »So wahr mir Gott helfe: Ich finde keine anderen Worte dafür.«

Ronaldo erwiderte den Blick nachdenklich und seufzte.

Er hörte das Beben in der Stimme des Mannes, er sah das Glänzen in seinen Augen und die Gänsehaut auf seinen Unterarmen, er konnte seine Ergriffenheit fast körperlich spüren. Die Symptome waren ihm vertraut: So sahen Menschen nach einem spirituellen Erweckungserlebnis aus. Menschen, die Zeugen einer Wunderheilung wurden oder am Ende einer langen Wallfahrt endlich am Grab Christi standen.

Und natürlich Menschen, die eine der wahrhaft großen Reliquien der Christenheit zu Gesicht bekommen.

Ronaldo von Verona hatte keine Ahnung, wie der vermaledeite Kuenringer und sein Gefolge zu diesem sogenannten Gral gekommen waren. Er war sich aber sicher, dass Kardinal Gregorio genau einen Gegenstand wie diesen im Sinn gehabt hatte, als er gesagt hatte: *Bringt mir, was immer sie finden in Konstantinopel. Und danach tötet sie alle!*

Feuer, Schwert und schwarze Mönche

 werd singen, I werd lachen, I werd ›Des gibt's net!‹ schreien«, sang Niki vor sich hin, leise dazu auf seiner Laute klimpernd, in Gedanken bei seinem gefallenen Freund Ottokar. »I werd endlich kapieren, I werd glücklich sein …«

Otto, alter Freund, dachte er. *Ich hoffe, du bist jetzt wirklich glücklich an einem besseren Ort als hier.*

Die »Nautilos« neigte sich bedrohlich zur Seite, als sie in ein weiteres Wellental hinabstürzte. Niki ließ die Laute sinken und klammerte sich an einen der hölzernen Spanten, um an seinem Platz tief im Bauch des Schiffes nicht herumgeworfen zu werden wie alles, was nicht buchstäblich niet- und nagelfest war, darunter auch ein paar unglückliche Ratten.

Unter dem Hauptdeck des Handelsschiffes befand sich ein langgestreckter, spärlich beleuchteter, immer ein wenig nach Schweiß, ungewaschenen Socken und gekochtem Gemüse riechender Raum, in dem alle Seeleute bis auf Kapitän Giustiniani in Hängematten schliefen.

Niki bezweifelte, dass irgendeiner von ihnen seinen Namen kannte; für sie war er wohl nur ein seltsamer junger Mann, dem häufig schlecht war und der dazwischen seltsame Lieder sang. Er jedoch kannte sie in der Zwischenzeit fast alle mit Namen: den Steuermann Sant'Angelo, den Quartiermeister

Brambilla und den Zimmermann De Luca. Den Koch Silvestri, den Proviantmeister Esposito und den Schiffsarzt Lombardi. Den Segelflicker Pellegrino, den Ausguck Rinaldi, den alle nur »den Falken« nannten, und all die anderen einfachen Matrosen, die dafür sorgten, dass die »Nautilos« auf Kurs blieb bei ihrer Fahrt von Konstantinopel nach Genua.

Am vorderen Ende, wo der Raum sich zum Bug des Schiffes hin verjüngte, hatte man ein Leintuch aufgespannt und so einen abgeteilten Raum für die unerwarteten Passagiere geschaffen. Dort hatten die Gefährten für die Dauer ihrer Überfahrt ihr Lager aufgeschlagen, in dem sie auf streng riechenden Schaffellen und unter dicken Wolldecken ihre Nächte verbrachten, enger aneinandergeschmiegt als jemals zuvor auf ihrer Reise.

Niki hatte das Unterdeck für sich alleine. Alle Matrosen waren oben damit beschäftigt, die »Nautilos« im abklingenden Sturm auf Kurs zu halten, und die anderen Gefährten hatten es vorgezogen, dem widrigen Wetter in der Kapitänskabine zu trotzen. Niki fühlte sich dafür zu elend: Obwohl er seinen Mageninhalt schon vor Stunden über die Bordwand des Schiffes ins Meer gespuckt hatte (»Dem Meeresgott ein Opfer dargebracht hatte«, wie die Matrosen es feixend genannt hatten), wurde er immer noch in regelmäßigen Abständen von trockenem Brechreiz durchgeschüttelt, und diesen Anblick wollte er dem Kapitän, seinen Freunden und insbesondere Engel nicht zumuten.

Mehr als drei Wochen lang, die ganze Fahrt durch das Marmarameer und die Ägäis, um die Südküste Griechenlands herum und durch das Ionische Meer Richtung Westen, waren den Gefährten das Glück, der Wind und die Wellen gewogen geblieben. Von den beengten Platzverhältnissen an Bord einmal abgesehen hatte Niki die Reise sogar genossen: die Sonne, das Meer, ihre Aufenthalte in malerischen byzantinischen Hafenstädten wie Thessaloniki, Heraklion, Piraeus und Patras, wo die Gefährten sich die Beine vertreten und Kapitän Giustiniani und seiner Mannschaft von einer Taverne aus beim Be- und Entladen von Handelswaren, Wasser und Verpflegung zusehen konnten.

Willkommen zur Mittelalter-Kreuzfahrt auf der Costa Nautilos, dachte Niki bei der Erinnerung daran. *Luxuriöse Kabinen, internationale Küche, vielfältige Aktivitäten!*

Der vielleicht letzte der gefürchteten Winterstürme hatte das genuesische Handelsschiff an diesem Tag Ende März des Jahres 1194 heimgesucht, als die Küste Italiens sich bereits als dunkler Streifen am Horizont abzeichnete.

Der Steuermann der »Nautilos«, ein glatzköpfiger, muskelbepackter Riese von einem Mann, dessen wildes Aussehen in krassem Widerspruch zu seinem freundlichen Wesen und seinem friedvollen Namen Sant'Angelo stand, hatte Niki den Wetterumschwung schon früh am Tag angekündigt, untermauert durch einen gestenreichen Vortrag über Wind, Wellen und Wolken, von dem Niki nur die Hälfte verstanden hatte.

Sant'Angelo hatte Recht behalten: Schon bald hatten schwarze Wolken den Himmel bedeckt, der Wind war aufgefrischt, die Segel des Schiffes hatten zu schlagen begonnen und die Takelage zu knarzen. Dann waren die Wellen höher geworden, das Stampfen und Rollen des Schiffes hatte angefangen. Und dann war Niki schlecht geworden.

Das Öffnen der Luke über Nikis Kopf riss ihn aus seinen trüben Gedanken. Gemeinsam mit einem Schwall Wasser erschien Joachims Gesicht in der Öffnung.

»Ihr solltet besser heraufkommen und Euch das ansehen, mein junger Freund. So etwas sieht man nicht alle Tage«, rief er über den Lärm des Sturmes und Donnergrollen hinweg, das anscheinend gar kein Ende mehr nehmen wollte. Sein Gesicht war zu einer Grimasse verzerrt, von der Niki nicht sagen konnte, ob es sich dabei um ein Grinsen handelte oder um einen Ausdruck des Schreckens.

»Und setzt Euch etwas auf. Es regnet ein bisschen!«

Als Niki über die Leiter hochturnte und das Deck der »Nautilos« betrat, regnete es in Strömen. Das Wasser fiel vom Himmel wie ein Vorhang und prasselte ohrenbetäubend auf den hölzernen Boden des Hauptdecks. *›Setzt Euch etwas auf, hat er gesagt. Es regnet ein bisschen‹, hat er gesagt,* dachte Niki und schlug fluchend die Kapuze seiner Gugel über die Jagdkappe, die er auf dem Kopf trug. Jetzt beneidete er die Matrosen um ihre mit Robbenfett imprägnierten Umhänge und Kapuzen, von denen die Regentropfen zurücksprangen wie Wassertropfen von einer heißen Herdplatte. Dafür hätte er in diesem Moment sogar den strengen Geruch ihrer wasserfesten Kleidungsstücke in Kauf genommen.

Eine Sturmbö traf das Schiff von der linken Seite und ließ die »Nautilos« nach Steuerbord wegkippen. Niki griff instinktiv nach einem Seil und schaffte es dadurch mit Mühe, auf den Beinen zu bleiben. Eine Welle schwappte über die Bordwand und setzte für ein paar Augenblicke das Hauptdeck unter Wasser; als das Schiff sich endlich wieder aufrichtete, hörte Niki den Kapitän ein paar Matrosen zum Pumpen oder Schöpfen in die Bilge hinunterschicken, an den tiefsten Punkt des Schiffes, wo sich das Wasser sammeln würde.

»Und was genau sollte ich mir unbedingt ansehen, weil man so etwas nicht alle Tage sieht?«, schrie Niki Joachim an, so laut er konnte, gegen das merkwürdig beständige Donnergrollen, den Regen und den Sturm, um sich in all dem Lärm Gehör zu verschaffen. »Wie die Welt im Wasser untergeht?«

Joachim schüttelte den Kopf. »Nein«, schrie er zurück und deutete mit einer Hand über Nikis Schulter. »Wie die Welt im Feuer untergeht!«

Niki drehte sich um und erstarrte.

Sant'Angelo, dessen mächtige Silhouette Niki bei seinem Kampf gegen die Elemente oben auf dem erhöhten Achterdeck des Schiffes am Steuerrad sehen konnte, hatte die »Nautilos« weg vom Land gedreht, sodass die Küste Italiens jetzt hinter ihnen lag. Über der schattenhaften Küstenlinie türmte sich ein zweiter Schatten auf, nur geringfügig dunkler als der Himmel, der ihn umgab. Es war ein Berg, der Niki, aufgewachsen in der sanften Hügellandschaft Niederösterreichs, riesenhaft vorkam.

Niki erkannte auf den ersten Blick, warum der Steuermann die »Nautilos« mit aller Kraft zurück auf das offene Meer steuern wollte, weg vom Ufer.

»Wo sind wir hier?«, rief er Joachim leicht desorientiert an. »Was ist das für eine Küste?«

»Das ist das Königreich Sizilien!«, schrie Joachim zurück.

Gott sei uns gnädig, dachte Niki. *Dann ist das der Ätna.*

Die Spitze des Berges stand in Flammen.

Bäche aus flüssigem Feuer suchten sich an den Flanken des Vulkans einen Weg ins Tal hinunter, während über seinem Gipfel eine kilometerhohe Aschewolke am nachmittäglichen Himmel die schon tief im Westen stehende Sonne verdunkelte.

Die Wolke sah aus wie ein Baum, mit einem schlanken Stamm und einer sich oben in alle Richtungen ausdehnenden Krone.

Oder wie ein Atompilz, dachte Niki.

Ein Blitz zerriss die pechschwarze Aschewolke, verästelte sich tausendfach, wurde abgelöst von einem zweiten, dann vom einem dritten. Das beständige Grollen, das die Eruption von Feuer, Asche und Gestein begleitete, wurde vom Donner des vulkanischen Gewitters übertönt, einem seltsam kurzen, knatternden Geräusch. Und die ganze Zeit über spuckte der Vulkan Feuersäulen in den Himmel.

Sant'Angelo drehte die »Nautilos« im schwächer werdenden Sturm wieder auf ihren ursprünglichen Kurs Richtung Norden, sodass es auf der Backbordseite des Schiffes war, wo sich die Mannschaft versammelte, um Zeuge des furchterregenden Naturschauspiels zu werden.

»Gott Vulkan zürnt«, hörte Niki Kapitän Giustiniani an seiner Schulter sagen.

Niki schloss Engel in die Arme, die mit den anderen Gefährten im nachlassenden Regen die komfortable Kabine des Kapitäns am Achterdeck des Schiffes verlassen hatte und zur versammelten Mannschaft getreten war, schob sie vor sich an die Bordwand und küsste sie geistesabwesend auf den Hinterkopf. Schulter an Schulter mit seinen Freunden betrachtete das junge Pärchen schweigend den Vulkanausbruch, dessen Grollen immer noch die Planken unter Nikis Füßen vibrieren ließ.

Erst die Lawine, jetzt ein Vulkanausbruch, dachte er. *Was kommt als Nächstes? Ein verdammter Meteoritenschauer?*

Wie auf Kommando fielen in diesem Augenblick die ersten kleinen Lavasteine vom Himmel und klapperten auf das Deck der »Nautilos«.

Unruhe erfasste die Seeleute. Manche liefen panisch umher auf der Suche nach einem Unterstand als Schutz vor den Steinen. Andere schüttelten die Fäuste gen Himmel und fluchten. Manche falteten die Hände zum Gebet im Glauben, das Ende der Welt sei gekommen. Die meisten aber standen schweigend mit blassen Gesichtern und großen Augen an der Bordwand und erwarteten ihr Schicksal.

Ein breitschultriger Matrose mit einem Blumenkohlohr und einer Narbe über das halbe Gesicht drehte sich um und warf Engel einen hasserfüllten Blick zu.

»Ich hab doch gleich gesagt, wir hätten das Weibsbild nicht mitnehmen sollen«, zischte er. »Weiß doch jeder, dass Frauen an Bord Unglück bringen!«

»Sei froh, dass du hier an Bord bist, du Schwachkopf«, schnauzte Niki den Matrosen an. »Und nicht an Land, irgendwo am Fuß des feuerspeienden Berges!«

Der Seemann riss die Augen auf wie ein Pit Bull Terrier, der unerwartet von einem Schoßhund angebellt wird, und starrte Niki feindselig an. Niki spürte eine Hand auf seiner Schulter. Als er sich umdrehte, blickte er zu seiner Überraschung in das ernste Gesicht Hadmars. Der junge Kuenringer hatte seit ihrer Flucht aus Konstantinopel kaum ein Wort mit ihm gewechselt; offensichtlich grollte er ihm immer noch wegen seiner vermeintlichen Mitschuld am Tod von Ottokar.

»Ist es das, Blondie? Ist das das Ende unseres Weges?«, fragte er. »Bricht jetzt die letzte und ewige Nacht über uns herein?«

Niki sah sich um und bemerkte, dass auch Engel, die anderen Gefährten und selbst Kapitän Giustiniani und einige seiner Matrosen ihn erwartungsvoll ansahen und die Ohren spitzten.

Sorgfältig überlegte er seine Antwort.

Zum einen befand sich die »Nautilos« Kilometer von der Küste Siziliens entfernt, und noch weiter weg von den Hängen des Ätnas. Hier konnten sie weder glühende Lavaströme noch die gefürchteten pyroklastischen Lawinen aus Glut, Asche und tödlichen Gasen erreichen.

Und zum anderen stand Hadmar neben ihm.

Hadmar, der sich in einem langen Leben gemeinsam mit seinem kleinen Bruder Heinrich unter dem Namen »die Hunde von Kuenring« einen zweifelhaften Ruhm als Raubritter erwerben würde, wie daheim in der Wachau jedes Kind wusste.

Hadmar ist der Einzige auf diesem Schiff, für den jetzt

ganz sicher nicht die letzte und ewige Nacht hereinbricht, dachte Niki. *Immer unter der Voraussetzung, dass sich die Geschichte durch meine Anwesenheit nicht verändert.*

Nachdenklich bückte er sich und griff nach einem der Lavasteine zu seinen Füßen. Er war porös und leicht wie weihnachtliches Zuckergebäck.

»Das ist nur ausgebrannter Bimsstein«, sagte er schließlich zu seinen erwartungsvollen Zuhörern.

Niki hob die Hand, zerrieb den Stein für alle sichtbar zwischen seinen Fingern und ließ die Asche zu Boden fallen.

»Gott Vulkan mag zürnen; hier auf dem Schiff kann er uns aber nichts anhaben, außer uns mit Asche zu bewerfen«, sagte er. »Wir sind hier in Sicherheit.«

Genau in diesem Moment riss der Sturm für einen Moment die Aschewolke im Westen auf und die Sonne kam wieder zum Vorschein, blass und diffus zwar, und doch ein Zeichen der Hoffnung in einer dunklen Stunde.

Als Niki das Deck der »Nautilos« betrat, schien die Sonne vom blauen Frühlingshimmel. An den Schrecken des vorherigen Tages erinnerte nur noch eine schwarze Wolke am südlichen Horizont, die über Nacht weit hinter dem genuesischen Handelsschiff zurückgeblieben war. Und natürlich eine dicke Schicht von Asche und Bimsstein, die jeden Quadratmeter des Schiffes bedeckte.

Die Matrosen, die schon seit Tagesanbruch damit beschäftigt waren, alle verbliebenen Steine über Bord zu werfen und jede erreichbare Oberfläche mit Meerwasser und Sand abzuschrubben, sahen von ihrer Arbeit auf und nickten dem jungen Troubadour knapp zu. Seit sich Nikis Orakelspruch vom Vortag erfüllt und der Ausbruch des Ätnas niemandem an Bord der »Nautilos« auch nur ein Haar gekrümmt hatte, wurde er sogar von den am grimmigsten dreinblickenden Seeleuten respektvoll, fast ehrfürchtig behandelt.

In einer Ecke des Hauptdecks erspähte er Gottfried und Gerwald, die gemeinsam mit Bertram ebenfalls zur Arbeit an Bord eingeteilt worden waren. Die Zwillinge fielen vor Niki mit ausgebreiteten Armen auf die Knie, verbeugten sich tief und huldigten ihm theatralisch. Niki verdrehte die Augen und grinste.

Die Kabine von Kapitän Giustiniani lag unter dem Achterdeck des Schiffes. Zu beiden Seiten des Eingangs führte jeweils eine Holztreppe hinauf auf den erhöhten Bereich hinter dem Hauptmast, wo Sant'Angelo den Großteil seiner wachen Stunden am Steuerrad der »Nautilos« verbrachte.

Niki erwiderte den Gruß des Steuermanns und betrat die Kabine des Kapitäns.

Wie alles an Bord des Schiffes war auch dieser Raum klein und niedrig. Die Fenster am hinteren Ende ließen Sonnenschein ein und gewährten einen Ausblick auf das weiß schäumende Wasser am Heck der »Nautilos«. Niki musste unwillkürlich lächeln, als er in der Bugwelle ein paar Delfine entdeckte, die mit dem Schiff um die Wette schwammen und dabei immer wieder vergnügt in die Luft sprangen.

Ein runder Tisch in der Mitte des Raumes war mit Seekarten, Navigationsinstrumenten und ein paar heruntergebrannten Kerzenstumpen bedeckt. Ein schmales Bett und eine schwere hölzerne Truhe komplettierten die spartanische Einrichtung. Es waren die kleinen Details, die Giustinianis Kabine wohnlich machten: die bronzenen Kerzenhalter an den Wänden, der orientalische Teppich, der mit rotem Stoff gepolsterte Lehnstuhl, in dem der Kapitän am liebsten saß.

In diesem Augenblick saß er aber auf einem der Holzstühle am Tisch, gemeinsam mit Hadmar, Joachim und Severin, und brütete über den Karten.

»Seid willkommen, Blondie«, sagte Giustiniani und

winkte Niki an den Tisch heran. »Wir haben schon auf Euch gewartet.«

Wenn Hadmar nicht damit aufhört, mich überall so vorzustellen, werde ich wirklich noch als Sänger Blondie in die Geschichte eingehen, dachte Niki missmutig, als er sich einen Stuhl an den Tisch zog.

»Ich wollte mich noch einmal bei Euch bedanken dafür, wie ihr gestern die Mannschaft beruhigt habt«, sagte der Kapitän, reichte Niki einen Becher roten Weins und prostete ihm mit seinem eigenen Becher zu. »In einer kleinen, verschworenen Gemeinschaft wie auf einem Schiff ist Disziplin das Um und Auf. Deshalb bin ich hier an Bord der unumschränkte Herrscher. Mein Wille ist Gesetz, und wer ihn nicht befolgt, verbringt die restliche Fahrt in Ketten. Als es gestern begann, Steine zu regnen, als alle dachten, die Welt würde untergehen, hatte ich zum ersten Mal keine Macht mehr über meine Männer. Ich war ehrlich in Sorge: Auch der beste Kapitän kann ein Schiff nicht alleine führen, wenn die Matrosen keine Befehle mehr befolgen.«

Giustiniani nahm einen Schluck und legte die Stirn in Falten schon bei der bloßen Erinnerung. »Ich habe sie beobachtet: Einige haben Kreuzzeichen geschlagen, andere haben mit ausgestrecktem Zeige- und kleinem Finger die *mano cornuta* geformt, die Teufelshörner, wieder andere haben auf Holz geklopft oder ihre Eier berührt, alles zur Abwendung von Unglück. Und nicht wenige sind dabei herumgelaufen wie kopflose Hühner nach dem Schlachten.«

Der Kapitän lächelte Niki dankbar an. »Euer Urteil hat ihren Aberglauben besiegt. Ihr habt ausgesehen, als wüsstet Ihr, wovon Ihr redet. Deshalb haben sie Euch geglaubt. Habt Ihr Derartiges denn schon einmal erlebt?«

»Gott sei Dank nicht«, antwortete Niki. »Ich habe aber davon gehört und darüber gelesen.«

Und in »Universum« einmal eine Dokumentation über Pompeji gesehen, das hat auch geholfen, dachte er, während die anderen Männer wieder über den Karten die Köpfe zusammensteckten.

Die Treffen der drei Ritter mit dem Kapitän zur Mittagsstunde hatten sich in den Wochen ihrer bisherigen Reise als Fixpunkt im streng reglementierten Tagesablauf auf der »Nautilos etabliert. Severin hatte am ersten Tag seine Hilfe als Übersetzer angeboten und war in der Folge Teil der Runde geblieben, selbst als sich herausgestellt hatte, dass Kapitän Giustiniani als erfahrener und weitgereister Kaufmann nicht nur eine große Anzahl an italienischen Dialekten, sondern auch recht passables Griechisch, Französisch, Okzitanisch und Deutsch sprach.

»Unser nächstes Ziel ist Messina«, sagte der Kapitän, und legte den Finger auf die Stelle an der Seekarte, wo die nordöstliche Spitze Siziliens fast die Spitze des italienischen Stiefels zu berühren schien. »Von dort weg geht es nur noch die Küste Italiens entlang nach Nordwesten. Dabei werden wir noch die Häfen von Amalfi, Gaeta und Pisa anlaufen. Dann ist es nur mehr ein Katzensprung bis nach Genua. Bei gutem Wind und Wetter sind wir in zwei Wochen zu Hause.«

Niki runzelte die Stirn.

»Pisa liegt aber … nicht am Meer?«, fragte er, in schattenhaften Erinnerungen an einen längst vergangenen Familienurlaub in der Toskana kramend.

»Stimmt«, antwortete Giustiniani. »Pisa hat aber trotzdem einen Hafen, man kann ihn bequem über Flüsse und Kanäle erreichen.«

»Und Rom?«, fragte Niki. »Hat Rom eigentlich einen Hafen?«

»Nein. Der nächstgelegene ist in Civitavecchia, etwa fünzig römische Meilen nordwestlich. Warum fragt Ihr?«

»Irgendwas sagt mir, dass wir um Rom besser einen großen Bogen machen«, sagte Niki nachdenklich. »Wenn der Arm dieses päpstlichen Legaten lang genug war, um uns in Konstantinopel aufzuspüren, dann wird er es vor seiner Haustüre sicher noch einmal versuchen ...«

»Seid unbesorgt, Blondie«, lächelte der Kapitän. »Auf hoher See sind wir wie eine Nadel im Heuhaufen. Noch dazu eine Nadel unter vielen anderen Nadeln: Wir befinden uns hier auf einem der meistbefahrenen Schifffahrtswege des Mittelmeeres. Selbst wenn Euer Verfolger vor den Toren Roms ein Schiff auf Patrouille schickt: Um uns auf dem Meer aufzulauern, müsste er schon sehr genau darüber unterrichtet sein, wann und wo wir dort vorbeikommen.«

»Euer Wort in Gottes Ohr«, sagte Niki.

»Kann nicht sein«, sagte Hadmar.

»Kann wohl sein!«, sagte Joachim.

»Ich kann es mir ehrlich gesagt auch nicht vorstellen«, sagte Kapitän Giustiniani.

»Ein schwarzer Mönch in Messina. Einer in Amalfi. Und jetzt auch noch einer in Gaeta«, beharrte Joachim. »Und Ihr sagt, das ist nur Zufall?«

Eine Woche war vergangen seit dem Ausbruch des Ätnas. Das Leuchten der Lavaströme an seinen Hängen, die unheimlichen elektrischen Entladungen inmitten der Aschewolke und der Regen des ausgebrannten Bimssteins auf das Deck der »Nautilos« waren zu Erinnerungen verblasst, auch wenn der Anblick des Vesuvs wohl in den Herzen aller Besatzungsmitglieder und Passagiere ein unwillkommenes *Déjà-vu* ausgelöst hatte, nicht zuletzt wegen des heftigen Unwetters, das das Schiff ausgerechnet in der Bucht von Neapel zwischen den Inseln Capri und Ischia durchgeschüttelt hatte. Niki hatte die unheimlichen, von erstarrender Lava detailgetreu konservierten Formen und die einander im Augenblick des Todes umarmenden Skelette der Einwohner von Pompeji und Herculaneum vor seinem geistigen Auge gesehen, die im Jahr 1194 schon mehr als ein Jahrtausend lang unter einer meterdicken Schicht aus Vulkangestein auf ihre Wiederentdeckung warteten. *Aber wie der Seher Lügfix in dieser Asterix-Geschichte so schön sagt: Auf Regen folgt Sonnenschein,* dachte Niki. Bis zum Hafen von Gaeta hatte das Wetter aufgeklart und die Sonne wieder vom Frühlingshimmel gelacht. Und dann hatten sie den dritten Mönch getroffen.

Niki blickte von einem Mann zum anderen bei einer weiteren mittäglichen Zusammenkunft in der Kabine des Kapitäns und verfolgte aufmerksam die lebhafte Diskussion über eine andere, weniger greifbare Bedrohung als die, die von den beiden großen Vulkanen Italiens ausging: das Auftauchen von schwarz gekleideten Mönchen in allen drei Häfen, die die »Nautilos« auf italienischem Boden angelaufen hatte.

»Es gibt jede Menge Mönche in schwarzen Umhängen«, warf Severin ein. »Ich bin ja selber einer. Alle meine Ordensbrüder von den Benediktinern tragen einen schwarzen Habit, als Zeichen der Einfachheit, Demut und Buße. So wie ich: eine Tunika als Untergewand. Einen Gürtel. Ein Skapulier mit Kapuze als Obergewand.«

»Aber Benediktiner tragen meines Wissens keine Kettenhemden unter ihrem Obergewand«, knurrte Joachim. »Das klingt mir mehr nach einem dieser neumodischen Ritterorden wie den Templern oder den Johannitern, die seit dem Beginn der Kreuzzüge überall gegründet werden, angeblich um die Kampfkraft der Ritter mit der Selbstbeherrschung und der Enthaltsamkeit der Mönche zu verbinden. Ihr könnt sagen, was ihr wollt: Ich fühle mich unbehaglich. Die sehen genauso aus wie der Kerl, der mir in Konstantinopel ein Stück meines Lieblingsohrs abgeschnitten hat!«

»Aber diesmal hat uns niemand angegriffen«, sagte Hadmar nachdenklich. »Vielleicht macht Ihr Euch wirklich zu viele Sorgen, Joachim. Glaubt Ihr im Ernst, dieser Ronaldo hat nach unserer Flucht in jedem Hafen zwischen Konstantinopel und Genua Gefolgsleute stationiert, nur um unsere Reise zu verfolgen? Das könnte höchstens der Papst selbst bewerkstelligen. Aber wieso sollte er das tun?«

»Vielleicht will er nicht darauf warten, dass wir ihm unseren *Heiligen Gral* dafür anbieten, dass er den Kirchenbann gegen Herzog Leopold und Euren Vater aufhebt? Vielleicht will er ihn schneller in seinen Besitz bringen? Und ohne Gegenleistung?«

Joachims Blick blieb unwillkürlich an der schweren, mit metallenen Beschlägen und Schlössern versehenen Truhe des Kapitäns hängen, in der seit dem Anfang ihrer Reise das kostbarste Besitztum der Gefährten ruhte, bis zur Unkenntlichkeit eingewickelt in Tücher und Stofffetzen.

»Abgesehen von Herzog Leopold und meinem Vater kennt niemand den wahren Grund für unsere Reise«, gab Hadmar zu bedenken. »Ganz Dürnstein glaubt, wir wären im Auftrag des Herzogs auf einer Pilgerfahrt. Der Papst kann von unserem *Heiligen Gral* noch gar nichts wissen.«

»Und doch war Ronaldo von Verona in Konstantinopel hinter uns her«, warf Niki ein. »Ob er immer noch sauer auf uns ist wegen der Exkommunikation?«

»Nur weil ihn die Zwillinge in unseren verdammten Dorfbrunnen geworfen haben? Und deshalb reist er uns um die halbe Welt nach?«, knurrte Hadmar. »So nachtragend könnte nicht einmal ich sein!«

Hadmar sah, wie Nikis Mundwinkel sich zu einem spöttischen Lächeln verzogen und strafte ihn mit einem finsteren Blick.

Der Rudergänger De Cesaris, der sich mit Sant'Angelo am Steuerrad der »Nautilos« abwechselte, steckte den Kopf zur Tür herein, bevor Hadmar noch eine Antwort geben konnte. Der junge Seemann, der sonst fast immer ein Lächeln auf den Lippen hatte, sah ungewohnt besorgt aus. Nachdem er aufgeregt ein paar Worte mit Giustiniani gewechselt hatte, stand der Kapitän auf. »Rinaldi der Falke im Krähennest oben hat ein Schiff gesichtet«, sagte er zu seinen Gästen. »Es ist eine römische Galeere. Und sie kommt direkt auf uns zu.«

Von ihrem Platz an der Bordwand auf dem erhöhten Achterdeck der »Nautilos« aus waren die großen Segel des fremden Schiffes bereits mit freiem Auge gut sichtbar.

Sogar Niki konnte erkennen, dass es langsam, aber stetig näher kam.

Giustiniani fluchte ausgiebig auf Italienisch.

»Wie kommt es, dass sie uns gefunden haben?«, fragte Hadmar gereizt. »Ich dachte, Ihr hättet gesagt, auf hoher See wären wir wie eine Nadel im Heuhaufen?«

Der Kapitän gab keine Antwort, sondern schüttelte nur ungläubig den Kopf. Es war offensichtlich, dass er sich diesen Zufall auch nicht erklären konnte.

»Können wir ihr entkommen?«, fragte Niki.

»Nur bei Nacht, Nebel oder wenn ein Sturm aufkommt. Und nichts davon wird in den nächsten Stunden passieren«, knurrte Giustiniani. »Die »Nautilos« ist unter den breiten und bauchigen Handelsschiffen Genuas eines der schnellsten und kann sogar gegen den Wind gute Geschwindigkeit machen. Aber das da ist ein ausgewachsenes Kriegsschiff. Seht sie Euch an: Man sieht mit freiem Auge, dass sie mehr Segelfläche hat als wir. Und einen schlankeren Rumpf, der weniger Wasser verdrängt. Und Ruderer unter Deck dort, wo wir unsere Handelswaren lagern. Ich fürchte, wir können ihr nicht entkommen.«

Den ganzen Nachmittag über hielt Sant'Angelo am Steuer

die »Nautilos« im Wind, in welche Richtung immer dieser sich auch drehte, um ihren Verfolgern nicht die Möglichkeit zu geben, ihre Ruderer zum Einsatz zu bringen. Dennoch verkürzte die Galeere unerbittlich den Abstand zwischen den beiden Schiffen. Zu Mittag war sie für Niki nicht mehr als ein weißes Segel am Horizont gewesen; am Nachmittag konnte er bereits ihre Masten voneinander unterscheiden, und am frühen Abend die schwarzgekleideten Bogenschützen auf ihrem Achterdeck.

Als Niki bereits zu hoffen wagte, die Nacht könnte doch noch rechtzeitig hereinbrechen und den Verfolgern im letzten Augenblick einen Strich durch die Rechnung machen, schlugen die ersten Brandpfeile auf dem Deck der »Nautilos« ein.

Giustiniani fluchte erneut herzhaft und bellte eine Reihe kurzer Befehle. Ein paar Matrosen verteilten leere Wasserfässer auf den Decks und füllten sie mit Meerwasser. Andere kletterten mit gefüllten Eimern in die Takelage und befeuchteten damit die Segel des Schiffes.

Je näher die Galeere der »Nautilos« kam, desto dichter fielen die Brandpfeile ihrer Bogenschützen auf das genuesische Handelsschiff. Manche trafen ihren Rumpf und wurden von den Wellen rasch wieder gelöscht. Andere fielen auf das Deck und mussten von der Mannschaft einzeln unschädlich gemacht werden. Wirklich gefährlich waren jedoch die Pfeile, die eines ihrer Segel trafen und zum Glosen brachten. Eine Zeit lang konnten auch diese kleinen Brände von den geschickt in der Takelage herumturnenden Matrosen gelöscht werden; als jedoch irgendwann drei oder vier Brandpfeile fast gleichzeitig das Hauptsegel trafen, konnte niemand die Stelle schnell genug erreichen, und der dicke Stoff begann ernsthaft zu brennen. Niki starrte entsetzt auf die Flammen und auf das schwarzgeränderte Loch, das dadurch im Segel entstand und sich langsam ausbreitete.

»Warum entzündet sich das Segel so schnell?«, fragte er

Joachim entgeistert. »Warum geht das Feuer nicht einfach von alleine wieder aus? Bei der ganzen Feuchtigkeit hier?«

»Weil die Schäfte der Pfeile mit Wolle umwickelt sind, die vorher in Pech getaucht wurde«, antwortete Joachim. »Brandpfeile zu schießen ist ein schwieriges Handwerk. Schießt man sie zu früh ab, dann brennt der Stoff noch nicht durch und durch, und das Feuer geht tatsächlich rasch wieder aus. Schießt man sie zu spät ab, dann greift das Feuer schon den Schaft an, und der Pfeil fliegt nicht mehr weit genug. Diese Bogenschützen hier verstehen anscheinend ihr Handwerk!«

Weitere Brandpfeile trafen die Segel, weitere kleine Brände brachen aus. Die Matrosen, der Kapitän, die Gefährten: Alle waren inzwischen mit zunehmender Verzweiflung mit Löscharbeiten beschäftigt. Aber selbst ein Laie wie Niki konnte erkennen, dass die »Nautilos« allen Bemühungen zum Trotz durch die beschädigten Segel an Geschwindigkeit verlor.

Kapitän Giustiniani dachte offenbar ähnlich.

»Es hat keinen Sinn. Wir können ihnen nicht mehr entkommen. Wir müssen uns zum Kampf stellen!«, rief er Hadmar und den anderen Gefährten zu. »Weg mit den Eimern! An die Waffen!«

»Wisst ihr noch, wo Gottfried diese Axt herhat?«, rief Hadmar. »Könnt ihr euch noch daran erinnern, wie Engeltrud zu dieser Armbrust gekommen ist?«

Der junge Kuenringer war auf die Bordwand gesprungen und hielt sich mit einer Hand an der Takelage fest, während er zu seinem im Halbkreis rund um ihn versammelten Gefolge sprach.

Nikis Aufmerksamkeit war hin und hergerissen zwischen Hadmar, Giustinianis Matrosen, die sich derweilen mit allerlei Schwertern, Speeren, Äxten, Haken und Messern bewaffneten, und der Galeere, die sich bereits drohend hinter Hadmar in sein Blickfeld schob.

»Erinnert ihr euch noch an den alten Römerturm?«, fuhr Hadmar eindringlich fort. »Wir haben schon einmal zahlenmäßig bei Weitem überlegene, kampferprobte Gegner besiegt! Wenn wir das mit dem stinkenden Räuberpack geschafft haben, schaffen wir es mit diesen Kerzenschluckern im Kettenhemd auch! Vertraut mir: Unsere Reise endet nicht hier und heute!«

Die Botschaft hör ich wohl, allein mir fehlt der Glaube, dachte Niki und lächelte bitter. Er wusste, dass der Sieg gegen Schwarzbart und seine Spießgesellen nur durch die günstigen räumlichen Gegebenheiten im engen Treppenhaus des Römerturms ermöglicht worden war. *Und natürlich durch eine rettende Idee in höchster Not, so wie die von Engel mit dem Feuersturm. So etwas werden wir jetzt und hier auch wieder brauchen. Mindestens.*

Niki warf Hadmar einen prüfenden Blick zu. Er hätte geschworen, dass auch ihrem Anführer insgeheim der Glaube daran fehlte, dass der bevorstehende Kampf zu gewinnen war.

Ansehen konnte man ihm das nicht: Hadmar sah aus wie immer, von Kopf bis Fuß im Kettenhemd, das wie eine Kapuze aus Eisenringen auch sein schwarzes Haar bedeckte. Die goldenen Streifen auf seinem Waffenrock und das Schwert in seiner freien Hand leuchteten weithin im Licht der tiefstehenden Sonne.

Bertram stützte sich schwer auf die wuchtige Keule von Vuk dem Türsteher, Engel trug Bohemunds kostbare Armbrust und Severin sah im schwarzen Habit der Benediktiner mit seiner Saufeder, dem Speer, den er zum ersten Mal beim Kampf mit den englischen Panzerreitern vor den Toren von

Burg Aggstein benutzt hatte, nicht viel anders aus als die Angreifer, die sich ein paar hundert Meter entfernt auf das Entern des Handelsschiffes vorbereiteten.

Die Zwillinge, bewaffnet mit Axt und Hammer, trugen wie schon im Römerturm die Schilde von Joachim und Niki und einfache Helme mit Nasenstücken auf ihren runden Köpfen.

Joachim hatte eine neue Sehne in seinen Bogen gespannt und den Köcher mit allen seinen verbliebenen Pfeilen über die Schulter geschlungen.

Niki wurde bei seinem Rundblick schmerzhaft bewusst, dass er als Einziger der Gefährten keine Waffe in der Hand trug: Sein Alibi-Schwert steckte in der Scheide an seinem Waffengürtel, genau wie Kaspars Messer; er konnte sich nicht dazu überwinden, eines der beiden in die Hand zu nehmen. Einen Moment lang überlegte er, ob er Giustiniani oder einen der Matrosen um einen Speer bitten und diesem die Spitze abnehmen sollte, sodass er wenigstens einen Stock zur Verfügung hatte, die einzige Art von Waffe, mit der er aus seiner Zeit im Kampfsportclub »Samurai« am Kremser Bahnhof vertraut war und umgehen konnte.

Als er sich nach dem Kapitän umsah, fiel ihm auf, mit welcher Sorgfalt die Mannschaft der »Nautilos« sich auf den bevorstehenden Kampf vorbereitete, konzentriert wie bei jeder anderen ihrer täglichen Verrichtungen auf dem Schiff.

Niki schüttelte den Kopf: Nicht nur seine Freunde würden bei diesem aussichtslosen Kampf Blut und vielleicht sogar ihr Leben verlieren, sondern auch diese Matrosen, die einfach nur das Pech hatten, dass ihr Schiff zum falschen Zeitpunkt im Hafen von Konstantinopel zum Auslaufen bereit gelegen hatte.

»Sie sind nicht hinter Euch her, Giustiniani. Sie wollen nur uns, warum auch immer«, rief er den Kapitän an. »Ihr habt nichts mit unserem Streit zu tun. Liefert uns aus, und sie werden Euch Eures Weges gehen lassen.«

Hadmar fuhr herum und strafte Niki mit einem finsteren Blick aus zusammengekniffenen Augen.

Giustiniani drehte sich ebenfalls um und sah Niki mit schiefgelegtem Kopf nachdenklich an, als wäre ihm dieser Gedanke noch gar nicht gekommen. Dann lächelte er bitter. »In Euren Worten liegt wohl Wahrheit, Blondie«, sagte er. »Aufgeben kommt für uns aber nicht in Frage. Prinzessin Theodora hat uns großzügig dafür entlohnt, Euch sicher nach Genua zu bringen. Wenn wir Euch jetzt kampflos ausliefern, um unsere eigene Haut zu retten, können wir uns nie wieder in Konstantinopel sehen lassen. Abgesehen davon: Wir Genueser sind ein stolzes Volk. Was wir uns einmal in unseren Dickschädel gesetzt haben, das ziehen wir durch bis zum bitteren Ende. Niemand nimmt uns etwas weg, und schon gar nicht mit Gewalt.«

Ohne ein weiteres Wort wandte sich der Kapitän ab und begann, seiner Mannschaft Plätze für die Verteidigung des Schiffes zuzuweisen.

»Für den Augenblick sind wir die Hüter des Heiligen Grals«, nahm Hadmar seine Ansprache wieder auf. »Hier und heute sind *wir* Parzival, jeder Einzelne von uns. Der Gral wird uns beschützen!«

»Aber ...«, sagte Bertram ein wenig verwirrt. »Unser Gral wurde doch ... von Engel zusammengebaut?«

»Nicht die Reliquie bringt den Glauben in den Menschen zum Vorschein, sondern der Glaube der Menschen die Reliquie!«, lächelte Hadmar.

Als die ersten Enterhaken aus der Galeere auf das Deck der »Nautilos« geschleudert wurden, sprang er von seinem Platz auf der Bordwand zurück auf das Hauptdeck und wandte sich noch einmal an Niki.

»Es reicht nicht, nur wie ein Ritter zu leben«, knurrte er. »Man muss auch bereit sein, wie ein Ritter zu sterben. Du hingegen bist nur mit Worten gut, das ist das Einzige, was du kannst. Du bist kein Kämpfer wie Joachim. Du bist kein

Handwerker wie die Zwillinge. Du fängst weder Fische noch baust du Korn an.«

Hadmar legte fast tröstlich eine Hand auf Nikis Schulter.

»Wenn du uns im Kampf schon keine Hilfe bist«, sagte er leise, »dann such dir wenigstens eine ruhige Ecke und steh uns nicht im Weg herum!«

In Nikis Augen brannten Tränen des Schams und des Zorns, als er hinter Joachim und Engel die Stufen aufs Achterdeck hinaufstolperte, zum Steuerrad, wo der junge De Cesaris den Steuermann Sant'Angelo abgelöst hatte.

Hadmars Worte waren hart gewesen, daran war er mittlerweile gewöhnt: Er wusste, was der junge Kuenringer von ihm hielt. Im Gegensatz zu sonst waren sie aber nicht im Zorn und voller Verachtung ausgesprochen worden, sondern fast freundschaftlich und ein wenig mitleidig. Niki war überrascht, wie sehr ihn das verletzte.

Von ihrer erhöhten Position aus sahen die drei Gefährten zu, wie die ersten in schlichte schwarze Kutten über ihren Kettenhemden gekleideten Kriegermönche auf das Deck der »Nautilos« herübersprangen und sich mit erhobenen Schwertern auf ihre Mannschaft stürzten.

Stahl traf auf Stahl und auf das Holz von Schilden, durchbohrte Fleisch und Knochen, während die Verteidiger von der schieren Wucht des Angriffs zurückgedrängt wurden.

Erstes Blut tropfte auf die Planken des Hauptdecks.

Joachim sandte Pfeil um Pfeil in die Kämpfer zu seinen Füßen, während Engel im Wissen, wohl keine Zeit zum Nachladen ihrer Armbrust zu haben, geduldig auf ein lohnendes Ziel wartete.

Die Zwillinge hatten zwischen den beiden Aufgängen

zum Achterdeck vor der doppelflügeligen Eingangstür zu Kapitän Giustinianis Kabine Stellung bezogen. Geschützt durch die Stiegen zu beiden Seiten wehrten sie sich mit erhobenen Schilden verbissen gegen die anstürmenden Gegner, ganz so wie damals beim Kampf gegen die Räuber im alten Römerturm, während der hinter ihnen stehende Severin mit seiner Saufeder immer wieder zwischen den beiden Burschen hindurch auf die Beine ihrer Gegner einstach.

Bertram kümmerte sich nicht um triviale Dinge wie Deckung; er stand wie ein griechischer Halbgott mit nacktem Oberkörper in der Mitte des Decks, direkt unter dem Hauptmast, seinen wespenfarbenen Waffenrock zerrissen um die Leibesmitte geschlungen, und verteilte mit seiner Keule beidhändige Hiebe in alle Richtungen.

Hadmar stand neben Kapitän Giustiniani auf der anderen Seite des Mastes und wehrte sich nach Kräften gegen die Überzahl der Angreifer. Niki sah von seinem erhöhten Platz am Achterdeck aus die ersten Matrosen der »Nautilos« unter dem Ansturm taumeln und fallen.

Einer der Mönche zog den Steuermann Sant'Angelo am Kragen hinter sich her auf die Galeere zu; der glatzköpfige Hüne war blutüberströmt und wehrte sich nur noch halbherzig. An der Bordwand angelangt rief der Mönch etwas auf sein Schiff hinüber.

»Non captivi!«, rief eine kräftige Stimme zurück, die Niki bekannt vorkam.

Keine Gefangenen?, dachte er. *Wieso um alles in der Welt denn keine Gefangenen?*

Niki fuhr herum und sah sich nach dem Befehlsgeber um. Es handelte sich tatsächlich um einen alten Bekannten: Inmitten der Insel der Stille, zu der das Deck der Galeere geworden war, stand kein anderer als Ronaldo von Verona, ganz allein neben dem nur noch schwach glosenden Feuerkorb, in dem die Bogenschützen zuvor ihre Brandpfeile entzündet hatten, und lächelte siegessicher.

Der Mönch, dem der gnadenlose Befehl gegolten hatte, nickte und hob sein Schwert, um den halb bewusstlosen Sant'Angelo zu töten.

Joachims Pfeil traf den Mönch in die Seite und schleuderte ihn über die Bordwand, direkt hinein in den Spalt, wo die beiden durch Seile und Enterhaken miteinander verbundenen Schiffe im Rhythmus der Wellen mit knarzenden Geräuschen auseinander- und wieder zusammengetrieben wurden.

Niki glaubte, den markerschütternden Schrei und die brechenden Knochen des getroffenen Mönchs selbst über all den Kampfeslärm rundherum hören zu können, als dieser für einen unendlich scheinenden Moment lang hilflos zwischen den Schiffsrümpfen eingeklemmt wurde, bevor sein zermalmter Körper zwischen ihnen in sein nasses Grab hinunterstürzte.

Bertram der Bulle war inzwischen von sitzenden und knienden Mönchen umgeben, die sich stöhnend unterschiedliche Körperteile hielten. Einer der Angreifer war offensichtlich am Kopf getroffen worden; er lag bewegungslos auf dem Deck, die Augen weit aufgerissen und aus den Ohren blutend. Bertrams Brustkorb und linker Arm wiesen bereits blutende Schnittwunden auf, die Engels langsamen Bruder in seinem Kampfesrausch aber nicht zu beeinträchtigen schienen.

Jetzt kämpfte er aber zum ersten Mal gegen einen Angreifer, der es von Größe und Statur mit ihm aufnehmen konnte. Der riesenhafte Mönch, der für Niki mit seinen Augenwülsten und seinem Überbiss aussah wie ein Neandertaler, parierte mit seinem mächtigen Schwert geschickt Bertrams Keulenhieb, sodass die Waffe des Bullen kurz in der Schneide des Schwertes stecken blieb. Als Bertram die Keule mit einem gewaltigen Ruck losriss, versetzte ihm der Neandertaler mit seiner freien Hand einen Stoß. Bertram stolperte über den von ihm zuvor getöteten Mönch, ruderte auf der Suche nach Gleichgewicht vergebens mit den Armen und schlug schließlich rücklings auf dem Deck auf wie ein Baumstamm, wobei er seine Keule verlor.

Der Neandertaler machte einen Ausfallschritt über seinen getöteten Kameraden hinweg und hob sein Schwert zum Schlag, während Bertram noch hilflos auf dem Rücken lag wie ein Maikäfer.

Niki zuckte zusammen, als Engels Armbrust mit einem lauten Krachen unmittelbar neben ihm auslöste.

Der Bolzen traf den Neandertaler ins linke Ohr und trat auf der anderen Seite seines Kopfes durch das rechte Ohr wieder aus. Der hünenhafte Mann taumelte nach rechts weg, als hätte er eine kräftige Ohrfeige erhalten, fiel auf die Knie und kippte langsam seitwärts auf das Deck, wo er schließlich in einer sich rasch um die Reste seines Kopfes ausbreitenden Blutlacke liegen blieb.

Bertram rappelte sich auf, griff nach seiner Keule und wappnete sich für den Angriff der nächsten beiden Mönche. Als er seiner Schwester einen dankbaren Blick aufs Achterdeck hinauf zuwarf, erkannte Niki darin keine Todesangst, aber unendliche Müdigkeit: Selbst der Bulle gelangte offensichtlich irgendwann einmal ans Ende seiner Kräfte.

Niki lehnte sich über die Brüstung und sah zum Eingang der Kapitänskajüte hinunter: Die Zwillinge und Severin waren nicht mehr zu sehen. Kampfeslärm zu seinen Füßen ließ darauf schließen, dass sie von den Angreifern in Giustinianis Kabine zurückgedrängt worden waren und inzwischen irgendwo unter den Planken des Achterdecks um ihr Leben kämpften.

Auf der anderen Seite des Mastes machte Hadmar einen Schritt nach vorne und durchbohrte mit seinem Schwert den Kriegermönch, mit dem er die Klingen gekreuzt hatte. Während seine Waffe noch im Körper seines unglücklichen Kontrahenten steckte, traf ein zweiter Mönch von der Seite seinen Schildarm hoch oben an der Schulter. Hadmar schrie auf und fluchte, als der Schild seiner plötzlich kraftlosen

Hand entglitt und mit lautem Krach auf den Bretterboden des Decks fiel. Der Mönch setzte nach und deckte den jungen Kuenringer mit einer Serie von raschen Schlägen ein, während dieser sich mit seiner unverletzten rechten Hand zunehmend verzweifelt gegen den Angreifer zur Wehr setzte. Ein letztes Mal an diesem Tag klang die Sehne von Joachims Bogen: Sein Pfeil traf den Mönch in die Brust und nagelte ihn an den Hauptmast. Ein paar Herzschläge lang versuchte Hadmars Angreifer noch, den Pfeil aus seinem Körper zu ziehen, aber der weißhaarige Ritter hatte seinen Bogen trotz der kurzen Distanz voll durchgezogen: Der Schaft des Pfeils steckte tief im Holz des Mastes der »Nautilos« und bewegte sich nicht, während die Bemühungen des getroffenen Mönchs rasch ungelenker und schwächer wurden, bis er schließlich zusammensackte und aufrecht an den Mast gelehnt verblutete.

Hadmar hatte kaum Zeit für ein dankbares Nicken an Joachims Adresse, bevor sich zwei weitere Mönche auf ihn stürzten.

Es war Joachims letzter Schuss: Die Angreifer hatten die Matrosen am Fuß einer der Treppen niedergeschlagen und stürmten nun die Stiegen hinauf, um dem verhassten Bogenschützen und seiner tödlichen Waffe endlich ein für alle Mal den Garaus zu machen.

»Es reicht nicht, nur wie ein Ritter zu leben. Man muss auch bereit sein, wie ein Ritter zu sterben«, sagte Nikis bester Freund mit einem bitteren Lachen, als er den Bogen beiseitelegte, mit metallischem Knirschen sein Schwert zog und sich am oberen Ende der Treppe zum Kampf stellte.

Das wäre jetzt ein wirklich, wirklich guter Moment für eine rettende Idee in höchster Not, dachte Niki. *So wie die von Engel mit dem Feuersturm im Römerturm. Mit dem Feuersturm. Feuersturm ...*

Sein Blick irrlichterte von Hadmar zu Bertram, von Joachim zu Engel, dann hinüber zum immer noch siegessicher lächelnden Ronaldo, und blieb schließlich nachdenklich an dem Feuerkorb auf dem Deck des römischen Kriegsschiffes hängen.

Ein paar Momente lang starrte er blicklos in die glühende Asche.

Dann breitete sich ein Lächeln auf seinem Gesicht aus.

Er beugte sich zu Engel, die mit leergeschossener Armbrust waffen- und wehrlos neben ihm kniete und mit großen Augen das Kampfgeschehen auf dem Deck unter ihnen verfolgte, und drückte ihr mit aufmunterndem Nicken Kaspars Fischmesser in die Hand.

»Nimm das, du hast dafür mehr Verwendung als ich«, flüsterte er ganz nah an ihrem Ohr. »Und vergiss niemals, wie sehr ich dich liebe!«

Als sie ihn entgeistert ansah, küsste er das Mädchen ein letztes Mal auf den Mund. Dann nahm er Anlauf und flankte mit einem mächtigen Satz über die Bordwand auf Ronaldos Galeere hinüber.

Ronaldo von Verona lächelte spöttisch, als er den unbewaffneten, schmächtigen Sänger vom Achterdeck der »Nautilos« auf sein eigenes Schiff herüberspringen und quer über das menschenleere Deck zielstrebig auf ihn zukommen sah.

Es hätte den auffälligen roten Waffenrock mit den in Goldfäden eingestickten englischen Löwen nicht gebraucht: Ronaldo hätte Nikolaus von Dürnstein, besser bekannt als »Sänger Blondie«, auch ohne das wertvolle Geschenk von Richard Löwenherz erkannt. Er wusste bestens Bescheid über den jungen Mann, der zu Beginn des vorangegangenen Jahres wie aus dem Nichts in Dürnstein aufgetaucht war, gerade im richtigen Augenblick, um den englischen König davor zu bewahren, während seiner Gefangenschaft bei Ritter Hadmar von Kuenring einem Mordanschlag zum Opfer zu fallen. Auch er wusste, dass der Sänger ein Mann des Wortes und nicht der Tat war, ein Denker und kein Kämpfer. Wahrscheinlich war er gekommen, um sich zu ergeben und um sein Leben und das seiner Freunde zu betteln.

Ronaldo warf einen Blick hinüber auf das genuesische Handelsschiff und überzeugte sich davon, dass nur noch ein paar Atemzüge seine Männer davon trennten, den letzten zunehmend verzweifelten Widerstand von Mannschaft und Passagieren der »Nautilos« zu brechen.

Niemand von den Verteidigern würde den unmittelbar bevorstehenden Sonnenuntergang an diesem Tag noch erleben: *Non captivi* – keine Gefangenen.

Ronaldos Männer würden den Gral finden, das Schiff plündern und schließlich versenken. Nur ein weiteres Handelsschiff, das nicht von seiner Fahrt über das Mittelmeer zurückkehrte. War es den berüchtigten Piraten aus Istrien oder Dalmatien zum Opfer gefallen, oder doch den gefürchteten Winterstürmen? Man würde es nie erfahren.

Gregorio Conte de Montecello würde Papst anstelle des Papstes werden, und er, Ronaldo von Verona, seine rechte Hand.

Das Lächeln des Mannes in Weiß verblasste erst, als er bemerkte, dass nicht er das Ziel war, auf das Nikolaus von Dürnstein entschlossen zusteuerte.

Das Letzte, was Niki sah, war, wie das Lächeln auf dem Gesicht des päpstlichen Legaten verblasste.

Dann hatte er den Feuerkorb erreicht, nahm das Fläschchen, das er von Großmutter bekommen hatte, aus seiner

Gürteltasche und ließ es in die Reste der glühenden Asche fallen.

Er hatte noch genug Zeit, um sich umzudrehen und wieder auf die »Nautilos« zuzulaufen, bevor das Glas der Phiole geschmolzen war.

Er hatte nicht mehr genug Zeit, um den Sprung zurück über die Bordwand zu machen, bevor das Schwarzpulver darin sich entzündete.

Niki fühlte die Explosion, bevor er sie hörte.

Eine warme Hand schien ihn mit einem Mal von hinten zu umfassen und ihn sanft, aber bestimmt über die Bordwand des Kriegsschiffes hinauszuschieben.

Als er den ohrenbetäubenden Knall hörte, fiel er bereits der dunklen Wasseroberfläche entgegen.

Dann wurde alles rund um ihn nass, kalt und grün.

Und schließlich schwarz.

»Stirbt er?«, fragte eine Stimme.

»Ich glaube nicht«, sagte eine andere, identisch klingende.

»Aber er sieht halb verbrannt aus!«

»Und halb ertrunken. Wenn er Glück hat, hebt sich das gegenseitig auf!«

»Hör nicht auf die zwei ... Idioten, Schwester«, sagte eine dritte, tiefere Stimme beruhigend. »Der Medicus sagt, Niki ... kommt wieder ganz in Ordnung. Und seine Haare ... wachsen auch wieder nach.«

»Wenn Hadmar nicht gesehen hätte, wie er über Bord gefallen ist ...«, sagte eine vierte, hellere. Sie klang gepresst und verstört. »Wenn er sich nicht so rasch sein Kettenhemd vom Leib gerissen hätte und ihm nachgetaucht wäre trotz seiner eigenen Verwundung, dann würde er jetzt nicht hier liegen, sondern am Grund des Meeres!«

Niki hatte genug gehört.

Er öffnete die Augen.

Es dauerte ein paar Herzschläge lang, bis er die Bretter des Achterdecks direkt vor seiner Nase erkannte und bemerkte, dass er auf dem Bauch lag.

Warum zum Teufel haben sie mich auf den Bauch ..., dachte er.

Lange vor der Erinnerung kam der Schmerz.

Sein Hinterkopf, sein Hals und seine Ohren fühlten sich an, als ob sie die Mutter aller Sonnenbrände abbekommen hätten. Ein vorsichtig tastender Griff nach hinten ließ Niki zusammenzucken: Wo vorhin noch dichtes Haar gewesen war, konnte er nur noch versengte Haut spüren, die brannte wie die Hölle.

Der Schmerz und der Gestank nach verbranntem Haar ließen Schwindel und Übelkeit in ihm hochsteigen. Sein Mund, sein Hals und sein Magen schienen voller Salzwasser zu sein. Aber nicht mehr lange.

Niki drehte den Kopf zur Seite und übergab sich geräuschvoll.

»Ich hab dir ja gleich gesagt, er stirbt nicht«, sagte eine Stimme.

Als Niki seinen Mund mit etwas Wasser ausgespült hatte und die Welt sich nicht mehr vor seinen Augen drehte, rappelte er sich gestützt von Joachim und Engel auf.

Sein erster Blick galt seinen Freunden. Der Anblick seiner Gefährten, die sich rund um ihn auf dem Achterdeck versammelt hatten, weckte seine Lebensgeister endgültig wieder: Bis auf Joachim und Engel hatten alle Verletzungen davongetragen, aber keiner von ihnen war offenbar lebensgefährlich verwundet worden.

Hadmars Kettenhemd hatte ihn bei der Verletzung seines Schildarms vor dem Schlimmsten bewahrt. Bertram der Bulle hatte sich bei seinem Sturz im Kampf mit dem Neandertaler den linken Arm gebrochen.

Gottfried presste einen blutigen Fetzen Stoff auf eine Kopfwunde und Gerwald einen auf seine gebrochene Nase (»Im Vergleich zu vorher eine klare Verbesserung«, wie sein Bruder sofort angemerkt hatte).

Erst nachdem er sich vom Wohlergehen seiner Freunde überzeugt hatte, drehte Niki sich um und schaute über die Brüstung auf das Hauptdeck der »Nautilos« hinunter, das von den letzten Strahlen der untergehenden Sonne in weiches, orangefarbenes Licht getaucht wurde.

Auf dem Deck sah es aus wie in einem Schlachthaus.

Angreifer und Verteidiger lagen auf den blutverschmierten Planken kreuz und quer durcheinander, im Tod nunmehr friedlich vereint.

Rinaldi der Falke würde nie wieder in sein Krähennest an der Spitze des Mastes klettern. Die Segel der »Nautilos« würden nie wieder von den geschickten Fingern Pellegrinos geflickt werden. Im dritten und letzten gefallenen Seemann erkannte Niki den Matrosen mit dem Blumenkohlohr und der Narbe.

Jetzt hat ihm die Frau an Bord am Ende wirklich kein Glück gebracht, dachte er. *Karma is a bitch.*

Dazwischen saßen und lagen verletzte Matrosen, manche stöhnend, manche schweigsam, und warteten geduldig auf den Schiffsarzt Lombardi, der von einem seiner Kameraden zum anderen eilte, um sich einen Überblick über ihre Wunden zu verschaffen.

Alle mehr oder weniger unverletzt gebliebenen Seeleute waren unter der resoluten Leitung von Kapitän Giustiniani bereits mit ersten Aufräumarbeiten beschäftigt.

Zwei von ihnen bargen gerade den toten Mönch, den Joachims Pfeil am Hauptmast festgenagelt hatte. Auch ihnen gelang es nicht, den Pfeil aus dem Mast herauszuziehen; am Ende blieb ihnen nichts anderes übrig, als den Schaft abzubrechen, um den Leichnam herunterheben zu können.

Als die Matrosen den letzten Mönch zu seinen gefallenen Kameraden legten, zählte Niki fünf schwarzgekleidete Leichen. Zusammen mit dem Mönch, der über Bord gefallen und zwischen die Schiffsrümpfe geraten war, hatte der Angriff sechs von Ronaldos Männern das Leben gekostet. Von den anderen Angreifern war keine Spur mehr zu erkennen.

»Was ist passiert?«, krächzte Niki, sein Hals immer noch rau vom Salzwasser. »Wo sind sie alle hin?«

»Du hast ein verdammt großes Loch in das Deck der Galeere gesprengt, Blondie«, sagte Hadmar, der mit nacktem Oberkörper neben Niki an der Bordwand stand, um sich von Engel die Schnittwunde in seinem linken Oberarm verarzten zu lassen. »Und damit das Hauptsegel in Brand gesetzt.«

Hadmar zuckte zusammen, als Engel ihm mitleidlos mit Wasser und Wein aus der Kapitänskabine die Wunde reinigte, bevor sie zu Nadel und Faden griff.

Das muss verdammt weh getan haben, als er mir damit ins Meer nachgesprungen ist, dachte Niki und machte sich eine mentale Notiz: *Hadmar für die Rettung meines Lebens danken. Aber unter vier Augen. Ist mir auch so peinlich genug.*

»Nachdem du ihr Schiff halb in die Luft gejagt hast und ihnen die Trümmer bis herüber auf die »Nautilos« um die Ohren geflogen sind, hat die Mönche ihr Kampfgeist recht schnell verlassen«, fuhr der junge Kuenringer fort. »Ronaldo hat herumgebrüllt, als hätte er den Verstand verloren. Er hat alle zurückgerufen zum Löschen. Wie du siehst, hat es nicht funktioniert.«

Niki folgte Hadamars Blick nach rechts über die Steuerbordwand und erstarrte.

In etwa einem Kilometer Entfernung lag die römische Galeere im Vollbrand, eingehüllt in eine dichte schwarze Rauchwolke.

Niki kniff die Augen zusammen und entdeckte zu seiner Erleichterung zwei Rettungsboote im Wasser.

»Hört ihr das auch?«, fragte er mit einem Mal erschrocken. »Da schreit doch jemand! Wer schreit denn da so?«

»Wusstet Ihr nicht, dass die Ruderer in den Galeeren an ihre Ruderbänke festgekettete Sklaven sind?«, sagte Kapitän Giustiniani, der zu den Gefährten getreten war und nun gemeinsam mit ihnen auf das lichterloh brennende Schiff hinübersah. »Sie verlassen ihren einmal zugewiesenen Platz nie. Sie essen, trinken und schlafen dort. Wenn sie krank werden, lässt man sie sterben: Es ist billiger, Ersatz zu beschaffen, als sie gesund zu pflegen.«

»Aber, aber …«, stammelte Niki, ehrlich überrascht. »Ich hatte angenommen, bei uns im Westen … Ich meine, seit wir das Christentum haben …«

»Die christliche Religion verbietet es nur, andere Christen zu kaufen und zu verkaufen«, sagte der Kapitän. »Seit Beginn der Kreuzzüge sind aber jede Menge muslimische Gefangene auf dem Markt.«

Giustiniani wandte seinen Blick von dem brennenden Kriegsschiff ab und bemerkte Nikis Gesichtsausdruck. »Wenn es Euch ein Trost ist: Die Muslime machen das mit christlichen Gefangenen auch nicht anders.«

Hadmar legte Niki eine Hand auf die Schulter. »Von den gefallenen Feinden hat Joachim zwei auf dem Gewissen, Engel, Bertram und ich jeweils einen«, grinste er. »Vor deinen vierzig aber können wir alle zusammen nur den Hut ziehen!«

Einen Augenblick lang starrte Niki Hadmar entsetzt an und suchte in seinem Blick Anzeichen dafür, dass er sich mit ihm einen Scherz erlaubte.

Er hätte Hadmar besser kennen müssen.

Ohne ein weiteres Wort machte Niki kehrt, lief die Treppe aufs Hauptdeck hinab und dann die Leiter ins Unterdeck. Er brauchte jetzt dringend seine Laute.

Und ein paar Lieder, um die Schreie der verbrennenden Rudersklaven in seinen Ohren zu übertönen.

»Valete!«

»Arrivederci!«

»Gott schütze euch!«

Kapitän Giustiniani und seine Offiziere, der Steuermann Sant'Angelo und der Schiffsarzt Lombardi, hoben ein letztes Mal ihre Becher.

Genua zeigte sich von seiner besten Seite: Die Sonne lachte an diesem Tag Mitte April warm vom wolkenlosen Himmel, das Essen in der Hafentaverne war vorzüglich, und sogar Niki musste zugeben, dass das hier ausgeschenkte Bier zum besten gehörte, das er jemals gekostet hatte: bittersüß und stark, mit einem Abgang wie dunkler Waldhonig.

»Ich muss schon sagen: Es ist alles andere als langweilig, mit euch zu reisen«, lachte Sant'Angelo, der seinen Lebensretter Joachim die ganze restliche Fahrt nach Genua über bei jedem zufälligen Treffen auf dem Deck der »Nautilos« dankbar in seine Arme geschlossen und an seinen mächtigen Brustkorb gedrückt hatte, bis ihm die Rippen knackten.

»Ihr werdet auf der »Nautilos« immer willkommen sein, wenn ihr jemals wieder eine Überfahrt benötigt«, sagte der Kapitän. »Nach Konstantinopel? Oder gar ins Heilige Land? Fragt nach Giustiniani, wir bringen euch schnell und sicher an euer Ziel!«

»Es muss ja nicht jedes Mal ein Vulkanausbruch oder

eine ausgewachsene Seeschlacht dabei sein«, lächelte Garibaldi der Medicus.

Die Gefährten lachten und hoben ebenfalls ihre Becher. »Seid unbesorgt: Hier im Norden Italiens sind die römischen Straßen in bestem Zustand«, sagte Sant'Angelo, nachdem sie angestoßen und getrunken hatten. »Der Weg über die Alpen nach Kärnten, in die Steiermark und weiter nach Wien ist gut befestigt und stark benutzt. In spätestens vier Wochen seid ihr wieder zu Hause!«

»Wir sind unbesorgt«, erwiderte Hadmar mit einem Lächeln. »Glaubt uns: Im Vergleich zu den Wäldern Bulgariens und zum tief verschneiten Balkantor wird uns die Wanderung durch Norditalien und über die Passstraße nach Kärnten wie ein Spaziergang erscheinen.«

Alles war vorbereitet für die letzte Etappe ihrer Heimreise. Das Geld, das ihnen der Besitzer der Karawanserei für ihre in Konstantinopel zurückgelassenen Pferde und Gebrauchsgegenstände bezahlt hatte, hatte für die Anschaffung von drei neuen Pferden für die Ritter und für sechs Ponys gereicht: fünf als Reittiere für die übrigen Gefährten, und eines zum Tragen ihrer Vorräte.

Der klägliche Rest ihrer Barschaft würde gerade ausreichen, um Lebensmittel für den Heimweg und die eine oder andere Übernachtung zu finanzieren.

»Mit leeren Händen sind wir aus Dürnstein aufgebrochen, mit leeren Händen kehren wir nach Hause zurück«, murrte Hadmar, nachdem die Gefährten in den Sonnenschein hinausgetreten waren und ihre Freunde noch ein letztes Mal zum Abschied umarmt hatten. »Wir haben alles wieder verloren!«

»Wir beginnen unser Leben mit nichts, und wir beenden es mit nichts«, sagte Bruder Severinus. »Was haben wir also zu verlieren? Gar nichts!«

Niki blickte den jungen Mönch überrascht an. Es war das Erste, was Severin seit Langem sagte; seit dem Kampf gegen die Mönche auf dem Deck der »Nautilos« war er so in sich gekehrt und still geworden, dass man häufig darauf vergaß, dass er überhaupt anwesend war.

Eingedenk seiner eigenen Leidensgeschichte nach den Ereignissen im Römerturm nahm sich Niki vor, bei nächster Gelegenheit ein Gespräch mit seinem Freund zu führen, um herauszufinden, was ihn bedrückte. Vielleicht konnte er ihm ja helfen.

Es passierte, als Niki sich vor der Taverne gedankenverloren auf sein neues Pferd schwang, einen hübschen dunkelbraunen Wallach mit schwarzer Mähne, den er auf der Suche nach einem klangvollen italienischen Namen »Ramazzotti« getauft hatte. Er sah einen schwarzen Mönch, der ihn aus der wuselnden Menschenmenge heraus unverwandt anstarrte. Erst nur aus den Augenwinkeln, gerade als er beim Aufsteigen sein Bein über den Rücken des Pferdes schwang.

Niki brauchte einen Augenblick, bis er sich dessen bewusst wurde.

Als er herumfuhr, war niemand mehr zu sehen.

»I wüh wieder ham, I fühl mi do so allan«, sang Niki aus Leibeskräften. »Brauch ka große Wöd, I will ham nach Fürstenföd!«

»Fürstenföd?«, fragte Gottfried, wie jedes Mal, seit Niki den alten STS-Klassiker im Räuberwald zum ersten Mal angestimmt hatte. »Wo zum Teufel ist Fürstenföd?«

»In der Steiermark«, antworteten wie immer alle Gefährten im Chor und lachten.

»Vielleicht sollten wir einen Sprung vorbeischauen auf unserem Heimweg«, sagte Niki. »Ist glaub ich kein großer Umweg!«

»Vielleicht könnten wir ja ... in Wien dieses ›U4‹ besuchen, wenn wir uns ... bei Herzog Leopold zurückmelden«, sagte Bertram. »Mädchen mit ... grünen Haaren? Das würd ich zu gerne einmal sehen!«

Tut mir leid, Alter, dachte Niki grinsend. *Das kommt noch viele hundert Jahre nicht in Mode.*

Die zwei Wochen seit ihrem Aufbruch aus Genua waren wie im Flug vergangen. Der April hatte seinem Namen einmal *nicht* alle Ehre gemacht und die Reise der Gefährten statt mit wechselhaftem Wetter vorwiegend mit Sonnenschein begleitet. Die Straßen waren tatsächlich gut, die Tavernen besser, Essen und Trinken sogar vorzüglich. Die Gefährten waren in ausgelassener Stimmung, als sie beim Anstieg in die Karnischen Alpen auf den ersten Kehren der Passstraße, die die Einheimischen »Passo di Monte Croce Carnico« nannten, ihren Aufenthalt in Norditalien Revue passieren ließen.

»Wisst ihr noch, wie Engel zwischen Parma und Mantua nackt mit uns in diesem Fluss gebadet hat?«, lachte Gottfried.

»Im *Po*«, ergänzte Gerwald grinsend.

»Und wie sie sich dann nicht aus dem Wasser getraut hat, als diese Gruppe mit den deutschen Pilgern zu uns stieß und uns einlud, am Flussufer ihr karges Mahl mit ihnen zu teilen?«

»Nicht lustig«, brummte Engel. »Als sie endlich weg waren, war meine Haut so runzlig wie die von Großmutter! So sauber wie nach diesem Bad war ich überhaupt noch nie!«

»Wisst ihr noch, wie sich die Zwillinge in diesem Dorf zwischen Verona und Vicenza die noblen Waffenröcke von Joachim und Blondie ... ausgeborgt und damit zwei schwarzhaarige Dorfschönheiten verführt haben?«, fragte Hadmar lächelnd. »Und wie ihre versammelten Väter, Brüder, Onkel und vermutlich auch Cousins danach Rache an Joachim und Niki nehmen wollten, die überhaupt nicht wussten, wie ihnen geschieht?«

»So schnell sind wir noch nie ... geritten mit unseren Ponys!«, sagte Bertram.

Hadmar beendete die allgemeine Heiterkeit, indem er eine Hand hob zum Zeichen, dass die Gefährten, die auf der sorgfältig gepflasterten Straße jeweils zu zweit nebeneinander ritten, anhalten sollten.

»Die Tage werden länger, und wir haben wohl noch eine Stunde Tageslicht«, sagte er. »Über den Pass nach Kärnten hinüber schaffen wir es heute aber auf keinen Fall mehr. Lasst uns deshalb hier am Fuß der Berge unser Nachtlager aufschlagen, bevor die Landschaft weiter oben felsiger und unwirtlicher wird.«

Niki sah sich um und gab dem jungen Kuenringer in Gedanken Recht: Noch verlief die Straße zwischen saftigen Wiesen, auf denen ihre Pferde und Ponys weiden konnten, und durch duftende Waldabschnitte, die ihnen Sichtschutz von der Straße aus gewährten.

Hadmar stieg von seinem Pferd und folgte dem Verlauf eines Bächleins, das an dieser Stelle von einer kleinen Brücke überquert wurde, ein paar Schritte bergauf in den Wald hinein. Auf sein Zeichen hin folgten ihm die Gefährten bis zu einer grünen, grasbewachsenen Lichtung am Rand eines Felsvorsprunges, an dem der Hang fast senkrecht ins Tal hinunter abfiel, wo er in einer Geröllhalde endete.

»Das ist ein guter Platz für unser Nachtlager«, sagte Hadmar. »Ich hoffe, wir haben keine Schlafwandler unter uns: Über diese Kante geht es ganz schön weit hinunter! Gottfried und Gerwald, ihr sammelt Holz und macht Feuer. Bertram, du versorgst die Pferde. Engel holt an der Quelle Wasser und füllt unsere Schläuche und Flaschen auf. Und in den Bach gepinkelt wird nur *unterhalb* der Stelle, wo Engel das Wasser entnimmt, verstanden?«

Hadmar wartete einen Augenblick, bis sich das Gelächter und die scherzhaften gegenseitigen Schuldzuweisungen gelegt hatten.

»Severin darf sich ein wenig ausrasten, weil er nach dem Essen die erste Wache übernimmt«, sagte er dann. »Ausführen und wegtreten!«

Severin rechnete nicht mit einem Überfall. Dies war nicht der bulgarische Räuberwald: Dies war das Heilige Römische Reich. Hier sorgte ein Kaiser für Recht und Ordnung. Nicht mehr Friedrich Barbarossa, sondern sein Sohn Heinrich, der von seinem Vater acht Jahre zuvor sogar zum *Caesar* erhoben worden war, und der jedes Interesse am reibungslosen Handel zwischen dem deutschen und dem italienischen Teil seines Reiches hatte.

Die Passstraße über den *Monte Crucis*, den Kreuzberg, war eine vielbenutzte Handelsroute. Severin wunderte sich nicht darüber, dass unten auf der Straße auch am späteren Abend noch Verkehr herrschte: Vom Kloster am Fuß des Berges bis zum Hospiz an der Passhöhe waren es nur ein paar Stunden, und manche Kaufleute, Lastenträger, Pilger und Abenteurer nahmen die Übernachtung im beengten Schlafsaal des Hospizes in Kauf, damit sie beim ersten Tageslicht bereits den Abstieg nach Kärnten in Angriff nehmen konnten.

Severin war daher nicht misstrauisch, als eine Gruppe von Pilgern in staubbedeckten Mänteln an der kleinen Brücke anhielt und eine wort- und gestenreiche Diskussion begann.

Einer der Männer entdeckte den jungen Benediktiner, der sich, auf seine Saufeder gestützt, auf einen umgestürzten Baum gesetzt hatte und von dort die Straße überblickte.

»Gott zum Gruße, werter Reisender«, rief ihn der Mann an. »Könnt Ihr uns vielleicht sagen, wie weit der Weg bis zum Pass hinauf noch ist? Es ist schon dunkel, und wir haben nicht mehr viele Fackeln übrig. Wir fragen uns gerade, ob wir nicht besser ins Kloster zurück absteigen und dort die Nacht verbringen!«

Severin erhob sich.

Vielleicht lag es an seiner Arglosigkeit, dass er den Mann in Schwarz nicht hörte, der sich von hinten an ihn heranschlich, während seine Aufmerksamkeit abgelenkt war.

Vielleicht lag es an seiner Müdigkeit.

Vielleicht lag es auch an den trüben Gedanken, die ihn an jedem Tag, in jeder Nacht seit dem Kampf auf der »Nautilos« verfolgten wie eine persönliche dunkle Regenwolke.

Severin öffnete den Mund, um eine Antwort zu geben.

Der Mann in Schwarz griff von hinten nach seiner Schulter, wirbelte ihn herum und trat ihm mit dem Knie zwischen die Beine.

Severin gab einen pfeifenden Ton von sich, als alle Luft aus seiner Lunge gepresst wurde, und wäre vornüber zusammengesunken, hätte der Mann in Schwarz ihn nicht erneut an der Schulter herumgewirbelt und von hinten in einem eisernen Griff aufrecht gehalten.

Hilflos nach Luft schnappend sah Severin mit großen Augen dabei zu, wie der harmlose alte Pilger, der ihn angesprochen hatte, seinen Mantel abwarf und mit überraschend jugendlichem Schritt auf ihn zukam.

Unter seinem Mantel war er von Kopf bis Fuß in Weiß gekleidet.

Vor Severin blieb er stehen und sah ihm kurz in die Augen.

Dann schüttelte er nur den Kopf.

»Aber Herr«, flüsterte der Mann in Schwarz. »Seht nur: Er ist ein Mann der Kirche!«

»Non captivi«, sagte der Mann in Weiß nur und gab den

anderen vermeintlichen Pilgern auf der Straße ein Zeichen, ihre Verkleidung abzuwerfen und ihm zu folgen.

Der Mann in Schwarz zuckte mit den Achseln und rammte Severin sein Messer in den Rücken.

Hadmar, der die erste Feuerwache übernommen hatte, war der einzige der Gefährten, der sein Schwert ziehen konnte, um sich gegen den Überfall zu wehren. Die anderen, unsanft aus dem ersten Schlaf gerissen durch Hadmars wütende Flüche und Schreie, verteidigten sich mit allem, was ihnen in die Hände fiel. Wenn ihnen nichts in die Hände fiel, mit bloßen Fäusten.

Es war vom ersten Augenblick an aussichtslos.

Zuletzt stand nur noch Hadmar mit dem Rücken zum Abgrund, gespenstisch beleuchtet vom Schein des Feuers, und verteidigte sich gegen gleich drei angreifende Kriegermönche.

»Hadmar!«, rief Joachim über das Klirren der Schwerter hinweg. »Hadmar, hört auf! Er hat Engel!«

Der junge Kuenringer schaute auf. Was er sah, ließ sein Schwert kraftlos zu Boden sinken.

Auf der anderen Seite des Feuers, ebenfalls mit dem Rücken zum Abgrund, stand der Mann in Weiß.

Ronaldo von Verona.

Mit der einen Hand hatte er Engel von hinten umfasst.

Mit der anderen hielt er ihr ein Messer an den Hals.

»Wir haben kein Interesse an euch«, sagte Ronaldo, als er sich der Aufmerksamkeit aller Gefährten sicher war. »Unser einziges Interesse gilt dem Gral. Übergebt ihn mir hier und jetzt, und es muss kein Blut fließen heute Nacht. Übergebt ihn nicht, und wir schneiden euch alle in Stücke, bis wir ihn finden. Mit dem Mädchen fangen wir an.«

Ein paar Herzschläge lang war es völlig still.

Niki hörte das Holz im Feuer knacken.

Ein Nachtvogel stieß einen traurigen Schrei aus.

Dann rappelte Niki sich auf von der Stelle, wo er niedergeschlagen worden war und spuckte einen Mund voll Blut auf den Boden.

Mit einem misstrauischen Blick auf den Mönch, der immer noch mit drohend erhobenem Schwert über ihm stand, beugte er sich zu einer der Satteltaschen, öffnete sie und entnahm ihr ein in Tücher gewickeltes Bündel.

Als das letzte Tuch zu Boden und das Licht des Feuers auf den Gegenstand in Nikis Händen fiel, ging ein Raunen durch Mönche und Gefährten gleichermaßen. Filigrane Zweige, Blätter und Äpfel glitzerten golden im flackernden Feuerschein, während der Amethystbecher in ihrer Mitte wie Perlmutt in allen Farben zwischen zartem Hellrosa und fast schwarzem Violett schillerte.

Das Kunstwerk war von fast überirdischer Schönheit. Selbst Niki glaubte bei seinem Anblick unwillkürlich Sonnenlicht durch bunte Kirchenfenster fallen zu sehen, schien mit einem Mal den Geruch von Weihrauch in der Nase und den Klang von gregorianischen Chorälen im Ohr zu haben. *Dieses Ding gehört in eine Kathedrale*, dachte er. *Je schneller es dort hingelangt, desto besser. Soll Ronaldo doch die Verantwortung dafür übernehmen!*

Alle Augenpaare waren auf den jungen Sänger gerichtet, als dieser sich mit dem Gral in den Händen langsam und vorsichtig aufrichtete.

Niki spürte das kalte Gold des Stammes vom Baum des Lebens in seiner Hand und das Gewicht des Amethystbechers, der in seinen Ästen ruhte, als er Schritt für Schritt langsam auf Ronaldo und Engel zuging, das Kunstwerk ehrfürchtig mit ausgestreckten Armen vor sich her tragend wie ein Fußballer bei seiner Ehrenrunde mit dem WM-Pokal. Aus den Augenwinkeln heraus sah er, dass die Mönche ihre Waffen sinken ließen und sich bekreuzigten; einer von ihnen fiel dabei sogar auf die Knie nieder.

Niki bemerkte, dass auch Ronaldo mit weitaufgerissenen Augen auf den Gral starrte, als er zwei Schritte vor dem Mann in Weiß und seiner Geisel unschlüssig stehen blieb.

Seine Hände schwitzten, seine Schläfen pochten und in seinem Kopf überschlugen sich die Gedanken.

Andererseits: Was wird die Kirche mit dem Gral machen?, dachte er. *Sicher löst sein Auftauchen unter den Gläubigen grenzenlose Begeisterung aus. Was, wenn der Papst die Euphorie ausnützt und zu einem neuen Kreuzzug ausruft, um Jerusalem doch noch zurückzuerobern? Würden Menschen im Namen unseres Grals kämpfen? Für ihn töten? Für ihn sterben?*

»Gib ihm den Gral nicht«, sagte Engel. »Sobald er in seiner Hand ist, wird er uns alle töten. Keine Gefangenen, erinnerst du dich?«

Ronaldo verstärkte seinen Griff um den Hals Engels und brachte sie damit zum Verstummen.

»Gebt mir den Gral, Blondie, oder ich schwöre bei Gott: Das Mädchen stirbt!«, zischte er. »Und zwar jetzt sofort! Zweimal seid Ihr mir im letzten Augenblick entkommen, noch einmal passiert mir das nicht. Meine Geduld mit Euch ist *am Ende!*«

Wie um seinen Worten Nachdruck zu verleihen, stach Ronaldo langsam, fast zärtlich sein Messer in Engels Hals; Niki sah seine Freundin vor Schmerz zusammenzucken, als die Spitze ihre Haut durchbrach.

Wie hypnotisiert starrte er auf den einzelnen, im Licht des Lagerfeuers wie ein Rubin funkelnden Blutstropfen, wie er sich langsam einen Weg den weißen Hals des Mädchens hinunter suchte, bis er von Engels silberner Kette gestoppt wurde und schließlich auf Nikis keltischem Kreuz an ihrem tiefsten Punkt zur Ruhe kam.

Es war der Anblick des blutigen Kreuzes, der Niki ernüchterte wie ein Eimer Wasser einen Trunkenbold. Das Pochen in seinen Schläfen verschwand von einem Moment zum nächsten; seine Hände hörten auf zu schwitzen, seine wirren Gedanken kamen zur Ruhe und wichen mit einem Mal kristallener Klarheit.

Und plötzlich wusste Niki genau, was er zu tun hatte.

»Sehet!«, rief Niki mit bewegter Stimme, so wie er Severin bei der Entdeckung des Hauptes des Täufers in Erinnerung hatte. »Der Heilige Gral! Der Kelch, aus dem unser Herr Jesus Christus beim letzten Abendmahl trank!«

Mit diesen Worten fiel der junge Sänger vor Ronaldo und Engel auf die Knie nieder und bot dem Mann in Weiß mit erhobenen Händen den Gral an.

Niki war kein regelmäßiger Kirchgänger, weder jetzt noch in seinem alten Leben. Dennoch kamen ihm die als Kind eingelernten Worte der Heiligen Kommunion, die er seit seiner Firmung kaum mehr gehört hatte, wie von selbst wieder in den Sinn.

»Ebenso nahm er nach dem Mahl den Kelch, dankte wiederum, reichte ihn seinen Jüngern und sprach: Nehmet und trinket alle daraus«, rezitierte er aus dem Gedächtnis und war selbst am meisten davon überrascht, wie voll und tragend seine Stimme auf einmal klang.

Kreuzzeichen wurden geschlagen, gestandene Männer in schwarzen Umhängen fielen mit Tränen in den Augen auf die Knie.

»Das ist der Kelch des neuen und ewigen Bundes«, donnerte Niki. »Mein Blut, das für euch und für alle vergossen wird zur Vergebung der Sünden.«

Während er noch sprach und die ungeteilte Aufmerksamkeit Ronaldos auf dem glitzernden Kunstwerk in seinen Händen spürte, sah er kurz zur Seite und Engel in die Augen. Für einen Herzschlag nur trafen sich ihre Blicke.

Niki zwinkerte seiner Freundin zu und lächelte.

»Tut dies zu meinem Gedächtnis«, sagte er, als er sah, wie Ronaldo das Mädchen losließ, um nach dem Gral zu greifen.

Und ließ ihn zwischen den zupackenden Händen des Mannes in Weiß hindurch auf den Felsboden fallen.

Der Gral traf mit einem gewaltigen Knall auf den Steinboden und zersplitterte in tausend Stücke.

Fragmente von goldenen Zweigen, Blättern und Äpfeln spritzten explosionsartig auseinander; glitzernde Amethystscherben, funkelnd im Licht des Lagerfeuers, wurden in alle Richtungen weggeschleudert.

»Neeeiiinnn!«

Der langgezogene Schrei von Ronaldo hallte über die Lichtung, während er fassungslos auf den Fleck von rosafarbenem und violettem Quarzsand starrte, den der Gral bei seiner Zerstörung auf dem Felsboden hinterlassen hatte.

Einen Moment lang nur war der Mann in Weiß abgelenkt.

Dieser Moment reichte Engel.

Niki hatte damit gerechnet, dass seine Freundin die Gelegenheit dazu nutzen würde, den einen nötigen Schritt aus der Reichweite von Ronaldos Armen zu machen und zu fliehen.

Stattdessen fuhr das Mädchen schnell wie eine Katze herum, tauchte unter den zupackenden Händen des Mannes in Weiß durch und rammte ihm mit aller Kraft Kaspars Fischmesser in die Brust, das sie seit dem Kampf auf der »Nautilos« an ihrem Gürtel getragen hatte. Niki hatte nicht einmal gesehen, dass sie danach gegriffen hatte.

Hadmars Messer, das von Joachim, das von Niki, die Messer der Zwillinge: Sie alle waren vergleichsweise neu und hatten breite Klingen; sie alle wären wirkungslos am Kettenhemd des päpstlichen Gesandten abgeprallt.

Kaspars großherziges Geschenk, das Niki nur angenommen hatte, um seinen Freund nicht zu verletzen, war hingegen alt, abgenutzt und durch jahrzehntelanges Schleifen nicht nur scharf wie ein Skalpell geworden, sondern auch dünn wie ein Stilett.

Seine spitze, schlanke Klinge durchdrang Kettenhemd, Haut und Muskeln und drang bis zum Griff in Ronaldos Brust ein.

Einen Augenblick lang passierte gar nichts.

Engel und der Mann in Weiß sahen einander unverwandt aus nächster Nähe in die Augen, das Mädchen mit in den Nacken gelegtem Kopf, fast Nase an Nase mit ihrem Peiniger. Engel behielt dabei den Griff des Messers fest in ihrer Hand; Niki konnte sehen, wie ihr Körper unter der Anstrengung zitterte.

Ronaldo wollte etwas sagen, und öffnete den Mund. Als er hustete, spritzten Blutströpfchen auf Engels Gesicht und bedeckten ihre Nase und ihre Wangen wie kleine Sommersprossen.

Blut lief nun auch über den Griff des Messers auf Engels Hand und Unterarm, Tränen zogen blutige Spuren über ihre Wangen, und immer noch hielt sie dem Blick des Mannes in Weiß ungerührt stand.

»Du verdammter Hurensohn hast meinen Freund Otto auf dem Gewissen«, sagte sie endlich. »Fahr zur Hölle, du Bastard!«

Mit einer letzten großen Kraftanstrengung drehte Engel

das Messer in Ronaldos Brust, bevor sie es mit einem Ruck herausriss.

Ronaldos Beine trugen sein Gewicht nicht mehr. Er fiel auf die Knie nieder. Jetzt war er es, der unverwandt zu Engel hinaufblickte, während heißes Blut in schwächer werdenden Kaskaden aus seiner Wunde spritzte und sein ehemals weißes Gewand überraschend schnell rot färbte.

Das Mädchen zitterte am ganzen Körper wie Espenlaub. Niki trat zu seiner Freundin, umarmte sie von hinten und hielt sie fest, bis das Zittern aufhörte.

»Wie sagt Severin immer: Die Hölle ist voll mit Kirchenmännern«, knurrte Hadmar, der von Niki unbemerkt herangetreten war. »In diesem Sinne: Ruhe in Frieden!«

Hadmar lächelte, als er den sterbenden Ronaldo gegen die Schulter trat, sodass dieser nach hinten kippte und lautlos über die Kante des Felsvorsprungs in die ewige Finsternis stürzte.

Die drei jungen Menschen drehten sich gerade noch rechtzeitig um, um die letzten der schwarzgekleideten Kriegermönche zwischen den Bäumen verschwinden zu sehen: Der Gral war zerstört, ihr Anführer gefallen – für sie gab es hier nichts mehr zu tun.

»Wo wir gerade von ihm sprechen«, sagte Hadmar mit gerunzelter Stirn. »Wo ist eigentlich Severin abgeblieben?«

Als die Gefährten Severin fanden, war er noch am Leben.

Auf den ersten Blick schien es, als wäre der junge Benediktiner auf dem Rücken liegend eingeschlafen. Erst beim Nähertreten bemerkte Niki, dass sein schwarzer Habit sich so mit Blut vollgesogen hatte, dass es sogar den Waldboden rund um ihn herum glitschig machte.

Nein, dachte er. *Nein. Bitte nicht. Bitte, bitte nicht. Nicht auch noch Severin!*

Severin öffnete den Mund und sagte etwas, das Niki nicht verstand.

»So war es nicht abgemacht«, wiederholte der junge Mönch im Flüsterton, als Niki neben ihm auf die Knie gesunken war und sich nahe zum Gesicht seines Freundes hinunterbeugte.

»Nicht abgemacht?«, fragte Niki.

»Es hätte nie Blut vergossen werden sollen«, flüsterte Severin. »Das war meine Bedingung, um ihnen zu helfen! Sie haben versprochen, dass niemandem ein Leid geschehen wird. Sie haben es versprochen!«

»Du hast ihnen … geholfen?«

»Ich wollte unbedingt dabei sein bei diesem Abenteuer«, sagte Severin leise, ohne Niki dabei in die Augen zu sehen. »Mit meinen Freunden durch die Welt ziehen. Die Hagia Sophia mit eigenen Augen sehen. Nach heiligen Reliquien suchen …«

Der Benediktiner verzog das Gesicht vor Schmerz und verstummte.

»Erst dachte ich, Abt Rudmar würde mich nicht weglassen aus dem Kloster in Göttweig«, sagte er nach einer Pause mit gepresster Stimme. »Zu meiner Überraschung hat er meiner Bitte aber sofort zugestimmt. Er meinte, allerhöchste Kreise in Rom hätten größtes Interesse am Erfolg unserer Mission. Zum Dank dafür sollte ich an jedem unserer Aufenthaltsorte eine Botschaft in einer lokalen Kirche hinterlassen. Das habe ich auch gemacht. In Bellegrava, in Nissa, in Serdica. Oft und oft in Konstantinopel. In jedem Hafen, den wir auf der Heimfahrt angelaufen haben.«

»Deswegen haben Ronaldo und seine Spießgesellen immer so genau über uns Bescheid gewusst«, sagte Niki leise. »Wo wir waren. Was wir getan haben. Was unsere nächsten Pläne waren.«

»Sie haben gesagt, es sei notwendig, damit die heilige Mutter Kirche ihre schützende Hand über uns halten könnte. Dafür sorgen, dass der Gral sicher nach Hause kommt.« Severin sah auf und blickte Niki direkt in die Augen. Mit einer blutverschmierten Hand tastete er nach dem jungen Sänger. Niki griff nach der Hand. Sie war eiskalt.

»Was ist mit dem Gral passiert?«, fragte Severin eindringlich und drückte Nikis Hand mit überraschender Stärke. »Kommt er sicher nach Hause? Versprich mir, dass er sicher nach Hause kommt!«

Severin war dabei, als Engel unseren »Gral« *geschaffen hat, dachte Niki. Er hat ihr mit eigenen Augen dabei zugesehen. Der Magister hatte recht: Nicht die Reliquie bringt den Glauben in den Menschen zum Vorschein, sondern der Glaube der Menschen die Reliquie.*

»Dem Gral geht es gut«, log Niki mit Tränen in den Augen. »Ich verspreche dir, dass er sicher nach Hause kommt.«

Zumindest alles, was davon übrig geblieben ist.

Erleichtert sank Severin zurück und schwieg erschöpft.

»Bist du noch da, Blondie?«, fragte er schließlich.

Severin schien Niki nicht mehr zu sehen und auch seine Hand nicht mehr zu spüren; seine weit aufgerissenen Augen starrten zum sternenübersäten Nachthimmel hinauf.

»Mir ist so kalt«, flüsterte er. »Komm mit, lass uns zum Aufwärmen in die Hafentaverne gehen. Die haben dort das beste Bier, das ich jemals getrunken habe …«

»Das machen wir, alter Freund«, sagte Niki durch einen Schleier von Tränen. »Das machen wir.«

Er merkte erst, dass Severin nicht mehr atmete, als Hadmar sich über ihn beugte und dem jungen Mönch mit einer überraschend sanften Berührung die Augen schloss.

Am Ende des Weges

hr sagt also, euer Gral ist bei dem Angriff der verdammten Römer zu Bruch gegangen?«, fragte Herzog Leopold mit unverhohlener Enttäuschung.

»So ist es«, sagte Hadmar und warf Niki über die Schulter des Herzogs hinweg einen ausdruckslosen Blick zu. »In den Wirren des Kampfes ist er unglücklicherweise zu Boden gefallen und in tausend Scherben zerbrochen.«

Leopold öffnete fast ehrfürchtig den Stoffbeutel, den Hadmar ihm überreichte, und leerte vorsichtig ein Sammelsurium aus goldenen Bruchstücken und rosafarbenen und violetten Amethystscherben auf den Tisch.

»Was für eine Schande«, sagte er. »Ich hätte euer Werk gerne mit eigenen Augen gesehen. Er muss wunderschön gewesen sein.«

Niki ließ den angehaltenen Atem vorsichtig wieder entweichen und wischte sich mit dem Handrücken den Schweiß von der Stirn.

Der Saal, in dem Herzog Leopold die Gefährten gleich nach ihrer Ankunft in Wien empfangen hatte, sah noch genau so aus, wie er ihn von seinem Besuch mit Hadmar und Ottokar acht Monate zuvor in Erinnerung hatte: Die großen, hohen Fenster, die bestickten Wandteppiche, die Wappenschilde an den Wänden. Die lange Tafel, Esstisch, Schreibtisch und Besprechungstisch zugleich. Sogar der junge Geistliche mit seinen Papieren und Schreibutensilien schien derselbe zu sein wie damals. War das wirklich erst acht Monate her? Niki kam es vor, als wären Jahre vergangen, seit er genau an dieser Tafel den Auftrag übernommen hatte, in Konstantinopel eine Reliquie zu finden, die selten und wertvoll genug war, um damit beim greisen Papst Coelestin die Aufhebung der Exkommunikation von Herzog Leopold und Ritter Hadmar zu erwirken.

»Wir haben Severin am nächsten Morgen noch auf italienischem Boden begraben«, beendete Hadmar seinen Reisebericht. »Am gleichen Tag noch haben wir den Kreuzbergpass überquert und so das Herzogtum Kärnten betreten. Die Heimreise über das Herzogtum Steiermark bis nach Wien erfolgte in bedrückter Stimmung, aber bei gutem Wetter und ohne weitere Zwischenfälle.«

Da der Babenbergerherzog darauf nichts erwiderte, sondern nur nachdenklich auf den Scherbenhaufen zwischen seinen Händen hinunterschaute, stand Niki auf, trat auf ihn zu und überreichte ihm das in schwarzes Leder gebundene Tagebuch Ottokars.

»Ottokar von Pressburg war ein wichtiger Teil unserer Gemeinschaft«, sagte er leise. »Es war Otto, der den Eingang ins Beinhaus des Klosters der Lebensspendenden Quelle entdeckt hat. Ohne ihn hätten wir das wahre Haupt des Täufers nicht gefunden, wären nicht im Blachernen-Palast eingekerkert worden, hätten Prinzessin Theodora nicht getroffen und unseren Gral nie bekommen. Am Ende hat er sich geopfert, um Engeltrud und mir die Flucht auf das Schiff zu ermöglichen, das uns nach Genua gebracht hat. Ohne Otto wären wir beide heute wohl nicht hier.«

Herzog Leopold ließ die Seiten von Ottokars Tagebuch durch seine langen, schlanken Finger gleiten.

»Otto war der vierte Sohn eines ungarischen Landadeligen«, sagte er leise. »Er hatte drei große Brüder, die dumm wie Bohnenstroh sind, aber das Kriegshandwerk beherrschen wie niemand sonst weit und breit. Otto jedoch wollte niemand auch nur als Knappe. Er hat in einem Kloster lesen und schreiben gelernt, ist nach Wien gegangen und hat sich hier am Hof verdingt. Er hat drüben im Materiallager Decken und andere Stoffe verwaltet und gelegentlich für mich Botengänge erledigt, so wie den zu euch nach Dürnstein. Aber er hat nie aufgehört, davon zu träumen, einmal ein großes Abenteuer zu erleben. Ihr habt ihm diesen Traum erfüllt.«

»Sein letzter Wunsch war es, dass ich seinen Bericht fortführe und Euch nach unserer Rückkehr übergebe, damit seine Familie erfährt, dass er ihr keine Schande bereitet hat«, sagte Niki.

»Dafür werde ich Sorge tragen«, versprach der Herzog. »Ottokar wollte immer wie ein Ritter leben und sterben. Wie ich Euren Worten entnehme, hat er sich dieser großen Aufgabe würdiger erwiesen als viele der besten Ritter hier an meinem Hof.«

Herzog Leopold richtete seine Aufmerksamkeit wieder auf das traurige Häuflein aus Gold und Quarz vor ihm auf dem Tisch, hob dann den Kopf und schaute vorwurfsvoll in die Runde.

»Das heißt also, ihr kommt mit völlig leeren Händen zurück aus Konstantinopel?«, fragte er.

Die Gefährten hielten ihre Köpfe gesenkt. Niemand wagte es, dem Herzog ins Gesicht zu blicken.

»Nicht … ganz«, sagte eine Stimme.

Ein Stuhl wurde zurückgeschoben. Alle Anwesenden, der Herzog und sein Schreiber eingeschlossen, blickten überrascht auf Bertram, der auf Leopold zutrat und vor ihm auf ein Knie niederfiel. In den Händen hielt er einen in Stoff eingeschlagenen Gegenstand, den er dem Babenberger entgegenstreckte.

Herzog Leopold griff nach dem Paket.

Langsam und sorgfältig entfernte er das Tuch.

Zum Vorschein kam die Schale aus gebranntem Ton, die Bertram sich von Theodora als Andenken erbeten hatte und aus der er in den Wochen ihrer Wanderschaft seine Mahlzeiten eingenommen hatte.

»Das ist der ... einzige Gegenstand aus der Schatzkammer des ... kaiserlichen Palastes in Konstantinopel, der die Heimreise ... unbeschädigt überstanden hat«, sagte Bertram langsam und bedächtig, wie es seine Art war. »Ich möchte ihn ... Euch zum Geschenk machen, Hoheit.«

Leopold blickte gerührt auf den knienden jungen Mann hinab. Dann lächelte er und legte ihm fast segnend eine Hand auf den feuerroten Haarschopf. »Hab Dank, Bertram von Dürnstein. Du bist fürwahr ein reiner Tor, und das sage ich voller Anerkennung. Dein großzügiges Geschenk kann ich nicht annehmen. Behalte es als Erinnerung an eure Konstantinopel-Mission.«

Herzog Leopold erhob sich zum Zeichen, dass die Audienz beendet war.

»Bevor ich es vergesse«, rief er ihnen nach, nachdem die Gefährten sich respektvoll von ihm verabschiedet hatten. »Ich trage mich mit dem Gedanken, durch meinen Sohn Leopold die Verbindung mit dem Kaiserhaus von Byzanz zu verstärken, immerhin war meine liebe Mutter eine Nichte von Kaiser Manuel Komnenos und hat meinen Vater Heinrich in der Hagia Sophia geheiratet. Glaubt ihr, dass eure Prinzessin Theodora dazu überredet werden könnte, nach Wien zu übersiedeln?«

Der tote Mann in dem Käfig starrte Niki aus leeren Augenhöhlen an.

Ein Skelett in verrotteter Kleidung, dem in den vergangenen acht Monaten auch noch die letzten grünlichen Fleischfetzen und verfilzten Haarbüschel verloren gegangen waren. *Ich hätte nie gedacht, dass ich mich jemals so darüber freuen würde, Herfried von Mautern wiederzusehen,* dachte Niki.

Das galt natürlich auch für Ritter Hadmar von Kuenring, der es sich nicht hatte nehmen lassen, die Gefährten als Erster vor dem Stadttor von Dürnstein willkommen zu heißen. Auf den ersten Blick sah der Burgherr unverändert aus, als er leichtfüßig von seinem Pferd sprang und den Gefährten entgegentrat. Erst bei näherem Hinsehen bemerkte Niki, dass sein ehemals schwarzes Haar während der Abwesenheit seines ältesten Sohnes nicht nur an den Schläfen sichtlich ergraut war: Ritter Hadmar war in den letzten acht Monaten äußerlich um Jahre gealtert.

»Verzeiht mir, Vater«, sagte der junge Hadmar und ließ den Kopf hängen. »Ich habe meine Aufgabe nicht erfüllt. Wir haben viele Abenteuer erlebt, hatten auch zweimal eine Hand an einer Reliquie, wie wir sie gesucht haben. Am Ende des Weges bleibt nur, dass wir Ruprecht, Ottokar und Severin verloren haben und mit leeren Händen zurückkehren.«

Ritter Hadmar lächelte nur und schloss seinen Sohn in die Arme.

»Deine Mutter und ich haben täglich für deine gesunde Rückkehr gebetet«, sagte er. »Sie hat mir oft das Gleichnis vom verlorenen Sohn vorgelesen, du weißt schon: *Dein Bruder war tot und lebt wieder, er war verloren und ist wiedergefunden worden* und so.«

Ritter Hadmar wandte sich an alle Gefährten und breitete die Arme aus.

»Hier und heute seid ihr alle meine verlorenen Söhne. Und Töchter natürlich«, sagte er mit Blick auf Engel. »Und ihr könnt euch darauf verlassen, dass wir zur Feier eurer Rückkehr ein Fest geben werden, von dem man noch lange sprechen wird in Dürnstein.«

»Aber ... Eure Exkommunikation?«, fragte sein Sohn.

»Wie sagte Abt Rudmar so schön? Viele Herrscher wurden exkommuniziert und hatten trotzdem ein gutes Leben. Kaiser Heinrich IV. zum Beispiel«, sagte der Burgherr mit einer wegwerfenden Handbewegung. »Schlimmstenfalls muss ich halt wie er nach Canossa pilgern ist und mich dort barfuß und im Büßerhemd dem alten Coelestin zu Füßen werfen.«

Schnelle Schritte auf der Zugbrücke, die den breiten Graben zwischen dem Tor und der Dorfwiese überspannte, ließen die Gefährten sich umdrehen und die Köpfe recken.

Liesbeth sah noch genauso umwerfend aus, wie Niki sie in Erinnerung hatte: die große, schlanke Gestalt, das wehende schwarze Haar, leuchtend blaue Augen und ein roter Kussmund in einem makellosen Gesicht. Niki spürte Engels kritischen Blick in seinem Rücken, drehte sich um und blinzelte ihr zu.

»Ich habe gehört ...«, keuchte Liesbeth, ganz außer Atem von ihrem Lauf. »Ihr seid zurück! Ist Hadmar auch ... Oh!«

Die Tochter des Schmiedes hatte ihre große Liebe entdeckt und warf sich dem jungen Kuenringer in die Arme. Die wiedervereinten Liebenden versanken in einem langen Kuss.

»Wir freuen uns ... auch, dich wiederzusehen, Liesbeth«, sagte Bertram, ohne dabei eine Miene zu verziehen.

»Gott sei Dank, dass unser Schwesterherz nicht auch mit auf der Reise war!«, grinste Gottfried und verdrehte sein verbliebenes Auge zum Himmel.

»Das hätte gerade noch gefehlt«, ergänzte Gerwald. »Als ob wir nicht mit einem Paar von Turteltäubchen genug geschlagen gewesen wären ...«

Es war schließlich der Burgherr, der mit einem unüberhörbaren Räuspern die zärtliche Begrüßung zwischen seinem Sohn und der älteren Schwester der Zwillinge unterbrach.

»Ich bin auch sehr glücklich über Hadmars Rückkehr«,

sagte er schmunzelnd. »Das ist aber noch kein Grund, ihn hier vor allen Leuten mit Haut und Haar zu verspeisen. Hebt euch das für später auf. Aber bitte nicht wieder in der Waffenkammer!«

Alle lachten in Erinnerung an eine Episode, als das junge Liebespaar ein Jahr zuvor bei einem leidenschaftlichen Schäferstündchen die Waffenkammer von Burg Dürnstein verwüstet hatte.

»Liesbeth, sei so gut: Lauf zur Burg hinauf und bitte Ruprecht, unverzüglich ein Fest für unsere Helden und für alle Bewohner Dürnsteins auszurichten«, sagte Ritter Hadmar schließlich. »Wir haben etwas zu feiern!«

»Ruprecht?«, fragte sein Sohn mit großen Augen. »*Unser* Ruprecht?«

»Ja, *euer* Ruprecht«, grinste der Burgherr. »Er ist schon vor zwei Monaten in der Begleitung deutscher Händler aus Serdica zurückgekehrt. Über den Winter hat er seine Ambitionen auf den Ritterschlag aufgegeben, immerhin hat er ja jetzt ein Holzbein. Stattdessen arbeitet er jetzt gemeinsam mit seiner Mutter in der Burgküche. Wenn ich gewusst hätte, wie gut der Bursche kochen kann, hätte ich ihm schon früher ein Bein abgeschlagen!«

Während die anderen Gefährten einander noch ihre Begeisterung über die Rückkehr ihres Freundes kundtaten, trat Liesbeth zu Niki.

»Hat dir der Schild gute Dienste geleistet?«, fragte sie mit einem Lächeln. »Sieht aus, als könnte er eine Reparatur vertragen!«

Niki warf einen Blick auf seinen altmodischen Rundschild, der an der Flanke von Ramazzotti hing. Sein Rand war an mehreren Stellen eingekerbt von Hieben mit Axt und Schwert, der von Liesbeth so liebevoll bemalte Bezug aus Leinen von scharfen Klingen zerschnitten und von der Sonne ausgebleicht.

»Anscheinend hat er uns Glück gebracht«, lächelte Niki zurück. »Ich selbst hab ihn nie verwendet, aber deinem Bruder Gerwald hat er wahrscheinlich zweimal das Leben gerettet.«

Einen Augenblick lang sahen sich die beiden jungen Menschen schweigend an, ein wenig verlegen und auf der Suche nach Worten.

»Danke, dass du ihn mir wie versprochen in einem Stück zurückgebracht hast«, sagte Liesbeth schließlich ernst und so leise, dass nur Niki es hören konnte. »Das werde ich dir nie vergessen.«

»Keine Ursache«, antwortete Niki. »Was das betrifft, sind wir einander glaub ich nichts schuldig geblieben. In Belgrad hätte Hadmar ohne mich wirklich draufgehen können bei einem sinnlosen Zweikampf. Einer von Joachims Pfeilen hat mich aus den Händen von bulgarischen Straßenräubern gerettet, als ich mit meinem Leben schon abgeschlossen hatte. Und ohne Engel wären wir alle gemeinsam in einem halb verfallenen römischen Wachturm umgekommen und niemand hier hätte jemals erfahren, was aus uns geworden ist.«

Niki berührte unwillkürlich die beiden längst verheilten Narben auf seiner Wange, die ihm auf schmeichelhafte, wenn auch völlig unverdiente Weise ein kämpferisches, verwegenes Aussehen verliehen.

»Auf den Pässen des Balkantors sind wir durch mannshohen Schnee gewatet und in der Krypta eines Klosters durch ein Meer von alten Knochen. Wir waren zusammen im Kerker von Konstantinopel und in der kaiserlichen Schatzkammer. Und ganz zum Schluss sind wir noch dreimal Ronaldo von Verona und seinen Schergen im letzten Moment von der Schippe gesprungen.«

Niki beendete seine Aufzählung und lächelte. »Man kann glaub ich mit Fug und Recht sagen: Wir haben einander gegenseitig in einem Stück zurückgebracht.«

Der stämmige Mann mit dem Rauschebart und den behaarten Armen blickte auf, als zwei Reiter in voller Rüstung vor seiner Schmiede ihre Pferde zum Stillstand brachten. »Neue Hufeisen, die Herren?«, fragte er leutselig, während er seinen Schmiedehammer zur Seite legte, sich die Hände an seiner dicken, ledernen Schürze abwischte und die beiden potentiellen Kunden gegen das Licht der niedrig stehenden Abendsonne musterte.

Schwarze Bärte bedeckten die Teile ihrer Gesichter, die nicht schon von ihren mit Nasenstücken versehenen Helmen verborgen waren. Beide trugen Schilde in den Händen, einer einen dreieckigen, einer einen runden, die für Vinzenz den Dorfschmied gegen die Sonne nur als schwarze Umrisse erkennbar waren. Einer von ihnen trug eine zweischneidige Streitaxt.

»Danke, die Hufeisen sind noch in Ordnung«, sagte eine Stimme. »Obwohl sie aus Italien stammen. Ich bin sicher, Eure sind besser, Meister Schmied!«

»Aber ich glaube, die Klinge meiner Axt muss dringend nachgeschliffen werden«, sagte eine andere, identisch klingende. »Ihr wisst ja, wie das ist: Jeder Feind hinterlässt eine Scharte!«

»Feinde? Dass ich nicht lache! Ich hab dir doch gleich gesagt, vom Brennholz machen wird die Schneide kaputt!«

Vinzenz sah mit großen Augen zu den beiden jungen Männern auf, während sie lachend versuchten, einander gegenseitig aus dem Sattel zu schubsen. Dann drehte er sich wortlos um und schritt ohne erkennbare Gefühlsregung auf die Tür seiner Hütte zu.

»Herlinde«, wollte er rufen, doch seine Stimme versagte beim ersten Versuch. »Herlinde!«, bellte er ein zweites Mal, diesmal in gewohnter Lautstärke. »Weib, komm heraus. Wir haben Besuch!«

Im Gegensatz zu ihrem Mann erkannte Herlinde ihre Söhne auf den ersten Blick, als sie durch die Tür ins Freie trat. Die Zwillinge waren noch nicht einmal richtig von ihren Pferden gestiegen, als ihre Mutter ihnen bereits um den Hals fiel und sie gleichermaßen mit Küssen, Worten und Tränen überschüttete.

»Mutter, bitte! Wir sind keine kleinen Kinder mehr!«, sagte Gottfried ein wenig pikiert.

»Genau. Wir sind jetzt Knappen!«, fügte Gerwald stolz hinzu.

»Knappen? So weit kommt's noch«, brummte Vinzenz, nahm Gottfried die schartige Streitaxt aus der Hand und strich mit einem schwieligen Daumen prüfend über die Schneide. »Hier ist jede Menge Arbeit liegen geblieben, während ihr in fremden Ländern euren Spaß hattet. Ihr könnt euch umziehen und mir gleich zur Hand gehen, während eure Mutter das Nachtmahl zubereitet!«

Der Schmied nickte zufrieden, als er mit aller Kraft den Blasebalg betätigte, bis aus dem Feuer der Esse wieder Funken in alle Richtungen stoben.

Nur ein sehr aufmerksamer Beobachter hätte bemerkt, dass dabei in seinen Augen Tränen glänzten.

»Aus, Satan! AUS, hab ich gesagt!«

Bertram lag lachend auf dem Rücken und wehrte sich nach Kräften gegen den riesenhaften, zottigen Wolfshund, der sich auf ihn gestürzt hatte, kaum dass der Bulle vor dem Bauernhaus beim westlichen Tor von Dürnstein sein Pony an den Zaun gebunden hatte.

Hund und Herrchen wälzten sich im Staub der ungepflasterten Dorfstraße. Bertram kraulte den Wolfshund hinter den Ohren, unter dem Kinn, an der Brust und auf dem Bauch, während dessen große, feuchte Zunge den Staub der Reise von Bertrams Gesicht schleckte.

»Satansbraten«, sagte eine Stimme. »Satans Sohn. Er hat jeden Tag nach dir gesucht, im Haus und im Hof. Und auf deine Rückkehr gewartet. So wie ich.«

»Gott, er ist ... erwachsen geworden«, sagte Bertram, schob den Hund von sich und rappelte sich mühsam auf die Beine. »Einen Augenblick lang dachte ich, er wäre ... sein Vater! Wie lange zum Teufel waren wir weg?«

»Viel zu lange«, sagte Kathrin nur und küsste ihren Freund auf den Mund.

»Lange genug, um ... erwachsen zu werden«, lachte Bertram, als er das dralle Mädchen mühelos vom Boden hob und sich mit ihm einmal um die eigene Achse drehte, während Satansbraten die beiden ausgelassen bellend umkreiste.

»Kommst du rein und leistest uns beim Abendmahl Gesellschaft?«, fragte Kathrin. »Was für sieben reicht, reicht sicher auch für acht!«

»Gerne«, sagte Bertram. »Ich denke, dazu kann ich ... sogar etwas beitragen.«

Der langsame Riese tätschelte zärtlich den Hals seines Ponys und nahm ein sorgfältig in Tücher eingeschlagenes Paket aus einer Satteltasche.

»Luftgetrockneter Schinken. Schmackhafte Würste. Käse, der ... besser schmeckt als er riecht«, grinste Bertram. »Nur das weiße Brot ist hart geworden auf dem ... Weg von Italien nach Hause!«

Ich bin wieder zu Hause, dachte Bertram, als er den Bauernhof Hand in Hand mit seiner Freundin betrat und von

Kathrins Eltern und Geschwistern mit großem Hallo begrüßt wurde. *Ich bin wirklich wieder zu Hause.*

Rosengarten ist's geheißen, doch vieldeutig klingt das Wort, nur die dornig wilden weißen Todesrosen blühen dort, dachte Joachim, als er vom Rosengärtlein auf Burg Aggstein ins sonnenbeschienene Donautal hinunterblickte.

»Rosengärtlein« war der Name einer Steinplatte an der Außenwand der Burg, unter der die Felsen senkrecht in den darunterliegenden Wald hinein abstürzten. Es war hier, wo in früheren Zeiten statt in einem Kerker Soldaten, Knechte oder Bauern zur Strafe über Nacht geschmachtet hatten, bei Bedarf auch länger. Und wo ein Jahr zuvor die Gefangenschaft des englischen Königs Richard Löwenherz mit einem Knalleffekt zu Ende gegangen war.

Seit diesem Tag war Joachim Burgherr auf Aggstein, und das Rosengärtlein nur mehr eine Art Balkon mit spektakulärer Aussicht auf die Donau.

»Bei den starken Regenfällen im Frühjahr ist der Aggsbach über die Ufer getreten und hat unten im Dorf ein paar Höfe und Hütten weggerissen. Es ist höchste Zeit, den Wiederaufbau zu organisieren«, sagte Hildebrand, der in der Zeit von Joachims Abwesenheit die Verwaltung der Burg und der dazugehörigen Ländereien übernommen hatte. »Und Mariann hat eine Fehlgeburt erlitten und ist daran gestorben. Sie muss dringend ersetzt werden.«

»Mariann, das Mädchen aus der Küche?«, fragte Joachim, der dem Verwalter die ganze Zeit schon nur mit halbem Ohr zugehört hatte, erschrocken.

»Nein, Herr«, erklärte Hildebrand geduldig. »Mariann, unsere beste Milchkuh.«

Joachim seufzte und warf einen letzten sehnsüchtigen Blick auf den zu seinen Füßen liegenden Wald hinunter. Einen Moment lang erinnerte er sich an die Tage zurück, als er noch diese Gegend unsicher gemacht hatte, in seiner Zeit als Gesetzloser, als Anführer der berüchtigten »Füchse vom Dunkelsteinerwald«, die Joachim immer nur seine »Heiteren Halsabschneider« genannt hatte.

Gedankenverloren streichelte er eine lange Flechte schwarzen Haares, die Engel für ihn zu einem kleinen Zopf geflochten hatte, den der weißhaarige Ritter immer bei sich trug, oft auch in seiner Hand, wie Mönche ihren Rosenkranz.

Dann drehte er sich mit einem Ruck um, wandte dem Wald und seiner Vergangenheit den Rücken zu und betrat durch die ehemalige Kerkertür die Halle seiner Burg.

»Man bringe mir die Bücher«, sagte er zu seinem Verwalter. »Es gibt für alles eine Zeit im Leben. Die Zeit für Spiel und Spaß ist jetzt vorbei. Zurück zur Arbeit!«

Engel lag nackt auf dem Rücken, das bereits wieder ein gutes Stück über ihre Schultern herabfallende, kupferrote Haar offen auf dem weißen Laken rund um ihren Kopf ausgebreitet.

Niki hatte ihre nach oben gereckten Beine überkreuzt, hielt ihre schlanken Fußknöchel mit den Händen umfasst und küsste ihre Füße, während er sich nach seinem Höhepunkt noch langsam und vorsichtig in ihr bewegte.

Engel schwankte zwischen Kichern und Stöhnen, je nachdem, ob ihr Freund mit seinen Lippen und seiner Zunge gerade einen besonders empfindlichen Punkt ihrer Zehen oder ihrer Fußsohlen streichelte oder an anderer Stelle noch ein letztes Mal und dann noch ein allerletztes Mal in sie eindrang.

»Wenn ich mich nicht irre, war das die Letzte«, sagte Niki, noch ein wenig außer Atem, als er sich schließlich erschöpft neben seiner Freundin auf die mit Leintüchern überzogene Strohmatratze fallen ließ.

»Die letzte?«, fragte Engel, auch sie erhitzt vom Liebesspiel, mit leuchtenden Augen und von ihrem letzten Höhepunkt noch verräterisch gerötetem Brustansatz.

»Die letzte der vierundsechzig verschiedenen Arten der Vereinigung von Mann und Frau«, grinste Niki. »Jetzt können wir den Zwillingen ihr Buch zurückgeben!«

»Lass es uns noch behalten, vielleicht habe ich noch Verwendung dafür«, sagte Engel nachdenklich und strich sich eine verschwitzte Strähne roten Haares aus der Stirn.

»Seit unseren Besuchen in den Badehäusern von Konstantinopel spiele ich mit dem Gedanken, bei uns in Krems selbst ein orientalisches Badehaus zu eröffnen. Wo die Bademägde so massieren wie dort, mit einem Waschhandschuh aus Ziegenhaar und duftendem Seifenschaum und festen, kräftigen Griffen. Und die vierundsechzig Stellungen aus dem Buch der Zwillinge sollten sie natürlich auch beherrschen!«

Niki lachte. »Ich bin mir sicher, die beiden hätten nichts dagegen, deinen Bademägden beim, ähm, Bewerbungsgespräch jede einzelne davon persönlich beizubringen!«

Dann wurde er plötzlich wieder ernst. »Wo wir gerade vom Badehaus sprechen«, sagte er. »Erinnerst du dich noch daran, wie ich dich gebeten habe, dir einen Beruf zu suchen, der weniger beziehungsfeindlich ist als deine Arbeit als Bademagd?«

»Du meinst, an jedes einzelne Mal?«, grinste Engel. »Sicher nicht. Wenn ich gewusst hätte, dass du mich einmal danach fragst, hätte ich eine Strichliste geführt.«

»Ich habe darüber nachgedacht«, fuhr Niki fort, fest entschlossen, sich nicht von seinem einmal gefassten Entschluss abbringen zu lassen. »Ich weiß, wie sehr du deine Arbeit liebst. Du liebst das Badehaus, du liebst deine, ähm, Kolleginnen, auf die eine oder andere Weise liebst du sogar deine Kunden. Das ist wohl auch der Grund dafür, dass du so gut bist in dem, was du tust, und so beliebt.«

Das ist schwieriger, als ich es mir vorgestellt habe, dachte er. Niki betrachtete das Gesicht seiner Freundin aus nächster Nähe. Die großen, grünen Katzenaugen. Die Sommersprossen auf ihrer kindlichen Stupsnase. Den sinnlichen Mund, wie geschaffen zum Lachen und zum Küssen. Unter anderem.

Ich würd mich jeden Tag aufs Neue in sie verlieben, wenn ich sie zum ersten Mal treffen würde, erkannte er. *In ihren Anblick, ihre Stimme, ihren Geruch. In ihren Einfallsreichtum, ihre Neugier, ihre Leidenschaft und Zärtlichkeit. In ihre Willenskraft, mit der sie durch den Tag geht, und in ihre Verletzlichkeit, wenn sie nachts mit der Puppe im Arm schläft, die ihr Vater für sie gebastelt hat.*

»Ich liebe dich und ich möchte, dass du glücklich bist«, sagte er schließlich, bevor ihm die Stimme versagte.

Das waren ganz und gar nicht die wohlgesetzten Worte, die er sich für diesen Anlass vorgenommen hatte. Zu seiner Überraschung erkannte Niki aber, dass damit eigentlich alles Wichtige gesagt war: Besser konnte man seinen Zustand und seinen größten Wunsch nicht beschreiben.

»Ich werde dich deshalb immer unterstützen in allem, was du tust. Und ich werde dich nie wieder auf das Badehaus ansprechen«, fügte er mit einem Lächeln hinzu. »Versprochen. Keine Strichliste mehr nötig ab heute.«

Engel sah ihn ein paar Herzschläge lang mit großen Augen an.

»Danke«, flüsterte sie schließlich. »Das … bedeutet die Welt für mich.«

Sie küsste Niki sanft auf den Mund, rollte sich wie eine

Katze in seinen Armen zusammen und verbarg ihr Gesicht an seiner Brust.

Als er schon glaubte, Engel wäre an ihn gekuschelt eingeschlafen, hob das Mädchen noch einmal den Kopf.

»Wegen meiner Arbeit im Badehaus musst du dir übrigens fürs Erste keine Sorgen mehr machen«, sagte sie.

Engel legte eine Hand schützend auf ihren Bauch und lächelte Niki unschuldig an.

»Die nächsten sechs oder sieben Monate einmal ganz sicher nicht. Vielleicht nie mehr wieder.«

»Was brauch I den Bledsinn? I steh auf's Gänsehäufl, auf Italien pfeif I!«

Niki schlug die letzten Akkorde von Rainhard Fendrichs »Strada del Sole« und grinste, als die verbliebenen Festgäste im äußeren Burghof lachten und Applaus spendeten.

Mitternacht war längst vorüber. Fast alle der braven Einwohnerinnen und Einwohner von Dürnstein waren schon lange in ihre Häuser, Hütten und Höfe unten im Dorf zurückgekehrt; freilich erst, nachdem sie sich ausgiebig an dem vom Burgherrn gestifteten Festmahl und dem dazu kredenzten Wein gelabt hatten.

Nur noch eine kleine Gruppe von Freunden war es, die angenehm gesättigt, ein wenig angeheitert und mehr als nur ein wenig schläfrig rund um die Reste des großen Lagerfeuers auf Wolldecken und Schaffellen lagerte. Mehr als nur einer unter ihnen erinnerte sich dabei wohl an die vielen Abende, die sie auf ihrem Weg nach Konstantinopel und zurück auf diese Weise verbracht hatten, als sie nach Nikis letztem Lied in einträchtigem Schweigen in die Glut des verlöschenden Feuers starrten.

Die drei Pärchen, Niki mit Engel, Hadmar mit Liesbeth und Bertram mit Kathrin, lagen eng aneinandergekuschelt gegen die Kühle der Frühlingsnacht. Gottfried und Gerwald, Joachim und Ruprecht vervollständigten die Runde der letzten Gäste.

Niki sah Bertram geistesabwesend dabei zu, wie er mit einer Brotscheibe fetten Bratensaft aus der Wanne tunkte, die auf dem Rost unter dem Bratspieß aufgestellt war, auf dem Ruprecht am Abend Lammbraten zubereitet hatte nach einem Rezept, das er vom Balkan mitgebracht hatte. Knoblauch und wilde Kräuter schienen dabei eine tragende Rolle zu spielen. Dabei fiel ihm auf, dass der Bulle eine gewöhnliche Holzschüssel in der Hand hatte, wie alle anderen auch.

»Sag mal, Bert: Was hast du eigentlich mit der Tonschale aus Konstantinopel gemacht?«, fragte er ihn. »Mit der, die Herzog Leopold nicht haben wollte?«

Bertram lächelte.

»Ich hab sie dem ... Kloster Göttweig geschenkt«, antwortete er. »Immerhin haben die Mönche ihren ... Mitbruder Severin durch unsere Reise verloren. Es fühlte sich einfach ... richtig an, ihnen zum Trost die Schale zu vermachen.«

Niki fand, dass das ein schöner Gedanke war und hob seinen Weinbecher.

»Ich hab mal wo gelesen, dass ein Mann so lange nicht wirklich tot ist, wie noch jemand auf der Welt seinen Namen spricht«, sagte er. »In diesem Sinne: Lasst uns unsere Becher heben für unsere Freunde, die heute nicht mehr bei uns sein können: Ottokar und Severin.«

Zehn Becher voll Wachauer Wein wurden in den sternenklaren Frühlingshimmel über Dürnstein gehoben.

»Ottokar und Severin!«, sagten zehn Stimmen wie eine einzige.

EPILOG

»Gehet hin in Frieden!«

Die Besucher der Messe traten einer nach dem anderen durch das Tor in das Tageslicht hinaus und verließen die winzige, der Heiligen Erentrudis gewidmete Kapelle des Benediktinerstiftes Göttweig.

Die Kapelle war klein und dunkel; reguläre Gottesdienste konnten nicht in ihr gefeiert werden. Für Taufen, Hochzeiten oder Begräbnisse in kleinem Rahmen war sie aber ein gerne gebuchter Ort. Für Seelenmessen, Andenken an kürzlich Verstorbene. Oder für Bittgottesdienste, wie in diesem Fall, wo die Besucher für die Genesung eines schwer erkrankten Anverwandten gebetet hatten.

Das Mädchen mit den goldfarbenen Locken, das während der Fürbitten lautlos geweint hatte, blieb als Letzte in der Kapelle zurück. Sie trat zu dem alten Priester, der die Messe gelesen hatte und der gerade damit beschäftigt war, den Altar aufzuräumen.

»Diese alte Schale, aus der Sie die Kommunion gespendet haben, passt so gar nicht zu den anderen goldenen Altarinstrumenten«, sprach sie ihn schüchtern an.

Der alte Priester lächelte. »Stimmt«, sagte er. »Sie ist nicht aus Gold, sondern aus Ton. Gehört schon ewig zum Klosterinventar. Eigentlich erwarten wir jedes Jahr, dass sie irgendwann zu Staub zerfällt. Möchtest du?«

Er hielt ihr die Schale entgegen.

Das Mädchen streckte vorsichtig die Hand aus.

Vielleicht hatte sie das Gewicht des Gefäßes unterschätzt. Vielleicht waren ihre Finger noch feucht von den Tränen, die sie sich eben noch von den Wangen gewischt hatte. Die Schale rutschte aus ihren zugreifenden Fingern und fiel zu Boden. Das Mädchen schrie erschrocken auf und sah ohnmächtig zu, wie die Schale krachend auf den Steinboden der Kapelle aufprallte, zurückgeschleudert wurde, sich in der Luft einmal überschlug und ein zweites Mal auf den Boden fiel. Ein paar Mal tanzte sie noch mit hohlem Klang an ihrem Rand entlang im Kreis, dann lag sie still.

»Lieber Himmel ... Das wollte ich nicht! Sie ist mir einfach durch die Finger gerutscht ...«

Mit schreckgeweiteten Augen bückte sich das Mädchen und hob das Gefäß vom Boden auf. Zu ihrer Erleichterung war es unversehrt. Mit großen Augen betrachtete sie die Schale. Sie musste uralt sein: Der dicke, rotbraune Ton war mit Sicherheit handgemacht, was durch die etwas ungleichmäßige Form unterstrichen wurde. Ihr Rand war schartig und abgeschlagen, und tiefe Sprünge zogen sich kreuz und quer über ihre Oberfläche.

Eigentlich ein Wunder, dass das Ding den Absturz überlebt hat, dachte das Mädchen.

»Die Wege des Herrn sind unergründlich«, sagte der Priester. »Besonders was diese Schale betrifft. Sie muss seit Jahrhunderten im Besitz unseres Klosters sein. Jeder Töpferkurs an der Volkshochschule bringt hübschere Exponate hervor. Wir haben sie vor ein paar Jahren einmal mit anderem altem Kram aus dem Kloster auf einem Flohmarkt für einen wohltätigen Zweck zum Verkauf angeboten. Niemand wollte sie haben. Also wird sie halt weiterhin benutzt, um hier in der Erentrudiskapelle den Leib Christi an die Gläubigen zu verteilen. Vielleicht ist ja genau das ihre Bestimmung.«

»Sophie?«, rief die Mutter des Mädchens in die Kapelle. »Kommst du?«

Der Priester nahm dem Mädchen die Schale vorsichtig aus den Händen und stellte sie zu den anderen liturgischen Instrumenten auf den Altar der Kapelle.

Dann legte er den Arm auf die Schulter des Mädchens und verließ gemeinsam mit ihr die Kapelle.

Als die beiden in den Sonnenschein des Frühlingstages hinaustraten, lächelte Nikis Schwester bereits wieder.

HISTORISCHE
ANMERKUNGEN

Im Zuge der Recherchen zu diesem Buch habe ich mich in der Begleitung fachkundiger Historiker sowohl in Wien als auch in Istanbul nach Gebäuden, nach Straßenzügen, kurz: nach Anblicken umgesehen, die mein Protagonist Niki Wolff und seine Gefährten bei ihrem Besuch im Jahr 1193 in wiedererkennbarer Form bereits zu Gesicht bekommen hätten.

Wenn man sich eine Karte, oder noch besser: eine Luftaufnahme vom ersten Wiener Gemeindebezirk ansieht, kann man im Straßenbild auch heute noch überraschend deutlich den Umriss des Legionslagers Vindobona und den Verlauf der alten römischen Lagermauer erkennen.

Im Nordosten wurde das Lager schon damals von einem Arm der Donau begrenzt, so wie heute vom Donaukanal. Die südöstliche Mauer stand entlang der heutigen Rotenturmstraße (mit einem Tor, der porta principalis dextra, gegenüber von Lugeck und Wollzeile), bevor sie bei der neugebauten Stephanskirche nach rechts abbog, wo sich im Bereich des heutigen »Grabens« schon damals der namensgebende, nun ja: Graben befand.

Die südwestliche Lagermauer verlief den Graben und in weiterer Folge die heutige Naglergasse entlang, in der erst im Jahr 2019 bei Bauarbeiten die Fundamente des auf dieser Seite der Mauer gelegenen Lagertors, der porta decumana, entdeckt wurden. Am Ende der schmalen Naglergasse kann man noch heute die saubere 90-Grad-Rechtskurve erkennen, wo im Jahr 1193 wohl noch der dortige Eckturm der Lagermauer umrundet wurde.

Die vierte und letzte Seite der Lagermauer im Nordwesten führte entlang des heute unterirdisch verlaufenden Ottakringerbaches an einer Straße, die noch heute den Namen »Tiefer Graben« trägt. Der Tiefe Graben wird über die sogenannte »Hohe Brücke« von der Wipplingerstraße überquert, genau an der Stelle, wo früher das dortige Lagertor, die porta principalis sinistra, lag.

Die nördliche Ecke des ursprünglich quadratischen Römerlagers fiel schon im dritten Jahrhundert entlang des heutigen »Salzgries« einem Hangrutsch zum Opfer. Diesem Ereignis verdanken die Ruprechtskirche und die Kirche Maria am Gestade ihre bis heute gegenüber Schwedenplatz und Salzgries erhöhten Lagen direkt an der damaligen Abbruchkante zur Donau hinunter.

Abgesehen von den genannten Spuren in den Namen oder im Verlauf heutiger Straßen ist in Wien so gut wie nichts mehr zu sehen, was im Jahr 1193 in vergleichbarer Form schon existiert hat: Die in diesem Roman beschriebene römische Lagermauer wurde (unter Verwendung des Lösegeldes aus der Gefangennahme von Richard Löwenherz) zur Stadtmauer der Babenberger erweitert, zur Stadtmauer der Habsburger und schließlich nach deren Abriss zur heutigen Ringstraße. Auch die damalige Residenz der Babenberger, die die Gefährten im vorliegenden Roman besuchen, ist heute nicht mehr erkennbar: An ihrer Stelle residiert inzwischen die Zentrale der Wiener Berufsfeuerwehr, und nur noch der Name des Platzes »Am Hof« erinnert an die mittelalterliche Burg von Herzog Leopold.

Der Stephansdom und die anderen Kirchen des ersten Bezirks waren im Jahr 1193 zwar schon existent, haben seit damals ihr Aussehen aber fast bis zur Unkenntlichkeit verändert. Mit einer Ausnahme: Die Ruprechtskirche am Schwedenplatz sieht abgesehen von einer späteren Aufstockung des Turmes um ein Stockwerk tatsächlich noch mehr oder weniger so aus wie im Jahr 1193; ihr Anblick ist wohl das einzige, was einem modernen Zeitreisenden bei einem Besuch des hochmittelalterlichen Wiens bekannt vorkommen würde.

Ganz anders ist die Situation im heutigen Istanbul, wo viele der in diesem Roman beschriebenen Gebäude, Straßen und Anblicke des historischen Konstantinopel vom Zahn der Zeit gezeichnet, aber doch weitgehend wiedererkennbar bis in die heutige Zeit überlebt haben.

Die legendäre Theodosianische Stadtmauer kann man auch heute noch in ihrer vollen Länge von zwanzig Kilometern vom Marmarameer bis hinauf zum Goldenen Horn abschreiten (besser: abfahren), obwohl sie bei der Eroberung der Stadt durch die Osmanen unter Sultan Mehmed II. im Jahr 1453 beschädigt wurde und seither stellenweise verfallen ist.

Das Hippodrom, die antike Pferderennbahn Konstantinopels, liegt heute am Sultan-Ahmed-Platz und ist nur noch in seinen Umrissen zu erkennen. Nicht zu übersehen sind aber auch heute noch die beiden im Buch beschriebenen Obelisken. Auch die »Schlangensäule« kann heute noch bewundert werden, obwohl die Köpfe der Schlangen im Jahr 1204 abgeschlagen wurden und der Dreifuß mit seiner goldenen Schale geraubt.

Auch viele der anderen im Buch beschriebenen Statuen im und rund um das Hippodrom wurden von den Rittern des vierten Kreuzzuges unter der Führung des venezianischen Dogen Enrico Dandolo gestohlen oder zerstört. Die berühmten Bronzepferde aus dem Hippodrom etwa stehen heute in Venedig; die von Niki so bewunderte Statue der Schönen Helena wurde im Jahr 1204 gleich vor Ort umgeworfen, zerschlagen und eingeschmolzen. Für die Eroberung und Plünderung der bis dahin als uneinnehmbar geltenden Stadt ausgerechnet durch christliche Glaubensbrüder (im übrigen gegen heftigsten Widerstand der Warägergarde) fand erst im Jahr 2001 Papst Johannes Paul II. Worte der Entschuldigung – achthundert Jahre zu spät: Von diesem Schlag sollte sich das Byzantinische Reich nie mehr erholen.

Die Hagia Sophia, über Jahrhunderte hinweg die größte Kirche der Christenheit, wurde nach der Eroberung Konstantinopels durch die Muslime im Jahr 1453 in eine Moschee umgewandelt und mit vier Minaretten versehen. Ihre

Architektur ist aber nach wie vor atemberaubend, sowohl von außen als auch im Inneren. Viele der weltberühmten, vormals übermalten Ikonen und Mosaike wurden restauriert und können heute wieder in alter Pracht bewundert werden, genau wie zahlreiche nicht minder prächtige Gegenstücke in vielen anderen griechisch-orthodoxen Kirchen Istanbuls. Die im Buch beschriebene »Cisterna Basilica« kann samt den beiden berühmten Medusenhäuptern ebenfalls heute noch besichtigt werden. Tausendfünfhundert Jahre nach ihrer Errichtung befindet sich immer noch Wasser in der Zisterne (im Gegensatz etwa zum neuen Wiener Stadthallenbad, dessen Eröffnung sich jüngst um drei Jahre verzögerte, weil schon vor der Einweihung Lecks in den Schwimmbecken entdeckt worden waren) – ein weiteres Beispiel für die Genialität römischer Baukunst.

Das berüchtigte, lange Zeit verfallene Gefängnis des Anemas wird gerade restauriert und soll nach Abschluss der Arbeiten erstmals auch Besuchern offenstehen.

Im archäologischen Museum von Istanbul kann man heute noch ein Stück der legendären Sperrkette bestaunen, die in meiner Geschichte fast die Flucht von Niki und seinen Gefährten aus dem Hafen verhindert hätte.

Wie man sieht, hält das heutige Istanbul im Gegensatz zu Wien noch jede Menge Bauwerke und andere Sehenswürdigkeiten bereit, die auch im Jahr 1193 schon in vergleichbarer Form existiert haben. Ein Besuch dieser wunderbaren Stadt auf den Spuren von Niki Wolff und seinen Gefährten kann allen historisch interessierten Leserinnen und Lesern vom Autor dieser Zeilen nur wärmstens ans Herz gelegt werden.

Hadmar von Kuenring, der Burgherr von Dürnstein, und seine Söhne Hadmar und Heinrich, die später unter dem Namen »Hunde von Kuenring« unverdienterweise als Raubritter in die Geschichte und in die Wachauer Sagenwelt eingingen, haben tatsächlich gelebt. Aus dramaturgischen Gründen habe ich mir die Freiheit genommen, Nikis Erzfeind Hadmar ein paar Jahre älter zu machen: Im Jahr 1193 war er tatsächlich wohl erst dreizehn Jahre alt und nicht achtzehn wie in meiner Geschichte. Über das weitere Schicksal der Kuenringer möchte ich an dieser Stelle noch keine Auskunft geben, da wir ihnen in Fortsetzungen der Romane »Troubadour« und »Reliquiae« wohl noch häufiger begegnen werden.

Herzog Leopold V., genannt der Tugendhafte, ist natürlich ebenfalls eine historische Figur. Der Babenberger regierte ab 1177 das Herzogtum Österreich und ab 1192 zusätzlich das Herzogtum Steiermark. Sein Streit mit Richard Löwenherz bei der Eroberung der Stadt Akkon ist legendär, genau wie seine Rolle bei der Gefangennahme des englischen Königs auf dem Rückweg vom Kreuzzug. Das immense Lösegeld, das das Königreich England für dessen Freilassung bezahlen musste, wurde von Leopold und seinen Nachfolgern klug investiert und ebnete den Weg zum Aufstieg des unbedeutenden Herzogtums Österreich zur späteren Weltmacht.

Herzog Leopold wurde für die Inhaftierung von Löwenherz tatsächlich vom Papst exkommuniziert und blieb das auch bis an sein Lebensende: Erst im Angesicht des nahenden Todes als Folge eines bei einem Ritterturnier erlittenen Beinbruchs unterwarf Leopold sich den Bedingungen des Papstes, sodass die Exkommunikation quasi am Sterbebett des Herzogs aufgehoben wurde. Leopold starb am 31. Dezember 1194, überlebte die in diesem Roman geschilderten fiktiven Ereignisse also nur noch um wenige Monate.

Leopolds Gegenspieler, der greise Papst Coelestin III., ist

ebenfalls eine historische Persönlichkeit. Die Figur des ehrgeizigen Kardinals Gregorio ist reine Fiktion, genau wie die des päpstlichen Legaten Ronaldo von Verona. Hohe Geistliche, die sich im Hinblick auf das für damalige Zeiten biblische Alter von Papst Coelestin Hoffnung auf seine Nachfolge machten, gab es aber mit Sicherheit. Coelestin sollte sie noch eine Weile auf die Folter spannen: Er starb erst am 8. Jänner 1198 und somit vier Jahre nach den in diesem Roman geschilderten Ereignissen im wahrlich gesegneten Alter von einundneunzig Jahren.

Apropos gesegnetes Alter: Die in diesem Roman im Zusammenhang mit zahlreichen Reliquien erwähnte Geschichte von Helena, der Mutter von Kaiser Konstantin, die im Jahr 326 im Alter von sechsundsiebzig Jahren noch ins Heilige Land reiste und dort zur wohl ersten Archäologin der Weltgeschichte wurde, ist historisch belegt. Helena starb im Jahr 329, aber erst nachdem sie über dem Grab Christi die berühmte Grabeskirche, in Bethlehem die Geburtskirche und auf dem Ölberg die nach ihr benannte Helena-Basilika errichten ließ.

Der Name von Giustiniani, dem Kapitän der »Nautilos«, ist eine Hommage an den Genuesischen Kapitän Giovanni Giustiniani, der im Jahr 1453 Konstantinopel an der Spitze von nur 10.000 byzantinischen Soldaten zwei Monate lang hartnäckig gegen das 80.000 Mann starke Heer der Osmanen unter Sultan Mehmed II. verteidigte. Giustinianis tödliche Verwundung auf der Theodosianischen Stadtmauer am 29. Mai 1453 ließ die Moral der Verteidiger schwinden und schenkte den Angreifern neue Zuversicht. Wenige Stunden danach war das christliche Konstantinopel für immer Vergangenheit.

Und last but not least: Die Prinzessin Theodora Angeloi ist ebenfalls eine historische Figur, über deren Jugend wenig bekannt ist. Gesichert hingegen ist, dass sie im November 1203 in Wien den Babenbergerherzog Leopold VI. heiratete, der in der Zwischenzeit die Nachfolge seines verstorbenen Vaters angetreten hatte.

Die Chancen auf ein Wiedersehen mit ihrer großen Liebe Joachim von Senftenberg stehen also gut. Aber das ist eine andere Geschichte …

DANKSAGUNG

In diesem Roman steckt wie in seinem Vorgänger »Troubadour« alles, was ich jemals über das Mittelalter und über Zeitreisen gehört, gelesen und gesehen habe. Der Bogen spannt sich von Wachauer Sagen über Richard Löwenherz, den Sänger Blondel und das Rosengärtlein auf Burg Aggstein bis hin zu Comics wie Hal Fosters »Prinz Eisenherz«, von Romanen wie Sir Walter Scotts »Ivanhoe« aus dem Jahr 1820 bis hin zu Filmen wie Mel Gibsons »Braveheart« (1995) und Ridley Scotts »Königreich der Himmel« (2005). Die Rahmenhandlung mit der Zeitreise ist inspiriert von Michael Crichtons Roman »Timeline« aus dem Jahr 1999 und der englischen Fernsehserie »Life on Mars«, erdacht von Matthew Graham, Tony Jordan und Ashley Pharoah.

Mit der Auswahl von Niki Wolffs musikalischen Darbietungen im Buch verneige ich mich einmal mehr vor einigen Helden meiner Jugend, in diesem Fall vor Wolfgang Ambros, STS, Ludwig Hirsch und Rainhard Fendrich.

Wenn ein Buch erscheint, steht naturgemäß der Autor im Vordergrund. Das ist nicht wirklich fair, weil es in Wahrheit einer großen Anzahl von Helferinnen und Helfern bedarf, deren Arbeit das Gelingen eines Buchprojektes erst möglich macht. Ihnen allen gilt mein Dank.

Ganz besonders hervorheben möchte ich dabei folgende Personen, angeführt in der Reihenfolge ihres Auftretens:

Christoph Öllerer für die fachkundige Führung durch den ersten Wiener Gemeindebezirk und seine wertvollen Einsichten zu den Fragenkomplexen »Wien im Jahr 1193« und »Was von den verdammten Römern übrig blieb«.

Manuela Stickler für die umfangreiche Beantwortung zahlreicher medizinischer Fachfragen, meist rund um das Thema »Wie diverse Wunden im Mittelalter behandelt wurden und heilten (oder auch nicht)«.

Jörg Loidolt, der mir die Waräger und ihre Verbindung

zu Konstantinopel nahebrachte und die Figur des Rurik Snorrisson für mich erfand (und bescheidener Weise nicht erlaubte, dass ich sie nach ihm »Rurik Jörgsson« nannte).

Judith Hinterberger und *Arnulf Zeilner* (a.k.a. Arnulf das Schandmaul) für geduldiges Testlesen mit gespitztem Rotstift und jede Menge wertvoller Hinweise (unter anderem darauf, dass es im Jahr 1193 zwar jede Menge Met, aber noch keinen Schnaps gab).

Verena Minoggio-Weixlbaumer für ihr aufmerksames Lektorat und ihre zahllosen Verbesserungsvorschläge, von denen viele Eingang in das Buch gefunden haben, zum Beispiel, was die Zubereitungszeit eines Spanferkels betrifft. Und ja, das mit dem Schnaps ist ihr natürlich auch aufgefallen.

Pamela Obermaier für das unter großem Zeitdruck (also eigentlich eh wie immer) durchgeführte Korrektorat und für all die Fehler, die sie selbst in der letzten langen Nacht vor ihrem Urlaubsantritt noch im Manuskript entdeckt hat.

Irene Maurer für ihren nie versiegenden Ideenreichtum, dem ich den wunderschönen Einband und diesmal ganz besonders die genialen Karten von Europa und Konstantinopel am Anfang und am Ende dieses Buches verdanke.

Gigga Neunteufel und *Sascha Mann* für das Konzept und die Herstellung meines ersten Buchtrailers und für ihren großen Enthusiasmus, mit dem sie das kleine Budget mehr als nur wettmachten.

Last, but certainly not least: *Elisabeth Kaplan* für die Komposition und die Einspielung der wunderschönen Filmmusik, und für all den rosa Sprudel, den wir dabei zusammen getrunken haben.

Es war mir eine Ehre und ein Privileg, in den letzten zwei Jahren in der einen oder anderen Form mit Euch allen zu arbeiten. Ohne Eure Mitwirkung und Hilfe wäre dieses Buch nie in der vorliegenden Form erschienen.

Christoph Görg, im September 2019

Inhaltsverzeichnis

Gefängnis
des Anemas

Goldenes Horn

Blachernen
Palast

Kaligaria-Tor

Zirkustor

St. Charisios-Tor

Aetios
Zisterne

Aspar
Zisterne

Byzantinisches Reich

Apostel
Kirche

Lycus

St. Romanos-Tor

Lycus

Rhesios-Tor

Forum des
Arkadius

Mokios Zisterne

Mese

Kloster der
lebensspendenden Quelle

Quellentor

N

Goldenes Tor